德伯家的苔丝

〔英〕托马斯·哈代 著

全译本

王孟云 译

北京工艺美术出版社

图书在版编目（CIP）数据

德伯家的苔丝／（英）托马斯·哈代著；王孟云译. — 北京：北京工艺美术
出版社，2016.11

（博文全本经典名著系列）

ISBN 978-7-5140-0998-9

Ⅰ.①德… Ⅱ.①托… ②王… Ⅲ.①长篇小说－英国－近代 Ⅳ.①I561.44

中国版本图书馆CIP数据核字（2016）第254580号

出 版 人：陈高潮
责任编辑：杨世君 冯淑泰
封面设计：唐韵设计
责任印制：宋朝晖

德伯家的苔丝

（英）托马斯·哈代 著 王孟云 译

出 版	北京工艺美术出版社	
发 行	北京美联京工图书有限公司	
地 址	北京市朝阳区化工路甲18号	
	中国北京出版创意产业基地先导区	
邮 编	100124	
电 话	（010）84255105（总编室）	
	（010）64283630（编辑室）	
	（010）64280045（发 行）	
传 真	（010）64280045/84255105	
网 址	www.gmcbs.cn	
经 销	全国新华书店	
印 刷	北京市兆成印刷有限责任公司	
开 本	710毫米×1000毫米 1/16	
印 张	27	
版 次	2016年11月第1版	
印 次	2016年11月第1次印刷	
印 数	1～5000	
书 号	ISBN 978-7-5140-0998-9	
定 价	33.80元	

前　言

国际阅读学会在总结阅读对于人类最大益处的时候，曾经做过一份报告，报告指出，阅读能力的高低，直接影响到一个国家和民族的未来。因此，世界很多国家把阅读作为重要的国家战略，用尽各种办法推动全民阅读。最近几年，我国在国家领导人以及社会各界的倡导下，全民阅读问题已经引起广泛的重视。通过举办"全民阅读活动"，在全国上下形成一种全民读书的良好社会风尚。通过读书，通过学习，进一步提高全民的文化素质。

世界文学名著是全世界各民族文化与历史的浓缩，也是全人类智慧的结晶，它作为人类非物质文化遗产的一个重要组成部分，对世界各国文化的交流、传承起着桥梁和纽带的作用。它开启心智、陶冶性情、增长智慧、提升素养。

可见，对世界文学名著的阅读是同学们成长过程中不可或缺的一部分。为此，教育部制定了《全日制义务教育语文课程标准》和《普通高中语文课程标准》，对中学生语文课外阅读做了相当明确的规定，并指定和推荐了具体的课外阅读书目，旨在培养学生的人文素养和科学素养，拥有创新精神；培养阅读理解与表达交流在内的多方面的基本能力。结合当前国际、国内形势，根据新的课程改革精神和理念，我们特别邀请了国内教育界权威专家及众多中小学语文特级教师，严格遵循"新课标"的精神编写了本套《博文全本经典名著系列丛书》。

《博文全本经典名著系列丛书》的特点有：

一、篇目经典

本丛书所选篇目均为"新课标"推荐阅读书目，既有世界文学名著、中国传统文化，又有红色经典阅读篇目。

二、版本权威

本丛书保持作品的完整性，内容无丝毫删减，确保作品的原貌。难懂字句加注了拼音及解释，方便阅读与理解。

三、名家译注

本丛书均由知名翻译家精心翻译，保持了作品语言风格的准确性。

四、印装精美

本套书采用绿色环保印刷，封面运用特殊工艺，既美观又保护视力。

总而言之，本套丛书能够增长你的智慧和知识，有利于世界文化的传承和发扬。衷心希望本套丛书成为你喜爱阅读、乐于接受、可以引用的课外读物；成为你的良师益友。

编　者

目　录

第一章

五月下旬的一个傍晚，一位中年男子正从夏斯顿向靠近布莱克曼谷（也叫黑荒原谷）的马勒特村里的家中走去。他走路时两条腿摇摇晃晃的，走路的姿态不能保持一条直线，老是朝左边歪着。他的头还时不时地轻点，仿佛对某个意见表示同意，其实他心里根本也没有想到什么特别的事。他的胳膊上挎着一只用来装鸡蛋的空篮子，头上戴的绒面帽子皱皱巴巴的，摘帽子时大拇指接触帽檐的地方也被磨旧了一大块。不一会儿，一个骑着一匹灰色母马随口哼着小调的老牧师迎面而来。

"您好！"挎着篮子的男子说。

"您好，约翰爵士！"牧师说。

步行的男子又向前走了一两步之后，却站住了，转过身来。

"啊，抱歉打扰您一下，先生。大约上个集市日的这个时候，我们在这条路上遇见了，我说'您好'，你也回答说'您好，约翰爵士'，就像刚才说的一样。"

"我是这样说的。"牧师说。

"在那之前还有一次——大约一个月之前。"

"我也许说过。"

"我只不过是一个普通的流动小贩，名叫杰克·德贝菲尔德，而你一再叫我'约翰爵士'是什么意思？"

牧师骑着马向他靠近一两步。

"那只是我一时兴起，"他说，踌躇了片刻，他又接着说道，"那是因为不久前我为了编写新的郡史在查考家谱时的一个发现。我是鹿脚路的考古学家特林汉姆牧师。德贝菲尔德，你真的不知道你是德贝维尔这个古老骑士世家的嫡系子孙吗？德贝维尔家是从著名的骑士帕根·德贝维尔爵士一脉相传而来的，据纪功寺文档记载，他是跟随征服者威廉王从诺曼底来到英格兰的。"

"我从没听说过，先生！"

"哦，是吗？你把下巴抬高一点点，让我仔细看看你的脸的侧面。不错，这正是德贝维尔家族的鼻子和下巴——但有一点儿衰落。辅佐诺曼底的埃斯彻玛维拉勋爵征服格拉摩甘郡的骑士一共有十二个，你的祖先是其中的一个。在英格兰这一带地方，到处都有你们家族分支的采地；在斯蒂芬王时代，派谱名册记载着他们的名字。在约翰王时代，他们的分支中有一支很富有，曾给救护骑士团赠送了一份采地；在爱德华二世时代，你的祖先布里恩也应召到威斯敏斯特参加过大议会。你们家族在奥利弗·克伦威尔时代开始有点儿衰落，不过并不严重，在查理斯二世时期，你们家族又因为对王室忠心，被封为皇家橡树爵士。唉，你们家族的约翰爵士已经有好几代了，如果骑士称号也像男爵一样可以世袭的话，你现在就应该是约翰爵士了，其实在过去的时代里都是世袭的，骑士称号由父亲传给儿子。"

"可你没有这样说过呀！"

"简而言之，"牧师态度坚决地用马鞭抽了一下自己的腿，下结论说，"在英格兰，你们这样的家族简直找不到第二家。"

"真让人惊讶，在英格兰找不出第二家吗？"德贝菲尔德说，"可是我一直在这一带四处漂泊，一年又一年的，很是落魄，似乎我和这个教区里的最普通的人也没有什么两样……特林汉姆牧师，关于我们家族的这件事，现在为人们所知是多久前的事？"牧师解释说，据他所知，这件事早被人忘光了，大概没有什么人知道。他对家系的调查，是从去年春天开始的。他一直在对德贝维尔家族从兴盛到衰落的历史进行研究，在马车上看见了德贝菲尔德的名字，他就此展开对德贝菲尔德的父亲和祖父的调查，最后才确定了这件事。

"起初我决心不拿这种根本没有用处的消息打扰你，"他说，"可是，人有时候会被强烈的冲动冲垮理智的堤坝，我还一直以为你或许对这件事有一知半解了。"

"啊，是的，我也曾听说过那么一两次，说我这家人在搬到黑荒原谷以前，也经历过好时光。可是我却没有当作一回事，我想这所谓的好日子也不过是相比现在只有一匹马，而过去有两匹马罢了。我家里还保存着一把古老的银匙和一方刻有纹章的古印。可是，天啦，一把汤匙和一方古印算得了什么？……想想吧，我一直同这些高贵的德贝维尔血肉相连，真是不可思议！听别人说，我的曾祖父颇有些不肯告人的秘密，他对自己的来历一直避而不谈……噢，牧师，我想冒昧地问一句，现在我们家族的炊烟在何处升起了呢？我的意思是，我们德贝维尔家族住在哪儿？"

"哪里也没有你们家族了。作为一个郡的名门望族，你们家族已经烟消云散，成了过往了。"

"真是遗憾。"

"是的——这就是那些编造的家谱所说的男系灭绝，就是说衰败了，没落了。"

"那么，我们的祖先又埋葬在哪里呢？"

"埋在青山下的金斯比尔，你的祖先们一排一排地静静地沉睡在你们家的地下墓穴里，墓室上面覆盖着用佩比克大理石做成的华盖，华盖下面，还刻有你们祖先的雕像。"

"那么，我们家族的宅第和房产在哪儿呢？"

"你们没有宅子和土地了。"

"啊？连土地也没有了？"

"也没有了，尽管像我说的那样，你们曾经拥有过庞大的宅第和广阔的土地，因为你们的家族支系众多。在这个郡，过去在金斯比尔有一处你们的房产，在希尔屯有一处，在磨坊池有一处，在拉尔斯德有一处，在井桥还有一处。"

"我们的家族还会再度兴盛吗？"

"噢——没有办法了，没有办法了。'大英雄何竟死亡'，你除了用这句话责罚你自己外，别无他法。这件事除了能引发当地的历史学家和族谱研究者的一点兴趣外，实在没有其他价值了。在本郡居住的农户里，和你们家族一样有曾经显赫历史的还有好几家呢。再见吧。"

"可是，特林汉姆牧师，为了这件事，你回转身和我去喝一杯啤酒好不好？在纯纯酒店，正好开了一桶上等的佳酿——虽然或许它还是不如洛利佛酒店的酒好。"

"不喝了，谢谢你，德贝菲尔德，今天晚上不喝了。你已经喝得够多了。"牧师这样把话说完以后，就骑着马走了，心里有些嘀咕，把这个多少有点奇怪的传说告诉他是否是件明智的事。

牧师离开后，德贝菲尔德陷入沉思，他走了没几步路，就把篮子放下，然后在路边的草坡上坐下来。不一会儿，远方出现了一个年轻人，正沿着先前德贝菲尔走路的方向赶路。德贝菲尔德一看见他，就连忙把手举起来，小伙子紧走几步，来到他的跟前。

"小子，把我的篮子握起来！我要你为我走一趟。"

那个像竹竿一样瘦长的小伙子颇有点不高兴："你是什么人，约翰·德贝菲尔德，你竟要使唤我，叫我'小子'？我们谁不知道谁呀！"

"你认识我，知道我？这是秘密——这是秘密！现在你就听我的吩咐，把我交代你的事做好……好吧，弗里德，我可以把这个秘密告诉你，我是一家贵族的后裔——我也是午后，今天这个下午才刚刚知道的。"德贝菲尔德一边对小伙子宣布这则消息，一边从坐着的姿势向后倒下去，舒舒服服地仰卧在草坡上的雏菊中了。

小伙子站在德贝菲尔德的面前，把他从头看到脚，又从脚看到头。

"约翰·德贝尔菲尔德爵士——这才是我的名字。"躺安稳了的人又开始说话了，"我是说，如果骑士是男爵的话——它们本来就是一回事嘛。我的一切都记录在历史中。小伙子，你知不知道青山下的金斯庇尔这个地方？"

"知道。我去过那儿的青山市场。"

"好了，就在那个城市的教堂下面，埋着——"

"那儿怎能算是一个城市，我是说那儿只是一个小地方，至少我去那儿的时候它称不上一个城市——那儿只不过是比一只眼睛大不了多少的让人生厌的地方。"

"你不必管那个地方了，小伙子，我们不谈这个。在那个教区下面，埋着我的祖先——有好几百个——穿着铠甲，满身珠宝，他们睡的用铅做成的大棺材就有好几吨重。在南威塞克斯这个郡里，没有谁家比我的祖先更显赫更高贵。"

"真有这回事？"

"好了，你把篮子拿上，到马勒特村去，走到纯纯酒店的时候，告诉他们立刻给我叫一辆马车，把我接回家去。并让他们在马车里放上一小瓶甜酒，记在我的账上。这件事办完了，你就把篮子送到我家里去，告诉我老婆不要洗衣服了，用不着把衣服洗完，好好等着我回家，因为我有话要告诉她。"

小伙子将信将疑，站着没有动弹，德贝菲尔德就把手伸进口袋，摸出来一枚先令，他已经囊中羞涩很久了，这可是他口袋中为数不多的钱财中的"巨资"了。

"辛苦你了，小伙子，这个给你。"

有了这枚先令，小伙子态度有了一百八十度的转变。

"全听你的，约翰爵士。谢谢你。还有别的事要我为你效劳吗，约翰爵士？"

"告诉我家里人，晚饭我要吃——如果有羊杂碎，我就吃油煎羊杂碎；要是没有羊杂碎，我就吃血肠；若是连血肠都没有，那么，我就凑合着吃小肠吧。"

"好的，约翰爵士。"

小伙子提起篮子，就在他即将动身离开的时候，耳边传来一阵铜管乐队的音乐声，声音是从村子的方向传过来的。

"什么声音？"德贝菲尔德说，"莫不是为了欢迎我而演奏的？"

"那是妇女俱乐部正在游行，约翰爵士。你忘了吗？你女儿就是俱乐部的一个会员呀。"

“哦，是这样的——我在琢磨大事情，把这件事给忘了。好吧，你去马勒特村吧，给我把马车叫来，说不定我要坐着车转一圈，好好看看俱乐部的游行。”

小伙子走了，德贝菲尔德躺在雏菊中，沐浴着午后的阳光等候着。过了好长时间，这条路上都没有一个人走过，四周是绿色的山峦，静悄悄的，隐隐约约地能听到远处传来的阵阵管乐声，算是提醒着他尚有人间声息。

第二章

在前文提到过美丽的布莱克曼谷也叫黑荒原谷，东北部的崎岖不平的谷地中间，坐落着马勒特村。布莱克曼谷四周被小山环绕，非常幽僻，虽然离伦敦只有不到四个小时的路程，但是直到现在它的大部分地区都还不曾有旅游者或风景画家来过。

登上四周的山峦往下看，这个山谷的景致尽收眼底，当然，暑气蒸腾的燥热夏天除外。天气不好，若独自到谷底幽深之处漫游而没有向导带路的话，便很容易对其间蜿蜒狭窄的泥泞小道滋生抱怨之情。

这是一片远离尘嚣的肥沃原野，泉水从不干涸，土地永不枯黄，一道陡峭的石灰岩山岭横亘在南面，把汉伯敦山、野牛坟、荨麻岗、道格伯利堡、上斯托利高地和巴布草原环绕于其间。那些从海岸徒步前来的游客，要向北跋涉二十多英里的路程，才能走完白垩质的草原和麦地。当他突然走到一处悬崖的山脊上，便会看见一片田野就像一幅地图一样铺展在下面，同他刚才走过的地方截然不同，便会涌起一股惊奇喜悦的新鲜感觉。在他的背后，是高低起伏的山峦，而前面则是被阳光照耀的广阔的田野，白色的小路穿插于其间，低矮的树篱的枝条缠绕在一起，大气也是清澈透明的。就在下面的山谷里，事物的构建更加小巧而精致：田地只是一些围场，从高处看去，它们变小了，四周的树篱就好像是深绿色的网，遮蔽着浅绿色的草地。下面的空气是宁静的，似乎也流淌着淡淡的蓝，甚至连被艺术家称作中景的部分，也染上了那种颜色，但是远方的地平线染上的却是浓重的深蓝。这儿的耕地很少，面积不大；目所及之处，尽是那茂盛生长的大片草地和郁郁葱葱的成片树木，它们细密地覆盖着大山中间的山峦和谷地。黑荒原谷就是这种风光。

这块地方不仅景致引人入胜，它的历史也很有趣。过去，这个谷被叫作白鹿苑，名字来自国王亨利三世时期的一段离奇传说。据说国王猎得一只美丽的白鹿后把它放了，然而一个名叫托玛斯·德·拉·林的人却把白鹿杀了，因此他被国王罚了一大笔罚金。那时，甚至不久前这个地方到处都是茂密的森林。即使到了现在，从山坡上残存下来的古老的橡树林和错落不齐的树林带上，从为牧场遮阴的许多空心大树身上，都找得到当年莽苍森林的情形。

茂密的森林消失了，但是森林浓荫下曾经有过的一些古老风俗尚存。只是已经更改了许多的形式，变了些味道，比如，下午即将举行的五朔节舞会，就采用了会社的形式，也被当地人称作"会社游行"。

对马勒特村稍微年轻的居民来说，会社游行是一件使他们感兴趣的事，尽管参加游行的人看不出它的真正趣味。它的主要特点不在于它保留了每年排队游行和跳舞的古风，而在于参加游行的人全是女子。在男子会社里，这类逐渐消失的庆祝算不上特别。但是，由于软弱女子天性羞涩和男性家属方面的讥笑态度，已经把残留下来的妇女会社（如果还有其他会社的话）的荣耀和隆盛剥夺干净了。现在只有马勒特村的妇女会社残存下来，保留着庆祝赛丽斯节的古风。它已经延续了好几百年，即便算不上共济会，它也是一种供奉上帝的姐妹会，而且它还要继续存在下去。

队伍中的妇女们都身穿白色长裙，这便是罗马旧历时代盛行的欢乐遗风，那时候快乐和五月的时光是同义词，而那时，人们心中总寄寓着对未来的期盼，人们的感情还没有苍白到单调乏味。他们最初的表演是排成两排队伍绕着教区游行。太阳照亮了她们的身影，在绿色的树篱和爬满藤萝的房屋前墙的映衬下，理想和现实就稍微显出一些冲突来。尽管整个游行队伍的成员都穿着白色服装，然而她们中间却没有哪两件的颜色是一样的，有些近乎纯白，有些却是泛蓝的浅白，还有一些已经被妇女会的老会员穿得破旧（它们有可能穿过后就被叠起来存放许多年了）而接近了一种灰白的颜色，式样还是乔治时代的。

除了醒目的白色长裙以外，每一个妇女和姑娘的右手，都拿着一根剥去了外皮的柳树枝条，左手里则拿着一束白色的鲜花。削去柳枝的外皮，挑选鲜花，每个人都是很用心地做的。

在游行的队伍里，有几个已到中年甚至还要年老的妇女，她们历经时光摧残和痛苦生活的磨砺，头发已经斑白，脸上刻满皱纹，在轻快活泼的环境里，显得好笑，也让人同情。头发已经斑白，事实上，每一个经历过人间沧桑的人同她们年轻的伙伴比起来，也许更值得搜集她们的材料加以叙述，因为她们要说"生命毫无喜悦"的年月就要来到了。不过还是让我们把年长的妇女放在一边，述说那些生命脉搏在胸衣下跳动得快速而热烈的年轻女子吧。

年轻的姑娘们的确在游行的队伍中占了大多数，她们乌亮浓密的秀发在阳光的照耀下，反射出各自金黄、乌黑或棕褐的颜色。有的姑娘眼睛顾盼生姿，有的姑娘鼻子秀美，有的姑娘嘴巴小巧动人和身材窈窕，但是如果说有人能够集众美于一身，那也为数不多。在众目睽睽之下抛头露面，她们很明显有些不知所措，嘴巴不知该抿起来还是张开得好，头不知道该低着还是昂着。她们也完全不知道如何才能若无其事地让自己表现得更得体些。这表明她们都是朴素的乡村姑娘，还不习惯被许多眼睛注视。

在她们每一个人的胸膛里，都有自己的小太阳照耀着灵魂，所以大家身上都暖烘烘的，这不是因为她们正沐浴着五月的太阳。那是一种美梦，一种情怀，一种念想，至少可以说是一种渺茫遥远的幻想。也许它们过于缥缈转瞬即逝，却是怀春少女们永远都会滋生的，因为希望是永恒存在的。所以，她们每个人都精神振奋，许多人都欢欣鼓舞。

他们经过纯纯酒店，从一条大道上走出来，正准备拐弯穿过一道小栅栏门走进草地里去，突然有个妇女嚷道——

"噢，我的天啦！你瞧，苔丝·德贝菲尔德，那坐着马车回家的不是你父亲吗！"

听见这惊奇的叫嚷，游行队伍中有个年轻的姑娘扭头去看。她是一个娟秀俊俏的姑娘——同有些别的姑娘相比，也许不是更俊俏——但是她那生动明艳的嘴唇和一双天真无邪的大眼睛，为她的容貌和形象增添了动人之处。她的头发上系着一根红色的发带，在一群穿白色衣服的队伍里，她是唯一这样装扮自己的人，因而比较引人注目。她回过头去，看见德贝菲尔德正坐着纯纯酒店的马车沿道而来，赶车的是一个满头卷发、体格健壮的姑娘，两只袖子卷到了胳膊肘以上。她是酒店里一个性格开朗的仆女，有时候喂马，有时候赶车。德贝菲尔德坐在车里向车后背靠着，舒舒服服地闭着眼睛，一只手不停地在脸前舞动着，嘴里慢慢地哼着一首小调——

"金斯庇尔有我家的地下墓穴——铅做的棺材里睡的是我的骑士祖先！"

妇女会的会员们都吃吃地笑起来，只有那个叫作苔丝的姑娘除外——她意识到她的父亲在众人眼里出了洋相，不禁感到脸上发烫。

"他只是累了，没有别的，"她急忙说，"他只是搭别人的便车回家，因为我们家的马今天休息。"

"别装糊涂了吧，苔丝，"她的同伴们说，"他是在集市上喝醉了。哈哈！"

"听着，你们要是再拿他开玩笑，那我就一步也不跟你们往前走了！"苔丝叫起来，脸颊上的红晕扩大了，连脖子都红了。

不一会儿，她的眼睛湿润了，她深深地低下了头。她们看见她真的难过了，就住口不再说了，重新整理好队伍。出于自尊，苔丝再没有扭过头去看父亲一眼，她不愿去看父亲这样做到底是要干什么，即使是事出有因。因此，苔丝又随着队伍移动了，径直向着在草地上跳舞的地方走去。一走到那里，苔丝就恢复了平静，用手中的柳枝轻轻地抽打她的同伴，同往常一样有说有笑了。

这个时候的苔丝·德贝菲尔德，还是个纯真的姑娘，涉世未深，天真淳朴。尽管进过乡村小学，但在她的发音里还是带有某些乡音：因为这个地区的方言的特殊音调，大约就体现在音节UR的发声上，其发音的复杂转换和圆润回环是其他各地人们所远远不能比的。要念这个本地的音节，苔丝得把她深红的嘴巴撅起来，但是又要在口形还没有完全固定的时候用下唇顶一下上唇的中部，音节发出，随即合上嘴巴。

她的身上还留着许多童年的影像。在今天游行的时候，她已然是一个漂亮健美的大姑娘，颇具成年女子的丰韵。但有时候你在她的双颊上还能够看到她十二岁时的影子，或者从她的眼睛里看到她九岁时的神情，在她的嘴角的曲线上，甚至有时候还能够看到她五岁时的笑靥。

但是这一点很少有人知道，更没有多少人注意。只有少数人，主要是一些陌生人，在他们偶然路过的时候会对她看上一阵，暂时为她的新鲜美感所吸引，惦记以后是不是还能再见到她。但是对其他大多数人来说，她只不过是一个俊俏的迷人的乡村姑娘而已。

德贝菲尔德坐在荣耀的双轮马车里，由女车夫赶着车走远了，既看不见也听不见了。队伍已经走进了指定的地点，开始跳起舞来。因为队伍里没有男子，所以开始时姑娘们相互配对舞着，但是随着收工时间的临近，村子里的男性居民就同其他没事的闲人以及过路行人一起聚集到舞场的周围，似乎想争取到一个舞伴。

在这群旁观的人中间有三个层次较高的年轻男子，肩上背着小挎包，手里拎着粗棍子。他们的面貌大致上相似，年龄一个比一个小，这几乎表明他们可能是亲兄弟，而实际上他们正是亲兄弟。年龄最长的一个是助理牧师，系着白色的领带，穿着圆领背心，戴着窄边帽子；第二个是寻常的大学生装束；最小的那个身份难以推测。从他的眼神里和衣服上，可以看出一种不拘形迹的姿态，表示他还没有被固定在一个专门的职业上。从他的装束大概可以猜测出，他是一个对什么事情都想试一试的学生。

这兄弟三个对他们偶然遇见打招呼的人说，他们借圣灵降临节，要步行游玩黑荒原谷，他们的路线是从东北的小镇夏斯顿前往西南方向。

他们斜靠在大路边的栅栏门上，询问妇女穿白裙跳舞的含义。兄弟中年纪较大的两位显然无意在这儿逗留，可是看见一群姑娘跳舞却没有男子相伴，这似乎引起了老三的兴趣，使他停下了前行的步伐。他把背包从身上取下来，连同手中的棍子一起放在树篱坡上，把门打开了。

"你要干什么呀，安吉尔？"大哥问。

"我想去和她们一起跳一会儿舞。为什么我们不都去跳一会儿呢？——就一会儿，不会耽误太久的。"

"不行——不行，胡说八道！"大哥说，"在公开场合同一群乡下女子跳舞——假如让人看见了怎么办！快走吧，不然不等我们走到斯图尔堡天就黑了，走不到那儿我们可找不到地方睡觉。况且，在我们睡觉之前，还要把《驳不可知论》的另一章读完，你看，我还不怕麻烦地随身带着这本书呢。"

"那好吧——我在五分钟之内会赶上你和卡斯贝特，不用等我。你放心，菲力克斯，我会在五分钟内赶上你。"

两个哥哥不情愿地走了。他们带走了弟弟的背包，好让他赶路时轻快些，而最年轻的弟弟则走进了跳舞的场地。

"真是万分遗憾，"跳舞刚一停顿，他对离他最近的两三个姑娘大献殷勤说，"亲爱的，你们的舞伴呢？"

"现在他们还没有收工呢，"有一个最大胆的姑娘回答说，"他们马上就都来了。趁他们还没来，你来跳好吗，先生？"

"好是好。可是我一个人怎么同这么多女孩子跳啊！"

"总比没有好呀。和自己的同伴面对面地跳舞，真是一件扫兴的事，根本就不能搂紧一些，脸颊贴近一点。现在，由你自己从中挑选一个吧。"

"嘘——别这么厚脸皮吧！"一个害羞的姑娘说。

年轻人受到如此邀请，就把她们打量了一阵，想作一番比较。但是，他见这一群姑娘全是新面孔，就感到眼花缭乱分不清孰优孰劣。他挑选的几乎就是第一个走到他跟前的女孩子，而不是希望被他挑中的那个说话大胆的姑娘。苔丝·德贝菲尔德碰巧也没有被挑中。高贵的门第，祖先的枯骨，纪功的铭文，德贝菲尔德家族特有的容貌，在苔丝人生的竞技中到目前为止还没有为她帮上忙，就是在一群最普通的乡村女孩子中间，也没能帮她吸引到一个陪她跳舞的舞伴。没有雄厚财富支持的诺曼人的所谓高贵血统，到头来也不过如此。

无论如何，那个第一个被邀请共舞的姑娘的名字并没有流传下来，但是她在那天傍晚却因为第一个被邀的殊荣而受到大家的羡慕。榜样的力量是无穷的，在这个外人还没有进入舞场的时候，乡村的男青年并不急着进去，而现在却纷纷涌进了舞场，不久，大多数女孩子的舞伴都换成了村里的小伙子，最后连相貌最平常的妇女也有男子陪着她们跳舞了。

教堂的钟声敲响了，那个学生突然说他必须离开了——他刚才玩得忘乎所以了——他不得不去追赶他的同伴。当他从"舞池"中退出来时，眼睛瞥见了苔丝·德贝菲尔德，老实说，因为先前没有被他选中，她的一双大眼睛里含有些许怨恨。由于她的拘谨，刚才他居然没有注意到她，此刻他才感到遗憾，他心里就带着这种遗憾离开了草场。

因为他耽搁得太久了，他就开始在通向西边的小路上飞跑起来，很快就跑过了一片洼地，到了前面的山坡上。他还是没有追上他的两个哥哥，但是他不得不停下来喘一口气，于是他又回头看了看。他还能够看见姑娘们的白色身影在绿色的舞场上旋转着，就像刚才他在她们中间一起旋转一样。她们似乎已经完全把他忘记了。

她们所有的人都把他忘了，但有一个姑娘例外。那个白色的身影离开了舞场，独自一人站在树篱旁边。目光投向她所在之处，可以看出来，她就是那个没有被他选中共舞的漂亮姑娘。虽然只不过是一件微不足道的小事，但是他本能地感觉到，她已经因为被他忽视而受到了伤害。他真希望他邀请过她，他也真希望曾经问过她的名字。她是那样的羞怯，那样的富有情感，她那件薄薄的白色裙子让她看上去是那样的温柔，他感到他刚才没有挑选她实在是太愚蠢了。

但是，事已至此，已经无法挽回了，他转过身去，大踏步向前走去，心里不再想这件事了。

第三章

　　至于苔丝·德贝菲尔德，她要把这件事从脑海中拂去却没有那么容易。她好一会儿都打不起精神来再去跳舞，虽然有许多人想做她的舞伴，可是，唉！他们谁说话也不像刚才那个陌生人说得叫人爱听。她一直站在那儿，直到山坡上那个年轻陌生人的身影越走越远，在阳光中彻底消失了，她才抛开一时的哀伤，接受了刚才想同她跳舞的人的邀请。

　　她和她的伙伴们一直在会场待到黄昏，跳舞时也恢复了一些激情。她不过还是个情窦未开的姑娘，喜欢踩着节奏跳舞纯粹是为了享受跳舞，当她看见那些被人追求和被人娶走的姑娘都有她们"温柔的折磨、苦涩的甜蜜、可爱的痛苦和愉快的烦恼"时，她对这一切并不会心驰神往。她看到小伙子们争着要同她跳一曲吉格舞时，心里头只感到好笑，并没有想到别的，当他们闹得凶了，她还责骂他们一阵。

　　她本来可以在那里玩得更久一些，但是又想起了父亲古怪的举动和神态，立刻觉得焦急不安，不知道父亲怎么样了，于是她就离开舞伴，掉转脚步朝村头她家的小屋走去。

　　当她走到离家几十码的地方，她听见了另外一种跟她刚刚离开的舞场上的音乐声不同的节奏，那是她熟悉的声音——非常熟悉的声音。它们是从屋里面传出来的一连串有规律的砰砰声，原来是摇篮的猛烈晃动碰撞石头地面而发出的声音。随着摇篮的晃动，一个女声正用一种快速舞曲的节奏唱一首流行小调《花斑母牛》：

　　　　我看见她躺——在那——绿色的树——林里；
　　　　　来吧，亲爱的！我要告诉你在哪儿！

摇篮的摇动和歌声一起停顿了片刻,一阵高声尖叫代替了原先的曲调:

"上帝保佑你那钻石般的眼睛!保佑你那凝脂般的嫩脸!保佑你那樱桃样的小嘴!保佑你那小爱神样的双腿!保佑你带着福气的身体的每一处地方!"

这阵祈祷过后,摇篮的摇动和歌唱又开始了,《花斑母牛》这首小调也像先前一样唱起来。苔丝推开门,站在垫子上看到了这样的情景。

屋内尽管飘荡着歌声,但是苔丝却感到有一种说不出的凄凉。从田野里节日的欢乐——白色的长裙、一束束鲜花、垂柳的枝条、草地上旋转的舞步、对陌生人生出来的柔情——到摇曳烛光下的昏黄惨淡的景象,这是多么巨大的反差啊!除了对比之下引起的不愉快之外,她在心里还产生了一阵严厉的自我责备,怪自己没有早点回来帮助母亲分担些家务,而一直在外面纵情欢乐。

她的母亲站在一群孩子中间,同苔丝离开她时一样,正在洗一盆从星期一就不断添加浸泡着的衣服,这盆衣服现在同往常一样,一直拖到周末都洗不完。就连她身上现在穿的这件白裙子也是母亲昨天亲手从那只盆里捞出来并拧干、熨平的。苔丝的心被一阵悔恨刺痛——刚才跳舞时裙子的下摆已经被她不小心给蹭上了绿色的草汁。

德贝菲尔德太太像往常一样,一只脚站在洗衣盆旁,另一只脚正忙着不停地踩摇篮摇着最小的孩子。那个摇篮经历过无数孩子的重压,在石板地上已经辛辛苦苦地摇动了许多年,都快要磨烂了,摇篮的每一次摆动都把摇篮中的孩子像织布的梭子一样从一边抛到另一边。德贝菲尔德太太已经在洗衣盆的泡沫里劳作一整天了,她在歌声的激励下,用她身上剩余的力气踩着摇篮。

摇篮"嘎吱吱,嘎吱吱"地响着,烛焰伸长了,摇曳起来。德贝菲尔德太太细细端详起她的女儿,洗衣水顺着她的胳膊肘流下来,《花斑母牛》也很快唱到了一段的末尾。即使像现在这样,琼·德贝菲尔德太太肩负着照料一群孩子的重担,她也十分喜欢唱歌。只要有小调从外面的世界传入黑荒原谷，她就能在一星期内学会它。

在德贝菲尔德太太的面目上，还依稀可见她当年秀美的风姿，这表明也许苔丝骄人的美貌，主要是来源于母亲的恩赐，而不是她的骑士血统和历史渊源带来的。

"我来摇摇篮吧，妈妈，"女儿轻声说，"要不我把我身上这件最好的衣服脱下来，帮你把衣服拧干吧？我还以为你早已经洗完了呢。"

苔丝把家务事留给母亲一个人做，在外面玩了这么久，但母亲并没有埋怨她。说实在的，琼几乎很少因为这个责怪女儿，她只是稍微感到若没有苔丝帮忙，活儿不能轻松地干完，只得往后拖一拖。但是今天晚上，她好像比平常更愉快些。在母亲的脸上，有一种女儿不明白的朦胧恍惚、心不在焉和扬扬得意的神情。

"噢，你回来得正好，"她母亲把最后一个音刚唱完就开口说，"我正要出去找你的父亲。不过还有比这更重要的，我要告诉你刚才发生的事。亲爱的，你听了一定会高兴的！"德贝菲尔德太太习惯于说土话，她的女儿在国立小学里经过伦敦深造过女教师的教育，已经读完了六年级，因而讲两种语言——在家里时常讲土话，在外面和对有教养的人则讲普通话。

"我出去这段时间发生了什么事吗？"苔丝问。

"是的。"

"今天下午，我看见父亲坐在大马车里神气活现的，是这件事吗？为什么他要那样？我羞愧难当，恨不得钻进地缝里去。"

"那只是这件大事的一部分呐！已经有人考证过，说我们家是全郡最大的世家——一直可以追溯到奥利弗·格朗布尔时代——追溯到土耳其异教徒的时候——有墓碑，有地下墓室，有盔饰，有盾徽，天知道还有些什么。在圣·查理斯的时候，我们家被封为皇家橡树爵士，我们本来的名字叫德贝维尔！……难道这还不能让你激动吗？就是因为这个你父亲才坐着马车回家的，倒不是因为他喝酒喝醉了，别人倒说他喝醉酒了。"

"我自然高兴。可这对我们有什么好处呢，母亲？"

"啊，当然有呀！我猜想大大的好处就要跟着来了。无须怀疑，这消息一传出去，和我们同样高贵的豪门大户就会成群结队地坐着马车来拜访我们了。你父亲是在从夏斯顿回家的路上听说这件事的，他把整个事情的来龙去脉都告诉我了。"

"父亲现在去哪儿啦？"苔丝突然问。

她的母亲答非所问，说了一些不相干的事："他今天去夏斯顿看病。他的病本来就不像是痨病。医生说是他的心脏周围长了脂肪。你看，就是这个样子，"琼·德贝菲尔德一边说着，一边用被水泡得肿胀的拇指和食指圈出一个字母C的形状，用另一只手的食指指着胸口。"'就在这儿'，医生对你父亲说，'你的心脏这儿被脂肪包裹住了，在那儿也全是脂肪；这块地方还空着，'医生说。'等到脂肪长满了，成了这个样子，'"——德贝菲尔德太太把她的手指合拢来，圈成一个圆圈——"'你就会彻底告别这个世界，德贝菲尔德先生，'医生说，'你也许还能活十年，也许不到十个月甚至十天就送了命。'"

苔丝脸上露出惊慌的神情。尽管她们家突然尊贵起来，但是她父亲也可能很快就要到天上永恒的世界中去了。

"可是父亲到底去哪儿啦？"她又问道。

她母亲的脸上显露出一种不满意的神情。"你不要发脾气啊！可怜的老头子，他听了牧师的话，觉得身价高了，就沉不住气了——半个小时前他到洛利佛酒店喝酒去了。他是想借此恢复点儿力气，好装上蜂箱明天赶路。不管我们是不是世家，蜂箱明天一定要送到集市上去的。这段路远得很，因此一过半夜他就得动身。"

"是去恢复力气吗！"苔丝气冲冲地说，眼睛里充满了泪水。"噢，老天！到酒店里去恢复力气！母亲，你竟然也同意让他去！"

她的不满和指责似乎充满了整个屋子，一种让人惊惧的氛围似乎笼罩了房间里的家具、蜡烛和四周玩耍的孩子们，似乎也传到了母亲的脸上。

"不，"她母亲气呼呼地说，"我并没有同意他去喝酒。我一直在等着你回来照看屋子，好让我出去找他。"

"我去找。"

"不，苔丝。你应该知道，你去找他没有用。"

苔丝不再争辩了。她明白母亲反对她去的意思。德贝菲尔德太太的衣服和帽子挂在她身边的一把椅子上，她已经为这趟计划中的外出做好准备了，让这位家庭主妇伤心的并不是她必须出这趟门。

"你把这本《算命大全》拿到房间外面去。"琼接着说道，并且很快就把手擦干净了，穿上了衣服。

《算命大全》是一本厚厚的古书，就摆在她手边的一张桌子上，因为经常装在口袋里，它已经十分破旧了，破损处都磨到了文字的边缘。苔丝拿起书，她母亲也就动身了。

到酒店里走一趟，寻找她的没有出息的丈夫，却是德贝菲尔德太太在抚养孩子们的又脏又累的生活中的一桩乐事。在洛利佛酒店里找到丈夫，在那里同丈夫一起坐一两个钟头，暂时把带孩子的烦恼忘掉，这是使她感到愉快的一件事。这时候，她的生活中会显现出一种光明，一丝浪漫的色彩。一切烦恼和现实琐事都化作了抽象的虚无缥缈的东西，变成了仅仅供人沉思默想的精神现象，再也不是折磨身心让人喘不过气来的紧迫的具体的事物。而她的孩子们，一旦不在眼前，就似乎不让人讨厌，而是叫人感到伶俐可爱。坐在酒店里，日常生活中的琐事也具备了幽默和欢乐的特点。在这个丈夫当年向她求婚的地方，她和他并肩坐着，他身上的缺点仿佛都没有了，他成了一个理想化了的情人，她又多少感觉到了当时有过的柔情蜜意。

苔丝留在家里，同弟弟和妹妹待在一起，就先拿着那本算命的书走到屋外，把它塞进茅草屋顶里。对这本破旧的书，她的母亲有一种盲目的崇拜和敬畏，从来不敢整夜把它放在屋内，所以每次用完以后，都要把它送回原处。母亲身上还弥漫着旧事物的味道，她信着那些正在迅速消亡的迷信、传说、土话和口头相传的民谣，而女儿则按照不断修订的新教育法规接受过国民教育，学习过标准知识，因此在母亲和女儿之间，自然有一道两百年也跨不过去的鸿沟。当她们母女俩在一起的时候，就是雅各宾时代和维多利亚时代放在一起加以对照。

当苔丝沿着花园小路回屋时，心里默默地想，母亲在今天这个特别的日子里是想从书中查找什么呢？她猜想这本书同最近她们家祖先的发现有关，但是她却不曾预料到正是她自己才真正与这本书昭示的内容有完全的关系。但是她不去猜想了，又忙着往白天晾干的衣服上喷了一些水。这时同苔丝在一起的，是已经上床睡觉的九岁的弟弟亚伯拉罕，十二岁的妹妹伊丽萨·露易莎，她又叫丽莎·露，还有一个婴孩。苔丝同她最大的妹妹相差四岁多，在这段时间空白里，还有两个孩子在襁褓中死了，因此当她单独同弟弟妹妹相处时，她自然地就像一个代理母亲。比亚伯拉罕小些的是两个女孩子盼盼和素素；然后是一个三岁的男孩，最后是一个刚刚满一周岁尚在摇篮里的婴孩。

这群孩子都是德贝菲尔德家族船上的乘客——他们的欢乐、他们的需要、他们的健康，甚至他们的生存，都完全依靠德贝菲尔德两口子。假如德贝菲尔德家的两个家长选择一条航线，要把这条船开进困苦、灾难、饥饿、疾病、屈辱、死亡中去，那么这些关在船舱里的半打小俘虏也只好被迫同他们一起进去——六个无依无靠的小生命，从来没有人问过他们对生活有什么要求，更没有人问过他们是否愿意生活在艰苦的环境里，即生活在无计谋生的德贝菲尔德的家中。有些人也许想知道，那个说"造化神圣，自有安排"的诗人是不是有他这样说的根据，因为近些年来，他的哲学被认为像他的清新纯洁的诗一样，也是深刻和值得相信的。

夜幕降临了，但是父亲和母亲谁也没有回来。苔丝向门外看去，心里把马勒特村想象了一番。村子正在闭上眼睛。所有地方的烛光和灯火都熄灭了，她仿佛能够看见人们熄灭灯火时伸出去的手。

她的母亲出去找人，简直是又多了一个要找的人。苔丝心里又嘀咕起来，一个身体不大好的人，又要在凌晨一点钟前上路，就不应该这么晚还待在酒店里庆祝他的古老的血统。

"亚伯拉罕，"她对她的弟弟说，"把帽子戴上，害不害怕？——到洛利弗酒店去，看看父亲和母亲是怎么回事。"

孩子立即从床铺上跳下来，把门打开，身影就在黑夜里消失了。又过去了半个小时，男的、女的、老的、小的，谁也没有回来。亚伯拉罕和他的父母一样，似乎也让那个陷阱酒店给裹住了、粘住了。

"我必须自己去一趟了。"她说。

那时丽莎·露已经睡觉，苔丝就把他们都锁在屋里，开始走上那条漆黑弯曲的、并不适合用来走急路的小路或者小街——修那条小街的时候，还没有到寸土寸金的程度，人们随意铺就了它，而且那时候还是用一根针的时钟来指示时间的。

第四章

在疏落狭长的村子这边只有一家酒店，名叫洛利弗酒店，但它只有酒水外卖许可的执照，因此，不得允许人在酒店里喝酒，而可以公开招待顾客前来喝酒的地方，则被严格限制在一小块大约六英寸宽两码长的木板那儿，木板被铁丝固定在花园的栅栏上，权作喝酒的台面。从路边走过的嗜酒的行人把酒杯放在木板上，就站在路上喝酒，喝完了就把酒杯内的沉渣倒在满是尘土的地上，堆成玻利尼西亚群岛的图样，心里头却希望能在酒店里面有一个舒适的座位。

连过路的客人都有这样的愿望，本地的顾客当然就更有这样的愿望，于是终于有了好的对策。

在楼上有一间大卧室，卧室的窗户被洛利弗太太最近淘汰的一条大羊毛披肩遮得严严实实，室内聚了十来个人，他们都是来这儿喝酒寻乐的，他们也都是靠近马勒特村这一带的老住户，也是洛利弗酒店的常客。在这个住户稀落的村子的更远一些的地方，纯纯酒店是一家有全副执照的酒店，但是距离太远，村子这一带的住户实际上不去那家酒店喝酒，而且还有一个更重要的问题，就是酒的品质的好坏决定了大多数人的倾向，这使得大家宁肯挤在洛利弗酒店楼顶的角落里喝酒，也不到纯纯酒店老板的宽敞的屋子里去。

卧室里摆放着一张四柱床，床柱又细又长，这张床的三面成了几个聚集在那儿的人的座位，还有两个人高踞在五斗橱上，另一个坐在雕花橡木小柜上，还有两个坐在盥洗架上，另一个坐在小凳上，这里所有的人，就这样给自己找到了舒服的座位。在这个时候，他们达到了心灵欢乐的时刻，灵魂超脱了肉体，热情洋溢，全屋子一片火热。喝着酒，房间和房间里的家具变得富丽堂皇起来；窗户上悬挂的披肩添上了织花帷幔的华贵；五斗橱上的铜把手像是黄金做成的门环；四柱床的雕花床柱，跟所罗门庙宇的宏伟廊柱也有了几分相似。

德贝菲尔德太太离开苔丝以后，就匆匆忙忙赶到这里，打开前门，穿过楼下阴暗的房间，然后就好像是一个十分熟悉楼梯门闩机关的人，用手指打开了楼门。她沿着曲曲折折的楼梯慢慢地走上去，当她走上最后一节楼梯，脸从灯光里一露出来，所有挤在卧室里的人一齐把目光转到了她的身上。

"这是我的几个私人朋友，会社游行他们没有玩够，我花钱请他们来的，"酒店老板娘乍听见脚步声，就一边瞭着楼梯一边大声喊，熟练得就像一个背诵教义问答的孩子。"噢，原来是你呀，德贝菲尔德太太，我的天呀，你把我吓了一大跳！我还以为是政府派来的官员呢。"

卧室里其他人看着德贝菲尔德太太，朝她点头，对她表示欢迎，然后德贝菲尔德太太就转身朝她丈夫坐的地方走去。她的丈夫在那儿出神地小声嘀咕："天底下有富贵的人，我也与他们一样呀！在青山脚下的金斯庇尔，有我们家族的地下墓室呀，威斯克斯人数众多，数我们家族最高贵呀！"

"我想起来一个绝佳的主意，特地赶来告诉你。"一脸兴奋的德贝菲尔德太太小声说。"喂，约翰，你没看见我吗？"她用胳膊肘碰碰她丈夫，而他仿佛隔着窗玻璃看她，嘴里继续哼着歌儿。

"嘘！不要唱这么大声，我的好人！"酒店老板娘说，"如果恰巧政府里有什么人从这儿路过，就会把我的执照没收了。"

"我们家的事他已经告诉过你们了，是吧？"德贝菲尔德太太问。

"是的，说过一些。你说你们是不是会因此而发财？"

"哦，这可是秘密，"德贝菲尔德太太貌似聪明地说，"不过，即使没有大马车坐，能和坐大马车的人是近亲也很棒呀。"接着她不再对大家说话，继续小声对她的丈夫说："自从你把那件事告诉我，我一直在想，在特兰里奇那边，就在猎苑的边上，有一个高贵的有钱夫人，名字叫德贝维尔。"

"啊——你说什么？"约翰说。

她把刚才说的话又重复了一遍。"那个夫人无疑是我们的近亲，"她说，"我的计划就是让苔丝去认这门亲戚。"

"你这么一说，我倒想起来了，是有一位夫人与我们同姓，"德贝菲尔德说，"特林汉姆牧师倒没有想到这件事。不过她根本比不上我们正统——无须怀疑，她只是我们家族的一个小分支，从诺曼王时代传下来的。"

两口子专心地在那儿讨论问题，谁也没有留意到小亚伯拉罕已经溜进了房间，正等着机会请他们回去。

"她很富有，她肯定会看上我们家姑娘的，"德贝菲尔德太太接着说，"这是一件大好的事情。我不认为一个家族的两房人就不能往来。"

"对，我们去认本家！"亚伯拉罕倚着床沿自作聪明地开了口，"等苔丝去了，住在那里，我们全家就都去看她，我们再坐上她的大马车，穿上黑礼服呀！"

"孩子，你怎么来了？你在这胡说什么呀！走开，到楼梯那儿去玩，等爸爸妈妈把事情说完！……照我说，苔丝应该到我们家族的另一房那儿去。她一定会受到那位夫人的喜爱——苔丝一定会的，还完全有可能遇上一个高贵的绅士娶了她。简单地说，我知道会这样。"

"你怎么知道的？"

"我在《算命大全》的书里算过她的命运，书里头对这件事说得明明白白的啦！……你应该看到她今天是多么漂亮呀，她的皮肤娇嫩得就和公爵夫人一样呀。"

"我们姑娘自己说去不去呢？"

"我还没有问她。现在她还不知道我们有这样一个尊贵的夫人亲戚。不过，如果到那儿去必定能给她结上一门好亲事，那么她是不会不愿意的。"

"苔丝可是有脾气的呀。"

"不过其实她还是听话的。让我去劝说她好了。"

虽然这场谈话是悄悄进行的，可是这场谈话的意义已足够让周围的人明白，猜想出德贝菲尔德家现在商谈的是一件十分重大的事，非比寻常，猜想出他们漂亮的大女儿苔丝已经有了美好的前途。

"今天我看见苔丝和别的女孩子一起在教区游行，我就在心里说，苔丝真是一个招人喜欢的漂亮人儿。"一个老酒鬼低声说，"不过约翰·德贝菲尔德可要当心，不要让落地的大麦发了芽。"这是当地的一句土话，有特别的含义，但是没有人回复这句话。

这场谈话内容变得丰富起来，过了一会儿，又听见楼下有脚步声走过房间。

"这是我的几个私人朋友，会社游行他们没有尽兴，我花钱请他们来的。"老板娘赶紧地把嘴边应付外来人的套话重复了一遍，才发现进来的人是苔丝。

屋里满是酒气，有了皱纹的中年人逗留在这儿并无不妥，但是年轻姑娘的面孔出现在这个地方，就叫人感到不舒服了，即使姑娘的母亲也能够发现这一点。苔丝的黑色眼睛里还没有显露出来责备的神气，她的父母亲就从座位上站起来，连忙把酒喝干，跟在女儿的身后下了楼梯，伴随着他们的脚步声传来洛利弗太太的叮咛——

"亲爱的，请一定不要声张，否则我就要丢掉我的执照了，把我传唤去，还不知道有什么麻烦呢！再见吧！"

苔丝挽起父亲的一只胳膊，她的母亲挽起另一只，一起回家去。说实话，她的父亲酒喝得很少——一个经常喝酒的人，礼拜天下午喝点酒去教堂，转身向东下跪，一点也不跟跄，她父亲喝的酒还不到这种人喝的四分之一。但是约翰爵士的身体虚弱，如此一来，喝酒这种小罪恶就让他受不了啦。一接触到新鲜空气，他就开始跌跌撞撞，他们一行三人一会儿像朝伦敦方向走去，一会儿又好像朝巴斯进发——看上去叫人感到滑稽可笑，尽管一家人晚上回家是常见的事。不过，像大多数滑稽可笑的事情一样，这实在又不能叫人只感到滑稽可笑。德贝菲尔德脚步失控，踉踉跄跄，把苔丝母女俩和亚伯拉罕也带得跌跌撞撞，苔丝和母亲努力维持着平衡，他们就这样一步步地接近了他们的家门口，这家人的家长在走近家门口时，突然放声唱起他先前唱过的歌来，仿佛看见他现在的住所太狭小，要给自己打气似的——

"在金斯庇尔我有一个家族墓室！"

"嘘——不要犯傻了，杰克，"他的妻子说，"从前是大户人家的又不是你一户。你看有安克特尔家，有霍尔斯家，还有特林汉姆家，不都和你们家一样衰败了吗？尽管你们家族比他们的大些。谢天谢地，我不是什么大家族出身，但是我从来不觉得我的出身丢人。"

"不要把事情说得过于肯定。从你的天性看来，我敢说你比我们谁都要丢人丢得厉害，你们家或许曾经出过国王和王后。"

苔丝的话骤然改变了话题，因为此刻她心里想到了比她的祖先更为重要的事——

"我担心父亲明天起不了那么早，不能上路去送蜂箱啦。"

"我？休息一两个小时我就会好了。"德贝菲尔德说。

十一点钟，全家人才上床睡觉，如果要在礼拜六的集市开始前把蜂箱送到卡斯特桥的零售商手里，最迟也得明天凌晨两点钟动身，通往那儿的路很难走，有二三十英里，而他们家送货用的又是走得最慢的马车。一点半的时候，德贝菲尔德太太走进苔丝和她的弟弟妹妹们睡觉的那间大卧室。

"你可怜的爸爸去不了啦。"她对她的大女儿说，而女儿的大眼睛早在母亲开门时就已经睁开了。

苔丝在床上坐起来，朦朦胧胧地听见母亲的话，一时不知如何是好。

"可是总得有人去呀，"她回答说，"现在去卖蜂箱已经晚了。今年蜜蜂分群需要蜂箱的时候很快就要过去了，要是我们推迟到下个礼拜逢集再去卖，就没有人要啦，蜂箱也就要积压在我们的手上了。"

看起来德贝菲尔德太太没有能力应付这种紧急事情。"要不然找个年轻的小伙子，让他送去行吗？昨天有许多人和你一起跳舞，在他们中间找一个。"她立刻提议说。

"哦，不行——无论如何我也不会同意！"苔丝执拗地大声说，"这不是要让所有的人都知道其中的原因吗——这样一件让人感到羞耻的事情！要是亚伯拉罕陪着我，我想我可以去送。"

苔丝的母亲最后同意了这种安排。她把睡在同一个屋子里的小亚伯拉罕从熟睡中叫醒，让他在迷迷糊糊中把衣服穿上。这时，苔丝已经急急忙忙地穿好衣服了。姐弟俩点起一盏提灯，就出门向马厩走去。那辆摇摇晃晃的小马车已经装好了，苔丝把那匹名叫王子的马牵了出来，同那辆马车一样，它也摇晃得厉害。

那头可怜的家畜茫然四顾，望望夜空，望望提灯，望望姐弟俩的身影，仿佛它难以相信在这个时刻，当一切生灵还在它们的栖身之处歇息的时候，会把它叫出来干活。他们把一些蜡烛头放进提灯，把提灯挂在车右边，就牵着马向前走，最初的一截路是向上走的坡路，他们就走在马的旁边，免得这匹有气无力的老马负载过重。为了尽量使自己高兴起来，他们就用提灯照亮一块小天地，吃着黄油面包，谈天说地，其实真正的黎明还远没有到来。亚伯拉罕已经完全清醒过来（他刚才一直是迷迷糊糊的），就开始讲在夜空的映衬下各种不同的黑色物体所显现出来的奇形怪状，说这棵树像一只从洞里扑出来的发怒的猛虎，又说那棵树很像一个巨人的头。

他们走过斯图尔堡小镇的时候，小镇内覆盖着褐色厚茅草的茅屋都在静静地沉睡着，他们走到了一块地势更高的地方。左边还要高一些的地方，是一处被叫作野牛坟或比尔坟的高地，它差不多就是南威塞克斯的最高点，迎天耸立，四周被土沟环绕着。从这儿再往前走，就是这条漫长路途中的一段比较平坦的路。他们上了车，坐在马车的前头，亚伯拉罕开始沉思起来。

"苔丝！"沉默了一会儿，他喊了一声，准备说话。

"什么事，亚伯拉罕？"

"我们已经成了身份高贵的人了，你高兴吗？"

"并没有什么特别高兴的。"

"可是你要是嫁给了一个上等人，你肯定会高兴是吗？"

"这是什么意思？"苔丝说，仰起了她的脸。

"我是说我们有个阔亲戚会帮忙，让你嫁给一个绅士。"

"我？我们的阔亲戚？我可没有这样的亲戚。你怎么会这么想？"

"我去找父亲的时候，听见他们正在洛利弗酒店谈这件事。在特兰里奇那边有我们家的一个阔亲戚，母亲说如果你同那位夫人认了亲戚，她就会帮你嫁给一个绅士。"

他姐姐突然坐在那儿呆住了，陷入沉思。亚伯拉罕继续说着，只图自己说得痛快，不管听的人如何，因此没注意到他的姐姐在那儿出神。他仰身向后靠在蜂箱上，仰着脸看天上的星星，星星清冷的脉搏在头顶上漆黑的夜空里跳动着，静寂无声，同人类中这两个渺小的生命遥遥相隔。她问姐姐那些眨眼的星星离他们到底有多远，问上帝是不是就在那些星星的背后。不过毕竟他只是一个孩子，所以他的唠叨就又回到了比造物主创世更为深入的想象的话题上了。如果假如苔丝嫁给了一个绅士而变得富有了，她会不会有足够多的钱买一架大望远镜，大得能够把星星拉到跟前来，就跟荨麻杆一样近？

再次提起这个萦绕在全家人头脑中的话题，使苔丝很不耐烦。

"现在不要再提那个了！"苔丝大声说。

"苔丝，你说每一颗星星都是一个世界吗？"

"是的。"

"都跟我们的世界一样吗？"

"我不知道，不过我认为是这样的。有时候它们似乎就像我们家苹果树上的苹果。它们中的大多数都极好，没有毛病——有一些是有问题的。"

"我们住的星球是哪一种——是没有毛病的还是有毛病的？"

"是有毛病的。"

"多不幸啊，有这么多的极好的世界，我们却没有挑一个没有毛病的住。"

"是的。"

"真的是这样吗，苔丝？"亚伯拉罕把这句话印在脑子里，又想了想这个新鲜的观点，转身对他姐姐说。"要是我们选中的是一个没有毛病的，那又会什么样呢？"

"哦，如果那样，父亲就不会像现在这样咳嗽，不会如此虚弱了，也不会喝醉了酒不能上路了。母亲也不会老是洗呀洗的，总有洗不完的衣服。"

"你会一出生就是一个阔小姐了，也就用不着嫁给一个绅士才能阔起来，是吗？"

"哎呀，亚伯，别——别再说这件事啦！"

亚伯拉罕一个人想了一会儿，不久就打起瞌睡来。苔丝对于驾车赶马并不熟练，但是她觉得自己暂时可以驾驭这辆马车，如果亚伯拉罕想睡觉，就让他睡觉好了。她在蜂箱前面给他弄了一个小窝，这样他就不会从车上掉下去，然后就把缰绳握在自己手里，像先前一样驾着车向前走。

王子没有力气作任何其他动作，所以根本不需要照看。苔丝的同伴不再打扰她，她就向后靠在蜂箱上，比以前更加深沉地思索起来。树木和树篱无声地从身边掠过，变成了现实以外幻想之境中的东西，偶尔刮起的风声，也变成了某个巨大而悲伤的灵魂的叹息，这大悲叹仿佛在空间上同宇宙连在一起，在时间上同历史连在一起。

接着，她仔细地回想了自己一生中纷乱无序的事情，似乎看见父亲骄傲的虚荣，顺着母亲的幻想，她看到了那个向她求婚的绅士模样的人，看见他仿佛一个怪笑着的怪客，在嘲弄她的贫穷，嘲笑她的已成枯骨的骑士祖先。一切都变得越来越荒诞离奇，她再也不知道时间是怎样过去的了。马车猛地把她的座位一震，苔丝才从睡梦中醒来，原来她也睡着了。

苔丝睡着以后，他们已经向前走了很长一段路，现在马车停住了。前面传来一阵虚弱的呻吟，她一生中从来没有听见过这种声音，随即又传来一声"哟，怎么回事"的喊叫。

挂在马车旁边的提灯已经不见了，但是有另外一个提灯在她的眼前闪着亮光，比她自己那个提灯要明亮得多。可怕的事情发生了——马车同挡在路上的什么东西缠在了一起！

苔丝大惊失色，跳下车来，看见了可怕的事情。呻吟声是从她父亲的可怜老马王子口中发出来的。一辆早班邮车驱动着它的两个无声无息的车轮，沿着这些单行车道像箭一样疾驰而来，跟她这辆缓慢行走没有灯光的马车撞在了一起。邮车的尖把如一把利剑，刺进了不幸的王子的胸膛，它的生命的热血像溪流一样从伤口汩汩流出，带着咝咝声落到地上。

苔丝绝望地跑上前去，用手捂住那个洞口，唯一的结果只是她的脸上和裙子上都被喷上了殷红色的血。后来她只好站起来绝望地看着。王子也尽力一动也不动地顽强站着，直到突然倒在地上，瘫成了一堆。

这时候赶邮车的人也来到了她的身边，开始和她一起把王子还热着的身体拖开，卸下马具。不过它已经死了，看见没有什么更多的事情可以着手去做，赶邮车的人就回到自己的马的身边查看，他的马并没有受伤。

"你们走错道了，"他说，"而我必须把这一车邮件送走，所以你最好就等在这儿，看着车上的货，我会尽快派人到这儿给你帮忙。天渐渐亮了，你也不要害怕。"

他上了车，就急忙上路了，苔丝只得站在那儿等候着。天色已经发白，小鸟在树篱中抖擞着，飞起来，吱吱地叫着。道路完全显露出它的白色面目，苔丝的面目也鲜明起来，比道路还要灰白。她面前的一摊血水已经凝固了，宛如彩虹的色彩；太阳升起来，上面反射出许多种光谱的颜色。王子静静地躺在一边，身体已经僵硬了；它的眼睛半睁着，胸前的伤口看上去很小，似乎不足以让维持它生命的血液全部流尽。

"这都是我的错——都是我的错！"姑娘看见眼前的情景，哭着说，"我不能原谅自己——不能！现在爹妈怎么过呀？亚比，亚比！"她晃动着在整个灾难中一直熟睡未醒的孩子。

当亚伯拉罕明白了一切的时候，他稚嫩的脸上一下子增添了五十年的皱纹。

"哎，昨天我还在跳舞还在笑呢！"她自言自语地说，"想想我真笨呀！"

"这是因为我们生活在一个有毛病的星球上，不是生活在一个没有毛病的星球上，是不是，苔丝？"亚伯拉罕眼睛满含泪水，嘟哝着说。

他们静静地等着，时间似乎中止了流动。他们终于听见了一个声音，看见有一个物体渐渐地接近他们，这说明赶邮车的人没有骗他们。斯图尔堡附近农场上的一个工人牵着一匹健壮的小马走了过来。他把那匹小马套上拉蜂箱的马车，取代了王子的位置，往卡斯特桥方向驶去了。

当天傍晚，那辆空车又回到了出事的地点。从清晨以来，王子就躺在那条路边的沟里，但是路中间的一大摊血迹依然可见，尽管它被过往的车辆碾压过、磨擦过。剩下的只有王子了，他们把它抬到原来它拉过的车上，四脚朝天，铁蹄在夕阳的余晖里熠熠闪光，走了八九英里路，又回到了马勒特村。

苔丝在这之前已经回去了。她简直不知道如何把这件事告诉家里的人。不过当她从父母的脸上发觉他们已经知道了他们的损失，她也就感到无须开口了。但是，这并不能减轻她内心的自责，她一直把对自己疏忽大意的责备堆积在心里。

但是，这件不幸的事对这户本就凋敝的人家来说，并不如像发生在一户兴旺发达的人家里那样可怕，虽然对前者意味着毁灭，对后者仅仅意味着不便。德贝菲尔德夫妇还是对姑娘的幸福抱很大希望，他们并没有气得脸色发红，把愤怒发泄在姑娘的身上。没有人像苔丝自己那样责备她。

德贝菲尔德发现，由于王子衰老枯瘦，屠户和皮匠只愿出几个先令买下它的尸体，他就站起来处理这件事。

"不卖啦，"他泰然自若地说，"我不卖它这副老骨头了。我们德贝菲尔德家当英国骑士的时候，从不曾把我们的战马卖了做猫食。让他们把小钱留着自己用吧！它为我辛劳了一辈子，现在我不会让它离开的。"

第二天，他在花园里为王子挖了一个坟墓，几个月来在自己家里种庄稼，他也没有这样卖过力气。德贝菲尔德把坟坑挖好了，就和他妻子用一根绳子把王子套上，向坟坑拖去，孩子们跟在后面为死马送葬。亚伯拉罕和丽莎·露小声哭着，盼盼和素素为了发泄他们的悲痛，就号啕大哭，哭声震天；王子被放进坟坑的时候，他们都站在坟坑的四周。为他们一家挣面包的老马没有了，他们怎么办呢？

"它去天堂了吗？"亚伯拉罕呜咽着问。

接着，德贝菲尔德开始往坟坑里填土，孩子们又哭了起来。其他孩子都在哭，只有苔丝没有哭。她的脸色淡漠苍白，仿佛她把自己当成了杀人凶手。

第五章

德贝菲尔德主要依赖这匹老马做小本生意，马一死，生意就立刻垮了。即使还不会马上揭不开锅，那么烦恼也已经在不远的地方等着了。德贝菲尔德是当地称为懒骨头的那种人，有时候他工作挺卖力气的，不过这种时候是靠不住的，因为不能恰巧有工作需要他，而且，他由于不习惯做日常的正规劳动，所以每每凑巧有工作的时候，他又特别缺乏毅力。

同时，苔丝因为觉得是她把父母拖进了泥淖，所以心里一直在默默地盘算着怎样帮助他们从泥淖里挣脱出来。后来，她母亲就开始同苔丝商量起她的计划。

"幸运也好，倒霉也罢，我们总得过下去，苔丝，"她说，"真是凑巧，最近发现你身上有高贵的血统，又恰到了需要它的时候。你一定要去找找你的朋友碰碰运气。有一个非常富有的德贝维尔夫人住在猎苑的近郊，肯定是我们的亲戚，你知道吗？你一定要去她那儿认这门亲戚，请她在我们困难的时候帮一下忙。"

"我不想去她那儿认这门亲戚，"苔丝说，"假如真有这样一位夫人，那么她能客气地对待我们就很不错了——别指望她会帮助我们。"

"乖孩子，你会讨得她的欢心的，你让她为你做什么她就会为你做什么的。另外，或许还有你不知道的好事呢。我听说了我先前就听说过的事了，你猜猜。"

苔丝心里总有一种她惹了祸的愧疚感，因此苔丝对她母亲比平时顺从多了。她还弄不明白，在她看来，母亲的计划很值得怀疑，而母亲却一想到它就能从中得到满足。或许她母亲已经打听过，发现那位德贝维尔夫人是一个极有德行菩萨心肠的老太太。不过苔丝的自尊心使她觉得，作为一个穷亲戚去求那位老太太，她心里是非常厌恶的。

"我宁愿想法找一个工作。"苔丝嘟哝着说。

"德贝菲尔德，你来决定吧，"他的妻子转身对坐在后院的丈夫说，"如果你说她应该去，她就会答应的。"

"我不喜欢我的孩子们到不认得的亲戚那儿去讨好处，"他嘟哝着说，"我是这个家族中最高贵的一房的家长，我不愿意做有失身份的事。"

苔丝觉得，她父亲不让她去的理由比她自己反对前去的理由更加荒谬。"好吧，既然马死在我手里，母亲，"她悲伤地说，"我想我应该做点儿什么来挽救。我不在乎前去见她，不过求她帮助的事，你们一定要答应我让我看情况再说。你们也不要老惦记着她给我找丈夫的事啦——那是愚蠢的。"

"说得很好，苔丝！"她的父亲以说教的口吻说。

"谁说我有如此念头？"琼问。

"我猜你心里是这样打算的，母亲。不过我同意去。"

第二天一大早她就起了床，动身前往叫作夏斯顿的依山小镇，她在那儿就可以搭乘每个礼拜有两趟的从夏斯顿朝东前往猎苑堡的大车，大车会经过特兰里奇附近，那位神秘陌生的德贝维尔太太就住在那个教区里。

在这个难忘的早上，苔丝·德贝菲尔德要从布莱克曼原野谷东北部高低起伏的中间地带穿过。她在这个山谷中出生，她的人生也是在这个谷中开始的。对苔丝来说，黑荒原谷就是一个世界，因此黑荒原谷的所有居民就是她的整个世界。在她对一切都感到新奇的孩童时代，她就从马勒特村的栅栏门口和栅栏旁的台阶上向下仔细地观察过这片峡谷，那时候她感到很神秘，即使现在她依然感到神秘莫测。每天她都从自己房间的窗户里看见教堂的钟楼、村庄和白色的房屋，尤其是高踞山巅的威严的夏斯顿小镇特别让人瞩目，镇上诸多窗玻璃在夕阳里闪闪发光，犹如一盏盏明灯。她从来没有去过那里，即便这个山谷以及附近的地方，她亲自去过看过熟悉的地方也很少。远离山谷的地方她就去得更少了。四周山峦的外形她都熟悉，就像熟悉她的亲戚的面孔一样，但是对于她没有去过的地方，她就只能依据在乡村学校学到的知识加以推断了。她离开学校到现在只有一两年的时间，当年，她还是学校里学得最好的学生呢。

她上学时，和她同龄的女孩子都很喜欢她，村里人经常可以看到她们三个女孩子一起走——她们的年龄几乎一样大小——放了学肩并肩地从学校回家。苔丝走在中间，穿一件毛料连衣裙，连衣裙颜色已经褪却成了一种说不清楚的模糊颜色，连衣裙外面穿一件粉红色的印花连胸围裙，上面有精巧的网状花纹。她迈开两条细长的腿走路，腿上穿着紧身长袜，膝盖部分尽是一些小窟窿，那是她跪在路上和草坡上寻找植物和矿物中的宝贝时扯破的。那时候她的头发是土灰色的，披在头上像挂锅的小钩子，边缘都翘起来。她两边的女孩子用胳膊揽着苔丝的腰，苔丝的两条胳膊则搭在两个女孩子的肩膀上。

苔丝慢慢地长大了，开始懂事了。这时候，她感到自己就像是一个马尔萨斯（马尔萨斯在他的《人口学原理》中认为，人口增长超越食物供应，会导致人均占有食物的减少）的信徒，来看待她母亲糊里糊涂地给她生下的一群弟弟妹妹了，因为养育他们、照顾他们是一件十分麻烦的事。她母亲的智力仅是一个无忧无虑小孩子的智力。对她自己家里一大群听天由命的孩子，琼·德贝菲尔德简直也是其中的一个，而且还不是最大的一个。

但是，苔丝对她的弟弟和妹妹却非常疼爱、照顾，并尽力帮助他们。一放学回家，她就到附近的农田里割草、收庄稼，做一个帮手；或者去帮忙做她乐意做的事情，如挤牛奶、拌奶油，这是她从前在父亲养牛时学会的，因为她的手指头灵活，所以这种活儿她干得比成人还好。

她年轻的肩上担负的家庭担子，一天比一天重了，因此她作为德贝菲尔德家的代表去拜访德贝维尔的府上，也就成了一件理所当然的事。必须承认，在这种情形下，由苔丝前去是德贝菲尔德家把最好的一面显露给他人。

她在特兰里奇的十字路口下了车，徒步上攀，向那个叫作猎苑的地方走去，她已经听人说过，在猎苑边上的平坦之处就能找到德贝维尔的居所。它不是一座寻常的庄园，没有田地，没有牧场，也没有被庄园主为了自己和家庭的日常开销而不遗余力拼命压榨的牢骚满腹的农工。它不是那种意义上的庄园，而且远不是那种庄园能够媲美的；它是一座纯粹为了享乐而营建的乡村别墅，除了建筑别墅所需要的土地和一小块由庄园主经管、由管家照看的养鸟的农田外，就再也没有一亩麻烦人的田地同它连在一起了。

苔丝最先看见的是红砖门房，然后才看见屋檐上长满了浓密的长青藤蔓。苔丝以为这就是庄园本身，她怀着忐忑不安的心情走过侧门，走到车路转弯的地点，这时候，她才看见呈现在眼前的庄园全貌。庄园是新近盖的——几乎是崭新的——它也是同样的深红颜色，同侧门房上长满的长青藤蔓形成鲜明对比。在周围浅淡柔和的颜色的对照下，它就如一簇天竺葵的红花突现在那儿。在屋角后面的远处，是猎苑的一大片柔和的淡蓝色风景——的确是一片让人肃然起敬的森林，是英国残留下来的已经不多的原始森林中的一片；在古老的橡树上，仍然还找得到朱伊德槲寄生，林中的茂密的水杉树不是人工栽种的，它们从人们砍伐其枝条做弓箭的时候就生长在那里。但是，所有这些古老的树木，虽然从山坡上可以看到，但是却已经超越这片产业的边界了。

在这幽静舒适的庄园里，一切都是光明的，生机勃勃的，管理得井井有条；占地几英亩的温室从山坡上延伸到山脚下的萌生林。一切东西看起来都像钱币一样坚挺——就像从造币厂里新造出来的钱币。在奥地利松树和四季常青的橡树的遮蔽下，配备了各种最新设备的马厩半隐半现，崇高威严，就像是为了方便教徒而修建的小教堂。在一片广阔的草坪上，架着一座装饰用的帐篷，帐篷的门朝着她的方向。

纯真朴素的苔丝在一条砾石铺成的弯道边上停住了，神态惊慌不安，不知如何是好。在她还没有完全意识到她到了什么地方的时候，她就不由自主地到了这个地方，而现在看来，一切都完全和她期望的相反。

"我还以为我们的亲戚是一个古老的家族呢，可是这里全都是新的。"她说，口气里一派天真。她真希望她没有那样轻易就接受了母亲的"认亲"计划，而是想法在自己的家门口得到了帮助。

德贝维尔家——或者像他们最先称呼自己的那样叫斯托克·德贝维尔家拥有这儿的一切资产，在英国如此落后的这块地方看到这样的家庭，是有些超乎寻常的。特林汉姆牧师说，我们那位步履蹒跚的约翰·德贝菲尔德是英国古老的德贝维尔家族仅存的嫡系子孙，他说的倒是真的，或者说接近真相——他还应该加上一句，他清楚地知道，叫斯托克·德贝维尔的这户人家就像他自己一样，根本就不是德贝维尔家族的真正后裔。不过我们必须承认，如果要重新快速复兴德贝维尔这个名字，斯托克这户人家倒是一根上好的木材可以用来嫁接。

不久前去世的老西蒙·斯托克是北方的一个本分诚实的商人（也有人说他是放债的），发财以后，他就决定在英国南部定居下来，做一个乡绅，好远离他做生意的那个混乱之地。迁居过来的时候，他感到有必要更换一个名字，这名字既要避免别人一下子就认出他就是过去那个精明的商人，又要不像原来直白乏味的名字那样平淡。他在大英博物馆里找到那些记载着英国南部他计划移居地方的已经灭绝、半灭绝和破产家族的文献，仔细地查找了一个小时，最后认为德贝维尔这个姓看起来和听起来比其他任何一个姓都好，因此德贝维尔就被加到了他自己的姓上，为他自己和他的世代子孙所用了。不过他在这方面并不是一个为想法失了分寸的人，在新的基础上重建他的家庭这棵树的时候，总是合情合理地编造家族之间的通婚和与豪门大户间的联系，从来不在妥当的爵士身份上妄加其他的头衔。

关于这个运用智慧的杰作，可怜的苔丝和她的父母自然一无所知——更多的是令他们难堪。说实话，他们从来就没有想到这种添加姓名的可能性，他们只是认为，人长得漂亮也许要靠运气，但是一个家庭的姓氏却是与生俱来的。

苔丝还站在那儿犹豫不决，像一个沐浴的人要跳进水里去一样，不知道是向前直接跳进去还是退回去另择时机，就在这个时候，有一个人从帐篷黑色的三角形门里走了出来。他是一个抽着烟的高个年轻人。

他的皮肤近乎黝黑，两片厚嘴唇虽然红润光滑，但轮廓却长得不好，虽然他至多不过二十三四岁，但是他的嘴唇上方已经蓄上了经过仔细修剪的黑色胡须，胡须的外端向上翘着。尽管他显得很粗野，但是在他的绅士的脸上，在他那双滴溜直转的眼睛里，却有一种特殊的魅力。

"啊，我的漂亮姑娘，我能为你做点什么吗？"他走上前来说。他看到苔丝站在那儿不知所措局促不安的样子，又说：“别害怕。我是德贝维尔先生。你来此是看我的还是来看我母亲的？”

同房子和庭院的悬殊相比，这个德贝维尔的真人同苔丝所期望的相差更远了。在她的幻想里，他应该是一张老人的庄重严肃的脸，凝结了所有的德贝维尔的面部特征，脸上的皱纹承载着记忆，像象形文字一样昭示着她的家族和英国好几百年的历史。但是她已经没有退路了，就只好鼓足勇气来应付眼前的事，回答说——

“我是来拜访你母亲的，先生。”

“恐怕你不能见她——她是个病人。”这个名叫阿历克先生的人，就是那位最近去世的绅士的独生儿子。“你的事我能代劳吗？你想见她有什么事吗？”

“没有什么大事——只是——唉，那件事我简直说不出口！”

到这儿来认亲，这件事苔丝心里感到非常荒谬，她这种感觉现在变得更强烈了，她心里颇有些怕他，总的来说在这儿感到局促不安，但她还是把玫红的嘴唇咧开，露出笑容来，这一下简直让黝黑的阿历克神魂颠倒了。

“真是太叫人难为情啦，”她磕磕巴巴地说，“恐怕我说不出口！”

“没关系，我喜欢听叫人难为情的事。说下去吧，亲爱的。”他和和气气地说。

“是我母亲让我到这儿来的，”苔丝接着说，“说实话，我自己也愿意来。不过我没有料到会是这样。我到这儿来，先生，是想告诉你我们同属一个家族。”

“哦！穷亲戚吗？”

“是这样的。”

“是姓斯托克的人吗？”

“不是，姓德贝维尔。”

“噢，是的，我说的就是姓德贝维尔。”

“我们的姓现在变了音，成了德贝菲尔德，但是有一些证据，可以证明我们姓德贝维尔。考古学家也认可我们姓德贝维尔，而且——我们还有一方古印，上面雕刻着一面盾牌，盾牌上面有一头跃起的雄狮，狮子的上方是一座城堡。我们还有一把非常古老的银匙，银匙的勺儿是圆形的，像一把小勺子，上面也刻有一座相同的城堡。不过这把银匙已经磨坏了，所以我母亲就用它来搅豌豆汤。"

"银色的城堡肯定是我们的盔饰，"他和气地说，"我家的纹章上也是一头跃起的雄狮。"

"因此我母亲说，应该让你们知道我们是亲戚——而且在一场严重的事故中，我们家的马死了，我们是德贝维尔家族的长房。"

"你的母亲真是不错，让你来告诉我这些。我也不排斥她让你来拜访我们。"阿历克说话的时候，眼睛一直盯着苔丝，把苔丝看得脸上发红。"因此，我的美人，你是以亲戚的身份来看望我们了？"

"我想是这样的。"她结结巴巴地说，又局促不安起来。

"哦——这没有什么不好。你们家住在哪里？做什么营生？"

她把具体情况简单地同他说了说，回答了他问的一些问题，就告诉他她打算再搭乘她来这儿时坐的那趟车回去。

"要等到那趟车回转来经过特兰里奇街口，时间还早得很。我们到庭园里逛逛，等车回来，我漂亮的小堂妹，好不好？"

苔丝希望尽量缩短她的这次拜访，但是那位青年一直劝说她，她只好同意陪他走走。他带着她在草坪里、花圃里和温室里逛逛，之后又去果园里和花房里走了走，在那儿他问她喜不喜欢吃草莓。

"喜欢，"苔丝说，"不过要等草莓熟透了我才喜欢吃。"

"这儿的草莓已经熟好了。"德贝维尔开始为她采摘品种不同的各色草莓，弯着腰把草莓递给站在他身后的苔丝，他一站起来，就立刻从"英国王后"种的草莓中挑了一个特别好的，捏着草莓的把儿送到了苔丝的嘴边。

"不，不！"苔丝急忙说，一边举手捂住了自己的嘴巴。

"别说废话！"他坚持着，苔丝出于无奈，只好张开嘴巴把草莓吃了。

他们就这样随意地逛着，消磨了一阵时光，每当德贝维尔请她吃草莓，她都半推半就地吃了。苔丝吃不下了，他就把草莓装在她的小篮子里，然后，他们两个人就转到玫瑰那儿，他摘了一些玫瑰花，送给苔丝，让她戴在胸前。她迷迷糊糊地依从着他，她的胸前戴不下了，但是德贝维尔还是又摘了一两支含苞未放的玫瑰插进她的帽子里，而且还十分慷慨大方地在她的篮子里堆了一些其他花朵。装满了，他看看手表说："现在是你吃点东西的时候了，然后就该动身了，如果你想乘坐去夏斯顿的车的话。过来吧，我找一些东西请你吃。"

阿历克·德贝维尔又领她回到草坪那儿，就让苔丝待在那儿，自己进了帐篷，不一会儿，他就准备好一篮子食物拿了出来，放在苔丝的面前。很明显，这位绅士不愿意他们两个人私下的愉快交流被仆人打扰。

"我抽烟你不介意吧？"他问。

"哦，一点儿也不，先生。"

他透过弥漫在帐篷里的一缕缕烟尘，悄悄打量着苔丝漂亮的无意识的咀嚼，在苔丝·德贝菲尔德天真烂漫地低头欣赏胸前的玫瑰这一刻，她没有意识到在那醉人的蓝色烟雾之后，正潜藏着她人生戏剧中的"悲剧性灾难"——她站在那里，光艳照人，散发着年轻生命的光彩。她有一种特质，这种特质现在变成了对她不利的因素，因为正是这种特质，吸引了阿历克·德贝维尔的注意，使他把目光集中在她的身上。她丰满的面容和发育良好的身体，使她看起来比她的实际年龄显得更为成熟。她从母亲那儿继承了这种特质，但是本质却并非如此，她还是那么天真稚嫩。这个特点曾经让她感到烦恼，后来她的同伴告诉她说，随着时光的流逝，这个缺点就会不明显了。

不久她就把饭吃完了。"现在我要回家了，先生。"她站起来说。

"你叫什么名字呀？"他陪着她沿着大车道一直走到看不见房子的地方才问。

"苔丝·德贝菲尔德，住在马勒特村。"

"你说你们家的马死了？"

"我——是我害死了它！"她回答说，在她详细说明王子如何死的这件事的时候，眼睛里满是泪水。"因为马死了，我真不知道能为父亲做些什么。"

"我一定要想想，看能不能帮到你。我母亲会给你安排一份工作的。不过，苔丝，再别说什么'德贝维尔'了——你知道，只能叫德贝菲尔德——这完全不一样。"

"我也不再奢求更好的姓了，先生。"她带着几分自尊说道。

有一瞬间——仅仅是一瞬间——当他们走到大车道转弯的地方，在高大的杜鹃树和针叶树下，在门房看不见的地方，他曾想把脸伸向她，仿佛要——不过他没有把脸靠过去，他认真想了想，就放苔丝走了。

故事就这样开始了。假如她已经看出了这次会面将意味着什么，她也许就要问一问，为什么命中注定那天看见她并对她垂涎三尺的是一个卑鄙下流的人，而不是另外一个在各方面都让她感到合乎心意的人——那个刚好在人间能够碰到的让她可心可意的人；可是她认识的最接近这一标准的那个人只给苔丝留下一个短暂的印象，并且差不多已经忘记了。

世间很多完美的计划执行起来就变得失当，渴求的呼唤很少换回呼应，恋爱的人也很少同恋爱的时机契合。每当相逢可能导致美满的结果时，造物主往往不在那个时候对她的可怜生灵说一声"再次相逢"；或者说每当捉迷藏的游戏把人累得精疲力竭心生厌烦的时候，造物主也不对高呼"在哪儿"的人回答一声"在这儿"。也许我们渴求了解，当人类的进步到达完美的顶点时，人类更加聪敏了，把我们颠来倒去的社会机器调配得更加紧密了，那时，时代的错误会不会得到改正。不过这种完美现在是无法预知的，甚至也无从想象。我们知道的只是，在目前的事例中，就如同千百万的事例一样，不是一个完美整体的两个部分在一个完美的时刻碰到了一起，而是与其相吻合的另一半迷失了，孤零零地在世上漂泊，茫然地等待着，一直等到先前那个时刻的到来。也就在这种稀里糊涂等待的笨拙延宕中，产生了种种焦虑、失望、恐惧、灾难，以及种种短暂的曲折离奇的人生故事。

德贝维尔回到帐篷以后，就叉开两腿坐在椅子上沉思起来，脸上现出得意的神气。随即，他就纵情大笑起来。

"哈，我真走运呀！多有趣的一件事啊！哈——哈——哈！真是一个叫人垂涎欲滴的小姑娘啊！"

第六章

　　苔丝下了山，来到特兰里奇十字街口，漫不经心地在那儿等着搭乘从猎苑回夏斯顿的马车。她上车时候，车里其他乘客同她打招呼，她虽然也回答了他们，但并不清楚他们说了些什么。他们乘坐的马车又接着上路了，苔丝一路上沉浸在自己的心事里，对身外的一切视若无睹。

　　在和她同乘一辆车的旅客中，有一个心直口快的人对她说了句直截了当的话："哎呀，你简直变成了一束花了！这还在六月初呀，就有这么多好看的玫瑰花了！在此之前，已经有人议论了。"

　　此时，她终于意识到在他们惊异的目光里，她表现出来的是一种何等滑稽的情形了：胸前戴着玫瑰花，帽子上插着玫瑰花，篮子里也装满了玫瑰花和草莓。她不禁面红耳赤，含含糊糊地告诉他们玫瑰花是别人送给她的。在乘客们不再注意她的时候，她偷偷地把帽子上特别惹眼的玫瑰花摘下来，放在篮子里，用她的手巾盖起来。之后她又陷入了沉思，在她恍惚低头的某一刻，她的下巴被她胸前的玫瑰花刺扎了一下。和布莱克曼谷所有的人一样，苔丝的头脑里充满了玄虚的幻想，是迷信；她想，被玫瑰花刺扎了，这可不是一个好兆头——这是那天她注意到的第一个预兆。

　　她乘坐的马车只能到夏斯顿，从这个山间小镇走下山谷到马勒特村，还有几英里的路需要步行。她的母亲曾经告诉过她，如果她实在累得走不动了，就在这里她们熟悉的一个农妇的家里住一晚上。苔丝那天就在这儿住了一晚，第二天下午她才下山回家。

　　她进了家，立刻就从她母亲扬扬得意的脸色上看出，当她不在家时，已经发生了什么事。

　　"啊，我的话不错吧，我全知道呢！我告诉过你这件事是不会有问题的，现在已经成真啦？"

"我不在家时发生了什么事？什么事成真了？"苔丝十分厌倦地说。

她的母亲一副调皮的神气，把女儿上上下下好好看了一番，开玩笑地说："你到底讨得他们的欢心了！"

"你怎么知道的，母亲？"

"我收到了一封信。"

苔丝这才想起来，是有时间把信送到这儿。

"他们说——德贝维尔太太说——养鸡是她的爱好，她有一个小型养鸡场，想让你去照料。不过这只是她的含蓄表达，既要你去她那儿，又不激发起你的太多想法。她是想认你做亲戚呀——这就是她的意思。"

"可是我没有见到过她呀。"

"我想你见到过什么人吧？"

"我见到过她的儿子。"

"他认不认你做亲戚呀？"

"哦——他叫我堂妹。"

"我就知道他会叫你妹妹的！杰克——他叫她堂妹啦！"琼对她的丈夫喊道，"对了，他当然对他的母亲说了，就是他的母亲要你到她那里去的。"

"可是我不知道我能不能养鸡呀。"心中疑惑的苔丝说。

"那我就不知道谁会养鸡了。你生在一个小本经营的农家，又是干活长大的。农家人总比半路出家的人懂得多些。另外，这也不过是表面上做做样子，让你觉得你是在给他们工作，而不会感到欠了别人的情。"

"总而言之，我觉得我去不妥，"苔丝沉吟了一下说，"信是谁写来的？给我看看好吗？"

"是德贝维尔夫人写的。你自己看吧。"

那封信是用第三人称的口吻写的，简单直接地告诉德贝菲尔德太太说，那位夫人需要她的女儿去工作，帮助那位夫人照管鸡场，如果她去，还会给她提供一个舒适的房间，并说只要苔丝的表现让他们觉得满意，工钱是很优厚的。

"哦——就写了这些？"苔丝说。

"你也不能指望她立刻就伸开双臂拥抱你、亲吻你呀。"

苔丝抬头望望窗外。

"我宁愿同你和父亲留在家里。"她说。

"这是为什么？"

"我也不想告诉你为什么，母亲，老实说，我也不完全清楚为了什么。"

之后的一个星期，她都在附近的地方寻找一个轻松一点的工作，但是她没有如愿。一个星期过去了，她在晚上回到家里。她原本是想在夏季里挣到一笔钱，再买一匹马。她还没有跨进门，就有一个孩子连跑带跳地冲出屋子对她说："那个绅士来过咱家啦！"

她母亲连忙对她解释，浑身上下都在笑。德贝维尔夫人的儿子骑马恰好路过马勒特村，就顺便来拜访他们。他主要是代表他的母亲来的，想问问苔丝究竟愿不愿意去为老夫人管理鸡场，还说以前为她工作的小伙子不踏实干活。"德贝维尔先生说，从你的模样看起来，你肯定是个好姑娘，他说你抵得上金子。他对你颇有好感——实话对你说吧。"

听说自己获得一个陌生人如此高的评价，苔丝一时似乎有些高兴起来，因为当时她情绪很低落。

"感谢他这么想，"苔丝嘟哝着说，"如果我住在那儿的确感到安心的话，我随时会前去的。"

"他是一个能干漂亮的人啦！"

"我可不这样想。"苔丝冷淡地说。

"好啦，无论如何，这总是你的一个机会，我能断定，他戴的是一个漂亮的钻石戒指！"

"是钻石戒指，"坐在窗子下面板凳上的小亚伯拉罕快活地说，"我也看见啦！他举手摸胡子的时候，那个钻石戒指光灿灿的。母亲，我们那个阔亲戚为什么总是用手摸他的胡须呢？"

"听你这孩子说的！"德贝菲尔德太太带着赞许的神情得意地大声说。

"也许是炫耀他的钻石戒指吧？"约翰爵士坐在椅子上打瞌睡，嘴里嘀咕着。

"我再考虑考虑这件事。"苔丝说完就离开了房间。

"好啦,她这一去就能征服我们家族分支的那家人了,"女主人继续对丈夫说,"她要是不继续努力,那才是个傻瓜呢。"

"我可不太乐意我的孩子离开家,"做小生意的丈夫说,"我作为一个家族的长房,应该别人到我这儿来。"

"不过还是让她去吧,杰克,"可怜的傻乎乎的妻子劝说着丈夫,"他都叫她小堂妹啦!他很有可能娶她,让她做一个贵夫人,那时候,她就同她的祖先一样了。"

约翰·德贝菲尔德的虚荣心比他的精力和身体状况强得多,所以这个设想很让他高兴。

"哦,也许,这就是年轻的德贝维尔先生的想法,"他承认说,"我敢肯定,他或许真的想和我们长房结亲,借此来改善他们的血统。苔丝真是幸运儿!她只是去拜访了他们一次,就真的带来这种好结果吗?"

这时候,苔丝正在院子里的醋栗丛中、在王子的坟墓上满腹心事地走来走去。在她走进房间时,她母亲就盘问起她来。

"呃,你打算怎么做呢?"她问。

"那天我要是见到德贝维尔太太就好办了。"苔丝说。

"我认为你应该拿主意了。这样你很快就能够见到她了。"

她的父亲坐在椅子里咳嗽着。

"我根本不知道说什么才好!"姑娘不耐烦地说,"还是按你说的做吧。既然我把那匹老马害死了,我想我应该设法再弄一匹新马。但是——但是——我确实很不喜欢那个德贝维尔先生!"

孩子们在王子死了之后,一直想着苔丝嫁给他们有钱的亲戚(在他们的心目中,那一家人一定是他们的亲戚),并以此作为一种补偿,这时候看见苔丝犹豫不决,就开始朝苔丝嚷起来,骂她,埋怨她拖泥带水的。

"苔丝不——不——不去啦,不做阔——阔——阔太太啦!她说她——不——不去啦!"孩子们咧开大嘴号啕大哭,"我们不会有漂亮的新马啦,也没有成堆的钱买礼物啦！苔丝再也不会有新衣服穿啦，再也不——不漂亮啦！"

她的母亲也在一旁帮腔，扯着同样的调子：苔丝如果不去，那就是把家里的困难期无限期地延长了，使家里的负担比原来变得更沉重了，所有这些加重了她母亲的话的分量。只有她的父亲保持着中立的态度。

"我去算了。"苔丝终于说。

姑娘同意去了，这又使她的母亲心里憧憬起这门亲事的前景。

"这就对了嘛！像你这样一个漂亮人儿，这是一个好机会呀！"

"我只想干活挣些钱罢了！这不是什么别的机会，你不要在村寨里拿这件事到处对人瞎嚷嚷好不好。"

德贝菲尔德太太并没有答应她。她不敢保证，在那个阔少说了那样一番话后，她能不能控制住自己不得意忘形，到处去瞎嚷嚷。

事情就这样定下来，年轻的姑娘写了封回信，同意做准备，他们需要她哪天去，她就哪天去。接着她就收到回信，告诉她德贝维尔夫人对她的决定感到欣慰，并说后天就派一辆轻便马车来，到山谷的坡顶上接她，帮她运行李，要她做好在那个时候动身的准备。德贝维尔夫人信上的笔迹好像有一些男性化。

"派一辆轻便马车？"琼·德贝菲尔德有些疑惑地轻声说，"来接亲戚，应该派一辆大马车呀！"

苔丝终于拿定了主意，所以也就不再心神不定、魂不守舍了，又开始平静地做自己的事情，心里想着做一份不太劳累的工作，就能挣到钱再给父亲买一匹马了。她原本希望在小学里当一名教员，但是命运似乎安排她做另外的事。因为她的思想比她的母亲成熟些，所以她此刻并没有把德贝菲尔德太太对她婚姻的希望当作一回事。那个浅薄的妇女，似乎从女儿一出生，就开始为女儿物色好丈夫了。

第七章

在约定动身的那天早上，天还没亮苔丝就醒了——那时候正是黎明即将取代暗夜的时刻，树林里静悄悄的，只有一只先知先觉的知更鸟在用它清脆嘹亮的声音高歌，深信至少自己是知道一天的正确时辰的，但是其他鸟儿却保持着沉默，仿佛也同样坚信是那只唱歌的鸟儿叫错时辰了。苔丝一直在楼上打点行装，到了吃早饭的时候，她才穿着寻常的衣服下楼，而她那套最好的衣服却仔仔细细地叠好了放在箱子里。

母亲劝她道："你出门去走亲戚，就不会穿比你身上这套衣服更漂亮些的吗？"

"可是我是去做工的呀！"苔丝说。

"不错，是去做工，"德贝菲尔德太太说，她用说知心话的口吻补充道，"开始也许要假装点儿去工作……不过我还是觉得你应该把最好的衣服穿在外面。"

"好啦，好啦，就你啥都知道。"苔丝不再反抗了，厌倦地回答道。

为了母亲高兴，姑娘只好把自己完全交给琼打理，面无表情地说："你想怎样就怎样吧，妈妈。"

听见苔丝这样说，德贝菲尔德太太心中大喜。她先去拿来一个大盆，把苔丝的头发彻底地洗了一遍，等到头发干了，梳理好了，头发蓬松得好像比平时多了一倍。她用一根比寻常发带宽得多的粉红色带子把头发扎起来，然后再让苔丝穿上那件在会社游行时穿的白裙。苔丝一头蓬松的长头发，配上身上穿的宽松裙子，使她正在发育的身体显露出一种丰腴之态，让人无从看出实际年龄，也许会误认为她是一个成熟的妇人，事实上她比一个孩子大不了多少。

"我对你说，我的袜子后跟上有一个窟窿。"苔丝说。

"袜子上有窟窿不要紧——它们又不会说话！我年轻的时候，只要戴上一顶漂亮的帽子，鬼才知道袜子上有洞呢。"

看见女儿漂亮的体形，母亲很感到几分骄傲，往后退了几步，就像一个画家从画架前后退，从整体上仔细打量自己的杰作一样。

"你得好好看看你自己！"她嚷嚷着说，"你比平时漂亮多了。"

由于镜子太小，只能照到苔丝身体的很小一部分，德贝菲尔德太太就在窗户玻璃外面挂上一件黑色的外套，这样就把窗玻璃变成了一面大镜子，这也是乡下人梳妆时常用的办法。然后，她就下楼找她的丈夫去了，他此刻正坐在楼下的房间里。

"我要告诉你，德贝菲尔德，"她兴致勃勃地说，"他决不会不爱她的。不过不管你说什么别的，都不要对苔丝多说他喜欢苔丝之类的话，也不要提她有这个机会。她是一个有个性的姑娘，说多了也许她就讨厌他了，甚至于她现在也会不愿到那儿去了。如果一切顺利，我一定要对鹿脚巷的那个牧师有所报答，感谢他告诉我们祖上这些事——他真是个好人。"

然而，姑娘动身的时刻越来越近了，当初梳妆打扮的兴奋劲一褪去，琼·德贝菲尔德太太的心里就涌现了一种担忧之情。因此这位家庭主妇说，她要送女儿一程——要把女儿送到山谷斜坡上的那个地点，那个斜坡是通往外部世界的第一个制高点。苔丝可以在坡顶上等待斯托克·德贝维尔家派来的轻便马车，而她的行李已经由一个小伙子运到了坡顶上，一切准备就绪，只等车来拉她。

看见妈妈戴上了帽子，小孩子们就一起嚷嚷起来，要跟她一起去。

"我也要去送姐姐，现在姐姐要嫁给绅士堂哥啦，要穿漂亮衣服啦！"

"唉，"苔丝叹了口气，满脸绯红，连忙背转身去，"我再也不要听这些话了！妈妈，你干吗要把这些东西塞到他们头脑里去？"

"孩子们，姐姐是去为我们有钱的亲戚工作的，是去挣一笔钱，好帮家里再买一匹马。"德贝菲尔德太太安抚孩子们说。

"我走啦，爸爸。"苔丝哽咽着说。

"去吧，我的孩子。"约翰爵士抬起头来说，为了庆祝苔丝出门，这个早晨，他又去喝了酒，正垂着头在那儿打瞌睡。"好吧，希望我那位年轻的绅士会喜欢上和他同宗的一位漂亮姑娘。还有件事，告诉他，苔丝，我们家从前是大户人家，现在衰败了，我要把我们家的名头卖给他——对，卖给他——也不要大价钱。"

"绝不低于一千镑。"德贝菲尔德太太大声说。

"告诉他——我要一千镑。算啦，我再想想吧，我就少要点儿。这个名头加在他身上，比加在我这样一个没本事的可怜人身上好多啦。告诉他，我只要他出一百镑。不过我不是个斤斤计较的人——告诉他出五十镑就成——要不就二十镑吧！行，就要二十镑——这是最低价了。他妈的，祖宗的声誉总是声誉，一个便士也不能再少啦！"

苔丝眼睛里充满了泪水，喉咙哽咽着，心里五味杂陈，却一句话也说不出来。她连忙转过身，走出家门。

母女俩就这样在路上一起走着，苔丝的两旁各有一个孩子牵着她的手，心里似乎在想什么，不时地看苔丝一眼，仿佛在看一个正要去干一番大事业的人，她母亲和最小的一个孩子走在后面。这一群人构成了一幅图画，中间走着诚实的美丽，两边伴着无邪的天真，后面跟随着头脑简单的虚荣。她们就这样一起走着，一直走到山坡的底下，从特兰里奇派来的马车就在坡顶上接她，之前的这种安排，正是为了避免马车爬这段坡路。在远方第一重山峦的后面，夏斯顿峭壁一般的房舍破坏了山脊的轮廓。在蜿蜒向上的大路上，除了他们派来接苔丝的小伙子以外，空无一人。小伙子坐在车把上，车里装着苔丝在这世界上所有的物品。

"在这里等一会儿吧，马车很快就会来的，这是不用怀疑的。"德贝菲尔德太太说，"好啦，我已经看见那边来的马车啦！"

马车已经来了——它似乎是从不远处那片高地后面突然出现的，在运行李的小伙子旁边停下了。于是苔丝的母亲和孩子们决定不再往前走了，苔丝在匆匆向他们道别以后，就弯腰向山坡上走去。

他们看见苔丝离马车越来越近，她的箱子也已经放到了马车上。可是就在她还没有完全走到马车跟前时，又有一辆马车从山顶上的树林中飞快地驶出来，它绕过一段弯路，从行李车旁驶过来，停在了苔丝的面前，苔丝抬头一看，似乎大吃一惊。

她的母亲最先发现，第二辆车和第一辆车不一样，它不是一辆简陋寒酸的马车，而是一辆整洁漂亮的单马双轮马车，也叫狗车（马车的一种，在座位下设有一个箱子，供打猎的人放猎狗），锃光瓦亮，设备齐全。驾车的是一个二十三四岁的青年男子，嘴里叼着一根雪茄烟，头上戴一顶花哨的小帽，穿着件灰色的上衣和相同颜色的马裤，围着白围巾，戴着硬高领，手上戴着褐色的驾车手套——简言之，他是一个长脸形的漂亮的年轻人，就是他在一两个星期前，曾经拜访过琼，向她打听苔丝的回话。

德贝菲尔德太太像一个孩子一样拍起手来。拍完手后她看看下面，然后再瞅瞅上面。那意思她还有什么不明白的？

"要让姐姐做贵太太的就是那个阔亲戚吗？"最小的那个孩子问。

就在这时，能看见穿细纱布衣服的苔丝端正身体在马车旁边静静地站着，神情上犹犹豫豫的，马车的主人正在和她讲话。事实上，她那种看上去的犹豫根本不是犹豫，而是疑惑。她似乎宁肯坐那辆简陋寒酸的马车。那个年轻人跳下车，似乎在劝她上车。她转过脸去，朝向山下她的亲人们，看了一会儿那个小小的群体。似乎有什么事促使她下定了决心，很可能，是她想到了王子之死。她突然间上了车，随即他也上车坐在她的旁边，然后向拉车的马抽了一鞭。他们很快就超过了运送箱子的慢车，消失在山头后面看不见了。

苔丝从视野里消失了，这件有意思的事情好像一幕戏剧，也到了终场时刻，小孩子的眼睛里都盈满了泪水。最小的那个孩子说："我真希望可怜的苔丝没有离开我们家，不去做贵夫人！"说完，他把嘴一咧，大哭起来。这个新观点带有传染性，第二个孩子也同样哭起来，接着又是一个，后来三个孩子就一起号啕大哭起来。

琼在转身回家的时候，眼睛里同样也满含泪水。不过当她走到村子的时候，就只能无可奈何地一切听从上帝的安排了。但是，当天晚上她睡在床上一直唉声叹气的，丈夫便问她有什么不舒服。

"唉，我也说不清楚，"她说，"我一直在想，要是苔丝没有离家，也许更好些。"

"你先前为什么不这样想？"

"唉，那是女儿的一个机会呀——不过，这件事要是重新来过，我就要等打听好了，弄清楚了那个绅士是不是一个真的好人，是不是真把苔丝当他的堂妹对待，若不是我绝不会放苔丝走。"

"不错，你是应该先打听打听的。"约翰爵士迷迷糊糊似睡非睡地应和了一声。

琼·德贝菲尔德总是能从什么地方来找到安慰："好啦，作为真正的嫡亲后裔，只要她的王牌用得好，她应该能把他吸引住。即使他现在不娶她，以后还是会娶她的。因为谁都看得出来，他已经深深地爱上苔丝啦。"

"她的王牌是什么呀？你是指她的德贝维尔血统吗？"

"不，真笨，她的容貌——就和我从前的容貌一样。"

第八章

阿历克·德贝维尔上车在苔丝身旁坐好，就赶马沿着第一座山的山脊向前急驶而去，一路上不住口地恭维赞扬苔丝，而为苔丝运送行李的大车远远地落在后面。他们越走越高，一大片风景在他们四周展现开来，一望无际。在他们身后，是她生活的绿色山谷，在他们前面，是一片灰色的田野。除了她在第一次到特兰里奇的短暂旅行中知道的地方以外，对其他地方她一无所知。他们就这样来到了一个山坡的顶上，再往前就是下坡的一条笔直大道，大约有一英里长。

尽管苔丝·德贝菲尔德胆子生来就大，但是自从她家里的马被撞死以后，苔丝一坐车就感到很害怕，马车的行驶稍微有点儿动荡，她就觉得心惊肉跳。阿历克赶着马车横冲直撞，苔丝心里早就惊惧不安了。

"我想下山时你会慢点吧，先生？"

德贝维尔扭头看看苔丝，用他的大白门牙夹着雪茄烟，慢慢咧开两片嘴唇笑了。

"噢，苔丝，"他抽了一两口雪茄烟后回答说，"像你这样一个大胆健壮的姑娘，怎么这样问呢？呵，我总是打着马飞跑下山的。再没有像那样让人痛快的了。"

"不过现在你不必那样下山吧？"

"啊，"他说，"这可是两个人的事呀，不是我一个人能做主的。提布也要算在里面，它的脾气可是暴戾得很。"

"提布是谁？"

"噢，就是这匹母马呀。我感觉它刚才回过头来恶狠狠地瞪了我一眼。你没有看见吗？"

"别吓唬我，先生。"苔丝说。

"哦，我没有吓唬你。要是这世界上有谁能驾驭这匹马，那我也能够驾驭它，不，我不是说世界上还有人能够驾驭这匹马——如果有能够驾驭它的人，那个人也只能是我。"

"你怎么会养这样一匹马？"

"啊，你问得正好！我想我命中注定要有这样一匹马的。提布已经踢死一个人了，就在我把它买来后不久，它也差一点儿把我踢死。后来，说实话，我也差一点儿把它打死。不过它仍然脾气暴躁，非常暴躁；所以有时候坐在它的后面，人的生命也不那么保险了。"

那时候他们正乘车下山，很显然，那匹马几乎不需要它后面的驾车人的任何提示，不知是出于它自己的意思还是它主人的意思（也许后者的意思更多些），它就完全按照它主人所希望的那样不顾危险地飞跑起来。

马车飞快地向山下冲去，狗车的轮子像旋转的陀螺一样嗡嗡直响，左右不停地摇晃着，车轴也同前进的直线形成了些微的斜角；在他们眼前，马的躯体不停地上下起伏颠簸着。有时候，马车一侧轮子离地，好像单轮跑出去好几米远；有时候，马车又击起一块石子，旋转着飞过树篱；马蹄踏在石块上，火花飞溅，比日光还亮。随着他们向前飞奔，笔直的道路变得更加开阔了，道路就像一根被劈开的木棍分成了两半，一边一半地，从他们身旁一闪而逝。

风吹透了苔丝的平纹细布衣服，直抵她的肌肤，她刚洗过的头发也被吹拂起来，在脑后飘扬。她决心不把她的害怕显露出来，不过她还是把德贝维尔握着缰绳的胳膊紧紧抓住了。

"别碰我的胳膊！你要是抓住它，我们都会被摔出去的！你搂着我的腰好啦！"

她搂住了他的腰，两人就这样到了山下。

"虽然你这样莽撞，不过总算安全下来了，谢天谢地！"她说，脸上却呈现出气愤的神情。

"苔丝——别说啦！也别发脾气啦！"德贝维尔说。

"我说的可都是真心话。"

"好啦，你不应该在危险过后，连谢谢都不说一声就撒开了手呀。"她先前并没有意识到她刚才做了些什么，在她不自觉地搂着他的时候，她并没有去想他是男人还是女人，是木头还是石头。现在她又恢复了她的矜持冷淡，端坐在那儿不再搭理他，他们就这样一直向前来到另一个山坡的顶上。

"喂，又要下山啦！"德贝维尔说。

"不要莽撞，不要莽撞！"苔丝连连说，"请你一定理智一些，先生。"

"不过，人要是到了此地最高的山顶上，那肯定都是要冲下山去的。"他反驳说。

他把缰绳索一松，第二次向山下猛冲去。他们在车里摇晃着，德贝维尔把脸扭向苔丝，嬉皮笑脸地说："喂，你用胳膊搂住我的腰吧，就像你刚才那样抱着，我的美人。"

"决不！"苔丝坚决地说，一面尽力保持住自己的平衡，不去碰他。

"你如果让我亲一亲你那两片纯洁的嘴唇，苔丝，或者让我亲一亲你那红红的脸颊，我就停下来——我用人格担保我会停下来的。"

苔丝讶然，在她的座位上向后挪了挪，离德贝维尔更远了些，德贝维尔又催马跑了起来，把苔丝摇晃得更厉害了。

"除此以外都不行吗？"苔丝终于喊了起来。在绝望之中，她的一双大眼睛就像野兽的眼睛一样，凶狠地瞪着他。她的母亲把她打扮得那么漂亮，显然是害了她了。

"别的不行，亲爱的苔丝。"他回答道。

"唉，我完全不知道——还有什么别的办法，我顾不了那么多了！"她可怜地喘着气答应了。

他收一收缰绳，马车就慢了下来，他正要把他渴望的亲吻印到苔丝的脸上时，苔丝仿佛无意识地有了女孩的羞怯，匆忙躲到了一边。德贝维尔双手握着缰绳，也无法阻止她的移动。

"好哇，他妈的——我看我们两个都摔死算了！"她同伴喜怒无常，嘴巴里已经骂开了。"你怎能说话不算数，你这个小妖精，你说话算不算数？"

"行啦，行啦，"苔丝说，"既然你非如此不可，我就不动好啦！只是我——原以为你是我的亲戚，你会好好对我，会保护我的！"

"去他的什么亲戚吧！靠过来！"

"不过我不想让别人吻我，先生！"她恳求说，眼睛里一颗大大的泪珠从脸上滚落，努力不让自己哭出来，她的嘴角颤抖着。"要是我早知道这样的话，我是不会到这儿来的。"

他不愿放弃，她只好坐着不动，让他强吻了一下，他刚吻完她，她就立刻羞得满脸通红，接着掏出她的手绢，擦了擦她脸上被他的嘴唇接触过的地方。见她如此，他的一团火气立刻爆发出来，因为苔丝做这些动作完全是出于无心的。

"一个乡下姑娘，你倒挺敏感的！"年轻的男子说。

苔丝没有理睬他的话，说实在的，她对他这句话的含义根本就没有完全理解，她也没有留意到她出于本能而在脸上一擦是对他的一种抵触。岂止是抵触，如果是物质上的东西，实际上她是把他的吻给擦掉了。她隐隐地感觉到他很恼怒，所以在马车一路小跑驶过梅尔布里坡和温格林的路上时，她就只是眼睛盯着前方，端坐着不动，直到她看见前面还有另一段下坡路要走的时候，她才大惊失色起来。

"你要为刚才的事向我道歉！"他又接着说，话音里仍然带着尊严受到伤害的味儿，还把手里的马鞭子一挥。"除非你乖乖地让我再吻一次，而且不许用手绢擦。"

她叹了口气。"好吧，先生！"她说，"哦——我的帽子掉了！"

在说话的那个时候，她的帽子被风吹落了，掉到了路上，他们当时走上坡路的速度也挺快。德贝维尔拉缰把马勒住，说他会下去帮她捡帽子，不过苔丝还是从另一边下了车。

她转过身去，弯腰把帽子捡了起来。

"说真的，你不戴帽子反而更漂亮，"他从马车后面直勾勾地看着她说，"来呀，现在上来吧！怎么不动啦？"

帽子已经戴在了头上，帽带也系好了，但是苔丝却没有走过来。

"我不上车啦，先生，"她说，说话时露出玫红色的嘴唇和洁白的象牙似的牙齿，眼睛里也闪耀着胜利的神气。"我不再上去了，我肯定。"

"什么——你不上车坐在我旁边了吗？"

"不啦，我可以走路。"

"可是到特兰里奇还有五六英里路呀。"

"就是有几十英里路，我也不在乎。而且，运送行李的大车还在后面呢。"

"你这个耍滑头的野丫头！好吧，我问你——你是不是故意让帽子被吹掉的？我敢保证你是故意的！"

她保持着战略性的沉默，这证明他猜对了。

于是德贝维尔开始咒骂她，因为她耍了诡计，他就肆无忌惮地对她乱骂一气。他突然掉转马头，想反追上苔丝，要把她逼到马车和树篱中间。不过他并没这样做，因为担心会把她弄伤。

"你说了这样恶毒的话，你自己应该感到羞耻！"苔丝爬到了树篱的顶上，变得更加勇敢起来，她大声喊道。"我一点儿也不喜欢你！我恨你，讨厌你！我要回家，到我妈妈身边去啦，我要回去！"

看见苔丝大发脾气，德贝维尔的火气反倒消了，哈哈大笑起来。

"好啦，你这样我更喜欢你了，"他说，"上来吧，让我们和好吧。我再也不勉强你做你不愿意做的事了。现在我用我的生命起誓。"

苔丝仍然不听他的劝说，不肯上车。只是，她并不反对他驾车走在她的旁边。他们就这样缓慢地走向特兰里奇的村庄。德贝维尔看到由于自己行为不检点，使得苔丝不得不步行，也表现出一种强烈的不安来。现在她完全可以相信他了，不过他一时轻率失去了她的信任，苔丝也就坚持在路上走着，一路上满腹心事，仿佛想知道是不是转身回家去才是更加明智的做法。不过她此前已下了决心要去工作挣钱，而且现在不去似乎显得有些小孩子气，除非有重要的理由。她怎能这样感情用事打乱重振家业的全部计划呢？她怎样对她的父母说呢？怎样取回她的箱子呢？

几分钟以后，远远地望见了那块大坡地上面的烟囱了，那座处于幽静隐蔽之处的养鸡场和房舍也映入眼帘，那正是苔丝要去的地方。

第九章

苔丝要做的工作就是当一大群鸡的监护人、食物提供者、看护、外科医生和朋友，这群鸡的营地矗立在一个场院中的一所旧茅屋，这个场院从前是一个花园，现在却被踩成了一块满是沙土的方形场地。茅屋上爬满了常春藤，屋顶上的烟囱周围也布满了这种寄生植物的藤蔓，因此烟囱变得粗大了，它的外表看上去就像是一座废弃了的塔楼。下面的房间全都作鸡舍使用，这一群鸡神气地在房间里踱来踱去，主人一般，仿佛这些房子都是它们自己造的，而不是由那些埋葬在教堂墓地中现在已化为泥土的地产保有人建造。当这份产业根据法律落到斯托克·德贝维尔夫人手里，她就满不在乎地把这座房子变成了鸡舍。这在往日住户的子孙看来，简直就是对他们家的侮辱，因为在德贝维尔家来到这儿立足以前，他们对这所房子一直都怀有极深厚的感情，建造房子花费了他们祖先大把的钱，房子也一直是他们好几代人的财产。他们说："在我们祖父的时候，即使有身份的人住这所房子也很可以了。"

在这所房子的房间里，曾经有几十个襁褓里的婴儿大声哭叫过，而现在里面却充斥着小鸡啄食的噗噗声。从前摆椅子的地方，现在却堆着鸡笼，从前椅子上坐着安详的农民，现在鸡笼里却养着心神不定的母鸡。在壁炉烟囱的墙角处和曾经火光熊熊的壁炉旁，现在堆满了倒扣过来的蜂箱，成了母鸡下蛋的鸡窝；门外的一块块菜畦，从前每一块房主都用铁锹拾掇得整整齐齐，现在都让公鸡粗野地刨得乱七八糟。

这所房子的花园四周建造时设了围墙，只有通过一道门才能进入园子。

第二天早上，苔丝整整忙了一个小时来整理鸡舍，她本来就是农家女，所以就靠自己的智慧对鸡场做了调整，重新布置了一番。就在这个时候，墙上的门开了，一个戴着白帽子系着白围裙的女仆走了进来。她是从庄园里来的。

"德贝维尔夫人又要看鸡啦，"她说。不过她发觉苔丝没有完全明白，就解释说，"夫人是一个老太太，眼睛失明了。"

"眼睛失明啦？"苔丝说。

听女仆这样说，苔丝心里十分疑惑，但还没有等她回过神来，就按照女仆的指示抱起两只最漂亮的汉堡鸡，跟在也抱着两只鸡的女仆身后，向附近的庄园走去。庄园虽然装饰豪华、宏伟壮观，但是种种迹象显示，住在庄园里的人喜爱动物胜过人——庄园前方空中鸡毛飘飞，草地上也摆满了鸡笼。

在楼下一间起居室里，庄园的女主人背对着亮光安闲地坐在一把扶手椅上。她是一个白发苍苍的老妇人，戴一顶大便帽，年龄不过六十来岁，或许不到六十岁。她的视力已经衰退了，她对救治这双眼睛也曾经作过不懈努力，后来才无奈地放弃了，这同那些失明多年或者天生就没有视力的人明显不一样，她的脸经常显现出很生动的表情。苔丝带着她的鸡来到老夫人的面前——她一只手上抱着一只鸡。

"啊，你就是那个来帮我照料鸡的姑娘吧？"德贝维尔夫人听见了新的脚步声，便说道。"我希望你能好好地照顾它们。我的管家告诉我说，你是为我照看鸡的最合适的人。好啦，我的鸡在哪儿？把它给我。哦，这是斯特拉特！不过它今天不太活泼，是不是？我想是因为一个陌生人抱它来，把它吓着啦。凤凰也如此——对，它们都有点怕——你们是不是有点儿害怕，我的宝贝？不过它们很快就会熟悉你的。"

老夫人边说边打着手势，苔丝就和那个女仆依照手势把鸡一个个放在老夫人的膝上。老夫人用手从头到尾把它们摸个遍，检查它们的嘴、鸡冠、翅膀、爪子以及公鸡的颈毛。她通过触摸能够立刻认出这些鸡来，知道它们是不是有一根羽毛折断了，弄脏了。她用手摸摸它们的嗉子，就知道它们是不是吃过食了，是吃得太多还是太少。她的脸表演的是一出生动的哑剧，内心的种种批评都能从脸上表达出来。

两个姑娘把带来的鸡一只只送回院子，又带下一批来，不断重复着带来送去的行为，一只又一只地把老夫人所宠爱的公鸡和母鸡们送到她的面前——如汉堡鸡、短脚鸡、交趾鸡、印度大种鸡、多津鸡，还有其他一些当时流行的各个品种的鸡——每只鸡放到老夫人的膝上时，她都能认出来，而且几乎无一认错的。

这使苔丝联想起了一种笃信礼仪式，在这种仪式里，德贝维尔夫人就是主教，那些鸡就是受礼的一群信徒，而她自己和那个女仆就是把它们带去受礼的牧师和副牧师。仪式结束时，德贝维尔夫人把脸皱起来，扭出一脸的皱纹，突然问苔丝："你会吹口哨吗？"

"吹口哨，夫人？"

"是的，吹口哨。"

苔丝和大多数乡下姑娘一样会吹口哨，尽管她在体面人面前不愿承认会这门技艺。但是，她还是满不在乎地承认了她会吹口哨。

"那么你每天都要吹口哨。从前我这里有个小伙子口哨吹得极好，不过他已经走了。我要你对着我的红腹灰雀吹口哨；我因为看不见鸟儿，所以更喜欢听鸟儿唱歌，我们就是用吹口哨的方法教鸟儿唱歌的。伊丽莎白，告诉她鸟笼子在哪里。从明天开始你就要吹口哨，不然的话，它们会唱的也要忘啦。已经好几天没有人教它们了。"

"今天早晨德贝维尔先生还对它们吹口哨来着，夫人。"伊丽莎白说。

"他？呸！"

老夫人的脸上堆起了更多皱纹，表达着她的厌恶之情，她不再说别的话了。

苔丝一直想象的亲戚对她的接见就这样结束了，那些鸡也被送回到它们的院子里。对于德贝维尔夫人的态度，苔丝并不怎么感到奇怪，因为自从见识了这座庄园的规模之后，她就没有抱什么和这一同宗同族的人真正结成亲戚的奢望。但是她一点儿也不知道，关于这所谓的亲戚的事，老夫人根本没有听说过一个字。她猜想那个失明老妇人和她的儿子之间没有什么感情交流。当然这一点，她也猜错了。天下对孩子又怨又爱又疼又怒的母亲多得数不清，德贝维尔夫人并不是唯一一个。

尽管第一天一开始就叫人不愉快，但是既然她已经在这儿安顿下来，所以当又一个黎明的阳光照耀一切时，她还是爱上了她的新工作的自由和新奇；她想试着去做老夫人对她做出的出人意料的吩咐，检验一下自己的能力，以便确定能不能保住她得到的这个工作机会。

　　当苔丝回到围墙内，院子里只剩下她一个人时，她就在一个鸡笼上坐下来，认真地把嘴巴撮起来，开始了她早已生疏了的吹口哨练习。她发现她这种能力已经退化了，只能从撮起的嘴唇中发出一阵阵空洞的风声，根本就吹不成调。

　　她坐在那儿吹很多次，总是吹不成曲调，心想到底是怎么回事，自己一早就会的本领怎么会忘得这样彻底？院子的围墙上也爬满了常春藤，一点儿也不比屋子上的常春藤少，忽然，她发现在院墙上的常春藤中间有什么东西在动。她向那个方向看去，见一个人影从墙头上跳下来。那个人影是阿历克·德贝维尔，自从前天他把她带到院子小屋里住下以后，她再也没有见过他。

　　"我用名誉担保！"他叫道，"无论在人世间还是在图画里，从来就没有谁像你这样漂亮，'苔丝'堂妹（在'堂妹'的口气里，有一点儿戏谑的味道。）我已经隔着墙观察你好久了——你坐在那儿，就像石碑上雕刻的急躁女神，你那漂亮的红唇撮起来，做出吹口哨的形状，不停地吹，暗自骂着，可就是吹不出一个音来。因为吹不出口哨来，所以你很生气。"

　　"我是生气来着，可是我没有骂。"

　　"哦！我知道你为什么要吹口哨——是为了那些小鸟！我母亲要你教它们唱歌。她多么自私呀！仿佛照看这些公鸡和母鸡还不够一个女孩子忙的。我要是你，就干脆不干。"

　　"可是她特意吩咐要我吹口哨啊，而且让我明天早晨就开始吹。"

　　"真的吗？那这样吧——让我先教你几次。"

　　"哦，不用，不用你教我！"苔丝一边说，一边向门口退去。

　　"别啰唆，我又不想碰你。瞧好啦——我站在铁丝网的这边，你可以站在铁丝网的那边，这样你就可以完全放心了。好啦，现在看我这儿，你把嘴唇撮得太厉害了。要像我这样子——就是这样。"

他一边讲解，一边示范，吹出的一句调子是："挪开，哦，把你的两片嘴唇挪开。"不过苔丝对调子里的歌词完全不懂。

"你试试。"德贝维尔说。

她尽量表现出严肃冷淡的样子，脸部的表情像一座雕像的脸那样刻板。不过他坚持要她试着吹吹，后来为了摆脱他的纠缠，她只好按照他说的发音方法，把她的嘴唇撮起来；接着她又很难为情地笑了起来，后来又因为自己的笑，在心里又恼怒起来，脸又变红了。

他用"再试试"的话给她打气。

这一次苔丝做得十分认真。认真得叫人觉到痛苦；她试着吹——吹到后来，无意间竟吹出了一个真正圆润的哨音来。成功暂时给她带来了欢乐，她的心情也变得好起来；她的眼睛也睁大了，不自觉地在他的面前又笑起来。

"就是这样！现在我已经教会你如何吹了——你会吹得很好的。你看——我说过我不会接近你的，尽管世界上不会有一个男人能抵制这种诱惑，我还是要信守我的诺言……苔丝，你是不是觉得我的母亲是一个古怪的老太婆？"

"我对她知道得还不多呢，先生。"

"你以后会发现她是一个古怪的老太婆。她肯定是一个古怪的人，所以才让你学习吹口哨，来教她的红腹灰雀。现在我是很让她厌烦的，但是如果你把她的那些鸡照顾好了，你一定能讨她的欢心。再见吧。如果你在这里遇到什么困难，需要什么帮助，就找我好啦，不要去找管家。"

苔丝就是在这种家庭里答应去填补一个空缺。她头一天的生活体验集中地代表着在以后许多日子里她所经历的生活。至于阿历克·德贝维尔同她见面，她也习惯了——这是这个青年人小心翼翼地在她身上培养起来的感情，是他通过说一些俏皮话、通过当他们独处时开玩笑地叫他堂妹培养起来的——苔丝和他熟悉起来，当初她对他的羞怯也淡化了不少，不过，她也没有对他产生某种新的感情，即那种新的和更加温柔的羞怯。但是，她做什么事都听他的，已经超出了一个伙伴的程度，这是因为她必须仰仗他的母亲，而他的母亲又对她没啥帮助，所以她只好仰仗他了。

　　当她恢复了吹口哨的本领的时候，很快她就发现，在德贝维尔夫人的屋子里，对着红腹灰雀吹口哨并不是繁难的事，因为她从她擅长唱歌的母亲那里学会了大量曲调，对那些歌喉婉转的鸟儿们的胃口。与当初在院子里练习吹口哨相比，现在每天清晨站在鸟笼子旁边吹口哨，确实是叫人愉快满意的了。那个青年不在身边，她感到轻松自在，就撅起嘴巴，靠近鸟笼子，对着那些凝神谛听的鸟儿们轻松优美地吹起来。

　　德贝维尔夫人睡在一张宽大的四柱床上，床上挂着厚实的锦缎帐子，红腹灰雀也养在这间房里，在有些时间里它们可以在房间里自由地飞来飞去，把家具和垫子上弄得到处都是白色的斑点。有一次，苔丝站在挂着一排鸟笼子的窗前像往常一样为小鸟儿唱歌时，恍然间她听见床后有一种细小的摩擦声。老夫人当时不在，姑娘转过身去，她影影绰绰地好像看见帐幔下有一双靴子的尖头。因此，她吹的口哨立刻就乱了调子，假如真有人的话，那么那个人也一定发觉苔丝感知到他的存在了。自此以后，她每天早晨都要检查一遍帐子，但是再也没有发现过有人在那儿。显然阿历克·德贝维尔已经完全意识到了他行为的怪诞，若他用那种埋伏的把戏，肯定会把苔丝吓坏的。

第十章

每个村庄都有自己的特点、构造，甚至也有自己的道德法则。在特兰里奇及附近，有一些年轻妇女的轻佻比较惹眼，这种轻佻或许就在很大程度上控制着附近那块坡地上人们的精神。这个地方还有一个根深蒂固的毛病，就是严重地酗酒。附近农庄上经常谈论的话题是攒钱没有用处，身穿粗布长衫的数学家们，倚着锄头或者犁歇息时，就会开始精确地计算，来证明人年老后教区提供的全额救济金，比一个人从一生挣的工资中节余出来的钱还要充足。

这些哲学家们的主要欢乐，就是在每个礼拜六的晚上下班后到两三英里以外的已经衰败了的镇上猎苑堡去，一直玩到深夜过后次日凌晨，他们才回到家里，利用星期天睡上一整天，把他们喝的种种有碍消化的混合饮料分解掉。这种饮料是从前独立经营的酒店的垄断者们当啤酒卖给他们的。

长期以来，苔丝都没有参加这些每周一次的豪饮娱乐项目。但是她迫于年纪比她大不了几岁的已婚妇女的压力——因为一个种地的工人，在二十岁时挣的工钱同四十岁的工人挣的工钱一样多——苔丝最终还是答应去了。她第一次去那儿的经历使她得到了她没有想到的快乐，整整一星期她都得待在鸡场过着照顾鸡的单调生活，所以别人的快乐都很容易感染她。她又去了几次。她容貌美丽，招人喜欢，况且又正处在妙龄，所以她在猎苑堡的大街上一出现，就引来街上游手好闲之徒不怀好意的目光。因此，有时候她虽是独自一人前往那个市镇，但是在黄昏归去时她总要找几个同伴一起走，以便回家的时候能得到大伙的照应。

这种情形持续了一两个月，到了九月的一个周六，这一天逢会和集市恰好碰到了一起，因此特兰里奇的人就都涌到猎苑堡的酒店里去寻找双重欢乐。苔丝工作没有做完，出发得晚了，因此她的伙伴们比她早很多到达镇上。这是九月里一个美好的傍晚，正是夕阳落山的时候，橙色的亮光同蓝色的暮霭融合在一起，变成了一缕缕发丝一样的光线，夕照本身就构成了一种景色，除了在大气中展翅乱舞的无数飞虫以外，它根本就不需要更多物体的帮助。苔丝就在这种暗淡的暮霭中，不慌不忙地向前走着。

她一直走到了目的地，才发现集市碰巧遇到了逢会，这时候天色已经接近昏黑。她要购置的东西不多，很快就买完了，然后她就像往常一样，开始寻找从特兰里奇来的几个村民。

她最初没有找到他们，后来有人告诉她说，他们大都去参加一个私人小舞会去了，在一个同苔丝家所属的农场有生意往来的卖干草和土煤的商人屋子那里。那个商人住在这个小镇的偏远角落里，就在她寻路到商人屋子那里去的时候，瞥见了站在街角处的德贝维尔先生。

"怎么啦——我的美人儿？这么晚了你还在这里？"他关切地问。

她回答他说，当她在这儿只是等着同伴一块儿回家。

"一会儿见。"她走进后面的巷子里时，听到他在后面这样说。

她慢慢接近了干草商的家，听见了从后面一间屋子里传来阵阵小提琴声，那是为跳里尔舞的人伴奏的，但是她并没有听见跳舞的声音——在这一带这是十分少见的情形，因为这儿并没有听见跳舞的脚步声淹没了音乐声。前门敞开着，她从这间穿堂屋里一眼望去，能够在苍茫的夜色中隐隐地看见屋子后面的花园。她敲了几下门，没有人前来开门，她就穿过这间屋子走上了那条通往户外小屋的小路，那儿发出的音乐声吸引了她。

户外小屋是一间没有窗子的建筑，是用来存放物品的。从打开的房门里，飘出来一股黄色的发亮的烟雾，溶进屋外的夜色中，起初苔丝把它们当作了被灯光照亮的烟雾。但是当她走得更近些后发觉，那只是一片飞扬的尘土，是被屋内的烛光照亮的，烛光照在那层飞尘上，把门厅的轮廓映射在园子中的茫茫夜色中了。

她走到屋前往里一看，看见一群模糊的人影正按照跳舞的队形来回奔跑着，然而他们跳舞的脚步却没有声音，因为他们脚底下铺着一层软垫——

也就是说，铺了一层盛放土煤和其他物品的煤粉草渣，被他们混乱脚步一搅和，就扬起一层烟尘，笼罩了整个场地。散发着霉湿味的土煤和干草的粉末组成的烟云，与跳舞的人的汗水和体温掺杂在一起，形成了一种植物和人类的混合气味，装有弱音器的小提琴发出柔弱无力的乐声，与踩着它的节拍而舞蹈展示出来的兴高采烈形成了鲜明对比。他们一边跳舞一边被呛得咳嗽，一边咳嗽又一边欢笑。一对对跳舞的人冲来撞去，只有在光线最强的地方才看到他们的影子——在一片模糊中，他们变成了森林之神萨提洛斯们，怀中抱着仙女宁芙们——一大群守护神潘和一大群仙女给任克斯等尽情旋转，罗提斯极力避着普里阿波斯，但总是躲不开。

跳舞间歇时，一对对舞伴就会来到门口，呼吸几口新鲜空气，这时候烟尘从他们四周消散了，那些半人半仙的人物也就变回了她隔壁邻居中的普通人了。谁能想到，有两三个小时，特兰里奇竟会变得如此疯狂。

有一群爱喝酒的大叔们靠墙坐在板凳上，其中有一个认识她。

"姑娘们在花露斯这个地方跳舞不雅观，"他解释说，"她们不愿意让大家看见她们的男朋友是谁。另外，有时候正当她们跳得来劲，屋子却要关门了。所以我们到这儿来了，派人去买酒喝。"

"可是你们什么时候回家呢？"苔丝有点儿忧虑地问。

"现在——很快就走。这是最后一场舞了。"

她便接着等。里尔舞结束了，有些跳舞的人打算动身回家了。但是另外有些人不想立刻回家，所以另一场舞就又开始了。苔丝心想，这场结束就该散场了。可是这场还没有完，下一场就又开始了。苔丝心里不安，开始变得焦躁起来，不过既然已经等了这么久了，她只得继续等下去，因为这一天是集市，路上可能有一些不怀好意的人在游逛。虽然她并不害怕那些能够想得到的危险，但是她害怕那些意想不到的危险。假如她在马勒特村附近，她就不会害怕了。

"别担心，我亲爱的好姑娘，"一个满脸汗水的年轻男子一边咳嗽一边劝她，他把草帽扣在后脑勺上，围绕脑袋的帽檐仿佛是圣灵头上的光环。"你着什么急呀？明天是礼拜天，谢天谢地，我们可以在上教堂做礼拜的时候打个盹。过来，和我跳一支好不好？"

她并不讨厌跳舞，但是她不会在这里跳。人们跳舞的脚步开始变得热烈起来，站在发光的云柱后面的小提琴手们不断地跑调，不是拉到了弓弦的下端，就是把弓背当成了弓弦。不过这也无妨，喘着气的人影照样持续旋转着。

跳舞的人如果对原来的舞伴比较满意的话，他们就不再更换舞伴了。简单地说，更换舞伴就表示跳舞的两个人中有一个对对方并不完全感到满意，到了舞伴都固定下来的时候，所有跳舞的人就都搭配得很合适了。此时，狂欢和梦幻也就开始了，在这种狂欢和梦幻里，激情变成了宇宙本身，而物质只不过是一种外在之物，有可能妨碍你的自由旋转。

突然，地上传来一阵扑通声——一对跳舞的人跌倒了，躺在地上乱作一团。紧随其后的一对没法停止舞步，也绊倒在前一对舞伴的身上。屋内已是一片尘土，现在跌下去的人四周又激起更浓的尘埃，尘埃中隐约可见一些胳膊大腿纠缠在一起。

"回到家我非臭骂你一顿不可，先生！"骂人的话是从人堆里的一个女人嘴里发出来——她是那个由于笨拙闯祸的男人的倒霉舞伴，恰好又是不久前和他结婚的妻子。在特兰里奇，刚结婚的夫妇只要亲密的感情还在，相互配对跳舞也没有什么稀奇的；而且，夫妻在他们的后半辈子一起配对跳舞也很常见，那样可以避免让那些含情脉脉的独身男女互相分开。

从苔丝身后的园子暗处传来几声哈哈大笑，笑声与屋内的嬉笑声交织在一起。她转头去看，看见了一只雪茄烟的烟头闪光，是阿历克·德贝维尔独自一人站在那里。他招手让她过去，她只好不情愿地走过去。

"喂，我的美人儿，你在这里干什么呀？"

她劳累了一整天，走了许多路，疲惫极了，只好把自己的困难一一说与他，她告诉他，在刚才他们见面以后，她就一直在这儿等，好找一个同伴一起回去，因为她不熟悉晚上回家的路。"可是他们好像永远跳不完，我也的确不想再等下去了。"

"当然不用再等了。现在我这儿有一匹备好了鞍子的马，我们可以骑行到花露斯酒店，在那里我能够雇一辆马车，你和我一起坐马车回家去。"

苔丝听了尽管心里高兴，但是她原来对他的不信任感并没有完全消除，所以尽管跳舞的人一再拖延着不走，她还是宁肯等着这些人，同他们一起回家。她回答说，她很感激他的好意，不过她还是不想麻烦他。"我说过我要等着他们，现在他们也会认为我在等着他们的。"

"很好，独立小姐，随你吧……这样我就不用着急了……天哪，他们跳得真疯狂呀！"

他并没有向前走到明亮的地方，但是还是有一些跳舞的人已经认出他来了，他的出现使得跳舞的人稍微停顿了一会儿，因而他们也意识到时间过得真快。他又点燃了一只雪茄烟，接着就走开了，特兰里奇的人开始把他们中从其他农场来的人聚集起来，准备一块儿回家。他们把他们的包裹和篮子一一找好，过了半小时，当教堂的钟声敲响十一点一刻的时候，他们就稀稀拉拉地踏上了上山的小路，走回家去。

这条路三英里长，干燥灰白，在月光照耀下，路显得更加灰白了。

苔丝在人群里向前走着，有时同这个人一起走，有时候同另一个人一起走，不久她就发现，那些喝酒无度的男人，被晚上的凉风一吹，都有些步履蹒跚、摇摇晃晃的了。有一些不拘形迹的女人，也是步伐不稳、跌跌撞撞的——一个是肤色暗黑的悍妇卡尔·达齐，外号"黑桃皇后"，最近她可是德贝维尔宠爱的人，另一个是卡尔的妹妹南茜，外号叫"方块皇后"，还有那个今晚被绊倒的刚结婚不久的年轻女人。虽然她们的外貌现在在一双寻常人的眼里，显得肥胖臃肿、乏善可陈，但是在她们自己看来却全然不同。她们走在路上，感到仿佛腾云驾雾，她们还保持着一种新奇和深刻的思想，觉得她们自己和周围的大自然融为一体了，其中的各个部分都能融洽地欢乐地相互交流。她们就像自己头顶的月亮和星星一样崇高，而头顶上的月亮和星星也和她们一样热烈。

不过，苔丝还在她父亲家中的时候，已经有过这种陪醉酒的人一起晚归的痛苦体验了，一看见她们这种情形，她刚开始在月光下走路所感到的欢乐就被破坏掉了。但是因为上文说过的害怕和顾虑，她还是跟大队人马走在一起。

他们在宽阔的大道上以散乱的队形向前走着，但是眼下他们要前进必须要通过地里的一道栅栏门，走在最前面的人没有把门打开，所以大家就聚集在一起了。

走在最前面的是"黑桃皇后"卡尔，她挎着一个柳条篮子，里面装着她母亲要用的杂货、她为自己买的布料，以及这个星期里要用的其他物品。篮子又大又重，卡尔为了走路方便些，就把篮子放在头上顶着，当她两手叉腰向前走的时候，篮子就在她的头顶上危险地摇晃着。

"喂——你背上有什么东西在往下爬呀，卡尔·达齐？"人群中有一个人突然大声说。

大家都朝卡尔望过去。她穿一件薄薄的印花布衫，有一条如绳子般的东西从她的脑后垂下来，一直延伸到她的腰下，就像中国人的一条辫子。

"是她的头发散下来了。"其中一个人分析。

不，不是她的头发，那是从她头顶的篮子里流出来的一条黑色溪流，好像一条黏糊糊的蛇，在冷清寂寥的月光下闪闪发光。

"那是糖浆。"一个目光敏锐的妇女说。

的确是糖浆。卡尔可怜的老祖母特别爱吃甜食。她家里的蜂窝里有的是蜂蜜，但是糖浆才是她一心想要的东西，所以卡尔给她买了糖浆，想给她一个意外之喜。那黝黑的姑娘连忙把篮子放下来，发现装糖浆的罐子已经在篮子里打碎了。

这时候大家看见卡尔背上奇特的样子，不由得一起哄笑起来，黑桃皇后急着要把背上的黑色糖浆清除掉，突然急中生智想出来一个当时仅能想到的办法，这个办法也用不着请那些嘲笑她的人帮忙。她心里激动，就连忙冲进他们要经过的那块地里，仰面朝天地躺下来，开始在草地上水平旋转，用力蹭她衣服背后的糖浆，她还用胳膊肘把自己从草地上拖过去，又用这种办法把衣服擦了一遍。

哄笑声更响了，他们看见卡尔的怪相，捧腹大笑起来，笑得浑身无力，一个个或靠在栅栏门上，或倚在柱子上，或支在自己的手杖上。我们的女主人公苔丝之前一直表现得很平静，这时候也禁不住和大家一起笑了起来。

这是一件不幸的事——从多方面看来都是一件不幸的事。黑桃皇后听见了人群中出现的苔丝发出来的冷静内敛的笑声，她心里长期压抑着的一股吃醋情绪，立刻爆发出来，使她变得疯狂起来。

"你竟然也敢来笑我，你这个贱货！"她嚷了起来。

"大家都笑，我也实在忍不住了。"苔丝向她道歉说，嘴里还在吃吃地笑着。

"啊，你觉得你比谁都强，是不是？就因为你现在是他的新欢吗？但是别太张狂，我的小姐，别太张狂！我一个人也比得过你两个呢！来吧——你给我过来吧！"

让苔丝吓一跳的是，"黑桃皇后"开始脱她的上衣——真正的原因是弄脏的上衣引人发笑，她正乐意借此把它脱掉——她在月光下脱得露出了浑圆的脖子、肩膀和胳膊，因为她是一个农家姑娘，在朦胧的月色里，她的脖子、肩膀和胳膊都非常丰满、圆润、光亮、美丽，简直是完美，就像蒲拉克西蒂利创造的某些作品一样。她握起拳头，对苔丝摆出了进攻的姿态。

"哎，真的，我可不想和你打架！"苔丝神色严肃地说，"如果我早知道你是这样的一种人，我才不会自甘下流，和你这样一个放荡的人一起呢！"

这句触犯众怒的话立刻引发了其他人对漂亮的苔丝的一阵滔滔不绝的责骂，纷纷把怒气发作到不幸的苔丝身上。尤其是"方块皇后"把其他所有人联合起来，攻击共同的敌人，因为她与德贝维尔的关系也是卡尔被别人怀疑的那种关系。还有几个女人也齐声应和，她们骂得粗野狠毒，要不是她们事先晚上都在寻欢作乐有点忘乎所以了，她们也不会那样愚蠢地乱骂一气的。因此，几个丈夫和情人看见苔丝受到欺负，觉得不公平，就想化解这场吵闹，就帮着苔丝说了几句话，但是他们努力的结果，却是把战事更加激化了。

苔丝又羞恼又气愤。她再也不怕路上孤单了，也不管时间有多晚了，她只想尽快摆脱那一群人。她也很清楚地知道，明天他们中较好的一些人肯定会为他们的冲动懊悔的。这个时候大家都已经走到地里面了，她就慢慢地向后退，想独自跑开，就在此时，从遮挡着道路的树篱的一角，有一个骑马的人悄然出现了，他就是阿历克·德贝维尔，他挨个瞅了他们一遍。

"干活的，他妈的你们吵什么啊？"他问。

没有人立即回答他。说实话，他也不需要任何回答。还在挺远的地方，他已经听见他们的吵骂声了，他骑着马悄悄地靠近，他听见的已经足以让他明白了。

苔丝已经离开了人群，立在栅栏门附近。他对她俯下身去。"跳上来到我的后面马背上，"他低声说，"一会儿我们就能甩开这群号叫的猫了。"

这场危机如此强烈地刺激了她，她感觉快要晕过去了。要是在她生活中的其他时刻，她一定不会接受他提供的这种帮助和陪同，就像前几次她的拒绝一样，即便现在，如果只是因为路上孤单她也一样会拒绝的。但是他的邀请恰好是在一个特殊的场合提出的，她只要用力一跳，就能把她对那些对手们的害怕和愤怒转化为自己的胜利，因此她就服从了自己的冲动，攀上栅栏门，脚尖踩着他的脚，翻身上了他身后的马鞍子。他们两个人策马急驶消失在远处夜色中的时候，那些气势汹汹的狂欢者们才反应过来发生了什么事情。

"黑桃皇后"也忘了她身上的脏污了，站在"方块皇后"和那个摇摇晃晃的新婚女子的身旁——三个人目不转睛地盯着同一个方向，正是在那个方向的路上，马蹄声渐渐地消失了，听不见了。

"你们在看什么呀？"有一个男人没有留意刚才发生的事，问道。

"哈——哈——哈！"黝黑的卡尔笑了。

"嘻——嘻——嘻！"喝醉了酒的新娘子也笑了，一边靠在她亲爱的丈夫胳膊上稳住自己。

"呵——呵——呵！"黝黑的卡尔的母亲也笑了。她摸着下巴简单地总结道："一出煎锅，就掉进了火坑里！"

接着，这些习惯野外生活的男女们又走上了田间小路——即便喝多了，也不会永久不醒；这些男女们一起向前走着，他们每个人的脑袋投到地上的影子的四周，出现了一圈乳白色的光环，那是月光照耀着闪烁的露水形成的。每一个走路的人都能看见自己的光环，那个光环一直跟随他们脑袋的影子，无论他们的脑袋本身怎样鄙陋粗俗、摇晃不定，而光环总是跟着影子，不断地美化影子。后来，他们摇来晃去的身影似乎也成了光环的一部分，他们呼出的气体也成了夜雾的组成部分，景物之魂、月光之魂，以及大自然的灵魂，似乎都同酒的灵魂和谐地融合在一起了。

第十一章

他们两个默然地骑着马慢慢向前跑了一阵，苔丝一直搂着他的腰，由于战胜了对手，心里还激动地在怦怦直跳，不过在其他方面，她心里却有些疑虑。她发现他们骑的这匹马不是他常骑的那匹烈性马，所以她并不太慌张，尽管她紧紧地搂着他还是有些坐不稳。于是她请求他让马慢下来，改跑为走，亚历克照办了。

"撤得干净利索，是不是，亲爱的苔丝？"他过了一会儿问。

"不错！"苔丝说，"我是得好好感谢你。"

"你真的非常感谢我吗？"

她没有回答。

"苔丝，你为什么总是讨厌我吻你？"

"我想——因为我不爱你。"

"你肯定是这样吗？"

"有时候我还生你的气呢！"

"哦，我早就担心如此。"虽然这样，亚历克却并没有因为她的直白而反驳她。他明白，她无论说什么总比她冷冰冰的啥都不说来得好。"那我惹你生气的时候，你为什么不告诉我呢？"

"这个你自己清楚得很。因为我在这儿身不由己，颇多无奈呀。"

"我只是向你求爱，并不想常常惹你生气啊？"

"有时候你就是惹我生气。"

"有多少次？"

"你和我一样清楚——多着啦。"

"我每次向你求爱你都不高兴吗？"

她没有回答，座下的马已经缓缓地向前走了很长一段路了，走到后来，出现一片薄薄的发亮的雾，它们本来整个晚上都弥漫在山谷里，现在已经扩散开来，把他们包围了。这雾似乎把月光悬浮起来了，它比在晴朗的天气里显得更具有弥散性。或者是因为这层雾气，或者是因为心不在焉，又或者是因为睡意太浓，她没有觉察到他们已经从一个岔路口上走过去很远了，在那个岔路口上，有一条小路从大路分出来，通向特兰里奇，但是她的引路人并没有引领她走向通往特兰里奇的小路。

她疲惫得无以复加。在这一个礼拜里，她每天早晨都是五点钟起床，整天都要奔忙，这天傍晚她到猎苑堡去，又多走了三英里路，还在那里等她的伙伴等了三个小时，既没有吃也很久没有喝，由于她等得心烦意乱，也顾不上吃喝；后来，她又走了一英里回家的路，经历了一次激烈的吵架，加上他们的坐骑走得缓慢，这时候都差不多一点钟了。但是也仅有一次，她才真正被沉重的睡意奴役了，在她昏睡的那一刻里，她轻轻地把头靠在了他的身上。

德贝维尔勒住了马，把脚从马镫里抽出来，坐在马鞍上倾斜了身子，用胳膊搂着她的腰，把她扶牢。

苔丝立即醒了，防范起来，她出于一种突然的防御冲动，下意识地轻轻地把他一推。他坐得并不稳，这一推几乎使他失去了平衡，差点儿没摔到地上去，幸好他骑的那匹马虽然是一匹健壮的马，却是最老实的。

"真他妈的不知好歹！"他说，"我又没有恶意——只不过怕你摔下去了。"

她有些猜疑地思考了一会儿，后来觉得这可能是实情，就后悔了，于是十分客气地说："我请求你原谅，先生。"

"除非你对我表示信任，否则我是不会原谅你的。天啊！"他突然发起火来，"你这个野丫头，竟然推起我来了，你当我是什么人呀？你轻视我的感情，躲避我，冷落我，已经整整三个月了。我再也忍受不了啦！"

"我明天就离开你好啦，先生。"

"不行，你明天不能离开我！我再问你一遍，你能不能答应我用胳膊搂着你，以此来表示你对我的信任？过来吧，现在就我们俩，没有其他人。我们两个人已经很熟悉了，你也明白我爱你，知道我把你看成世界上最漂亮的姑娘，而你也的确是世界上最漂亮的姑娘。你能不能做我的情人呢？"

她吸了一口冷气，表示反对，在马背上焦虑不安地扭动着，眼睛看着远方，嘴里喃喃说道："我不知道——我希望——我没法说答应你还是不答应你——"

他用胳膊搂住了她，达成了自己的愿望，就这样把问题解决了，苔丝也没有再表示反对。他们就这样侧着身子依偎着慢慢向前走，后来，她突然觉得不该走这么长时间——从猎苑堡回去只有短短的一段路，即使按照他们这种慢行速度，也用了比平时多太多的时间了，而且他们不再是走在一条坚硬的大路上，而是走在一条小径上。

"喂，我们走到什么地方啦？"她叫起来。

"在一片树林的旁边。"

"一片树林——什么树林？我们完全背离了要走的路吧？"

"走进猎苑了——这是英国最古老的树林。夜晚多美啊，我们为什么不骑着马多走走呢？"

"你怎么能这样骗人呀！"苔丝又惊又疑又害怕起来，她冒着自己可能会摔下马去的危险，一个一个地扳开他的手指头，从他的搂抱中摆脱出来。"我刚才还在信任你，顺从你，讨好你，因为我觉得推了你，委屈了你！让我下去吧，我要走路回家。"

"亲爱的，即使天气晴朗，你也走不回去的。如果要我说实话，我们已经距离特兰里奇好几英里路了，在越来越浓的雾气里，你在这片森林里转上几个小时也走不出去的。"

"不要你管我能不能走出去，"她哀求他说，"把我放下来，我求你了。不管在什么地方，只请你让我下去，先生！"

"那好吧，我放你下去——但是我有一个条件。既然是我带你到这个偏僻地方来的，不管你怎么想，我觉得我有责任把你平平安安地送回家去。至于说你不要我帮助就想回到特兰里奇，那是根本不可能的，实话告诉你吧，因为这场雾，所有的一切都变了样了，连我也完全不知道身处何地。这样吧，如果你同意在马的旁边等着，我就从这片灌木丛林里穿过去，一直走到有道路或者有房子的地方，等真正弄清楚了我们在什么地方我再回来，我答应让你留在这儿。等我回来，我就会仔仔细细地告诉你怎么走，要是坚持，你也可以走回去；你也可以骑马回去——随你的便。"

她同意了这些条件，就从马上溜了下来，不过还是被他偷偷地吻了一下。他也从另一边跳下马。

"我想我要牵着马吧？"她说。

"哦，不，用不着牵，"阿历克回答道，用手拍了拍那匹马，"今天晚上可是够它受的了。"

他把马牵到灌木丛那边，把它拴在一根树杈上，又在一大堆厚厚的枯树叶中间，给她扒拉出一张床或是一个窝什么的。

"好啦，你坐在这儿吧，"他说，"这些树叶还没有被雾气弄湿。稍微注意一下马——稍微注意一下就够了。"

他往前走了几步，却又转过身来说："顺便告诉你，苔丝，今天你父亲有了一匹新马。有个人送给他的。"

"有人？是你！"

德贝维尔点点头。

"啊，那你真是太好了！"她高兴地说，但是又因为偏偏要在这个时候感谢他，心里觉得难过。

"孩子们也得到了一些玩具。"

"我不知道——你也给他们送了东西！"她低声说，心里很感动。"我真希望你没有做这些——是的，我一直是这样希望的！"

"为什么，亲爱的？"

"这——让我很为难。"

"苔丝——到现在你仍然一点儿也不爱我吗？"

"我是很感激你的，"她勉强地承认说，"但是我怕不能——"她突然明白了，他是因为对她的一片热情才给她家送东西的，想到这里心里不由得难过起来，一颗泪珠慢慢地滚落下来，接着又是一颗，她索性出声哭了起来。

"别哭，亲爱的，我亲爱的姑娘！在这里坐下吧，等着我回来。"她只好依从他，在他为她堆起来的一堆树叶中间坐下了，身子微微地颤抖着。

"你冷吗？"他问她。

"不是很冷——略微有一点儿。"

他用手去摸她，手指按进肉里，有绒毛一样柔软的感觉。"你只穿了一件薄薄的棉布衣服——这可怎么办呢？"

"这是我夏天穿的最好的一件衣服。我出门时穿着它觉得很暖和，我哪里知道要骑着马走路，怎么知道要走到深夜呢。"

"九月的夜晚会很凉的。让我想想。"他把他身上穿的一件薄外套脱下来，轻轻地披在她身上。"这就好了——现在你会觉得暖和些了，"他接着说，"喂，我的漂亮姑娘，你就在这里休息，我很快就会回来的。"

他把披在她身上的外套的扣子扣好，就钻进了雾气茫茫的夜幕中，这时候，夜雾已经在大树间织成了一张张薄纱。她能听见他向附近的山坡上走去的声响，听见树枝发出的声响，后来，他的走路的声音微弱了，比小鸟跳动的声音大不了多少了，最后终于一点儿也听不见了。月亮正在西斜，灰白的月光变淡了，苔丝坐在他为她铺的一堆枯叶上面，隐没于黑暗中，沉浸在幻想里。

与此同时，阿历克·德贝维尔也从树丛中爬上了山坡，他要真正解答心中的疑虑，弄清楚他们究竟在不在猎苑里。事实上，他已经信马由缰地走了一个多小时，见弯就拐，他一心只想延长苔丝陪伴他的时间，他眼里看到的也只是苔丝暴露在月光下的形体，而对路边的一切物体视而不见。他也并不急于去寻找认路的标志，因为他的疲惫不堪的坐骑也需要稍微休息一会儿了。他翻过了一座小山，走进附近的山谷，来到一条大路的树篱旁边，他大致认出了这条大路，终于把他们身在何方的问题弄清楚了。于是德贝维尔就转身往回走，但是此时，月亮已经完全落下去了，离天亮也不远了，正是黎明前最黑暗的时刻，再加上林中的雾气，猎苑笼罩在一片沉沉的黑暗里。他不得不伸出双手摸索着朝前走，免得碰上了树枝，他发现，要回到他当初离开的地点非常难。他转悠来转悠去，前前后后地寻找了好久，后来终于听见附近有马轻轻活动的声音，他的脚也意外地绊到了他的外套的袖子上。

"苔丝！"德贝维尔喊。

没有人回答他。夜色沉沉，他模模糊糊看见的只是脚边一片暗淡的白影，表明那是穿着他的衣服躺在枯树叶上的苔丝的身体。周围其他一切都像夜一样黑暗。德贝维尔俯下身去，他听见了苔丝均匀的轻轻的呼吸声。他蹲了下去，把身子俯得更低了，他的脸已经感觉到她的温暖气息，很快，他就把自己的脸贴到她的脸颊上了。她睡得很熟，眼睫毛上还挂着泪珠。

一切都沉浸在黑暗和寂静中。在他们的四周，都是猎苑里繁密丛生的古老的水杉和橡树，树上栖息的温柔小鸟还在做最后的美梦，在树林中间，大大小小的野兔在悄悄地蹦来跳去。但是也许有人要问，苔丝的保护神在哪里呢？她衷心信仰的上帝在哪里呢？也许，就像爱讽刺的提什比评说另一个上帝一样，他也许正在聊天，或者正在狩猎，或者正要出去玩，要不就是睡着了还没有被人唤醒。

这幅美丽的女红织品，就像游丝一样的柔嫩，又确实像雪花一样的洁白，为什么就像她命中注定要遭受的那样，一定要在上面画上粗鄙的图案？为什么粗鄙的事物常常就这样占有了精美的物品？不该占有这个女人的男人占有了这个女人，不该拥有这个男人的女人却占有了这个男人？！好几千年来，善于分析的哲学家们都没有能够依照我们对于秩序的理解解释清楚。不错，也许有人会认为，在眼下这场悲剧里，可能暗藏报应的因素。毫无疑问，苔丝·德贝菲尔德家那些身披铠甲的前人们，在他们打完仗后嬉闹着回家的时候，对当时农民的女儿们也曾有过同样的行径，甚至更加粗暴野蛮。然而祖先的罪孽报应在后世子孙的身上，虽然对诸神来说也许是一种再好不过的安排，但是普通的人类天性对此却不屑一顾，因而对这种安排也就毫不感到安慰。

在那些偏远落后的地方，苔丝自己家里的人也总是用宿命论的口气屡屡说："这是命中注定的。"这正是让人遗憾之处。因此，从今以后我们这个女主角的品格，同当初她离开母亲来到特兰里奇的养鸡场碰运气的原来的她之间的关联，就被一条深不可测的社会鸿沟完全割断了。她不再是她。

第十二章

　　篮子沉甸甸的，包袱也很重，但是她这个人好像不会把物质的东西看成特别的负担似的，拖着它们在路上走。有时候，她会停下来，机械地靠在栅栏上或柱子上歇一会儿，然后又用她那丰满结实的胳膊挎起行李，不慌不忙地继续朝前走。

　　这是十月末一个礼拜天的早晨，大约在苔丝·德贝菲尔德来到特兰里奇四个月以后，离他们骑马在猎苑夜行也有几个礼拜了。天刚亮不久，她背后的地平线上出现的橘色光芒，照亮了她前面的那道山梁——这道山梁把山谷隔开，最近几个月她一直客居在这山谷里——现在她只要翻过这道山梁，就可以回到她的出生地了。在山梁的这一边，上坡的路是平缓的，土壤和风景也同布莱克曼谷的土壤和风景大不相同。尽管那条蜿蜒而过的铁路起到了一些沟通的作用，但是两边的人甚至在性格和口音方面都有细微的差别。因此，虽然她的故乡离她在特兰里奇的短暂居处还不到二十英里，但是似乎已经变成了一个很遥远的地方。封闭在那边的村民习惯于到北边和西边去做买卖、旅行、求亲，同北边和西边的人结婚，一心想着西边和北边；而这边的人则把他们的精力和心思都花费在东边和南边。

　　这道斜坡就是在六月里那一天德贝维尔接她时疯狂驾车的那道坡。苔丝不再休息，一口气走完了这道坡上余下的路，到了山崖边上，她朝前面那个她所熟悉的绿色世界望去，只见它在雾霭中半隐半现。从这儿望去，它一直是美丽的，但今天在苔丝看来它尤其美丽，因为自从离开它以来，她已经懂得，在有可爱的鸟儿歌唱的地方，也会有毒蛇嘶叫，因为这次教训，她的人生观已经被彻底改变了。以前在家的时候，她还是一个天真的孩子，而她现在却变成了另一个女人，她满怀心事地垂着头，静静地站了一会儿，然后又转过身去看看身后。望着背后的山谷，她心里忍受不住了。

在苔丝刚才费了好大气力走过的那条漫长的白色道路上，她看见一辆双轮马车追了上来，马车的旁边走着一个男子，高举着他的手，以便引起她的注意。

她听从了要她等他的信号，停了下来，什么也没想到，也没感到慌张，几分钟以后，那个男子和马车就停在了她的身旁。

"你为什么要这样一声不吭地溜走呢？"德贝维尔上气不接下气地责备她说，"又是在礼拜天的早晨，大家都还在睡觉呢！我是碰巧才发现你走了的，所以才玩命似地驾车追你，才赶上了你。你看看这匹母马就知道啦。为什么要这样离开呢？你也知道，没有谁会阻拦你的。你何苦这样，要费力地步行，自己还拖着这样沉重的行李！我像疯子一般地追来，只是想赶车送你走完剩下的路程，如果你不想回去的话。"

"我不会再回去了。"她说。

"我想你也不会回去了——我早就知道会这样！那么，好吧，把你的篮子放上来吧，我来扶你上车。"

她没精打采地把篮子和包裹放进马车里，上了车，和他并排坐下来。现在她不再害怕他了，而她不怕他的原因也正是她伤心的理由。

德贝维尔呆呆地点着一支雪茄烟，接着就上路了，沿途就路边一些普普通通的景物时断时续地说些不带感情的闲话。当日夏初就在这条路上，他们驾车走的是相反的方向，当时他一再坚持要吻她，而现在他已经全部忘记了。但是她没有忘，她此刻像木偶似地呆坐着，对他说的话只回答一两个字。马车行驶了几英里之后，他们看见了一小片树林，过了树林就是马勒特村了。直到这个时候，她木然的脸上才露出一点儿感情来，一两颗泪珠又开始从脸上流淌下来。

"你哭什么呀？"他冷冷地问。

"我只是在想，我是在这里出生的。"苔丝低声说。

"哎呀——我们所有的人都有他出生的地方。"

"我真希望我没有在这里或其他什么地方出生为人！"

"我呸！行啦，要是你根本不想到特兰里奇来，那你那时又为什么来了呢？"

她沉默了。

"你不是因为爱我才来的，我敢发誓。"

"你说得很对。假如我是因为爱你而来的，假如我依然爱着你，我就不会像我现在这样厌恶自己，恨自己的软弱了！……只有一会儿，我的眼睛被你蒙蔽了，就是这样。"

他耸耸肩。她接着说——

"等我明白了你的用意，可是已经晚了。"

"所有的女人都这么说。"

"你竟敢说这种话！"她叫喊起来，激动地转身对着他，眼睛冒火，身上潜伏的那种精神醒来了（将来有一天他还会更多地感受到这种精神）。"我的天哪！我真恨不得把你从车上打下去！你就从来没有想过，有些女人只是嘴里随便说说而已的，而有些女人却是切身感受啊？"

"好，好，"他说完，竟笑了起来，"真对不起，是我伤害了你。我错了——我承认我做错了。"他继续说，语气里带有一些淡淡的苦涩，"但是你也不必老是跟我过不去。我打算补偿你，一直到花完我最后一个子。你知道，你不必再到田地里或者牛奶场去劳动，你也知道，你可以穿上最漂亮的衣服，而不至于像你近来这样穿得如此寒酸，就好像你挣不到买一根带子的钱似的。"

她把嘴唇轻轻地一撇，一般情况下，尽管她天性宽厚，易于冲动，平常却很少有鄙视人的情形。

"我已经说过我不会再要你的任何东西了，我不会——也不可能再要了！如果我再要你的东西，那我不就依然是你的玩物了？我不会再要了。"

"看看你的样子，别人会以为你不但是一个真正的、地地道道的德贝维尔家族的人，而且还得是一位公主哪——哈！哈！哈！好啦，苔丝，亲爱的，我不想多说了。我想我的确是一个坏家伙——个十恶不赦的坏家伙。我是一个天生的坏蛋，活着是坏蛋，大概到死也是一个坏蛋。但是，我用堕落的灵魂向你发誓，我再也不会对你做坏事了，苔丝。如果某种情形发生——你应该明白——在这种情形里你需要一些帮助，遇到了什么困难，就给我写几个字来，你需要什么，我都会给你的。我也许不在特兰里奇——我要到伦敦去一段时间——我受够了那个老太婆。不过所有的信都是可以转去的。"

她说她不想让他再往前送了，于是他们就在那一片小树林旁停了下来。德贝维尔先下了车，再把苔丝扶下车来，然后又把她的物品拿下来放在她旁边的地上。她微微向他欠欠身子，看了他一眼，然后就转过身去，拿起行李，准备离开。

亚历克·德贝维尔把雪茄烟从嘴上取下来，对她弯下腰去，说——

"你就这样转就身走了吗，亲爱的？过来一下！"

"随你的便好啦，"她满不在乎地回答说，"看你已经把我弄成什么样子了！"

于是她转过身去，对着他仰起脸来，就像大理石雕成的一座半人神一样，让他在她的脸颊上吻了一下——他半是敷衍，半带着尚未完全熄灭的热情。当他吻她的时候，她眼睛茫然地看着路上最远处的树木，仿佛不知道他是在吻她。

"看在老朋友的份儿上，让我吻另一边。"

她听话地冷淡地转过头去，仿佛要求她转脸的是一个速写画家，或者是一个理发师。他在她的另一边脸上也吻了一下，他的嘴唇接触到的面颊，湿润、平滑、冰冷，好像附近地里蘑菇的表皮一样。

"你是不会把你的唇给我了，不会吻我了。你从来就没有实心实意地吻过我——恐怕你永远也不会爱我了。"

"我已经对你说过了，并经常说。诚然，我从来就没有真正爱过你，我想我永远也不会爱上你。"她又伤悲地接着说，"也许，事到如今，说一句谎话，说我爱你，这对我有好处，可是我的自尊还在呀，尽管所剩无几，我就是说不出这个谎言。要是我真的爱过你，我也许有充分的理由让你相信。可是我并不爱你。"

他重重地呼了一口气，仿佛此时的情景使他的良心感受到了挤压，使他的良知和颜面也受到了压力。

"唉，你这么苦闷哀伤是可笑的，苔丝。现在我没有理由去奉承你，但是我坦率地跟你说，你不必这样难过。就凭你的美丽，你可以把这一带任何一个女子比下去，不管她们出身高贵还是出身贫贱；我是作为一个实在的人和一个好心人才对你说这话。如果你聪明，你就该在你的美貌凋零之前向世界张扬你的美……不过，苔丝，你还会回到我身边来吗？我用灵魂发誓，我真不愿意你离开。"

"决不，决不！我一清醒过来我就下定了决心离开——我应该早点儿清醒过来的。我不会再回到你身边的。"

"那么再见吧，做了我四个月时间的堂妹——再见！"

他轻快地跳上车，握好缰绳，就从两行高大的结着红色浆果的树篱中间走了。

苔丝没有看他一眼，只是沿着弯曲的小路朝前走。天仍然还很早，虽然太阳此时已经从山头升起来了，但是它初露的温暖光芒还不耀眼。附近不见一个人影。出现在那条小路上的似乎只有两样，就是悲伤的十月和更加悲伤的她自己。

她径自走着，但是她的背后传来了其他人走路的脚步声，并且是一个男人的脚步声。他走得很快，所以当她觉察到他正在接近的时候，他已经走到了她的身后，对她说了一句"你好"。他似乎是某种工匠之类的人，手里提着一罐红色的油漆。他客套地问她，需不需要帮她拿篮子，她答应了，把篮子交给他，跟在他旁边走着。

"安息日早晨你还起这样早啊！"他愉快地说。

"是的。"苔丝说。

"干了一个星期活，大多数人还在休息。"

苔丝也表示同意。

"不过我今天做的工作，和这一周做的工作比起来，今天做的才是真正的工作。"

"是吗？"

"整个礼拜我都是为人的荣耀工作，但是礼拜天我是在为上帝的荣耀工作。和其他工作相比，这才是真正的工作——是吧？我还要在这道栅栏上做一点儿事。"那人说着，转身走向路边的一个岔道口，那个岔道口通向一片草场。"你能不能等一会儿，"他又说，"不会很久的。"

因为他提走了她的篮子，她只好等着他。她一边等着，一边看他。他把她的篮子和铁罐放下来，拿起铁罐里的一把刷子搅拌了一下油漆，就开始在组成栅栏的三块木板的中间的一块上写起方形大字来，每个字后他都加上一个逗号，仿佛要停顿一下，使得每个字都让读者深深地记在心里——

犯，罪，的，灭，亡，必，速，速，到，来

映衬着静谧的风景、矮树林灰白枯黄的色调、蔚蓝色的天空和长满苔藓的栅栏木板，那些鲜红的大字闪闪发光。每一个字似乎都在呐喊，连空气都被震得发响。也许有人会对这些让人生厌的涂抹说"唉，可怜的上帝！"——这种宗教当年也曾为人类进步做过贡献，现在是它最后的怪诞时刻了。但是苔丝看到这些字时，却感到一种遭到指控的恐惧。如同那个人已经知道了她最近的情形，但是他对苔丝的确是一无所知。

他写完了字，提起篮子，苔丝也机械地走到他的旁边。

"你真的相信你写的那些话吗？"苔丝低声问。

"相信那些话？如同相信我自己的存在一样！"

"但是，"她说话时声音颤抖起来，"假如你犯下的罪不是出自本意呢？"

他摇了摇头。

"对于你问的这个棘手的问题，我没法做出回答，"他说，"这个夏天，我已经走过好几百英里路了，路过的任何一面墙、一道门、哪怕是一道栅栏门，无论大小，我都会把这些话写上去。至于这些话的适用对象，只能留给读这些话的人理解了。"

"我觉得这些话太可怕了，"苔丝说，"这些话太碾压人了！是要人的命呀！"

"那就是这些话的本来意图呀！"他回答道，用的是行内人的口吻。"但是你还没有读过我写的最厉害的话呢——我把那些厉害话写在贫民窟的墙上和码头上。那些话会让你胆战心惊的！不过在乡村这些地方，这也是很有效果的话了……啊——那儿谷仓的墙上有一块好地方还没有写字，浪费了。我必须去那里写上一行字——写一行字给如你这样容易出危险的年轻女人看。你等一下我好吗，小姐？"

"我不能等。"她说，提起篮子继续往前走了。她向前走了几步，又扭过头去看。在那面陈旧的灰色墙壁上，他又开始写和先前一样强烈的警示语，看上去怪怪的，不同寻常，这面墙之前从来没有被人写上什么，现在被写上了字，它仿佛有些别扭。那句话只写了一半，苔丝已经知道要写什么上去了，突然脸红起来。他写的是——

你，不，可，犯——

她那兴致高昂的朋友看见她在远处看，就把手中的排笔停下来对苔丝大声说道："要是你想在这些问题上获得启发，在你要去的那个教区，今天有一个非常热心的好心人要去做慈善传道，他就是爱敏寺的克莱尔先生。我现在和他不是一个教派了，但是他是一个好人，不比我所知的任何一个牧师差，我最早就是受他的影响。"

但是苔丝没有回答，她心里怦怦直跳，又继续向前走，眼睛紧紧地盯着地面。"呸——我才不信上帝会说这种话呢！"她脸上的红晕消失了，用鄙夷的口吻低声说。

突然，她看见一缕炊烟从她家的烟囱里袅袅升起，这使她十分难过。她回到家进了屋，看见屋里的情景，心里更加难过了。她的母亲刚刚从楼上下来，正在烧去了皮的橡树枝，烧水做早饭，看见苔丝回来，就从炉子前转过身来，和她打招呼。因为是礼拜天早晨，小孩子们都还在楼上睡觉，她的父亲也还躺在床上，觉得多睡上半个小时也不算过分。

"哎呀！——我亲爱的苔丝呀！"她的母亲喜出望外，大声嚷嚷着，跑上前去吻她的女儿。"你还好吧？直到你走到我的跟前，我才看见你呀！你回家来是准备结婚的吧？"

"不，我不是为了结婚才回家的，妈妈。"

"那么是回来度假啦？"

"是的——是回来度假，回家度长假的。"苔丝说。

"怎么啦，你的堂兄不想娶你了吗？"

"他不是我的堂兄，他也不想娶我。"

她的母亲好好地看了看她。

"过来，你还没有说是怎么回事呢！"她说。

苔丝就走到她的母亲面前，把脸伏在琼的脖子上，一五一十地把事情对母亲说了。

"你怎么不让他娶你呀！"她母亲嘴里一直念叨，"有了那种关系，除了你，任何女人都会这么办的呀！"

"也许别的女人会那样做，但是我不会。"

"要是你让他娶了你，然后再回来，这就有点像一个传奇了！"德贝菲尔德太太接着说，她心里烦恼，眼泪都快流出来了。"关于你和他的事，大家议论纷纷，我们这儿知道的人已经很多了，谁又会想到是这样一个结果！你为什么只想着自己，而不为我们一家人做件好事呢？你看看，为了生活，我天天不得不拼死拼活，你可怜的父亲身体虚弱，那颗心脏就像一个油盘子，被油脂裹得紧紧的。你到那里去了，我真希望能从中得到一些好处呀！四个月前你们坐着车走的时候，看上去你和他是多么般配的一对啊！看看他送给我们的东西吧——我们觉得，这些都只是因为我们是他的本家。不过，若他不是我们的本家，他就一定是因为爱你了。可是你却不要求他娶你。"

要亚历克·德贝维尔真心娶了她？他娶她？关于婚姻的事，他从来就没有说过一个字。即便他说过又会怎样呢？为了在社会上获得救助就慌慌忙忙地抓住一个机会，在被迫之下她究竟会怎样回答他，她自己也说不清楚。可是她那可悲的母亲太糊涂，一点儿也不明白她目前对这个男人的感情。在这种情况下，她的感情非同寻常，她是那样辛酸苦楚，又说不清楚。但是，实际上正是如此，正如她说过的，这就是她为什么要恨自己的原因了。她从来就没有一心一意地在乎过他，现在她根本也不会在意他。她从前怕他，躲着他，他抓住机会，巧妙地利用了她的无助，使她屈服了；后来，她又暂时被他表面的热情蒙蔽了，被他打动了，糊里糊涂地顺从了他；忽然她又鄙视他，厌恶他，便从他那里逃走了。全部的情形就是这样。她并不十分恨他，不过在她眼里，他不过是一撮尘土，即使要为自己的名声打算，她也几乎没有考虑过要嫁给他。

"你如果不想让他娶你，你就应该加倍小心呀！"

"噢，妈妈，我的妈妈呀！"不幸的姑娘哭了起来，满腹委屈地转身朝向母亲，看上去她可怜的心已经碎了。"你想想我怎么会知道这些呀？四个月前我离开这个家的时候，我还只是个孩子。你为什么不告诉我男人有多危险呀？你怎么不警告我呢？大户人家的小姐们都知道要提防什么，因为她们读小说，小说里会告诉她们这些男人们使的花招、诡计；可是我没有机会读小说，怎么能知道呢，而且你又不帮助我！"

母亲被说得哑口无言了。

"我以为要是我告诉你他对你的痴情，告诉你这种痴情可能有什么结果，你就会故作清高，失去机会，"她拿起围裙擦擦眼泪，嘟哝着说，"唉，我想我们也只能往好处想了。说到底，顺其自然才是上帝高兴的！"

第十三章

苔丝·德贝菲尔德从她那个所谓本家那里回来了这件事，已经四处传说开了，如果说在方圆一英里的土地上使用传说这个词不算太大的话。午后时分，马勒特村里几个年轻的姑娘，苔丝从前的小学同学和伙伴，一起来看望她，她们来的时候换上的衣服，都是她们洗好熨平了的最好的衣服，因为她们觉得，苔丝是一个得胜归来的卓越征服者，她们要认真地去拜访；她们在屋子里围坐成一圈，带着好奇的心情看着她。因为她恋爱的对象正是那位据说隔了31代的堂兄德贝维尔先生，一个并不完全属于本地的绅士，而他作为猎艳高手和负心汉，早已名声在外，甚至超出特兰里奇本地，由于这种令人害怕的局面，这也使她们所认定的苔丝的状况，与那些日子过得四平八稳的人的情形相比，就具有了更大的吸引力。

她们对她抱着浓厚的兴趣，因而当苔丝一转过身去，几个年轻一些的姑娘就小声嘀咕起来："她真好看呀，那件漂亮的衣服穿在身上她显得更漂亮了！我相信这件衣服花了一大笔钱，并且还是他送她的礼物。"

苔丝站在屋子的角落里，正从碗橱里往外拿茶具，并没有听见这些评论。

如果她听见了这些议论，也许就会及时把她的朋友们对这件事的误会纠正过来。但是她的母亲听见了，琼幼稚的虚荣心在高攀一门婚事的希望落空之后，就转到女儿被人追求这件事上去寻求心理上的满足。总的来说，她感觉到了满足，即使这种暂时和有限的成功会影响到女儿的名声，但是她最终也许还是有嫁给他的可能，她看见她们羡慕她的女儿，心里很高兴，就热情地请她们留下来吃茶。

她们的闲聊、她们的欢笑、她们的善意讽刺，尤其是她们闪烁其词的妒意，也使苔丝振作了些，并且随着晚上时间的流逝，苔丝也渐渐被她们的兴奋情趣感染了，几乎变得快活起来。她脸上大理石一样僵硬的表情消失了，走路时脚步也有些像往日那样欢快了，她容光焕发，全身散发出青春的美丽光彩。

有时候，尽管她心事满腹，但是在她回答她们的提问时也会带上一种骄傲的神气，好像承认她在情场上的经验，确实是有点让人羡慕的。不过同罗伯特·骚斯说的"同她自己的毁灭爱情"这句话相比，她还差得远，因此她的幻想也只是犹如闪电，一闪而逝；冷静的理智恢复了，嘲笑她时不时出现的弱点，在她暂时的骄傲里，有一种可怕的东西压制并指责了她，于是她又变得没精打采起来。

第二天的黎明让人沮丧，因为它已经不是礼拜天了，而是礼拜一了；漂亮衣服已经收藏起来，欢笑的客人也已经离去。苔丝醒了，独自躺在她以前睡觉的床上，比她更小的几个天真的小孩子，躺在她的周围，轻轻地呼吸着。她回家带来的激动和引发的兴致已经消失了，她只看见她的面前有一条漫长的冰冷冷的大道，她在大道上独自跋涉，没有人帮助，也没有人怜悯。紧接着她的情绪就低落下来，恨不得让自己逃到坟墓里去。

过了几周苔丝才恢复过来，有勇气抛头露面，在礼拜天早晨敢到教堂里去了。她喜欢听唱圣歌——而且是旧时的那种圣歌——还喜欢听一些古老的圣诗，喜欢跟着一起哼唱晨祷的颂歌。她天生就喜爱音乐，这是她那位喜欢唱歌的母亲遗传给她的，她这种爱好使最简单的音乐也具备了一种力量，有时候几乎能把她的心从胸膛里给掏出来。

为了自己的缘故，她既要尽量避免引起别人的注意，也要避免年轻男子向她献殷勤，所以她一直到了教堂的钟声开始敲响的时候才动身前往，并且是在走廊下面找了一个后排座位坐下。那儿靠近杂物间，只有老头和老太婆才在那里坐，那里还放着一堆挖掘坟墓用的工具，里面还竖着一个棺材架子。

教区居民三三两两地走进教堂，一排排地在她的前面坐下，他们低着头在那儿坐了一刻钟的时间，好像是在祈祷，但是他们并没有出声祈祷，后来他们又坐直了，四处张望起来。唱圣歌的时候，选的恰好是她喜欢的一首——古老的"朗敦"二部合唱——不过她不并知道那首圣歌的名字，虽然她很想知道。她想，虽然她无法用语言把心里的想法准确地形容出来，但是觉得一个作曲家的力量真是神奇，像她这样一个姑娘，从来没有听过他的名字，一点儿也不知道他的性格如何，而他也已经被埋葬在坟墓里，却能够带领她在一组感情充沛的圣歌里，体会到最初只有他自己才体会到的感情。

在做礼拜的过程中，先前扭头张望的那些人又把头扭了几次，后来他们就看见她在那儿，便窃窃私语起来。她知道他们小声谈论的是什么，就开始难过起来，觉得她再也不能到教堂里来了。

与此前相比，她和几个弟妹们共用的寝室，就成了她常常避难的地方了。就在这间寝室里，就在茅屋檐下几平方英尺的地方，她看见窗外无休无止的凄风、苦雨、飞雪，看见无数次灿烂的夕阳，看见一个又一个圆月缺月。她就这样把自己禁锢在寝室里，后来，几乎所有人都以为她已经离开这里了。

在这期间，苔丝唯一的活动是在天色昏黄之后走出屋子，来到树林里，那时候她似乎才不感到孤独。她知道怎样抓住傍晚时分极其短暂的这个时刻，此时，光明和黑暗恰到好处地获得平衡，白昼的拘束和黑夜的紧张彼此得到中和，给人带来心灵上的绝对自由。只有在这个时候，活着的烦恼才被减少到最低限度。她并不畏惧黑夜，她唯一的念头就是避开人类——或者说是被称作世界中冷酷的人类，它作为整体是如此令人生畏，而作为个体却又不让人觉得可怕，甚至是可怜的。

她在这些孤寂的山上和小片谷地里静静走着，每走到一处，她就同周围的环境融为了一体。她那躲躲闪闪的娇弱身体，也变成了那片景物中不可分割的一部分。有时，她的离奇幻想会强化周围的自然现象，直到它们几乎变成她的历史中的一部分。它们岂止是变作她的历史的一部分，简直就是她自己的历史，因为外部世界只是一种心理反应，你看它像什么，它实际上就是什么。午夜的冷风和寒流，在冬天树枝上还紧紧闭合的苞芽和树皮中呜咽着，变成了冷冷的责备苔丝的言语。下雨天，就是她心中模糊的道德之神对她的软弱所表达的不可救赎的悲伤，对于这个道德神灵，她不能明确地把它归为她在童年时代信仰的上帝那一类，也弄不清楚它究竟是什么东西。

　　苔丝在一堆混乱的传统习俗中形成了起自己的性格，头脑里满是对她毫不同情的形体和声音，把自己重重围困起来。但是，这只不过是她幻想中的产物，是一种可怜的错误的幻觉——是她无故感到害怕的道德魔怪的迷雾。和现实世界格格不入的正是这些道德魔怪，而不是苔丝自己。她在鸟儿熟睡的树林中漫游的时候，看见野兔在月光下的草地上蹦来跳去的时候，她在野鸡栖息的树枝下站立的时候，她都把自己看作一个罪恶的化身，被人侵犯了清白的领域。一直以来，她要在没有差异的地方区分出不同来。她自己感到矛盾的地方，其实十分和谐。她被迫破坏了的只是一条已经被人接受了的社会律条，而不是为环境所认可的社会规范，可是她却把自己定位成这个环境中的一个不伦之人。

第十四章

那是八月里的一个雾气缭绕的黎明。夜里产生的浓厚的雾气，在温暖阳光的照射下正在消散，缩小成一堆一簇的团雾，掩藏在洼地里，树林中，它们就聚集在那里，直到最后彻底消失。

由于雾气的缘故，太阳也变得奇特起来，具有了人的面孔，也有了人的感觉，要想把它准确地说清楚，得使用阳性人称代词"他"才行。他现在的面目，加之白茫茫中不见一个人影，这立刻就能对古代的太阳崇拜做出解释。你能够感觉到，普天之下还没有一种宗教比他更合乎情理的了。这个发光体就是一个生灵，长着金色的头发，目光柔和，神采飞扬，犹如上帝一样，身上充满了青春的活力，正目不转睛地注视着大地，仿佛大地上到处是他感兴趣的事物。

过了一会儿，他的光线透过农家小屋百叶窗的缝隙，如同根根烧红了的通条，照在屋内的黄橱、五斗橱和其他家什上，唤醒了还在睡梦中的收获季节的农民们。

那天早晨，在所有被照耀得通红的物体中，最红的要算两根被漆成红色的宽木头支架，它们竖在紧挨着马勒特村的一块金黄色麦地边上。加上下面的横向两根木头支架，它们就构成了收割机上可以转动的马耳他十字架，收割机是在昨天被运到地头上的，准备今天使用。十字架上漆的红色油漆被阳光一照，它的色彩就变得更加艳丽，看上去让人觉得十字架好像是被浸泡在红色的液体火焰里一样。

那片麦地已被割过了，也就是说，在这块麦地的四周，早已有人用手工割去了一圈麦子，开辟出了一条几尺宽的小路，以便开始割麦时马匹和机器能够通过。

麦地里被割出来的小路上已经来了两伙人，一伙是男人和男孩子，另一伙人是妇女。他们来的时候，东边树篱顶端的影子正好映射到西边树篱的腰部，所以两伙割麦人的脑袋沐浴着朝霞的时候，他们的脚却还处在阴影里。在附近麦地的栅栏门两边，有两根石头柱子，割麦子的人的身影就从它们中间走进去消失了。

不久，麦地里传来阵阵"嚓嚓"声，好像是蚂蚱谈情说爱的声音。机器开始割麦子了，从栅栏门这边望过去，只见三匹马并排拉着摇摇晃晃的长方形机器向前走着，有一匹马上骑着一个赶马的，机器的座位上坐着一个操作机器的。机器战车沿着麦地的一边向前开动，机器割麦子的工作臂慢慢转动着，一直开过了山坡，就从眼前消失了。过了一会儿，它又以不紧不慢的速度出现在麦地的另一边。割麦机在麦茬地上出现时，最先映入人们眼帘的是前面那匹马额际闪闪发光的铜星，接着看见的是机器的鲜红色长臂，最后看见的才是整部机器。

割麦子的机器绕着麦田每走一圈，麦地周围狭长的麦茬带就加宽一层，随着清晨的时光慢慢过去，还剩有麦子的麦地只剩下不大的一块了。大野兔、小野兔、蛇、大老鼠、小耗子，都一起向麦田的内圈退去，仿佛要躲进堡垒里，却没有顾及它们避难的处所也只能是暂时的，没有意识到毁灭的命运正在后面等着它们，它们的避难所越缩越小，最后会变成可怕的一小块，它们不管是朋友还是仇敌，都要拥挤着躲藏到一块儿了，等到收割机把地上最后剩下的几平方米麦子割倒后，收庄稼的人就会举起棍子和石头，把它们一个个打死。

割麦子的机器割倒小麦后，将小麦一小堆一小堆地堆在机器后面，每一堆恰好可以捆作一捆。捆麦子的人在有麦堆的地方忙着，正在手工把麦子捆起来——捆麦子的人主要是妇女，也有些是男人，他们上身穿印花布衬衣，下身穿长裤，长裤用皮带系在腰间，这样一来后面的两颗扣子也就失去了作用，他们每动一下，金属扣子就在阳光下一闪，仿佛是他们后腰上长的两个眼睛。

然而在这一群捆麦子的人中，还是那些女子最能引人注目，因为女人一且在户外就成为大自然的一部分，不再像平时那样只是摆放在那儿的一件物品，此时她们就特别具有魅力。一个男人在地里仅是地里的一个人，而一个女人在地里却成了田地的组成部分，她在某些方面同田地没有严格区分，吸收了周围环境的精华，使自己和周围的环境融为了一体。

女人们——也可以说是女孩子们，因为她们大多青春年少——都戴着带有皱折的女帽，帽子上方宽大的帽檐可以遮阳，她们的手上戴着手套，可以保护双手不被麦茬割破。在她们中，有一个穿着粉红色上衣，有一个穿着米色的窄袖长裙，还有一个穿着短裙，短裙颜色鲜红，就像收割机的十字架一样。其他妇女们年龄都要大些，都穿着棕色的粗布罩衫或者说外套——这是妇女在地里干活穿的最合适的老式样的服装，年轻的姑娘们都已经不再穿它们了。这天早晨，大家的目光都被那个穿粉红色棉布上衣的姑娘所吸引，因为在所有的姑娘中，她的身材最苗条最富有弹性。但是她的帽子拉得很低，遮住了额头，所以在她捆麦子的时候，别人一点儿也看不见她的脸，不过从她的帽檐下面散落出来的几绺栗色头发上，大致可以猜测出她的肤色。她不能躲避别人的偶尔瞩目，也许她本身不想别人注意她，而其他女人的眼睛总是左顾右盼的。

她不断地捆着麦子，单调得就像钟摆一样。她从刚捆好的麦捆里抽出一把突出的麦穗来，用左手掌拍拍麦头儿，把它们弄整齐。然后，她向前把腰弯下去，一双手把麦子拢到膝盖跟前，戴着手套的左手从麦堆下面伸过去，同另一侧的右手会合了，就像拥抱一个情人一样把麦子揽在怀里。她将捆扎麦子的那束麦秸的两头收拢来，跪在麦捆上把它捆紧，微风把她的裙子吹了起来，她就不断地把它扯回去。在她的衣袖和暗黄色软皮手套间，能看得就有一截裸露的胳膊暴露在太阳下，这一天慢慢过去了，她圆润的胳膊也被麦茬刺破了，流出了血。

她时而站起来歇息一会儿，把弄乱了的围裙重新整理好，或者把头上戴的帽子拽整齐。这时候，你就可以看见一个年轻漂亮的女孩子了，她长着一张鸭蛋形的脸，深色的眼睛，又长又厚的头发平平整整的，好像它无论披散在哪里，都会紧紧地贴住。和一个普通的乡村女孩子相比，她的脸颊更洁白，牙齿更整齐，红色的嘴唇更薄。

她就是苔丝·德贝菲尔德，多少有了一些变化——还是她，又不是原来的她，在目前这个阶段，她犹如一个陌生人，或者是此地的一个异乡人，其实她生活的地方对她一点儿也不陌生。她在家里宅了很长一段时间，后来才下定决心走出门外，在村子里找点儿活干，因为那时是农村一年中最忙的季节了，她在屋里做任何事情，都比不上当时在田里收割庄稼赚的钱多。

其他妇女捆麦子的动作大致同苔丝差不多，她们每捆好一捆，就像跳四对方舞的人一样，从四面聚拢来，把各自的麦捆靠着其他的竖在一起，最后聚成了十捆或十二捆的一堆，或者按当地人说的那样，形成一垛。

她们回去吃了早饭，又回到地里，继续干起活来。快十一点钟的时候，如果有人观察她，就会注意到苔丝脸上带着焦虑，不时地望望山顶，不过她手里捆麦子的动作并没有停下来。即将十一点的时候，一群年龄在六岁到十四岁间不等的小孩子们，从山坡上一块满是麦茬的高地上露了出来。

苔丝的脸稍微一红，但是仍然捆着麦捆。

那群孩子中年龄最大的一个是个女孩，她披一块三角形披肩，披肩的一角垂在麦茬上，她的怀里抱着什么，最初看上去好像是一个布娃娃，后来才证明是一个穿着衣服的婴儿。另一个稍小点的手里拿着午饭。割麦子的人都停止了工作，拿出各自的食物，靠着麦堆坐下来。他们就在地里开始吃饭，男人们还随意地从一个石罐里倒酒喝，轮传着一个杯子喝酒。

苔丝·德贝菲尔德是最后一个停下手中活儿的人。她在麦垛的另一头坐下来，把脸扭到一边，躲开她的伙伴。当她在地上坐好了，有一个头戴兔皮帽子、腰里皮带上塞了一块红手巾的男人拿着酒杯，从麦堆顶上递给她，请她喝酒。不过她没有接受这份殷勤。她刚把午饭摆好，就把那个大孩子、她的妹妹叫过来，从她的手中接过婴儿，她的妹妹如释重负，就走到另外一个麦堆那儿，和其他孩子一起玩了起来。苔丝脸上的红晕越来越厚，她悄悄地但是大胆地解开上衣的扣子，开始给孩子喂奶。

坐在附近离她不远的几个男人体谅她，把脸转到了另一边，他们中有几个人开始抽烟；还有一个健忘的人十分遗憾地用手晃晃酒罐子，酒罐子再也倒不出一滴酒来了。除了苔丝以外，所有的妇女都开始快活地聊起天来，并把头发上弄乱了的发结整理好。

等到婴儿吃饱了，这位年轻的母亲就把他放在自己的膝头上，让他坐好了，用膝头颠着他玩，眼睛却望着远方，脸色既忧郁又冷淡，差不多是憎恶的神情。然后，她却把脸伏下去，在婴儿的脸上猛烈地亲了几十下，仿佛永远也亲不够，在她这阵激烈的亲吻里，疼爱又奇怪地混合着鄙夷，孩子被弄得大声哭了起来。

"其实她心里是喜欢那孩子的，别看她嘴里说什么但愿孩子和她自己都死了才好，"一个穿红裙子的女子说。

"过不了多长时间她就不会说那种话了，"一个穿黄衣服的人回答说。"啊，真是想不到，时间久了一个人就能习惯那种事！"

"我想，当初那件事并不是哄哄劝劝就成的。去年有一天晚上，有人说听见猎苑里有人哭，要是那时候有人进去了，他们也许就难堪了。"

"唉，不管怎么说，这种事别人没有碰上，恰好让她碰上了，真是可怜。不过，这种事总是漂亮的人才碰得上！丑姑娘包管安全得很——喂，你说是不是，珍妮？"说话的人扭头对人群里另一个姑娘说，要是说她长得丑，那是一丁点儿也没有说错。

的确是万分的可怜，那时候苔丝坐在那儿，就是她的对手见了，也不会不觉得她可怜，她的嘴唇犹如一朵鲜花，眼睛大而温柔——既不是黑色的，也不是蓝色的；既不是灰色的，也不是紫色的；所有这些颜色都调和在一起，还加上了一百种其他颜色。你只要看看她一双眼睛的虹彩，就能看出那些颜色来——一层颜色后面还有一层颜色，一道色彩里面又透出另一道色彩——在她的瞳孔的四周，深不见底，她几乎是一个完美的女人，只是她的性格里有一点从她的家族遗传来的轻率的毛病。

她一连在家里躲了好几个月，这个礼拜才开始到地里干活，这种勇气连她自己都觉得吃惊。她没有什么人生阅历，发生了那种被人侮辱了的事后，只好独自待在家里，采用种种悔恨的方法，折磨和消耗她那颗还跳动着的心，后来，常识又让她醒悟过来。无论如何她还可以再做点儿什么事情，可以让自己变得有用处——为了试新的独立的好滋味，她愿意做出努力。过去的毕竟过去了，无论从前怎样不堪，眼前已经不存在了。无论过去带来什么样的后果，时间总会掩盖它们，若干年后，它们就会如同没有发生过一样，她自己也会被青草掩盖，被人遗忘。这时，树木还会像往常一样苍绿，鸟儿还是像往常一样婉转地唱，太阳还是像往常一样地灿烂。周围她所熟悉的环境，不会因为她的悲伤就为她忧郁，也不会为她的痛苦而悲伤。

一直以来，苔丝觉得人们都在关注她的种种，对她指指点点，这让她觉得抬不起头来。现在她终于明白了，这完全是自己的瞎想。除了她自己而外，没有人关心她的存在、遭遇、想法以及复杂的感受。对苔丝身边那些人来说，他们只是偶尔能想起她来。即使是她的朋友，也只不过多想她几次而已。因此她不分昼夜地离群索居，折磨自己，对他们来说也不过如此——"唉，她这是自寻烦恼。"但是假如她努力振作起来，摆脱一切忧虑，从阳光、鲜花和婴儿中获取快乐，他们就又会这样来看待她了——"唉，她可真能够忍耐。"况且，如果她独自一人住在一个荒岛上，她会为发生这样的事情折磨自己吗？不可能。如果她刚刚被上帝创造出来，一出世就发现自己是一个没有丈夫而生了孩子的母亲，除了知道自己是一个没名没姓的婴儿的母亲以外，对其他事一无所知，难道她还会对自己的遭遇感到绝望吗？不，不会，她只会泰然处之，而且还会从中找到些乐趣吧。因此，她的痛苦，很大是源于她的世俗谬见，倒并不是因为她的本性。

无论苔丝怎么想，总有某种力量敦促着她，使她如从前一样穿戴整齐，走出家门，来到地里，因为此时候正好大量需要收割庄稼的劳动力。就是因为这样，她才重新树立起自己的尊严，即使怀里抱着孩子，有时她也敢抬起头来看人，不感到畏惧了。

收庄稼的男人们从麦垛旁边站起来，伸了伸懒腰，把烟斗里的烟火熄灭了。先前卸下马鞍的马吃饱了，又被套上了红色的收割机，苔丝急忙把饭吃完，招手把她的大妹妹叫过来，让她把孩子抱走了，她随即扣好衣服扣子，戴上黄色软皮手套，走到最后捆好的那捆麦子前，弯下腰去，从中抽出一束长一些的麦子来，去捆另一堆麦子。

下午和晚上，都是继续着上午的工作，苔丝也和其他收麦子的人一起干到天黑的时候。收工后，他们都坐上最大的一辆马车回去。黯淡的圆月刚从东边地平线上升起，他们就在月亮的伴随下动身了，月亮的脸仿佛是被虫蛀过的托斯卡纳圣像头上用晦暗的金叶贴成的光环。苔丝的女伴们唱起了歌，对苔丝重新出门干活表达她们的同情和高兴，尽管她们又忍不住淘气要唱上几句民谣，民谣里说有个姑娘闯进了绿色的快活林里，回来时人却变了样。人生总是存在着平衡和补偿——使苔丝成为社会警戒的同一件事情，也使苔丝在村里许多人看来成了最引人注目的人物。她们的友好态度使她远离过去的自己，看来她们的活泼精神富有感染力，因此她几乎也变得快活起来。

现在她道德上的悲伤慢慢褪去了，可是又有一桩不幸来临，让她又添新的痛苦，而这种来自天性的悲伤是不懂得什么叫人间例律的。当她回到家时，听说她的孩子在下午突然病到不行了，心里十分难过。那婴孩的体格瘦弱娇嫩，生病本来就是意料中的事，但是这件事还是把苔丝吓坏了。

这孩子诞生到世上，本来就是一宗触犯社会的罪恶，可是这个少女妈妈已经把这桩罪恶忘记了，她衷心希望能保住这个孩子的生命，即便是罪恶也让他活下去。但是事情很快就清楚了，那个肉体的小小囚徒解脱的时间就要到了，她料到了这种最坏的结果，却没有料到结局来得这样早。她想到了这一点，就陷入了悲痛之中，甚至比孩子单纯死去的悲痛还要大。她的孩子还没有受过洗礼。

对她自己，苔丝已经全然觉得无所谓，她觉得上天让她怎么救赎都好，如果因为自己的行为应该被烧死，就把她烧死好了，这也是一种了结。同村里所有的女孩子一样，一切都以《圣经》为根据，她曾经用心地学习过阿荷拉和阿荷利巴的历史，知道阿荷拉和阿荷利巴①。不过当出现这同样问题与她的孩子相关的时候，就有了不同的意味。她的宝贝就快要死了，灵魂还没有得救就快要死了。

---

① 《圣经》中的故事，说的是两个女孩子因为邪淫之事，受了石击和刀剑杀身的惩罚的故事。

那时已很晚了，快到睡觉的时候了，但是她却急忙跑到楼下，问要不要去请牧师。就在此时，她的父亲刚刚从洛利弗酒店喝酒回来，恰巧正是他对自己家是古老贵族这件事最在意的时候，也是他对苔丝给这个贵族之家染上污点并被宣扬得沸沸扬扬之事感到最敏感的时候。他宣布绝不允许牧师来他家，探听他的隐私，因为此时，她的耻辱比过去更有必要掩盖起来。他锁上门，把钥匙装进了自己的口袋里。

一家人都上床睡觉了，苔丝痛苦不堪，但也只好上床睡了。她躺在床上，辗转反侧不能入眠。半夜时分，她发现孩子的病情更严重了。很明显，孩子快要死了——安安静静地，看不出什么痛苦，但是确实快要死了。

她在痛苦中翻来覆去。凌晨一点的时钟庄严地敲响了，这时候，幻想超出了恐怖的可能成为确凿事实。在她的想象中，孩子因为没有受洗和是私生子的这两重大罪，被打进了地狱中最深的一层；她看见有个魔鬼头子手里拿着一把三刃的钢叉，在她的孩子身上叉来叉去，那根钢叉和在烤面包时用来烧炉子的钢叉一样。在这幅图画里，她又添加了许多其他稀奇古怪的孩子遭受折磨的情景，那都是在这个基督教国家里人们给年轻人讲过的。屋子里一片寂静，恐怖的场面太强烈了，因而她的想象也更逼真，她吓出了一身冷汗，把睡衣都湿透了，她的心剧烈地跳动着，每跳动一次，床就震动一下。

婴儿的呼吸变得越来越困难了，母亲心里的紧张也随之加剧。她无论怎样去亲吻那个孩子都无济于事，她在床上再也躺不住了，焦急地在房间里走来走去。

"啊，慈悲的上帝啊，你发发善心吧，可怜可怜我这个苦命的孩子吧！"她大声喊着。"把你的愤怒尽情加在我的身上吧，我甘愿受罚，但是你要怜悯我的孩子呀！"

她倚在五斗橱上，断断续续地低声祈祷了半天，后来突然跳起来。

"啊！也许这孩子还有法子得救！也许那样办完全行得通！"

她说这话的时候，脸色也变得十分晴朗了，仿佛隐藏在阴暗中的脸也发出了亮光。

她点燃一根蜡烛，走到墙边第二张和第三张床的跟前把床上睡得正酣的弟弟妹妹叫起来了。她又把洗脸架拉了出来，自己站到洗脸架的后面，从水罐里舀出一些水，让弟弟和妹妹跪在自己旁边，把双手伸出来，五指伸直合拢在一起。那时候孩子们还没有完全清醒过来，见她这个样子，只觉得严肃可怕，就保持着那种姿势，眼睛越睁越大。她从床上抱起婴儿——仿佛一个大孩子抱着一个小孩子——她还没有完全成熟，简直没有资格享有一个孩子的母亲的称号。苔丝怀里抱着那个婴儿，笔直地站在脸盆的旁边，她的大妹妹站在了她的面前，手里拿着已经翻开的祈祷书，就好像教堂的牧师助手拿着打开的祈祷书站在牧师面前一样，苔丝就这样开始为她的孩子洗礼。

她穿着白色的长睡衣站在那里，个子显得特别高大，神情显得特别庄严，头上一条粗大的黑色辫子从脑后一直垂到腰下。蜡烛微弱而温和的亮光掩盖了她身上、脸上的小毛病——麦茬在手臂上留下的划痕、眼睛里流露出的倦容，这些缺点在日光下也许就会暴露出来。她的那张俏脸曾经害了她，现在她的极度虔诚在她的脸上起到了美化的效果，显现出一种冰清玉洁的美，带有一种近似王后的庄严。那群小孩子跪在她的周围，睡意蒙眬的眼睛潮红，一眨一眨的，等着她做好准备。他们心里充满好奇，不过他们睡意太浓太重，对眼前这一切似懂非懂。

他们中有一个感受最深，问道：

"你真的要给他洗礼吗，苔丝？"

那个少女母亲用庄重的态度作了肯定的回答。

"你给他取个什么名呢？"

她没有想到要取名字的事，然而在她继续进行洗礼仪式的时候，突然想到了《创世纪》里的一句话，那句话里提到一个名字，就随口念了出来：

"苦楚，我现在以圣父、圣灵、圣子的名义为你洗礼。"

她把水洒到孩子身上，屋里一片静寂。

"孩子们，念'阿门'。"

听了她的话，细小的声音一起跟着念"阿门"。

苔丝继续说：

"我们接受这孩子，"——等等——"得为他画十字。"

念到这儿，她把手伸进脸盆里，用她的食指蘸水热烈地在孩子身上画了一个大十字，接着又继续念那些例行公事般的套话，比如要勇敢地同罪恶、世俗和魔鬼作战，一直到生命终结都要做一个忠诚的卫士和仆人。她依照规矩继续念主祷文，孩子们的声音小得像蚊子哼哼，跟着她一起念，念到结束的时候，他们都把声音提高几度，像牧师助手那样一起高喊了一声"阿门"，然后就没有一点儿声息了。

后来，他们的姐姐对这次洗礼的功效所抱的信心大大增强了，她发自内心地朗诵起感谢上帝的祷文，她用风琴和声一样优美的音调念祷文，念得热烈，带着胜利的喜悦，那声音是熟悉她的亲人永远也忘不了的。她对信念的狂喜使她变得神圣起来——脸上熠熠生辉，两腮现出红晕，在她的瞳孔里，投射进去的烛光的影子闪闪发亮，就好像是两颗宝石。孩子们抬起头望着她，越来越敬畏，再也没有心思提出问题了。在孩子们眼里，她现在不再是他们的姐姐了，而是一位伟大、庄严和令人崇敬的人物——一位和他们迥然不同的女神。

可怜的苦楚与罪恶、世俗和魔鬼作着斗争，命中注定他只能得到有限的光荣——要是考虑到他是如何降世为人的，这对他来说也许还是幸运的。晨光熹微中，这个虚弱的抗争者呼完了最后一口气，当孩子们明白过来，都失声痛哭起来，并且央求姐姐再生一个漂亮的小孩子。

苔丝自从行完洗礼以后，内心就很平静，孩子死了，她还是处于平静之中。天亮以后，她真的感到自己对孩子灵魂的恐惧是有些夸张了。无论她的恐惧有无依据，现在她心里是不担忧了，她的理由是，假如上帝不肯承认这种大体上类似的做法，因为不正规的洗礼不准孩子进天堂的话，那么无论是为自己还是为孩子，她也就不再看重这种天堂了。

不受欢迎的苦楚就这样死去了——他是一个不请自来的人，一件不尊重社会礼法的随耻辱而来的自然礼物，一个私生子。他作为一个为世界厌弃为人间所抛弃的婴孩，对于一年一世纪这种概念一无所知，时间永恒但对于他只是几天的事，对他来说，茅屋的空间就是整个宇宙，一周的天气就是一年的气候，初生的时期就是人类的存在，吃奶的本能就是人类的知识。

苔丝在心里对洗礼这件事思考了很久，想着是否有充分的理由给孩子举行一个基督教的葬礼。除了这个教区的牧师之外，没有人能够回答她，牧师是新来的，还不认识她。傍晚时分，她来到牧师的住处，站在门外，但还是没有足够的勇气走进屋去。她转身要离开的时候，恰巧碰上了外出回家的牧师，要不是这样，她就放弃了她的计划。在朦胧的夜色里，她明明白白地把事情的来龙去脉都说了出来。

"我想问你一件事，先生。"

他表示愿意听一听，她也就给他讲述了孩子生病死去的事，以及她给孩子临时行洗礼的事。

"先生，现在我想知道，"她认真地补充说，"你能不能告诉我，这件事同你给他行洗礼是否一样？"

他有一种生意人的自然情绪，发现本应该让他去做的一件事情，却叫主顾们笨手笨脚地做了，心里想回答她说不一样。可是当他看到那个女孩子的庄重神情，听到她话语中的奇特的柔和，他心中的高贵感情被激发出来，或者说在他为了把机械的信仰嫁接到实际的怀疑主义之上而进行了数十年努力以后，他身上残留的一点儿感情又被激发出来了。凡人和教士在他的心里交战，结果人战胜了。

"我亲爱的姑娘，"他说，"这完全是一样的。"

"那么你就会给他举办一场基督教的葬礼了吧？"她急忙问。

牧师感到自己被难住了。听说孩子病了，他曾经良心发现，天黑后去为孩子行洗礼，但是他不知道拒绝他进门的是苔丝的父亲，而不是苔丝自己，因此，他不能接受苔丝行这种非正规洗礼的申辩。

"哦——那又是另外一码事了。"他说。

"又是另外一码事了——为什么呀？"苔丝问，神色十分惊惶。

"唉——要是只是我们两个人的事，我就会愿意为你效劳。可是，因为某些别的原因，我不能做。"

"就为我做这一次好啦，先生！"

"我真的不能做。"

"啊，先生！"她抓着牧师的手哀求。

牧师缩回手，摇了摇头。

"那我就不喜欢你了！"她发作起来，"并且我永远也不再去你的教堂了。"

"说话不要这样轻率。"

"即使你不给他行洗礼，对他来说是不是完全一样？……是不是完全一样？看在上帝的份儿上，求你不要像圣徒对罪人那样对我说话，而像你这个人对我这个人说话一样——我好可怜呀！"

牧师对这些问题自有严格的理念，但是他如何使它们同他的回答协调一致，就完全不是我们凡夫俗子所能理解的了。牧师受到感动，就这样回答说：

"是完全一样的。"

于是在那天晚上，婴儿被放进一个小枞木匣子里，上面盖了一块女人用旧的披肩，花费了一个先令以及一品特啤酒，雇了教堂的执事，用风灯照着，把他埋葬在上帝分配的一个破乱的角落里。那里长着荨麻，凡是没有受洗的婴儿、臭名昭著的酒鬼、自杀的懦夫和其他一些要下地狱的人，都被胡乱地葬在一起。但是，尽管周边的环境糟糕，苔丝仍然勇敢地用两根木头和一条绳子，扎成一个十字架，在上面绑上鲜花，在晚上趁没有人注意的时候，跑进教堂的墓地里，把十字架竖在坟头上，还用一个小瓶子插上同样的鲜花。瓶子装着水，不会让鲜花枯萎。在瓶子外面，一眼就能看出上面写着"吉韦尔果酱公司"的字眼，但是这又有什么关系呢？满怀母爱的眼睛是看不见这些字的，看见的只是更加崇高的东西。

第十五章

"根据经验，"罗杰·阿斯坎说，"我们要经历漫长的游荡才能找到一条捷径。"漫长的游荡不适合我们继续前行，这并不少见，然而这种经验对我们又有什么用处呢？苔丝·德贝菲尔德的经验就是毫无用处的那一种。后来她学会了该怎么做，可是现在又会有谁接受呢？若是苔丝在还没有去德贝维尔家之前，就努力按照她自己和一般人所知的各种各样的警句格言生活的话，她肯定是不会上当受骗的。可是，对这些金玉良言，在它们大有益处的时候，苔丝尚没有能力、其他的人也没有能力领会其中的全部内涵。苔丝，还有许多别的人，可能会用圣奥古斯丁的话嘲笑上帝："你指出的是一条很好的路，但不是一条人能走的路。"

在冬季的几个月里，她一直待在父亲家里，有时拔鸡毛，有时给火鸡或者鹅的肚子里装填料，有时把以前不屑地扔在一边的德贝维尔送给她的一些漂亮衣服拿出来，改成她的弟弟妹妹们穿的衣服。她从不写信给他，让他帮助自己。但是，在别人以为她埋头干活的时候，她却经常用两手抱着头，在那儿想心事。

她用一个哲学家的思维去回忆一年中从头到尾的日子，她回忆起在特兰里奇的猎苑的黑暗背景中，毁了她的那个悲伤的夜晚；回忆起她的孩子出生和死去的日子；也回想起自己生而为人的那些日子；还回想起那些与她有关的特别的日子。有一天下午，她在对着镜子观看自己的美貌的时候，突然想到还会有另外一个日子，对她来说比其他日子更为重要，那就是她自己死去的日子。那个时候，她所有的美丽就要化为乌有了，这一天悄悄地躲在一年的全部日子里，谁也看不见它，她每一年都要经历它一次，但它却不露声色，一声不吭，但是这一天又绝不会不在这一年里。这个日子是哪一天呢？

为什么她每年都会经历的与她相关的那个冷酷日子，她丝毫感觉不到它的冷意呢？她的思想和杰里米·泰勒的思想一样，就是认识她的人在将来某个时候会说："就是在——在今天，可怜的苔丝死了。"他们在说这话的时候，心里并没有想到有什么特别之处。但是在岁月的长河中注定有一天会成为她的人生终点，她却不知道它究竟在哪一个月，在哪一个星期，在哪一个季节，在哪一年。

苔丝的思想差不多是发生了一次质的飞跃，她从一个简单的姑娘变成了一个复杂的女人。她的脸上有了沉思的味道，她说话的声音里偶尔也流露出悲剧的音调。她的眼睛越长越大，表情也越来越丰富。她长成了一个可以被称作美人的人了——她的面容娇美，引人注目，她的灵魂是这样一个女人的灵魂，有了近一两年的纷乱经验却没有因此堕落。抛开世俗的偏见，这些经验简直就是一种扩展心智的教育了。

她近来离群索居，因而她的原本就不为人所知的痛苦，现在在马勒特村也几乎被人忘记了。但是她现在已经清楚地知道，在马勒特村她是永远也不会真正变得开心了，因为她们家企图去认本家惨遭失败是路人皆知的——甚至她们家其实还有通过她去和富有的德贝维尔家联姻的企图。至少在漫长的岁月抹去她对这件事的敏感反应之前，她是不会在马勒特村感到心情愉快的。不过即便是现在，她仍然能感觉到希望，生命的力量仍在她的身上热烈地搏动，也许在一个不知道她的往昔的地方，她还会快乐起来。逃避过去和逃避跟过去相关联的一切，就是要把过去和过去的一切消除掉，要做到这一点，她必须得离开这里。

她问自己，贞操这个东西，一旦失去了就永远失去了吗？如果她能够把过去掩埋，她也许可以证明这句话是错误的。连自然都有使自己得以恢复的能力，为什么唯独处女的贞操就不行呢？

她等了很久，始终没有找到再次离开此地的机会。又一个特别明媚的春天来到了，几乎听得见芽苞里生命的萌动，春天就像激励野外的动物一样激励了她，使她急切地要离开这里。后来在五月初的一天，她收到了一封信，那是她母亲从前的一个朋友写来的，很久以前，苔丝曾经写信探问过她。信中告诉她，南边若干英里的地方有一个奶牛场，需要一个技术熟练的女工，奶牛场的场主愿意让她在那里工作一个夏天。

这个地方并不是她所希望的那样远，但也许也足够远了，因为她活动的范围和她的名声一直就很小。对于一个活动范围有限的人来说，英里差不多就如同地球上的经纬度，教区就如同郡，郡如同省和王国那样大了。

有一点她是打定了主意的：在她以后新生活的梦想和现实中，不该再有德贝维尔的贵族幻梦了。她只是一个挤牛奶的女工苔丝，此外不是别的什么。对于这一点，尽管她和母亲从来没有就这个问题谈过哪怕一句话，但她的母亲也已经能够理解苔丝的感受了，所以现在也就不再提什么骑士祖先之类的话题了。

可是人就是如此地自相矛盾，苔丝对要去的那个新的地方产生兴趣，原因之一就是那个地方恰巧靠近她的祖先的故土（他们都不是布莱克曼人，虽然她的母亲是一个土生土长的布莱克曼人）。她要去的那个奶牛场的名字叫泰波塞斯，离德贝维尔家族过去的几处府邸不远，附近就是她的祖宗奶奶和她们显赫丈夫的家族大墓室。她想去那里看看，也会想想不仅德贝维尔家族像巴比伦一样衰败了，而且一个卑微后裔的清白也无声无息地消失了。她一直在想，说不定在她祖先的土地上会有什么奇异的好事出现。在她的身上，有某种精神如同树枝的汁水一样，自动地涌现出来，那就是还没有耗尽的青春活力，在受到短暂的压抑之后又重新高涨起来，带来了青春的希望，也唤醒了她不可扼制的追求快乐的本能。

第十六章

五月的一个清晨，麝香草散发着香气，小鸟们还在鸟巢里孵蛋，苔丝从特兰里奇回来大约两三年后——这几年她心灵的创伤慢慢地愈合了——又第二次迈出了家门。

她收拾好行李，打算以后再让人给她送去，就乘坐一辆雇来的双轮轻便马车，动身去斯图尔堡的一座小镇。她途中必须经过这个小镇，这次行程的方向同她第一次贸然离家的方向几乎完全相反。尽管她迫切希望远走他乡，但是走到最近的那个山丘拐弯的地方，她还是回过头去，满腹惆怅地望了望马勒特村和她父亲的房屋。

在那幢房屋里住着她的家人，尽管她就要远离他们，他们再也看不到她的脸了，但是大概他们的日常生活也许依然会跟过去一样，在他们的意识中快乐也不会减少多少。几天之后，孩子们就会像往常一样玩起他们的游戏来，不会感到因她的离开而缺少了什么。她决心离开也是为了这些更小的孩子们更好，如果她留在家里，他们也许不能从她的管教中得到丝毫好处，反而会因她的榜样受害。

她没有休息一下就穿过斯图尔堡，向前一直走到几条大路的交叉路口，在那儿等候往西南去的客货两用的大马车，因为铁路虽然遍布了乡村内陆的广大区域，但是却始终没有穿过它的腹地。正当她在那儿等候大马车的时候，路上有一个农夫乘着轻便的双轮马车走了过来，要去的地方同她要赶的路大致是一个方向。尽管她并不认识这个陌生人，但还是接受了他的邀请，上车坐到农夫身边，而不管农夫邀请她的动机不过是因她漂亮的脸蛋而献殷勤罢了。农夫要去维瑟伯利，她坐车到了那儿，就不用再坐大马车绕道卡斯特桥，剩下的一段路靠步行就能抵达了。

苔丝坐车走了很长一段路，中午到了维瑟伯利也没有停下来，只是到赶车的农夫推荐的一户农家简单吃了一顿没名堂的饭。紧接着她就提着篮子开始步行，向一片广袤的荒原高地走去。荒原把维瑟伯利同远处低谷的一片草场分隔开来，而坐落在山谷中的奶牛场才是她此行的目的地，也是她当日行程的终点。

苔丝之前从来没有来过乡间这块地方，不过她却感到同这里的风景有着血亲关系。就在她左边不远的地方，她看见风景中有一块深色的地方，一问别人，证明她的猜想果然不错，那是把金斯庇尔的近郊区别开来的树林——就在那个教区的教堂里，埋葬着她的先人——她祖先的那些毫无用处的枯骨。

现在她对他们毫无敬仰的心情了，甚至她还恨他们给她带来烦恼，他们除了给她留下来一方古印和一把羹匙以外，其他一件东西也没有给她留下来。"呸，我本来就是我的父母两个人生养的！"她说，"我的全部美貌也是我妈所赠的，而我只不过是一个挤牛奶的女工。"

她终于走完从爱敦荒原的高地和低地中穿过的那段路，这段距离实际上只不过几英里远，但比她所想的要难走得多。由于拐弯时多走了一些冤枉路，她走了差不多两个小时才走到一个山顶上，望见了她期盼已久的沟谷——大奶牛场的沟谷。在那个沟谷里，牛奶和黄油的出产十分迅速，虽然不如她家里的牛奶和黄油美味，但它们的产量要远比瓦尔河或佛卢姆河所灌溉的那块翠绿草原上生产的牛奶和黄油丰富。

她除了在特兰里奇生活了一段不幸的时光外，到现在她所知的地方只是布莱克曼谷的小奶牛场，而大奶牛场同它则全然不同。世界在这里是按照更大的模式绘制的。圈起来的牧场不是十亩地，而是五十亩地，农场也更大，牛群在这儿组成的是一个个部落，而在那儿只是一个个家庭。放眼望去，数不清的奶牛从遥远的东边一直延伸到远远的西边，在数目上超过了她以前看见过的任何牛群。它们散布在绿色的草地上，挤得密密麻麻的，就像凡·阿尔斯卢特或萨雷尔特在画布上画满了市民一样。红色和褐色母牛身上的成熟颜色与傍晚落日的晚霞融合在一起，而浑身雪白的奶牛则把光线反射出去，几乎使人为之目眩，甚至苔丝站在远处的高地上也是如此。

俯瞰呈现在她眼前的那片风景，尽管不如她无比熟悉的另一种风景绚烂华美，但它却更让人欢快振奋。它缺少些那个能和它媲美的沟谷所具有的强烈的蓝色调，缺少它厚实的土壤和浓烈的香气，但它的新鲜空气清新、凉爽、美妙。滋养牧草和这些著名奶牛们的那条河流，也和布莱克曼的河水流动得不一样。布莱克曼的河流流得缓慢、沉着，常常是浑浊的，它从堆满淤泥淖的河床上流过去，不明就里贸然涉水过河的人，稍不注意就会陷进泥淖里。佛卢姆河的流水却是清澈的，就像那位圣徒看见的那条生命河一样纯净，流得也快，犹如一片浮云的阴影，流过铺满卵石的浅滩，还整天对着天空喁喁私语。那儿水里长的是睡莲，这里的水生植物却是毛茛。

也许是空气从沉闷到轻松性质起了变化，也许是她觉得已经身处没有人用恶意的眼光看待她的新地方，于是她的精神奇妙地振奋起来。迎着温柔的南风，她欢欣雀跃地向前走去，她心中的希望和阳光融合在一起，仿佛幻化成了一道环绕着她的光环。在拂面的阵阵微风中，她听出了快乐的声音，在一声声鸟的啼鸣里，也似乎表达着欢愉。

她的容貌，近来随着她的心境的变化也在变化着，由于她的心绪有时欢乐，有时忧郁，因而她的容貌也在美丽和一般之间变化不定。今天她的脸色红润、完美，明天或许就转为苍白、凄楚。当她的脸色红润时，她就不像脸色苍白时那样一脸苦相；她的更加完美的美丽和她的平和的心情显得更和谐些；她的紧张的心情则会让她的美丽打上折扣。现在她迎着南风前行，正是面庞显得最美的时候。

那种寻求欢乐的本能是不可抵抗的、普遍存在的、自然而然的，它渗透在一切从最低级到最高级的生命中，最后终于也把苔丝掌控了。即使现在，她也只不过是一个二十岁的青年女子，她的思想和情感还在变化发展，因此任何事情给她留下的印象，都不可能恒久。

她的精神、她的感激、她的希望越来越高涨。她不由得唱了好几支民歌，但是觉得它们都不能把她内心的情绪表达出来，后来，她回想起在吞吃智慧树的禁果之前，在每个礼拜的早晨她都会浏览多少次的赞美诗，于是就开口唱起来："哦，你这太阳，你这月亮……哦，你们这些星星……你们这些世间的葱茏万物……你们这些空中的飞禽……野兽和家畜……你们世人……你们应当赞美主，颂扬主，永远敬仰主！"

她突然住口不唱了，口中喃喃道："可是我大概还不完全了解我唱的主呢。"

这种大半出自于不自觉地吟唱赞美诗，也许就是在神教背景下的一种拜物狂吟；对于那些把户外大自然的形体和力量作为主要陪伴的女子们来说，占据她们心灵的多半是她们远祖的异教幻想，而很少是后世教给她们的那种系统化了的宗教。但是，苔丝却从至少是在她摇篮时代就开始呀呀学唱的古老的万物颂中，找到大致可以表达她的情感的句子，这对她也就足够了。她已经朝着自食其力的方向迈进，对这种微小的好开端她感到很满足，这种满足也正是德贝菲尔德性格的一部分。苔丝的确希望正道直行，而她的父亲完全不是这样，但是对眼前一点点成就就感到满足，不肯付出艰苦的努力把卑下的社会地位再提高一些这一点，她却和她的父亲一样。德贝菲尔德家曾是显赫一时的贵族，现在却成了一个举步维艰的家庭，影响到社会地位的发展。

我们也可以说，尽管苔丝之前的那番经历暂时把她压倒了，但是来自母亲基因的没有消耗掉的力量，以及苔丝青春年华的自然力量，都在苔丝身上重新被激发出来。说实话，女子受了这样的耻辱也还是要照旧活下去的，一旦恢复了精神，就又开始用兴致勃勃的眼睛在她们四周看来看去了。正如一些亲和的理论家们让我们相信的那样，这个"被引诱的女人"并非完全不知道这样一种信念：有生命就有希望。

然后，苔丝·德贝菲尔德就怀着对生活的满腔热忱，情绪高昂地一步一步走下爱敦荒原的山坡，越走越低，向她一心向往的奶牛场走去。

两个能互相媲美的山谷之间的显著差别，现在终于清晰地显现出来了。布莱克曼的秘密从它四周的高地上就能看个一清二楚，而想把她面前的山谷弄明白，就必须混入下面山谷的中间去。苔丝作完比较，就已经走到了山谷中绿草如茵的平坦地面上，这块平地从东到西伸展开来，远得望不见边。

河流从较高的地带缓缓地流下来，把泥土一点点带进山谷，堆积成这块平原。现在这条年代久远的河流快要枯竭了，变得细小了，只流过它从前劫掠来的泥土中间。

苔丝不能确定朝哪个方向走，就静静地站在一片四周环山的绿色平地上，像一只苍蝇停在一个大得无边的台球桌上，并且她对于周围的环境的影响一点也不比那只苍蝇显得重要。她出现在这个宁静山谷的唯一效果，至多是把一只孤独的苍鹭惊扰得飞起来，然后落在离她站立的道路不远的地上，伸长了脖子站在那儿看她。

突然，下面低地上从四面八方传来一阵悠长、反复的呼唤声——

"呜噢！呜噢！呜噢！"

这声音好像受到了感染，从东边最远的地方传到了西边最远的地方，其中偶尔还掺杂着一声狗的叫声。它并不代表山谷里知道美丽的苔丝来了，而是四点半钟挤牛奶时间到了的惯常通知，这时候奶牛场的工人们就动手把奶牛赶回去。

早已在那儿等候呼唤的最近的一群红牛和白牛，闻声就成群结队地朝盖在后面的田间牛舍走去，它们走着，装满了牛奶的巨乳就在它们腹下晃来晃去。苔丝跟在它们的后面慢慢走着，从前面的牛群通过的敞开着的栅栏门里走进院子。院子的四周是一圈长长的草棚，草棚顶部斜坡的表面上长满了鲜艳的绿色青苔，用来支撑棚檐的木柱子，在过去的岁月中被无数的奶牛和小牛的肚子摩擦得又光又亮，而那些牛现在却被人遗忘在记忆的深渊中，不复有星星点点的印象。要被挤奶的牛都被安排在柱子中间，此刻让一个想象力卓越的人从后面来看，排在那儿的每一头牛就像一个圆环拴在两根木桩上，中间的下方是一只来回摆动的钟摆，这时候向草棚后面下沉的夕阳，把这群极具耐力的牛群的影子准确地投射到草棚的墙上。因为，每个傍晚，夕阳都要把这些朦胧的、简朴的形体的影子投射出去，仔细地勾勒好每一个轮廓，犹如宫廷美人映照在宫廷墙壁上的侧影，它用心用意地描画它们，就好像是很久以前把奥林匹斯的众神刻画到大理石壁上，或者是描摹亚历山大·恺撒和埃及法老的轮廓。

被赶进棚子的奶牛都不大安分，而在院子中间静静地站着的那些奶牛，都是挤奶的，还有许多表现得更加安静的奶牛等在稍远处——它们都是上等的奶牛。这样的奶牛在山谷外很少看得到，就是在谷内也不常见，它们是当年那些汁液丰富的肥美牧草滋养起来的。那些身上有白点的奶牛皮毛光滑，能把阳光反射过来，使人目眩，它们的犄角上戴着发亮的铜箍，就像是某种兵器闪耀着光辉。它们那些布满粗大脉管的奶房沉重地垂在腹部下方，就像是一个个沙袋，上面乳头突起，好像吉普赛人使用的瓦罐的脚。每一头奶牛逗留在那儿，等着轮到自己挤奶，在它们等候的时候牛奶就已经从奶头渗出来，一点一滴地落到地上。

第十七章

　　奶牛从草场一回来，挤奶的男工女工们就纷纷从他们的茅屋和奶房里涌出来。挤奶的女工都穿着木头套鞋，这倒不是因为天气不好，而是为了避免她们的鞋子沾上院子里的烂草烂泥。全部女工都坐在三条腿的凳子上，歪着头，右脸颊贴着牛肚子。苔丝走过来时，她们都顺着牛肚子不出声地看着她。挤牛奶的男工们把帽檐折下来，前额靠在牛的身上，眼睛向下瞅，没有注意到苔丝。

　　男工中有一个健壮的中年人，他的白色长围裙比别人的罩衫要漂亮些、干净些，里面穿的短上衣既体面又时髦，他就是奶牛场的场主，是苔丝要找的人。他具有双重身份，一个星期有六天在这里做挤牛奶和搅黄油的工人，第七天却穿着精致的毛呢服装，坐在教堂里他自家的座位上。他的这个特点十分明显，因此有人给他编了一首歌谣——

　　　　牛奶工狄克，
　　　　一周干六天。

　　只有礼拜天，他才是理查德·克里克。

　　看见苔丝站在那儿东张西望，他就走了过去。

　　大多数男工挤奶的时候都脾气烦躁，但是正逢克里克先生想雇佣一个新手——因为近来人手短缺——于是他就热情地接待了她。他问候她的母亲和家中其他人，这其实不过是客套而已，因为他在接到介绍苔丝的那封短信之前，根本就不知道德贝菲尔德太太的存在。

　　"啊——对，我很小的时候，对乡村中你们那个地方就非常熟悉了，"

他说，"不过后来我再没去过那里。从前这儿住着一位九十岁的老太太，不过早已故去了，她告诉我布莱克山谷有一户人家姓你们这个姓，最初是从此地搬走的，据说是一个历史悠久的家族，现在差不多都没有后人了——年轻些的人都不知道这些。不过，唉，我对那个老太太的唠叨没有太在意。"

"哦不——那没有什么。"苔丝说。

于是他们只谈苔丝本人的事了。

"你能做到把奶挤干净吧，姑娘？一年中这个关键时刻，我可不愿意我的奶牛回了奶。"

对于这个问题，她再次保证请他放心，他就把她上上下下好好打量了一番。苔丝长时间待在家里，她的皮肤已经变得娇嫩多了。

"你能确定受得住吗？干惯粗活的人在这儿觉得足够舒服，可是我们并不是住在种黄瓜的温室里。"

她郑重地说自己受得了，她说得很坚定、很乐意，好像赢得了他的信任。

"好吧，我觉得你先喝杯茶，吃点东西吧，嗯？现在不用？那好，就随你便好了。不过说真的，要是我，走这么远的路，就要干成芜草干了。"

"现在我就开始挤牛奶吧，我好熟练熟练。"苔丝说。

她喝了一点儿牛奶，作为临时的点心——牛奶场的老板克里克吃了一惊，从内心深处，还有点儿瞧不起这种行为——显然他从来没有想到牛奶还是一种上好的饮品。

"哦，你要是喝得下这种东西，你尽管喝吧，"他在有人制止她从牛奶桶里倒牛奶喝时毫不在乎地说，"这东西我多年没有碰它了，我没有喝过这鬼东西，喝到肚子里就像是一块铅躺在那儿。你用那头奶牛试试身手吧，"他朝距离最近的那头奶牛点点头，又接着说下去。"并非那头牛的奶不好挤。我们有些牛的奶确实不好挤，而有些牛的奶则很容易挤，就和人一样。不过，你很快就会都明白的。"

苔丝换下仕女帽，戴上头巾，切实地在奶牛身下的凳子上坐下来挤牛奶了，牛奶顺着她的手喷射进牛奶桶里，她仿佛真的觉得已经为自己的未来建立了新的基础。她的这种信念衍生出平静，脉搏的跳动平稳下来，能够打量打量四周了。

挤牛奶的工人队伍是由男人和姑娘组成的，男人们挤的是硬奶头的牛，姑娘们侍候的则是性情比较温顺的牛。这是一个规模挺大的奶牛场。把所有的牛都算上，克里克手下的奶牛有一百头。在这一百头牛中，有六头或八头牛是奶牛场老板自己动手挤的，除非是他出门不在的时候。那些牛都是所有牛中最难挤的奶牛，因为他偶尔要或多或少地雇些临时工，他不放心把这些牛交给他们，怕他们做事不利索，不能把牛奶完全挤干净。他也不放心把它们交给姑娘们，怕她们手指缺少力气，同样会挤不干净，过一段时间，会导致这些奶牛回奶——那也就意味着再也不出奶了。奶挤不干净的严重后果倒不在于出奶量的暂时损失，而是因为牛奶挤得少，它就出得少，到最后就会完全停止出奶了。

苔丝在奶牛身边坐下挤奶之后，一时间场院里的人谁也不说话了，除了偶尔有一两声某人让牛转动或站着不动的吆喝外，能听见的只是牛奶被挤进多个牛奶桶里的噗噗声。能看到的动作只是挤奶工人们的双手一上一下挤奶的动作，以及奶牛尾巴来回摆动。他们就这样不停地干活，他们的四周是广阔平坦的草场，一直伸展到山谷两边的斜坡上——这片平坦的风景是由被人抛之脑后的古老风景组成，而那些古老的风景和由它们形成的现在的风景比起来，毫无疑问已是迥乎不同了。

"照我看呀，"奶牛场老板说，他刚挤完了一头奶牛的奶，一手抓起三脚凳，一手拎着牛奶桶，突然从奶牛身后站起来，走向附近的另一头难挤的奶牛。"照我看呀，今天这些奶牛出奶和平常有些不一样。我敢肯定，要是温克尔这头牛真的开始回奶，不到仲夏，它就一滴奶也不会有了。"

"这是因为我们中间有一个生手，"约纳森·凯尔说，"我以前就注意到这回事。"

"不错。可能是这样的。我还没有想到这个。"

"有人给我说过，在这种时刻牛奶流到奶牛的牛角里去了。"一个挤牛奶的女工说。

"好了，说起牛奶跑到牛角里去，"牛奶场老板颇不相信地接过话茬说，似乎觉得就连巫术都会受到解剖学上的种种限制，"我可不这样想，我的确认为长角的奶牛会回奶，可是没有长角的奶牛也回奶了呀，所以我可不相信这个说法。你知道那些没有长角的奶牛的秘密吗，约纳森？为什么每年不长角的奶牛没有长角的奶牛出的奶多？"

"我也不知道！"有个挤牛奶的女工插嘴问，"为什么不长角的奶牛出的奶少呢？"

"因为在全部奶牛中，不长角的奶牛并不多，"牛奶场老板说，"不过，今天这些犟脾气的奶牛肯定要回奶了。伙计们，我们必须要唱一两首歌曲了——那才是治好这种毛病的唯一办法。"

每当奶牛出现产奶量比平常减少的现象，人们往往就用在牛奶场唱歌的办法，想借此把牛奶引出来。老板要求唱歌，这群挤牛奶的工人们便放开喉咙唱起来——唱的完全是一种敷衍的调子，老实说，一点也没有兴致，结果却如他们相信的那样，在他们不停地唱歌的时候，出奶的状况的确有了改善。他们唱的是一首民谣，说是有一个杀人凶手不敢在黑暗里睡觉，因为他会看见某种硫黄火焰围绕着他燃烧，他们唱到第十四段或者第十五段的时候，挤牛奶的男工中有人说——

"真希望弯着腰唱歌不这样费气力！你该把你的竖琴拿来，先生，不拿竖琴也罢，最好还是拿小提琴来。"

一直在留神听他们讲话的苔丝，以为这些话是对牛奶场老板说的，不过她却想错了。有人接口问了句"为什么"，声音仿佛是从牛棚里一头黄牛的肚子里发出来的，这句话其实是那头奶牛后面的一个挤奶工人说的，苔丝直到这时才看见他。

"哦，是呀，什么也比不上提琴，"奶牛场老板说，"尽管我的确认为公牛比母牛更容易受到音乐的感染——至少这是我的经验。从前梅尔斯托克有一个老头，名字叫威廉·杜伊。他家里以前是赶大车的，在那一带干了不少的活，约纳森，你不在意吧？——也可以这么说，我刚认识他，就感觉他像熟悉我的家人一样。哦，有一次他为一场婚礼拉提琴，那是一个月光皎洁的夜晚，他在回家的路上为了少走些路，就抄了一条穿过名叫四十亩地的小道，在横在路中的那野地里，有一头公牛跑出来吃草。公牛看见了威廉，天呀，把头上的犄角一晃就追了上去。尽管威廉用尽全力地跑，而且酒他也喝得并不多（因为那是婚礼，办婚事的人家也很富有），但他还是感到他做不到及时跑到树篱跟前跳过去，挽救自己于危难之中。唉，后来他急中生智，一边跑，一边把提琴拿出来，转身对着公牛拉起一支舞曲，同时倒着向角落里退去。那头公牛安静下来，停住不动了，大眼睛使劲地看着威廉·杜伊，看着他拉了一首又一首曲子，后来，公牛的脸上都悄悄露出一种笑意了。可是就在威廉停下来想要翻过树篱的时候，那头公牛就不笑了，低下头要向威廉的胯裆抵过去。啊，威廉不得不转过身子继续拉琴给它听，拉呀拉呀，不停地拉。那时还只是凌晨三点钟，他知道再过几个小时那条路上也不会有人来，他又累又饿，简直不知道怎么办才好。大约四点钟的时候，他真不知道他是不是还能支撑下去，就自言自语地说：'这是我剩下的最后一支曲子了！老天爷，救救我吧，别让我把命丢在这里。'哦，后来他突然想起来他曾看见圣诞节前夕半夜有头牛下跪的事情来。不过那时候并不是圣诞节前夕，但是他突然想到要同那头公牛开个玩笑试试。因此，他就转而拉了一首《耶稣诞生颂》，就像圣诞节人们在唱圣诞颂歌一样。啊哈，你瞅瞅呀，那头公牛自然不知道是开玩笑，就弯弯双腿跪了下去，仿佛真的以为耶稣诞生的时刻到了。等到他那长角的朋友一跪下去，威廉赶紧就转过身去像一条猎狗一样一跃而起，祈祷的公牛还没来得及站起来向他追过去，他已经跳过树篱化险为夷了。威廉曾经说过愚蠢的人他见过很多，但从没有见过当那头公牛发现那天原来并不是圣诞节而自己虔诚的感情受到欺骗时那种气急败坏的傻样……对了，威廉·杜伊，这是那个人的名字，现在他早被埋在梅尔斯托克教堂的院子里，什么地方我都能说得毫厘不差——他就长眠在教堂北边走道和第二棵紫杉中间那儿。"

"这真是一个离奇的故事，它又让我们置身于中古时代，那时候信仰是一件有生命的东西！"

这是奶牛场里一句很特别的评论，是那头黄褐色母牛身后的人嘟哝着说的，只是当时没有人懂得这句话的内涵，就没有引起别人注意，只是讲故事的人似乎觉得这句话听起来好像是对他的故事表示怀疑。

"噢，这可是千真万确的事，先生，尽管你不一定相信。那个人我熟得很。"

"哦，当然，我并不怀疑它。"黄褐色母牛身后的人说。

苔丝这时候才留意观察和老板说话的那个人，由于他把头紧紧地贴在奶牛的肚子上，苔丝只能看见他身体的一部分。她也不理解，为什么老板和他讲话也叫他"先生"。苔丝看不出一点儿门道来，他一直待在母牛的下面，用了足够挤三头奶牛的时间，他嘴里时不时地悄悄地发出喘息声，好像他坚持不下去了。

"挤得轻柔点儿，先生，轻柔点挤，"奶牛场老板说，"挤牛奶用要巧劲儿，不是蛮力。"

"我也这样认为，"那个人说，他终于站起来伸了伸胳膊。"不过，我想我最终还是把它挤好了，尽管我的手指头都挤疼了。"

直到此时苔丝才看清他的全身。他穿着一件普通的白色围裙，腿上打着奶牛场挤奶工人打的绑腿，靴子上沾满了地上的烂草和污泥，这些装束都是本地装束。在这种外表之下，却能看得出来他受过教育，性格内敛，性情敏感，神情忧郁，与众不同。

但是苔丝暂时把他外在的这些细节都放到了一边，因为她发现她以前见过他！从他们那次偶遇之后，苔丝已经历尽沧桑，因而一时竟想不起在哪里见过他，后来心里一亮，她才记起来他就是那个曾参加过在马勒特村社舞会的过路人——就是那个她不知道从何而来的过路的陌生人，没有和她却和另一个女孩子跳过舞，离开时又冷落她，就上路跟他的朋友们一道走了的那个人。

她回想起在她遭遇不幸之前发生的这件小事，对往事的回忆犹如潮水一样涌了上来，使她暂时陷入忧伤之中，害怕他认出自己来，并设法探究她的经历。不过她看不出他对自己有印象，因而也就放心了。她还逐渐发现，从他们第一次也是唯一的一次相遇以来，他那生动的脸变得更加深沉了，嘴角已经长出了年轻人所有的漂亮胡须了——下巴上的胡须是淡淡的麦色，已经长到了脸颊两侧，逐渐变成了温暖的褐色。他的麻布围裙里面里是一件深色绒质夹克衫，配一条灯芯绒裤子，扎着皮绑腿，里面穿着一件浆洗过的白衬衫。若他没有穿挤牛奶的围裙，没有人能够猜出他的身份。他极有可能是一个有怪癖的地主，也完全有可能是一个体面的农夫。从他给那头母牛挤奶所耗费的时间上，苔丝马上就看出来，他只不过是临时在奶牛场干活的一个新手。

而此刻，那些挤牛奶的女工们已经开始谈论起她这个新来的人，"她真漂亮呀！"这句话里带有几分真正的大度，几分由衷的羡慕，尽管也带有几丝希望，但愿听到这话的人会对这句评价加以限制——严格说来，姑娘们也只能找到这句话对苔丝评价了，使漂亮这个词还是不足以表现她们的眼睛所看到的苔丝的。大家挤完了当晚的牛奶，陆陆续续地走进屋子。老板娘克里克太太自恃身份尊贵些，不肯到外面亲自挤牛奶，因此就在屋里照看一些沉重的锅盆，干些杂事。她为了和穿着印花布的女工们区别开来，所以在这么暖和的天气里她还穿着一件闷热的毛料衣服。

苔丝已经听说，除她之外，只有两三个挤牛奶的女工在奶牛场的宿舍里睡觉，大多数雇工都回他们自己家里住。吃晚饭的时候，她没有看见那个评论拉小提琴故事的挤牛奶的上等工人，也没有向别人问起过他，晚上剩余的时间她都在寝室里整理自己睡觉的地方。寝室是牛奶房上层的一个大房间，大约有三十英尺长，另外三个在奶牛场睡觉的女工的床铺也在这同一间寝室里。她们都是年轻貌美的姑娘，仅有一个比她年纪小，其他的都比她大些。到睡觉的时候苔丝已经筋疲力尽，一头倒在床上就睡着了。

不过，在和她毗邻的床上睡觉的姑娘，不像苔丝那样这么快就入睡了，坚持要讲讲苔丝刚刚加入进来的这户人家的一些小事。女孩子的轻声细语混合着沉沉的夜色，在睡意朦胧的苔丝听来，它们似乎是从黑暗中涌出，而且飘浮在黑暗里。"安吉尔·克莱尔先生——他到这里来是学挤牛奶的，他会弹竖琴——一向不对我们多说几句话。他是一个牧师的儿子，总是自己想心事，因此不大注意女孩子们。他是奶牛场老板的学徒，他在学习办农场的各方面的技术。他已在其他地方学会了养羊，现在正在学习养牛……哦，他确实是一个天生的上等人。他的父亲是爱敏寺的牧师克莱尔先生——住得离这儿很远。"

"哦——我也听说过他，"现在她的伙伴清醒几分了，说道，"他是一个十分热心的牧师，对吗？"

"是的，他很热心，他们说他是全维塞克斯最热心的牧师——他们告诉我，他是低教派的最后一个传人了——因为这里的牧师基本上都是高教派。他的其他儿子，除克莱尔先生之外也都做了牧师。"

苔丝此刻没有好奇心去问为何这个克莱尔先生没有像他的哥哥们一样也去做牧师，就慢慢睡着了，为她报告消息的那个女孩子的话语向她传来，一同传过来的还有旁边奶酪房里的奶酪气味，以及楼下榨房里乳浆滴下来的嘀嗒声。

第十八章

从苔丝往日的回忆中浮现出来的安吉尔·克莱尔先生，形象并不清晰，不过是一种富有磁力的声音，一种专注凝望的眼神，一双生动的嘴唇，那嘴唇或许对一个男人来说太小，线条太纤细，虽然他的下唇有会时叫人意想不到地紧闭，但是这已足够让人消除对他不够果断的推论。尽管如此，在他的神态和眼光里，也总隐藏着某种模糊混乱，以及心不在焉的东西，叫人一看就知道他这个人好像对未来的现实生活既没有明确的目标，也不怎么在意。可是当他还是一个少年的时候，人们就断言，他是那种想干什么就能把什么干好的人。

他是他父亲的小儿子，他父亲是位牧师，住在本郡另一头。他来到泰波塞斯奶牛场，是要做六个月的学徒，他已经到过附近其他一些农场去学习管理农场时需要的各种实际技术，以便将来根据情况决定是到殖民地去发展，还是留在国内拓展农场。

他与农夫和牧人为伍，这只是这个年轻人开创事业的第一步，也是他自己以及其他人不曾预料到的。老克莱尔先生的前妻给他生了一个女儿后就不幸死了，上了年纪后，他又娶了第二个妻子。让人想不到的是，第二个妻子给他生了三个儿子，因此在最小的儿子安吉尔和老牧师父亲之间，差不多隔了一辈人。在这几个儿子中，前面提及的安吉尔是牧师的老来子，也仅有这个儿子没有大学学位，尽管从早年的天资看，只有他才真正配接受大学的学术教育。

从安吉尔在马勒特村的舞会上跳舞算起，在此之前的两三年，有一天他放学回家后正在温习功课，这时候当地的书店给牧师家送来一个包裹，交给詹姆士·克莱尔牧师。牧师打开包裹发现，里面是一本书，就翻开看了一下，读了几页后他再也坐不住了，就从座位上跳起来，夹着书直奔书店而去。

"你们为什么要把这本书送到我家里？"他拿着书，不由分说地责问。

"这本书是你们订购的，先生。"

"我敢说我没有订购这本书，我家里别的人也不可能订购这本书。"

书店老板查了查订购登记表。

"哦，这本书的确是寄错了，先生，"他说，"这本书是安吉尔·克莱尔先生订购的，应该寄给他才是。"

克莱尔先生听后直往后退，仿佛遭人打了一般。他脸色苍白地回到家里，一脸沮丧，把安吉尔叫到他的书房里。

"你看看这本书吧，我的儿子，"他说，"你知道这究竟是怎么一回事吗？"

"这是我订购的书。"安吉尔简捷地回答道。

"订这种书干什么？"

"看呀。"

"你怎么会想到要看这种书？"

"我是怎么想到的？为什么这样问？这是一本关于哲学体系的书，在已经出版的书里，再没有其他书比它更合乎道德的了，甚至也没有比它更符合宗教的了。"

"是的，很合乎道德，我不否认这一点。可是它合乎宗教吗？——尤其是对你来说，对要当一个宣传福音的牧师的你来说，它不合乎宗教教义！"

"既然你提到这件事，父亲，"儿子说，脸上满是焦躁的神情，"我想最后再说一次，我不愿意做牧师。凭良心说，我恐怕不能够去做牧师。我爱教会犹如一个人爱他的父亲一样，对教会我一直怀有最热烈的感情。再也没有一种机制的历史能使我比对宗教教会的历史更敬爱，可是，如果它不能把它的思想从奉神赎罪的虚弱不堪的信念中解放出来，我便不能像我的两个哥哥那样，真正接受教职做它的牧师。"

这位性格率真思想单纯的牧师万万没有想到，他自己的亲生骨肉竟会说出这样一番话来。他不禁吓呆了，愣住了，瘫软了。要是安吉尔不愿意进入教会，那么把他送到剑桥去读书还有什么意义呢？对这位思想观念顽固的牧师来说，进剑桥大学似乎只是进入教会的前哨，是一篇还不到正文的序言。他这个人不单单信教，而且还非常虔诚，他是一个坚定的信徒——这不是当前一些在教堂内外把神学当把戏而闪烁其词地用作解释的一个词，而是在福音教派过去有过的在描述热烈时用到的一个词。他真的是这样一个人：

真正相信

上帝和造物主

在十八世纪以前

确实拥有真理……

安吉尔的父亲努力和他争论，劝说他，恳求他。

"不，父亲，光是第四条我就不能赞同（其他的暂且不论），我做不到依照《宣言》的要求'按照字面和语法上的意义'接受它；因此，在目前的状况下我不能做牧师，"安吉尔说，"关于宗教的问题，我的全部本能就是意欲把它重新改造，用你所喜爱的《希伯来书》中的几句话来说就是，'那些被撼动的都是受造之物，都要挪去，使那不被撼动的常在'。"

他的父亲无比伤心，安吉尔见了心里也感到非常难受。

"如若你不为上帝的光芒和荣耀做事，那么我和你母亲省吃俭用，辛辛苦苦地供你上大学，还有什么益处呢？"他的父亲把这话重复了一遍又一遍。

"可以用来为人类的光辉和荣耀做事啊，爸爸。"

如果安吉尔一再坚持，他也许仍可以像两个哥哥一样去剑桥念书。但是牧师的思想完全是传统的，就是仅把剑桥这个学府当作进入教会的一块垫脚石，他这个观念是那样根深蒂固，因而生性敏感的儿子开始觉得，他若再坚持下去就好像侵吞了一笔委托财产，对不起他虔诚的父母，正如他的父亲所暗示的那样，他们一直都必须节衣缩食，目的就是要实现供养三个儿子接受同样教育的计划。

"我不上剑桥大学也罢，"安吉尔后来说，"我觉得就目前的情况来看，我没有权利进剑桥大学。"

这场很关键的辩论结束了，它的影响很快也显现出来。许多年来，他开展了许多漫无边际的探究，尝试过多次繁忙杂乱的计划，进行过无数毫无系统的思考，开始对社会习俗和礼仪表现出明显的满不在乎的态度。他越来越轻视地位、财富这种物质上的差异。在他看来，即使"古老世家"（用于近来故去的一个本地名人的词汇）也没有了余韵，除非其后人能有新的改良。为了使这种严峻单调的生活得到平衡，他就到伦敦去住，要看看伦敦那方世界是什么样子，同时也为了从事一项职业或者做个生意在那里锻炼一下。他在那里遇上了一个年纪比他大很多的女人，被她冲昏了头脑，差一点儿掉进她编织的陷阱，幸好他摆脱了，没有因为这番经历吃大亏。

他的幼年生活和乡村幽静生活密切相连，使他对现代城市产生了一种不可抑制的几乎是非理性的厌恶，因此也使得他和另一种成功无缘牵手，使他既不愿从事精神方面的工作，也不愿矢志追求一种世俗的职业。但是他又不能啥事也不干，他已经虚度了许多年的珍贵时光。后来他结识了一个在殖民地务农而发达起来的朋友，因此他想这或许是一条正确的路。在殖民地，在美国，也可以在国内从事农业活动——通过认真地学习，在学会了这件事之后——也许务农是让他获到独立的一个出路，而不用牺牲在他看得比丰厚的财产更为宝贵的东西，即精神自由。

因此，我们就看到安吉尔·克莱尔在二十六岁时来到泰波塞斯奶牛场，做一个学习养牛的学徒，并且，因为附近找不出一个舒适的住处，所以他吃住都和奶牛场的老板在一起。他的房间是一个很大的阁楼，跟整个牛奶房的长度一样长。奶酪间里有一架楼梯，只有通过那儿才能上去，阁楼已经关闭了很久，他来了以后才把它打开做他的住处。克莱尔住在那儿，拥有宽绰的空间，其他人都睡了，奶牛场还听得见他在那里走来走去。阁楼的一头用帘子隔出了一个空间，里面就是他的床铺，外面的部分则被布置成一个朴素的起居室。

最初他完全生活在楼上，读了很多的书，弹一弹低价买来的一架旧竖琴，当他感到苦恼无奈的时候，曾说过有一天他要在街上弹琴挣饭吃。之后不久，他就愿意下楼到那间大饭厅里去体察人生，和老板、老板娘以及男女工人们一起吃饭了，这些人组成了一个生动的集体。尽管只有很少的挤奶工人住在奶牛场里，但是跟牛奶场老板一起吃饭的人倒有好几个。克莱尔在这儿待的时间越长，他和伙伴们的隔阂就越少，也愿意同他们多多往来。

出乎他意料的是，他的确真的喜欢和他们在一起了。他想象中的世俗农民——报纸上所说的典型人物，著名的可怜笨伯霍吉——在他住下来没几天后天就从他心中消失了。与他们一接近才知，霍吉是不存在的。说真的，克莱尔从一个完全不同的社会初来乍到时，他感到与他这些朝夕相处的朋友待在一起似乎有点儿别扭。作为奶牛场老板一家人中的一个平等成员坐在一起，他开始还觉得有失身份。他们的思想观念、生活方式和周边的环境似乎都是落后的、非常无聊的。但是当他在那里住下来，与他们天天生活在一起，就开始认识到这群平常人身上的崭新的一面。虽然他看到的人并没有发生什么变化，但是丰富多彩的感觉已经取代了单调乏味。老板和老板娘、男工和女工都变成了克莱尔熟悉的朋友，他们如同发生化学变化一样开始显现出各自不同的特点。他由此联想到帕斯卡说过的话："一个人自身的心智越高，就越能发现别人的独特之处。平庸的人是看不出人与人之间的差别的。"那种典型的没有变化的霍吉不复存在了。他已经消解了，融进了大量各色各样的人中间去了，成了一群思想丰富的人，一群千差万别的人——有的人快乐，大多数人沉静，还有几个人心情忧郁，其中也有非常聪明的人，也有一些人愚笨，有些人粗俗，有些人质朴，有些人是沉默寡言的弥尔顿式的人物，有些人则是锋芒毕露的克伦威尔式的人物。他们就像他所认识的朋友一样，相互之间都有自己的看法；他们也会相互赞美，或者相互指责，或者因为想到各自的弱点或者缺点而感到好笑或难过；他们都按照各自的方式在通往尘土的死亡道路上走着。

出乎意料的是，他开始喜爱户外生活了，这倒不是由于户外生活和自己选择的职业有关系，而是因为户外生活本身，因为户外生活给他带来的那些东西。从克莱尔的身份来看，他已经令人惊奇地摆脱了长期的忧郁，那种忧郁是因为人类进化到文明对仁慈的神逐渐丧失信心而产生的。近些年来，他终于能够按照自己的意愿读他喜爱的书了，而不用顾虑为了职业去死记硬背，因为对于他，值得熟读的几本农业手册，根本用不了多少时间。

他与过去的联系越来越少了，在人生和世人中发现了一些新的东西。其次，他对过去只是模模糊糊地知道的外界现象更加熟悉了，比如四季的变幻，清晨和傍晚，黑夜和正午，不同脾气的风、树木、水流、雾气、幽暗、静寂，还有许多无生命事物的声音。

清早的空气仍然凉得很，所以主人在他们吃早饭的那间大房子里生了火，让大家感到适意。克里克太太认为克莱尔温文尔雅，不适宜坐在他们的桌子上同大家在一起吃饭，就吩咐下人把他的盘子和一套杯子和碟子摆在一块用铰链连起来的搁板上，所以吃饭的时候他总是坐在大张着口的壁炉旁边。阳光从对面那个又长又宽的直棂窗户里照射进来，照亮了他所在的那个角落，壁炉的烟囱里也有一道冷蓝色的光线照进来，每当想要读书的时候，他就可以舒舒服服地读书了。在克莱尔和窗户中间，有一张他的伙伴们坐着吃饭的桌子，他们咀嚼食物的身影清清楚楚地映在窗户的玻璃上。房子一边是奶房的门，顺着门向里面看，可以看见一排长方形的铅桶，里面装满了早晨挤的牛奶。在更远处，可以看见搅黄油的奶桶在转动，也能听得见搅黄油的声音。透过窗户看过去，可以看到奶桶是由一匹马拉着转动的，那是一匹没精打采的马，在一个男孩的驱赶下绕着圈走。

苔丝来后好几天，克莱尔总是坐在那儿全神贯注地看书，读杂志，或者是读他新近收到的邮局寄来的乐谱，几乎没有留意到桌子上苔丝的身影。苔丝说话不多，其他女孩子又太能说，所以在那一片喧闹里，他对于其间多了一种新声音全无印象，而且他也只习惯于对外界有大致了解，而不太注意其中的细节。但是有一天，他正在熟悉一段乐谱，并在头脑里集中了他的全部精力欣赏这段乐谱的时候，突然走了神，乐谱掉到了炉子边上。那时已经做好了早饭，烧完了开水，他看见燃烧的木头只剩下一点小小的火苗还在跳动着，即将熄灭，似乎在应和着他内心的旋律跳吉尔舞；他还看见从壁炉的横梁或者说十字架上垂下来的两根挂钩，钩子沾满了烟灰，也和着同样的旋律颤抖着，钩子上挂着的水壶已经空了一半，在用低声的倾诉和着旋律伴奏。桌子上的谈话也融在他幻想中的管弦乐曲里，他心里想："在这些挤奶女工中，有一个姑娘的声音多么清脆动听呀！我猜想这是一个新来的人的声音。"

克莱尔扭头去看，只见她和其他女工坐在一起。

她没有朝他这边看。事实上，由于他在那儿坐了很久，默不作声，差不多已经被人忘记了。

"我不知道是否有鬼怪，"她正在说，"但是我的确知道在我们活着的时候，也是能够让我们的灵魂出窍的。"

奶牛场的老板一听，惊讶得张大了嘴，转过身看着她，眼睛里带着认真的质询。他将手里拿的大刀子和大叉子竖在桌子上（因为这里的早餐很正规），就像一副绞刑架子。

"哦——真的吗？真的能这样吗，姑娘？"他问。

"要让灵魂出窍，有一种最简单的方法，"苔丝继续说，"就是在晚上躺在草地上，眼睛紧紧盯着天上某颗又大又亮的星星，把你的思想集中到那颗星星上，不一会儿你就会发现你离自己的肉体千里之遥，而你原本根本料想不到它会离开那么远。"

奶牛场老板把牢牢盯在苔丝身上的目光移开，转到他妻子身上。

"真是一件奇怪的事，克里丝蒂娜，你说呢？想想吧，我这三十年来在星空下走了多少里路啊，讨老婆，做买卖，请医生，找护士，一直到现在，丝毫也没有注意到灵魂出窍，也没有感觉到我的灵魂曾经离开过我半步。"

所有人都把目光聚焦到苔丝的身上，其中也包括奶牛场老板的学徒，苔丝的脸红了，就含含糊糊地说这只不过是一种幻觉，说完了又继续吃早饭。

克莱尔继续观察她，不久她便吃完了饭，感觉到克莱尔正在观察她，就像一只家畜发觉有人注意自己因而感到紧张那样，开始用她的食指在桌布上比画着她想象中的花样。

"这个挤奶的女工，真是一个非常新鲜、非常纯真的女子啊！"他自言自语地说。

　　后来，他仿佛在她的身上感觉到一些他所熟悉的东西，这些东西让他回忆起欢乐的不能预知未来的过去，回忆起从前那些顾虑重重天昏地暗的日子。他最后确定他从前见过她，但是他记不清在哪儿见过她。肯定是某一次在乡下漫游时偶然见过的，记不清他对此并不感到十分奇怪。但是这情况已经足以使他在留意身边这些姑娘时，宁愿选择苔丝而放弃别的漂亮女孩子了。

第十九章

一般情况下，给母牛挤奶是由不得员工自己选择的，也由不得自己的喜好，碰上哪一头就挤哪一头牛。可是有些奶牛却喜欢某个特定人的手，有时候它们这种偏爱还非常强烈，若不是它们喜欢的人，根本就不好好站着让你挤奶，还会毫不客气地把那个不熟悉的人的牛奶桶踢翻。

奶牛场老板有一条规矩，就是一定要不断地变换人手，力求打破奶牛这种偏爱和懒惰的习惯，因为若不这样做，一旦挤奶的男工或女工离开了奶牛场，他就会陷入为难的境地。可是，那些挤奶女工的个人心愿却和奶牛场老板的规矩恰恰相反，她们每天都挑她们已经挤惯了的那八头或十头奶牛，挤那些她们所熟悉的奶头，她们就会感到特别顺手，特别愉快。

苔丝和她的伙伴们一样，不久也发现了喜欢她的挤奶方式的那几头牛了，在最近两三年里，由于她长时间地待在家里，一双手的手指头已经变得娇嫩了，因此她倒很乐意去迎合那些奶牛的意愿。在全场九十五头奶牛中，有八头特别的牛——短胖子、幻想、高贵、雾气、老美人、小美人、整齐、大嗓门——虽然其中有一两头牛的奶头硬得就像胡萝卜，但是她们大多数都乐意服从她，只要她的手指头一碰奶头，牛奶就哗哗往下流。但是她懂得奶牛场老板的意思，因此除了那几头她还应付不了的不容易出奶的牛，只要是走到她身边的奶牛，她都认真地为它们挤奶。

不久后，她发现奶牛排列的次序表面上看起来是随意的，但却同她的愿望又能奇怪地一致。对于这件事，她感到奶牛的排序绝不是随意的结果。最近，是奶牛场老板的学徒一直在帮忙把奶牛赶过来，在第五次或第六次的时候，她靠在奶牛的身上，转过头来，用满是狡黠的眼光追问他。

"克莱尔先生，是你安排这些奶牛的次序的吧！"她说这话的时候，脸上红了，她的上嘴唇仍然紧紧地闭着，但是她随即又轻启芳唇，露出可爱的微笑来。

"啊，这并没有什么不一样，"他说，"只要你一直在这儿，这些奶牛就会由你来挤。"

"你是这样想的吗？我的确希望这样！但我又确实不知道会不会一直这样。"

她后来又生起自己的气来，心想，他不知道她喜欢这儿的隐居生活是大有苦衷，有可能误解了她的意思。她对他说话的时候热情过火了，似乎在她的心愿中有一层意思就是想待在他的身边。她心里很不安。傍晚，她挤完了奶，就独自一人走进园子里，继续后悔不该暴露自己知道了他对她的照顾。

这是六月里一个典型的夏季黄昏，天气不冷不热异常舒适，大气也极具传导性，所以没有生命的物体也似乎有了两三种感觉，即便没有五种。远近的界线消失了，谛听者感觉到地平线以内的万物都近在咫尺。万籁俱寂，这给她的感觉与其说是声音的虚无，不如说是一种实际的存在。这时传来了弹琴声，寂静被打破了。

苔丝以前听到过头上阁楼里的琴声。那时的琴声被四周的墙壁挡住了，模糊，低沉，从来没有像现在这样令她心动，琴声在静静的夜空里荡漾，朴实无华，如同赤裸裸的一样纯粹。肯定地说，不管是乐器还是演奏都算不上出色，不过这都不是事。苔丝听着琴音，就像一只听得入迷的小鸟，再也挪不动步了。她不仅没有离开，而且悄悄走到了弹琴人近旁，躲在树篱的后面，以免让他猜出她的藏身之所。

苔丝发现她躲藏之处是在园子的边上，地上的土壤已经许多年没有耕种了，潮湿的泥土上现在长满了茂密的鲜嫩多汁的杂草，又高又深的杂草正开着花，散发出刺鼻的气味——野花有红色的、黄色的和紫色的，构成了一幅彩色的图画，鲜艳夺目，和被人工培植出来的花草没有什么两样。轻轻一碰，花粉就化作雾气飞散出来。她像一只猫一样悄悄地前行，穿过茂密的杂草，裙子上沾上了杜鹃虫的黏液，脚下踩碎了蜗牛壳，手上也沾上了蓟草的浆汁和蛞蝓的黏液，被她蹭下来的树霉一样的东西，也沾到了她裸露的手臂上。这种树霉长在苹果树干上，像雪一样白，但是触到她的皮肤就变成了像茜草染成的斑块，一片片粉红，她就这样走到离弹琴者克莱尔很近的地方，不过克莱尔却看不见她。

苔丝已经忘记了时间的行走，忘记了空间的存在。她过去曾经描绘过，通过凝视夜空的星星就能达到灵魂出窍的意境，现在她没有刻意努力就出现了。随着那架旧竖琴的纤美的音调，她的心潮起伏波动，和谐的琴音像微风一样吹进了她的心田，感动得她的眼睛里充盈着泪水。那些飘浮的花粉，似乎就是他弹奏出来的眼睛能捕捉到的音符，花园里雾气氤氲，似乎就是园子受到感染流出的泪水。虽然夜晚就要降临了，但是气味难闻的野草的花朵，却光彩夺目，仿佛听得入了迷而不能闭合了，颜色的波浪和琴音的波浪，相互融合在一起。

那时仅存的天光，主要是从西边一大片云彩中的一个鳞隙中透露出来的，它仿佛是不经意间剩余下来的一星白昼，而四周已经被暮色包围了。他弹完了整首忧郁的曲子，他的弹奏其实非常简单，也不需要很多技巧，苔丝在那儿等着，心想第二支曲子或许就要开始了。可是，他已经弹得倦了，就随意地绕过树篱，慢慢朝她身后方向走来。苔丝满脸通红，像被火烤了一样，却好似根本无法移动一步，只得悄悄躲在一边。

但是，安吉尔已经看见了她那件轻柔的夏衣，开口说话了。虽然他离她还有一段距离，但是她已经听到了他低沉的说话声。

"你为什么这样躲开，苔丝？"他说。"你害怕吗？"

"啊，不，先生……不是害怕屋子外面的事物，尤其是现在，苹果树的花瓣在飘落，草木一片葱绿，这就更用不着害怕了。"

"但也许屋子里有什么东西让你感到害怕，对吗？"

"嗯——是的，先生。"

"害怕什么呢？"

"我也说不清楚"

"怕牛奶变酸吗？"

"不是。"

"那么，害怕生活？"

"是的，先生。"

"哦——我也害怕生活，常常忧惧。在这种境遇里生活真是不容易，你觉得呢？"

"是的——现在你这样明明白白地说出来，我非常认同。"

"谁说都一样，我可没有想到像你这样一个年轻的女孩子，也会这样看待生活，你是怎样认识到的呢？"

她欲言又止。

"说出来吧，苔丝，相信我，对我说吧。"

她心想他的意思是说她如何看事物的各个方面，就羞怯地回答道——

"树木也都有一双探求的眼睛，是不是？我的意思是，它们似乎有一双眼睛。河水也好像在说话——'你为什么总看着我，让我无法安宁？'你似乎还能看到，无数个明天在一起站成了一排，它们中间的第一个是最大的，也是最清楚的，其他一个比一个小，一个比一个站得远；但是它们似乎都很凶恶，很残忍，它们好像在说，'我来啦！你当心吧！你当心吧！'……可是你，先生，却能用琴声激发出梦幻来，把这些幻影通通都赶走了！"

他惊讶地发现这个年轻的女子——尽管她不过是一个挤牛奶的女工，却有这种罕有的见解了，这使得她与其他的同屋女工大不相同——她竟有这么多如此忧伤的念头。她是用自己家乡的词汇表达的——再加上一点儿在规范的六年小学中学到的字眼——她表达的却几乎就是可以被称作我们时代的忧思的那种感触，即现代主义的痛苦。他想，那些所谓的先进思想，大半都是用最时髦的字眼去定义——使用什么"学"或什么"主义"，那么许多世纪以来男男女女模模糊糊地领会到的感觉，就可以被表达得更加清楚了，想到这里，他也就不太在意了。

但是，仍然叫人不解是，她如此年轻就产生了这样的思想，不仅仅只是奇怪，还让人感动，让人关注，让人悲伤。无法去猜测其中的缘由，他也想不出来，经验在于阅历的深浅，而不在于年龄的长幼。之前苔丝在肉体上遭受到苦楚，而现在却成为她精神上的收获。

在苔丝这一头，也有她弄不明白的地方，一个人生于牧师家庭，受过良好的教育，又没有什么物质上的匮乏，为什么还要把生活理解成一种不幸。对她这样一个苦命的修行者来说，这样想自有充分的理由，可是他那样一个让人爱慕和富有诗意的人，怎么会掉进耻辱谷中呢，怎么也会有乌兹老人一样的感情呢？怎么会像她两三年前的感觉一样——"我宁愿上吊，宁愿去死，也不愿意活着。我厌恶生命，我不愿意活着。"

的确，他现在已经远离学校了。但是苔丝知道，那只是因为他要学习他需要的东西，如同彼得大帝到造船厂里去学习一样。他来挤牛奶并不是因为他必须挤牛奶，而是因为他要学会如何去做一个有钱的、兴旺发达的奶牛场老板、地主、农业家和畜牧家。他要做一个美国或者澳大利亚的亚伯拉汗，就像一个国王一样统领着他的羊群和牛群，或是长有斑点的羊群或斑纹牛群，还有大量的男仆女仆。不过有时，似乎她也难以理解，他这样一个爱读书、爱好音乐、善于思索的年轻人，为何要选择做一个农民，而不是像他的父亲和哥哥们一样去当牧师。

然而，他们对于各自的疑惑谁也没有头绪，谁也不想打听对方的过往，各自都为对方的表现感到糊涂，都期待对他（她）的性格和脾气有新的了解。

每一天，每一小时，他都会更多地发现一点她性格中的东西，她也是这样。苔丝一直在努力过一种自我克制的生活，不过她却一点儿也没有意识到自己有多么强大的生命活力。

最初，苔丝把安吉尔·克莱尔看作一个智者，而不是把他看成一个普通的人。她就这样拿他同自己作比较，每当她发现他的知识那样丰富，她自己的见解又那样浅薄的时候，越发觉得他的智力堪比安第斯山，她就不禁自惭形秽，心灰意冷，不想作任何努力了。

有一天，他和她偶然间谈起了古希腊的田园生活，他看出了她的沮丧。当他讲话的时候，她就一边在坡地上采名叫"老爷和夫人"的花的蓓蕾。

"为什么你突然间就变得这样愁容满面了？"他问。

"哦，这只是——我自己的事，"她说完，勉强笑了一下，同时又漫无目的信手剥开"夫人"的花蕾。"我只不过想到了那些发生在我身上的事。看来我命运注定不好，这一生算是完了！我看到你懂得的多，书读得也多，阅历又广，思想又深，我就感到自己孤陋寡闻一无所知了！我就好比是《圣经》里那个可怜的示巴女王，所以就感到没有一点儿精神了。"

"哎呀，你不必自寻苦恼呀！唉，"他热情地说，"亲爱的苔丝，要是能够帮助你，我是再高兴不过，你想学历史也好，你想念其他书也罢，我都愿意帮你——"

"又是一个'夫人'，"她举起那个被她剥开的花蕾插嘴道。

"你说什么呀？"

"我是说，我剥开的这些花蕾，'夫人'总是比'老爷'多。"

"不要去管什么'老爷''夫人'了。你愿不愿意学习点东西，比如说历史？"

"有时候我觉得，除了我已知的东西，就不想知道更多的东西了。"

"为什么？"

"知道了又怎么样呢，只不过是一长串人名中的一个，只不过能发现某本古书中有一个和我一样的人，只不过是知道我在扮演她的角色，让我难过罢了。最好呢，是并不知道你的本质，并不知道你过去的所作所为和千千万万人一样，也不知道你未来的生活和所作所为也和千千万万人一样。"

"那么，你真的啥都不想学吗？"

"我倒想学这些知识——为什么太阳照耀着好人，同时也一样地照耀着坏人？"她回答说，声音有点儿颤抖。"不过那是书本里不会讲的。"

"苔丝，请不要这样苦恼！"当然，他说这话的时候，只是出于一种习惯性的责任感，因为他自己以前也不是没有产生过这样的困惑。他看着她那张纯真自然的嘴，心想，这样一个乡下姑娘怎会有这种情绪，只不过是人云亦云罢了。她继续剥人人都知道的叫"老爷和夫人"花的花蕾，垂着头，一双眼睛仅看着自己的脸颊，克莱尔盯着她那像波浪一样卷曲的长睫毛看了一会儿，才恋恋不舍地离开了。他离开之后，她又在那里站了一会儿，心事重重地剥完最后一个花蕾，然后，她像从睡梦中醒来一样，心烦意乱地把手中的花蕾和其他所有的高贵花蕾都扔到地上，为自己刚才的幼稚言行大为不快，同时她的心中也生出一股新的热切想法。

他心里一定会想她多么愚蠢呀！为了急于获得他的好评，她又想到了她近来已经努力忘掉了的事情，想到了那件后果叫人伤心的事情——想到了她的家和德贝维尔骑士的家出自同一源头。它们之间缺乏相同的特质，它的发现在许多方面已经给她带来了灾难，但也许，克莱尔作为一个绅士和对历史有研究的人，如果他知道在金斯庇尔教堂里的那些珀贝克大理石和雪花石雕像正是真正代表着她的嫡亲祖先，知道她是正统的德贝维尔家族的人，知道她不是那个被金钱和野心支配着的假德贝维尔，他就会给予她充分的尊重，从而忘了她剥"老爷和夫人"花蕾的幼稚行为。

但是在冒险说明此事之前，犹豫不决的苔丝还是旁敲侧击地向奶牛场老板打探了一下这件事可能对克莱尔先生产生的影响。她问奶牛场老板，如果一个本郡的古老世家如今既没有钱也没有产业，克莱尔先生是不是还会尊重这种人。

"克莱尔先生，"奶牛场老板强调道，"他是一个你闻所未闻的最有反抗精神的奇特之人，他一点儿也不像他家里的其他人，有一件事他最讨厌不过，那就是什么古老世家了。他说，从情理上讲，古老世家在过去已经耗尽了元气，现在他们什么也没剩下。你看什么比勒特家、特伦哈德家、格雷家、圣昆丁家、哈代家，还有高尔德家，从前在这个山谷里拥有的土地房产有好几英里，而现在你几乎花一点儿小钱就可以把它们买下来。你也许会问为什么，你知道我们这儿的小莱蒂·普里德尔吧，他就是帕里德尔家族的后裔——帕里德尔是古老的世家，他们在新托克的王家产业现在是威塞克斯伯爵的了，从前可是没有听说过威塞克斯伯爵家啊。唔，克莱尔先生知道了这件事后，还把可怜的小莱蒂嘲笑了好几天呢。'啊！'他对莱蒂说，'你永远也做不了一个优秀的挤奶女工！你们家的本领在几十辈人以前就在巴勒斯坦用尽了，你们要再次复兴，得再等一千年。'还有一次，有个小伙子来这儿找活儿干，说他的名字叫马特，我们问他姓什么，他说他从来没有听说他有什么姓氏，我们问为什么，他说大概是他们家存在的时间还不够长吧。

'啊！你正是我需要的那种小伙子呀！'克莱尔说，跳起来去同他握手，'你一定前途无量'，他还给了他半个克朗呢。啊，他是不吃古老世家那一套的。"

可怜的苔丝在听了老板对克莱尔思想的形容和描述后，暗自庆幸自己没有在虚弱的时候把自己的家族吐露一个字，尽管她的家族不同寻常地古老，差不多都要轮回一次了，又要变成一个新的家族了。当然此外，还有一个挤奶的姑娘在家世方面似乎和她不分高下。因此，她对德贝维尔家族的墓室，对她出身的那个征服者威廉的骑士家族，就闭口不提了。她对克莱尔的性格有了这些了解之后，她猜想她之所以让他感兴趣，多半是因为他认为她不是来自古老世家，而是一个新家庭的姑娘。

第二十章

时光荏苒，岁月不居，万物得时，推陈出新。在新的一年里，鲜花、树叶、夜莺、画眉、金翅雀，以及诸如此类的短暂存活的生物，都现身于它们各自的位置上，仅仅在一年前，这些位置都还被其他生物占据着，而它们不过是一些胚芽和无机体的分子。阳光普照，苞芽滋生了，长出了枝条，汁液在无声的溪流中奔涌，花瓣绽放，在无形的吞吐呼吸中散发着幽香。

克里克奶牛场里挤奶的男工女工们，生活得舒适，平静，甚至是愉悦的。在整个社会的所有工作中，他们的工作也许是最快乐的，因为同刚刚摆脱贫困的人相比，他们还在其上，但是他们又比不上另外一个阶层的人，而那个阶层的人因为要遵守社会礼仪却必须压抑天然感情，为了追赶时髦又弄得入不敷出，不得不承受捉襟见肘的压力。

当树木似乎变成户外最密集最蓬勃的植物时，树叶疯长的季节就要过去了。苔丝和克莱尔都在无意中相互揣摩，一直处在一种激情的边缘，但是他们显然又在抑制着自己的情感，极力不让它迸发出来。但他们却又受到不可抗拒的自然法则的支配，犹如一个山谷中的两条溪流，不可扼制地聚拢，要流到一起。

近几年来，苔丝的生活从没有像现在这样快乐，也可能再也不会像现在这样快乐了。在新的环境里，她在身心两方面都感到很融洽。她像一棵小树，在原先栽种的地方，有些根须扎进了有毒的土层里，而现在已经被移植到深厚肥沃的土壤里了。另外，她和克莱尔也还游离于好感和爱恋之间的模糊地带，还没有达到一定的深度，也没有什么难以解决的忧虑和让人烦恼的现实问题，诸如"这股新的爱潮要把我带到何处？它对我未来的前途有什么影响？对我的过去又意味着什么？"

到目前为止，在安吉尔·克莱尔看来，苔丝只不过是一个偶然现象——一个让人感到温暖的玫瑰色幻梦，在他的脑海里，这个影像刚刚有点驱散不开的性质。因此他只好容许她占据他的心田，不过他认为自己这种专注的心情，仅仅是一个哲学家对一个极其新鲜、艳丽和有味道的典型女子的关注而已。

他们继续不停地见面，无法克制自己。他们每天都在一个新奇庄严的时刻见面，也就是在朦胧的晨曦、在紫色的或绯红的黎明见面，因为在这里必须早起，要起得非常早。牛奶要准时挤完，挤牛奶之前还要撇奶油，这些都是在凌晨三点就要开始的。他们通常是通过抽签在他们中选定一个人，这个人先由一个闹钟叫醒，然后他再叫醒其他人。由于苔丝是新近才来的，很快他们又发现她不像其他人那样，要依靠闹钟才能醒来，因此这项把人唤醒的任务大多就交给她做了。三点的钟声刚刚敲响，苔丝就走出房间，先跑到老板的房门前叫醒老板，然后顺着楼梯上楼来到安吉尔的房门前，低声把他叫醒，最后才叫醒她的女伴们。当苔丝穿好衣服时，克莱尔已经下了楼，走进了屋外的潮湿空气里。其他挤奶女工和老板本人，通常都要在床上再多躺一会儿，要过一刻钟才会露面。

破晓时刻和黄昏时分，虽然它们的明暗度是一样的，但是它们灰暗的色调却不尽相同。在黎明的晨曦里，亮光活跃，黑暗无力；在黄昏的暮霭里，活跃的不断强大的却是黑暗，昏倦退让的反而是亮光。

由于他们常常是奶牛场里起得最早的两个人——或许这本来就不是偶然——所以他们觉得自己就是全世界起得最早的两个人。在苔丝刚来的日子里，她无须撇奶油，所以起床后就马上走出门外，而安吉尔总在外面等她。空旷的草地上空弥漫着半晦半明的、明暗交织的混合着水汽的光线，让他们觉得孤独，似乎世界空无一人，而他们就是伊甸园中的亚当和夏娃。在一天中这个朦胧的最早的时段，克莱尔觉得苔丝似乎在精神和形体两方面都表现出一种高贵和庄严，那几乎就是一种女王的魅力，或许是因为他知道，那些在外貌上像苔丝一样天生丽质的女子，都不怎么会在这个奇异的时刻走进露天里来，走进他的视野内，这在全英国也是很少见的。在仲夏的黎明里，漂亮的女人总是在沉睡,她却在自己的身边,而别的女子他不知在何处。

在这种明暗交织的奇异的朦胧曙光里,他们一起走向奶牛伏卧的地方,这常常让安吉尔联想到耶稣复活的时刻。他绝不会想到走在他身边的也许是个不正经的女人。当万物都沐浴在明暗相宜的色调中的时候,他同伴的脸就攫取了他全部的注意力,那张脸从层层雾霭中鲜明起来,上面似乎染上了一层磷光。她看上去像一个仙子,仿佛只是一个轻飘的灵魂。实际上是来自东北方向的发亮的清冷的光线照到了她的脸上,不过不太明显而已,而他自己的脸庞,虽然他自己并没有想到,但在苔丝看来也是如此光景。

正如先前说过的那样,从这个时刻开始,苔丝才给了他非常深刻的印象。她不再是一个挤奶女工了,而是一种空幻玲珑的仙子——是凝聚了全部女性优点的一个典型形象。他用半开玩笑的口气叫她阿耳忒弥斯和德墨忒耳,还呼喊她其他一些幻想中的名字,但是苔丝并不喜欢,因为她听不懂。

"就叫我苔丝吧,"她说,斜了他一眼,而他也就照做了。

天渐渐放亮了,她的面容就变回一个凡间女子的面容了,从给人福祉的女神的面容转而变成了渴望福祉的人的面容了。

在这些超凡脱俗的时刻,他们能走到那些离水鸟很近的地方。一群苍鹭大呼小叫着飞来,那叫声犹如开门开窗户的声音吱吱呀呀的。它们是从草地旁它们常常栖身的树林中飞来的。有时,如果它们已经飞到了这里,它们就坚定地停在水里,像一些安装有自动机械装置的木偶转动一样,缓慢地、水平地、不动声色地转动着它们的脖子,看着这一对情人从它们旁边走过。

后来,他们看见渐渐稀薄的夏雾,一层层一片片地飘浮在草地上,尚未散尽,薄雾如羊毛般,平铺在地面上,分明还比不上床罩厚。在布满白露的草地上,有夜晚奶牛躺卧留下的痕迹——在露珠造就的汪洋大海里,它们就是由青草形成的一些深绿色岛屿,如奶牛的身体一般大小。在小岛和小岛之间,有一条曲折蜿蜒的小路将它们连接,那是奶牛起来后走出去吃草留下来的。在小路的尽头一定可以发现一头奶牛,当奶牛也认出他们时,鼻子里就哼一声,喷出一股热气,在一大片薄雾中,又形成了一小团更浓的雾气。接着他们就视情形,把牛赶回院子,或者就坐在那儿为它们挤奶。

有时候，夏雾弥漫了整个谷地，草地就变成了白茫茫的大海，里面露出来几棵零散的树木，就像海中危险的礁石。小鸟也会从雾气中逃脱出来，一直飞到高空中发光的地方，停在半空晒太阳，或者，它们降落在把草地隔离开来的湿栏杆上，这时的栏杆晶莹透亮，像玻璃棒一样。苔丝的眼睫毛上，也挂上了由飘浮的雾气凝结而成的细小钻石，她的头发上的水珠，也好像颗颗珍珠一样。天越来越亮，阳光越来越强烈，苔丝身上的露珠被晒干了，同时，苔丝也失去了她身上那种奇异缥缈的美，她的牙齿、嘴唇和眼睛，都在阳光下闪烁，她又只是一个明艳照人的挤奶姑娘了，不得不用尽全力去和世界上其他的女人竞争。

大致就在这个时候，他们听到了奶牛场老板克里克说话的声音，他在责备那些不住在奶牛场里的工人来迟了，又骂上了年纪的德波娜·费安德尔没有洗手。

"我的天哪，把你那双手放在水龙头下洗洗吧，德布！我敢肯定，要是伦敦人知道你这种肮脏样子，他们喝牛奶、吃黄油时一定比现在更加小心好几倍，我已经说得够多了。"

挤牛奶工作有条不紊地进行着，快结束的时候，苔丝、克莱尔和其他人听到了克里克太太把吃早饭用的沉重桌子从厨房的墙边搬出来的声音，这是每次吃饭前一成不变的准备工作。吃完了饭，收拾好桌子，桌子被拖回原处，人们又听得到同样难听的刺耳声。

第二十一章

刚吃过早饭，牛奶房里就呈现出一派混乱局面。搅黄油的机器正常运转着，但是黄油就是搅不出来。一旦出现这种事，奶牛场就瘫痪了。装在大圆桶里的牛奶持续不停地稀里哗啦地响着，但就是听不到人们盼望听到的出黄油的声音。

奶牛场老板克里克和他的太太，住在奶牛场内的挤奶姑娘苔丝、玛丽安、莱蒂·普里特尔、伊茨·休特，住在场外茅草屋里的已婚的女工，还有克莱尔先生、约纳森·凯尔、老德波娜以及其他所有的人，都站在那儿睁大眼瞪着搅黄油的机器，无计可施。在外面赶马让机器运转的小伙子眼睛瞪得更大，对这件事情表现得更加关心。就连那匹忧郁的马，每走一圈也似乎要用绝望的眼神向窗户里瞅上一眼。

"我已经好多年没有见到爱敦荒原上的魔术师特伦德尔的儿子啦！"奶牛场老板痛苦地说，"他和他的父亲比起来，可是差远了。我曾经说过我不信服他，这话我已经说过五十次了！不过他从人撒的尿中可以看出一些名堂来倒是不错。然而这次我非得去找他不可了，就是不知道他是不是还活着。唉，天哪，如果黄油还是搅不出来，我就一定得去找他了！"

看着奶牛场老板痛苦绝望的样子，就连克莱尔先生也开始感到伤悲起来。

"我小时候，卡斯特桥那边住着个魔术师，名叫福尔，大家惯于叫他'大圆圈'，他倒是一个法术高的人，"约纳森·凯尔说，"不过他现在老得不顶用了。"

"我的爷爷曾经找过魔术师米顿恩，他住在猫头鹰岗，我听我爷爷说过，他是一个很厉害的人，"克里克先生接着说，"不过现在找不到他这样有真本事的人了！"

而克里克太太心里想的只是眼下的事。

"也许我们屋子里有人在谈恋爱吧，"她猜测，"我年轻时听人说过，有人恋爱的话就搅不出黄油来。喂，克里克——你还记得几年前我们雇的那个姑娘吧，那时候黄油怎么也出不来就是因为这个——"

"啊，记得，记得！——不过你说得不对头。那次和恋爱没有关系。那件事我记得清清楚楚——那次是搅黄油的机器被弄坏了。"

他转身朝向克莱尔。

"先生，你不知道，从前我们场里雇了一个搅黄油的工人，名字叫杰克·多洛普，那个王八蛋和梅尔斯托克的一个年轻姑娘好上了，他以前诱骗过许多姑娘，后来又把她给骗了。不过他这次遇到了不易对付的女人，我说的不是那个姑娘。那一天是耶稣升天节，我们都在这儿，就同现在一样，只是没有搅黄油。我们看见那个姑娘的妈妈向门口走来，手里拿着一把包了铜皮的大雨伞，那雨伞大得能打死一头牛。她嘴里嚷道，'杰克·多洛普在这里干活儿吗？——我要找他！我来找他算账了，这笔账一定要算！'在母亲身后不远，跟着的是那个上当的姑娘，手里拿着手绢捂着脸，哭得非常伤心。'哎呀，我的老天爷，这下可糟了！'杰克从窗户里看见了她们，紧张地说：'她会杀了我的！我该躲到哪里呢——躲到哪里呢——？千万别告诉她们我在这儿呀！'他说着话就拧开搅黄油的机器的盖子，一头钻了进去，在里面把盖子盖住了，正在此时，姑娘的妈妈也冲进了奶房。'混蛋——他藏到哪里去了？'她说，'要是我抓住他，我非把他的脸抓个稀巴烂！'她把里里外外都搜遍了，同时把杰克骂了个狗血淋头，而杰克躲在搅黄油的机器里，差一点没给憋死。那个可怜的姑娘——不如说是年轻的女人了——站在门口处，眼睛哭得又红又肿。那可怜的样子我一辈子也忘不了，一辈子也忘不了。即使是一块大理石，看见了她也会被融化的！不过老太太无论如何也没能找到他。"

奶牛场老板停了片刻，听故事的人说了一两句话来评论。

克里克老板说故事，常常是貌似说完了，其实并没有真正说完，不知道的人常常上当，以为故事真的说完了，于是感叹起来，但是熟悉他的人都了解这一点。讲故事的人又继续讲了——

"唉，我真不知道那老太太怎么那样有心眼，会猜到他就藏在搅黄油的机器里，总之她发觉了躲在机器里面的他。她一声不吭地握住机器的摇把（那时机器是用手来摇动的），让机器转动起来，杰克也就开始在里面翻来滚去了。'哎呀，我的老天呀！停下机器来吧！让我出来吧！'他从圆桶里探出头来说，'你再摇的话我就要被搅成苹果酱了！'（他是一个胆小的家伙，像他那种人大多都是胆小鬼。）'你糟蹋了我女儿的清白身子，除非你答应娶她，否则我是不会放你出来的！'老太太说。'还不快停下来，你这个老妖婆！'杰克尖声高叫起来。'你骂我老妖婆，你敢骂我，你这个骗子！'她说，'五个月了，你早该叫我丈母娘才对！'接着她又摇了起来，杰克的骨头把圆桶碰得哐当直响。嘿，我们没有一个人敢去管这件闲事，直到后来他答应娶那姑娘才算完。'是，是——我说话一定算数！'他说，就这样，那一天的事情才算完了。"

听故事的人笑着，议论着，这时候，忽然听到一阵急促的脚步声从他们身后传来，他们回头去看，只见苔丝脸色苍白，已经走到门口了。

"今天天气真闷热！"苔丝说，声音小得像蚊子哼哼。

那天的天气暖和，所以他们谁也没有料到，她的离去和奶牛场老板讲的故事有关。老板走到她的跟前，帮她打开门，善意地揶揄道——

"哟，我的大小姐"（他经常这样亲切地称呼她，殊不知对她来说是一种真正的讽刺），"我们奶牛场最漂亮的挤奶姑娘，夏天才刚刚开始，你就乏成这个样子，要是到了三伏天，你就不能忍受在这里住了，那样我们就遭殃了。是吧，克莱尔先生？"

"我只是有点头晕——嗯——我想我到外面去会好些。"她机械地回答道，说完就出去了。

好在，旋转着的搅拌桶里的牛奶突然变了声音，从原先稀里哗啦的声音变成了咕叽咕叽的声音。

"出黄油了。"克里克太太喊起来，因此大家对苔丝的注意力就转移了。

140

满怀痛苦的女孩子，表面上看很快也就恢复过来了，然而整个下午她都闷闷不乐。傍晚挤完牛奶以后，她不想和其他人待在一起，就走出门外，独自闲逛，就连自己也不知道走到哪儿去。她非常痛苦，啊，她是如此痛苦。因为她发现，奶牛场老板的故事在她的伙伴们听来，只是一桩幽默的笑料，此外再没有别的，除了她，谁也没有看到故事中的悲伤，也没有人知道，这个故事多么残酷地触碰了她经历中最敏感的一段。西下的夕阳此刻在她看来也变得狰狞了，犹如空中出现的一道巨大的红色伤口。只有一只嗓音嘶哑的芦雀，在河边的树丛中用伤悲单调的鸣叫和她打招呼，就像一个已经没有了友情的昔日朋友朝她打招呼的声音一样。

在六月份白昼很长的日子里，挤牛奶的女工们，实际上她们才是奶牛场的主力军，在太阳刚落甚至更早的时候就上床睡觉了，因为这是牛奶大批量生产的季节，所以早晨挤奶工作又早又累。平时苔丝总是和她的伙伴们一起上楼。但是这个晚上，苔丝最早回到了她们的公共寝室，等其他女孩回到寝室的时候，她已经朦朦胧胧地睡着了。她被吵醒了，看见她们在夕阳的橘黄色光辉里脱下衣服，身上也染上了夕阳的橘黄。她又迷迷糊糊地睡去了，但还是被她们的说话声吵醒了，就悄悄地转过头看着她们。

她的三个伙伴谁也没有立刻上床睡觉。她们穿着睡衣，赤着脚，一起站在窗前，夕阳的余晖，仍然在温暖着她们的面颊、脖子和身后的墙壁。她们三个人把脸靠在一起，饶有兴致地注视着花园里的某个人，她们仨，一个长着一张快活的圆脸，一个是黑发有一张灰白脸，还有一个是长着红褐色卷发的白净脸。

"别挤！你和我一样能看得见，"那个长着红褐色卷发的姑娘最年轻，名叫莱蒂，嘴里说着，眼睛片刻也并没有离开窗户。

"你跟我一样，再爱他也是没有用，莱蒂·普里特尔，"说话的人名叫玛丽安，年龄最大，长着一张开朗的圆脸。她调侃地说："在他的心里，想的可不是你的脸，而是别的姑娘的脸蛋！"

莱蒂·普里德尔还在盯着，另外两个又挤过来一起看。

"他又出来了！"伊茨·休特叫起来，她是那个灰白皮肤的姑娘，秀发乌黑润泽，嘴唇精巧。

"你不用多说什么了，伊茨，"莱蒂回答说。"我还看见过你吻他的影子呢。"

"你说她吻什么？"玛丽安问。

"我是说——他站在装奶清的桶旁边撇奶清，他脸的影子印在身后的墙壁上，恰好在伊茨的旁边。伊茨当时正站在那儿往桶里装水，看见了影子，便把嘴贴到墙壁上，去吻那影子的嘴，被吻的人没有看见，而我是看见了的。"

"啊，伊茨·休特！"玛丽安说。

伊茨·休特听了，脸颊上飞快地出现了一抹玫瑰色的红晕。

"好吧，这又有什么不可以，"她装出毫不在乎的样子说，"如果说我爱上了他，那么莱蒂也爱上他了，你也爱上他了，玛丽安，你还是老实承认吧。"

玛丽安的圆脸本来就是粉红色的，害羞的红晕即便有也显现不出来。

"我爱他吗？"她说，"多美好的故事啊！啊，他又出来了！可爱的眼睛——可爱的脸——哦，亲爱的克莱尔先生！"

"怎么样——你已经承认了哈！"

"你也承认了——我们所有的人都得承认，"玛丽安大胆地说，一点也不在意别人说长道短，"虽然我们用不着向别人宣布这件事，但是在我们自己人中装假就太傻了。我愿意明天就嫁给他。"

"我也有这种想法——也许比你更急切呢，"伊茨·休特低声说。

"我也渴望嫁给他呢。"腼腆的莱蒂悄声说。

那位暗中听他们说话的人，脸上发起烫来。

"我们不能都嫁给他呀。"伊茨说。

"更惨的是我们谁也不能嫁给他，"年龄最大的玛丽安说，"他又出来了！"

她们三人都向他飞了一个吻。

"为什么？"莱蒂紧张地问。

"因为他最喜欢苔丝·德贝菲尔德，"玛丽安压低了声音说，"我每天都在观察他的一举一动，所以就发觉了这件事。"

大家都沉思起来，不作声了。

"可是苔丝对他毫不心动？"莱蒂终于忍不住说了。

"唉——有时我也这么想。"

"不过这一切都够傻的！"伊茨·休特不耐烦地说，"他当然不会娶我们中任何一个人，也不会娶苔丝的——他是一个上层人的儿子，将来他要到国外去做大地主和农场主的呀！要说让我们去当工人，出多少钱干一年，倒还靠谱。"

大家都叹息起来，其中叹气最厉害的是那个身体健壮的玛丽安。此外还有一个人躺在床上，也在那儿暗中叹气。莱蒂·普里德尔满眼含泪，她长着一头红头发，在她们中最为年轻，她也是普里特尔家族最后的一个蓓蕾，在当地的谱系上有着十分重要的地位。她们又悄悄地观察了一会儿，三张脸像之前一样挨在一起，三种不同颜色的头发也汇聚在一处。一无所知的克莱尔先生进屋去了，姑娘们再也看不到他了，天色也渐渐暗下来，她们便上床睡觉了。又过了一会儿，她们听见他走上了楼梯，进了自己的寝室。不久，玛丽安的鼾声响了起来，但是伊茨过了好久才入睡，而莱蒂·普里德尔是含泪睡着的。

苔丝用情更深，即便到了其他人都睡着的更深人静的时刻，苔丝竟毫无睡意。这番谈话是她这天不得不咽下去的第二枚苦果。在她心里，一丝妒忌的情感也没有。在她们谈论的那件事上，她知道自己有优势，因为她的身材更棒，受过更好的教育，除了莱蒂就数她最年轻，所以她觉得，只要她肯多花点心思，她就一定能抓牢安吉尔·克莱尔的心，打败她那些心地纯良的朋友们。但是有一个严肃的问题横在那儿，就是她该不该去用心思？但是实事求是地说，她们三个人肯定谁也没有机会，连想都不用想，但她还有一点机会，这机会已经存在，可以让他对她产生片刻的情意，只要他还留在这儿，就可以享受他的殷勤。因这种奇特的情愫最后步入婚姻殿堂的事也是有过的，她曾经听克里克太太说，克莱尔先生曾以开玩笑的口吻对她说，将来他在殖民地会拥有上万亩牧场，有成群的牛羊要照料，有大片庄稼要收割，那么娶一个上流社会的太太有什么益处呢？娶一个农家女子做妻子，这才是上策。不过无论克莱尔先生是否真的说过，她从来就没有想过让哪个男人现在就娶了她。她曾在教堂里发过誓，决心坚如磐石，永远不嫁人。她不能把克莱尔先生的用情从别的女人身上吸引到自己的身上，只求趁他还在泰波塞斯农场的时候，自己能在他双目的注视中享受到短暂的幸福就已足够了。

第二十二章

第二天早晨，她们起床下楼时一直在打呵欠，但是她们撇奶油和挤牛奶的活依然照常地干，干完了就进屋吃早饭。她们看见奶牛场老板克里克先生在屋子里直跺脚，原来他收到了一位顾客的来信，信中抱怨他生产的黄油有异味。

"哎呀，天哪，真有一股怪味呀！"老板说，左手举着一块木片，木片上沾了一些黄油。"确实有一股怪味——不然你们自己尝尝吧！"

有几个人围到他身边；克莱尔先生尝了，苔丝尝了，屋子里其他几个挤奶的姑娘也尝了，还有几个挤奶的男工也尝了尝，克里克太太在屋子外摆桌子，因而她是最后尝的人。黄油里的确有一股怪味。

奶牛场老板专注地在那儿品尝黄油的味道，想分辨出造成这种怪异味道的是一种什么杂草，过了一会儿他突然高声喊道——

"是大蒜！我原以为那片草场里一根蒜苗也没有了呢！"

于是所有待在这里有段时间的工人都想起来了，近来有几头牛跑到了一块干草地里，在好几年前，也曾因为一些牛跑进了那块地里而弄坏了黄油品质。那一回老板没有能够把那股味道辨别出来，还以为是妖法弄坏了黄油。

"我们必须把那块草场再彻底地检查一遍，"老板接着说，"这种事可不能再发生了。"

大家手里都拿了一把旧尖刀，把自己武装起来，一起出了门。由于长在草场里的那种对黄油有害的植物平常没被人看见过，那一定是非常细小的，因此要把它们从面前这片繁茂的草地里找出来，简直是大海捞针。但是因为事关重大，他们就都过来帮忙，一起站成一排展开地毯式搜查，克莱尔先生也主动过来排查，奶牛场老板就和他站在边上的开头，排在他们后面的是苔丝、玛丽安、伊茨·休特和莱蒂；再往后就是比尔·洛威尔、约纳森，以及已经结了婚住在自家房舍里的女工们——她们中有贝克·尼布斯，她有一头黑色的鬈发和一双滴溜溜直转的大眼睛；还有一个是长着亚麻色头发的法兰西斯，她因为草场严冬的湿气而染上了肺病。

他们的眼睛盯着地面，慢慢地从草场这边搜索过去，把这一植物密集场搜索完之后，就用同样的方式往回搜索，这样，当他们搜索完毕之后，就没有一寸牧草能够逃过他们的眼睛了。这是件相当乏味的事，在整个草场里，总共发现了五六棵蒜苗，不过这种气味辛辣的植物，一头牛若是碰巧吃了哪怕只一口，就足以导致当天奶牛场出产的牛奶变味了。

他们这一群人的天性差异极大，性情也大不相同，但是当他们都弯下腰，便排成整齐得让人惊奇的一排，他们都是一声不响地自动地排在一起的。这时候假如有一个外来人从附近的小路上经过，看见了他们，极有可能会把这群人都叫作"霍吉"的。他们一路搜索的时候，腰弯得很低，以便瞅得见地上的蒜苗。阳光照射在毛茛上，从上面反射出来的柔和的黄色光线映在他们背着阳光的脸上，使他们看上去类似于月光照射下的朦胧缥缈的样子，尽管此时正午的强烈光线照耀着他们的背。

安吉尔·克莱尔决心遵守原则，什么事都同大家一道干，他不时地抬起头来看看。不自觉地就走到了苔丝的旁边，当然这并不是偶然的。

"喂，你还好吗？"他低声问。

"我很好，谢谢你，先生。"她郑重地说。

刚刚在半个钟头以前，他们已经交流过许多私人问题了，眼下他们这种客套似乎有点儿多余。不过当时他们也没有再多说些别的话，他们只是弯着腰不停地搜寻着，苔丝的裙边有时正好会碰到克莱尔的绑腿，克莱尔的胳膊肘有时也会碰着苔丝的胳膊。跟在后面的奶牛场老板终于累得支撑不住了。

"这样弯着腰，真能把人给累死！我的腰几乎快要断了！"他大声嚷嚷着，一边皱着眉头慢慢地伸伸腰，最后终于把腰完全挺直了。"还有你，苔丝小姐，一两天前你不是还感到不舒服吗——这样会让你头疼吧！你要是觉得脑袋发晕，就别干了吧，剩下的活儿让别人干吧。"

奶牛场老板从搜索的队伍里退了出来，接着苔丝也退出了。克莱尔先生也从搜寻的人墙中退了出来，开始四下胡乱地搜查。苔丝发觉他来到了自己身边，就为昨天夜里她听到的谈话而紧张起来，于是先开了口。

"她们长得很漂亮是吧？"她说。

"谁？"

"伊茨·休特和莱蒂呀。"

苔丝原是痛苦地下决心，她们两个无论谁都有能力成为农场主的好妻子，她应该推荐她们，并且还要贬低自己不幸长了副好模样。

漂亮吗？哦，是的——她们都是漂亮姑娘——看上去水灵灵的，我也时常这么觉得。

"然而，亲爱的姑娘们，美貌是不能长存的啊！"

"啊，的确是不能长存的，真是不幸。"

"她们都是奶牛场里最优秀的女工呢。"

"不错，只是和你比起来，她们还是要差一截。"

"可她们撇奶油比我干得强呀。"

"是吗？"

听到苔丝谈及伙伴，克莱尔便留意观察着她们——她们也在悄悄打量他。

"她的脸慢慢变红了呢。"苔丝勇敢地说。

"谁呀？"

"莱蒂·普里特尔呀。"

"哦！为什么要脸红呀？"

"因为你总是看她呀。"

苔丝心里也许埋下了一种自我牺牲的理想，但是她也还是做不到再进一步去大声地对他说："假如你真的不想娶一个小姐而只愿意娶一个挤牛奶的女工做妻子，那么就在她们中挑选一个吧！千万不要想到娶我！"她跟着奶牛场老板克里克走了，看见克莱尔依然留在那儿，心里涌上了悲哀又满足的复杂情感。

打这一天开始，她就努力强迫自己远离他——即使他们根本就是偶然地碰到了一起，她也不让自己像从前那样在他身边待太久。她要把机会留给那三个姑娘。

作为一个过来人，苔丝从那三个姑娘的表白中，完全意识到她们三个人的名誉都掌控在克莱尔的手中，但是她也看见克莱尔谨慎地回避着她们，丝毫不做有损她们未来幸福的事，这也使苔丝对他产生了温柔的敬重感，因此，无论她的想法是否正确，她都认为克莱尔表现出了一种自我克制的责任感。她从来没有料到会在男人身上发现这种品质，如果克莱尔缺少这种品质，那么和他在同一个奶牛场里工作的心地单纯的女工们，也许就不止一个人要哭着走完人生路了。

第二十三章

　　七月的炎热天气不知不觉来到了人们身边，平坦山谷中的大气犹如麻醉剂，沉重而又沉闷，罩住了奶牛场的人们、奶牛以及树木。热气腾腾的滂沱大雨，使得供奶牛食用的牧草长得更加繁茂蓬勃，但是大雨也妨碍了牧场晚期收割牧草的工作。

　　那是一个礼拜天的早晨，人们已经挤完了牛奶，住在场外的挤奶工人也陆续回家了。离奶牛场三四英里远有个梅尔斯托克教堂，苔丝和另外三个挤奶女工已经商量好了，打算一块儿去那里做礼拜，所以她们就快速换好了衣服。到目前为止，苔丝来泰波塞斯已经两个月了，这还是她头一次出门去玩。在前一天的整个下午和晚上，雷阵雨一直哗哗地下，倾盆如注，牧场上有些干草也被冲进河里去了，但是今天早上，大地经过了雨水的冲洗，太阳照耀在牧场上，显得更加明亮，空气清新馥郁。

　　从她们的教区通往梅尔斯托克教堂的那条小路弯弯曲曲，有一段还要穿过谷中最低洼的地方。那几个姑娘走到那段最低洼的路段时，发现大雨过后有大约五十米长的路面已被积水淹没了，积水深过脚踝。在平时，这并不是什么大不了的问题，她们一般都穿高鞋底木头套鞋或靴子，可以不在意地从水中蹚过去，但是这天是礼拜天，是她们抛头露面的日子，她们嘴上说是去进行精神上的洗礼，而实际上是去进行形体征服形体的谈情说爱。这种时刻她们都会穿上白色的袜子和轻巧的鞋，有人穿的是粉红色的连衣裙，有人穿的是白色的连衣裙，有人穿的是淡紫色的，只要上面溅上了一点点泥都能被人看见。这片水塘把她们挡住了，让她们犯了难。她们能够听得见教堂的钟声已经敲响了——可是她们几乎还在一英里以外。

　　"谁能够料到在夏天这条河里会涨这么大的水呢！"玛丽安说，她们已经爬到了路边的高岗上，犹豫不决地站在那儿，盘算着沿着斜坡爬过去，绕过那个水塘。"如果不从水里蹚过去，或者另外绕到征收通行税的路上，我们是过不了这个水塘的，可是要是绕过去的话，我们一定得很晚才能到！"莱蒂毫无办法地站在那儿分析形势。

"我们要是进教堂晚了，被大家齐刷刷地瞅着，我们一定很难堪的。"玛丽安说，"不等到'求主这个，求主那个'的时候，我是恢复不了正常的呀。"

正当她们挤在斜坡上无计可施的时候，她们听见路边拐弯的地方传来一阵水声，接着安吉尔·克莱尔就出现在眼前，他正在涉水沿着那条被水淹的小路走来。

她们四个人的心脏都不约而同地猛颤了一下。

他的打扮不像是要过礼拜，这也许是那个恪守教条的牧师教育出来的儿子的样子吧——他穿的还是在奶牛场挤奶时穿的工作服，脚上穿着走泥路的靴子，帽子里面还塞了一片卷心菜叶子，来保持头部的清凉，手里拿一把小草铲，这就是他全身的装扮。

"他不是去教堂的。"玛丽安说。

"不是的——但我真希望他也是去教堂的！"苔丝低声说。

实际上，对也好错也罢（借用正反都是理的辩论家的话），在夏季天气晴朗的日子里，安吉尔认为与其说在大小教堂里听人讲经传道，不如在大自然里接受教训。而且这天早晨，他还出门去调查了洪水冲走干草是否带来了巨大的损失这件事。他在路上老远就望见了这几个姑娘，不过她们把心思集中在路遇积水的难题上，因而没有注意到他。他知道那个地方的水位已经升高了，也料到那片积水完全有可能成为她们前进的障碍。所以，他就匆匆忙忙地赶来，心里含糊不清地想着怎样才能帮助她们——尤其是要帮助她们中间的那一个人。

四个姑娘的脸蛋红扑扑的，明亮的大眼睛水汪汪的，身穿轻盈的衣裙站在路边的土坡上，就像鸽子挤在屋脊上一般，看上去是那样迷人，因此他在走到她们身边之前，就停下来把她们端详了一番。姑娘们穿着细纱长裙，长裙的下摆将草丛中无数的飞虫和蝴蝶给赶出来了，它们被关在了透明的裙摆之中飞不出来，如同小鸟被关在笼中一样。安吉尔的目光终于落在了苔丝身上。苔丝站在四人队伍的最后，正为她们进退两难的处境而忍不住要笑的时候，接触到他的目光，不禁变得精神一振。

积水并不比安吉尔的靴子深，他就涉水走到了她们所站土岗的下边，他站住了，看着网罗在长裙中的飞虫和蝴蝶，微微笑了。

"你们是想去教堂吗？"他对站在最前面的玛丽安说，称呼里也点到了后面的两个，但是却把苔丝遗漏在外。

"是呀，先生，可已经这么晚了，我一定会难堪死了——"

"我来把你们抱过这片水域吧——我把你们一个一个地抱过去好了。"

四个姑娘的脸瞬间同时变红了，仿佛在她们胸膛中跳着同一颗心。

"我想你抱不动，先生。"玛丽安说。

"你们要过去，这是唯一的办法了。站着别动。别说啦——你们不会太重的！我甚至能够把你们四个人一起抱起来。好了，玛丽安，你先来吧，"他接着说，"把你的胳膊伸过来，手揽着我的肩膀，就这样。好啦！抱紧。你做得不错。"

玛丽安依照克莱尔的吩咐，趴在他的肩上，让他用胳膊抱着她的身子走过去。他的身材又高又瘦，从后面看过去，好似一根花枝，怀抱中的玛丽安就像是上面的一朵鲜花。他们走到路上拐弯的地方不见了，但是从传过来蹚水的哗哗声和玛丽安帽子上露出来的丝带，可以知道他们走到了哪里。不一会儿他就回来了。按照站在斜坡上的顺序，伊茨·休特是第二个。

"他回来了。"伊茨·休特低声说，听得出来，她的喉咙已经被感情烧干了。"我也要和玛丽安一样，用胳膊搂着他的脖子，脸对着他的脸。"

"这有什么呀。"苔丝急忙说。

"什么事都是注定的，"伊茨听不到苔丝说什么，接着说，"拥抱是注定的，不拥抱也是注定的，现在轮到我拥抱他。"

"喂——那是《圣经》里的话呀，伊茨！"

"不错，"伊茨说，"在教堂里，我总是喜欢这些让人激动的诗句。"

安吉尔·克莱尔现在走到了伊茨的面前，不过他的这番举动，有七八成是帮忙的性质。伊茨一声不响地迷迷糊糊地伏到克莱尔的肩上，克莱尔机械地把她抱起来走了。当莱蒂听见他第三次回转来时，她那颗心怦怦地跳着，把她激动得身体差不多都摇晃起来了。克莱尔走到这个一头红发的姑娘面前，把她抱起来时，他看了苔丝一眼。他无法用嘴巴把话明白地说出来。"一会儿就只剩下你和我了。"她脸上的表情说明她领会了他的意思，她已经喜上眉梢了。他们都善解人意。

可怜的小莱蒂尽管身子最轻，但是抱她却最麻烦。玛丽安胖乎乎的一堆死肉，好像一袋粮食，几乎要把克莱尔给压倒了，但她老实得很。伊茨很乖巧，靠在他的肩上一动也不动，莱蒂却是歇斯底里的一团。

不过，他还是把这个不安静的姑娘抱过了水塘，把她放在了地上，转身走了。苔丝透过树篱的顶部望过去，看见远处她们三个人挤在一起，站在他把她们放下的那块高地上。现在轮到她了。苔丝心里觉得局促不安，当她看见她的伙伴们靠近克莱尔的呼吸和眼睛时那样激动，曾经嗤之以鼻，而现在却轮到她自己紧张了，她好像害怕暴露自己心中的秘密似的，到了最后时刻竟然推托搪塞起来。

"也许我可以沿着这面土坡走过去——走路我比她们厉害。你一定累坏了，克莱尔先生！"

"不，不，苔丝。"克莱尔急忙说。苔丝差不多是在不知不觉中倒进了他的怀里，靠在了他的肩上。

"娶三个利亚也只是为了拥有一个拉结呀！"他轻声说。

"她们都比我优秀呀。"她回答说，说话里仍然是慷慨大度地坚持着要成全她们的初衷。

"我可不这样想。"安吉尔说。

他看见她听了他说的话后脸上一红，就抱着她朝前走了几步，没有说话。

"但愿我不是太重才好？"她羞怯地问。

"啊，不重。你试试玛丽安就知道！她是那样沉重的一堆肉呢。你却像阳光照耀下起伏不定的一片波浪。你身上穿的这件细纱衣裙，就是从波浪里飞出来的浪花。"

"这真让人高兴——如果你觉得我真像波浪的话。"

"我在前面出的四分之三的力气完全是为了后面这四分之一的作铺垫呀。你明白吗？"

"不明白。"

"我真没有想到今天会碰到这件事。"

"我也没有料到……水是突然上涨的。"

她嘴上说着水涨了的话，但是她心知肚明他话里的意思，因此她的呼吸急促起来，正是这紧张急促的呼吸把她的真情泄漏了。克莱尔静静地站着，把自己的脸俯向她的脸。

"啊，苔丝！"他叹息地说。

苔丝姑娘的面颊在微风中烧得发烫，情感荡漾，不敢再看他的眼睛了。安吉尔这时也想到，他若利用这个偶然得来的优势未免有些不公平，因此他就不再逗她了。他们虽然口中没有明白地把情话说出来，但是他们却希望现在时间就此停下。因而，他走得很慢，尽量延长抱着她走路的时间，不过他们最后还是走到了拐弯之处，剩下的一段路程就完全暴露在另外三个姑娘的视野中了。他们走到了干爽的地面，克莱尔就把苔丝放了下来。

苔丝的朋友们把眼睛睁得圆圆的，意味深长地看着她和安吉尔，看得出来她们一直在议论她。他急急忙忙地和她们道了别，又沿着被水淹没的道路哗哗地走了回去。

四个姑娘又像之前一样往前走了，后来玛丽安打破僵局开口说话了——

"不——不管怎么样，我们就是没有办法比过她！"她神情沮丧地看着苔丝说。

"你这话是什么意思呀？"苔丝问。

"他最喜欢你啊——他最最喜欢的是你呀！他抱你过来时我们都看见啦。只要你给他一点点鼓励，只要很小一点儿，他就一定会吻你了。"

"不可能的事，不可能。"她说。

她们一起出门时的愉悦情绪莫名其妙地消失了，但是她们彼此并没有仇恨和恶意。她们都是纯真的年轻姑娘，她们都在偏僻的农村长大，都非常相信宿命论，所以谁也没有怨恨她。她们是无法取代苔丝的。

苔丝心里很难过。她无法掩饰自己已经爱上了安吉尔·克莱尔这个事实，也许，当她得知其他几个姑娘也钟情于他的时候，她对他的爱就变得更加强烈了。这种情绪是可以相互传染的，在女子中尤其如此。可是，她那颗同样渴盼爱情的心也很怜惜她的朋友们。苔丝天性极其淳厚，但是要去同爱情搏斗又未免力量太孱弱了，所以结果不言而喻。

"我决不会妨碍你的，也不会妨碍你们中间任何一个去追求幸福！"当天夜晚上苔丝在寝室里对莱蒂泪流满面地声明道。"我不能不说，亲爱的！我觉得他心里一点结婚的念头都没有，但是如果他向我求婚，我会拒绝他的，就像我会拒绝其他人一样。"

"啊，真的吗？可是为什么呀？"莫名其妙的莱蒂问。

"和他结婚根本就是不可能的！不过我得把话说明白。我让自己靠边站，但是他也不会从你们中间选一个的。"

"我从来没有这样奢望过——根本没有这样想过！"莱蒂痛苦地说。"可是，唉！我真是不想活了。"

这个可怜的女孩子，被一种连她自己都搞不清楚的感情折磨着，她转身朝向刚刚上楼的另外两个女孩子。

"我们和她还是朋友，"她对她们说。"她觉得她嫁给他的机会并不比我们多。"

她们中间的隔阂就这样消散了，又亲亲热热地说起掏心窝子的话来。

"我似乎现在做啥都没有心思了，"玛丽安说，她的心情现在低落到了谷底。"我要去嫁给斯蒂克福特的一个奶牛场老板了，他已经两次向我求婚了，可是——天啊——我现在宁愿死去也不愿做他的妻子呀！你怎么不说话啊，伊茨？"

"好吧我承认，"伊茨小声说，"今天他抱着我过水塘的时候，我想他一定会吻我的，我静静地靠在他的胸膛上，等着盼着，一动也不动。可是他却没有吻我。我再也不想在泰波塞斯待下去了！我要回家去。"

姑娘们的爱情幻梦破碎了，卧室里的气氛也就变得烦躁起来。冷酷的自然法则硬生生地把感情塞给她们——这种情绪既不是她们想要的，也不是她们情愿的，就是在这种感情的挤压下，她们在床上辗转反侧，久久不能入眠。

白天发生的事像一团火，在她们的胸膛里燃烧着，折磨着她们，使她们痛苦得难以忍受。她们作为个体存在的差别消弭了，因为这强烈感情支配下的她们不再是张三李四或王五，而只不过是女人。因为谁也没有希望，所以谁也不嫉妒谁，谁也不对谁耍心眼。她们都是明白事理的姑娘，谁也没有想到为了压倒别人，就用虚妄的想法去自欺欺人，或是去否认她们的爱情，或去卖弄风情。从她们的身份地位方面看，她们完全清楚她们的痴情不会有结果，这件事从一开始就是徒劳没有意义的，是她们自己一厢情愿。从社会文明的角度看，她们的爱情毫无存在的理由（但是从自然的观点看，少女怀春无须理由），但事实是，爱情是确实存在的，而且给她们带来的狂喜到了销魂蚀魄的程度。所有这一切也让她们产生出一种听天由命和端庄自持的思想，她们要是真的不择手段地去争夺他做丈夫，那么这种情感就荡然无存了。

她们在小床上翻来覆去，总是睡不着，只听得楼下的奶油榨机里传来的单调的滴嗒声。

"你没有睡着吧，苔丝？"过了半个钟头，有一个女孩子悄悄地问。

那是伊茨的声音。

苔丝回答说没睡着，刚一说完，莱蒂和玛丽安也掀开了薄毯叹口气说——

"我也没睡着呢！"

"听说他家里给他找了一位小姐——我真的很想知道她长得什么样子！"

"我也很好奇呢。"伊茨说。

"他家里给他找了一个小姐？"苔丝很是吃惊，急忙问。

"哦，是呀——听人悄悄说的，是一个和他门当户对的小姐，他家里给他找的，一个神学博士的女儿。她家离他父亲住的爱敏寺教区挺近。听他们说他不太喜欢她。不过他肯定会娶她的。"

关于这件事，她们知道的就只是这一点，不过在夜色深沉的房间中，这已经足以让她们产生痛苦和悲哀的遐想了。她们想象出所有的细节，想象他如何被劝说得同意了，想象婚礼如何准备，想象新娘多么快乐，想象新娘的穿什么衣服，戴什么婚纱，想象新娘和他生活在一起是怎样的幸福之家，而他同她们之间的旧情如何忘得一干二净……她们就这样聊着，难受着，直到她们都哭着睡着了，才算把忧愁驱散掉。

在这则新闻透露出来之后，苔丝也就断了一切痴心妄想，不再认为克莱尔对她的殷勤含有什么严肃郑重的含义了。那只是因为她美丽才爱她的，就像是在逝去的夏季一样，也就是说，他是为了暂时的欢娱而爱她的，此外没有别的因素。在这种凄恻的想法中，更让她如芒刺在背的是，他对她的暂时爱恋远胜于其他姑娘，而她自己也知道自己比她们更热情、更聪明、更美貌，但是从社会礼法的角度看，与那几个被克莱尔漠视的姑娘相比，美貌的她却并不值得他爱恋。

第二十四章

在佛尔姆谷里，土地肥沃得冒油，气候温暖得发酵。恰逢大好春光，在万物滋长的唑唑声里，几乎连草木汁液的奔流都听得见，因此，那种最富有幻想性的爱恋就不可能不生出绵绵的真情实意来。生活在这里的满怀激情的两个年轻人，也都受到了周围环境的感染，由相互倾慕变得情意绵绵了。

七月很快从他们的身边溜走了，随之而来的便是溽热的暑天，好像自然这一方面也在作出努力，以便应合在泰波塞斯奶牛场谈情说爱的心境。这个地方的天气，春天和初夏都非常清新，而眼下却变得沉闷和使人困倦了。沉重的气息压迫着人们，到了正午，似乎万物都要昏昏入睡了。堪比埃塞俄比亚的烈日灼热地炙烤着大地，晒黄了牧场斜坡顶上的青草，不过在流水潺潺的地方牧草依然鲜嫩。克莱尔不仅身体受到热气的灼烤，而且内心也因为温柔沉静的苔丝而受到越来越强烈的激情的冲刷。

雨已经下过了，高些的地也干了。奶牛场老板坐着带弹簧的轻便双轮马车从市场回家，马车跑得飞快，车轮的后面带起一股白色的烟尘，好似点燃了的一条细长的火药引线。奶牛被牛虻盯得发了狂，有五道横木那么高的栅栏门都被它们跳了过去。从星期一到星期六，奶牛场的老板克里克把衬衣袖子卷起来，就没有放下过。只开窗户而不把门打开，风一点也透不进来。在奶牛场的园子里，乌鸦和画眉在醋栗树丛下跳来跳去，与其说它们是长翅膀的飞鸟，还不如说是走兽。厨房里的蚊蝇懒洋洋的，一点儿也不怕人，在没有顾及的地方爬来爬去，比如地板上、柜子上甚至挤奶女工的手背上。他们一起谈话的内容总是躲不开中暑这个词，由于高温，制作黄油，尤其是保存黄油都是没有办法做到的事了。

为了凉爽和方便，挤牛奶的工人们不把奶牛赶回场部去，全部在草地上挤奶。白天，随着地球的转动，太阳也绕着树干移动，因此哪怕是最小的一棵树木，奶牛也会跟随着它的阴影转动。挤奶工人过来挤奶时，由于蚊蝇叮咬，奶牛几乎都无法安静地站着。

有一天下午，有四五头还没有挤奶的奶牛碰巧离开了牛群，站在了一个树篱的拐角后面。这几头牛中有矮胖子和老美人，相比其他女工，它们更喜欢苔丝来给自己挤奶。苔丝挤完了一头奶牛的奶，从凳子上站起来，这时候已经注意了她有一阵子的安吉尔·克莱尔问她，愿不愿意去挤前面提到的两头奶牛。苔丝默不作声地同意了，将凳子拿在手里，提起牛奶桶，便向那两头奶牛所在之处走过去。不一会儿，从树篱那边传来了老美人的奶流进桶里的咝咝声，安吉尔·克莱尔这时候也想到拐角那儿去，以便把跑到那边的一头难挤的奶牛的奶挤完，因为他现在已经和奶牛场老板一样能挤难挤的奶牛了。

所有男工，还有一些女工，他们在挤奶的时候都把额头抵在牛的身上，眼睛盯着牛奶桶。但是也有几个人，主要是年轻姑娘，喜欢侧着头靠在牛的肚子上。苔丝·德贝菲尔德就习惯于这种挤奶法。她把太阳穴靠在奶牛的肚子上，眼睛凝视着草场的远方，悄悄地全神贯注地想着心事。她就是用这个姿势为老美人挤奶的，太阳刚好照在挤奶的这一边，阳光一直照着她穿粉红裙子的身体，照着她戴的有帽檐的白色帽子，照亮了她的侧面，使她看上去就像是从奶牛的黄褐色背景上雕刻出来的一尊玉石浮雕像。

她不知道克莱尔随后也来到了她的近旁，也不知道他正坐在奶牛下面仔细看她。很明显，她的头和她的面目安详沉静，她似乎在那里发怔出神，眼睛睁得很大，但是却看不见什么。在这幅图画里，一切都是静止的，只有老美人的尾巴和苔丝粉红色的双手在动着，那双手的活动是那样地轻柔，所以就变成了一种有韵律的搏动，它们仿佛正在根据反射的刺激活动，就像一颗跳动的心脏一样。

在他看来，她的脸是多么可爱。但是，那张脸上又没有矫揉造作的神情，全部都是实实在在的青春活力，实实在在的温暖，实实在在的血肉之躯。而这些又全都集中到了她的嘴上。她的一双眼睛和他过去所见一样，一直是那样深沉，似乎能够说话，她的面颊，也还是像他从前见过的那样美丽，她的眉毛亦如从前弯弯如弓，而下巴也还像从前那样棱角分明，她的脖颈也一如既往地端正，然而她的那张嘴却是从前没有见到过的娇美，不知道天底下还有什么能同它相比的。她的红色上唇中部微微向上翘起，就连最没有激情的青年男子见了，也会神魂颠倒，如痴如醉，为之疯狂不已的。他之前从来没有见过哪一个女人的嘴唇和牙齿如此美妙，让他在心中不断地想起玫瑰含雪这个古老的伊丽莎白时代的比方。在他这个情人的眼光里，她的嘴和牙齿简直是完美无缺。但又并不是完美无缺——它们并不完美。也正是在近似完美中显露出来的一点儿不完美，这才生出甜蜜来，正因为有了这一点不完美，也才符合常理。

克莱尔早已把她的两片嘴唇的曲线琢磨过许多次了，因此他在心中很容易就能够把它们再现出来，而此刻它们就呈现在他的面前，红红的嘴唇充满了生机，它们送过来一阵清风，吹过他的身体，这阵清风拂过他的神经，几乎让他战栗起来，实在的情形却是，由于某种神秘的生理过程，这阵清风让他打了一个毫无诗意的喷嚏。

接着苔丝就意识到他正在看她，不过她装作没有察觉，坐着的姿势一点儿也没有变，但是她那种梦幻一样的沉思却消失了。只要仔细看，能很明显地发现她脸上的玫瑰红晕正在加深，后来又慢慢消退了，上面只剩下一点淡淡的红色。

克莱尔心中乍现的那种好像从天而降的激情还没有消散。决心、克制、谨慎、惶惑，他好像一支吃了败仗的军队，节节败退。他突然从座位上跳起来，把牛奶桶扔下，也不管会不会被奶牛踢翻，大步流星地跑到了他一心渴慕的人跟前，跪在了她的旁边，把她拥进了自己怀里。

苔丝冷不丁地被吓了一跳，但是她想也没想，就不由自主地让他抱住了自己。她看清了来到她面前的不是别人，正是她所深爱的人，就张开嘴发出一种近似狂喜的叫喊，带着乍起的欢愉倒在他的怀里。

他正想去吻那张迷人的小嘴，但是由于他温厚的良知而极力克制住了自己。

"对不起，亲爱的苔丝！"他柔声说。"我应该先问问你的。我——我真的不知道自己正在做什么。我不是有意冒犯你的。我是真心爱你的，最亲爱的苔丝，我完全是一片真心啊！"

这时候老美人转过头来看着他们，感到莫名其妙，它看见在它的肚子下方蜷伏着两个人，打它记事以来，那里从来就是只有一个人的，于是发了脾气，抬了抬后腿。

"它生气了——它不明白我们在干什么——它会把牛奶桶踢翻的！"苔丝嘴里嚷着，一边轻轻地从克莱尔怀里挣脱出来，她的眼睛注意着牛的动作，心里想的却是克莱尔和她自己。

她从凳子上站起来，两人站在一起，克莱尔的胳膊仍然搂着她。苔丝的眼睛看着远方，眼泪不由自主地流了出来。

"你怎么哭了，亲爱的？"他问。

"啊——我也不知道为什么！"她轻轻地说。

等到她把自己的位置看清楚了，弄明白了，她就开始变得焦躁不安了，想从克莱尔的搂抱中挣脱出来。

"啊，苔丝，我终于流露出自己的真情来了，"他说，莫名地叹了一口气，这在不知不觉中表明他的理智已经无法控制他的感情了。"我——我是真心地爱你，真正地爱你，这不用多说。可是我——现在不能再进一步做什么了，这已经让你难过了。我也和你一样感到吃惊呢。你不会以为我在你没有防备时太轻率吧？——激情来得太快，也不容想一想，你会不会觉得我轻率？"

"不——我也说不清。"

他放开了在他怀中挣扎的苔丝，过了一会儿，各人又都开始挤奶了。没有人看见他们刚才因为互相吸引拥抱在一起的事，几分钟以后，奶牛场的老板来到了被树篱挡住的拐角处，此时，这一对情侣显然已经分开了，一点儿也看不出他们的关系有了不同寻常的地方。可是自克里克老板上次看见他们以来的这一小段时间里，已发生了一件大事，对他俩而言，世界都变了个样。这件事就它的性质而言，要是让那个讲究实际的老板知道了，一定会嗤之以鼻，不过是一个拥抱嘛，不过是小青年间的谈情说爱罢了。但是这件事却不是以一大堆所谓的实际为前提的，而是以更加顽强和不可抗拒的趋向为基础的。一层窗户纸被捅破了，从此以后，展现在他们前面的，将是一派新的天地——既可能昙花一现，也可能天长地久。

第二十五章

夜幕降临的时候，坐立不安的克莱尔走出门外，来到苍茫的夜色里，而被他征服的她也已经回到了自己的房间。

夜晚也还是和白天一样闷热。天黑以后，要是不到草地上去，就没有一丝凉意。道路、院中的小径、房屋正面的墙壁以及院子的围墙，都热得像壁炉一样烫手，还把储藏起来的正午的热气，辐射到夜间行人的脸上、身上。

他坐在奶牛场院子东边的栅栏门上，不知道怎样来评判自己。白天，他的感情的确压倒了理智。

自从三个小时以前那个拥抱突然发生以来，他们俩就再也没有单独待在一块过。她对白天发生的事似乎保持了镇静，但实际上是几乎给吓坏了。他自己也因为这件事的新奇、不理性和在环境支配下不由自主就做出来而惶惑不安起来，因为他是一个容易激动又爱好思索的人。其实到目前为止，他还不大清楚他们两个人的确切关系，也不知道他们在其他人的面前应该怎样表现。

安吉尔来这个奶牛场里当学徒，心想在这儿的临时驻扎只不过是他人生中的一段插曲，不久就会过去，很快就会忘掉。他来到这里，就像来到一个隐蔽的洞室，可以从里面冷静地观察外面诱人的世界，并且同华尔特·惠特曼一起高喊——

你们这些男男女女，身着日常的服饰，
在我眼里是多么的奇特！

同时心里筹划着，决心再度融入那个世界里去。但是你看，那吸引人的景象转移到这边了，曾经那样吸引人的外部世界，现在又变成了一出索然无味的哑剧了，而在这个表面上看起来沉闷乏味缺少激情的地方，新奇的东西却像火山一样喷发出来，这是他在其他地方从来没有遇到过的。

房子的所有窗户都开着，克莱尔听得见全屋子人安歇时发出的每一种细微的声音。奶牛场的住宅简陋不堪，微不足道，他纯粹是不得已才寄居在这里的，所以从来就没有重视过它，也没有发现在这里有一件有价值的东西让他留恋。但是这所住宅现在在他眼里又是什么样子呢？古老的长满了苔藓的砖墙似乎在轻声呼喊"留下来吧"，窗子微微含笑，房门好言相劝，在举手召唤，常春藤也仿佛因为暗中同谋而露出了羞愧。这只是因为屋子里住着一个人，她的影响是如此深远广大，渗透进了砖墙、灰壁和头顶的整个苍穹之中，使它们染上了炽热的情感而开始兴奋地战栗。谁会有这么强大的力量呢？是一个挤牛奶的姑娘。

这个偏僻奶牛场里的繁杂生活变成了对于安吉尔·克莱尔非常重要的事情，这的确让人感到惊讶。虽然部分原因是刚刚产生的爱情，但也不完全如此。除了安吉尔，还有许多人知道，人生意义的大小不在于外部的遭际，而在于主观感受。一个天性敏感的农夫，他的生活也会比一个天性迟钝的国王的生活更广阔、更丰富、更激情。如此看来，他发现这里的生活同其他地方的生活一样意义非凡。

尽管克莱尔不顾世俗正统，身上有种种缺点和毛病，他仍然是一个正直的人。苔丝不是个无足轻重的人，不是随意玩弄以后就可以丢下的，而是一个过着宝贵生活的女子——这种生活对她来说无论是折磨还是享受，也如最伟大人物的生活一样重要。对于苔丝来说，整个世界的存在全在她的感觉，所有生物的存在也全凭她的存在。对于苔丝，宇宙本身的诞生，就是在她降生的某一年中的某一天里诞生的。

他已经进入的这个情感世界，是无情的造物主赐给苔丝的唯一的生存机会——是她的一切，是全部的也是仅有的机会。那么他怎么能把她看得不如自己重要呢？怎么能够把她当作一件漂亮的物件去玩弄，然后又去讨厌它呢？怎么能不以最庄严郑重的态度来对待他被她唤起来的感情呢？——她看起来很沉静，其实内心非常热烈，非常容易被触动感情，因此他怎么能够去折磨她，让她痛苦呢？

他还是像过去习惯的那样天天和她见面，已经开了头的事情自然会继续向前发展。他们的关系既然已这样亲密，见面就意味着相互温存，这是肉体凡胎不能抗拒的。但既然不知道这种趋势会导致什么样的结果，他决定目前还是避开他们有可能共同参与的工作。但是要下定决心不同她接近，却不是一件容易的事。他的脉搏每跳动一次，都驱赶着他向她靠近一步。

他想他应该去看看他的朋友们。他可以就这件事听听他们的意见。还有不到五个月的时间，他在这儿做学徒的事儿就要结束了，然后再到其他的农场学上几个月，他就具备了从事农业的全部知识了，也就可以独立创业了。一个农场主应该娶一个妻子吗？一个农场主的妻子应该是客厅里的陈设呢，还是应该是一个懂得干农活的女人呢？不用说答案是他喜欢的后者，尽管如此，他还是决定动身上路。

有一天早晨，当大家都在泰波塞斯奶牛场坐下来吃饭的时候，有个姑娘注意到当天她连克莱尔先生一点儿影子都没有见到。

"啊，是的，"奶牛场里的克里克老板说，"克莱尔先生已经回爱敏寺的家中去了，他要和他的家人一起住几天。"

那张桌子上坐着的四个情意绵缠的姑娘，听了这话，突然觉得世界变了样，那天早晨太阳的光芒突然黯淡了，鸟儿的啼鸣也变得嘶哑难听了。但是没有一个姑娘用说话或者手势来表露她们的惆怅。

"他在这儿跟我学习的时间就要结束了，"奶牛场老板接着说，他话音冷淡不带什么感情，却不知道这种冷淡就是残酷，"所以我想他已经开始考虑到其他地方去学习了。"

"那他在这儿还要住多久呢？"伊茨·休特问，在一群满怀忧伤的姑娘中，只有她还敢相信自己说话的声音不会暴露自己的感情。

其他姑娘等着奶牛场老板的回答，仿佛这个问题关乎她们的生命一般，莱蒂张大了嘴，两眼盯着桌布；玛丽安脸上发烫，俏脸变得更红了；苔丝心里怦怦直跳，两眼望着窗外的草地。

"啊，我要看看我的记事簿，不然我记不清准确的日子，"克里克回答道，说话里同样带着叫人无法忍受的平静。"即使那样也是会有些变化的。我敢肯定，他还要待在这儿学习一段时间，学习在干草场里饲养小牛的活。我敢保证年底前他是不会离开这里的。"

还能和他相处四个月左右的时间，这都将是痛苦和快乐并存的日子——是快乐中掺杂着痛苦的日子。从那之后，都得是无法形容的漫漫长夜了。

与此同时，安吉尔·克莱尔正骑着马沿着一条狭窄的小路走着，离开吃早餐的奶牛场的人们已经有十英里之遥了，他正朝着爱敏寺他的牧师父亲的住宅的方向走，他还尽其所能地带了一个篮子，里面装着克里克太太送给他的一些血肠和一罐蜜酒，那是用来对他父母表示热情和尊敬的。白色的小路铺展在他面前，他的两眼注视着路面，思考的却是明年的事情，而不是这条小路。他的确是爱上她了，但是是否应该娶她呢？他敢不敢迎娶她呢？他的父母双亲和兄长会说什么呢？在结婚一两年后，他又会怎么想呢？那就要看在这暂时感情下牢固的情谊会不会继续生长了，或者说，是否只是因为她的美貌而生出一种感官上的爱慕，实际上却缺少了永久的深刻爱情？

他走啊走，终于望见了他父亲住的那个四面被小山环抱着的小镇，望见了用红色石头建造的都铎王朝时代的教堂塔楼，以及牧师住宅附近的一片树林，于是他骑着马朝下面那个他熟悉的大门走去。他在跨进自己的家门之前，朝教堂的方向瞅了一眼，瞥见一群女孩子站在小礼拜间的门口，年龄在十二岁到十六岁之间，显然是在那儿等候某个人的到来。不一会儿，果然出现了一个人，看起来她的年纪比那些女孩子的年纪都要大，戴一顶阔边软帽，穿一件浆洗得很挺的细纱长裙，手里拿着两本书。

这个人是克莱尔的熟人。他不敢肯定她是否看到他了，虽然她并没做错过什么，但是他希望她没有看见自己，这样他就不必上前去同她打招呼了。他决心不去同她打招呼，因此想当然地觉得她没有看见自己。那个年轻的姑娘名叫美倩·契尔特，是他父亲的邻居和朋友的唯一的女儿，他的父母心里暗暗盼望将来有一天他能够和她结合。她精通唯信仰主义的理论和《圣经》教义，现在显然是来上课的。但是克莱尔的心却飞到了瓦尔谷中那一群感情炽热、生活在盛夏气候中的另一个世界的人身边去了，想起了她们玫瑰色脸颊上的美人痣，其实那不过是沾上了点点牛粪，他尤其想她们中间最热情奔放和情深义重的那一位。

他是出于一时的冲动而决定回爱敏寺的家的，因此他事先并没有写信告诉他的父母，不过他希望能够在吃早饭的时候赶到家，趁父母还没有出门去教区工作之前见到他们。他比预想的时间到得晚了些，此时父母已经坐下来用早餐了。一看见他走进门来，坐在桌子边的一大群人都起来欢迎他，他们是父亲、母亲和两位哥哥。

大哥费利克斯牧师，现在担任附近郡里一个镇上的副牧师职位了，正好请了两个礼拜的假回家。同时他的另一个哥哥卡斯伯特也是牧师，同时还是一个古典学者，剑桥大学一个学院的院长和董事，现在从学校回家度假。母亲头戴一顶软帽，鼻梁上架一副银边眼镜，他的父亲还是从前的样子，他表里如一、热心、诚恳、景仰上帝，他看起来有点憔悴，六十五六岁，苍白的脸上刻满了思想和意志的印迹。从他们的头上望过去，墙上挂着安吉尔姐姐的画像，她是家里最大的孩子，比安吉尔大十六岁，嫁给一个牧师到非洲传教去了。

在最近二十年里，像老克莱尔先生这样的牧师都几乎在现代人的生活里消失了。他是威克利夫、胡斯、马丁·路德和加尔文一派的嫡系传人，福音教派中的福音教徒，一个以劝人信教为毕生使命的传教士，他是一个在生活和思想方面都和基督门徒一样简朴的人，在毫无阅历的年轻时代，就对于深奥的存在问题拿定了主意，再也不容许有别的观点挑战它们。和他同时代的人，甚至和他同一教派的人，都觉得他是一个极端的人；同时从另一方面来看，那些完全反对他的人，看到他毫不怀疑地倾尽全部热情去阐发教义时所表现出非凡的毅力，也不得不对他表示尊敬和佩服。他最爱塔苏斯的保罗，喜欢圣约翰，憎恨圣詹姆斯，对提摩西、提多和腓力门则是又爱又恨的复杂感情。按他的理解，《新约全书》与其说是记载基督的经典，不如说是宣扬保罗的史书——与其说是为了说服人去信仰，不如说是麻醉熏陶人。他深深地信服宿命论，以至于这种信仰几乎成了一种毒害，消极地说简直就和放弃了哲学一样，和叔本华与雷奥巴狄的哲学如出一辙。他瞧不起法典和礼拜规程，却又坚决服从宗教条例，并且自己认为在这类问题上是始终如一的——从某方面说他是做到了这些的，有一点他肯定做到了，那就是诚实。

在瓦尔谷，他儿子克莱尔近来过着自然的生活，接触的是新鲜美丽的女性，获得了美学的、感官的和异教的欢乐。要是父亲通过打听或者猜想得知了这一切，按他的脾性是不会对儿子留情面的。曾经有一次，安吉尔因为烦恼痛苦对他父亲说过，假如现代文明的宗教起源于希腊，不是起源于巴勒斯坦，结果可能对人类要好得多。父亲听了这句言之凿凿的话，不禁痛苦万分，一点儿也没有去想这句话里面也许会有千分之一的真理，更不消说会认识到里面有一半的真理甚至是百分之百的真理了。后来，他不容分辩地把儿子狠狠地训了斥好些日子。不过，他的内心还是非常慈爱的，对任何事情也不会长久怨恨，看见儿子回家，赶紧微笑着欢迎他，真挚可爱得像一个孩子。

安吉尔坐下来，这时候才觉得回到了家里，只是人虽然是和大家坐在一起，却总觉得缺少了过去有过的自己是家庭一员的感觉。从前他每次回到家里，都意识到这种隔阂，但是自打上次回家住了几天以来，他现在感到这种隔阂明显变得比过去更大了，他和他们越来越陌生了。家里人那种玄妙的追求，仍然还是以地球乃万物中心的观点为前提，也就是说，天上是天堂，地下是地狱。这种信仰以及人生追求和他自己的追求相比，相当陌生，陌生得犹如它们是生活在其他星球上的人做的梦。近来他看见的只是有趣的生活，感觉到的只是强烈激情的迸发，这些信仰没有矫饰，没有歪曲，没有约束，这些信仰只能靠理智加以克制，而是不能够压制的。

在父母方面，他们也在他的身上看出了巨大的差别，看到了和之前几次见到的安吉尔·克莱尔的差别。他们所留意到的这种差别主要是他的外在，他的两个哥哥关注的尤其如此。他的表现越来越像一个农民，抖腿，脸上易于流露出喜怒哀乐的情绪，表情丰富的眼睛传达的意思甚至超过了舌头。读书人的气质、客厅里的青年人所应有的风度更加看不见了。道学家会说他没有教养，假正经的人会说他举止粗鲁。这就是他在泰波塞斯同大自然的儿女们共同生活而受到熏陶感染的结果。

吃过早饭后，他和两个哥哥一起出门散步。两个哥哥都不是福音派教徒，受过良好的教育，他们都是颇具品位的青年人，品行端庄，性情谨慎，他们都是被教育机器一年年加工出来的中规中矩的模范人物。他们俩都有点儿近视，那时流行戴系链子的单片眼镜，所以他们就戴系链子的单片眼镜；如果时兴戴夹鼻眼镜，他们就会戴夹鼻眼镜，而从不考虑他们有缺陷的眼睛的特殊需要。当人们崇拜华兹华斯的时候，他们就随身携带华兹华斯的袖珍诗集，当有人贬斥雪莱的时候，他们就把雪莱的诗集束之高阁，以致上面落满了灰尘。当有人称赞考瑞究的画作《神圣家庭》的时候，他们也称赞考瑞究的《神圣家庭》；当有人诋毁考瑞究而赞扬委拉奎的时候，他们也紧随其后人云亦云，从来没有自己的主见。

要说他的两个哥哥注意到了安吉尔越来越不合世俗，那么他也注意到了两个哥哥在心智上越来越偏狭。在他看来，费利克斯一副教会派头，卡斯伯特则满是学院的愚昧。对费利克斯来说，主教会议和主教视察就是世界的原动力；而对于卡斯伯特来说，世界的原动力则是剑桥。他们每个人都坦率地承认，即使在文明社会里，也还有千千万万的微不足道的化外之人，他们既不属于大学，也不属于教会，对他们容忍就不错了，而无须尊敬和一视同仁。

他们两个都挺孝顺，定期回家看望他们的父母。在神学的发展演化链条上，虽然费利克斯和他的父亲相比更新更现代，但是却缺少了父辈的牺牲精神，多了自私自利的特点。和父亲相比，他能对那些持不同意见的人坐视不理，若那些意见只伤害他人不触及他的利益。但是只要这种意见对他的说教有一点儿抵触，他可不会像他父亲那样易于宽恕别人。总的来说，卡斯伯特是一个气量更宽宏一些的人，但是他虽然显得机灵些，却少了许多勇气。

他们沿着山坡的小路走着，安吉尔先前的感觉又一次出现了——和他自己相比，无论兄长具有怎样的优势，他们都没有见识过也没有经历过真正的生活。也许，和许多人一样，他们发表意见的机会多于观察的机会。他们俩和他们的同僚们一起在风平浪静的生活中随波逐流，对在潮流之外活动的各种复杂力量谁也没有充分的认识。他们谁也看不懂局部的真理同普遍的真理之间有什么不同，也不知道他们在教会和学术的发言中，内心世界所言的和外部世界正在思考的根本不一样。

"我想你现在一心想做的就是农业了，别的什么也不想了，是吗？我的兄弟？"费利克斯面露悲伤和严肃，透过眼镜眺望远方的田野，在说完了其他事情后对他弟弟这样说道。"因此，我们只能如此了，你好自为之吧。不过我还是要劝你千万努力，尽可能不要放弃了道德理想。当然，做个农场主就意味着外表粗俗，但是，高尚的思想无论如何也是可以和简朴的生活结合在一起呀。"

"当然可以，"安吉尔说，"请允许我班门弄斧地说一句话，这不是在一千九百年之前就被人证明过了吗？费利克斯，为什么你会以为我会放弃高尚的思想和道德理想呢？"

"哦，从你写的信中，从你和我们谈话的语气中——我猜想——只是猜想——你正在慢慢地丧失智力。你有没有这种感觉，卡斯伯特？"

"听我说，费利克斯，"安吉尔冷冷地说，"你知道，一直以来我们都相处得不错，我们都有自己的生活。不过说到理解力的问题，我倒觉得你这样一个踌躇满志的教条主义者，最好不要管我的事，还是先检查检查你自己的事怎么样了。"

他们转身下山，回家吃午饭，午饭时间不固定，他们的父亲和母亲什么时候结束了在教区的工作，就什么时候吃饭。克莱尔先生和克莱尔太太不是自私自利的人，心里想的只是有事来教区的人下午来拜访是否方便。在这件事上，三个儿子却非常一致，希望他们的父母多少能适合一点儿现代观念，生活规律些，别那么忘我。

他们走路走得肚子饿了，安吉尔尤其饿，他现在是在户外劳作的人，已经习惯了在奶牛场老板的简陋饭桌上吃那些丰富而廉价的食物，比如分量很足的肉、面包、牛奶。但是两个老人谁也没有回来，直到儿子们等得不耐烦了，他们才走进家门。原来两个只顾别人的老人，一门心思地劝说他们教区里几个生病的教民吃饭，自相矛盾地要让囚禁他们的肉体存活得更久些，而把他们自己家吃饭的事抛到了脑后。

一家人围着桌子坐下来，几样素朴的冷食摆在他们面前。安吉尔转身去找克里克太太送给他的血肠，他已经交代过按照在奶牛场烤血肠的方法将它们好好地烤烤，他希望他的父母亲能像他自己一样，非常喜欢这种加了香料的美味血肠。

"啊，你是在找血肠吧，我亲爱的孩子？"克莱尔的母亲问，"不过，我想当你知道了原因之后，你不会介意吃饭没有血肠吧？我想你父亲和我都是不在意的。我向你的父亲提议，把克里克太太好心送来的礼物送给一个人的孩子们了，那人得了震颤性谵妄病，不能挣钱养家糊口，你父亲同意了，说那些孩子们会很高兴的，因此我们就把血肠送给他们了。"

"当然不会。"安吉尔愉快地说，又回头去找蜜酒。

"我尝过了，那蜜酒的劲太大了，"母亲接着说，"这种蜜酒不合适作饮料，不过有人得了急病，它和红酒、白兰地一样地有效，所以，我把它收进我的药柜里去了。"

"并且我们吃饭是从来不喝酒的，这是规矩。"他的父亲补充说。

"但是我怎么对克里克太太说呢？"安吉尔说。

"当然是实话实说了。"他的父亲说。

"我倒愿意对她说，我们非常喜欢她的血肠和蜜酒。她是那种友好、快活的人，我一回去，她肯定就会立即问我的。"

"既然我们并没有吃，你就不能那样说。"克莱尔先生明明白白地说。

"啊——那不那么说好了，不过那蜜酒倒真值得一点点喝下去呢。"

"你说什么呀？"卡斯伯特和费利克斯一齐问。

"哦——这是在泰波塞斯使用的说法。"安吉尔脸一红，回答说。他觉得他的父母不近人情是不对的，但是他们的做法却也是对的，所以就没有再说什么。

第二十六章

一直到当天晚上家庭祷告结束之以后，安吉尔才找到机会对他的父亲吐露心事。晚祷的时候，他跪在两个哥哥身后的地毯上，一面研究他们脚上穿的靴子后跟上的小钉子，一面在心里打定了主意。晚祷结束了，两个哥哥随着母亲走了出去，屋子里只剩下父亲和他自己。

这个小伙子先是跟他的父亲泛泛地讨论了如何获得农场主地位的种种规划——要么就留在英格兰，要么就去殖民地。后来他的父亲告诉他，由于他没有花钱送安吉尔到剑桥去接受教育，所以他当时就觉得自己有责任每年存一笔钱，以便将来有一天给小儿子买地或是租地，这样他就不会觉得父亲对他不公平或是薄待他了。

"就世俗的财富而言，"他的父亲接着说，"用不了几年，你肯定会比你的两个哥哥有钱多了。"

老克莱尔先生这一方待他既是如此周到，安吉尔就趁机把另一个他更关心的问题说了出来。他对父亲说道，他已经二十六岁了，将来在他经营农场的事业时，他的脑后需要有一双眼睛，才照顾得了里里外外的事——在他照看农场的时候，家里总要有一个人，帮他管理家务事。因此，他是不是应该结婚呢？

他的父亲似乎觉得他的想法不无道理，于是安吉尔又接着问："我既然将来要做一个勤劳俭朴的农场主，那你觉得我娶一个什么样的姑娘做妻子合适呢？"

"当然是娶一个真正的基督教徒，在你外出时，当你回家时，她既是你的帮手，又是你的慰藉。除此之外，其他方面实在没有多大关系。这样的姑娘不难找，说实在的，眼下就有一个好人选，我那个热情的朋友和邻居羌特博士的女儿——"

"但是，这个姑娘首先是不是得会挤牛奶，会搅黄油，会做美味的奶酪呢？首先是不是应该会照顾母鸡和火鸡孵蛋，是不是应该懂得照顾小鸡，是不是还应该懂得在紧急时候指挥工人种地，懂得给牛羊估价呢？"

"是的，做一个农场主的妻子应该做到这样，肯定是的。能这样最好不过了。"老克莱尔先生显然以前从来没有想过这些问题。"我还要补充一点，"他说，"你想找一个纯洁贤惠的姑娘，既要真正对你有所帮助，又要确实让你母亲和我满意，那么除了美倩小姐，你就找不出另外一个人来。你从前也曾经对她表示过好感的。不错，我这位邻居契尔特的女儿，近来也学到了些我们这儿附近那些年轻牧师的习气，比如过节似地拿一些鲜花之类的东西来装饰圣餐桌，也就是祭坛，有一天我听见她把祭坛叫作圣餐桌，还把我吓了一跳呢。不过她的父亲和我一样反对她这种庸俗的举动，他说这种毛病是可以纠正过来的。我相信这只不过是女孩子的心血来潮罢了，不会长久的。"

"说得对，完全正确，我知道，美倩小姐是一个品行端庄的虔诚的人。可是，父亲，你有没有想过，如果一个人和美倩·契尔特小姐一样纯洁贤淑，尽管那位小姐的长处不在宗教方面，但是她能够像一个农场主那样擅长农活，对我来说是不是更合适呢？"

他的父亲坚持自己的看法，认为一个农场主的妻子首先得有保罗爱人类的情怀，其次才是种庄稼的本事。安吉尔一时受到感情的驱使，他既想尊重他父亲的感情，同时又想促成心中的婚姻大事，所以就说了一番貌似有理的话来。他说，命运或者上帝已经给他安排了一个姑娘，无论从哪个方面说，那个姑娘都配得上做一个农场主的伴侣和帮手，也无疑地具有端庄稳重的性情。他不确定她信的教是否就是他父亲信的那个合理的福音教派，但是她应该会接受福音教派的信仰，她是一个信仰单纯、按时上教堂的人；她心地忠厚，感情敏悟，头脑聪明，举止也相当文雅，她就像祭祀神灵的祭司一样纯洁，容貌也长得异常的美丽。

"她的出身是不是和你门当户对，简而言之，她是不是一个大家庭的小姐？"在他们谈话的时候，他的母亲悄悄地走进了书房，听了他的话大吃一惊，就问起他。

"按照常理，她是不能被称作小姐的，"安吉尔勇敢地说，一点儿也不畏惧。"但我可以骄傲地说，尽管她是一个乡下小户人家的女儿，但是就感情和天性来说，你不能不说她是一位小姐。"

"美倩·契尔特可是属于上流阶层。"

"呸——那有什么好，母亲？"安吉尔急忙说，"我现在不得不过劳苦的生活，将来也得过粗鄙的生活，做我这种人的妻子家庭出身高贵又有什么用处呢？"

"美倩可是一个多才多艺的姑娘。多才多艺自有魅力呀。"他的母亲透过银边眼镜看着他，反驳他。

"至于说到外在的才情，它们对于我将来的生活又有什么意义呢？——而说到读书，我可以亲自教她呀。你们只是不认识她，不然你们会说，她是多么聪明的弟子啊。我可以这样比方说，她浑身上下充满了诗意——其实她本身就是诗。在理论上懂得诗的人只能把诗写出来，而她却是一首活生生的诗……而且我敢肯定，她还是一个无可挑剔的基督徒，或许她就是你们想宣扬的那一类典型中的一个呢。"

"啊，安吉尔，你是在说笑吧！"

"母亲，你听我说。每个礼拜天的早晨，她可真的都去教堂的，她是一个虔诚的基督教徒，我敢肯定，她有这种品质，你们会容忍她在出身方面的缺陷的，你们会认为我要是不娶她，那就是大的错误。"他心爱的苔丝身上的正统信仰，那完全是无意识的，他当时看见苔丝和别的挤奶女工按时去做礼拜时，心里还是瞧不起的，因为她们本质上崇拜自然，做礼拜显然就不是诚心实意的。可是他做梦也没有想到这一点竟会对他大有帮助，成了支持自己的有利因素，于是对这一点就越说越郑重了。

克莱尔先生和克莱尔太太很怀疑他们儿子声明的那个他们不认识的年轻姑娘拥有的资本，儿子自己是不是有权利要求得到他说的那种资本，他们开始觉得有一点不能忽视，那就是至少他的见解是正确的。他们也特别地觉得，儿子和那个姑娘的缘分，也许真的是出于上帝的一种安排，因为克莱尔一向不把信仰正统看作他选择配偶的条件的。他们终于说道，他最好不要仓促决定，但是他们也不反对见见她。

因此，安吉尔目前也就对其他细节避而不谈了。他总觉得，尽管他的父母心地单纯，有自我牺牲的精神，但他们作为中产阶级的人，心中自然不免潜藏着一些偏见，这需要用点儿策略才能克服。虽然在法律上他有自主的权利，而且他们将来也可能会远远地离开他们生活，因此媳妇的身份不会对父母生活产生什么实际影响，但是为了父母对自己的疼爱，他希望在做出对自己一生有重大影响的决定时，不要伤害了父母的感情。

他在详细描述苔丝生活中的一些偶然小事时，把它们渲染成了最重要的特点，因此自己也觉得言不由衷。他爱苔丝，完全是因为苔丝本人，因为她的灵魂，因为她的品性，因为她的本质——而不是因为她会做奶牛场里的活儿，有读书的才能，更不是因为她有纯正的宗教信仰。她那种天真淳朴的自然本色，无须外在本领、风雅的粉饰，就能让他喜欢。他认为家庭幸福所依靠的是感情和激情的搏动，教育对其影响微乎其微。也许多个世纪以后，道德和知识训练的体系会有改进，那样以来在一定程度上，也许在很大程度上会提高人类天性中不自觉的，甚至是无意识的本能。但是就他看来，直到今天，也许可以说文化对于那些受它影响的人，也不过是在他们的表皮上产生了一星半点的影响。他的这种观点，在他同妇女接触中得到证实。他同妇女的接触范围，近来已经从受过教育的中产阶级扩大到了农村社会，并从中得出一个结论，一个社会阶层中贤惠聪明的女子和另一个社会阶层中贤惠聪明的女子，本质上的差别微乎其微，而每一个阶层的女子则都有贤惠与凶恶、聪明与愚笨之分。

几天后的一个早晨，他又该离家出门了。他的两个哥哥之前早已经离开牧师住宅，往北徒步旅行去了，旅行完之后，就一个回他的学院，另一个回到他的副牧师岗位上去。本来安吉尔也可以和他们一块儿去旅行，但是他更愿意回泰波塞斯去，去和他心爱的人相见。要是他们三个人一块儿旅行，他一定会觉得很别扭，因为在三个人中，虽然他是最有眼光的人文主义者，最富理想的宗教家，甚至是对基督最有研究的学者，但是他总觉得同他们形同陌路，志不同道不合，同他们为他拟定的准则格格不入。因此无论是对费利克斯还是卡斯伯特，他都没有提起过苔丝。

他的母亲亲自为他做了一些三明治，他的父亲则骑上自己的一匹母马，送了他一程。既然自己的事情已经有了相当不错的进展，他就很乐意地听父亲谈话，而自己一声不吭。他们骑着马一起在林荫路上一颠一颠地前行，他的父亲便一边向他诉说教区上的麻烦事，说他饱受所爱的同行牧师的冷淡，原因就是他依据加尔文的学说严格阐释了《新约》，而他的同行们则认为加尔文学说有害无益。

"有害无益！"老克莱尔先生用温和的不屑语气强调，他接着又述说了过去的种种经历，来说明那种看法是荒谬的。他列举了许多在他的规劝下浪子回头的感人事例，这些人中不仅有穷人，也有富人和中产阶级，同时他也坦率地承认，还有很多浪子没有被他劝化过来。

在没有被劝化过来的人里，他举了一个例子。那人名叫德贝维尔，是一个年轻的暴发户，在特兰里奇居住，离这里有四十英里。

"在金斯庇尔那一带，有一户历史悠久的德贝维尔家族，他是不是就是这个家族的人？"儿子问。"关于这户衰败了的家族，在它的离奇历史里，还有一个四马大车的鬼怪传说呢。"

"啊，不是的。那户真的德贝维尔家族早在六十年前甚至八十年前就衰败了，烟消云散——至少我相信是这样的。这一户人家似乎是新生代，是冒名顶替的一户人家，为前面说到的那个骑士家族的荣誉着想，但愿他们是假的才好。我原以为你比我还蔑视他们呢。"

"那你是误会我了，父亲，你常常误会我，"安吉尔有点儿不耐烦地说。"在政治上，我是怀疑古老家族是否有价值。但在他们中，也有一些贤良人士，就像哈姆雷特说的那样，'高声反对他们自己权力承袭'，但是古老家族具有的抒情性、戏剧性、历史性，倒容易引发我的幽情呢。"

这段话尽管并非难以理解，但是对老克莱尔先生来说就不容易理解了，于是他就继续说他刚才讲的故事。故事里说，那个所谓的老德贝维尔死后，他年轻的儿子就放荡起来，做了许多应该受到最严厉惩罚的风流勾当，他还有一个失明的母亲，他本应该从她的状况中知道警戒好好自省的。有一次克莱尔牧师到那个地方去布道，听说了德贝维尔的行径，他就借机把这个人灵魂状况方面的罪行大胆地演讲了一番。虽然他是一个外来牧师，占据的是别人的地盘，但他还是觉得他有责任劝导劝导他，于是他就引用圣徒路加的话当作了自己布道的题目："无知的人呐，今夜必要剖析你的灵魂！"这个青年怨恨他一针见血的批评，以至于后来他们相遇时，就激烈地争辩起来，那浪荡公子并不顾忌他是一个头发灰白的老者，当众把克莱尔先生辱骂了一番。

安吉尔听到这里，难过得脸都涨红了。

"亲爱的父亲，"他伤心地说，"你以后还是不要去招惹这种流氓，别去自寻不必要的痛苦。"

"痛苦？"他的父亲问，在他布满皱纹的沧桑者脸上，闪耀着自我克制的激情光芒。"我就是为他的痛苦而痛苦的，可悲的愚蠢的青年！你以为他骂我，甚至打我，才使我感到痛苦吗？'被人咒骂，我们就祈祷；被人逼迫，我们就忍耐；被人诽谤，我们就劝善。直到如今，人们还视我们为世界上的污秽，万物中的渣滓。'这些对哥林多人说的古老而高贵的箴言，现在也还是极其正确呢。"

"他有没有打你，父亲？他没有动手吧？"

"不，他没有动手。不过我倒是被疯狂的醉汉打过。"

"天哪！"

"有十多次呢，孩子。后来呢？我虽然挨打了，可最终还是把他们从杀害他们自己亲人的罪行中拯救出来了。从此之后，他们一直感激我，赞美上帝。"

"真希望这个年轻人也能这样！"安吉尔热烈地说。"不过从你说的话来看，恐怕未必能把他劝化过来。"

"无论如何，我们还是希望能够把他感化过来，"克莱尔先生说。"我无论如何为他祈祷，尽管也许这辈子，我们再也见不着面。不过，说不定有一天，我对他说的那些好话，也许会有那么一句像一粒种子一样，在他的心里生根发芽。"

　　直到现在，克莱尔的父亲还是一如既往，像小孩一样对什么事情都充满希望，尽管年轻的儿子不能接受他那套狭隘的教条，但是儿子却很佩服父亲身体力行的精神，不得不承认父亲是一个虔诚的英雄。其实他此刻比过去更尊敬他父亲身体力行的精神了，因为父亲在探询他同苔丝的婚事的时候，始终没有想到要问她是富有还是贫穷。安吉尔正是同样因为拥有这种超凡脱俗的精神，才走上了要做一个农场主的人生道路，而他的两个兄长，大概也是因了这一点，才选择了穷牧师的职位。但是安吉尔对他父亲的钦佩一点儿也没有减少。说实话，尽管安吉尔信仰异端邪说不那么尊崇正统信仰，但是他常常觉得在为人处世方面，他比两个哥哥更像父亲。

第二十七章

安吉尔骑着马，一路翻山涉谷，在正午的阳光下行进了二十多英里路，直到下午，才到达了距泰波塞斯西一两英里的一个孤立的小山岗上，放眼望去，又看见了前面的低谷瓦尔谷，也就是佛卢姆谷，谷中水分充沛，土地滋润，一片青绿。他立刻离开那块高地，向下面那片冲积而成的肥沃土壤进发，空气也变得厚重起来——夏日的果实、雾气、干草、野花散发出慵懒而馥郁的芬芳，汇聚成一片巨大的芳香之海，在这个时候，几乎所有的鸟兽、蜜蜂、蝴蝶都受到香气的熏蒸，一个个都要睡去了。对这个地方，克莱尔现在已经非常熟悉了，所以他就算只是从老远的地方望见点缀在草地上的牛群，也能够辨认出每一头牛来。他很享受这一刻，因为从某些方面说现在的他和学生时代的他完全不一样了，他认识到自己在这儿具有从内部观察生活的能力。虽然他深爱自己的父母，但是现在他也不由自主地深深感到，他回家生活了几天，再回此地，心里就产生了一种摆脱羁绊束缚的感觉。泰波塞斯没有固定的地主，在这个地方，人们行为自由放纵，甚至连一般的约束也没有。

奶牛场里，门外不见一个人。奶牛场里的人们，都在像平常一样享受午后一个小时左右的小憩，夏天他们起床非常早，中午小睡一会儿不可或缺。门前有一棵用来挂牛奶桶的被剥了树皮的橡树桩，树杈上挂着带箍的木桶，木桶经过长期的擦洗，已经被水泡透了，刷白了，挂在那儿就像一顶顶帽子。所有的木桶都洗净了，晾干了，准备晚上挤牛奶时使用。安吉尔走进院子，穿过屋子静静的走道，来到后面，立在那儿听了一会儿。房里歇着几个男工，可以听见从屋内传的他们的鼾声，在更远一点儿的地方，有一些猪热得受不了，发出哼哼唧唧的叫声。长着肥大叶子的大黄和卷心菜也好似都入睡了，它们宽大的叶子在太阳下耷拉着，就像是半开半合的遮阳伞。

他把马嚼头松开，喂上马，再回到屋里的时候，时钟刚好敲响了三下。这正是下午撇奶油的时候。钟声一响，克莱尔就听见了头上楼板的吱呀声，听见了有人从楼梯上下楼的脚步声。那正是苔丝走路的声音。又过了片刻，苔丝下了楼，出现在他的面前。

克莱尔进屋时她没有听见，也没有料到他会在楼下。她正打呵欠，克莱尔看见她嘴里面红红的，好像蛇的嘴一样。她把一只胳臂高高地举起来，弯在头顶盘起来的头发上方，伸了个懒腰。她胳膊上半截没被太阳晒黑的那部分皮肤，像缎子一样光滑白嫩；她的脸红扑扑的，眼皮低垂着，遮住了瞳孔。她浑身上下都散发出浓浓的女人味。正是在这种时刻，一个女人的灵魂才比任何时候更女人，也正是在这种时候，平日里超凡脱俗的美才显示出引发肉欲的一面，性感才展现得淋漓尽致。

接着，她的一双眼睛从迷蒙中睁开了，并发出明亮的光，只是她脸上其他部位还保持着没有完全清醒过来的样子。她脸上的表情奇特、凝结了复杂的感情，有高兴，有羞怯，也有意外，她几乎喊起来：

"啊，克莱尔先生！你吓了我一跳——我——"

最初她还没有意识到，克莱尔之前已经向她表明了心迹，他们的关系已经和从前单纯的友情不一样了。克莱尔向楼梯跟前走去，苔丝看见他一脸的深情，这才想到这件事情，这种情绪的微妙变化随即又在她的脸上表现出来。

"亲爱的，我亲爱的苔丝呀！"他低声说，一边伸出胳臂搂住她，一边把脸面向苔丝羞红了的脸。"千万别再叫我先生了。我这样早早赶回来，全是为了你呀！"

苔丝靠近一些，让自己那颗容易激动的心紧贴着克莱尔的胸跳动着，用行动回应了他。他们就这样站在门厅的红地砖上，克莱尔把苔丝紧紧地搂在怀里，太阳穿过窗户斜射进来，照在他的后背上，也照在苔丝低垂着的脸蛋上，照在她太阳穴的淡蓝色血管上，照在她裸露的胳膊和脖颈上，也照进了她又浓又密的秀发里。她是穿着衣服午休的，所以身上热乎乎的，像一只晒过太阳的猫一样。她起初不肯抬头看他，但是不一会儿就抬起眼睛来看着他，那个样子似乎就是夏娃第二次醒来时看亚当的样子，又爱恋，又羞涩。克莱尔也看着她的眼睛，一直看到了她那变幻不定的瞳仁的最深处，只见里面持续闪耀着蓝色、黑色和紫色的光彩。

"我得去撇奶油了，"她有点找借口的味道说，"今天只有老德贝拉一个人帮我。克里克太太和克里克先生一起去市场采购了，莱蒂身体不适，别的人也都有事出门了，挤牛奶的时候才会回来。"

在他们往牛奶房走的时候，德贝拉·费安德在楼梯上出现了。

"我回来了，德贝拉，"克莱尔抬起头来对他说，"我去帮苔丝撇奶油吧，我想你肯定很疲劳，挤牛奶的时候你再下来吧。"

那天下午，泰波塞斯的奶油大概没有完全撇干净。苔丝如在梦中，平常熟悉的物体，变成了一些明暗不清、变幻不定的影子，不再有特别的形体和清楚的轮廓。每当她把撇奶油的勺子放到冷水管下面冷却时，手都会发颤，她可以感觉到他的感情炽热得要沸腾，而她就像是猛烈燃烧着的太阳底下的一棵植物，似乎承受不住想要避开逃走。

接着他又把她紧紧地抱在自己身边，当苔丝伸出食指沿着铅桶把奶油的边缘抹断时，他就用天然的办法用嘴把她的食指吸吮干净，泰波塞斯毫无拘束的生产生活方式，现在倒给他们提供了方便。

"我早晚是要对你说的，不如现在就对你说吧，最亲爱的，"他继续柔情地说，"我想问你一个很现实的事情，从上星期草场上那件事之后，我一直在考虑这个问题。我打算不久就结婚，既然是要做一个农场主，你明白，我就该选择一个会管理农场的女人做妻子。你愿意做那个女人吗，苔丝？"

他提出这件事的时候，他郑重的表情不会让她产生误解，认为他只是出于一时感情冲动而非理智的决定。

苔丝的脸上立刻愁云密布。他们彼此接近，她必然会爱上他，她对这个不可避免的结果已经认可了，但是她压根没有想到这个突如其来的结果，这件事克莱尔确实在她面前提起过，但是他一点没有说会这么快就结婚。她是一个正经女子，喃喃着说了一些不可避免的誓言类的话作为回答，说的时候带着痛苦，就像一个垂死的人在受难一样。

"啊，克莱尔先生——可是我不能做你的妻子——我不能！"

苔丝把自己最后的决定说了出来，听她的声音，她似乎是痛苦万状肝肠寸断，同时她也难过地垂下了头。

"但是怎么会这样，苔丝？"克莱尔听了，对她的回答觉得不可思议，就把她拥抱得比之前更紧了。"你不答应吗？你确定你不爱我吗？"

"啊，爱你，我是爱你的！在这个世界，我只愿意嫁给你，而不是任何别的男人。"痛苦不堪的姑娘温柔缠绵而又坦率真诚地回答说。"可是我不能嫁给你！"

"苔丝，"他伸出胳膊抓住她继续追问，"你该不是和别人订婚了吧！"

"不，没有！"

"那你为什么拒绝我？"

"我不想结婚！我没有想过结婚的事。我不能结婚！我只是想好好爱你。"

"可是到底为什么呢？"

她被逼得退无可退了，就结结巴巴地说道——

"你父亲是一位牧师，你的母亲是不会答应你娶我这样一个农家女子的。她会让你娶一位上流小姐的。"

"不会的——我已经对他们两个人都说过我们的事了。这就是我回家的重要事情呀。"

"我觉得我不能嫁给你——不能，永远不能！"她回答道。

"也许我这样向你求婚太突然了，我亲爱的美人儿？"

"是的——太出乎我意料了。"

"如果你想把这件事拖一拖，也可以，苔丝，我会给你时间的。"他说，"我一回来就立刻对你提这件事，的确是太突然了。隔一阵儿我们再谈这件事吧。"

她又拿起了撇奶油的勺子，把勺子伸到水管下面，继续干活。可是她再也无法做到像在其他时候那样，能用所需要的灵巧劲，把勺子精确地伸到奶油的底层下面。她尽力去做好，但是有时候尽管她把勺子伸到了牛奶里，却什么也撇不着。她的眼睛几乎看不到任何事物了，悲伤使她的双眼注满了泪水，这泪水模糊了她的视线。对她这位最好的朋友，她亲爱的人，她永远也无法对他解释！

"我撇不到奶油了——我撇不到了！"她转过身去说。

为了不让她这么激动，不妨碍她干活，体贴的克莱尔开始用一种更为轻松的方式同她交流：

"你完全误解了我的父母。他们都是最朴实的人，也是丝毫没有野心的人。福音派的教徒所剩寥寥了，他们就是其中的两个。苔丝，你是福音派教徒吗？"

"我不清楚。"

"你是定期去教堂的，有人告诉我，此地的牧师并不是什么高教派。"

苔丝每个礼拜都去教堂听教区的牧师讲道，但是她对该区牧师的印象却十分模糊，甚至比未曾与之谋过面的克莱尔还要模糊。

"我想专心致志地听他讲道，但是我在那儿又总是不能定下心来。"她说着不会让人想太多的寻常话题，"对这件事我常常感到很难过。"

她说得那样坦率自然，安吉尔心里相信他的父亲是不能拿宗教方面的理由反对苔丝了，即使她弄不清楚自己是高教派、低教派还是什么广教派，这也没有什么要紧。但是安吉尔知道，她心中不清晰的宗教信仰，明显是在儿童时代受到熏陶的结果，确切地说，就使用的词句而论，是特拉克特主义的，就精神实质而言，是泛神论的。混乱也好，不混乱也罢，他绝没有想到要去纠正它们：

> 你的妹妹在祈祷，不要去打扰
> 她儿时的天堂，幸福的源泉；
> 也无须用晦涩的暗示扰乱
> 她在美好岁月里的生活。

他曾经觉得，这首诗的含义不如它的韵律有意义，但是他现在却乐意听从它了。

他继续谈他回家后的种种小事，谈他父亲的生活，谈他父亲人生追求的热情。苔丝也渐渐安静下来，撇奶油时手也不发颤了，他陪伴着她一桶一桶地撇奶油，又帮她把塞子拔掉，把牛奶倒出来。

"你刚回来的时候，我觉得你情绪好像不太好。"她冒昧地问，尽量避开与自己相关的话题。

"是的——哦，我父亲跟我说了许多，说他的烦恼，说他的困难，他的话总是让我有一种压抑的感觉。他是一个热情执着的人，遇到一些同他想法不同的人，他们不仅对他冷漠，甚至还动手打他，像他这样年纪大的一个人，我不愿意他遭受侮辱，尤其是他还是那么热心的一个人，我认为都是徒劳。他还告诉了我最近他遭遇了一件叫人非常不愉快的事。有一次他当一个讲道团的工作人员，到附近的特兰里奇去讲道，那是离这里约四十英里的一个地方，在那里他遇见了一个地主的儿子，其母是个盲人。儿子行为放荡狂妄，我父亲就开始教导他，直截了当地训他，结果竟招来一场麻烦。我必须承认，我父亲真是太傻了，既然劝说明显无用，何必去对一个素不相识的人大费口舌呢。但是无论什么事，只要他认为是他的职责，他就不管啥时，都要去做。当然，他结下了不少的仇人，其中不仅有十恶不赦的坏胚，也有一些比较随和的人，他们怪父亲多管闲事。可父亲说，他的光荣就体现在这些事情里，说善是靠别人实现的，然而我希望他不要总是这样自讨苦吃，他已经渐渐老了，就让那些恶棍去堕落好了。"

苔丝的脸色变得呆滞憔悴了，鲜红润泽的嘴唇微微有些泛白，但是再也没有看见她身体战栗。克莱尔又想起了父亲的事，因此没有留心苔丝的特别表现。他们就这样继续撇那一长排方形桶里的牛奶，直到都撇完了，牛奶都倒掉了才停下。其他的挤奶女工都来了，拎走了她们的牛奶桶，德贝拉也下来刷洗铅桶，预备盛放新的牛奶。当苔丝到草场上去挤牛奶的时候，克莱尔温柔地问起她——

"我的问题你还没有回答呢，苔丝？"

"啊，不——不行！"苔丝决绝地说，因为她刚才听到克莱尔讲德贝维尔的故事，又触动了她过去的痛苦往事。"我不会嫁给你。"

她出了门，向草场走去，三两步就跨进了挤奶女工的队伍中，仿佛要用户外的新鲜空气，来挤走心中的不快。女工们都向远处草场上吃草的奶牛走去，这一群勇敢无畏的姑娘身上带着野性的美，她们这些已经习惯了无拘无束生活的姑娘，迈着自由自在的步伐，在空旷的野外走着，就像游泳的人去追逐波浪一样。克莱尔又看到了苔丝，现在他更加觉得，依照无拘无束的自然法则选择一个伴侣，而不是从艺术的殿堂里去寻找，这都是再自然不过的。

第二十八章

虽然苔丝的拒绝大大出乎他的意料，但是这也不会让克莱尔长久气馁。他对女人已经有了些经验，这已经足以让他懂得，否定常常只是肯定的前奏，但他的经验毕竟有限，还不足以明白目前这种否定完全是一个例外，和那种忸怩作态的调情不一样。既然苔丝已经答应了他的求爱，他认为这就是一种特殊的保证，但是他并没有完全认识到，在田野里和牧场上的那些"没头没尾的叹息"，也绝不是多余的。在这些地方，恋爱常常是无须多虑就被接受了，这种恋爱只是由于恋爱本身的甜蜜，它和充满野心的忧虑焦躁的家庭式谈情说爱不一样，在那种家里，女孩子渴望的只是要成家立业，这样就损害了以感情为目的的健康恋爱。

"苔丝，你为什么要用这种决绝的态度说'不'呢？"过了几天他又问起苔丝。

她吃了一惊。

"不要问我这个问题。我已经跟你说过了——部分地告诉过你了。我配不上你——我不值得你爱。"

"怎么配不上？因为你不是一位上流小姐吗？"

"不错——差不多是这样，"她低声说，"你家里的人会看不起我的。"

"你实在是误会他们了——误会我的父亲和母亲了。至于我的哥哥，我并不在乎——"他从后面用双手抱住苔丝，害怕她逃走。"喂——你说的不是真心话吧，亲爱的？——我敢肯定这不是你的心里话！你已经弄得我寝食难安了，读不进去书、无心游玩，什么事也做不了。我不着急，苔丝，但是我想知道——想从你温暖的嘴里得知——总有一天你会是我的人——什么时间由你决定，但是总有这一天吧？"

她只是摇头，扭转了脸不再看他。

克莱尔仔细地打量她，把目光集中到她的脸上，仿佛上面刻着象形文字似的。看上去她的拒绝像是真格的。

"如果是这样的话，我就不应该这样搂着你了——是吗？我没有资格搂着你，没有资格约会你，也没有权利和你一块儿散步了！对我说实话，苔丝，你是不是爱上别人了？"

"你怎能这样问我呢？"她继续克制着自己说。

"我从一开始就知道你没有爱上其他人。但是你为什么又一定要拒绝我呢？"

"我不是拒绝你呀。我乐意听——听你说你爱我，只要你和我在一起，你都可以这样说——这我不会生气的。"

"可是你没有接受我向你求婚啊？"

"啊，那是另外一回事，那是为你好呀，真的是为你好，最亲爱的！啊，相信我吧，这全是为了你！我不愿意这样把自己交给你，享受无限的幸福，因为，因为我确实不应该这样做。"

"可是，你会使我幸福的！"

"啊——你觉得是这样，但其实你不明白！"

每逢这种时刻，他都是把她的拒绝理解成是她的谦卑，理解成是她觉得自己在交际和教养方面缺乏能力，因此他就极力称赞她知识如何的丰富，如何的多才多艺——其实这倒也不假，她天性聪颖，加之又崇拜他，这就促使她无形中学习他使用的词汇，学习他说话的腔调，她零零碎碎从他那里学到的知识，多到了令人惊奇的程度。他们每次都是这样多情地争论，最后又总是她取得胜利，然后再一个人离开。若是正在挤牛奶，她就会跑到最远的一头奶牛那儿去挤奶，如果是闲暇的时候，她就会跑到苇塘边去，或者跑回自己的房间，独自在那儿默默伤心，虽然在不到一分钟前，她还在假装冷淡地表示拒绝。

她内心的这种斗争非常激烈和可怕，她一颗心都系在克莱尔的身上，两颗心一样的炽烈，可她却要去和可怜的良知去对抗！——她尽其所能地让自己的决心得以坚定。她是下定了守住自己的决心才到泰波塞斯来的。她决不能迈出这一步，免得以后丈夫会后悔，说是瞎了眼睛才会娶她。她坚持认为，她在心智健全时候做出的决定，现在不应该轻易把它推翻。

"为什么就没有人把我的事都告诉他呢？"她说。"那儿离这儿只不过四十英里远——为什么我的事还没有传到这里来呢？肯定有人知道的！"

不过又似乎没有人知道，或者说还没有人告诉他。

有两三天的时间，她和他什么话也没说。但是她从同寝室女伴伤心的脸色上猜测得到，她们不仅把她看成他爱恋的人，而且认为她是被他选中的人，可是她们同时也看得出来，她在回避他。

苔丝一直都不知道，她的生命曲线明显是由两股线拧在一起的，一股是纯粹的快乐，另一股是绝对的痛苦。第二次做奶酪时，他们两个人又被单独留在那儿了。奶牛场老板过来帮了一会儿忙，但是克里克先生和克里克太太近来察觉到他们俩一个有情一个有意，不过他们的恋爱很是小心谨慎，所以那种猜测也是非常模糊的。不论是真是假，那天老板还是走开了。

他们正在那儿切一大块凝乳，准备放进大桶里去。他们的做法和把大块的面包切碎有些类似，苔丝·德贝菲尔德用双手拾掇着凝乳，在洁白凝乳的映衬下，她的手显现出一种粉红的玫瑰色。安吉尔正在用手一捧一捧地帮她往大木桶里装乳块，但他忽然停了下来，把自己的一双手握在苔丝的手上。苔丝的衣服袖子卷到了胳膊肘以上，洁白细腻的上臂，洁白细腻的上臂，他低下头去，在苔丝娇嫩胳膊靠里的血管处吻了一下。

虽然九月初的天气还很闷热，但苔丝的胳膊因为长时间地放在凝乳里，所以他的嘴吻她时感到湿润又冰冷，就像刚采的蘑菇一样，还带有奶清的味道。不过她是一个很敏感的女人，给他这么一吻，她的心脏就加速跳动起来，血液流到了指尖，冰凉的胳膊也灼热起来。后来，她心里好像在说："还有必要再羞羞答答的吗？这真情是男女之间的真情罢了，它和男人同男人之间的真情是一样自然而然的。"她抬起眼睛，真诚的目光同他的目光交织在一起，她轻启朱唇，温柔地微笑了一下。

"你知道我为什么要这样做吗，苔丝？"他问。

"因为你很爱我呀！"

"说得对，我准备再次向你求婚。"

"别再提这件事了！"

她突然显得害怕起来，她怕的是在欲望的重压下，自己的防线会崩溃。

"啊，苔丝！"他接口说，"我不该觉得你是在逗我玩吧。你为什么要让我这么失望呢？你似乎像一个卖弄风情的女人了，老实说，你都差不多那样了——真像城市里一个最棒的卖弄风情的女人了！她们忽冷忽热的，就像你现在一样，在泰波塞斯这个偏僻的地方，想不到能找到这类人物……可是，最亲爱的，"他发现自己的话刺伤了她，又急忙补充说，"我清楚地知道你是世界上最诚实、最纯洁的姑娘。所以我怎么可能会觉得你是一个卖弄风情的女人呢？苔丝，假如你像我爱你那样地爱我，那你又为什么不愿意做我的妻子呢？"

"我从来不曾说过我不愿意呀，我不会说我不愿意的，因为——那不是我的真心话！"

此时，她再也无法克制自己，她的嘴唇颤抖起来，急忙走开了。克莱尔既非常难过，又非常困惑，他无奈地从后面追过去，在走道里抓住了她。

"告诉我，告诉我！"他说道，同时感情激动地搂住她，忘记了自己两手沾满了凝乳："你必须要告诉我，你不会属于别人，你只是我的女人！"

"我告诉你，我会告诉你的！"她大声说。"而且我还会给你一个完整的答案，但是你现在放我。我会告诉你我的遭遇——关于我自己的一切——一切。"

"你的遭遇？亲爱的，是的，当然，有多少遭遇我都要听。"他看着苔丝的脸，用爱她的口吻逗着她说。"我的苔丝，毫无疑问，你遭遇的事可多啦，差不多和外面花园树篱上的野牵牛花一样多吧，它们还是今天早上第一次开花呢。告诉我一切吧，但是不准你再说你配不上我之类的讨厌话。"

"我尽量不说吧！我明天就把缘由都告诉你吧——不，还是下个星期吧。"

"你是说礼拜天那天？"

　　"对，在礼拜天。"

　　她终于走掉了，一直走到院子尽头的柳树丛中，柳树被砍掉了树梢，长得密不透风的，她躲在那儿，别人看不见她了。她在那儿一下子就扑倒在树下沙沙作响的金枪草上，就像趴在床上一样，她蜷曲着身子躺在那儿，心怦怦直跳，苦恼中又涌出来一股股快乐。直到最后，她的忧虑也没能把欢乐压制下去。

　　事实上，她的态度正在发展为默认。她的每一次呼吸，她血液的每一次涨落，她耳旁太阳穴的每一次脉搏，都同她的天性一起发出一种声音，反抗着她的种种顾虑：不要畏惧，不要顾虑，接受他的爱，到神坛前去同他结合吧，什么也别说，试试看他也许不会知晓你的过去呢。在痛苦还没有张开狰狞的大嘴吞噬掉你之前，享受已经成熟的快乐吧！这就是爱情对她的劝说。她心头掠过一阵夹杂着恐惧的狂喜，尽管几个月以来，她孤独地自我惩戒，自我思索，自我对话，制订出许多将来过独身生活的严格计划，但是爱情却还是战胜一切了。

　　下午的时光慢慢地流逝，她仍然待在柳树丛中。她听到了有人把牛奶桶从树杈上取下来发出的响声，也听见了人们把奶牛赶到一块儿的"呜噢呜噢"的吆喝声。但是她没有过去挤牛奶。他们会发现她的激动的神态，奶牛场老板定会把她的激动理解成是恋爱的结果，并且还会为此善意地取笑她，决不能让这种戏谑出现。

　　她的恋人也一定猜测到了她过度激动的心情，就为她编造了一个借口，解释她不能来挤牛奶的原因，所以也就没有人再寻问或者去喊她。六点半的时候，太阳落到了地平线上，那场景就像天上的一个巨大的熔炉落地，同时，一个像南瓜一样大的月亮从另一边升了起来。

　　那天是星期三。星期四又到了，这一天安吉尔只是从远处心事重重地看着她，但是决不去打扰她。同宿舍的挤奶姑娘们，还有玛丽安和其他人，她们猜测肯定发生了什么事情，因此在房间里也没有议论她。星期五又过去了，星期六也即将过去。明天就是那一天了。

"我要妥协了——我要答应了——我要同意和他结婚了——我没有办法了！"那天夜晚，她把发烫的脸贴在枕头上，依稀听见有一个姑娘在睡梦中呼喊着安吉尔的名字，就满怀妒意地说："我自己要嫁给他，绝不能让别人嫁给他！可是这委屈他了，他知晓我的事后会气死的啊！啊，我的心哪——啊——啊——啊！"

第二十九章

"喂，你们猜猜今天早上我听见谁的消息了？"第二天克里克老板坐下来吃早饭时，一边用打哑谜的眼光看着大吃大嚼的男女工人一边卖关子。"喂，你们猜猜是谁？"

有一个人猜了一通，又有一个人猜了一通，大家一个接一个地乱猜一气。克里克太太因为早已经知道了，所以没有猜。

"好啦，告诉你们吧！"奶牛场老板说，"就是那个散漫无用的浑蛋杰克·多洛普。最近他和一个寡妇结婚了。"

"真的是杰克·多洛普吗？那个坏蛋——你想想那件事吧！"一个挤牛奶的工人说道。

苔丝·德贝菲尔德很快就想起了这个名字，就是这个人，曾经玩弄了他的情人，后来又被那个年轻姑娘的母亲在黄油搅拌器里狠狠收拾了一顿。

"他按照他许诺的那样娶了那个勇敢母亲的姑娘吗？"安吉尔·克莱尔心不在焉地问。他坐在一张小桌子旁翻阅报纸，克里克太太认为他是一个体面人，所以总是把他安排在那张小桌上用餐。

"没有，先生。他从来就没有打算那样做，"奶牛场老板回答说。"我说过了是一个丧夫的女人，但是她很有钱，大概是——一年五十镑左右吧。他娶了她以后，认为那笔钱就是他的了。他们是仓促结婚的，结完婚后她告诉他，她结了婚，那笔每年五十镑的钱就不会有了。想想吧，我们那位先生听了这个消息，心里该是一种怎样的滋味啊！从此以后，他们就要一直生活在吵吵闹闹中了！他完全是罪有应得。不过那个可怜的女人更要受苦了。"

"啊，真是个傻女人，她早就该告诉他一切的，她第一个丈夫的鬼魂会找他算账的。"克里克太太说。

"唉，唉，"奶牛场老板犹豫不决地回答说，"你们还得把事情的原委给弄清楚了。她只是想有个家啊，所以不愿意冒险，担心他跑掉了。姑娘们，你们想是不是这回事呀？"

他打量了一眼姑娘们。

"当他们去教堂结婚时，她就应该告诉他的，这时候他已经逃不掉了。"玛丽安大声说。

"是的，她应该这样做。"伊茨表示同意。

"他是个什么样的东西，她应该早看清楚，她根本就不应该嫁给他的。"莱蒂激动地说。

"你怎么看呢，亲爱的？"奶牛场老板问苔丝。

"我觉得她应该——把实情告诉他——要不然就不要答应嫁给他——说实话我也说不清楚。"苔丝回答道，一块黄油面包噎了她一下。

"我才不会那样做呢。"贝克·尼布斯说，她是一个已婚女子，到这儿当帮手，住在外面自己的茅屋里。"情场如战场，任何手段都是正当的。我也会像她那样嫁给他的，至于我先前丈夫的事，我不想告诉他，我就不告诉他，要是他因为我不告诉他这事吱一声，我不用擀面杖把他打倒在地才怪呢——他那样一个又瘦又小的男人，任何女人都能把他揍扒下。"

这段俏皮话引起了一阵哄堂大笑，为了表示和大家一样，苔丝也跟着苦笑了一下。在他们眼中这是一出喜剧，然而在她看来却是一出悲剧，对于他们的笑闹，她简直受不了。她很快就从桌边站起身来出去了，她有一种感觉，克莱尔会跟着她一起走的。她沿着一条弯弯曲曲的小径走着，有时候她走在灌溉渠的这一边，有时候走在灌溉渠的那一边，一直走到瓦尔河主流的近旁才停下来。工人们已经开始在河流的上游割水草了，一簇一簇的水草从她眼前漂过去——就像是绿色的毛茛小岛在移动，她似乎可以站在上面，河里打上了一排排木桩，是为了防止奶牛跑过河去，这时挡住了流下来的水草。

不错，痛苦就在这里。一个女人讲述自己的往日的遭遇——也许是她背负的最沉重的十字架，但在别人看来只不过是一个笑料。这简直就像嘲笑圣徒殉教一样。

"苔丝！"呼喊声从她的背后传来，克莱尔从小沟那一边跳过来，站在了她身边。"我的妻子——不久后的我的妻子。"

"不，不，我不能做你的妻子。这是为你着想啊，克莱尔先生，为你着想，我应该拒绝！"

"苔丝！"

"我必须得说不！"她重复说。

他没有想到她还是不答应。他说完就伸出胳膊紧紧地搂住了她的腰，搂在她披散着的头发下面。（年轻的挤奶女工，包括苔丝，星期天吃早饭时都披散着头发，在去教堂的时候她们才把头发高高地挽起来，平时她们挤牛奶的时候要用头靠着奶牛，所以不能那样束发。）要是她回答的是肯定而不是否定，那他就一定会吻她，这显然是他的心愿，可是她坚决地拒绝阻止了他顾虑重重的渴望。他们同住在一幢房里，不能不相互接触，这样她作为一个女人就被置于一种不利的地位。他觉得，要是他向她施加压力，步步紧逼，这对她是不公平的，假如她能够避开他，他反倒可以坦然地采用这些手段了。他把围在她腰上的手松开了，也没有去吻她。

他一松手，局势就发生了变化。这一次她之所以有力量拒绝他，完全是因为她刚才听了奶牛场老板讲的那个寡妇的故事，要是再过一小会儿，那点儿力量也就化为乌有了。不过安吉尔没有再说什么，他脸上的表情是困惑的，他只得无奈地走开了。

他们还是天天见面，只是和过去相比，他们见面的次数有些减少了，两三个星期就这样过去了。到九月底，她从他的眼睛中可以看出，他并没有死心，也许还要向她求婚。

他的求婚计划和过去不同了——似乎他一心认为，她的拒绝只不过是被她不曾经历过这样的求婚吓着了，不过因为年轻羞怯而已。每次讨论起这个问题，她总是支支吾吾，闪烁其词，这越发使他相信自己的看法是对的。因此他就采取好言相劝的方法；他从来都不用强力手段，甚至也没有再想到拥抱抚摸，他只是想尽量用言辞去打动她。

克莱尔仍然坚持不懈地向她求婚，他低声求婚的声音犹如牛奶汩汩流动的声音——在奶牛旁边，在撇奶油的时候，在制作黄油的时候，在制作奶酪的时候，在孵蛋的母鸡中间，在产崽的母猪中间——从古至今从来没有一个挤奶姑娘这样被一个男子求过婚。

苔丝也知道她必定要抵挡不住了。无论是觉得她从前跟亚利克那次结合具有某种道德压力的宗教观点，还是她想坦白往事的诚心愿望，都抵挡不住强大的爱情攻势了。她爱他爱得这样热烈，在她的眼里，他就像天神一样，她虽然没有经过教育培养，但是却天性聪慧，从本能上渴望得到他的呵护和指导。虽然她心里不断对自己重复着说"我决不能做他的妻子"，但是这也都成了毫无用处的话。她这种内心的独白，恰恰证明她冷静的决心已经遇到了困难，不能继续坚持。每当她听到克莱尔开始提从前提到过的话题，心里头总是不免又惊又喜，非常想改口答应，又害怕自己改口答应。

他的态度——只要是好男人，谁的态度不是如此呢？——那完全是一种无论在何种情况下，无论发生什么事，无论遭受什么指责，无论在她身上发现什么，他都会疼她、爱她、呵护她的态度，于是她的忧虑减少了。时令正在接近秋分，尽管天气依然晴朗，但是白昼的时间一天天变短了。在奶牛场里，早晨点上蜡烛干活已经有了好些日子。有一天早晨三四点钟的时候，克莱尔又一次向她求婚了。

那天早晨，她穿着睡衣，像往常一样来到他的门口叫醒了他，然后再回去穿好衣服，叫醒了其他人。过了十分钟，她就举着蜡烛向楼梯口走去。这时，克莱尔也穿着短袖衬衫从楼上下来，在楼梯口伸出胳膊把她拦住了。

"喂，我的大小姐，在你下楼之前，我要和你说句话。"他不容分辩地说。"上次我跟你谈过之后，已经过去两个星期了，这事不能再拖延下去了。你一定得告诉我你究竟是怎么想的，不然的话，我就不得不离开这里了。我房间的门刚才半开着，我看见你了。为了你的安全着想，我必须要离开这儿才行。你是不明白，还是怎么的？你是不是终于要答应我了？"

"我才刚刚起床，克莱尔先生，你就逼我谈这个问题是不是太早了点儿？"她赌气说。"你不应该叫我大小姐的。这既讽刺又不真实。你再等等吧，请你再等等吧。我一定会在这段时间里认真地考虑这件事。先让我下楼吧！"

从她的脸上看，她倒真的有点儿像他说的那样如小姐在撒娇了，她努力想微笑起来，免得她的话太严肃了。

"那么就叫我安吉尔吧，不要叫我克莱尔先生了。"

"安吉尔。"

"最亲爱的安吉尔——为什么不这样叫呢？"

"那样叫不就意味着我答应你了吗，是不是？"

"不，那只是说你爱我，即使你不能嫁给我也能这样叫，你不是早就承认你爱我吗？"

"那好吧，'最亲爱的安吉尔'，如果我非叫不可的话我就叫吧。"她低声说，一面看着蜡烛，尽管心里犹豫不决，但还是撅起嘴巴，调皮地叫了。

克莱尔下过决心，除非她答应嫁给他，否则他不再吻她了。但是看见苔丝站在那儿，身上穿着漂亮的挤奶长裙，下摆在腰部束起来了，头发随意地盘在头上，要等奶油撇完、牛奶也挤完了之后再梳理它们，这时候他的决心瓦解了，就用他的嘴唇在她的面颊上轻轻地吻了一下。她赶下了楼，没有再看他一眼，也没有再说一句话。其他挤奶姑娘已经下楼了，所以这个话题他们就谁也不再提了。除了玛丽安外，所有的人都用思忖和怀疑的目光看着他们两个，在黎明的第一道清冷的晨光的映衬下，早晨的蜡烛散发着忧伤昏黄的光。

奶油很快就撇完了——秋天来了，奶牛的出奶量减少了，所以撇奶油的时间也就越来越短了——莱蒂和其他挤奶女工离开了。这一对恋人也尾随她们走了。

"我们小心翼翼地生活，和她们是多么不同呀，是不是？"天色渐渐泛白了，他一面注视着在清冷的晨光中走着的三个人影，一面幽幽地对苔丝说。

"我不觉得有什么大的不同。"她说。

"你为什么这样觉得？"

"几乎所有女人都小心翼翼的。"苔丝回答道，说到这个新词时她犹豫了一下，仿佛对这个词格外在意。"她们三个人身上，优点比你想象的还要多。"

"她们都有什么优点？"

"她们三个几乎都可以，"她回答道，"也许她们比我更适合做你的妻子。也许她们和我一样地爱你——差不多是一样。"

"啊，苔丝！"

虽然苔丝又一次鼓足勇气要牺牲自己成全别人，但是当她听见他的不耐烦的喊叫，脸上还是不由自主地露出一种欢畅的表情来。她既然已经表达过要成全别人的意思，那么现在她是没有力量第二次做出自我牺牲的姿态了。这时从小屋里走出来一个挤奶工人，和他们走在一块儿了，因此他们共同关心的问题就没有再谈下去。但是苔丝知道，这件事在今天就算决定了。

下午，奶牛场的几个工人加上几个临时工，像往常一样一起来到老远的草场上，有许多奶牛没有被赶回去，就在那儿挤奶。随着母牛腹中的牛犊一天天长大，牛奶也出得越来越少了，在草场旺季时雇佣的过多的工人也有很多被辞退了。

工作在有条不紊地进行着。有一辆大车赶到了草场上，上面装着许多高大的铁罐，木桶里挤满了牛奶后，就一桶桶地倒进车上的大铁罐里，奶牛挤过奶以后，也就自个儿走开了。

奶牛场的老板克里克和其他人待在一起，在铅灰色的暮色的映衬下，他身上的围裙闪着银白色的光，突然，他掏出那块沉甸甸的怀表看了看时间。

"哎呀，没想到这么晚了，"他说，"糟啦！再不抓紧就来不及送到车站了。今天送走牛奶的时间不够了，也不能把牛奶拉回家和其他牛奶掺在一起了。只有把牛奶从这儿直接送到车站啦。谁去送牛奶呢？"

送牛奶虽然不是克莱尔先生分内之事，但是他自愿去送牛奶，还请苔丝和他一块儿去。虽然傍晚没有灼热的阳光，但是天气既闷热又潮湿，所以苔丝出门时只穿着挤奶的裙子，没有穿外套，胳膊露在外面，这身穿着的确不适合赶大车。因此，她打量了一眼自己身上的穿着，算作回答，但克莱尔还是用温柔的目光鼓励她。于是她把牛奶桶和凳子交给奶牛场老板带回家去，算是答应了去送牛奶，然后她就上了大车，坐到克莱尔的身边。

第三十章

在逐渐暗淡下去的光线中，他们沿着那条穿过草场的平坦的道路前进，那片草场在苍茫的暮色里延伸出去数英里，一直延伸到爱敦荒原上那些幽暗陡峭的山坡尽头处。在山坡的顶上，长着一簇簇、一片片枞树，树梢高低不齐，看上去就像一个个带有雉堞的垛墙，高耸在正面黑色墙壁的一个个魔堡之上。

他们坐在一起，沉浸在靠在一起的感觉里，好久他们都没有出声说话，他们沉默着，只有身后高大铁罐里的牛奶发出咣当咣当的响声。他们走的是一条非常僻静的小路，榛子树结的果实还留在树枝上，等着从果壳里自然脱落，黑莓也还一大串一大串地挂在枝头。每次从树下经过，他都要挥起鞭子缠住一串果实，把它们摘下来，送给亲爱的同伴。

不久，沉闷的天空开始落下星星点点的雨滴，表示真的要下雨了，白天沉闷的空气也变成了一阵阵凉风，从他们的面前拂过。河流和湖泊上水银一样的光泽慢慢消失了，它们原先是一面宽大的明镜，现在泛出阵阵涟漪，变成了没有光泽的铅皮。但是这些景象没有搅扰到苔丝，她仍然还在兀自出神。她的脸本来是一种天然的粉红色，现在被秋天的太阳晒成了淡褐色，上面落满了雨水，颜色显得更深了，她的头发在挤奶时受到奶牛肚子的挤压，现在已经松散开了，凌乱地从头上戴的白色帽檐里垂下来，被雨水淋得又粘又湿，简直和海藻差不多。

"我想我不应该来的。"她看着天空嘟囔着说。

"天下雨了，真是抱歉，"他说，"但是有你在这儿，我心里别提有多高兴了！"

雨水细密地织成了雨帘，远处的爱敦荒原逐渐模糊并消失不见了。天色越来越暗，道路上的十字路口处有一些栅栏门，考虑到安全因素，他们赶车的速度比走路的速度快不了多少。天气也变得越发凉了。

"我担心你会着凉，你的胳膊和肩膀上什么也没有。"他说，"朝我靠紧些吧，这样也许雨水就不会淋得你太厉害了。要是我没有感到这场雨或许对我有些帮助，我就会感到更加难受了。"

她悄悄地向他靠得近了些，他把两大块用来为牛奶罐遮阳的帆布拉过来，盖在他俩身上。苔丝两手拽住帆布，不让帆布从她和他身上滑下去，因为克莱尔双手空不出来。

"我们现在好多啦。啊——还是不行！有些雨水灌进我的脖子里了，流进你脖子里的雨水一定更多，再往上拽拽。这样好多了。你的双臂就像被雨水打湿的大理石般冰凉，苔丝。用帆布擦擦吧。现在好啦，只要你坐着不动，你就淋不到雨水了。好了，亲爱的——那个我提出的问题——那个长期悬而未决的问题，你现考虑得怎么样啊？"

过了一会儿，他听到的唯一声音仍只是马蹄踏在满是雨水的道路上的吧嗒吧嗒声，以及他们身后牛奶罐里牛奶的咣当咣当声，

"你还记得你说过的话吧？"

"记得。"她回答道。

"在我们回家前你得给我个答复，记住啊。"

"好吧。"

之后他就不再说什么了。他们继续向前赶路，一座查理国王时代庄园的残余部分隐隐呈现在夜色里，他们驾车从旁边走了过去，不久就把它抛在后面了。

"这座庄园，"为了让她开心，他找话说，"是一个很有意味的古迹了——属于古代诺曼家族府邸中的一所，这个家族从前在这个郡很是显赫，名字叫德贝维尔。每次从他们的宅子经过，我就不由得想起他们来。一个显赫的家族灭绝了，即使它曾是一个炙手可热的凶狠霸道的封建家族，也是有些让人伤感的。"

"是的。"苔丝说。

他们在苍茫的夜色中向一个地点慢慢地行进，就在那个地点的附近，有一点儿微弱的灯光在闪耀着。白日里，那个地方不时地在深绿色的背景里冒出一道白色的蒸气，说明那个地方是这个荒僻的世界和现代生活相联系的一个断断续续的联络点。在一天里，现代生活有三四次把它的蒸气触角伸到这个地方，同本地的生活发生短暂接触，然后又很快地缩回它的触角，仿佛它和它接触的这种生活格格不入似的。

他们走到了那道微弱光线发射的地方，原来光线是从一个小火车站里一盏冒烟的汽油灯中发出来的，和天上的星星相比，它真是渺小得可怜，可是它对泰波塞斯的奶牛场和人类来说，却要比天上的星星重要得多，虽然同天上的星星相比它是那样寒酸。车上的牛奶罐在哗哗大雨中被卸了下来，苔丝在附近一棵忍冬树下找了一个避雨的地方。

接着传来了火车开来的嗞嗞声，火车差不多是悄悄地在湿漉漉的铁轨上滑行的，牛奶被一罐一罐地搬进了火车的车厢里。火车头上灯光闪了一下，照亮了苔丝·德贝菲尔德的身影，她正一动也不动地站在一棵大忍冬树下。同现代化的蒸汽机的曲柄和轮子相比，再没有什么比这个仿佛来自洪荒时代的姑娘更叫人觉得异样的了，她裸露着胳膊，脸和头发湿淋淋的，像一只暂时蹲伏着不动的老实的豹子一样，身上穿的印花布裙子看不出是什么时代的款式，棉布帽子也歪歪扭扭地耷拉在额头上。

她上了车，坐在恋人的旁边，她天性热烈，有时却表现得既沉默又顺从。他们又用车上的帆布把头和耳朵包裹起来，掉转车身在已经变得很深沉的夜色中往回走了。苔丝是个十分敏感的人，所以她刚才和物质文明的漩涡间短短几分钟的接触已经留在她的思想里了。

"明天伦敦人吃早餐的时候就可以喝这些牛奶了，是吗？"她问道。"他们都是我们不曾见过的陌生人，是不是？"

"不错——我想他们明天就可以喝这些牛奶了。只是他们喝的和我们送的牛奶有些不一样。他们喝的牛奶的含奶量低一些，免得他们喝醉了。"

"他们都是些高贵的绅士、贵妇、外国大使、当地长官、太太小姐，还有孩子，他们从来不曾看见过一头真正的奶牛，是不是？"

"哦，是的。大概是的，尤其是长官们。"

"他们对我们这些人是一无所知啦？也不知道牛奶是从哪里来的？他们也不会想到我们走了好远的路，连夜冒雨穿过荒野把牛奶送到车站，以便他们明天早晨喝上牛奶，是吗？"

"我们并不是完全为了这些尊贵的伦敦人才送牛奶的，我们送牛奶也有部分原因是为我们自己——为了那个让人焦虑的问题。我想，亲爱的苔丝，你会给我一个让我放心的答复，是吗？好啦，请允许我这样说，你知道，你已经属于我了，我是说你那颗心。是不是这样，苔丝？"

"你知道得和我自己一样清楚。啊，是的——是这样的！"

"既然你的心顺从了，为什么你还不答应嫁给我呢？"

"我唯一的理由也是为了你好——只是因为一个问题，我还有些话要同你说——"

"我可以认为完全是为了我的幸福，也为了我事业的便利吗？"

"啊，是的，是为了你的幸福和事业上的便利。但是在我来奶牛场之前——我想——"

"好啦，我原本就是为了自己的人生幸福和事业的方便才向你求婚的。如果我在英国或者在殖民地筹建一个大农场，你做我的妻子就有无限的意义了，要比娶一个即使出身在全国都是最高贵门第的女子好得多。所以请你——请你，亲爱的苔丝，你一定要清除掉心里的那种自卑想法，以为嫁给我会妨碍我发达。"

"但是我有一些过去。我要让你知道我的过去——你一定得让我告诉你——你如果知道了，或许就不会像现在这样喜欢我了。"

"如果你想说，那你就说吧，我最亲爱的。那一定是值得珍存的历史。是呀，你要说我于某年某月某日，等等——"

"我生于马勒特村，"她说，借用了他说的几个词，尽管那几个字眼也是随口说出来的。"我在那里长大。我从学校毕业的时候，受完了六年的规范教育，他们都说我很有能力，应该做一个好教员。但是我家里出现了一些问题，我的父亲有些懒散，又喜欢喝点儿酒。"

"好吧，就这些事啊。可怜的孩子！这有什么新鲜啊。"他把她更紧地搂在自己的怀里。

"后来——还发生了一些非同寻常的事——是与我本人有关的。我——我——"

苔丝的呼吸急促起来。

"好啦，我最亲爱的。没什么大不了的。"

"我——我——不姓德贝菲尔德，而是姓德贝维尔，和我们刚才经过的那座老宅子当年的主人是一家子。还有——我们已经衰败了。"

"姓德贝维尔！——真的吗？这就是你所说的麻烦事吗，亲爱的苔丝？"

"是的。"她含糊其辞地说。

"好啦——为什么你认为我知道了这个就会减少对你的爱？"

"我听奶牛场老板说你痛恨世家啊。"

他笑了起来。

"好啦，从某种意义上说，是这样的。我确实痛恨血统高于一切的贵族原则，也确实认为，作为一个理性的人，我们应该尊重的血统只能是那些有智慧有道德的人的精神血统，与祖先的血统毫不相关。不过我对你说的这件事特别感兴趣——你想不出我有多么感兴趣呢！难道你对自己这个显赫的家世不感兴趣吗？"

"不。我倒觉得伤悲——尤其是我来到这里之后，听人说起这里许多山林田地过去都是我们祖上的，我倒觉得悲伤。不过，有些山林田地属于莱蒂家，有些属于玛丽安家，因此我也不特别觉得这有什么用处了。"

"不错——现在是这些土地的佃户而过去是它们主人的人，多得让人惊讶呢，有时候我会想，为什么某一派的政治家不利用这种情况，不过他们似乎根本不知道这种情形……我还想知道，为什么我没有看出你的名字同德贝维尔有些相同的地方，也查考不出有什么明显衰退的地方。原来这就是让你焦虑不安的秘密啊！"

她没有把她的秘密讲出来。她的勇气在最后一刻再次消失了，她担心他会埋怨她没有在更早些时候告诉他，她自我保护的力量压倒了她想坦白的勇气。

"当然，"蒙在鼓里的克莱尔继续说，"我的确更希望知道，你完全是生长在一个长期受苦、默默无闻和在英国档案以及世家列传中没有记载的家庭，而非出生在一个为了自己的利益而践踏了多数人的权利从而使自己得势的所谓大家庭里。但是因为我爱你，所以我也不那么高尚了，苔丝（他大笑着说），我也变得自私了。因为你的缘故，我喜欢你的出身。这社会就是势利的，谁也没有办法，我要按照我的意愿让你变成一个博学的女子，然后再做我的妻子就能被人接受了，你的德贝维尔后裔的身份也会意义非凡。我的母亲，可怜的人，也会因此而看重你了。苔丝，从今天起，你应该把你的姓改过来，改成德贝维尔。"

"我宁肯姓德贝菲尔德。"

"但是你一定要改，最亲爱的！天啦，有许多家财万贯的暴发户要是拥有这个姓氏，都要高兴得跳起来呢！顺便说一句，有一个混账东西就冒用了这个姓——我是从哪里听说的来着？——我想他就住在猎苑附近。哦，我曾经给你说过的，他就是辱骂我父亲的那个家伙。多么奇怪的巧合啊！"

"安吉尔，我想我还是不要姓那个姓为好！也许，那个姓并不吉利。"

她激动起来。

"好啦，苔瑞莎·德贝维尔，我娶了你之后，姓我的姓，这样一来你也就不必姓你的姓啦！秘密已经说出来了，你不能再拒绝我了吧？"

"如果你肯定娶我做妻子能够带给你幸福，如果你确定你希望娶了我，非常非常——"

"我当然非常希望，最亲爱的！"

"我的意思是，要是你非常渴望娶我，而且不娶我你就活不下去，不管我有什么过失都会娶我，这才能让我觉得我应该答应你。"

"你答应了！你已经亲口答应我了，我听见了！你永远永远是我的人了。"

他紧紧地拥抱着她，亲吻她。

"是的。"

她刚说完这两个字，就突然大哭起来，哭得那样地悲伤，肝肠寸断一般。苔丝绝不是一个歇斯底里的姑娘，这让他大吃一惊。

"你为什么要哭呢，我最亲爱的？"

"我也说不清——完全说不清楚！——我太高兴了，因为我想到——想到我是你的了，能够给你幸福！"

"但是你的哭泣，不像是高兴的哭泣啊，我的苔丝！"

"我的意思是说——我哭是因为我违背了我的誓言呀！我说过我死也不会嫁给你的。"

"可是，如果你爱我，你难道不愿意我做你的丈夫吗？"

"愿意，愿意，愿意！不过，啊，有时候我想我要是不曾生而为人该有多好！"

"啊，我亲爱的苔丝，要是我不知道你是在这样激动的情况下才这样说，不知道你这样地少不更事，我就要说，你说的话不大中听呢。你要是真喜欢我，你怎么会有这种想法呢？你喜欢我吗？我希望你能用你的方式证明这一点。"

"我能做的已经做了，还能怎样去证明呢？"她大声说，一脸的幸福。"这样会不会证明得多一些？"

她说着就紧紧地搂住克莱尔的脖子吻他，克莱尔也是第一次才知道一个像苔丝这样爱他的感情炽热的女人，用她全部的爱和全部的情吻他是怎样一番滋味。

"现在——你相信我了吧？"她满脸通红地擦着眼泪问。

"相信了。我从来都没有真正怀疑过你对我的爱——从来没有！"

他们就这样在暗夜里走着，在帆布里面紧紧地靠在一块儿。拉车的马自行走着，雨继续落在他们身上。她已经答应他了。她也许一开始就不想拒绝他。一切生物都有"寻求快乐的本能"，人都会受到这种巨大的力量的支配，就像上下波动的潮水推动海草一样，这种力量不是研究社会道德的空洞文章控制得了的。

"我得写封信对我的母亲说，"她说道，"你不会反对我写这封信吧？"

"当然不会，亲爱的孩子。对我来说，你就是一个孩子。苔丝，在这个时候给你母亲写信是再合适不过的，我若反对就是我的不对了，你连这个都不明白。你母亲住在什么地方？"

"住在同一个地方——马勒特村。在布莱克曼原野谷的边上。"

"哦，那么之前我们就见过面了？"

"是的，是在草地上跳舞时见过面的，不过那次你没有邀我跳舞。啊，我真希望对我们来说那不是不吉利的兆头！"

第三十一章

第二天，苔丝就给母亲写了一封最动情、最紧急的信，周末她就收到了母亲琼·德贝菲尔德写来的回信，信是用上个世纪的花体字写的。

我亲爱的女儿苔丝，我给你写一封短信，寄出这封信的时候，托上帝的福，我的身体很好，也希望你的身体安好。亲爱的苔丝，听说不久后你真的要结婚，我们全家人都特别高兴。不过关于你那个问题，苔丝，记住要千万千万保守秘密，只能让我们两个人知道，决不能把你过去的不幸对他倾吐一个字。我没有把所有的事情都告诉你的父亲，因为他总觉得自己门第高贵，不同凡俗，也许你的未婚夫也是这样。许多女人——有些还是世界上最高贵的女人——一生中也曾有过不幸，为什么她们可以默不作声，而你却要宣扬出去呢？没有一个女孩子会这样傻，尤其是事情已经过去那么久了，况且本来也不是你的错。即使你问我五十次，我也会这样回答你。另外，你一定要把那件事深深埋在心底，我知道你那种小孩子的性情，愿意把心里话都告诉别人——你太单纯了！——为了你将来的幸福，我曾经要你答应我，永远不可以通过言语和行动泄露你过去的事，而你在离开我们这个家门口的时候，可郑重其事地答应过我。我还没有把你那个问题和你现在的婚事告诉你父亲，因为他一旦听说就要四处嚷嚷的，真是一个头脑简单的人。

亲爱的苔丝，鼓起你的勇气，我们愿意在你结婚的时候送给你一大桶苹果酒，我们知道你们那一带不怎么出产酒，而且味道不好，又淡又酸。好了，现在不多说了，代我向你的未婚夫问好。——爱你的母亲亲笔。

琼·德贝菲尔德

"啊，母亲啊，母亲！"苔丝低声说。

她从信中看得出来，即使最深重的包袱压在德贝菲尔德太太的富有弹性的精神上，也会轻松得不露痕迹。母亲对生活的理解，和她对生活的理解截然不同。对母亲来说，萦绕在她心头的那件往事，只不过是一件已烟消云散的偶然事件。不过，无论母亲的理由是什么，她出的主意也许不错。从表面上看，为了她一心崇拜的那个人的幸福，沉默似乎是最好的办法，既然如此，那就沉默下去吧。

在这个世界上，唯一有些权利控制她的行动的人，就是母亲了，现在她的母亲写来了信，她也就下定了决心。苔丝慢慢平静下来。责任已经被推卸掉了，和这几个星期以来的沉重心情不同，现在她变得轻松多了。自她答应他的求婚之后，深秋十月就开始了。同她以前的生活相比，在整个秋季里，她都生活在一种快乐的精神状态里，差不多达到了快乐的顶峰。

她对克莱尔的爱，几乎没有一丝世俗的痕迹。她对他佩服得五体投地，在她看来，他身上所有的都是美德——他深谙作为一个导师、哲学家和朋友所应懂得的一切。在她看来，他身上的每一根线条都是男性美的极致，他的灵魂就是一个圣徒的灵魂，而他的智慧就是一个先知的智慧。她爱上他，这也是一种智慧，这份爱情又维持了她的高贵，她仿佛觉得自己正在戴上一顶皇冠。在她看来，他爱她就是对她的一种怜悯，这就使她对他更加倾心。他有时候也注意到她那双虔诚的大眼睛，深不见底，正从最深处看着他，仿佛她在看自己面前不朽的神一样。

她丢掉了过去——用脚踩它，想把它消除掉，犹如一个人用脚踩还在冒烟的危险炭火一样。

她不曾知道，男人爱起女人来，会像他那样纯洁无私、关怀备至、悉心呵护。但是就这几方面说，安吉尔·克莱尔和她认为的完全不同，更准确地说是绝对不同。其实，他的恋爱精神成分多，肉欲成分少，他能够很好地克制自己，完全没有粗鄙的表现。当然他并非天性冷淡，只是乖巧多于热烈——他少些拜伦式的激情，却像雪莱多一些他爱得痴情，只是他的爱又特别倾向于想象，倾向于空灵，他的爱是一种执着细腻的情绪，能够克制住自己，保护自己所爱的人不受伤害。直到现在，苔丝对男人的经验依然很少，所以不由得对他感到惊讶，感到快乐，她以前对男人的反应是憎恨，现在却变成了对克莱尔的极度敬仰。

他们相互邀约，毫无忸怩之态。她对他完全坦诚，信任有加里，她从来也不掩饰想和他在一起的愿望。她对这件事的全部认知，如果清晰地表述出来，那就是说，如果她躲躲闪闪，这种态度只能吸引一般的男人，而对于一个完美的男人，在海誓山盟之后也许这样就要惹人讨厌了，因为从本质上说，这种态度带有矫揉造作的嫌疑。

乡村的风气是，在定亲之后，男女可以一起出门，不拘形迹，她只知道这些，所以在她看来，和恋人出双入对没有什么奇怪的，这似乎有点出乎克莱尔意料，也感到有些奇怪，但是当他看到苔丝和所有奶牛场其他的工人都视若寻常时，才知道她完全是一个常人。在整个十月里那些美妙的下午，他们就这样在草场上漫游，沿着小溪旁边弯曲的小径漫步，倾听着小溪里流水淙淙，从小溪上木桥的一端跨过去，然后再跨回来。他们所到之处，耳边都是潺潺的流水声响，水声同他们的喁喁低语交织在一起。太阳的光线差不多已经和草场平行，为四周的景色罩上了一层粉色的光辉。他们看见在树林和树篱的树荫里，有一些淡淡的蓝色暮霭，而其他地方还是阳光灿烂。太阳和地面如此接近，草地又是那样平坦，所以克莱尔和苔丝两个人的影子，就在他们的面前伸展出去几百米远，仿佛两根细长的手指，远远地指点着同山谷斜坡相连的绿色冲积平原。

男工们正在四处干零活——因为现在是修整牧场的季节，所以他们把草场上的一些在冬天用来灌溉的沟渠清理干净，把被奶牛踩坏的岸坡修理好。一铲一铲的黑土，如墨玉般漆黑，是在河流还和山谷一样宽阔时被冲到这儿的，它们是土壤的精华，是过去被打碎的原野经过浸泡、提炼，才变得如此肥沃，从这种土壤里又长出丰美的牧草，喂养此处的牛群。

在这些工人面前，克莱尔依然大胆地用胳膊揽着苔丝的腰，脸上现出一种惯于公开调情的神气，而实际上他也和苔丝一样羞怯，而苔丝微张着嘴，斜睨那些干活的工人们，脸上的神情看上去就像是一只胆小的动物。

"在他们面前，你不怕承认我是你的人吗！"她高兴地说。

"是呀，不怕！"

"但是如果传到爱敏寺你家里的人的耳朵里，说你这样和我游玩，和一个挤牛奶的姑娘——"

"从来不曾有过的最迷人的挤奶姑娘。"

"他们也许会感到有损他们的尊贵。"

"我亲爱的姑娘——德贝菲尔德家的小姐伤害了克莱尔家的尊贵？你属于一个显赫家庭的后裔，这才是一张王牌呢。我现在留着它，等我们结了婚，从特林汉姆牧师那里找来你的身世的证据，然后再打出去这张牌，才有惊人的效果呢。除此之外，我们未来的生活和我的家庭完全没有关系——甚至连他们生活的表面也不会有一点儿影响。我们也许要离开英国这片土地——也许离开英国——别人怎么看待我们又有什么关系呢？你愿意离开的，是不是？"

她除了表示同意之外，再也说不出别的，她一想到要和她亲密的伴侣一起去闯荡世界，就引起她感情的无比激荡。她的感情犹如波涛涌浪，让她两耳轰轰作响，两眼充盈泪水。她握着他的手，一直向前走，走到了一座桥跟前，河水反射出耀眼的阳光，仿佛是熔化了的金属一样放射光芒，让人头晕目眩。他们静静地站在那儿，桥下一些长着毛茸茸的体毛和长须的小脑袋从平静的水面冒了出来，它们是水獭——不过当它们看到打搅它们的两个人还站在那里，并没有走开，于是就又潜进水里不见了。他们一直在河边走来走去，直到暮霭开始把他们包围起来，在每年这个时候，夜雾都起得非常早。雾水仿佛一串串水晶，凝结在他们的睫毛上、额头上和头发上。

星期天他们在外面流连得时间更久，一直要到天黑透了才回去。在他们订下婚期后的第一个礼拜天的傍晚，部分奶牛场的其他工人也在外面散步，听见了苔丝激动的话语，由于她太兴奋了，说话都断断续续的，只是他们隔得太远，听不清她说的什么，只见她靠在克莱尔的胳膊上走着，时断时续地说着，心跳厉害的时候只能吐出一个个单音节词，还能看见她心满意足地一言不发，偶尔只低声一笑，好像她的灵魂就浮现在她的笑声上面——这是一个女人陪伴她所爱的男人，而且还是从其他女人手中赢来的男人散步时所能发出的笑声——自然中任何其他事物都不能与之相比。他们看见她走路时脚步轻盈的样子，好像还没有完全落下来的鸟儿在滑翔似的。

现在她对他的爱达到了极点，成了她生命的全部存在，这份爱像一团光把她包围，让她眼花缭乱，使她忘记了过去的不幸，赶走了那些企图扑向她的幽怨的幽灵——忧虑、恐惧、郁闷、烦恼、羞耻。她也知道，它们正像狼一样，等在那团灵光的外面伺机反扑，但是她有持久的力量制服它们，让它们待在外面饿肚子。

精神上的忘却和理智上的铭记是并存的。她人在光明里走着，但是她也知道，背后的那些黑色幽灵一直蠢蠢欲动。它们也许会暂时后退一点儿，也许会偶尔前进一点儿，每天会有点滴的变化。

有一天傍晚，住在奶牛场里的人都出去办事了，只剩下苔丝和克莱尔在家里留守。他们在一起说话，苔丝满腹心事地抬起头，看着克莱尔，恰好同他爱怜的目光相遇。

"我配不上你——配不上，我配不上！"她突然嚷道，同时从她坐的小凳子上跳了起来，仿佛是因为他如此忠实于她而被吓坏了，但其中也表现出她满心的欢喜。

克莱尔认为她之所以如此激动，原因仅在于此，事实上这只是其中很小的一部分原因，他说："我不许你说这种话，亲爱的苔丝！在夸夸其谈的那套毫无用处的传统礼仪中，并不代表什么高贵，而高贵存在于那些具有美德的人身上，如那些诚实、诚恳、正义、纯洁、可爱和有美名的人——就像你一样，我的爱人。"

她极力忍住哽咽。近来在教堂里，正是那一串美德，常常刺痛她年轻的心。现在他又把它们罗列出来，这是多么不同寻常呀。

"我十六岁那年你为什么不留下来爱我呢？那时候我还和我的小弟弟小妹妹们生活在一起，你还在草地上和女孩子跳过舞，不是吗？啊，你为什么不那样呀！你为什么不呀！"她急得猛搓自己的手说。

安吉尔便安慰她，请她放心，同时心里想，说得完全对，她是一个感情

209

多么丰富的人啊，当她把自己的幸福完全部交给他的时候时，他要多么仔细地呵护她才行。

"啊——为什么当初我没有留下来！"他说，"这也正是我想问的呢。假如我知道，我能不留下来吗？但是你也不必太难过、太遗憾啊——你为什么要如此难过呢？"

出于女人的本能，她急忙改口掩饰："和现在我们才相爱相比，我不是就能多得到你四年的爱了吗？那样我过去的年华，就不会浪费掉了——那样我就可以拥有更多的爱了。"

遭受这种折磨的并不是一个在过去有许多见不得人的风流韵事的成熟女人，而是一个生活再单纯不过才二十一岁的姑娘，还在她不通人事的年代，她就如一只小鸟，陷入了罗网，被人捉住了。为了让自己完全平静下来，她就从小凳子上站了起来，离开了房间，她临走的时候，裙角把凳子都带翻了。

他坐在壁炉旁边，在壁炉里的薪架上，燃烧着一堆绿色的桦树枝，上面跳跃着欢乐的火苗，树枝烧得劈劈啪啪直响，树枝的端头烧得冒出了白沫。苔丝再进来时，她已经恢复平静了。

"你不觉得你有点儿喜怒无常吗，苔丝？"见到她安好如初，他高兴起来，轻轻地问她。一边为她在小凳上铺上垫子，自己就在她的旁边坐下来。"我刚想问你一点儿事，你却走了。"

"是的，或许我情绪太激动了。"她小声说。她突然走到他的面前，一手抱住他的一只胳膊。"不，安吉尔，我真的不是这样喜怒无常的，我是说，我本来不是这样的。"她为了要向他证明她并非喜怒无常的，就在他的对面坐下了，把头靠在克莱尔的肩膀上。"你想问我什么问题呢——我一定会回答你的。"她温顺地接着说。

"啊，你爱我，也答应嫁给我，因此随之而来的就是第三个问题，'我们什么时候结婚呢？'"

"我喜欢现在这个样子生活下去。"

"可是，明年，或者在稍微晚一点的时候，我想我一定得开创我自己的事业了。在我被新的繁杂的琐事缠身之前，我想我应该把我们的事情定下来。"

"可是，"她怯生生地回答道，"说得实在些，等你把事情办好以后再结婚不是更好吗？——虽然我一想到要和你分离，想到你要把我一个人留在这儿，我就受不了！"

"你当然受不了——这也不是什么良策。在我创业的时候，在许多时候我还需要你帮忙呢。什么时候结婚？要不我们两星期后结婚？"

"不，"她说，变得严肃起来，"有许多事情我还得再想一想。"

"可是——"他温柔地把她拉近了些。

婚姻的现实隐约出现时，她感到吃惊。他们正要深入讨论这个问题，身后的拐角处有几个人走到了亮堂的地方，他们是奶牛场老板和老板娘，还有另外两个姑娘。

苔丝像一个有弹力的皮球，一下子就从克莱尔身边弹开了，她涨红了脸，一双眼睛在火光里闪闪发亮。

"只要坐得离他那样近，我就该知道后果了！"她懊丧地说，"我自己也说过，你们回来一定会撞到我们的！不过我真的没有坐在他怀里，尽管看上去我差不多是那样的！"

"啊——要是你不告诉我这些，我敢肯定在这种光线里，我一定不会注意到你坐在什么地方。"奶牛场老板回答说。他回头对他的妻子说，一脸的平静态度，就好像他一点也不懂与婚姻相关的感情："好啦，克里斯汀娜，这说明，人们不要去猜测别人正在想什么，实际上他们根本没想什么呢。啊，不要瞎想，要不是她告诉我，我永远也不会想到她坐在哪儿呢——我可想不到。"

"我们不久就要结婚了。"克莱尔说，做出一副镇静的样子。

"啊——要结婚啦！好，听你这样说，我真的感到很高兴，先生。我早就想到你该这样做的。让她做一个挤奶姑娘，真是委屈她了——我第一天看见她的时候就这样说过——她是任何男子都想追求的人呢。而且，她做一个农场主的妻子，也是难能可贵啊，有她在身边，你就不会受管家的随意摆布了。"

苔丝悄悄离开了。她听了克里克老板笨拙的赞扬，感到很难为情，再看看跟在克里克老板身后的姑娘们的脸色，心里就更加难过了。晚饭过后，她回到宿舍，姑娘们都在。油灯还亮着，她们身上都穿着白色的衣服，坐在床上等苔丝，看上去全都像是复仇的幽灵。

但是她很快就看出来，她们的神情里并无恶意。她们从来没指望得到的东西失去了，她们心里并不会感到损失了什么。她们的神态是一种旁观的、怅惘的神态。

"他要娶她了，"莱蒂眼睛看着苔丝，喃喃地说，"从她的神情里的确看得出来！"

"你要嫁给他了是吗？"玛丽安问。

"是的。"苔丝说。

"什么时候？"

"某一天。"

他们以为她只是在闪烁其词。

"是的，她要嫁给他了——嫁给一个绅士！"伊茨·休特重复说。

三个姑娘仿佛受到一种魔法的驱使，一个个从床上爬起来下了地，光着脚站在苔丝的周围。莱蒂将手放在苔丝的肩上，想验证一下在经过这种奇迹之后，她的朋友是不是还真实地存在，另外两个姑娘用手揽着她的腰，一起看着她的脸。

"的确像真的呀！简直比我想的还要像啊！"伊茨·休特说。

玛丽安吻了一下苔丝。"不错。"她把嘴唇移开时说。

"你吻她是因为你爱她呢，还是因为现在有另外的人在那儿吻过她呢！"伊茨对玛丽安冷冷地说。

"我才没有想那些呢，"玛丽安简单地说，"我只是感到奇怪罢了——要成为他妻子的是她，而不是别的人。我并没有反对的意思，我们谁也没有反对的意思，因为我们谁也不曾想过要嫁给他——只是想过喜欢他。还有，事到末了也不是这个世界上的其他人嫁给他——不是一个千金小姐，不是一个穿绫罗绸缎的人，而是一个和我们一样生活的人啊。"

"你们想必不会因为这件事恨我吧？"苔丝轻声说。

她们都穿着白色的睡衣站在她的四周，瞅着她，没有谁回答她的话，仿佛她们认为答案就藏在她的脸上似的。

"我不知道——我不知道，"莱蒂·普里德尔轻轻说，"我心里想恨你，可是恨不起来！"

"我也是这种感觉呢，"伊茨和玛丽安一起说，"我做不到恨她。她让我们恨不起来呀！"

"他应该娶你们中一个的。"苔丝低声说。

"为什么？"

"你们都比我好呀。"

"我们比你好？"姑娘们用低低的缓慢的声音说，"不，不，亲爱的苔丝！"

"比我好！"她有些冲动，反驳道。突然，她把她们的手推开，身子伏在五屉柜上歇斯底里地痛哭起来，一边不断地重复说："啊，比我好，比我好，比我好！"她一哭开了头，就再也止不住了。

"他应该在你们中间娶一个人的！"她哭着说，"我想即便到了现在，我也应该让他在你们中间娶一个的！你们嫁给他更适合，比——我简直不知道我该说什么！啊！啊！"

她们走上前去，抱住她，但她还是痛苦地哽咽着。

"去拿点儿水，"玛丽安说，"我们使她激动了，可怜的人儿，可怜的人儿！"

她们温柔地扶着她走到床边，在那儿热情地吻着她。

"你嫁给他才是最合适的，"玛丽安说，"比起我们，你更像一个大家闺秀，更有见地，特别是他已经教会你这样多的知识。你应该高兴才对呀。我敢说你应该高兴！"

"是的，我应该高兴，"她说，"可我竟然哭了，真是难为情！"

等她们都上了床，熄了灯，玛丽安隔着床铺对她耳语道："等你做了他的妻子，你别忘了我们啊，苔丝，不要以为我们告诉过你我们怎样地爱他，不要以为因为他选中了你我便们会恨你，我们从来就没有恨过你啊，也从来没有想过自己被他选中啊。"

她们谁也不曾料到，苔丝听了这些话后，悲伤和痛苦的眼泪又涌了出来，湿透了她的枕头。谁也没有想到，她怎样肝胆俱裂地下定了决心，要不顾母亲的吩咐，把自己过去的一切都告诉安吉尔·克莱尔——让那个她用自己的全部生命受爱着的人鄙视她吧，让母亲把她看成傻瓜吧，她宁肯这样做也不愿保持沉默，因为沉默就相当于对他的一种欺骗，也似乎可以看成是委屈了她们。

第三十二章

苔丝这种悔恨的心情妨碍着她，使她迟迟不能把婚期定下来。到了十一月初，尽管克莱尔曾经多次抓住良机问她，但结婚的日子仍然遥遥无期。苔丝的愿望似乎就是要永远保持这种订婚的状态，要让一切都维持现在这个情形不动。

草场现在正悄悄地起变化，不过太阳仍然很暖和，在下午还可以出去散一会儿步，在一年中的这个时节，奶牛场的活儿不紧，还有些闲暇出去散步。朝太阳方向的湿润的草地上望过去，只见游丝一样的蛛网在太阳下起伏，凝成了闪亮的细小波浪，也像洒落在海浪中的天上月光。蚊虫似乎对自己的短暂荣光一无所知，它们从小路上的亮光中飞来飞去，闪耀着光芒，仿佛身上带着火焰，它们一飞出亮光，就完全消失不见了。在这样的情景里，克莱尔就会一再提醒苔丝，他们的婚期仍然没有定下来。

有时候克里克太太想法派一些晚间差事给他，让他有机会和苔丝相处，他也会趁这种时候问她。这种差事，大多是到谷外山坡上的农舍里去，打听饲养在干草场里快要生产的母牛情况。因为在每年的这个季节，正是母牛群发生巨大变化的时候。每天都有一批批母牛被送进这所"产科医院"，它们要在"医院里"被喂养着，一直到小牛出生，然后才被送回到奶牛场里去。在奶牛被送走的这一段时间里，自然没有什么牛奶可挤，但是一旦小牛被卖掉以后，挤奶姑娘们就又要像往常一样工作了。

有一天晚上他们散步回来，走到耸立在平原上一个高大的沙石峭壁前，他们就静静地站在那儿谛听。溪流中的水涨了，在沟渠里哗哗地流淌着，在暗沟里"叮咚，叮咚"地响着，最小的沟渠里的水也涨得满满的。无论到哪里都没有近路，步行的人不得不从铁路上走。从整个黑沉沉的谷区里，传来各种各样的声响；这不禁使他们想到，在他们的下面也许是一座巨大的城市，那些嘈杂声就是城市居民的喧闹声。

"好像有成千上万的人，"苔丝说，"正在市场上集会呢，他们正在那儿争论、讲道、吵闹、呻吟、祈祷、谩骂。"

克莱尔并没有怎样留神去听。

"亲爱的，克里克在冬季不想雇佣许多人，他今天给你讲过这件事吗？"

"没有。"

"奶牛很快就要挤不出来奶了。"

"是的。昨天已经有六七头牛被送到干草院里去了，前天送去三头。整整二十头牛快要生小牛犊了。啊……是不是老板不想用我照顾小牛犊了？啊，我也不想继续在这儿干下去了！我一直干得这样卖力，我……"

"克里克并没有肯定地说不用你。可是，由于他知道我们的关系，所以他说话的时候非常和气，非常客气，他说，他认为我在圣诞节离开这里时应该把你带走的，我说，她离开了你不会有麻烦吧，他只是说，说实话，一年中这个季节，只要一两个女工帮忙就行了。我听出他这样做是在逼着你和我结婚，真有点儿高兴，恐怕这样的感觉要算是一种罪过吧。"

"我觉得你不应该为此高兴，安吉尔。因为没有人用你，总是叫人伤心的，即使对我们来说是一种方便。"

"好啦，是一种方便……你都承认了。"他伸出手指头羞她的脸。"啊！"他说。

"什么呀？"

"我觉得某人的心事让人猜到了，所以脸也就变红了！可是为什么我要这样说笑呢！不要说笑了……生活是严肃的。"

"是的。也许早在你意识到以前，我已经认识到了。"

后来她逐渐认识到这一点。如果她听从了自己昨天晚上的情绪，拒绝和他结婚……她就得离开奶牛场，也就是说，她必须到一个陌生的地方去，而不是一个奶牛场。生小牛犊的季节是不需要多少挤奶女工的，所以她只能去一个从事耕种的农场，在那儿没有像安吉尔·克莱尔这样的神仙伴侣。她不

216

喜欢这种想法，她尤其讨厌回家的想法。

"所以，最亲爱的苔丝，"他接着说，"既然你可能必须在圣诞节前离开，那么最好的和最便宜的办法就是在我走的时候把你作为我的妻子一起带走。况且，如果你不是世界上最笨的女孩的话，你就应该知道我们是不能一辈子这样生活下去的。"

"我真希望我们能一直这样生活下去。希望永远是夏天和秋天，你一直向我求爱，你不停地想着我，就像今年夏天你想着我那样。"

"我会永远这样的。"

"哦，我知道你会的！"她大声说，心里突然对他产生了一种强烈的信赖感。"安吉尔，我要定一个日子，此后永远是你的人！"

那天返回奶牛场宿舍的时候，在周围流水的淙淙歌唱声里，他们终于把结婚的日子定了下来。

他们一回到奶牛场，就把结婚的日子告诉了克里克老板和克里克太太，同时又叮嘱他们保守这个秘密，因为这一对恋人谁也不愿意大肆张扬他们的婚事。奶牛场老板原本打算不久就辞退苔丝的，现在却对她的离开表示了极度关切。她走后撇奶油的活由谁做呢？谁还会做那些花样翻新的奶油供给安格堡和桑德波恩的小姐们呢？克里克太太向苔丝祝贺，说她结婚的日子定了下来，也不用再忧虑了。她还说自第一眼看见苔丝起，她就认为苔丝未来的夫婿绝不会是普通的庄稼人，那天苔丝来时，她走过场院的神情让人一看就是个贵人的样子，她说她敢发誓苔丝是一个大户人家的女儿。说实话，克里克太太的确记得苔丝刚来时人就长得漂亮，气度从容，至于说到高贵，那完全是后来由于对她的了解才想象出来的。

现在苔丝已经身不由己了，她只好随着时光的流逝过一天是一天。她答应嫁给他了，婚期也定了下来。她天生头脑灵活敏锐，现在也开始相信命运自有安排了，变得和种地的农人一样了，和那些与自然联系多而与社会联系少的人一样相信宿命了。她的情人说什么，她就被动地应答什么，这就是苔丝现在的心境。

但是她再次给她的母亲写了一封信，字面意思是通知她结婚的日期，实际上是想让她的母亲再帮她拿主意。娶她的是一个上层社会的人，或许她的母亲还没有充分地考虑到这一点。要是婚后再加以解释，这对一个不太计较的人来说也许能轻松地接受，但是对他来说也许不能。不过她的信是发出去了，却没有收到德贝菲尔德太太的回信。

尽管安吉尔·克莱尔对自己、对苔丝都说他们马上结婚是出于实际需要，说得似乎也很有道理，但实际上他这样做终究是有点儿轻率的，这一点在日后体现得十分明显。他非常爱苔丝，但是同苔丝对他的爱相比，他的爱是过于理想化，耽于想象，而苔丝的爱却是一种热烈深挚的爱。在他认为自己注定要过他从前想过的那种朴素简单的田园生活的时候，他没有想到在这种场景后会遇到一个美妙的姑娘，也没有想到这个姑娘竟如此迷人。天真朴素本来只是嘴上说说而已，但是等他到了这里，才发现自己真正被天真朴素俘虏了。不过他对自己未来的生活道路并没有规划得十分清晰，也许还要一两年他才能切实考虑如何真正开创自己的生活。他知道，由于家庭的偏见，他被迫放弃了自己真正的追求，而他的事业和性格都带上了一种不顾一切的色彩。

"如果我们等到你中部的农场彻底安顿下来之后再结婚，你不觉得会更好些吗？"有一次她怯生生地问。（那时候中部的农场还只是一个蓝图。）

"实话告诉你吧，亲爱的苔丝，我不会把你留在任何一个地方使我不能保护你，爱惜你。"

到目前为止，这是最完美的一个理由。他对她的影响如此明显，以至于她都学会了他的神态和习惯、说话和用词、喜好和憎恶。若把她一个人留在农场，她就会倒退回去，不能与他如此和谐了。他希望把她带在自己身边还有另外一个原因，那就是在他把她带到远方比如英国的某地或殖民地安家创业之前，他的父母自然愿意至少见上她一面。因为他不会让父母的意见左右自己的决定，所以他认为在他寻找开拓事业的有利时机期间，带上她在寓所里住上一两个月，这就会在社会习俗方面给她提供经验，然后再带她到牧师住宅拜见他母亲，这样她就不会有一种丑媳妇见公婆的别扭的感觉了。

其次，他还想见习一下面粉厂的工作流程，他一直有一个想法，那就是把开面粉厂和种植麦子结合起来。井桥有一处历史悠久的很大的磨坊，过去曾经是寺院的产业，磨坊主已经答应他，让他去参观磨坊古老的生产模式，或者去帮忙操作几天，什么时间去都可以。那个磨坊离这儿有几英里远，曾经有一天克莱尔去过那里一次，详细打听过情况，那次到晚上他才返回泰波塞斯。苔丝发现他已经做出决定去井桥的面粉厂住一段时间。是什么原因让他做出这个决定的？这倒不是可以有机会去考察磨面筛面的事，而是出于一个偶然因素：刚好在那座农屋里有住房出租，而那座农屋在划分出来之前，曾经是德贝维尔家族的一个支系的宅邸。克莱尔向来就是这样解决实际问题的，全凭一时的兴致，而不管与实际问题是否有关。他们决定婚礼一举行完就立即到那儿去，在那儿住上两星期，而不去城里住旅馆。

"我听说伦敦的那边还有一些农场，以后我们也去那儿看看再说，"他对苔丝说道，"等到三月份或四月份我们再去看望我的父亲和母亲。"

诸如此类的问题提了出来也就通过了。那一天，简直是让人难以置信的一天，在那一天，她就要变成他的人！那一天，很快就要到来了！那个日子就是十二月三十一日，那一天也是这一年的最后一天。"我就要成为他的妻子了？"她自言自语地说，"真的会有这样的事吗？我们两个人就要结合在一起了，什么也不能把我们分开了！我们要共同分担一切事情？为什么不这样呢？又为什么会这样呢？……"

有一个礼拜天的早上，伊茨·休特等苔丝回来后就悄悄地问苔丝："今天早上怎么没宣布你的结婚通告呢。"

"什么？"

"今天应该第一次宣布啊。"她回答道，平静地看着苔丝。"你们不是说要在新年的前一天结婚吗，亲爱的？"

苔丝急忙作了肯定的回答。

"总共要宣布三次啊。从现在起到岁末那一天只有两个星期了呀。"

苔丝的脸色变白了，伊茨说得对，当然必须宣布三次婚事。也许他忘了这件事！如果是他忘了的话，那就得把婚期朝后推迟一个礼拜了，这可不是吉利的事。她该怎样提醒她的爱人呢？她一直是畏缩不前的，现在却突然变得心急火燎的，惊慌起来，方寸大乱，她害怕失去了她心爱的珍宝。

后来一件自然的事解除了苔丝的心病。伊茨把没有宣布结婚通告的事对克里克太太讲了，于是克里克太太就利用女主人的便利条件向安吉尔提起了这件事。

"有件事你是否忘了，克莱尔先生？我是指结婚通告。"

"不，我没有忘记。"克莱尔说。

后来他单独见苔丝时就安慰她说："不要让他们拿结婚通告的事取笑你。结婚证对我们更加隐秘些。我已经决定用结婚许可证了，不过还没有和你商量。因此你如果在礼拜天早晨去教堂，如果你想去的话，你是听不到你的名字被传来叫去的。"

"我不想听到公布我的名字，最亲爱的。"她骄傲地说。

既然知道一切已准备就绪，苔丝也就完全放心了，本来她就有些害怕有人在教堂里站出来，揭露她的过去，反对结婚通告。而安吉尔把事情布置得多么顺心如意呀！

"我并不完全放心，"她对自己说，"所有这些好运也许会被厄运给毁了。天意往往如此。我倒希望还是用结婚通告的方式为好！"

但是一切都进行得很顺利。她心里暗自想，在他们结婚的时候，他是喜欢她穿现在穿的这件最好的白色长裙呢，还是应该再去买一件新的呢。这个问题他早就想到了，并且解决了。有一天，邮局给她送来了一个寄给她的大包裹，她打开一看，发现里面原来是整套的衣服，从帽子到鞋子，还包括早上穿的外套，样样都有，就他们计划中的简单婚礼来说，这些服装是再合适不过了。在她收到包裹后不一会儿，克莱尔进入屋子，听见了她在楼上打开包裹的声音。

不一会儿她就下了楼，杏脸泛红，眼含热泪。

"你替我想得多么周到呀！"她把脸靠在他的肩上，喃喃地说，"甚至连手套和手绢都想到了！我的爱人呀，你是多么体贴呀，多么周到呀！"

"不，不，苔丝，这只不过是写信到伦敦的女商人那里订购一套就是了，这算不了什么呀！"

为了阻止她不住声地赞扬自己，他让她上楼去，好好地试试衣服，看合不合身，如果不合身的话，就让村里的女裁缝帮着改改。

她没有回到楼上去，而是把长裙穿上了。她站在镜子跟前端详了一会儿自己，看看自己穿上丝绸衣服是什么样子。这时候，她又想起了母亲唱给她听的一首关于一件神秘长裙的歌曲——

曾经做过错事的妻子
永远穿不了这件华服。

当她还是一个孩子时，德贝菲尔德太太就给她唱过这首歌曲，她用脚踩着摇篮，和着摇篮咿咿呀呀的节拍，唱得那样欢畅，那样顽皮。想想吧，要是穿上这件长裙，长裙的颜色变了，就同昆尼费尔王后穿上那件长裙一样，泄露了自己的秘密，那该怎么办呢？自从她来到奶牛场，她一次也没有想到过这首歌曲的句子。

第三十三章

安吉尔觉得，在举行婚礼之前，他希望和苔丝一起到奶牛场以外的某个地方浪漫一天，他做她的情夫，让她陪着他，做他的情妇，享受最后一次情人间的短途旅行，这会是浪漫的一天，这种情形是不会再现的，而另一个更神圣的日子正在他们的面前闪耀着光彩。因此，在举行婚礼的前一个星期里，他建议到最近的镇上去采购一些东西，于是他们就一起动身了。

克莱尔在奶牛场一直过着一种隐士的生活，和他自己阶层的人毫无往来。好几个月来，他不曾到附近的镇上去过，他不需要马车，也从来没有准备马车，如果有事要坐车出去，他就去向奶牛场老板租一辆小马车，如果要骑马出去，就租一匹矮脚马。他们那天出去就租了一辆双轮小马车。

这是他们平生第一次一起出去买共用的东西。那天是圣诞节前夕，小镇被冬青和槲寄生装饰起来，因为过节的缘故，镇上涌满了从四面八方来的乡下人。苔丝挽着克莱尔的胳膊走在人流中满面春风，光彩照人，引来许多艳羡的目光。

傍晚时分，他们回到了先前住宿的客店，安吉尔去安置把他们拉到门口的马匹和马车的时候，苔丝就站在门口等他。大厅里到处都是进进出出的客人。进出的客人开门或关门的时候，客厅里的灯光就能照到苔丝的脸上。后来客厅里又走出来两个人，从苔丝身边经过。其中一个人见了她，觉得有些疑惑，就把她上上下下地打量了一番。苔丝心想这是从特兰里奇来的，可是特兰里奇离这儿很远，在这儿很少见到从那里来的人。

"一个美人。"其中一个说。

"不错，是够漂亮的了。只是……莫非是我真的认错了人？"

接着他又把没有说出口的半句话说成了相反的意思。

克莱尔刚好从马厩里回来，在门口碰见了那个说话的人，也听见了他说的话，看见了苔丝在退缩和害怕。见到苔丝受到侮辱，他怒不可遏，想也没想就挥起拳头用劲对着那个人的下巴打了一拳。这一拳打得他跟跟跄跄，又退回到走道里去了。

那个男人回过神来，似乎想冲上来反击，克莱尔走到门外，摆出了招架的仗势。可是他的对手又改变了想法。他从苔丝身边走过的时候又重新看了看她，对克莱尔说："对不起，先生，我认错人了，这完全是一场误会。我误认为她是离这儿有四十英里的另外一个女人了。"

后来克莱尔也觉得自己太冲动了，而且也后悔自己不该把苔丝一个人留在门口，于是他就按照自己通常处理这类事情的办法，给了那个人五个先令，算作是他打他一拳的赔偿，之后他们和和气气地道了声晚安，就分头走了。克莱尔从赶车的马夫手里接过缰绳，便和苔丝一起上车动了身，而那两个人走的是方向相反的路。

"你真的是认错人了吗？"第二个人问。

"一点儿也没有认错。只是我不想伤害那位绅士的感情罢了。"

就在此时，那一对年轻的恋人也正赶着车往前走。

"我们能不能往后推迟一下婚礼？"她用干涩呆滞的声音问，"我是说如果你愿意推迟的话。"

"不，我的爱人。你冷静下。你是怕我打了那个人，他有可能去法庭告我是不是？"他幽默地问。

"不——我只是说——如果我们能够推迟的话，就缓一缓。"

她说的话想表达什么意思并不十分清楚，他就劝她，让她从心里把这个念头打消，她也就听话地同意了。然而在回家的路上，她一直郁郁寡欢，心情抑郁。她后来心想："我和安吉尔应该离开这里，走得远远的。离开这里好几百英里才行，这样的话这种事就再也不会发生了，过去的事就一点儿影子也传不到那里去了。"

那天晚上，他们在楼梯口亲亲热热地分开了，克莱尔上楼进了他的阁楼。苔丝坐在那儿，收拾一些生活必需品，因为剩下的日子已经不多了，她怕来不及收拾这些小物件。她坐在那儿收拾的时候，听见头顶上克莱尔的房间里传来一阵响声，仿佛是打架的声音。屋子里其他人都睡着了，她担心克莱尔生病，就跑上楼去敲他的房门，问他出了什么事情。

"啊，没什么事，亲爱的，"他在房间里说，"对不起，把你吵醒了！不过原因说来十分好笑，我睡着了，梦见白天那个家伙欺侮你，我就又和他打了起来，你听见的声音就是我的拳头打在旅行皮包上的声音，那个箱包是我今天拿出来准备装东西用的。我睡着了偶尔有这种毛病。去睡觉吧，不要再想着这件事了。"

在她摇摆不定的心理天平上，这是最后一颗砝码。面对面地把自己的过去坦诚相告，她做不到，不过还有另外的办法。于是她坐下来，拿出一打信纸，把自己三四年前的事情简单明了地叙述出来，写了满满四页纸，装进一个信封里，写上寄给克莱尔。后来她又怕自己软弱了，动摇了，就光着脚跑上楼，把写好的信从门缝底下塞了进去。

她夜晚的睡眠被打断了，也许本来就应该是这样的，她倾听着头上传来的第一声微弱的脚步声。脚步声出现了，还是和往常一样，他下了楼，还是和往常一样。她也下了楼。他在楼梯下面等候她，吻她。他的吻确实还是像过去一样热烈！

她暗自思忖，他看起来有点儿心神不安，也有点儿疲倦。不过对于她坦诚相告的事情，他一个字也没有提起，即使他们独处的时候也没有提起。他有没有收到信？除非是他开始了这个话题，她自己只能闭口不提。这一天就这样过去了，很明显，无论他是怎么想的，他不想让别人知道。不过，他还是像从前一样坦率，一样地爱她。是不是她的猜疑太孩子气了？是不是他已经原谅了她？是不是他爱的只是她这个人本身？他的微笑是不是在笑她让傻里傻气的噩梦闹得心神不安？他真的收到了她给他写的信了吗？她往他的房间里瞅了一眼，但是什么也没有看见。或许他已经原谅她了。不过即使他没有收到她写的信，她也对他突然产生了强大的信心，相信他一定会原谅她的。

每天早晨和每天晚上，他还是同从前一样待她，就这样岁末那一天来到了，那天是他们结婚的日子。

这一对情人不用在挤牛奶的时间里早早起床了，在他们住在奶牛场的最后一个礼拜里，他们的身份有点儿像客人了，苔丝也受到优待，拥有了自己的一个房间。吃早饭时他们一下楼，就惊奇地看见那间大餐厅因为他们的婚事已经发生了改变。在清早天还没有亮的时候，奶牛场老板就吩咐人把那个大张着口的壁扇的炉角粉刷白了，砖面也刷洗得发红了，在壁炉上方的圆拱上，从前挂的是黑条纹图案的又旧又脏的蓝棉布帘子，现在换上了光彩夺目的黄色花缎子。在冬季阴沉的早晨，房间里最引人注目的壁炉现在焕然一新，给整个房间增添了一种喜庆的氛围。

"我决定庆祝一下你们的结婚，"奶牛场老板说，"要是依照我们过去的做法，应该组织一个乐队，用大提琴、小提琴等全套乐器演奏起来，可是你们不愿意这样，因此这是我能够想到的不张扬的庆祝了。"

苔丝家人住得离这儿很远，所以不方便出席她的婚礼，甚至也没有邀请她家里任何人，而且事实上马勒特村没有来任何人。至于安吉尔家，他已经写信通知了他们结婚的时间，也表示很高兴在结婚那一天能看见家里至少来一个人，如果他们愿意的话。他的两个哥哥根本就没有回信，似乎对他这一做法很生气，而他的父母则给他回了一封令人伤心的信，埋怨他不该这样仓促地结婚，不过往好处想，说他们虽然从来没有想到会娶一个挤牛奶的姑娘做他们小儿子的妻子，但是他们的儿子既然已经长大成人，相信他能做出最好的判断。

克莱尔家里人的冷淡并没有使他太难受，因为他觉得手里握着一张大牌，不久就可以给家里人一个惊喜。刚刚从奶牛场离开，就把苔丝是一位小姐、是德贝维尔家族的后裔这事抖搂出去，他觉得是轻率的、危险的，因此他要把她的身世先隐瞒起来，带着她旅行几个月，让她和他一起读一些书，然后再带她去见他的父母，申明她的家世，这时候他才得意地介绍苔丝，说她是一个古老家族的千金小姐。当然这算不上什么，但至少也要算一个情人的美丽梦幻。苔丝的身世对世界上任何人来说，也许都不会比对他自己更有意义。

苔丝看见安吉尔对她的态度并没有因她写信表白了自己的过去而发生什么改变，于是就开始怀疑他是否看到了她的信。在安吉尔尚未吃完早饭之前，她就急忙离开饭桌上楼。她突然想再去把那个古怪的房间搜查一通，长期以来，这个房间一直是克莱尔的兽穴，或者不如说是鸟巢，她爬上楼梯，站在敞开着的房间门口，观察着、思考着。她俯下身子从门槛下看去，两三天前，她就是怀着紧张的心情从那里把信塞进去的。房间里的地毯一直铺到了门槛，在地毯下面，她看见了一个信封的白边，信封里装着她写给克莱尔的信，由于她在慌乱中把信塞到了地毯和地板之间，很明显克莱尔从来就没有看到这封信。

她把信抽出来，觉得整个人都快晕倒了。她手里拿的就是那封信，封得好好的，和当时离开她手的时候一模一样。她面前的一座大山还是没有被移开。全屋子的人都在忙着为他们准备婚礼，现在她是不能让他读这封信了，所以她回到自己的房间，把那封信销毁了。

克莱尔再次看到她的时候，她的脸色是那样地苍白，这使他十分为她担心。她把信误放进地毯下面这件事，被她看成是天意，不让她坦白，但是她的理智又明白地告诉她不是那样一回事，她仍然还有时间啊。但是一切都处在一种混乱的局面中；人们进进出出地忙，所有的人都要换衣服，奶牛场老板和克里克太太已经被请来做他们的证婚人，因此好好思考和认真谈话都是不可能的。苔丝唯一能和克莱尔单独在一起的机会只是他们在楼梯口相遇的瞬间。

"我特别希望和你谈一谈——我要向你坦白我的过错、我的缺点！"她故作轻松地说。

"不，不用——我们不能谈什么过错——至少今天不能，你得让别人认为你十全十美，我的心肝！"他大声说，"以后我们有的是时间，我希望到那时候再讨论我们的过错。同时我也会把我的过错说一说。"

"可是我觉得，最好还是现在就让我谈一谈，你就不会说——"

"好啦，我的傻小姐，你可以另外再找时间告诉我的——比方说，我们把新房安顿好以后。那时候，我也要把我的过错告诉你。不过我们不要让这些事破坏了今天这个好日子好吗？在以后平淡的日子里，它们才是绝妙的话题呢。"

"那么你是不希望我现在告诉你了，最亲爱的？"

"我不希望你现在告诉我，苔丝，是的。"

他们忙着换衣服，忙着动身，剩下的时间就只谈了这么几句话。她想了想，觉得他说的话就是让她放心。她对克莱尔一片痴心的强大浪潮，在后来关键的几个小时里推动着她前进，因而使她再也无法思考了。她只有一个愿望，这是她抗拒了这么久的一个愿望，那就是做他的女人，称他为自己的主人，自己的丈夫，如有必要，就为他而死！这个愿望现在终于使她从疲惫不堪的思索之旅中摆脱出来了。在梳妆打扮的时候，她似乎漫步在五光十色的想象之境，在云霞的照射下，一切不祥的可能性都消失了。

去教堂有很长一段路要走，又是在冬天，所以他们决定驾车前去。他们在路边的酒店里定了一辆轿式马车，这辆马车是从坐驿车旅行的时代保存至今的。它的轮辐很结实，轮瓦很厚，带拱顶的大车厢，皮带和弹簧粗大，车辕就像攻打城市的大木桩。赶车的是一个六十岁的老头，因为年轻时长年遭受风吹雨打，加上爱喝烈性酒，所以长期受到风湿性痛风的折磨。自从不需要他再做专门的赶车夫以后，他无事可做，站在酒店的门口，已经整整二十五个年头了，仿佛是在期待旧日时光重来。许多年来，他一直是卡斯特桥市王家酒店长期雇佣的车夫，他右腿外侧长期受到豪华马车车辕的摩擦，因而长出一个经年不愈的伤口。

新郎和新娘，以及克里克先生和克里克太太，一起上了这辆笨重的吱呀作响的马车，坐在了老朽的赶车夫的后面。安吉尔希望他的哥哥至少有一个人前来出席他的婚礼，做他的傧相，但是他们在他委婉地暗示之后仍然保持沉默，这表示他们是不愿来了。他们根本不赞成这门婚事，因此也就不能指望他们会支持他。也许他们不来更好些。他们都是教会中的人，但是，且不论他们对这门婚事的态度如何，就是他们那一副酸臭样子，与奶牛场干活的人称兄道弟也会叫人不舒服。

随着时间的流逝，苔丝在这种情势的推动下对这一切一无所知，也一无所见，甚至连他们走的那条通向教堂的路也看不见。她知道安吉尔就坐在她的身边，其他一切都仅是一团发光的雾霭。她成了一种天上才有的人物，生活在诗歌中——属于那些古典天神，安吉尔和她一起散步的时候，常常给她讲那些天神。

他们的婚姻采用了许可证办法，因此教堂里只有十二三个人，不过即使有一千个人前来出席，也不会对她产生太大的影响。他们距离她现在的世界，就像从地上到天上一样遥远。她怀着喜悦的心情庄重宣誓要忠实于他，与之相比普通男女的感情似乎变得轻浮无比。在仪式停顿的片刻，他们跪在一起，苔丝在不知不觉中歪向安吉尔一边，肩膀碰到了他的胳膊，头脑里闪过一念，她又感到害怕起来，于是又动了动肩膀，以弄清楚他是不是真的在那儿，也好增强一下她的信心，他的忠诚能抵抗一切。

克莱尔知道她爱他——她身上的每一个细胞都表明了这一点——但是那时候他还不知道她对他有多么忠实、专一和温顺，还不知道她为他忍受了多久的痛苦，对他有多忠诚，对他抱有多大的信任。

他们从教堂出来的时候，撞钟人正在推钟，于是一阵三组音调的质朴钟声响起来——对于当地这个小教区来说，建造教堂的人认为这种简单的钟声已经足够了。她和她的丈夫一起走过钟楼，向大门走去，一阵阵声音气流从钟楼的气窗里传出来，在他们的四周嗡嗡作响，他们能感觉得到空气的震动。这种情景恰恰吻合了她正在经历的极其强烈的精神活动。

她在这种心境里颇感荣耀，如同圣约翰看见了太阳中的天使一样，这是因为她受到外来光辉的照耀，直到教堂的钟声慢慢地消失了，婚礼引发的激动情绪才平静下来。这时候，她的眼睛方能清楚地看出细节，克里克先生和克里克太太吩咐把那辆小马车赶来给他们乘坐，而把这辆大马车留给一对新人，此时她才第一次看清这辆马车的结构和特点。她一声不响地坐在那儿，把那辆马车打量了许久。

"你好像心情有些不太好，苔丝。"克莱尔说。

"是的，"她回答，一边用手去摸了摸自己的额头，"有些东西我一见到就心惊胆战。一切都是这样地肃穆，安吉尔。在那些东西里，似乎有这大马车，我从前似乎见过，也非常熟悉它。真是奇怪，我一定是在睡梦里见过它。"

"啊——你一定听说过德贝维尔家马车的传说——你们家族如日中天的时候，出了一件迷信的事情，在这个郡人人都知道。这辆笨重的马车或许使你想起了这个传说。"

"就我而言，我从来没有听说过，"苔丝说，"是什么传说？可以讲给我听吗？"

"啊——现在最好还是不要详细地告诉你。简单说吧，在十六世纪或者十七世纪，有一户姓德贝维尔的人家在自家的马车里做了一桩可怕的罪行，自此以后，你们家族的人就总能看见或听见那辆旧马车了——还是等以后我再讲给你听吧——这故事有些阴森。很显然，你看见了这辆笨重的马车，心里头就又想起了你依稀听说过的故事。"

"我不记得我以前听说过这个故事，"她嘀咕着说，"安吉尔，你是说我们家族的人在临死的时候会看见马车出现呢，还是在他们犯罪的时候会看见马车出现呢？"

"别说啦，苔丝！"

他吻了她一下，制止她说下去。

他们到家的时候，她心里懊悔不已，人也变得没精打采起来。她的确变成安吉尔·克莱尔夫人了，但是她有什么道德上的权利获得这种名义吗？更确切地说，她难道不是阿历克·德贝维尔夫人吗？由于她保持了沉默，在正直的人看来就应该受到谴责，难道强烈的爱就能够使她免于责备吗？她不知道别的女人在这种情形下是如何做的，也没有人帮她拿主意。

不过，有一小会儿她发现只有自己一个人在房间里，这是她住在此处的最后一天，以后再也不会来了，于是她跪在地上，为自己祈祷。她想向上帝祈祷，不过她真正恳求的却是她的丈夫。她对这个男人如此崇拜，这使她一直害怕这不是什么好兆头。她知道劳伦斯神父说过一句话："那些疯狂的欢乐都会有疯狂的后果。"她对他的崇拜太不要命了，不是人所能够接受的——太强烈了、太疯狂了、太要命了。

"啊，我的爱人，我的爱人，为什么我要如此地爱你！"她独自在房间里低声说，"而你爱的那个她并不是真正的我，而只是另外一个和我长得一模一样的人，是一个我有可能是而现在不是的另外一个人。"

已是下午，这也是他们动身的时候了。他们早就定下了他们的计划，在井桥磨坊附近有一处古老的农舍，他们在那儿租了住处，打算在那里住几天，同时克莱尔也想在那里对面粉的生产过程做一番研究。到了下午两点钟的时候，他们已经收拾妥当，准备动身了。奶牛场的工人都站在红砖门房那里为他们送行，奶牛场老板和老板娘一直把他们送到大门口。苔丝看见和她同寝室的三个伙伴靠墙站成一排，忧伤地低头着。先前她很有一些怀疑，她们会不会在他们动身的时候出来为他们送行，但她们还是都来了，尽力克制着、忍受着情绪，一直坚持到最后。她清楚地知道娇小的莱蒂看上去为什么那样柔弱，伊茨为什么那样伤心痛苦，玛丽安又为什么那样麻木。她在那儿一心忖度她们的痛苦，倒暂时把萦绕在自己心头的烦恼忘却了。

她一时受到感情的驱使，就低声对她的丈夫说："她们几个真是可怜的姑娘，你能不能把她们每个人都吻一下，第一次也是最后一次，行吗？"

克莱尔一点也不反对这种告别的方式——这对他来说只不过是一种告别的仪式罢了——他向她们身边走过去，依次吻了她们一下，在吻她们的时候，嘴里一边说着"再见"。当他们走到门口时，女性的敏感又使苔丝回过头去，想看一看那个同情的吻发生了什么样的效力，她的目光里没有得意的神情，本来应该有这种神气的。即使她的目光里有得意的神气，当她看到那些姑娘们如何感动的时候，她也会消除掉这种神气的。很明显，他的吻反倒伤害了她们，因为这一吻又唤醒了她们一直在努力压抑的感情。

所有这一切，克莱尔是不知道的。在从边门走出去的时候，他握住奶牛场老板和老板娘的手，对他们的照顾表示了他最后的感谢，此后在他们动身启程之前就是一片静默了。这种静默被公鸡的一声啼鸣打破了。一只长着红冠子的白公鸡早已经飞到屋前的栅栏顶上，离他们只有几米远，公鸡的长鸣震荡着他们的耳膜，然后鸣叫声就像山谷里的回声一样消失了。

"啊？"克里克太太说，"这只鸡居然下午打鸣！"

场院的门边站着两个人，帮他们打开了门。

"真可惜。"有一个人低声对另一个人说，没有想到他们说的话传到了站在边门旁的一对新人的耳朵里。

公鸡又啼叫了一声，是直接对着克莱尔叫的。

"哦。"奶牛场老板说。

"我不想听这只公鸡叫！"苔丝对她的丈夫说，"叫那个人把它赶走。再见，再见啦！"

公鸡又叫了一声。

"嘘！滚开吧，不然我会扭断你的脖子！"奶牛场老板有些恼怒地说，一边转过身去把公鸡赶走了。他在进门时对妻子说："唉，想不到今天那公鸡这样啼叫！这一年来我还从来没有听见公鸡在下午叫呢。"

"那只不过是说天气要变了，"妻子说，"并不是像你想象的那样，那不可能。"

第三十四章

他们赶着车沿着谷中的平坦大道走了几英里的路，就到了井桥村，然后转弯向左走，穿过伊丽莎白桥，这座桥正是井桥村名字的由来。紧靠桥的后面，就是他们租住的那处屋子，凡是从佛卢姆谷来的人，都非常熟悉这座屋子的外部特征，它曾经是一座富丽堂皇的庄园的一部分，是德贝维尔家族的产业和府邸，但是自从有一部分坍塌以后，它就变成了一座农舍。

"欢迎回到你祖先的府邸！"克莱尔扶苔丝下车时说道。不过他随即又后悔起来，因为这句话太像讽刺了。

他们进屋后发现，房主利用他们租住他房子的几天时间到朋友家去过除夕了，只给他们留下一个从附近农家请来的妇女，照顾他们不多的需要。虽然他们只租了两个房间，但他们却可以完全占用整个屋子，意识到这是他们两个人第一次领略独处一室的滋味使他们大为高兴。

但同时他也发现，他的新娘子见了这座又霉又旧的老宅有些情绪低落。马车离去了，他们在那个做杂活女人的引导下上楼洗手。苔丝在楼梯口处停下了，吓了一跳。

"怎么啦？"他问。

"都是因为这些可怕的女人！"她强笑着回答道，"她们把我吓了一大跳。"

他抬头去看，看见有两幅真人大小的画像，镶嵌在屋子的墙板上。凡是到过这座庄园的人都知道，这两幅绘着两个中年女人的画像，大概是两百年前的遗物了，画中人物的样貌只要看上一眼，观者就永远不会忘掉：一个是又尖又长的脸，细眯着眼，皮笑肉不笑的，一副奸诈无情的狠毒样子；另一个是鹰钩鼻，大门牙，瞪着眼睛，一副凶神恶煞的骄横样子。看见这两幅画像的人，晚上通常都要做噩梦的。

"你知道这是谁的画像吗？"克莱尔问起那位女仆。

"老一辈的人曾经告诉过我，她们是德贝维尔家的两位夫人，德贝维尔是这座宅子的原主人，"她说，"因为这两幅画像是镶嵌在墙里的，所以无法移走。"

这件事叫人感到不快，除了苔丝对她们印象糟糕以外，再就是苔丝的美丽容貌毫无疑问可以在她们被夸大了的形体上能看出几分相似。但是他嘴里什么也没有说，心里一直后悔不该到这里来，选中了这座房子来度过他们新婚的日子。他进了隔壁的那个房间。这个房间是在相当仓促的情况下给他们准备的，他们只好在同一个盆子里洗手。克莱尔在水里摸了摸她的手。

"哪些是我的手指，哪些是你的手指呀？"他抬起头来对苔丝说，"它们完全混到一起啦。"

"它们都是你的手指。"她娇羞地说，努力装出比刚才愉快些的神情。在这种时候，尽管她忧思重重，但是并没有惹他不高兴，所有敏感的女人都会这样表现的，但是苔丝知道，她的心思比一般人可重多了，所以她努力地克制。

一年的最后一个下午是短暂的，太阳快要落下去了，光线透过一个小孔照进屋来，形成了一根金棒，落在苔丝的裙子上，变成了一个斑点，就像是滴在上面的一滴油彩。他们走进那间古老的客厅去吃茶点，单独在一起共进他们的第一次晚餐。他们非常孩子气，或者说他非常幼稚，觉得和她共用一个黄油面包盘子，用自己的嘴唇舔掉苔丝嘴唇上的面包屑其乐无穷。但是让他纳闷的是，不知道为何她对他的嬉闹缺乏热情。

他不声不响地打量了她半天："她真是一个惹人心疼的苔丝呀。"他心里想着，仿佛在揣摩一篇难懂的文章的结构思路。"这个小女人这辈子就要和我同甘共苦了，她的未来就要看我对她忠心与否了，这一点已经是确定无疑了，我是不是真的认真考虑清楚了呢？我没有想过。除非我自己是个女人，我想我很难领会她对我的依赖感。我获得什么样的世俗地位，她也就是什么样的地位。我将来变成什么样子，她一定也会随之变成什么样子。我得不到的，她也不能拥有。是否有一天我会轻视她，伤害她，甚至忘记替她着想呢？上帝啊，不要让我犯这样的罪吧！"

他们面对面地坐在茶几前，等待他们的行李，奶牛场老板答应过他们，在天黑之前把行李给他们送来。但是已经到了晚上了，行李还没有送来，而他们除了身上穿的衣服外什么也没有带。太阳落山了，冬日白昼的平静样子也发生了变化。只听得门外开始出现了沙沙的声响，像是丝绸摩擦发出的声音，秋天刚刚过去，落叶本来是静静地堆在地上的，现在也骚动起来，复活了，身不由己地旋转着扑打在百叶窗上。不久就下起雨来。

"那只公鸡早就知道要变天了。"克莱尔说。

伺候他们的女仆早已回家睡觉了，但是她已为他们把蜡烛放在桌子上，现在他们就点燃了蜡烛。所有蜡烛的光焰都歪向壁炉一边。

"这种老房子真是四处透风。"安吉尔一边看着蜡烛的火焰，看着从蜡烛上流下来的烛泪，一边接着说，"真奇怪呀，我们的行李送到哪里去了。我们甚至连刷子和一把梳子都没有呀。"

"我也不知道啊。"她心不在焉地回答说。

"苔丝，今天晚上你有些不高兴，一点儿也不像你平常的状态。楼上墙板上那两个老太婆的画像把你吓坏了吧？真是对不起，我把你带到了这么个地方。我不知道你到底是不是真的爱我？"

他也知道她是真的爱他的，因此他说的话并没有严肃的味道，但是她现在正是思绪满怀，听了他的话就像一头受伤的野兽一步步往后退。虽然她尽力不让自己流眼泪，但还是有一两滴眼泪流了出来。

"我这句话是有口无心的！"他懊悔地说，"我知道，你是为行李担心。我真不明白老约纳森怎么还不把行李送来。唉，已经七点钟了是吗？啊，他来了！"

门上响起一声敲门声，因为没有其他人去开门，克莱尔就自己前去开门。他回房间的时候，手里拿着一个小包裹。

"竟然不是老约纳森。"他说。

"真叫人心烦！"苔丝说。

234

这个包裹是由专人送来的，送包裹的来自爱敏寺，到泰波塞斯的时候，新婚夫妇恰好动身离开了，所以送包裹的人就跟着来到这里了，因为主人有命，包裹一定要亲自送到他们的手上。克莱尔把包裹拿到烛光下。包裹不足一英尺长，外面缝着一层帆布，缝口上封有红色的火漆，盖着他父亲的印鉴，上面是他父亲的亲笔字："寄安吉尔·克莱尔夫人。"

"苔丝，这是他们送给你的一点儿小礼物，"他一边把包裹递给她，一面说。"他们想得多么周到啊！"

苔丝接过包裹的时候，脸色有一点儿慌乱。

"我想还是你把它打开吧，最亲爱的，"她把包裹翻过来说，"我不敢打开那些火漆印，它们看上去太严肃了。请你帮我打开它吧！"

他打开了包裹，包裹里面是一个用摩洛哥皮做的匣子，上面放有一封信和一把打开箱子的钥匙。

信是写给克莱尔的，内容如下：

我亲爱的儿子，可能你已经忘了，你的教母皮特尼夫人那个虚荣心极强的女人临终时，你还是一个孩子，她死前将她的一部分珠宝交给我，委托我在你结婚的时候交给你的太太，无论你娶谁都送给她，以表达她对你的爱。自她去世以来，这副珠宝一直保管在银行里。我已经完成了她的嘱托。虽然我觉得在这种情况下把珠宝送给你妻子有点儿不妥，但是你要明白，我一定要把这些东西送给那个女子，让她终身使用，因此我就立即派人送给你们。严格说来，根据你教母的遗嘱的条款，我相信这些珠宝已经是传家宝物了。有关这件事的准确条文，也一并抄录附寄。

"我现在想起来了，"克莱尔说，"可我把这些全忘了。"

打开匣子，他们发现里面装着一条项链，还有坠子、手镯、耳环，以及一些其他装饰品。

苔丝开始不敢动它们，但是当克莱尔把全副的首饰摆开的时候，一时间她的眼睛发出光来，就像那些钻石一样闪光。

"它们属于我了吗？"她有些不敢相信地问。

"是的，当然是的！"他说。

他的目光看向壁炉里的炉火。他记起，当他还是一个十五岁的孩子时，他的教母，一个绅士的妻子——他一生中接触过的唯一一个有钱人，相信他将来一定能功成名就，她预言他的事业会出众不凡。那么把这些华丽的装饰留给他的妻子，再留给她的子孙的妻子，这与他想象中的事业本来也没有矛盾的地方。可现在它们在那儿光辉闪耀却好似一种讽刺。"可是为什么要这样想呢？"他问自己。自始至终，这只是一个虚荣的问题，如果认为他的教母有虚荣心的话，那么他的妻子也应该是有虚荣心的啊。他妻子是德贝维尔家族的后人，还有谁比她更值得戴这些首饰呢？

他突然热情地说："苔丝，戴上它们——戴上！"他从炉火边转过身来，帮她戴首饰。

但是仿佛有魔法帮助她似的，她已经把首饰戴好了——项链、耳环，所有的首饰她都戴好了。

"不过这件裙子不太合身，苔丝，"克莱尔说，"应该是低领口的裙子，才能配这一副闪闪发亮的首饰。"

"是吗？"苔丝问。

"是的。"他说。

他建议她把胸衣的上缘折进去，这样就大致接近晚礼服的样子了。她照他的话做了，项链下端的坠子就独自垂下来，显露在她脖子前端了，这正是设计时要求戴的样子，他向后退了几步，打量着她。

"我的天呀，"克莱尔说，"你是多么漂亮啊！"

正如大家都知道的那样，人靠衣妆马靠鞍，一个农村女孩子穿着简单的服饰，随随便便看上去就让人喜爱，要是像一个时髦女人一样加以打扮，加上艺术的修饰，自然就会光彩照人美不胜收了。而晚上舞会中的那些美女们，要是穿上乡村种地妇女的粗糙衣服，在沉闷的天气里站在单调的胡萝卜地里干活，她们就会显得可怜寒酸了。一直到现在，他都没有在意苔丝容貌和四肢的艺术之美。

"假如你在舞会上露一露面，呵！"他说，"但是不，不，最亲爱的，我觉得我更喜欢你戴着遮阳软帽，穿着粗布衣服……是的，和你现在比起来，虽然此刻你显得仪太万方高贵无比，但我还是更喜欢你那样的穿戴。"

苔丝感觉到自己惊人的美丽，不禁兴奋得满脸通红，但是却没有感到快乐。

"我还是把它们取下来吧，"她说，"以免约纳森看见我这个样子。它们不适合我戴，是不是？我想，应该把它们卖了，是吗？"

"你再戴几分钟吧。把它们卖了？不，永远也不要卖掉。那是违背遗嘱的。"

她想了想，就听从了他的话。她还要告诉他一些事，戴着它们或许有助于她和他谈话。她便戴着首饰坐下来，两人又开始猜想约纳森有可能把他们的行李送到哪里去了。老宅现在的主人早已派人为他倒好了一杯淡啤酒，以供他来了喝，时间长了，啤酒的泡沫已经没有了。

过了一会儿，他们开始吃晚饭，晚饭也已经摆好在桌子上了。晚饭还没有吃完，壁炉里的火苗突然跳动了一下，上升的黑烟从壁炉里飘出来，弥漫在房间里，好像有人用手把壁炉的烟囱捂了一会儿。这是因为有人把外面的门打开才这样的。听见走道里传来沉重的脚步声，安吉尔走了出去。

"我敲门了，但是根本就没人听见，"约纳森·凯尔抱歉地说，这回终于是他来了，"外面正在下雨，所以我就自己把门打开了。我把你们的东西送来了，先生。"

"我很高兴，你把东西送来了。可是你来得太晚了。"

"哦，是的，先生。"

从约纳森说话的音调里，能听出一些不高兴的感觉，而这在白天是不会有的，在他的额头上，除了岁月的皱纹，又增添了一些忧愁烦闷的皱纹。他接着说："自从今天下午你和你夫人离开后——我现在应该叫她夫人了吧——奶牛场发生了一件令人非常痛苦的事，把我们给吓坏了。你们也许还没有忘记今天下午公鸡啼叫的事吧？"

"天呀，到底发生了什么事呀？"

"唉，有人说鸡叫要出这种事，又有人说鸡叫要出那种事，结果竟是可怜的小莱蒂·普里德尔出事了，她要跳水自杀来着。"

"天呐！是真的吗！为什么呀，她还和别人一起给我们送行的呀！"

"不错。唉，先生，当你和夫人——按法律得这样称呼她了——我是说，当你们乘车走了，莱蒂和玛丽安就戴上帽子出去了，由于是新年的除夕，现在已经没有什么活计可做了，大家都喝得醉醺醺的，所以谁也没有注意到她们的动态。她们先是到了刘·艾维拉德酒馆，喝了一气的酒，然后就走到那个三岔路口，似乎是在那里分的手，莱蒂就从水草地里穿过去，看上去是要回家，玛丽安是要到前面一个村庄去，那里还有一家酒店。从那时起，就没有谁再看见和听说过莱蒂了。有个水手在回家的路上，发现大水塘旁边有一堆东西，那是莱蒂的帽子和披肩。他在水塘里找到了莱蒂。他和另外一个人一起把她送回家，本来以为她已经死了，但是她又慢慢地苏醒过来了。"

安吉尔突然想到，苔丝一定在悄悄地听这个可怕的故事，就走过去想把走道和前厅之间的门关上，因为前厅通着里面的客厅，苔丝就在里面的客厅里。他的妻子裹着一条围巾，已经来到前厅，她听着约纳森说话，目光瞧着行李和行李上被烛光照得闪闪发亮的露珠，在那儿出神发愣。

"这还不算，还有玛丽安呢，人们是在柳树林子边上找到她的，她醉得像个死人一样——平时这个姑娘除了曾经喝过一先令的淡啤酒外，还从来没人听说过她沾过其他东西，当然，这姑娘的食量很大，这从她的脸就可以看出来。今天那些女孩子，似乎都是丧魂落魄的！"

"伊茨呢？"苔丝问。

"伊茨还是像往常一样待在家里，但是她说她猜得出来怎么会发生这样的事情，她的情绪似乎非常低落，这可怜的姑娘！所以你知道，先生，发生这些事情的时候，我们正在收拾你的为数不多的几个包裹，还有你夫人的睡衣和梳妆的东西，把它们装上大车，所以，我来迟了。"

"没关系。好啦。约纳森，请你帮忙把箱子搬到楼上去吧，喝一杯淡啤酒，尽早赶回去吧，只怕万一有用得着你的地方，是不是？"

苔丝已经回到里面那间客厅里去了，坐在壁炉的旁边，正在那里沉思默想。她听得见约纳森上下楼梯的沉重脚步声，直到他把行李搬完了，听得见他对她的丈夫给他倒淡啤酒表示感谢，还感谢她丈夫给他小费。后来她就听见约纳森的脚步声从门口消失了，大车的响声也远去了。

安吉尔用宽大厚重的橡木门闩把门拴好，然后走到壁炉跟前苔丝旁边，从后面用双手捂住苔丝的眼睛。他希望她快活起来，去打开她焦急等待的梳妆用具，但她却并没有站起来，他就在炉火前同她一块儿坐下，晚餐桌上的蜡烛太微弱了，发出的亮光无法同炉火媲美。

"真是对不起，那几个女孩子的不幸的事都让你听见了，"他说，"你不要把这些事记挂在心上了。莱蒂本来就有些疯疯癫癫的，这你是知道的。"

"她的确不应该这么痛苦的，"苔丝说，"而最应该痛苦的那个人，却在掩饰，假装什么也没发生。"

这些事件使她的天平发生了偏转。他们都是些天真纯洁的姑娘，单方恋爱的不幸降临到她们身上，她们本应该受到命运的厚待的。她本应该受到惩罚的，可是她却成了被选中的人。她要是占有这一切而不付出任何代价，这就是她的罪恶。她应该把最后一文钱的账还清，就在这里就在此时把一切都说出来罢，她看着火光，克莱尔握着她的手，就在这时候她做出了最后的决定。

现在壁炉的残火已经没有火焰了，只余下稳定的亮光，把壁炉的四周和后壁，还有发亮的炉架和合不拢的旧火钳，都染上了通红的颜色。壁炉台板的下方，以及靠近炉火的桌子腿，也被炉火映红了。苔丝的脸和脖子也染上了同样的暖色调，她戴的宝石也变成了牛眼星和天狼星，闪烁着白色、红色和蓝色的光芒，随着她脉搏的跳动，它们闪烁着各种不同的颜色。

"今天早上我们说过相互谈谈我们的缺点，你还记得吗？"他看见她仍然端坐一动也不动，就突然问。"我们也许是随便说说的，你也可以随便说说的。但对我来说，却不是随便一说的。我想向你坦白一件事，我的爱人。"

他说出这句话来，和她想说的完全一样，这让她觉得好像是上天的有意安排。

"你也要承认什么过错吗？"她连忙问，甚至还带着高兴和宽慰的神情。

"你不曾想到吗？唉——你把我想得太高尚了。现在听着。把你的头放在我这儿，因为我请求你宽恕我，不要因为我之前没有告诉你，就生我的气，当然我以前就应该告诉你的。"

这是多么奇怪呀！他似乎和她一模一样。她没有开口说话，克莱尔继续说："我以前没有告诉你，是因为我害怕会失去你，亲爱的，你是我一生最大的奖品——我称你为我的奖学金。我哥哥的奖学金是在大学里获得的，而我是从泰波塞斯奶牛场荣获的。所以我不敢轻易冒险，一个月前我就想告诉你了——那时你答应嫁给我，但是我没有告诉你，我想，那会让你从我身边吓跑的。我就把这件事推迟了，后来我想在昨天告诉你的，要给你一个机会，让你可以从我身边离开。但是我还是没有说。今天早晨我也没有说出来，就是在你在楼梯口提出把我们各自做的错事坦白讲讲的时候——我是一个罪人呀！现在我看见你如此严肃地坐在这儿，我必须告诉你了。我不知道你是否会原谅我？"

"啊，一定会的！我保证——"

"好吧，我希望你会原谅我。但是请你等一会儿再说这话吧。你还不知道呐，我就从头说起吧。尽管或许我可怜的父亲担心我是一个永远失去了信仰的人，但是，苔丝，我内心仍然和你一样是一个相信道德的人。我曾经希望做教化人的导师，但是当我发现我无法进入教会的时候，还很失望呢。虽然我没有资格说自己是一个十全十美的人，但是我敬佩纯洁的人，痛恨不纯洁的人，我希望我现在还是如此有信仰。无论我们怎样看待完全灵感论，每一个人都必须诚心承认圣保罗说的话，'你要做个表率，在言语上，在交流中，在行动上，在精神上，在信仰上，在纯洁上。'这才是我们这可怜人类的唯一保证。'正直地生活'，一位罗马诗人也曾说过这样的话，真让人想不到，和圣保罗说的说法竟完全一样——

正直之人的生活中没有污点，

不需要摩尔人的长矛和弓箭，

来捍卫自己。"

"唉，通往某个地方的路来捍卫自己是用良好的愿望铺就的，你会感到一切都是那样荒谬，你还会看见，我心里很懊悔，原想造福别人，可是我自己都堕落了。"

他接着告诉苔丝，在他之前的生活中有段时间产生了幻灭感，那时他在伦敦漂泊，内心惶惑，生活无着落，就像一个软木塞子在波浪中浮荡一样，于是他和一个陌生女人在一起过了四十八个小时的放荡生活。

"幸好我很快就清醒了，认识到了自己的愚蠢，"他继续说，"所以我就跟她彻底了断，回家了。此后我再也没有犯过这种过错。不过我还是觉得我应该对你诚实坦白，如果我不把这件事告诉你，我就会觉得对不起你。你能原谅我吗？"

她紧紧地握住他的手，算作回答他。

"我们现在就不说这个话题了，永远不谈它了！——在这个时刻谈这个太让人痛苦了——让我们谈一些轻松的话题吧。"

"啊，安吉尔——我甚至是高兴呢——因为这样一来你也许能够宽恕我了呀！我还没有向你坦白我的过错呢。我也有一桩罪过要向你坦白——还记得吗？我曾经对你说过。"

"哦，是说过！那么现在你说吧，你这个小坏蛋。"

"你先别笑，其实这是一件和你的一样严重的事，甚至更严重些。"

"不会比我的过错更严重吧，最亲爱的。"

"不会——啊，不会，不会更严重的！"她感到有希望了，高兴得跳起来说。"不会的，肯定不会更严重的，"她大声说，"因为我犯的错误和你的正是一样的。我现在就讲给你听。"

她又坐下来。

他们的手仍然紧握在一起。炉栅下的灰烬被炉火垂直地照亮了，如同一片炎热干燥的荒野。炭火的红光映照着他的脸、手，也映照着她的脸和手，透射进她前额蓬松的头发里，把她头发下细嫩的头皮照得绯红。这种红，让人联想到末日来临的恐惧。她的巨大的身影落在墙上和天花板上。她向前弓着腰，脖子上的每一粒钻石都闪闪发亮，像毒蛤蟆眨眼一样。她把额头抵在他的头上，开始讲述她的故事，讲述她如何认识亚历克·德贝维尔，讲后来的结果，她低声诉说着，低垂着眼帘，一点也没有退缩。

第三十五章

苔丝的事情讲完了，甚至连反复的申明和次要些的解释也做完了。她说话的声调，自始至终都和她开始讲述时音调一样，几乎没有升高，她没有说一句替自己辩解的话，也没有掉眼泪。

但是随着她的讲述，甚至外界事物的面貌似乎也发生了变化。壁炉里的残火露出恶作剧的样子，变得狰狞可怖，仿佛一点儿也不同情苔丝的不幸。壁炉的栅栏也懒洋洋的，似乎对一切视而不见。水瓶里散发出的亮光，一心只是在研究颜色的问题。周围一切物质的东西，都在无情地反复申明，它们概不负责任。但是自打他吻她以来，外物什么也没有发生变化，或者不如说，一切事物在形态上都没有发生变化，但是一切事物的本质又发生了变化。

她讲完过去的事情之后，他们从前卿卿我我的亲密感觉，好像一起被挤到了他们脑海的一个角落里去了，那些温情的重现似乎只是他们盲目和愚蠢行为的余音。

克莱尔做了一些毫不相干的动作，拨了拨炉火，他听说的事甚至还没有完全进入到他的头脑。他在拨完炉火的余烬后，就站了起来，她的自白对他产生的威力此刻爆发了。他的脸显得憔悴苍白了。他想努力集中心思，就在地板上胡乱地来回走着。无论他怎样努力，都不能够认真地思考了，因此他只得盲目地来回走着。当他开口说话的时候，苔丝听出来，他的最富于变化的声音变成了最失常和最平淡的声音。

"苔丝！"

"哎，我最亲爱的。"

"难道我要相信这些话吗？看你的态度，我又不能不把你的话当真。啊，你一点不像发了疯呀！你说的话应该是一番疯话才对呀！可是你的确正常得很……我的妻子，我的苔丝——你就不能证明你说的那些话是疯话吗？"

"我并没有发疯！"她说。

"可是——"他茫然地看着她，又神情迷乱地接着说，"为什么你以前不告诉我？啊，不错，你本来是想说的——不过我阻止了，我想起来了。"

他嘴里说的这一番话，还有其他的一些话，只不过是表面上应付故事罢了，而他内心里却已经瘫痪了。他转过身去，伏在椅子上。苔丝跟在他后面，来到房间的中央，用那双没有泪水的眼睛呆呆地看着他。接着她就瘫倒在地上，跪在他的脚边，缩成了一团。

"看在我们爱情的份儿上，你原谅我吧！"她哑着嗓子低声说，"我已经同样地原谅你了呀！"

但他并没有回答，她又接着哀求——

"就像我原谅你一样原谅我吧！我原谅你，安吉尔。"

"你——不错，你原谅我了。"

"可是你也应该原谅我呀？"

"啊，苔丝，原谅和宽恕是不能用在这种事情上的呀！过去的你是一个人，现在的你是另一个人呀。我的上帝——原谅怎能用在这种荒唐事上呢——怎能像变戏法一样呢！"

他停住了口，考虑着原谅的定义，接着，他突然爆发出一阵可怕的大笑声——这是一种不自然的骇人的笑，就像是从地狱里发出来的一样。

"不要笑了——不要笑了！这笑声会要了我的命的！"她尖叫起来，"可怜我吧——可怜可怜我吧！"

他没有回答，她跳起来，脸色惨白。

"安吉尔，安吉尔！你那样笑是什么意思啊？"她叫喊说，"你这一笑对我意味着什么，你知道吗？"

他摇了摇头。

"为了使你幸福，我不停地期盼，渴望，祈祷！我想，只要你幸福，那我该多高兴呀，如果我不能让你幸福，我还能算什么妻子呢！这些都是我的

244

肺腑之情呀，安吉尔！"

"这些我都知道。"

"我想，安吉尔，你是爱我的——爱的是我这个人本身！如果你的确爱我，啊，你怎能那样看着我，那样对我说话呢？这会把我吓坏的！自我爱上你那一刻，我就会永远爱你——不管你发生了什么变故，受到什么羞辱，因为你还是你。我不管那么多。可是你怎能，啊，我的丈夫，你怎能不再爱我呢？"

"我再重复一遍，我之前一直爱的那个女人不是你。"

"那她是谁呢？"

"是和你一模一样的另外一个女人。"

从他的说话中看出，她过去害怕和预感到的事终究还是发生了。他把她看作了一个骗子，一个伪装纯洁的荡妇。她意识到这一点，苍白的脸上现出了恐惧，她脸颊的肌肉松弛下来，她的嘴巴差不多变成了一个小圆洞。他对她的看法竟是如此的不堪，她呆住了，身子摇晃起来，安吉尔走上前去，认为她就要跌倒了。

"坐下来，坐下来吧，"他温和地说，"你病了，自然你会感到不舒服的。"

她坐了下来，却茫然不知她坐在何处。她的脸上仍然是紧张的神态，她的眼神让安吉尔看了直感到毛骨悚然。

"那么我不再属于你了，是不是，安吉尔？"她绝望地问，"你说你爱的不是我，你爱的是另外一个和我一模一样的女人。"

话语中出现的这个女人的形象引起了她对自己的同情，感到自己是受了委屈的那个女人。她进一步想到了自己的状况，眼睛里充满了泪水，她转过身去，于是自怜的泪水就像决堤的江水一样涌了出来。

看见她大哭起来，克莱尔心里反倒感到轻松了，因为刚才那局面开始让他担心起苔丝，其程度仅仅次于那番自白本身引起的痛苦。他耐心地、冷漠地等着，等到后来，苔丝把满腹的悲伤发泄完了，泪如涌泉的痛哭减弱了，变成了一阵阵断断续续的抽泣。

"安吉尔，"她突然开口说，此时她说话的音调自然了，那种狂乱的、干哑的恐怖声音消失了，"安吉尔，我太坏了，你是不愿和我住在一起了是不是？"

"我还没来得及考虑我们该怎么办。"

"我不会要求你和我在一起生活的，安吉尔，因为我没有权利这样做！原本我要写信给我的母亲和妹妹，告诉她们我们结婚了，现在我用不着给她们写信了。我裁剪了一个荷包，本来打算在这儿住的时候缝好的，现在我也不缝了。"

"你不缝了吗？"

"不缝了，除非你吩咐我做什么，我是什么也不想做了！即使你要离开我，我也不会跟着你走的，即使你永远不理我，我也不再问为什么，除非你愿意告诉我。"

"如果我真要求你做什么事呢？"

"我会服从你的，就像你的一个可怜的奴隶一样，甚至你要我去死我也会服从的。"

"你很好。但是这让我感到，你现在自我牺牲的精神和你过去那种自我保护的态度很不协调。"

这些是他们发生变故后第一次对话。把这些巧妙的讽刺用到苔丝身上，就完全像把它们用到猫和狗的身上一样，她领会不到这话里微妙的辛辣意味，她只是把它们当作饱含敌意的声音加以接受，知道那表示他在忍受着愤怒。她一声不吭，不知道他也正在抑制着对她的感情。她也没有看见一滴泪水缓缓地从他的脸上流下来，那是一滴很大的泪水，好像是一架放大镜的目镜，经它流过的皮肤上的毛孔都被放大了。与此同时，他又重新明白过来，她的自白已经把他的生活、他的宇宙完全改变了，他想在他所处的新的环境里前进，但是他绝望了。必须做点儿什么，但是做什么呢？

"苔丝，"他说，尽量把话说得温和些，"我不能住在这个房间里了，就是此刻。我要到外面走一走。"

他悄悄地离开了房间，他先前倒了两杯葡萄酒准备晚餐时用，一杯是倒给她的，一杯是倒给自己的，那两杯酒现在还放在桌子上，没被动一下。这就是他们一场婚宴的结局。在两三个小时以前，他们吃茶点时还相亲相爱，共用一个杯子喝酒。

房门在他的身后悄然关上了，就像门被拉开一样轻，却把苔丝从昏沉中惊醒了。他已经走了，她也待不住了。她急忙披上大衣，打开门跟着走了出去，出去时她吹灭了蜡烛，仿佛再也不回来似的。雨已经停了，夜晚也清朗了。

不一会儿她就走到了他的身后，因为克莱尔漫无目的，走得很慢。在她乳白色的身影旁边，是他的黑色身影，阴郁而叫人害怕。她脖子上佩戴的珠宝，她曾短时间内为之感到骄傲，现在却让她感到是一种讽刺了。克莱尔听见了她的脚步声，转过身来，不过他虽然认出来是她，但是却并没有改变态度，继续往前走，走过屋前那座有五个拱洞的大桥。

路上那些奶牛和马的脚印凹坑都积满了水，自天而降的雨水虽然把它们淹没了，却没有把它们冲刷掉。小水坑映出天上闪耀的星星，她从水坑旁走过的时候，天上的星星也就一闪而过。她要是没有看见水坑里的星星，她就不会知道星星此刻正在她的头顶上闪烁——宇宙中最大的物体竟反映在如此卑微的事物中。

他们今天所在的这个地方，还是在泰波塞斯的同一个山谷里，只是在下游几英里的地方，四周是空旷的平地，她很容易就能看见他。有一条小路从屋子那儿伸展出去，蜿蜒着穿过草地，她就沿着这条道路跟在克莱尔的后面，不过她并不想追上他，也不想吸引他的注意，而只是默不作声、漫无目的地跟在后面。

她没精打采地走着，后来终于走到了克莱尔的身边，不过他仍然一声不吭。诚实一旦遭到愚弄，等他明白过来，常常会感到非常残酷，克莱尔现在的感受就是这样。户外的空气显然已经消除了他冲动行事的所有倾向，她知道他现在再看她，是觉得她毫无光彩了——她的一切都是平淡无奇的了。这时候，时光老人正在吟诵讽刺她的诗句——

> 看吧，你的真相一暴露出来，爱你的他也要恨你；
> 在你背运的时候，你的容颜也不再美丽。
> 你的生活犹如秋叶飘零，凄风苦雨；

你的面纱就是悲伤，花冠就成了痛苦。

　　他仍然在聚精会神地沉思，她的陪伴现在已经没有足够的力量打断或改变他的思绪。现在她对于他已经变得微不足道了！她禁不住对克莱尔说话了。

　　"我做什么了——我究竟做什么了？我告诉你全部事情，没有一句是假的，或者是装的呀。你不要以为我是在欺骗你呀，你说是吗？安吉尔，你是在跟你心中想的事生气，而不是在和我生气，是不是？啊，别生我的气，我并不是像你说的那样，是一个骗人的女人哪！"

　　"哼——别说啦。我妻子不是一个骗人的女人，但已经和原来不是同一个人了。不是了，不是同一个人了。但是别说什么了，不要让我责备你。我已经发誓不会责备你，我会尽力不责备你的。"

　　但是她发狂似的恳求他，说了许多也许不如不说的话。

　　"安吉尔！——安吉尔！我还只是个孩子啊——事情发生的时候我还是个孩子啊！我一点也不懂男人的事啊。"

　　"与其说你犯了罪，不如说别人对你犯了罪，我承认这点。"

　　"那么你是不会宽恕我了？"

　　"我的确可以宽恕你，但是这不是宽恕就完了的问题呀。"

　　"那么你还爱我吗？"

　　对这个问题，他没有做出回答。

　　"啊，安吉尔——我母亲说女孩子有时候会发生这种事的！——她就知道好多这样的例子，比我的情况还要严重，但是她们的丈夫都并没怎么在乎——至少没有成为他们之间的障碍。可是她们对她们丈夫的爱，都不如我爱你呀！"

　　"不要说了，别再辩解了。社会环境不同，规矩就不同。你都快要让我觉得你是一个不懂事的乡下女人了，根本不懂得人情世故。你都不知道你在说什么吧。"

　　"从身份上看我是一个农民，但是从本质说我并不是一个农民呀！"

　　她冲动地说，生起气来，但是脾气还没有发作出来就消失了。

"这对你来说更是糟糕透顶。我倒觉得那个把你的祖先考证出来的牧师，他要是闭上嘴巴反而更好些。我忍不住要把你们家族的衰败同其他的事联系起来——同你缺乏坚定意志联系起来。衰败的家族就意味着衰败的意志，衰败的行为。天啊，为什么你要告诉我你的身世，给我一个把柄，让我更加看不起你呢？我原来以为你是一个自然纯洁的新生女儿，谁知道你竟会是一个没落了的贵族家庭的后裔呢！"

"在这方面，有许多人家和我情况完全一样啊！莱蒂家从前是大地主，奶牛场老板毕勒特家也是如此。德比豪斯曾经是德·比叶大家族，现在不也是赶大车的了？像我这样的家族，随处可见，这是我们郡的特点，我有什么办法呢。"

"所以这个郡就更糟了。"

她只笼统地接受他的指责，但不在意指责的细节，她只知道他不像从前那样爱她了，至于其他的她顾不上。

他们默默无言地朝前走。后来据说井桥的一个农夫，那天深夜恰好出门去请医生，在草地上碰见了一对情人，一前一后地慢慢地走着，一句话不说，就像送葬似的，他瞅了一眼他们，感觉到他们既忧愁，又伤心。他后来回家时又在相同的地方从他们身边经过，看见他们还在像先前一样慢慢走着，也不管夜色更深了，天气更冷了。只是当时他一心想着自己的事，想着自己家里有病人，所以才没有把这件奇怪的事放在心上，直到后来过了好久，他才寻思起来这件事。

就在那个农户从他们身边走过去和回来期间，她曾经对她的丈夫说："我不知道怎样才能使你这辈子不会因为我而遭受太多痛苦。下面就是河。我就跳河死了吧。我不怕死的。"

"我不想在我的愚蠢上再添上谋杀的罪名。"他说。

"我会留下证据，表明是我自杀的——是因为羞耻而自杀的。那么人们就不会把罪名加到你身上了。"

"不要再说这些荒唐话了——我不想听这些。在这种情况下有这种想法真是胡闹，它不是悲剧的主题，却只是讽刺嘲笑的材料。这场不幸的本质我看你是一点儿也不明白。要是被人知道了，十个人里头有九个会感到好笑。请你听我的话，回屋睡觉去吧。"

"好吧！"她顺从地回答。

他们沿路走过去，那条路通往磨坊后面的西斯特教团寺庙的遗迹，在过去几百年间，那个磨坊一直是寺庙产业的一部分。磨坊还在不断地经营，因为食物永远是必需的，寺庙已经消失了，信仰已成了过眼云烟。我们不断地看到，为暂时需要服务的事物很长久，而为永久性需要服务的事物却很短命。他们那天是兜着圈子走的，所以始终离他们的屋子不太远，她听从了他的要求回去睡觉，只要路过那条河上的大石桥，再沿着那条路向前走几十米就到了。她回到房间的时候，炉火还在继续燃着，屋里的一切都还和她离开时一样。她在楼下没有停留一分钟，就上楼进了自己的房间，她的行李早已经拿进去了。在房间里，她坐在床沿上，茫然地看了看四周，就立刻动手脱衣服。她把蜡烛拿到床头处，烛光照在白色的帐子顶上，看见那上面挂着什么东西，就把蜡烛举起来，想看清是什么，原来是一束槲寄生。那是安吉尔挂上去的，她立刻就明白了，这就是原来那个不易包装也不便携带的包裹了。那个包裹里包的是什么，当时安吉尔没有向她解释，只是说到时候她就能知道。那是在他感情热烈、心情愉快的时候挂上去的。可是现在看那束槲寄生，是多么愚蠢、多么不合时宜啊。

他似乎无论如何也不会原谅她了，既然已经没有什么比这更可怕的了，也没有什么可期盼的了，因此她就感觉迟钝地睡下了。一个人在悲伤到了麻木的时候，睡眠就会乘虚而入。人在许多时候会由于心情快活而不能入睡，但现在她的心情反而容易睡着。不一会儿，孤独的苔丝就进入梦乡了，房间里静悄悄的，弥漫着淡淡的香味，很有可能，这个房间从前还做过她的祖先的洞房呢。那天深夜，克莱尔也沿着原路回了屋子。他轻轻地走进客厅，点燃蜡烛，从他的神态可以看出来，他已经打定了主意，房间里有一张旧马鬃沙发，他把几床毯子铺在沙发上面，简单地为自己安排了一个睡觉的小床。在他睡下之前，他赤着脚走到楼上，悄悄地在苔丝房间的门口听了听。她均匀的呼吸表明，她已经完全睡熟了。

"感谢上帝！"克莱尔嘟哝了一句，可是他再一想，又感到了一阵钻心的痛——他觉得，她现在了无牵挂地睡着了，却把一生的重担移到了他肩上，他这种想法即便不是完全如此，但也是大差不差。

他转身打算下楼，接着，他又犹疑地朝她的门口转过身去。他转身的时候，一眼看见了德贝维尔家两位贵夫人画像中的一个，那幅画像正好镶嵌在苔丝房门上方的墙上。在蜡烛的照耀下，那幅画像更加叫人觉得不快。那个女人的脸上隐藏着阴险狡诈的神色，集中了向男人报仇雪恨的心思——他当时看上去的感觉的确就是这样的。画像里的女人穿着查理时代的长裙，领口开得很低，恰好和苔丝穿的那件被他建议把领子掖进去好露出项链的衣服一样，这又使他感到苔丝多了点和那个女人的相似之处，因而心里更加难过。

这已经足以使他止步了。他就退回来，下楼去了。

他的神情既镇定又冷酷，他的嘴巴紧紧地闭着，说明他是一个自制的人，他的脸上仍然是一副令人望之生畏的神情，自从苔丝自我表白以来，他的脸上就有了这副神情。只要是有这种神情的男人，就不会再是感情的奴隶，但是也没有从感情的解放中获得什么好处。他只是在那里思考人类经验中的种种烦恼，思考种种事情的不可测。直到一个小时之前，他一直崇拜苔丝，他认为不可能有谁比苔丝更纯洁、更美好、更贞洁的了。可是！只是那么一点点儿差错，竟然是这样不同！

他错误地为自己辩解，心里在说，在苔丝诚实坦率和生动鲜活的脸上，看不穿她的内心，只是当时没有人为苔丝辩护，去纠正克莱尔的错误。他接着说，是不是有这种可能，她那双眼睛里的神情和嘴里说的并没有什么不同，但是心思和表面上这些是极不一致的，甚至是全然不同的？

他熄灭了蜡烛，在客厅里那张临时小床上躺下来。客厅里暮色深沉，对他们的事一点儿也不操心，毫不同情。黑夜已经吞噬掉了他的幸福，现在正在懒洋洋地去消化，黑夜还准备一样地去吞噬掉其他千千万万人的幸福，并且一点儿也不慌乱。

第三十六章

　　黎明时分，晨光熹微，时明时暗，仿佛与犯罪有了关联，克莱尔在这时候就起床了。他面前的壁炉里是一堆灰烬；在摆好的饭桌上面，放着两杯满满的没人碰过的葡萄酒，现在已经变了质，变得浑浊了，她和他的椅子都空着，其他家具也是一副爱莫能助的样子，像是在那儿发问："怎么办呢？"问得叫人心烦意乱。楼上悄无声息，但是过了几分钟，外面传来了敲门声。他想起来了，大概是附近那个农妇来了，他们在这儿租住期间，由她来照应。

　　此时此刻若有第三个人在这屋子里出现是令人极其尴尬的，他这时已经穿好了衣服，于是打开窗户告诉那个女人，那天早晨他们可以自己安排早餐，她就不用来了。看到她手里拿着一罐牛奶，他就让她把牛奶放在门口处。等那个女人走了后，他就到屋子后面寻了些柴火，很快就生起了火。食品间里有许多鸡蛋、黄油、面包之类的东西，不久，克莱尔就把早饭端到了桌子上，在奶牛场里，他已经学会了许多家务事。燃烧着的木柴冒出的轻烟，从烟囱里飘出去，就像一根莲花头的柱子，从屋旁经过的本地人看见了，就想起了这对新婚夫妇，羡慕起他们的幸福。

　　克莱尔最后扫视了一下四周，然后就走到楼梯脚下，用一种平常的声音喊道："早饭准备好了！"

　　他打开前门，出门在清晨的空气里走了几步。不一会儿，他又折了回来，这时候苔丝已经穿好衣服来到了起居室，正在机械呆板地重新调整早餐用的杯盘。她穿戴得整整齐齐，从他叫她起床到现在，也不过两三分钟时间，那一定在他叫她之前，她已经穿戴好了，或者是差不多穿戴好了。她将头发挽成了一个大圆髻盘在脑后，穿了一件新的长裙——一件淡蓝色的呢子长裙，领口镶有白色的皱边。她的双手和脸看起来冰凉，很可能是她在没有生火的房间里穿衣服用了太长时间的缘故。克莱尔刚才喊她的声音，明显很有礼貌，这似乎让她振奋了一下，使她似乎又看到了希望的闪光。只是当她看见他本人时，她的希望马上就消失了。

说实在的，他们两个人先前像一团烈火，现在仿佛只剩下一堆灰烬了。昨天晚上强烈的痛楚，现在则变成了沉重的抑郁。似乎再也没有什么东西能够重新点燃他们两个的情感烈焰了。

他客气地同她说话，她也不露声色地回答。后来，她走到他的面前，直勾勾地看着他那张轮廓分明的脸，就好像没有意识到自己的脸也是鲜活的一样。

"安吉尔！"她只喊了一声就住口了，伸出手指轻轻地去抚摸他，轻得就像一阵微风，仿佛她不敢相信这个活生生站在她面前的是曾经爱过她的那个人。她的眼睛依然明亮，她苍白的脸颊还是像往日那样丰润饱满，不过半湿的眼泪在那儿留下了闪亮的痕迹，她那往常丰满圆润的嘴唇，几乎和她的脸颊一样苍白。尽管她还活着，但在她内心悲伤的重压之下，她生命的脉搏时断时续，只要稍微再增加一点压力，她就真会病倒，她的灵动的眼睛就要失去光彩，她的嘴唇就要干瘪了。

她的样子看起来那样纯洁。造物主用它异想天开的诡计，在苔丝的脸上刻下一种纯洁女性的标志，安吉尔看着她，不禁呆住了。

"苔丝！告诉我那不是真的！不，不是真的！"

"千真万确！"

"字字属实？"

"字字属实。"

他用哀求的目光看着她，似乎宁愿从她的嘴里听到一句谎言，尽管明知道那是谎话，他还是希望她巧妙地诡辩，把那句谎话当作有用的真话。但是，她只是重复说："是真的。"

"他还活着吗？"

"孩子死了。"

"我是说那个男人？"

"他还活着。"

克莱尔的脸上露出彻底的绝望。

"他现在在英国吗？"

"是的。"

他不知所以地走了几步。

"我的身份……哦，是这样的，"他忽然说，"我想——任谁都会这样想——我放弃了所有的野心，不去娶一个有社会地位、有钱、有教养的妻子，我想我可以得到一个娇艳美丽、冰清玉洁的妻子了，可是——唉，我不去责备你了，我不会了。"

苔丝完全理解他的想法，所以剩下的话就不必说出了。叫人痛苦的地方就在这儿，她明白不管从哪方面说他都吃了亏。

"安吉尔——我若不知道你终究还有最后一条出路的话，我也不会答应同你结婚了，尽管我希望你不至于——"

她的声音变得沙哑了。

"最后一条出路？"

"我是说你可以摆脱我呀。你能够摆脱我的。"

"怎么摆脱？"

"和我离婚。"

"天啦——你考虑问题怎么这么简单呀！我怎么能和你离婚呀？"

"不能吗——现在我不是已经坦白告诉你我的问题了？我想我的自白就可以成为你离婚的理由。"

"啊，苔丝——你太，太——愚蠢了——太幼稚了——太浅薄了。我不知道该怎么说你才好。你不懂得法律——你一点也不懂！"

"怎么——你不能离婚？"

"我的确不能离婚。"

听到这里她脸上立刻露出来一种羞愧掺杂着痛苦的神情。

"我原以为你能的——我以为你能够离婚的，"她低声说，"啊，现在我明白我有多么坏了！相信我——相信我，我向你发誓，我从来没有想到你不能和我离婚！我曾经希望你不会和我离婚，可是我相信，从来也没有怀疑过，只要你打定了主意，根本不——不再爱我了，你就可以把我抛下！"

"你错了。"他说。

"唉，那么我昨天就应该做个了断，结束一切的！可是我当时又没有勇气。唉，我就是这样一个人！"

"你没有勇气做什么？"

因为她没有回答，他就抓起她的手问道。

"你打算干什么的呀？"他问。

"结束我的生命啊。"

"什么时候？"

被他这么一问，她退缩了。"昨天晚上。"她答道。

"在哪儿？"

"在你挂的槲寄生下面。"

"我的天哪！——你打算怎么自杀的？"他严厉地问。

"要是你不生气，我就告诉你！"她畏畏缩缩地说，"用捆箱子的绳子。可是后来我——我又放弃了！我怕连累你担上谋杀的罪名。"

这段出人意料的供词是逼问出来的，不是她主动说出的，这一切显然使他大为震惊。但是他仍旧抓着她的手，盯在她脸上的目光却转移到了地上，他说："好啦，你现在听我的话。你决不能再去想这种可怕的事！你怎能想这种事呢！你得向我、你的丈夫保证，以后不要再有这种念头。"

"我愿意保证。我知道那样做是很不好的。"

"非常不好！这种想法糟糕透顶。"

"可是，安吉尔，"她辩解道，一边把她的眼睛睁得大大的，空洞地看着他，"我完全是为了你啊——我想这样你就可以摆脱我，获得自由，可又不会落下离婚的坏名声。要是为了我自己，我做梦也不会想到去死呀。不过，死在我自己的手里毕竟是太便宜了我。应该是你，被我毁了的丈夫来结束我。既然你已经无路可走了，如果你自己动手把我杀了，我想我会更加爱你的，如果我还能更加爱你。我觉得自己一钱不值了！又是你路上的巨大障碍！"

"别再说啦！"

"好吧，既然你不让我说，我就不说好啦。我绝没有对抗你的意思。"

他知道这话完全是真心话。自从那个绝望的夜晚过去之后，她已经没有一点儿精神了，所以不怕她再有什么鲁莽的举动。

苔丝又忙着到饭桌上去安排早饭，这多少有些效果。他们在同一侧一起坐下来，这样可以避免他们四目相对。开始他们两个听见对方吃喝的声音，感到有些别扭，但这也是没有办法避免的事，好在，他们两个人都吃得很少。吃完早饭，他站起来对她说了下他可能回来吃午餐的时间，就出门去了磨坊，好去机械地进行他的研究计划，而这也是他来此地唯一的实际目的。

他走了以后，苔丝站在窗前，很快就看到他穿过那座大石桥的身影，那座石桥通往磨坊的房屋。他走下石桥，穿过铁道，然后就消失了。苔丝没有叹一口气，就把注意力转向室内，开始收拾桌子，整理房间。

不久做杂活的农妇来了。有她在房间里，苔丝最初感到有些紧张，不过后来她反而感到放松了。十二点半的时候，她就让那女人一个人待在厨房里，自己回到起居室，等着安吉尔的身影从桥后重新出现。

大约一点钟的时候，安吉尔出现了。虽然他距离她尚有四分之一英里远，但是她的脸迅速变红了。她跑进厨房，吩咐他一进门就开饭。他首先走进前天他们曾经一起洗手的那间房屋，当他再走进起居室的时候，盘子的盖子已经掀开了，仿佛是因为他走进来才被掀开的。

"真准时！"他说。

"是的，我看见你过桥了。"她说。

吃饭的时候，他谈一些寻常的话题，如早上他在寺庙的磨坊做了些什么，上螺栓的方法和那些老式的机械等等，他还说他担心在先进的现代方法面前，那些机械不会给他太多的启迪，因为有些机械实在太过陈旧了，似乎在当年为隔壁寺庙的和尚磨面时就开始使用了，而那座寺庙现在已经化为一堆瓦砾。吃完饭后不到一小时，他又离开屋子去了磨坊，直到黄昏才回来，整个晚上他都在整理资料。她担心自己妨碍他，所以在那个年老的女人离开之后，她就回到厨房，在那儿足足忙了一个钟头。

克莱尔的身影出现在门口。

"你不必这样干活的，"他说，"你不是我的奴仆，你是我的妻子。"

她抬起眼睛，神色开朗了片刻。"我自己也可以这样认为吗——是吗？"她低声说，用的是可怜的自嘲口吻。"你指的是名义上！唉，我也不能有更多的奢望了。"

"你也可以这样想，苔丝！你是我的妻子。刚才你说的话是什么意思？"

"我不知道，"她急忙说，声音里带着哀伤，"我想我——我的意思是说，我是一个没有好名誉的人。很久以前我就告诉过你，我是一个很不荣耀的人——因为那个原因，我才不愿意嫁给你，只是——只是你求着我嫁给你！"

她忍不住转过身去抽抽搭搭地哭起来。除了安吉尔·克莱尔，她这种样子会让任何人回心转意的。总的来说，安吉尔温柔而富有热情，但是他的内心深处，却隐藏着一块坚硬的逻辑顽石，就像是松软的土壤里埋藏着的金属矿，不管什么东西要穿过去，都得折断利刃。这也妨碍他接受宗教，妨碍他接受苔丝。并且，他的热情本身与其说是烈火，不如说是火焰，而对于女性，他一旦不再信任，便不再追求，在这方面同许多易受感情影响的人截然不同，那种人虽然在理智上鄙视一个女人，但是在情感上往往却恋恋不舍。他在那儿等着，直到她哭完。

"但愿在英格兰能有一半女人像你一样好名声就好了，"他对全英国的妇女发了一通牢骚说，"这不是一个名誉不名誉的问题，而是一个原则性问题。"

他对她说了这些话，还说了一些与这些话类似的话语，彼时，他仍然受到反感情绪的支配，当一个人发觉自己的眼光受到外表的愚弄，他必然要产生扭曲的看法。在这股情绪之流里面，其实还是有一股同情的潜流，一个精于世故的女人本来可以利用它来征服他的。但是苔丝没有想到这些，她把一切都视作对她的惩罚全部接受下来，几乎没有开口说过一句话。她对他那样忠心耿耿，简直让人感到卑微。虽然她天生是一个急脾气的人，但是他对她说的挖苦嘲讽的话却没有让她失态，她完全不再顾及自己，因此也没有苦恼，无论他怎样待她，她都这样。现在她自己也许就是博爱的圣徒，重现于自私自利的现代社会。

这一天从傍晚到夜晚再到次日早晨，和前一天全然相同丝毫不差地过去了。有一次，并且只有一次，从前自由独立的苔丝曾经勇敢地尝试着行动。那是在他吃完饭后第三次起身去面粉厂的时候。他对苔丝说了声再见，就要离开桌子，她也同样对他说了一声再见，但同时把自己的嘴巴靠近他。但他没有接受她的一片情意，就急忙把身子扭向一边，嘴里说："我会按时回家的。"

苔丝缩了回去，就像被人打了一巴掌。曾经有多少次他不顾她的同意，想去接触这两片嘴唇——有多少次他愉快地说，她的嘴唇，她的呼吸，如同赖以为生的黄油、鸡蛋、牛奶、蜂蜜的味道一样甜美，他可以从中得到滋养，他还说过另外一些诸如此类的傻话。但是现在他对她的唇不感兴趣了。他看见她仓促地退了回去，就客气地对她说："你是知道的，我一定会想个办法出来。现在我们不得不在一起住上几天，是为了避免因为我们突然分开给你带来种种流言蜚语。不过你得明白，这只是为了顾全大家的面子。"

"是的。"苔丝有口无心地说。

他出门离去了，在去磨坊的路上发了一会儿呆，心里直后悔没有对她更温柔些，至少可以吻她一下。

他们就这样一起过了几天绝望的日子，不错，他们是住在同一个屋檐下，但同他们还不是情人的时候相比，他们却变得更加疏远了。她明显地看出，正像他自己所说，他虽然在做事，但并没有什么精气神，他正在努力地想一个行动计划。她惊恐地发现，尽管他的外表那般温柔，心里头却坚硬似铁。他这种坚定的态度的确太冷酷了。现在她不奢求得到什么宽恕。她不止一次想到，在他出门去磨坊的时候，她就离开他。但是她又担心这样做不仅对他没啥好处，张扬出去反倒会让他感到麻烦和羞耻。

同时，克莱尔也正在不停地思索着。他的思索一直不曾间断。因为思考，他已经病倒了；因为思考，他已经变得消瘦，变得憔悴了；在思考的折磨下，他以前那种与生俱来的对家庭生活的情趣也荡然无存了。他走来走去，嘴里嘀咕着，"怎么办呢——怎么办呢？"偶尔能够听见他这样说出声。他们一直对他们的未来保持沉默，这时她打破沉默开口说话了。

"我想——你是不打算长久地——和我在一起生活了，是吗，安吉尔？"她问道，说话时她脸上保持着镇静，但是从她的嘴角向下耷拉的样子可以看出，她脸上的镇静完全是强装出来的。

"我不能，"他说，"这样我会瞧不起我自己，也许更糟的是，我会瞧不起你。当然，我是说不能按照通常的理解和你在一起生活。眼下，无论我有什么样的感觉，我还不会轻视你。让我直白地说吧，或许你还没有明白我全部的难处。只要那个男人还活着，我怎能和你生活在一起呢？——实质上他是你的丈夫，而不是我。如果他死了，这个问题也许就不同了——除此之外，这还不是所有的难处，还有另外一个值得考虑的方面，这不只是我们两个人的问题，还关系到另外一些人的前途啊。你想一想，几年以后，若我们有了儿女，这件过去的事让别人知道了——这件事肯定会让人知道的，纸里包不住火。即使天底下最遥远的地方也会有人从其他地方来，有人到其他地方去。唉，想一想吧，我们的骨肉会遭到别人的嘲讽，随着他们不断地成长，不断地懂事，他们该有多么痛苦。他们明白过来后，该有多么难堪！他们的前途将多么黑暗！你要是考虑到这些问题，凭良心讲你还能说和我在一起住吗？你不认为我们忍受现有的痛苦强似再寻另外的痛苦吗？"

她的原本就因为痛苦而耷拉下来的眼皮，现在继续和之前一样耷拉着。"我不会要求和你在一起住的，"她回答说，"我不会这样要求的。至于子女我还没有想到这么长远呢。"

苔丝心中那种女人的希望——我们应不应该承认？——又开始强烈地燃烧起来，让她在心里悄悄生出一些幻象，只要亲密地生活在一起，时间长了，就能消除他的冷漠，纠正他的判断。虽然一般情况下她不通人情世故，但也并非智力不全，要是她不能本能地知道亲密地生活在一起的力量，那就是说她根本没有资格做女人了。她知道，如果这样也不奏效的话，别的方法对他就更不起作用了。她对自己说，不要寄希望于用计谋耍手腕，但这种感染法她并没有放弃。克莱尔已经最后表态了，正如他所说，那是一个新的问题。她实在没有想到像他想得那么远的事，经他清楚地一描绘，他们将来的子女会鄙视她，这对于她那以慈爱为中心的最忠厚的心灵来说，真是觉得入情入理。她全凭经验已经懂得，在某些情形里，有一个比过诚实的生活更好的办法，那就是无论什么样的生活也不过。她和所有那些经过苦难而获得先见之明的人一样，用庶利·普吕东的话说，她能够听到神所宣读的判决书，"你要下世为人"，尤其是假如判决书是对她未来的儿女宣读的。

可是自然之母像狐狸一样狡猾，直到现在，苔丝由于对克莱尔强烈的爱竟然糊涂了，竟然忘记了他们在一起生活是可能产生新生命的，是可以把自己哀叹的不幸再加到别人身上的。

因此她无法反驳他的观点。然而克莱尔是一个非常敏感的人，天生有一种惯于争论的脾性，这时他自己已在心中酝酿出了一套辩词，甚至害怕苔丝真的会拿他心中所想的这种辩词来反驳他。这种辩词是以苔丝异乎常人的身体优势为基础的，如果苔丝利用了这一点，她还有些希望达到目的。除此之外她还可以说："我们到澳大利亚的高原去，我们到得克萨斯的平原去，这样一来谁会知道我们呢？谁会在意我的不幸的过去呢？谁会来指责你或者我呢？"但是，和大多数女人一样，她接受了克莱尔的想象性描述，认为那是合情合理的。她也许是对的。凭女人内心的直觉，她不仅明了她自己的痛苦，而且也明了她丈夫的痛苦，即使这些想象中的责备不是由外人来指问他或者他的子女的话，它们也可能在自己的头脑里指问自己，他的耳朵也照样听得见。

这是他们分离后的第三天。有人或许会冒昧地说一句自相矛盾的话，要是他的身上更多一些兽性的话，他的人格也许就会更高尚了。我们通常并不会这样说。但是克莱尔的爱毫无疑问过于空灵了，所以才出了错误，也过于空想，所以才不切合实际。由于这些天性，有时候他心爱的人在他的面前倒不如不在他面前更令他感动。不在他的面前，他便可以创造出一个理想化的人来，从而把真实的缺点屏蔽掉。她发现，她的容貌已经不能像她所期望的那样，成为她的强有力的武器了。那个比方倒是不错：她已经变成另外一个女人了，已经不是能激起他的爱欲的那个女人了。

"我已经反复考虑过你说的话了，"她对他说道，一面用她的食指在桌布上随手划着，她那只戴戒指的手撑着额头，手指上的戒指仿佛在嘲笑他们两个人一样，"你说得完全正确，肯定会是那样的。你是得离开我。"

"可是你该怎么办呢？"

"我可以回家。"

克莱尔还没有想到过这点。

"真的吗？"他问。

"的确是真的。我们应该分开，我们早点结束这件事不就完了。你曾经说过，我容易讨男人的欢心，让他们失去理智，如果我不断地出现在你面前，也许你会改变主意，违背了你的理智和愿望，此后你的悔恨和我的痛苦就更可怕了。"

"你愿意回家吗？"他问。

"我愿意离开你，回家。"

"那么，就这样办吧。"

苔丝虽然没有抬起头来看他，但也不由得吃了一惊。提出建议和达成协议本来是两码事，她觉得他答应得太快了一点。

"我原来就担心会出现这种结局，"她嘟哝着说，不动声色，一副委曲求全的样子，"我不会抱怨的，安吉尔。我——我也认为这是最好的办法。你的话已经完全说服了我。的确，如果我们生活在一起，尽管也许不会有别人来责备我，但是时间长了，你也许在什么时候会因为一点儿小事就生我的气，说不定就把我过去的事情说出来，也许就让外人听见了，也许就让我们的孩子听见了。啊，现在这情形还只是让我伤心，到那时候却会让我痛苦，会要了我的命呀！我会离开你的——明天就离开。"

"我也不在这儿住了。尽管我不愿意先开口提这件事，但是我看得出来，我们最好还是分手——至少分开一段时间，等我把情形看得更清楚了，我会写信给你的。"

苔丝偷偷地看了她丈夫一眼。他脸色苍白，甚至还在颤抖，但是她看

261

见她嫁的这个丈夫，还是和从前一样，温柔的深处隐藏着坚定，这把她吓坏了——他有一种意志，要让质朴的感情服从细致的感情，要让物质的存在服从抽象的观念，要让肉欲服从理智。一切癖好、倾向、习惯，都像枯死的树叶，会被他想象的风暴一扫而光。

他也许看见了她惊惧的脸色，于是他又解释说——

"对那些从我身边离开的人，我会更加关爱他们，"他又玩世不恭地补充说，"也许上帝知道，有一天我们都过腻了，或许我们就又凑合到一块儿了，这样的人有成千上万呢。"

当天他就开始收拾起行李来，她也上楼收拾行李去了。他们两个人都知道，他们心里都明白，明天早晨也许就是永别了，尽管他们在收拾行李的过程中，都做出种种猜想宽慰自己，因为他们都是那样一种人，即他们对任何永久的别离都会感到痛苦。他知道，她也知道，虽然彼此都有吸引对方的魅力——在她，并不是靠才艺——大概从他们分别的第一天起就会比以往更强烈，不过时间一定会慢慢削弱它的，那些反对他接受她做妻子的种种实际理论，也许从一个旁观者的眼光去看就会变得更加清晰切实了。而且，两个人一旦分开了——一旦放弃了共同的居室和共同的环境——新的萌芽就会在不知不觉中生长出来，把各自空白的地方填补起来，难以预料的事情也可能妨碍了特意安排，过去的筹划就会被忘记了。

第三十七章

午夜静静地来了，又悄悄地走了，因为在佛卢姆谷里没有报时的教堂。

凌晨一点后不久，过去曾经是德贝维尔府邸的屋子，陷入沉沉的黑暗中，里面却传来一阵轻微的咯吱咯吱的声音。睡在楼上房间里的苔丝听见了，惊醒过来。声音是从楼梯拐角处传来的，因为那级楼梯台阶像往常一样钉得很松。她看见她的房间门被打开了，丈夫迈着异常小心的脚步，穿过一道月光走了进来。他只穿了衬衫和衬裤，所以她最初看见他的一刹，心里头掠过一阵欢喜，但是当她看见他奇异的眼睛茫然地瞪着，她的欢喜也就消失了。他走到了房间的中间僵硬地站住了，用一种难以描述的悲伤语气嘀咕着说——

"死了！死了！死了！"

克莱尔要是受到强烈的刺激，偶尔就会出现梦游的现象，甚至还会做出一些奇异的惊人之举，在他们结婚之前从市镇上回来的那个夜晚，他在房间里和侮辱苔丝的那个男人打了起来，就属于这种情形。苔丝看出来，是克莱尔心中持续不断的痛苦，把他折磨得夜里起来梦游了。

她在内心深处，对他既忠实，又非常信任，所以无论克莱尔睡着还是醒着，都不会引起她的害怕。即使他手里拿着一把手枪进来，也一点也不会减少她对他的信任，她相信他会保护她的。

克莱尔走到她的跟前，弯下腰来。"死了！死了！死了！"他继续嘟哝着说。

他用同样无限哀伤的目光死死地盯了她一会儿，然后把腰弯得更低了，俯身把她抱在自己的怀里，用床单把她裹起来，就像是用裹尸布裹尸一样。接着他把她从床上举起来，那种尊敬的神情就像是面对死者一样。他抱着她走出房间，嘴里嘟哝着——

"我可怜的，可怜的苔丝——我最亲爱的宝贝苔丝！这样甜蜜，这样善良，这样真诚的苔丝！"

在他醒着的时候是绝对不肯说出这些甜言蜜语的，在她那颗孤独悲凄渴望温情的心听来，真是甜蜜得无法形容。宁愿拼着自己已经厌倦了的性命不要，她也不肯动一动或挣扎一下，从而改变她现在所处的状态。她就这样一动也不动地躺着，简直连大气也不敢出，心里不知道他抱着她要干什么。他就这样抱着她走到了楼梯口。

"我的妻子——她死了，死了！"他说道。

他累了，就抱着她靠在楼梯的栏杆上，停了一会儿。他是想把她从这里扔下去吗？她已经没有了关心自我的意识，她知道他已经计划好明天就离开了，也许是永远离开了，她这样地躺在他的怀里，尽管十分危险，但是她并不害怕，反而觉得是一种享受。要是他俩能够一块儿摔下去，两个人都摔得粉身碎骨，那该多好啊，该多称她的心愿，她愿意和他在一起，即使是死去。

但是他没有把她扔下去，却借助楼梯栏杆的支撑，在她的唇上吻了一下——而那是他白天不屑一碰的嘴唇。接着他又把她紧紧地抱起来，下了楼梯。钉子松了的木质楼梯发出咯吱咯吱的声音，但是也没有把他惊醒，他们就这样安全地走到了楼下。有一小会儿，他从抱着她的双手中腾出一只手来，把门栓拉开，走了出去，他只穿着袜子，出门时脚趾头被门框轻轻地碰了一下。但是他似乎并没有察觉到，到了门外，他有了充分活动的空间，就把苔丝扛到了肩上，这样搬动起来他感到更加轻松些。她身上没有穿多少衣服，这也为他减轻了不少负担。他就这样扛着她走出了那个屋子，朝不远处的河边走去。

他的最终目的是什么呢？假如他有什么目的的话，但是她还是没有猜出来，她还发现她就像个局外人一样，在那儿推测着他可能要干什么。既然她已经把自己完全交给了他，因此她就一动也不动，满心高兴地想着他把她完全当成了他自己的财产，随他怎样处置好了。之前她心里一直萦绕着明天就要分离的恐怖，因此当她觉得他从内心深处真正承认她是自己的妻子了，并没有把她扔出去，即便他敢利用这种认可的权利伤害她，这对她也是一种安慰。

啊！她现在明白他正在做什么梦了——在那个星期天的早晨，他把她和另外几个姑娘一起抱过了水塘，那几个姑娘同样地深爱他，如果那是可能的话，不过苔丝不愿意承认这一点。克莱尔现在并没有抱她过桥去，而是抱着她在河的这一边走了几步，就朝附近的磨坊走去，然后就在河边站住不动了。

河水在这片草地上向下流去，延伸了好几英里，它以毫无规则的曲线蜿蜒前行，不断地分割着草地，环抱着许多无名的小岛，然后又流回河道，汇聚成一条宽阔的河流。他把苔丝抱到这个众河交汇的地方。和其他地方相比，这儿的河水既宽又深。河上只有一座很窄的人行独木桥，但是现在河水已经把桥面上的栏杆冲走了，只剩下光秃秃的桥板，桥面离湍急的河水只有几英寸，即使头脑清醒的人走在这座桥上，也不免要感到头晕眼花。苔丝在白天里曾经透过窗户看见，有一个年轻人从桥上走过去，就好像是走钢丝。她的丈夫或许也看见过同样的表演，不管怎样，他现在已经走上了桥板，迈开脚步沿着桥前进了。

他是要把她扔到河里去吗？大概是的。那个地方偏僻无人，河水又深又宽，足以轻松地把她扔到河里淹死。如果他愿意，他现在就可以把她淹死，这总比明天劳燕分飞天各一方要好些。

湍急的水流在他们的脚下奔腾，打着漩涡，月亮倒映在河水里，被河水抛掷、扭曲、撕裂着。一团团水沫从桥下漂过，水草受水流推动而在木桩的后面摇摆。如果他们现在一起跌落到激流中去，由于他们的胳膊互相紧紧地搂在一起，他们谁也活不了，他们就都可以毫无痛苦地离开这个世界，也不会有人因为他娶了她而指责她或者他了。他同她在一起的最后半个钟头，将是爱她疼她的半个小时。而他们要是仍然活着，等他醒了，他就要恢复到白天对她那般厌恶的态度了，眼下这甜蜜的一刻，就将只是一个转瞬即逝的梦幻了。

她心里一阵冲动，想动一下，让他们两个人一起掉落河水中，但是她还是不敢那样做。她如何看待她的生命，前面已经有了说明，但是他的生命，她却没有权力支配。他终于抱着她安全地走到了河的对岸。

他们进入一块人工种植的林地，这里是寺庙的遗址，他换了个姿势抱住苔丝，又朝前走了几步，来到了寺庙教堂里圣坛所在的旧址。靠北墙的地方，放着一口修道院长曾用过的石棺，那些来前旅行的人，如果想在阴森中寻些开心，都会到棺材里去躺一躺。克莱尔小心谨慎地把苔丝放进了这口棺材里。他又在苔丝的唇上吻了一下，深深地吸了一口气，仿佛完成了一桩重大的心愿似的。接着他也挨着石头棺材躺在了地上，立刻就睡着了，因为疲累，他睡在那儿一动也不动，像一截木头一样。由于精神上的激动他才造就出这个结果，而现在他的亢奋过去了。

苔丝在棺材里坐起来。今夜在这个季节里虽然还算是干燥温暖的，但是也够冷的了，要是他穿着半遮半露的衣服在这儿躺得时间太长，肯定是危险的。如果把他留在这儿，他完全可能一直睡到早晨，会被冷死的。她曾经听说过梦游被冻死的事。但是她怎敢把他叫醒呢，要是让他知道了他做过的事，让他知道了他对她如此的痴情，他不是要追悔莫及吗？苔丝从石头棺材里走出来，轻轻地晃了晃他，由于没有用力，因此摇不醒他。她必须采取些行动了，因为她自己已经开始发抖了，身上那床单根本就挡不住寒气。刚才那段时间里，她因为心里亢奋，没感觉到冷，而现在那种幸福的时刻已经过去了。

她突然想，何不用诱导的方法呢。于是她就用最大的决心和坚忍在他的耳边轻轻说："让我们继续走吧，亲爱的。"她边说边暗示性地拉着他的胳膊。看到克莱尔顺从了她，丝毫也没有拒绝，她才放下心来，显然他又重新回到了梦境，似乎又进入了另一个新的境界，在他幻想的那个境界里，苔丝的灵魂复活了，正带着他升入天堂。她就这样拉着他的胳膊，经过他们屋前的石桥，只要走过桥他们就算到了家门口了。苔丝完全光着脚，路上的石子把脚硌破了，同时也感到刺骨的冷，而克莱尔穿着毛袜子，似乎没有感到有什么不舒服。

后来再没有遇到什么麻烦。她又诱导他躺回自己的沙发床上，帮他盖严实了，用木柴生了一堆火，驱走他身上的寒气。她以为她做的这些事情会把他惊醒，她内心里也希望他能够醒来。但是他已身心俱疲，所以躺在那儿一动也没有动。

第二天早晨他们一见面，苔丝就凭直觉猜测到，克莱尔不大知道，或者根本就不知道在昨天夜里的行走中，她是一个非常重要的参与者，虽然他也许觉出了晚上睡得并不安稳。说实在的，那天早晨他从熟睡中醒来时，就像是从灵魂和肉体的毁灭中重生一样。在他刚刚醒来的几分钟里，他的脑子就像力士参逊活动身体一样，聚拢起一些力量，对夜间的活动还有一些模糊的印象。但是现实的其他问题，很快就取代了他对昨天夜里的猜测。

他怀着期待的心情等待着事情的发展，想看看自己的内心会不会发生什么变化。他知道，他昨天晚上决定的事，到今天早上还没有打算放弃的话，即使它是缘于感情的冲动，那大概这冲动也是以纯粹的理性为基础，所以他的主意到目前为止还是值得相信的。他就这样在灰色的晨光里分析他和苔丝分离的决心，它不是炽烈和愤怒的本能反应，而是经过感情烈火的炙烤烧灼，已经变得没有感情了的选择。他们的感情只剩下了骨骼，只不过是一具骷髅，但是又分明存在着。克莱尔不再犹豫了。

在吃早饭和收拾剩下的几件东西期间，他表现得很疲倦，这明显是昨夜劳累的结果，这使得苔丝差点要把昨天发生的事告诉他了。但是苔丝又一想，他若知道了他本能地表现出了他在理智时不会承认的对她的爱，知道他在理性睡着了的时候他的尊严遭到了损害，他一定会生气，会难堪，会认为自己精神错乱，所以她就没有开口。这太像一个人喝醉了酒做了一些古怪事清醒后遭到嘲讽一样。

苔丝忽然想到，安吉尔对昨天晚上多情的古怪行为也许还有一些模糊的记忆，因此她就更不愿意提到这件事，免得让他觉得她会利用这种机会，重新要求他不要离开她。

他已经写信从最近的镇上预订了一辆马车，早饭后不久马车就到了。她从马车上看出他们的分离已经拉开了帷幕，至少是暂时的分离，因为昨天晚上发生的事又让她生出几分将来可能和他在一起生活的希望。行李装到了车顶上，赶车的车夫就载他们离开了，磨坊主和伺候他们的那个农妇看到他们突然离去，都感到很惊奇，克莱尔就解释说他发现磨坊太古老，不是他想研究的那种现代化的磨坊，他的这种说法，就其本身而言也没有什么不对。除此之外，他们离开的时候，一点儿也没露出什么破绽，不会让他们发觉他们婚姻的不幸，或者不是一道去看望亲友。

他们赶车的路线要经过奶牛场附近，就在几天前，他们两个人还是带着庄严的喜悦从那儿离开的。由于克莱尔希望借这次机会去和克里克先生处理些事情，苔丝也就不得不同时去拜访克里克太太，不然会引起人们对他们幸福婚姻的怀疑。

为了使他们的拜访不至于惊动太多的人，他们走到便门的旁边就下了车，在那儿，有一条路通向奶牛场，他们就并排着走去。那片柳树林子已经修剪过了，顺着柳树树干的顶上望去，可以看见当初克莱尔逼着苔丝答应做他妻子的地方，而左边那个院落，则是她被安吉尔的琴声吸引住的地方，在奶牛的牛栏后面更远一些的地方，是他们第一次拥抱的那块草地。夏季的金色图画现在化作了灰蒙蒙的颜色，肥沃的土壤变得泥泞了，河水也变得清冷了。

奶牛场老板隔着院子看见了他们，就急忙迎上前去，对这一对新婚夫妇的再次光临做出一脸友好的滑稽样子。接着克里克太太也从屋里迎了出来，还有他们过去的几个工友也出来欢迎他们，不过玛丽安和莱蒂好像不在。

苔丝对他们诙谐的打趣，友好的戏言，都勇敢地接受了，可是事实上，这一切对她的影响却完全同他们以为的相反。在这对夫妻间有一种默契，那就是要对他们破裂的关系保持沉默，因此他们尽量表现得像普通的夫妇一样。后来，苔丝又被迫无奈地听了一遍关于玛丽安和莱蒂故事的细节，其实她当时一点儿也不想听他们说这件事。莱蒂已经回到了她父亲家里，玛丽安则到其他地方另找工作去了，大家都仍在担心她会不会再发生啥不好的事情呢。

苔丝为了消除再次听到这段故事后的悲伤，就走过去同她喜欢的那些奶牛告别，抚摸它们。他们在和大家告别的时候并肩站在一起，就好像是灵肉合为一体的恩爱夫妻，要是别人知道了他们的真实情况，一定会觉得他们的情形特别可怜。从表面看，他们就像一棵树上的两根树枝，他的胳膊和她的紧挨在一起，她的衣裾也摩擦着他的身体。他们并排站在一起面对奶牛场告别的人，他们说话时也总是把"我们"两个字挂在嘴边，实际上他们疏远得就像地球的两极。也许他们的态度里颇有一些不自然的僵硬和别扭，也许在装作和谐样子的时候表现得有些笨拙，和新婚夫妇的自然羞涩看起来很不一样，所以在他们走后克里克太太就对她的丈夫说："苔丝的眼神很不自然呀，他们站在那儿多像一对蜡人呀，说话时也恍恍惚惚的！你没有看出来吗？苔丝一向有点怪怪的，但现在却完全不像一个嫁给有钱人的新娘了呀。"

他们再次上了马车，驾着车往维瑟伯利和鹿脚路走了，到了一家篱路酒店，克莱尔就把马车和车夫打发走了。他们在旅店里休息了一会儿，又换了一个不知道他们关系的车夫，赶车进入谷里，继续向苔丝的家前行。走到半路，经过了纳特堡，到了十字路口时，克莱尔就让车夫停住车，她对苔丝说，如果她想回她母亲家去，他就得让她在这儿下车。由于在车夫的面前他们不好随便说话，他就让苔丝陪着他沿一条岔路走几步，她同意了。他们吩咐车夫在那儿稍微等几分钟，接着就走开了。

"唉，让我们互相理解吧，"他温和地说，"我们并不是谁生谁的气，中间有一些情况尽管我现在还不能容忍，但是我会尽量让自己容忍的。一旦我知道我要去哪儿，我就会让你知道的。等哪一天我觉得我可以忍受了——如果这做得到和有可能的话——我会回来找你的。不过除非是我来找你，最好你不要想法子去找我。"

这种严厉的命令，在苔丝听来就是绝情了，她已经完全弄清楚了他对她的看法，他现在是完全把她看成了一个骗了他的卑鄙女人了。可是一个女人即使做了那件事，难道就该受到这些惩罚吗？但是她是不能再就这个问题和他争辩了，她只简单地把他说的话又重复了一遍。

"除非你来找我，我一定不能设法去找你？"

"是这样的。"

"我可以给你写信吗？"

"哦，可以——万一你病了，或者你需要什么，你都可以写信给我。但我希望不会有这种事，因此最好还是我先写信给你。"

"我全部同意你的条件，安吉尔，因为你知道得最清楚，这些惩罚都是我应该承受的；只是——只是——别再增加了，不要让我承受不了！"

对于这件事她只说了这几句。苔丝要是个有心机的女人，在那条偏僻的岔路上吵闹一番，晕倒一次，歇斯底里地哭上一场，尽管安吉尔当时的态度是那样冷淡，大概他也很难招架得住。但是她长久忍受的姿态倒是为他开了方便之门，苔丝做了一个最好的为他辩护的人。她的顺从，也体现着她的自尊——这也许是整个德贝维尔家族共有的不计利害和听天由命的明显特征——本来她可以用许多有效的办法哀求他，让他回心转意，但是她没有使用任何一种方法。

他们后来的谈话就只是一些实际的问题了。这时他递给她一个小包，里面装着一笔为数不小的钱，那是他事先专门从银行里取出来的。那些首饰好像只限于苔丝在有生之年使用（如果他理解了遗嘱的措辞的话），他劝她由他存到银行里去，认为这样比较安全，这个建议苔丝也立即接受了。

所有的事情都安排妥当了，他就和苔丝一起回到马车前，扶苔丝上了车。他当时把车钱付了，把送她去的地址也告诉了车夫。然后他拿上自己的包裹和雨伞，这是他带到这里的所有物品，他对苔丝说了再见，然后就在那儿同她分别了。

马车慢慢地向山坡爬去，克莱尔望着马车，心里突然涌上一个愿望，他希望苔丝也透过马车的窗户看看他。但是她没有想到要看看他，也不敢去看他，而是躺在车里半晕过去了。他就这样目送马车渐渐地远去了，用十分痛苦的心情吟诵了一位诗人的诗句，又按自己的心思作了一些修改——

　　　　天堂也没有了上帝：世界一片混乱！

第三十八章

苔丝乘车穿过黑荒原谷，幼年熟悉的景物开始展现在她的面前。

这时她才从痛苦的麻木中醒来。她首先想到的问题是，她如何面对自己的父母呢？

她来到了通向村子的那条大道的收税栅栏门前。给她开门的是一个她不认识的人，而不是那个认识她和在这儿看门多年的老头儿。也许那个老头儿是在新年那一天离去的，因为那一天是交接的时间。由于近来她一直没有收到家里的信，于是她就向那个看守收税栅栏门的人打听了一下消息。

"啊——没听说过什么事，小姐，"他回答说，"马勒特村还是原来那样。有人死亡，也有人出生。在这个礼拜，琼·德贝菲尔德有个女儿出嫁了，女婿是一个体面的农场主。只是她不是在自己家出嫁的，他们是在别的地方结的婚。那位绅士是个上等人，嫌琼家里穷，没有邀请他们参加婚礼。新郎似乎并不知道，近年来发现约翰的血统竟来自一个古老的贵族，他们家族祖先的遗骨现在还埋在他们自家的大墓穴里呢。不过从罗马时代起，他们的祖先就开始变穷衰败了。但是约翰爵士，直到现在我们也是这样称呼他，在女儿结婚那天可确实是尽力操办了一下，把全教区的人都邀请了。约翰的太太还在纯纯酒店里唱了歌，一直唱到十一点多钟。"

苔丝听了这番话心里难受至极，再也没有心思坐着马车拉着行李杂物公开回家了。她问询看守收税栅栏门的人，可不可以把她的东西在他的家里寄存一会儿，得到了看门人的许可后，她就把马车打发走了，独自一人沿一条僻静的篱路向村子走去。

她一看见父亲屋顶的烟囱，就在心里问自己，这个家门她怎么进去呢？在那间草屋里，她的家人都满心以为她和那个有钱的夫婿到远方作结婚旅行去了，以为那个人会让她从此过上阔绰的生活；可是她现在却流落于此，举目无亲，世界这么大却无处可去，完全是独自一人偷偷地回到旧日的家门。

她还没有走进家门就被人碰到了。她才走到花园的树篱旁边，就碰上了一个熟悉她的姑娘——她正是苔丝上小学时两三个好友中的一个。她问了苔丝一些怎么到这儿来了之类的问题，并没有留意到苔丝脸上的悲凄神情。她突然问道——

"可是你那位先生呢，苔丝？"

苔丝连忙向她解释，说他出门办事去了，说完就匆忙离开那个问话的旧日朋友，穿过花园树篱的门进家了。

当她走进花园小径的时候，她听见了母亲在后门边唱歌的声音，接着就看见德贝菲尔德太太正站在门口拧一床刚洗的床单。她拧完了床单，就进门去了，没有看见苔丝，女儿跟在她的后面紧走了几步。

洗衣桶还是放在老地方，放在以前那只旧的大酒桶上面，她的母亲把床单扔在一旁，正要把胳膊伸进桶里继续洗，此时苔丝来到了她面前。

"哎呀，苔丝呀！——我的孩子——我想你已经结婚了！这次可是千真万确结婚了——我们送去了葡萄酒呢！"

"是的，妈妈，我结婚了。"

"就要结婚了吗？"

"不——我已经结婚了。"

"已经结婚了啊！那么你的丈夫呢？"

"啊，他暂时离开了。"

"离开了！那么你们是什么时候结的婚？是你以前告诉我们的那一天吗？"

"是的，是星期二那天，妈妈。"

"今天才星期六，难道他这么快就走了吗？"

"是的，他走了。"

"你这话是什么意思？没有哪个该死的抢走你的丈夫吧？回答我呀。"

"妈妈！"苔丝走到琼·德贝菲尔德跟前，把头趴在母亲的怀里，伤心地哭了起来。"我不知道该怎样跟你说，我的妈妈！你对我说过，也给我写了信，让我不要告诉他。可是我还是告诉他了——我忍不住对他说了——他就离我而去了！"

"啊，你是个小傻瓜——你是个地道的傻瓜呀！"德贝菲尔德太太也放声哭了起来，情绪激动的她把自己和苔丝身上都溅满了水。"我的天哪！我一直在告诉你，而且我还要说，你是个小傻瓜！"

苔丝哭得浑身颤抖，这许多天来的紧张终于一起痛快地发泄出来了。

"我知道——我知道——我全部知道！"她呜咽着，大口喘着气，"可是，啊，我的妈妈呀，我忍不住呀！他那样好，我觉得把过去发生的事对他隐瞒，那就是害了他呀！假如——假如——假如这件事再来一遍——我还是同样会告诉他的。我不能够也不敢欺骗他呀！"

"可是你这样先嫁给他再告诉他不也是骗了他吗！"

"是的，是的，这也正是我伤心的地方呀！不过我原想，他如果内心里实在不能原谅我，他可以通过法律离开我。可是啊，要是你了解到——要是你能了解到一半我是多么爱他，我是多么渴望嫁给他就好了。我是那样喜欢他，希望不要委屈他，在这两者中间，我太为难了呀！"

苔丝过于悲伤，再也哭诉不下去了，就虚弱无力地瘫倒在一把椅子上。

"唉，唉。事到如今还能怎样呢！我真不明白为什么我养的孩子，和别人家的比起来怎么都这样傻——一点儿也不知道什么事该说，什么事情不该说，把生米煮成熟饭再告诉他还能怎样了啊！"德贝菲尔德太太觉得自己这个做母亲的好可怜，就开始掉眼泪。"你父亲知道了会怎么说，我可不知道，"她接着说，"自从你结婚以来，他每天都在洛利弗酒店和纯纯酒店大肆宣扬，说是你结了婚，他家就要恢复从前的盛况了——可怜的蠢家伙！——现在你算是把一切都弄糟了！天呐——我的老天呐！"

仿佛凑热闹一般，不一会儿就听见了苔丝父亲走进来的脚步声。好在他没有立即走进来，德贝菲尔德太太便说她可以自己先把这个不幸的消息告诉他，要苔丝先不要见她父亲。在最初大失所望的情绪过去之后，她开始接受这个不幸的事实了，就像她接受苔丝第一次的不幸一样。她只是把这件事看作阴雨天气，看作土豆的歉收，把它当作与美德和罪恶毫无关联的事，当作没有躲避开的一种偶然的外部侵害，而不是看成一种教训。

苔丝躲到楼上去了，她不经意地发现楼上的床铺已经变了位置，重新作了布置。她原来的床已经分配给了两个小孩，这里已经没有她的位置了。

楼下的房间没有天花板隔音，所以下面谈话的大部分内容她都听得很清楚。她的父亲很快就进了房间，显然手里还拎着一只咯咯叫着的活母鸡。自从卖掉他的第二匹马之后，他就改做一个步行的小贩了，做买卖时都把篮子挎在自己的胳膊上。今天早上他手里一直拿着那只鸡，以此向别人证明他还在做买卖，其实这只鸡的腿已经被绑得结结实实，在洛利弗酒店的桌子下面已经放了不止一个小时了。

"刚才我们正在议论一件事呢——"德贝菲尔德开始向他的妻子讲述在酒店里讨论牧师的详细情形，这场讨论是由于他的女儿嫁给了一个牧师家庭引发的。"从前他们和我们高贵的祖先一样，被人们称呼为阁下，"他说，"但是现在他们的头衔，严格说起来就只是牧师了。"对于结婚这件事，由于苔丝不希望声张，所以他没有详细地对大家宣扬。他希望苔丝很快就能取消这个禁令。他提议说，他们夫妇俩应该启用苔丝本来的名字德贝维尔，使用这个他的祖先还没衰败时候的姓。这个姓可比她丈夫的姓厉害多了。他又问当日苔丝是不是有信来。

德贝菲尔德太太便告诉他，信倒是没有，但是不幸的是苔丝本人回来了。

等她终于把这场变故解释清楚了，德贝菲尔德方才感到这实在是令人伤心的耻辱，刚才喝酒引发的兴奋之情也就烟消云散了。但是与其说使他感到棘手的是这件事情的内在性质，不如说是别人听说这件事后心里头的想法。

"现在想想吧，竟闹到了这样一个地步！"约翰爵士说，"在金斯帕尔的教堂那里，我们家族的大墓穴就和约拉德老爷家的大酒窖一样阔大，里面埋着我们祖先的遗骨这一点儿都不假，都和历史上作了记载的一样真实。这下可好啦，看洛利弗酒店和纯纯酒店的那些人怎样议论我吧！看他们怎样对我挤鼻子弄眼，说什么'这真是你的一门好亲戚呀！你不是有罗马时代的高贵祖先吗？这回可光宗耀祖呀！'我怎么受得了这些呀，琼，我还不如死掉好过呀，爵位什么的都不要了——我再也受不了啦！——既然他已经娶了她，她应该就有能力让他把她留在身边啊？"

"啊，是的。可是她不想欺骗他。"

"你认为他真的和苔丝结婚了吗？或者还是像头一次一样，只是被他玩弄了？"

可怜的苔丝听到这里，再也听不下去了。她发现甚至在这里，在她亲生父母的家里，她的话也遭到怀疑，这使她对这个地方比对其他任何地方都要讨厌。命运的打击真是难以预料！如果连她的父亲都在怀疑她，那么邻居朋友们不是更有理由怀疑她了吗？啊，她在家里也注定待不下去了！

因此她决定只在家里住几天，正当她要离开的时候，恰巧收到了克莱尔写来的一封短信，告诉她他到英格兰北部去了，到那儿去找一个农场。她也渴望证明一下她真是他的夫人，向她的父母掩饰一下她和丈夫之间的疏远程度，就正好利用这封信作为再次离家的理由，给他们留下个印象，以为她是出去找她丈夫了。为了进一步遮掩别人猜测的她丈夫对她不好的事实，她还从克莱尔给她的五十镑钱里拿出二十五镑，将这笔钱交给了她的母亲，仿佛证明作为克莱尔这种人的太太是拿得出这笔钱的，她说这是对过去母亲含辛茹苦抚养她的一丁点儿回报，她就这样维护了自己的尊严，告别亲人离家走了。由于苔丝的慷慨，德贝菲尔德家后来借助这笔钱红火了好一阵子，她的母亲说，而且也确实相信，这一对年轻夫妇之间出现的裂痕，因他们的强烈感情已经修补好了，他们彼此是不能互相分开生活的。

第三十九章

　　克莱尔结婚三个礼拜以后，沿着一座小山的坡路往下走，他终于要回家了，那条山路通往那幢他再熟悉不过的他父亲的牧师住宅。在下山的路上，教堂的塔楼显露在傍晚的暮色中，好像在疑惑他为什么在这时候回来了。在暮色苍茫的市镇里，似乎没有一个人注意到他，更不会有人在盼望他了。他像孤魂野鬼一样来到镇子上，甚至连自己的脚步声都成了他想摆脱的累赘。

　　对他而言，生活的图景已经完全变了。在此之前，他对人生只是一种思辨的推理；而现在他认为自己像一个实际的人认识了生活，其实就是到了现在，大概他也还不是真正认识了生活。总而言之，人生在他的面前不再是意大利绘画中描绘的那种沉思的甜蜜，而是韦尔茨博物馆里的绘画描绘的那种面目狰狞的骇人神态了，带有万·比尔斯绘画中的诡谲。

　　在这两三个礼拜里，他的生活杂乱无章，简直无法形容。他曾经努力地尝试去实施他的农业计划，打算采取古往今来的仁人志士推崇的态度，只当什么事情也没有发生一样。但是后来他得出结论，在那些仁人志士当中，大概极少有人曾经体验过他们的办法是否管用。有一位异教徒道德家说过："关键在于遇事不慌。"这也正是克莱尔的人生观。但是他却赞同了。拿撒勒人说："你们心里不要忧愁，也不要怕这怕那。"克莱尔由衷地沉不住气这句话，但是他心里还是一样会忧愁。他多想当面见见那两位圣人啊，并且以对朋友的态度向他们恳求，请他们把方法告诉他。

　　他的心境转化成了一种顽固的冷漠情绪，觉得一切都无所谓了。到了后来，在他的想象里，他几乎成了一个旁观者，用漠不关心的态度来看待他自己的存在了。

　　他坚信，所有这些烦恼都是由于一个偶然因素，就是她是德贝维尔家族的后人，因此他就更加难过了。当他发现苔丝原是出自那个衰败的古老世家的时候，当他发现她并不是出自他所希望的新兴门户的时候，自己为什么没有坚守住原则，忍痛将她放弃了呢？现在他正是违背了他的原则才造成今日的局面，这是他应受的惩罚。

于是他变得心灰意懒，焦躁不安了，并且他的焦躁不安变得越来越严重了。他也在心里反思过，他这样对她是不是不太公正。他吃饭的时候不知道吃进去什么，喝东西也不知道喝的味道。时光一天天地过去，他回想起已逝的那一长串日子里每一个行为的出发点，这时候他才看清了他要把苔丝作为自己宝贵财富的想法是同他所有的计划、语言和行为融合在一起的。

他在各地奔走的时候，在一个小城镇的外面看见了一则红蓝两色的广告，上面展示了想到国外发展农业的人去巴西帝国的种种好处。那里的土地是以意想不到的优越条件提供的。去巴西，这就成了牢牢吸引他的新想法。将来苔丝也可以到巴西去和他在一起生活，也许在那个国家里，风气、习俗、人情、礼仪，和这里的会截然相反，此地的传统习俗使他不能和苔丝一起生活，而到了那里，他和苔丝一起生活也许就不会有太大的问题。简言之，就是他非常想到巴西去试试，尤其眼下正是去巴西的好季节。

他就是带着这种想法回爱敏寺的，他要把自己的计划告诉父母，还要努力解释为什么他不能和苔丝一道去，同时对他们实际上已分离了的事也一字不提。他走到家门口的时候，一轮新月照在他的脸上，在他新婚那天午夜过后的晚上，他抱着新娘子过河来到寺庙的墓地时，月亮也曾这样照着他的脸，只是他的脸现在更加消瘦了。

克莱尔这次回家事先并没有通知他的父母，所以他的晚归在牧师住宅里引发的震动，犹如翠鸟钻进平静的池塘引起的震动一般。他的父亲母亲都在客厅里，不过哥哥们一个也不在家。克莱尔走进客厅，轻轻地把身后的门关上了。

"克莱尔！——你的妻子呢，亲爱的安吉尔？"他的母亲大声问。"你真是让我们感到又惊又喜呀！"

"她在她母亲家里——暂时在她母亲家里。我这次匆匆忙忙地回家，是因为我决定去巴西。"

"去巴西？巴西人可都是信罗马天主教呀！"

"他们都信罗马天主教？我可没有想到这些。"

不过即使是儿子要去一个信奉教皇的地方，使他们感到奇怪，感到难过，这件事的确不小，但是他们很快就忘了，因为他们真正关心的还是儿子的婚事。

"三个星期前我们收到你写来的一封短信，信中说你结婚了，"克莱尔太太说，"你父亲便派人把你教母的礼物给你送去了，这你是知道的。当然，我们还是觉得最好不要去参加你的婚礼，尤其是你宁肯在奶牛场里和她结婚，而不是在她的家里，这让我们心里不舒服。无论你们在哪儿结的婚，我们都没有去。即便去了也可能会使你感到为难，我们也不会感到痛快。你的两个哥哥尤其觉得如此。现在既然已经结了婚，我们也不埋怨了，特别是你选择了种庄稼，而不是做牧师，如果她适合你所选择的人生事业，我们也不能再反对了……不过我们希望先见见她，安吉尔，我们想对她的情况了解得多一些。我们还没有送她我们自己的礼物呢，也不知道送她什么她才会高兴，你不要以为我们不送她礼物了，不过是推迟一些日子罢了。安吉尔，你要明白，我和你父亲在内心深处并没有因为这场婚事而生你的气，但是我们想，最好在见到她之前，我们还是保留对她的爱。你这次怎么没有把她带来呀？这不是有点儿奇怪吗？发生什么事了？"

他回答道，他们觉得在他回家的时候，她最好还是先回娘家去。

"我不妨告诉你，亲爱的妈妈，"他说，"我一直在想，她先不要进这个家，等到我觉得你可以接纳她了，我再带她回来。不过我到巴西去的想法，是最近才产生的。如果我真的去巴西，第一次出远门就把她带上，我想这是不明智的。她得留在她娘家，直到我回来。"

"那么在你动身之前，我是见不着她了？"

他说恐怕是见不着了。他已经说过，他以前的计划也没有想到把她带到自己家里来，怕的是他们有偏见，伤害了他俩的感情。另外，现在有了新的原因，他就更不能带她回家了。要是他即刻就走的话，在一年内他就会回家来看望他们，在他动身第二次出去时，也就是领着她一块儿出去时，他就能带她回家见他们了。

晚饭急急忙忙地准备好了，送进了房内。克莱尔进一步讲解了自己的计划。他的母亲因为没有见到新娘，直到现在心里还觉得失望。近来克莱尔对苔丝的热情影响了她，使她内心对这桩婚事产生了种种同情，在她的心思中，几乎都要认为拿撒勒也能出好人了——泰波塞斯奶牛场也能出一个美貌的好姑娘。在儿子吃饭的时候，她就用眼睛一直看着他。

"你就不能把她的样子描绘一下吗？我想她一定是很漂亮的，安吉尔。"

"她长得漂亮那是自然的！"他说这话的时候，热情的态度掩盖了他的悲伤情绪。

"还有，她的品行节操也是没有问题吧？"

"当然，她的品行和节操也是没有问题的。"

"我现在也能够清楚地勾勒出她的形象来了。曾经有一天你说她的身材很苗条，长得也很丰满。像丘比特的弓一样弯弯的嘴唇红红的，眼睫毛和眉毛是黑色的，一头秀发就像一堆锚绳一样浓密，一双大眼睛既有点儿紫，又有点儿蓝，还带点儿黑。"

"我是那样说过的，妈妈。"

"我能够更加清晰地想象出她的样子了。她生活在一个这样偏僻的地方，自然在遇见你以前，她是很少遇见从外面世界来的别的青年人了。"

"很少遇到。"

"你是她的第一个爱人吗？"

"当然。"

"有许多妻子可比不上农村这种纯朴、健壮的漂亮姑娘呢。自然我也想过——唉，既然我的儿子一定要做一个农场主，那么他娶一个适应户外生活的妻子也许更合适些。"

他的父亲就倒是很少问及这件事，不过在晚间祈祷以前，他们常常要从《圣经》里选择一个章节来读，于是当牧师的父亲对克莱尔说："我想既然安吉尔回来了，我们就不再读我们应该经常读的那一章了，读《箴言》第三十一章也许更合适些吧？"

"不错，当然是的，"克莱尔夫人说，"读利慕伊勒的话吧。"（她也和她的丈夫一样，能够背诵每一章每一节）"我亲爱的儿子，你的父亲决定读《箴言》里颂扬有德行妻子的那一章。我们不必提示，这些话想必是可以用在那位不在这里的人身上的。愿上帝保佑她一切安好！"

听了这话，克莱尔觉得好像有一块东西堵在了喉咙里。两个年老的仆人走进来，把轻便的读经台从墙角搬出来，摆在壁炉的正中间，克莱尔的父亲就开始诵读前面提到的那一章的第十节——

"才德的妇人谁能拥有呢？她的价值远胜过珍珠。她丈夫心里倚靠她，必不缺少好处。未到黎明她就起床，把食物分给家中的人。她有能力束腰，使膀臂有力。她觉得所经营的有利，她的灯终夜不熄……她观察家务，并不吃闲饭。她的儿女起来称她是有福的。她的丈夫也称赞她，说，'才德的女子很多，唯独你超过一切人！'"

在晚祷结束的时候，他的母亲说："我不禁想到，你父亲刚才读的那一节，在某些具体之处，用到你选择的那个女子身上真是再合适不过了。你应该懂得，一个完美的女人，应该是一个勤劳的女人，而不是一个懒惰的女人。她不是一个娇滴滴的小姐，而是一个用自己的双手、用自己的头脑、用自己的心血为别人谋幸福的人。她的儿女起来称她有福。她的丈夫也称赞她，说，'才德的女子很多，唯独你超过一切。'唉，我真希望我能够见到她，安吉尔。既然她纯洁贤淑，我也就不会嫌弃她教养不足了。"

听了这些话，克莱尔再也不能忍受了。他的眼睛里充盈了泪水，就像一滴滴熔化了的铅液。于是他匆匆忙忙地向这一对老人道了晚安，便回自己房间去了。这一对老人真诚质朴，是他最挚爱的人。在这两位老人的心里，既无世故，又无欲望，更无魔鬼，对于他们，这一切都是虚无的身外之物。

母亲也跟着他走了，去敲他的房门。克莱尔把门打开，看见母亲站在那儿，满脸的焦灼神色。

"安吉尔，"她问，"你这么快就离开了，是出了什么事了吗？我敢肯定你不大自然。"

"没有，根本没有，妈妈！"他说。

"是因为她吗？唉，我的儿子，我知道一定是这样的——我知道一定是为了她！这三个礼拜里你们吵架了吗？"

"我们真的没有吵架，"他说，"但是我们有点儿分歧——"

"安吉尔——她是不是在做姑娘的时候有什么事值得追究？"

凭着做母亲的直觉，她一下子就找到了令她的儿子激动不安的源头。

"她是纯洁无瑕的啊！"他回答说。同时他也感到，即使他会下万劫不复的地狱，他也得说这句谎话。

"既然是这样，其他的也就无关紧要了。说到底，世上能比一个贞洁的农村姑娘更纯洁的人是很少的。她的稍粗俗的言行举止，起初你也许会感到缺少教养，但是我敢肯定，和你朝夕相处久了，再加上你的教导，她都会改变的。"

家里这种盲目的宽大，叫克莱尔听了，心里感到真是可怕的讽刺，这又使他认识到，这次婚姻的确是完全把他的事业毁了，而在当初她自白的时候，他已经想到了。不错，就他自己来说，他并不在乎自己的事业怎样，但是为了他的父兄，他希望至少要有一个体面的事业。此时他看着面前的蜡烛，蜡焰似乎在向他无言地表示，烛光原本是为照耀那些明智的人的，它讨厌照在上当受骗的傻瓜身上。

当他的那一阵激动情绪冷静下来以后，他又对他那位可怜的妻子生起气来，就是因为她才造成了今日这种局面，逼得他不得不对他的父母撒谎。他几乎是在生着气和她对话，仿佛她就在他的房间里。接着，他似乎感觉到了她温柔亲切的絮语，忧伤悲苦的怨恨，暗夜里的烦恼，感觉到了她那天鹅绒般的嘴唇吻遍了他的前额，他甚至能够在空气中分辨出她呼吸的温暖气息。

那天夜里，被他蔑视和贬低的那个女人，却正在那儿默想，她的丈夫是何等伟大，何等善良。但是在他们两个人的头上，却都笼罩着一层阴影，比克莱尔认识到的还要阴暗，那就是他自己的局限性。这个具有先进思想和慈悲情怀的青年，一直想把自己从偏见中解脱出来，是最近二十五年里产生出来的一个典型，但是当他遭到意外事故打击的时候，就又退回去接受了自幼以来所接受的教化，做了传统和习俗的奴隶。没有一个先知告诉他，他自己也不是先知，因此也不能告诉自己，其实他的这位年轻的妻子，对于利慕伊勒王对所有那些爱憎分明的女人的颂扬之辞，她都当之无愧，因为对于她的道德人品的判断，应该根据她的倾向，而不应该根据她做过的事。还有，在这种情形下，近在眼前的人就要吃亏，因为阴影遮不住他们的悲哀，容易显露出来，而在那种情形里，远处的模糊人物却受到尊重，他们的缺点变成了艺术上的优点。他考虑的是苔丝缺少的一面，忽视了她身上的优点，从而忘记了即使是有缺陷的也是可以胜过完美的这个事理。

第四十章

第二天吃早饭时，大家谈话的内容都是巴西，既然克莱尔提出要去巴西的土地上开创事业，于是大家就尽力用乐观的心态去看待这件事，尽管听说有些农业工人去了那里之后还不到一年就回来了，而且带回来的尽是令人失望的消息。早饭过后，克莱尔就到一个小镇上去，处理与他相关的一些琐事，然后从本地银行里取出了他所有的钱。回家路上他在教堂旁边遇见了美倩·契尔特小姐，她仿佛就是从教堂的墙壁中刚长出来的一样。她为她的学生抱了一大堆《圣经》出来，她的人生观是这样的，即使别人感到头疼的事情，她面对时也能在脸上挂上幸福的微笑——这当然是一种令人羡慕的境界，不过在克莱尔看来，这是极不自然地牺牲自我生活而信神的结果。

她听说了他要离开英格兰的事，就对他说，这看起来似乎是一个非常好的和大有前途的计划。

"的确，从商业意义上看，这是一个很不错的计划，这是毫无疑问的，"他回答说，"但是，亲爱的美倩，这却要打断我生活的连续性了。这也许还不如进修道院好呢！"

"修道院！啊，安吉尔·克莱尔你在说什么呢？！"

"什么呀？"

"唉，你成一个邪恶的人了，进修道院就是做修士，做修士。就意味着信罗马天主教呀。"

"信了罗马天主教就是犯罪，犯罪就意味着要下地狱。安吉尔·克莱尔，你现在可是处在危险的状态中呀。"

"我还是希望你信新教，这更光彩些！"她严肃地说了克莱尔一番。

这时候克莱尔苦闷到了极点，竟产生了一种着魔似的情绪，在这种情绪的支配下，一个人就失常了。他把美倩小姐叫到跟前，像一个恶魔般在她的耳边低声说了一通他所能想到的荒诞不经的话。他看见她吓得脸色苍白，露出了恐怖的神情，就哈哈大笑起来，但看到为了他的幸福她脸上呈现出既痛苦又焦急的神情的时候，他就收敛了放肆的大笑。

"亲爱的美倩，"他说，"请你一定原谅我。我想我是疯了！"

她也以为他疯了，谈话就此结束了，克莱尔又回到父亲的住宅。他已经把珠宝存到了银行，等到以后幸福日子来临时再取出来。他又付给银行三十镑钱——让银行过几个月后寄给苔丝，也许她需要钱用。他还给住在黑荒原谷父母家里的苔丝写了一封信，把自己要去巴西的事情告诉她。这笔钱加上他之前已经给她的那笔钱——大约五十镑——他相信这笔钱足够她用一段时间的了，此外他那特别告诉过她，如有急需她可以去找他的父亲，请求他父亲施以援手。

他觉得最好不要让自己的父母和她通信，因此就没有把她的地址告诉他们；而父母因为不知道他们两个人究竟发生了什么事才分开的，所以也没有问她的地址。就在这一天，他离开了家，因为他希望快点儿去实现必须实现的事情。

在离开英格兰之前，他要处理的最后一件事就是去拜访井桥的农舍，在那座农舍里，他们度过了他们结婚后最初的三天，他要去那儿把钱数不多的房租付给房主，还有他们住过的房门的钥匙也要交还，另外，他还要取回离开时留在那儿的两三件小物品。正是在这座农舍里，最暗的阴影降临到他的生活里，阴影的忧郁笼罩住了他。他推开起居室的房门向里面看去，首先浮现在心头的记忆就是在同样的下午时光他们婚后初来到这儿的幸福光景，那时他们怀着同屋而居的新鲜感觉，他们一起吃饭和握着手在炉边细语的情景又浮现在他眼前。

他去拜访的时候，房主和他的妻子正在田地里，克莱尔便独自一人在房间里待了一会儿，一时间百感交集，心乱如麻，这是他完全没有预想到的，就上楼进了她那间他从来没有进过的房间。床铺整整齐齐的，还是那天早上他们离开时她亲手整理的，槲寄生还是原样挂在帐子的顶上，那是他亲自挂上去的。槲寄生在那儿挂了三四个星期了，现在连颜色都变了，叶子和浆果都枯萎了。安吉尔把它取下来，塞到了壁炉里。他站在那里，第一次怀疑起自己此时到这里来是不是明智，更不用说他也怀疑起自己是否是宽厚仁慈的了。可是，他自己不是也被残酷地欺骗了吗？他怀着复杂的感情，含着眼泪在床边跪下来。"啊，苔丝！如果你早一点告诉我，也许我就宽恕你了啊！"他痛苦地说。

听见楼下传来了脚步声，克莱尔就站起身来，走到了楼梯口。在楼下光线明亮的地方，他看见有一个女人站在那儿，当她转过脸来的时候，他认出那正是白脸庞黑眼睛的伊茨·休特。

"安吉尔先生，"她说，"我来这儿是想看看你和安吉尔太太，来向你们问好。我猜想你们很快就要回到这儿的。"

这个姑娘来此的秘密他已经猜着了，但是她却没有猜到他的秘密。偷偷爱着他的一个痴情的姑娘——这个姑娘也可以做一个和苔丝一样好，或者几乎一样好的务实的农家妻子。

"我是一个人来这里的，"他说，"你从哪条路回去，伊茨？"

"我现在不住在泰波塞斯奶牛场了，先生。"她说。

"为什么不住在那儿了呢？"

伊茨垂下头看着地上。

"我在那儿感到太忧伤了！我现在住到那边去了。"她用手指着相反的方向，那个方向正好是他要走的路。

"哦——那你现在回那儿去吗？如果你愿意，我可以载你走。"

她那青白的脸上添了一抹红晕。

"谢谢你，克莱尔先生！"她说。

他很快就找到了房东，和他算清了房租和其他几项因为他们突然离去而应该考虑在内的账目。伊茨和克莱尔一起走到他的马车跟前，伊茨就跳上车坐到了他的身边。

"我要离开英格兰了，伊茨，"他说，同时开始赶着车往前走，"我要去巴西了。"

"克莱尔太太喜欢去那里吗？"她问。

"现在她还不去——就是说一年左右时间内她还不去。我自己先到那里去看看——看看那里的生活怎么样。"

他们赶着马向东边跑了很长一段路，伊茨什么话也没说。

"其他几个人现在怎么样啊？"他问，"莱蒂怎么样？"

"我上次看见她的时候，她还有点儿痴痴呆呆的，人也瘦弱不堪了，连腮帮子都塌下去了，大概是病倒了。不会有人再爱她了。"伊茨心不在焉地说。

"玛丽安呢？"

伊茨放低了声音说："玛丽安开始酗酒了。"

"是真的吗？"

"是真的。奶牛场老板已经辞退她了。"

"你的情况呢？"

"我不喝酒，也没有生病。可是——现在早饭前我不再唱歌了！"

"为什么呢？以前早上挤牛奶的时候，你总是爱唱《在爱神的花园里》和《裁缝的裤子》，唱得真动听呀，你还记得吗？"

"啊，记得！那是你刚去的那几天里我唱的歌。你到这儿之后，我就一句也不唱了。"

"为什么不再唱了呢？"

她盯着他的脸看了一会儿，眼睛里放出光来，算是做了回答。

"伊茨！你多么懦弱啊，就像我一样！"他说，说完就陷入了深思。"那么我问你——假如当初我向你求婚，你会答应我吗？"

"如果你向我求婚，我当然会答应你的，你理所当然要娶一个爱你的女人呀！"

"真的吗？"

"一点儿也不假！"她满怀激情地喃喃说道，"啊，我的天呐！你以前从来就没有想到过我啊！"

走着走着，他们来到了通向一个村子的岔路口。

"我必须下车了。我就住在那边。"伊茨突然说，自从她承认她爱他以后就再也没有开口说话。

克莱尔放慢了马。他一时气愤不满起自己的命运来，对社会礼法也痛恨不已，因为它们已经把他逼到了一个角落里，几乎找不到出路了。为什么以后不去过一种自由放荡的个人生活向社会报复呢？为什么偏要去作茧自缚画地为牢，去亲吻那根教训人的习俗礼法之棍棒呢？

"我是要一个人去巴西的，伊茨，"他说，"因为个人的原因，并不是她不愿意漂洋过海。事实上，我同我的她已经分居了。我再也不会和她在一起生活了。我也不能够再爱她了。可是——你愿意取代她和我一起生活吗？"

"你真的想让我和你一起去？"

"是真的。我已经受够了，真希望有一个解脱。你至少是毫无私心地爱着我的。"

"不错——我愿意和你一起去。"伊茨停了一会儿坚定地说。

"你愿意？你知道那意味着什么吗，伊茨？"

"那就是说你在巴西期间我要和你住在一起——那我也觉得挺不错的呀。"

"记住，你现在在道德上不要再信任我了。可是我应该提醒你，从那些文明人的视角来看——我是说西方人的文明，你这样做大逆不道。"

"我不在乎那些，一个女人，走到了痛苦的顶点，又无路可走，才不会在乎那些呢！"

"那么你就不要下车了，一直坐在你坐的那个位置好了。"

他赶着车走过了十字路口，一英里过去了，两英里过去了，一点儿也没有爱的表达。

"你很爱很爱我吗，伊茨？"他突然问道。

"我很爱你——我已经说过我很爱你！当我们一块在奶牛场里的时候，我就一直深爱着你呀！"

"比苔丝更爱我吗？"

她摇了摇头。

"不，"她嘟哝着说，"我比不上苔丝更爱你。"

"为什么？"

"因为不可能有人比苔丝更爱你的！她是能够为你去死。但是我做不到。"

伊茨·休特就像毗珥山上的先知，在这种时候本来想说一些违心的话，但是好像苔丝纯良的天性使她的人格产生出了魔力，使伊茨不得不赞扬苔丝。

克莱尔沉默了。从这个意外的无可怀疑的渠道听到了这番坦白直率的话，他的心立刻被打动了。他的耳边反复回响着一句话："她能够为你去死。但是我做不到。"

"把我们的一派胡言忘了吧，伊茨，"他说，突然勒转了马头，"我真不知道我说了些什么！我现在就送你回去，送你回那条路去。"

"我对你一片真心，你怎么可以这样对我呀！啊——这我怎么受得了呢，我怎么——怎么——"

伊茨·休特反应过来以后，便号啕大哭起来，用手直打自己的脑袋。

"你为那个不在这里的人说了公道话做了一件正当的事，是不是后悔了？啊，伊茨，别后悔，一后悔就算不上好心了啊！"

她慢慢地平静下来。

"好吧，先生。哦——也许当我同意和你一起走的时候，我也不知道自己都说了些什么啊！我愿意和你一起走——可是那怎么可能呢！"

"因为我已经有一个爱我的妻子了。"

"是的，是的！你已经有一个爱你的妻子了。"

他们来到了半个小时前他们经过的那条篱路的岔路口，伊茨跳下马车。

"伊茨——请原谅我一时的轻浮吧！"他喊道，"我说的话没经过大脑，太欠考虑了，太随便了，真是抱歉！"

"把它忘掉吗？永远永远也忘不掉的！啊，对我来说那不是轻浮！"

288

他意识到他确实深深伤害到了这个姑娘，而他确实完全应该受到她的谴责，他内心里感到了一种难以形容的悲伤，便跳下车来，握住了她的手。

"啊，可是，伊茨，无论如何，我们还是像老朋友一样地分手好吗？你不知道我最近承受了多大的痛苦啊！"

她的确是一个宽宏大量的姑娘，告别时再也没有露出更多的怨恨来。

"我原谅你了，先生！"她说。

"现在，伊茨，"他勉强自己做一个他远不能胜任的导师的角色，对站在他身边的伊茨说，"我想请求你在见到玛丽安的时候告诉她，她是一个好姑娘，不要自暴自弃。答应我，告诉莱蒂，世界上比我好的人多的是，请你转告她，为了我的缘故，请她好好珍重——请你记住我的话——好好珍重——为了我的缘故。请你把我这个话带给她们，就算是一个将死的人对别的将死之人说的话，因为我再也见不着她们了。还有你，伊茨，你告诉了我对我妻子的真实评价，因而把我从由一阵冲动产生的令人难以置信的愚蠢中拯救出来。女人也许有坏的，但是她们决不会比世界上的坏男人更坏啊！正是因为这个缘故，我才永远不会忘了你。你以前就是一个诚实的好姑娘，就要永远做一个诚实的好姑娘。你要把我当成一个一无所值的情人，同时也要看成一个忠实可靠的朋友。答应我吧。"

她答应了他。

"愿上帝保佑你，赐福于你。先生，再见吧！"

他驱车走了，不久伊茨也走上了那条篱路，等克莱尔的马车消失了，她就痛苦不堪地歪倒在路边的土坡上了。直到深夜，她才满脸不自然地走进她母亲的那间小屋。在安吉尔·克莱尔离开她以后和她回家之前这段时间里，没有人知道她是怎样熬过这段黑暗的时间的。

同伊茨告别以后，克莱尔也是伤心痛苦，他的嘴唇一直在发抖。不过他的伤心不是为了伊茨。那天晚上，他几乎都要放弃到附近的车站去，而要勒转马头，转身穿过南威塞克斯那道把他和苔丝的家隔开的高高的山脊。但是阻止他前去的不是他看不起苔丝的心性，也不是他的可能发生变化的心情。

都不是！他是这样考虑的，固然不错，像伊茨说的那样，她很爱他，但是事实并没有因此改变。如果当初他是对的，那么现在他依然是对的。他已经走上了这条路，惯性的力量还要推着他继续朝前走，除非有一股比今天下午催促他走向这条路的更强大、更持久的力量，才能把他扭转过来。他不久也许会回到她的身边。但当天晚上，他还是上了去伦敦的火车，五天以后，他就在上船的港口同他的哥哥挥手作别了。

第四十一章

让我们从前面叙述的冬天的事情转回来叙述现在十月的故事吧，这时安吉尔和苔丝已分手八个多月了。我们看到苔丝的情形完全改变了，她不再是那个把箱子和小盒子交给别人搬运的新娘子了，我们看见的是她自己孤零零地挎着篮子，自己搬运包裹，和她以前没有结婚做新娘子时完全一样了。在此之前，她的丈夫为了让她过得舒服一点特意给她准备了宽裕的费用，但是现在她却只剩下了一个瘪了的钱袋。

在她再次离开马勒特村她的娘家后，春天和夏天她都是在体力上没有太大的压力下度过的，主要是在黑荒原谷以西靠近布莱底港的地方做些奶场上的活，那个地方距离她的故乡和泰波塞斯一样的远。她宁愿这样自食其力。在精神上，她仍然没有摆脱痛苦而是停留在一种完全停滞的状态中，她所从事的一些机械性的工作不仅没有改变这种状态，相反助长了这种状态。她的意识仍然停留在从前那个奶牛场里，在从前那个季节里，仍然在从前她在那儿遇见的温柔的情人面前——她的这个情人，她伸出手来刚要抓住他，拥有他，他却像幻象中的影子一样消失了。

奶牛场里的杂工到奶量减少的时候就不需要了，而她没有找到和在泰波塞斯奶牛场一样的第二份正式工作，所以她只得做一个编外的临时工。但是，因为收获的季节现在已经开始了，所以她只要从牧场转到有庄稼的地方，就可以找到更多的活去干，这种情况一直持续到收获季节结束。

她把克莱尔原来给她的五十镑中的一半给了她的父母，算是报答父母对她的养育之恩，因而她只剩下二十五镑，到如今她只用了一点点。但是眼下到了倒霉的雨季，在这期间，她只好动用她剩下的那些金币了。

她真舍不得把这些金币用掉。这些金币是安吉尔交到她手上的，崭新银亮，是他为她从银行里取出来的。这些金币经他之手抚摸过，因此它们就成了神圣的纪念品，这些金币除了他们俩接触过，似乎还没有经过他人流转，用掉这些金币就如同扔掉圣物。可是她不得不动用这些金币，于是只得让这些金币一个一个从她的手中消失了。

颠沛流离中，她不得不经常写信，把自己的新地址告诉母亲，但是她却把自己的境遇隐瞒了。正当她的钱快要用尽的时候，她又收到了母亲写来的一封信。信中母亲告诉她，她们家目前陷入了非常艰难的境地：秋雨已经把屋顶浇透了，屋顶需要马上修葺，但是由于上一次修屋顶的钱还没有付清，所以这次人家就不给盖了。还有，楼上的横梁以及天花板也需要修缮，这些花费加上上一次的账单，一共需要二十五镑。既然她的丈夫是一个有钱人，不消说现在肯定已经回来了，她能不能给他们寄去这笔救急钱呢？

就在这时节，克莱尔存款的银行差不多刚好给苔丝寄了三十镑来，家中情形既然如此窘迫，因此她一收到那三十镑，就把她母亲急需的二十镑寄了去。剩下的那十镑，她又动用了一些置办了几件棉衣，严冬就在眼前，而她剩下的钱却为数不多了。当她用完了最后一个金币的时候，她开始考虑安吉尔对她说过的另一句话了，当她需要钱的时候可以去找他的父亲。

但是苔丝想到这个办法，却犹豫起来。因为克莱尔的缘故，她产生了一种情绪，敏感，自尊，以及过分羞耻心，无论这种情绪究竟是什么，反正出于这种情绪，她对父母隐瞒了和丈夫分居的事，也不愿意去找她丈夫的父亲，去告诉他说，她已经花光了丈夫给她留下的一笔数目可观的钱。也许他们早就瞧不起她了，现在再像叫花子一样去讨钱，不是会让他们更瞧不起吗！这样考虑的结果，就是她决不能让公公知道她眼下的困境。

她对和她丈夫的父亲通信感到犹豫，心想这种犹豫也许随着时间的流逝就会削弱，可是她对于自己的父母却刚好相反。她结婚以后，回到父母家里住了几天，接着就离开了，给他们留下的印象是她最终是去找她丈夫去了。从那时到现在，她从来没有动摇自己等丈夫回来的决心，于无望中生出希望，她的丈夫只是短暂地到巴西去，此后他就会回来接她，或者写信让她前去找他，总之，他们不久就会在他们的家庭和世界里表现出和好如初的情形。她至今仍然心存这个希望。这次露脸的婚姻为她父母掩盖了他们第一次的失败，挽回了些面子，若再让她的父母知道了她是一个弃妇，知道了她接济了他们之后，现在全靠她自己的双手谋生，这的确会让他们大大地难堪。

她又想起了那一副珠宝首饰。她并不知道克莱尔把它们存在哪里，这也无关紧要，即使在她手里，她也不能变卖呀，她也只能使用它们，而不能变卖它们。即便它们完全属她所有，她如果用实质上根本就不属于她的名分去拥有它们，岂不是太卑鄙了吗？

与此同时，她丈夫的日子也处于痛苦的煎熬中。此时，他正在巴西附近的克里提巴的黏质土地里，淋了几场雷雨，加上受了许多其他磨难，病倒了，发着高烧。和他同时受苦的还有许多其他英国农场主和工人，他们也都是被巴西政府的种种许诺哄骗到这儿来的。他们依据了那种毫不实际的假设，以为既然在英国的高原上耕田种地，他们的身体能够适应所有的天气时令，自然也能同样适应巴西平原上的气候，却不知道英国的气候是他们生来就习惯了的，而巴西的气候却是他们突然遭遇的气候，他们无从适应。

我们还是再回来叙述苔丝的故事吧。就是在这个时候她花完了最后一枚金币，再也没有其他金币来填补这些金币的空缺，而且由于季节的因素，她也发现要找到一份工作极其困难。她并不知道在生活的任何领域里，有智力、体力好、又健康、又肯出力的人总是缺少的，因此她并没有想到要去找一个居室内的工作。她害怕城市，害怕大户人家，害怕有钱人和世故的人，害怕接触除农村人以外所有的人。黑色的忧患来自上流社会给她人生的第一次摧残。那个社会，其实也许比她根据自己的一点儿经验所认为的那样要好一些。但是她无法验证，因此在这种情形下，她本能地避免去接触这个社会。

布莱底港以西有一些小奶牛场，春天和夏天时，苔丝在那儿做过临时挤奶工，而眼下这些奶牛场已经不需要人手了。如果去泰波塞斯，奶牛场老板即使出于同情，大概也会给她一份工作，从前在那儿的生活一直挺舒服，但是她不能再回去了。如今她一落千丈的处境，让人难堪。她若是回去，也许会招来她所崇拜的丈夫的责备。她无法忍受那里人们的同情，更不愿看见他们相互低声耳语，议论她的奇怪处境；假如人们能够把所知道的她的事情藏在心里，她差不多还是可以面对那里熟悉她境况的每一个人。正是他们在背后对她的说三道四，让她这个敏感的人退缩了。苔丝无法解释这中间有何差异，但是她知道她的感觉。

现在，她正在向本郡中部一个高地农场走去。她收到玛丽安写给她的一封信，这封信几经辗转才送达她的手上，玛丽安在信中推荐她到那个农场去。玛丽安不知道从哪里知道了她已经同丈夫分居了的事——大概是听伊茨·休特说的——这个善良的喝上了酒的姑娘，觉得苔丝陷入了困境，就急忙写信给她从前的这位老朋友，告诉苔丝，说她离开奶牛场后就到了这个高原农场，如果她真的还是像从前一样出来干活的话，那里还有几个工作位置，希望能在那个农场同苔丝见面。

冬日的白昼一天比一天短，她开始放弃获得丈夫宽恕的所有希望。她有了些野生动物的性情，即走路的时候全凭直觉，而不再借助思考——她要一步步一点点地把自己同沧桑的过去割断联系，把自己的身份消除，一点也没法想某些事件或偶然可能会让人很快发现她的行踪，这种发现对她自己的幸福至关重要。

在她孑然一身的处境中，自然有许多困难，而其中她惹人注意的容貌也极易给她招麻烦。在克莱尔的影响下，她除了原先的天生丽质，现在又增添了优雅的韵味。她最初穿着结婚时置办的服装，那些对她偶然的注目倒还没有引起什么特别麻烦的事情，但是当她那些衣服穿破以后不得不穿上农妇的粗劣服装时，就不止一次有人当面对她说粗鲁的话。不过，直到十一月一个特别的下午，还没有发生人身侵犯的事情。

她其实宁愿到布莱底河的西部农村去，也不愿到她现在要去的这个高地农场，因为别的先不说，只说地理位置西部农村那儿离她丈夫的牧师父亲的家也要近一些啊。她在那里寻找工作，没有人认识她，她还想，也许有一天她打定了主意，会去拜访牧师住宅呢，想到这些她就感到高兴。不过一旦决定了要到高峻干燥的地方去找工作，她就转身向东，一直朝粉新屯的村子走去，并打算在那里过夜。

漫长的篱路看不到变化，由于冬日的白昼短，不知不觉就到了黄昏时分。她走到一个山顶，朝下看见了那条下山的篱路，弯弯曲曲地伸展出去，时隐时现。这时候，她听见从背后传来了一阵脚步声，不一会儿，就有一个人走到了她跟前。那人走到苔丝的身边说："晚上好，我漂亮的姑娘。"苔丝客气地回答了他的问候。

这时候地上的景物都差不多昏暗不清了，但是天空的余光还能照出她的脸。那个人转过身来，使劲地盯着她看。

"哎呀，没错，这不是正特兰里奇的那个乡下野丫头吗——做过德贝维尔少爷的朋友，是吧？那个时候我也住在那儿，不过我现在不在那里住了。"

苔丝认出他来了，他就是那个在酒店里对她说粗话而被克莱尔打了几拳的有钱的村夫。她不禁痛苦得全身一阵痉挛，没有搭理他的话。

"你老实承认吧，那天我在酒店里说的话是都真的，尽管你那个情人听了大发脾气——喂，我狡猾的野丫头，是不是？我那天挨了打，你应该向我道歉才对，你想想是吧。"

苔丝仍然没有搭理他。她那被追问逼迫的灵魂似乎只有逃跑这一条路了。她突然抬脚飞跑起来，头也不回，沿着那条路径直跑到一个栅栏门前，那个门敞开着，通往一块人造林地。她一头跑到这块林地，一直跑到了这块林地的深处，直到感到安全了，不会被人发现了，她才停下脚步。

脚下的落叶已经干枯了，在这块落叶林中，还参差地长着一些冬青灌木，它们稠密的枝叶足可以挡风。她把一些枯叶拢到一起，聚成一大堆，在中间扒出一个窝来。然后苔丝就爬进了这个窝里。

她这样睡觉自然是断断续续不安稳的，她总觉得隐隐约约地听见了奇怪的声音，但是她又劝慰自己，那些声音只不过是由风引起的。此时她想到了她的丈夫，当她在这里受冻的时候，他大概正在地球另一边某个温暖的地方吧。苔丝问自己，在这个世界上还有谁像她一样可怜？她还想到了自己虚度了的大好光阴，就说："凡事都是虚空。"她机械地重复念叨着这句话，念到后来，才觉得这句话对于现代社会已经不合适了。早在两千多年前，所罗门已经想到了这点，而她自己虽然不是思想家，但是她想的却还要深刻些。

如果一切只是虚空，那么谁还在意呢？唉，一切比虚空还要糟糕——委屈，惩罚，苛责，死亡。想到此处，安吉尔·克莱尔的妻子把手放到自己的额头上，摸摸额头上的曲线，摸摸眼眶的边缘，可以触摸到柔嫩皮肤下的骨头，她边摸边想，总有一天这一切会只剩下白骨的。"真希望现在就是一堆白骨。"她说。

就在她胡思乱想的时候，她又听见树叶中出现了种种奇怪的声音。这也许是风声，可是现在几乎没有一点风呀。有时候是一种颤动的声音，有时候是一种拍打的声音，有时候又是一种喘息和咯咯的声音。很快，她确定这些声音是某种野生动物发出来的。她还听出来，有些声音是从她头顶上方的树枝丛里发出来的，随着这些奇怪的声音还有沉重的物体掉到地上的声音。如果她当时所处的境遇稍强一点点，她也一定会惊慌失措的，但是，眼下只要不是人类，其他的她都不害怕了。

天终于破晓了。天色大亮后不久，树林里也亮堂了。

在地球上这个充满活力的时刻，来自天上的使人安心的平凡而又伟大的光明已经变得强烈了，她便从那一堆树叶中爬了出来，大着胆子查看了一下四周。随即她看见了一直闹得她紧张不安的东西了。这片她昨夜暂时栖身的树林子，从山上延伸到她现在所处的地方，形成了一个尖端，树林到这儿便是尽头，树篱外面便是耕地了。在那些大树下，有几只山鸡四下里躺着，它们华丽的羽毛上染着斑斑血迹。有些山鸡在无力地拍打着翅膀，有些山鸡眼瞪着天空，有些山鸡还在扑腾着，有些山鸡身体乱扭，有些山鸡则伸直了身子直挺挺地躺在地上——绝大多数山鸡都在痛苦地挣扎，不过有几只幸运的山鸡不在内，它们在夜里流血过多，再也无力坚持了，已经结束了它们的痛苦。

苔丝立刻明白了这是怎么一回事。这群山鸡是在昨天被一群打猎的人赶到这个角落里来的，那些当时就被枪弹打死掉到地上，或者在天黑前断了气的，都被打猎的找到了，带走了，还有许多受了重伤的山鸡逃掉了，躲藏起来，或者飞进了稠密的树林里，在夜晚因伤痛挣扎着，直到血流尽了，才一只只地掉到地上。苔丝听见的就是它们掉下来的声音。

过去她曾偶尔见过那些猎鸟的人，他们在树篱中搜索，在灌木丛里探寻，比画着他们的猎枪，身着奇怪的服装，眼睛里闪着嗜血的凶光。她曾经听人说过，他们打猎时似乎粗鲁野蛮，但并不是一年到头都这样，他们其实都是一些文明人，只在秋天或冬天的几个星期里，才像马来半岛上的土著居民那样杀气腾腾，残忍地杀害生灵。他们猎杀的这些对人无害的羽毛生物，都是为了满足他们这种嗜杀癖而预先人工培养出来的。在那个时候，他们对自然万物中比他们弱小的生灵，竟是那样粗野，那样冷酷。

苔丝对于这些和自己一样的受难者，禁不住动了恻隐之心。她首先想到的是结束那些残活着的山鸡的痛苦，因此她就把那些她能找到的山鸡一个个都扭断了脖子，免得它们继续受罪。她把它们都弄死了，扔在原地，等那些打猎的人再次来寻找它们，他们大概还会来的——第二次来寻找这些山鸡。

"可怜的小东西！一看见你们这般受苦，我还能说自己是天底下最痛苦的人吗？"她大声说，当她轻轻地把山鸡弄死的时候，眼泪流了出来。"我可是没有遭受一点儿肉体的痛苦啊！我并没有缺胳膊少腿，也没有流血，我只不过是用两只手挣衣服穿，挣饭吃呀。"于是她开始为那天夜里自己的颓丧感到惭愧了。她的羞愧实在是没有根据的，只不过在毫不自然的社会礼法面前，她感到自己是一个有罪的人罢了。

第四十二章

天已经大亮，苔丝便又动身了，她小心翼翼地在大路上走着。其实现在她用不着担心，附近根本没有一个人影。她坚定地往前走着，心里又回忆起昨天夜里那些山鸡默默忍受的痛苦，明白了痛苦有大有小，她自己的痛苦并非不能忍受，只要她心胸开阔，不把别人的看法放在心上就行了。不过要是克莱尔也坚持和众人一样看她，她是不能不放在心上的。

她走到粉新屯，在客栈里吃了早饭。客栈里有几个年轻人，令人讨厌地恭维她，夸她长得漂亮。这又让她感到有了些希望，她的丈夫会不会有一天也会对她说出相同的话来呢？为了这种可能，她一定要照顾好自己，远离这些偶遇的向她调情的人。为达到这个目的，她决心不再拿她的容貌冒险了。当她一走出村子，她就躲进了一个矮树丛，从篮子里拿出一件破旧不堪的劳动服，这件衣服她在奶牛场里从来就没有穿过——自从她在马勒特村割麦子时穿过之后就再也没有上过身。她又灵机一动，从包袱里拿出一块大毛巾，把帽子下面的下巴、半个脸颊和半个太阳穴围起来，就仿佛她正在患牙痛病一样。然后她拿出剪刀，对着一面小镜子，狠狠心把自己的眉毛也剪了。这样一来肯定再不会有人垂涎她的美色了，她又在那条崎岖不平的路上走着。

"那个姑娘怎么像个稻草人呀！"遇见她的人对她的同伴如此说道。

她听见这话，眼泪不禁涌了出来，为自己感到可怜。

"不过我自己不在乎！"她说，"啊，我不介意——我不介意！我要一直打扮得丑些，因为安吉尔不在这儿，不会有人关注我。我的丈夫已经走了，他不会再爱我了，可是我还是那样爱他，恨其他所有男人，我情愿他们都看不起我！"

苔丝就这样朝前走着。她的身影只是大地景物的一部分，一个穿着简陋冬衣的单纯朴素的农妇——她上身穿一件灰色的短袄，脖子上围一条红色的粗毛围巾，下面穿一条毛料裙子，外面罩一件穿得褪色泛白的棕色罩衫，手上戴一副黄手套。她那一身衣服，历经雨水的冲洗，阳光的照射，凄风的吹打，已经完全褪色了，磨损了。现在她一身上下，一点也看不出年轻人的激情了——

这个姑娘嘴唇冰冷，

一层又一层的皱褶，

简单地裹在她的头上。

从她的外表上看，她简直就是一个毫无感觉的人，几乎就是一块木头了，但是在她的外表下，分明还有生命的搏动。就其岁月而论，她已经阅尽了人世的沧桑，深知肉欲的残酷，也懂得了爱情的脆弱。

第二天天气不好，但是她仍然艰难地继续前进。大自然与她为敌，但是它诚实、坦率、毫无偏见，因此她并不为之苦恼。她既然是去找一份冬天的营生，找一个冬天的栖身之所，因此根本就没有时间可以耽误了。她以前吃过做短工的苦头，所以决心不再做短工了。

她就这样朝着玛丽安写信告诉她的地方走去，每路过一个农场，就打听有没有工作，她决心在万般无奈时才去玛丽安让她去的那个农场，因为她听说那个地方的工作既艰苦又繁重。她起初想寻找一些比较轻松的工作，发现找这类工作渐渐没有希望，就转而找比较繁重的工作，她就这样先从她最喜欢的奶牛场和养禽场的活儿问起，一直问到她最不喜欢的粗重的工作——农田里的工作，这种工作真的是又粗又累，除非是迫不得已她并不想干这种活。

接近次日黄昏的时候，她到达了一片高低不平的白垩地高地，或者说高原上。高原上有一些半圆形的古墓，仿佛是长了许多奶头的库柏勒女神躺在那儿一样。这个高原绵延于她出生的那个山谷和她恋爱的山谷之间。

这儿的空气既干燥又寒冷，雨过天晴后不出几个小时，漫长的车道就被吹得尘土飞扬，白茫茫、灰蒙蒙一片。树木很少，或者说根本就没有，即使生长在树篱中间的那几棵树，也被种田的佃户无情地砍伐了，把它们和树篱紧紧地捆绑在一起，这些佃户本来就是大树、灌木和丛林的天然敌人。在她前面不远的地方，她能看得见野牛坟和荨麻山的山顶，它们似乎对她是友好的。从这块高地望去，它们呈现出一种低矮和谦卑的样子，但是她小时候从黑荒原谷的另一边看去，它们却犹如高耸入云的城堡。再往南好多英里，从海岸边的小山和山脊上望过去，她可以看见像磨得光亮的钢铁一样的水面，那就是远远地通往法国的英吉利海峡了。

在她的面前，是一个破败不堪的荒村。事实上，她已经到达燧石山了，到了玛丽安做工的地方了。她似乎是非来这儿不可的，仿佛命中注定一样。她看见四周围的土壤是那样坚硬，这就明白无误地表明，这儿所需要的劳动必定是艰苦卓绝的，但是她已经到了走投无路的时候了，尤其是天已经开始下雨，于是苔丝决定留在这儿。在村口有一所小屋，小屋的山墙凸出来伸到了路面上，她在去寻找住处之前，就站在山墙下躲雨，同时也发觉暮色越来越浓了。

"有谁还会想到我就是安吉尔·克莱尔夫人呢！"她说。

她的后背和肩膀感到了来自山墙的温暖，于是她立即就猜出了山墙的里面就是这所房屋的壁炉，暖气是隔着墙砖传过来的。她把手放到墙上暖和着，她的脸在细雨中淋得又红又湿，她就把自己的脸贴在舒服的墙面上。那面墙似乎就是她唯一的亲人。她一点儿也不想离开那面墙，真希望整个晚上都待在那儿。

苔丝能够听出小屋里住着人，听出他们是在一天的劳动结束后聚集在一起，听见他们在屋子里互相交谈，还听见他们吃晚饭时盘子的响声。但是在那个村子的街道上，她一个人影也没有看到。孤独状态终于被打破了，有一个女人走了过来，虽然傍晚的天气已经很冷了，但是她却还穿着夏天穿的印花布夏装，头上戴着凉帽。苔丝凭直觉感到那个人是玛丽安，等那人走得近了，她在昏暗中看清了，果然是玛丽安。和从前相比，玛丽安的脸变得更胖了，更红了，穿的衣服也更寒酸了。要是在从前生活中的任何时候，苔丝看见她这副样子，也不敢上前去和她相认的。但是她太寂寞了，所以玛丽安向她打招呼，她立刻就答应了。

玛丽安问了苔丝一些话，语气很恭敬，但是看到苔丝和当初相比来，情形并没有得到什么改善，于是大为感叹。当然，她隐约听说过她和丈夫分居的事。

"苔丝——克莱尔夫人——亲爱的他的亲爱的夫人啊！你真的落魄到了这个地步吗，我的宝贝？你为什么把你漂亮的脸这样包起来？是谁打了你吗？不会是他打了你吧？"

"不，没有，没有！我这样包裹起来，只是为了不让别人来招惹我，玛丽安。"她有点气恼地把裹脸的手绢扯了下来，免得让别人产生像玛丽安那样胡乱的猜想。

"你怎么没有戴项圈呢！"（苔丝在奶牛场时习惯戴一个银白色的小项圈）。

"我是没有戴项圈，玛丽安。"

"你在路途中把项圈弄丢了吗？"

"我没有弄丢它。我告诉你实话吧，我一点也不在乎我的容貌了，所以我就不戴项圈了。"

"你也没有戴结婚戒指呀？"

"不，戒指我戴着的，不过我没有戴在外面。我把它系在一根带子上，然后戴在脖子上的。我不想让别人知道我结婚了，知道我已经嫁人了，我现在过着这样的生活，让人知道了，多叫人难堪啊。"

玛丽安不作声了。

"可是你是一个有地位的人的妻子呀，你过着这样艰难的日子，太不公平了啊！"

"哦，不，公平，非常公平。虽然我很不幸。"

"唉，唉。他娶了你——你还是会感到不幸啊！"

"做妻子的有时候是会感到不幸的。这或许并不是因为她们丈夫的过错，而是因为她们自己有过错。"

"你没有什么过错啊，亲爱的，我相信你没有过错。而他也不会有过错。所以这只能是外在的某种过错了。"

"玛丽安，亲爱的玛丽安，求你做点儿好事吧，不要再问我这些了好不好？我的丈夫已经到国外去了，我又几乎把钱用完了，所以才不得不暂时出来做一点儿过去干过的活。不要喊我克莱尔夫人，还是像以前一样叫我苔丝吧。他们这儿需要干活的人吗？"

"是的，需要，他们一直都需要干活的人，因为很少有人愿意到这里来。这儿是一片贫瘠的土地，只能种麦子和瑞典萝卜。虽然我自己也来这里了，但是像你这样的人也来这里，的确还是太可怜了。"

"可是，以前你不也和我一样都是奶牛场的女工吗？"

"不，自从我沾上酒以后，我就不在奶牛场工作了。天啦，喝酒现在成了我唯一的安慰了。一旦他们雇用了你，你就得去挖那些瑞典萝卜。现在我干的就是挖萝卜的活儿，我想你大概不会喜欢干那种活儿。"

"哦——什么活我都愿意干的！你去为我说一说好吗？"

"最好还是你自己去说吧。"

"那好吧。喂，玛丽安，请你记住——如果我在这里找到了活儿，千万不要提起他呀。我不愿意辱没了他的名声。"

玛丽安虽然比不上苔丝细心，但她是一个讲信用的朋友，苔丝对她的要求她都答应了。

"今天晚上发工资，"她说，"如果你跟我一起去，他们雇不雇用你，你当时就能知道了。我真为你的不幸难过，但是我明白，这都是因为他离开了你的缘故。他要是在这里，即使他不给你钱用，把你当苦力使唤，你也不会不愉快的。"

"这倒是真的，我不会不愉快的，即使干活。"

她们一块儿走着，很快就到了农舍的跟前，这里的荒凉简直到了无以复加的地步。在眼睛能看见的地方，一棵树也没有，在这个季节里，也没有一块绿色的草地——那儿除了休闲地和萝卜以外，什么也没有。这里的土地都被盘结在一起的树篱分割成一大块一大块的，单调而没有变化。

苔丝站在宿舍的外面等着，等到那一群工人都领了工资以后，玛丽安喊她进去。这天晚上农场主好像不在家，只有农场主的妻子在家，代他处理事情，苔丝答应工作到旧历圣母节，她也就同意雇用苔丝了。现在肯到地里干活的女工不多，而且女工的工资又低，又能和男工一样干活，所以雇用女工有利可图，农场主很乐意的。

苔丝签订了合同以后，除了找一个住处外，就没有其他的事了。她在山墙那儿取暖的屋子里，找到了一个住宿的地方。她在那里的生活条件极差，但不管怎么说总算是为她这个冬天提供了一个栖身之处。

她在当天晚上就写了一封信，把新的地址告诉了她的父母，怕万一她的丈夫写的信寄到了马勒特村。但是她没有说她目前的艰难处境，她怕这样也许会引起他们对她丈夫的指责。

第四十三章

玛丽安把这个地方叫作饥饿的土地一点也不夸张。这个地方唯一能称得上胖的就是玛丽安自己了，而她也是外来的。英国的乡村分为三种，一种是农场主自己耕种的，一种是由村子的农民耕种的，还有一种既不是由村子的农夫也不是由农场主耕种的（换一句话说，第一种是由住在乡下的地主把地租给别人种，自己管理，第二种是由土地的所有人或者持副本有土地的人耕种），燧石山农场这个地方属于第三种招募工人种地。

苔丝开始干活了。由道德上的英勇和身体上的懦弱混合形成的耐心，现在已经成为苔丝身上的主要特征了，眼下支撑着她的就是这种耐心。

苔丝和她的同伴开始动手挖长有瑞典萝卜的那块田地。这是一片一百多亩的地，也是这个农场上地势最高的一块地，突出在白垩质地层和砂石混杂的地面上——外层是由白垩质岩层中硅质矿床形成的，里面混合着无数的白色砾石，有的像球茎，还有的如同人的牙齿，有的像人的生殖器。萝卜的上半截已经被牲畜啃掉了，这两个女人要做的就是用有弯钩的锄头把剩下的埋在地下的那半截萝卜刨出来，因为这些萝卜还可以供牲畜食用。萝卜的叶子都已经被吃掉了，整片农田呈现出一种凄凉的黄色，它仿佛是一张没有五官的人脸，从下巴到额头，只有一张覆盖着的皮肤。天空也同样凄凉，只是颜色不同罢了，那是一张五官俱无的空洞洞的苍白的脸。一天到晚，天上地上的两张脸就这样遥遥相对，白色的脸向下俯视黄色的脸，黄色的脸向上看着白色的脸，在天地之间一片苍茫，空泛，只有那两个姑娘趴在那儿，犹如地面上的两个苍蝇一样渺小。

没有人靠近她们。她们的动作像机械一样地一致，她们站在那里，身上裹着麻布罩衫（一种带袖子的黄色围裙），从背后一直扣到下摆，免得让风吹来吹去，下身穿着短裙，短裙下面是套在脚上的靴子，靴帮的高度达到了脚踝以上，手上戴着带有护腕的羊皮手套。她们低着头，头上戴着带帽檐的帽子，显出一副深思的样子，这会让看见她们的人想起某些早期意大利画家心目中的圣母玛利亚的形象。

她们一个小时接一个小时地干着活，对她们处的这片景物中的凄凉光景毫无感觉，也不去想命运对她们是否公正。即使在她们这种处境里，她们也可能仿佛生活在梦幻里。下午天又下起雨来了，于是玛丽安就说她们不必继续工作了。但是若她们不工作，又会得不到工钱，所以她们还是继续干活。这片田地的地势真高，天上的大雨滴还来不及落到地上，就被肆虐狂吼的风吹得横扫过来，像玻璃碴子一样打在她们身上，把她们淋得浑身上下透湿。直到现在，苔丝才领略到被雨淋透了是什么滋味。被雨淋湿的程度其实是有差别的，在我们平常说话时，被雨淋湿了一点儿，我们也说被淋湿了。但是对于蹲在地里慢慢工作的她们来说，却是感到了雨水在他们身上的流动，首先是流进了她们的肩膀和小腿那里，然后是脑袋和大腿，接着又是前胸后背，腰部的两侧，但是她们还是要继续工作，直到天上表示太阳落山的铅灰色亮光也消失了，她们才停下来，这的确需要非同寻常的坚忍精神，甚至是勇敢顽强的精神才能坚持下来。

但是她们并没有像我们以为的那样感到被雨浇得透湿不堪忍受。她们两个都是年轻人，相互谈论着她们一起在泰波塞斯奶牛场生活和恋爱的情景，谈着那片令人愉快的绿色的原野。在那里，夏季给人以丰厚的赐予——在物质上赐予所有人，在感情上只赐予她们两个人。苔丝不愿意和玛丽安谈她那个法律上是而实则不然的丈夫的事，但是这方面的话题又有着不可抗拒的魔力，使她不得不违背自己的本意而和玛丽安谈起来。她们就这样说着，虽然她们头上戴的帽子湿得透透的，帽檐哗啦啦地打着她们的脸，罩衫紧紧地箍在身上，增加了她们的累赘，但是整个下午她们都浸润在阳光灿烂的、充满浪漫情调的绿色泰波塞斯的回忆里。

"天气好的时候，你在这儿可以望见一座小山在闪光，那座山离佛卢姆谷只有几英里远！"玛丽安说。

"啊！真的吗？"苔丝说，又发现了这里新的价值。

在这个地方如同在其他地方一样，有两股力量在相互冲突，一种是渴望享乐的本性，一种是不容许享乐的环境意志。玛丽安有一种增强自己的意志的方法，下午慢慢过去了，她就从自己口袋里掏出一个一品脱的酒瓶子，瓶子上盖着白布塞子，她请苔丝喝她瓶子里的酒。苔丝当时已经进入幻想境界了，不需要酒的力量来强化这种幻想，所以只喝了一口，而玛丽安则一口气把酒瓶里的酒全喝光了。

"我已经习惯于喝这个了，"玛丽安说，"现在我已经离不开它了。酒是我唯一的安慰——你知道的，我失去了他，而你得到了他，所以你也许用不着喝酒。"

苔丝心想，自己的痛苦失意和玛丽安的其实一样大，但是至少她在名义上还是安吉尔的妻子，这种自尊使她承认自己和玛丽安是不一样的。

冒着早上的寒冷冰霜和午后的凄风苦雨，苔丝像奴隶一样在这种环境里工作着。当她们不挖萝卜的时候，就要清理萝卜。在萝卜被贮存起来供将来食用之前，她们须用一把弯刀把萝卜上的泥土和根须除去。她们干这种活的时候如果天上下雨可以到茅草棚子里去避一避，但是在这种霜冻天气里，即使她们戴着皮手套，也抵挡不住手中的冰萝卜冻得手指生疼。但是苔丝仍然心存希望。她坚持认为宽厚是克莱尔性格中主要的一面，她的丈夫迟早会来和她重修旧好的。

玛丽安喝了酒，变得兴奋起来，就找出一些前面说到过的奇形怪状的砾石，尖声大笑起来，苔丝却一直是一副不说不笑的麻木样子。她们的目光常常越过这片荒村，眺望瓦尔河或者佛卢姆河流经的地方，尽管她们什么也看不到，但她们还是极力望着笼罩在那儿的灰色迷雾，心里想着她们在那里度过的美好旧日时光。

"唉，"玛丽安说，"我多么希望过去的老朋友再来一两个呀！那样的话，我们就能够每天都在地里回忆泰波塞斯了，可以好好谈他了，谈我们在那里度过的快乐时光，谈那里我们熟悉的往事，让泰波塞斯重现！"玛丽安一想到过去的场景，她的眼睛就湿润了，说话也含糊起来。"我要给伊茨·休特写封信，"她说，"我知道，她现在在家里闲着，什么事也不做，我要告诉她我俩都在这儿，让她也到这儿来。莱蒂的病现在大概也好多了。"

对于她的建议，苔丝也没说什么反对的话。她第二次听说把泰波塞斯的旧日欢乐带到这儿的话，是在两三天之后，玛丽安告诉她，伊茨已经给她回了信，答应她能来就一定来。

许多年来，没有过这样的冬天了。它悄悄到来了，一点儿声息也没有，就像棋手下棋轻轻移动棋子一样。一天早晨，那几棵孤零零的大树和篱树的荆棘，看上去如同脱掉了皮的植物一样，突然长出了动物的毛。一夜之间，所有的枝条都挂上了白绒，树皮上都长出了一层白毛，树干、树枝和原来相比粗了四倍。在天空和地平线灰蒙蒙的惨淡光线里，大树和灌木就像是用白色线条勾勒出的醒目的素描画。棚子里和墙上原先看不见的蛛网现在完全显形了，在结晶的凛冽空气里看得清清楚楚，它们像一圈圈白色的绒线，醒目地挂在屋外、柱子和大门的角落里。

潮气结为雾凇的季节过去之后，随之而来的是一段干燥的霜冻期，北极一些奇特的鸟儿开始悄悄地飞到燧石山的高原上来，这些骨瘦如柴的鬼魅似的鸟儿，有着悲伤的眼睛，在人类无法想象的极其广袤辽阔的人迹罕至的极地，在人类无法忍受的能让血液凝固的极寒气温里，这些眼睛曾经目睹过恐怖的灾难性地质变迁场景；在黎明女神播撒出来的光明里，它们目睹过冰山的崩裂，雪山的滑动；在巨大的暴风雪和海水陆地的巨变所引起的漩流中，它们的眼睛被刺激得瞎了一半；在它们的眼睛里，至今还保留着当年看到这种场面时的惊惧表情特点。这些无名的鸟儿落到苔丝和玛丽安的身边。不过它们对其所看到的人类不曾见过的一切并没有讲述出来，它们没有游客渴望讲述自己经历的兴致，而只是不动声色地把它们不看重的经历抛开，一心注意着眼前这片贫瘠高原上的事物。它们看着两个姑娘手拿锄头挖地的细微动作，因为她们从地里挖出来的一些东西会成为它们美味的食物。

后来有一天，这片空旷乡村的空气中出现了一种特殊的物质。它不是由雨水产生的湿气，也不是由霜冻而产生的寒意，它冻得她们眼珠发酸，冻得她们额头发疼，并且还侵入她们的头骨里，这东西对她们身体表层的影响还不如对她们骨子里的影响大。她们感到天快下雪了，果然那天晚上就下起雪来。苔丝还是住在那个用温暖的山墙给任何一个停在它旁边的行人以温暖慰藉的小屋里。她在夜里醒来，听见草屋顶上响着一种奇怪的声音，好像屋顶变成了一个运动场，狂风从四面八方一起汇聚到了那里。她早上点燃灯准备起床，却发现雪已经被风从窗户缝里吹了进来，在窗户里面形成了一个个用最细的粉末堆成的锥体，烟囱里也有雪吹进来，在地板上积了鞋底那么厚的一层，当她在地上来回走动的时候，地上就留下了她走过的一个个脚印。屋外风雪飞舞，吹进了厨房里，形成一片雪雾。只是这时候屋子外面太黑，还看不见任何东西。

苔丝知道，今天是不能去地里挖瑞典萝卜了。她刚刚就着那盏小小的孤灯发出的光吃完早饭，玛丽安就走了进来，告诉她，在天气变好之前，她们必须和其他女工到仓库里去整理麦秸。因此，等外面黑沉沉的天幕开始变成一种含混的灰色时，她们就吹灭了灯，用厚厚的头巾把自己包裹起来，再用毛围巾围好自己的脖子和前胸，然后动身去仓库。这场雪是跟随着那些鸟儿从北极那里刮来的，犹如白色的云柱，看不见单独的雪片。在这阵风雪里，能嗅出冰山、北极海和北极熊的气味，风吹雪舞，雪一落到地上，立即就被风吹走了。她们侧着身子，在风雪茫茫的田野里奋力往前走去，她们尽量利用树篱为自己遮挡风雪，其实，与其说树篱可以抵挡风雪，不如说它是过滤风雪的筛子。空中大雪弥漫，一片灰白，连空气也变得灰暗了，流动的气旋夹杂着雪花胡乱扭动着、旋转着，使人联想起宇宙形成时期苍茫的混沌世界。但是这两个年轻的姑娘却十分快活，出现在干燥高原上的这种极端天气，并没有让她们的情绪低落下去。

"哈——哈！这些可爱的北极鸟儿早就知道暴风雪要来了。"玛丽安说。"我敢肯定，它们是从北极一路飞过来，恰好飞在风雪的前头。你的丈夫，亲爱的，我敢说现在他正受着闷热天气煎熬呢。天哪，若是现在他能够看见他漂亮的夫人就好啦！这种天气对你的美貌一点儿也没有损害——事实上映衬得你更好看啦。"

"我不许你再对我谈他的事了，玛丽安。"苔丝严肃地说。

"好吧，可是——你心里不是很想他吗！难道不是吗？"

苔丝没有回答，眼睛里涌上了泪水，急忙转过身去，朝着她想象中的南美所在的方向，撅起小嘴，借着风雪送去一个深情的吻。

"唉，唉，我就知道你心里会想他。我能确定，一对夫妻这样生活真是太难过了！好啦——我啥也不说了！啊，至于这坏天气，只要我们在仓库里，就不会冻到的。我倒不怕这种天气，因为我比你长得结实，可是你，却比我柔弱多了啊。我真想不到老板也会派你来干这种活儿。"

他们走到了麦仓，进了仓库门。长方形构造的麦仓的另一头堆满了麦子，麦仓的中间部分就是整理麦秸的地方。昨天晚上，已经有许多麦束被搬了进来，放在整理麦秸的机器上，足够女工们干一天的了。

"呀，这不是伊茨吗！"玛丽安说。

的确是伊茨，她迎上前来。前天下午，她从母亲家里一路走了来，没想到到这里的路如此远，走到这里时天已经很晚了，不过还好，她到了之后天才开始下雪。她在客栈里睡了一个晚上。这儿的农场主在集市上答应过她的母亲，只要她今天能赶到这里，他就雇用她，她一直担心来迟，惹那个农场主不高兴。

除了苔丝和玛丽安，这里还有从附近村子里来的另外两个女人，她们是亚马孙印第安人，是姐妹俩。苔丝见到她们，吃了一惊，她记起来了，一个是黑桃皇后黑卡尔，另一个是她的妹妹方块皇后，在特兰里奇半夜里吵架那一次，要和她打架的就是她们俩。她们似乎没有认出她来，也可能真的忘记了，因为之前她们喝了酒，这时候她们还没有摆脱酒精的影响。她们在特兰里奇和在这里一样，都是打短工的。她们宁肯干男人们干的粗活，包括挖井，修剪树篱，开沟挖渠，刨坑，并且不感到特别劳累。她们也是整理麦秸的好手，扭头看了看她三个，眼睛里都是瞧不起的神色。

她们戴上手套，在机器前站成一排，开始工作了。机器是由两根柱子支撑起来的架子，两根柱子中间用一个横梁连接起来，下面放着一捆捆麦秸，麦穗朝外，横梁用销子钉在柱子上，随着麦秸越来越少，横梁也就越降越低。

天色更加阴沉了，从麦仓门口反射进来的光线，并非来自上面的天空，而是来自地上的落雪。姑娘们开始把麦秸从机器里一束束抽出来，不过由于有两个正在那儿说长道短的陌生女人在跟前，玛丽安和伊茨刚见面却也不能叙叙她们想叙的旧情了。不久，她们就听见了马蹄声，原来是农场主骑着马来到了麦仓的门口。他下了马，走到苔丝的面前，一声不吭地从旁边打量着苔丝。苔丝起初并没有把头扭过去，但是他老盯着她看，她就回过头去看了一下。她发现，盯着她看的那人不是别人，竟是她的雇主，那个在大路上揭发她的历史，吓得她跑掉的特兰里奇人。

他等在那儿，直到苔丝把割下的麦穗抱出去，堆在门外时，他才说：
"你就是那个把我一片好心当作驴肝肺的小娘们啊，是不是？我一听说刚雇了一个女工，就猜是你，若不是你，就让我掉到河里淹死好啦！啊，第一次在客栈里，你仗着和你的情人在一起，占了我的便宜，第二次在路上，又让你跑掉了，可是现在，我想我不会再落下风了吧。"他最后冷笑着说。

苔丝身处在亚马孙印第安女人和农场主之间，就像一只掉进罗网的山雀一样，没有作声，继续整理她的麦秸。她已经从农场主身上完全看出来了，她这次不必害怕她的雇主献殷勤了，他只是上次挨了克莱尔的打，现在要在她的身上出气罢了。总的来说，她宁肯男人对她持这种情绪，并觉得自己有足够的勇气承受。

"你上次觉得我爱上你了才吓跑的，是不是？有些女人就是这样自作聪明，别人看她一眼就以为人家爱上她了。但是我只要让你在地里干上一冬天的活，你就会知道我是不是真的爱上你了。你已经签了合同，答应要干到圣母节的。现在，你应该向我道歉了吧？"

"我觉得应该是你向我道歉。"

"很好——随你的便吧。不过我们走着瞧吧，看看谁是这儿的老板。你今天就只干了这些麦束吗？"

"是的，先生。"

"这太少了。看看那边她们干的吧！"他指着那边两个又粗又壮的女人说，"其他人也都比你干得多。"

"他们从前干过这种活，而我没有干过不熟练。再说这是计件的活，我们做多少，你就支付多少钱，我想个人干多干少对你没有不同啊。"

"啊，说得是不错。但是我今天要把麦仓清理干净。"

"我不像其他人那样在两点钟离开，整个下午我都在这里干好啦。"

他满脸怒气地看了她一眼，转身走掉了。苔丝觉得她不会遇到比这里更糟糕的地方了，不过无论如何总比献殷勤好。到了两点钟的时候，那两个专门整理麦秸的女人喝干了她们酒瓶子里剩下的半品特酒之后，放下镰刀，捆好最后一束麦秸，起身走了。玛丽安和伊茨也想站起来跟着离开，不过当她们听苔丝说还想留下来多干一会儿，以此来弥补自己整理麦草的生疏时，她们就又留了下来。看着外面还在继续下着的大雪，玛丽安大声喊道："好啦，现在都是我们自己人啦。"于是她们的谈话就转到她们在奶牛场的旧事上去了，当然，她们还谈到了她们都爱上了安吉尔·克莱尔的一些事情。

"伊茨、玛丽安，"安吉尔·克莱尔夫人表情庄重地说，不过这庄重严肃却特别地让人伤心，因为现在已经看不出她是安吉尔·克莱尔的太太了，"现在我不能和过去一样跟你们一起谈论克莱尔先生了，你们也应该明白我不能谈了，因为，虽然他现在已经离开了我，但是他还是我的丈夫呀。"

在同时爱上克莱尔的四个姑娘中，伊茨是最莽撞、最尖刻的。"毫无疑问，他是一个顶好的情人，"她说，"但是我觉得他作为一个丈夫，刚一结婚就离开你有些太不像话了。"

"他是不得已才离开的——他必须离开，到外面的世界去寻找土地！"苔丝辩解说。

"那他也得为你安排好过冬事宜呀。"

"啊——那不过是为一点小事，是一场误会，我们并没有因此吵过架，"苔丝带着哭腔回答说，"也许要为他说的话还多着呢！他不像别的丈夫那样，连招呼都不打就走了。他无论去哪里总会告诉我，我总是能够知道他在什么地方。"

说完这番话后，她们好长时间没有说话，都保持着沉默。她们继续干活，把麦穗从麦秆里整理出来，夹在胳膊下，用镰刀将麦穗割下来。在麦仓里，除了麦秆的沙沙声和镰刀割麦穗的声音以外，听不到别的任何声音。后来，苔丝突然两腿发软，就倒在她面前的一堆麦穗上了。

"我就知道你撑不下来的！"玛丽安大声说，"这种活儿，只有那些身体强壮的人才干得了啊。"

就在这时候，农场主走了进来。"嗬，我走了以后你就是这样干活的啊！"他说。

"这不过是我自己少拿工资吃亏，不关你什么事啊。"她回答说。

"我要求你把这活儿干完。"他固执地说，说完就穿过麦仓，从另一边的门走了出去。

"别理他，亲爱的，"玛丽安说，"我以前就在这里干过。现在你过去躺一会儿，我和伊茨帮你干。"

"我不愿意你们俩帮我干。我个头儿过比你们高呢。"

但是她实在是累垮了，就同意去躺一会儿，于是就在一堆乱草上躺了下去。那堆乱草是拖走麦秆时留下的，被扔在麦仓的一头。她这次累倒了，一方面是因为工作太累了，但是主要的还是因为她们又重新提到了她和她丈夫分居的话题。她躺在那里，只剩下了一些疲累的感觉，再没有意志力了，麦秸的沙沙声和别人切割麦穗的声音，仿佛她的身体也感受到了。

她躺在那个角落里，除了听得到整理麦秆的声音，她还能听见她们低低的交谈声。她敢肯定她们还在继续谈论刚才她们已经开始了的话题，只是她们谈话的声音太小，她听不清楚。后来，苔丝越来越想知道她们正在说什么，就勉强振作起来，站起来接着去干活。

后来伊茨·休特也支持不住了。昨天晚上她走了十几英里路，直到半夜才上床睡觉，而早晨五点钟就起了床。只剩下玛丽安一个人，她凭借身强力壮，又喝了酒，所以还能坚持，没有感到腰酸胳膊疼。苔丝催促伊茨去休息，说自己已经好多了，不用她帮忙也能把活儿干完，整理出一样多的麦秸。

伊茨十分感激地接受了她的好意，便走出门，踏着积雪的道路回自己的住处去了。玛丽安喝完了每天下午这个时候都要喝的一瓶酒后，开始进入了一种迷醉境界。

"我从来没有想到过会发生那样的事——从来没有！"她迷迷糊糊地

说，"我也很爱他呀！我也不介意他娶了你，不过他这样对待伊茨实在太不应该了！"

听了玛丽安的话，苔丝很是吃惊，差一点儿割破了手指头。

"你是在说我的丈夫吗？"她结结巴巴地问。

"唉，是的。伊茨不让我告诉你，可是我忍不住要给你说。他让伊茨做的事竟然是，和他一起去巴西。"

苔丝的脸色变白了，和外面的雪一样白，脸也紧绷了起来。"伊茨没有答应他，是吧？"

"我不清楚，不过他最终改变了主意。"

"呸——那么他并不是认真的了！这只不过是一个男人开的玩笑罢了！"

"不，他不是开玩笑，因为他载着她向车站方向走了好远一段路呢。"

"可是他还是没有把她带走啊！"

她俩默默地整理了一会儿麦秸，苔丝当时一点儿变化也没有，却突然放声大哭起来。

"唉！"玛丽安说，"我要是不告诉你这些就好了！"

"不。你告诉我是做了一件好事啊！我一直生活得这样艰难，还看不出能有什么结果呢！我应该经常给他写信的，但是他也没和我说，让我经常给他写信啊。我不能再这样糊涂下去了！我一直都做错了，把什么事都留给他安排，自己什么也不管！"

麦仓的光线越来越暗，她们的眼睛看不清东西了，只得停下手中的活。那天傍晚苔丝回到住处，走进自己居住的那间粉刷白了的小房间，一时感情冲动，就给克莱尔写了一封信要寄去。但是这封信还没有写完，她就又开始犹豫起来。她把挂在胸前的戒指从系着它的带子上取下来，整晚都把它戴在自己的手指上，仿佛这样就能强化自己的感觉，感到自己真的是那个她捉摸不定的情人的妻子了，就是她的这个情人，刚刚和她分离，就要伊茨和他一起到国外去。既然如此，她还怎能写信去恳求他呢？又怎能再向他表示她在挂念着他呢？

第四十四章

自玛丽安在麦仓里透露了克莱尔的那件事之后，苔丝的心思便不止一次地集中到了一个地方——远方那个牧师住宅。她的丈夫曾经叮嘱过她，她要是想写信给他就通过他的父母转寄，她若是遇到困难就直接去找他们。但是她总觉得她在道德上已经没有资格做他的妻子了，所以她一再把她想给丈夫写信的冲动压制下来。因此她感到，她结婚以来，她对于牧师住宅那一家人来说，就像对于她自己的娘家一样，实际上并不存在。这种对于婆家和娘家两者都自我封闭和逃避的行为和她的独立的性格是一致的，因此她在对自己应得的待遇经过仔细思虑之后，就不再去想她在名分上应该得到的同情和施予了。她决定由自己的品质来决定自己的成败，放弃自己对于一个陌生家庭在法律上的权力，那不过是那个家庭中有一个成员因为一时的感情冲动，在教堂的名册上将他的名字写在她名字的旁边罢了，并不代表什么。

但是现在伊茨的故事刺激了她，才使她感到她忍耐的程度是有限的。丈夫为什么还没有给她写信？他曾经明确地告诉过她，他至少会让她知道他已经去了什么地方，但是他连一行字的信也没有写给她，也没有告诉她他的地址。他对她真的漠不关心吗？还是他病倒了？自己是不是应该主动一些呢？无疑她必须鼓起勇气，到牧师住宅去打听一下消息，对他的沉默表示自己的难过。如果安吉尔的父亲果真像他描述的那样是一个好人的话，他一定会理解她的焦渴的心情的。至于她在社会上遭遇的艰难，她可以避而不谈。

不到周末她不能离开农场，所以她只能礼拜天前去拜访牧师住宅。燧石山地处白垩质高原的中心，到如今也还没有通火车，所以她只有徒步去那儿。由于来回都是十五英里的路程，所以她得起个大早，用一整天的时间来做这件事。

两个礼拜之后，风雪过去了，随之而来的是一场严酷的霜冻，她就利用道路被冻住了的时候去进行这次拜访。礼拜天早上，她在四点钟就下了楼，在满天星光里出门上路了。天气仍然晴朗，她走在路上，地面像铁砧一样，在她的脚下咔咔直响。

　　听说她此行与她的丈夫有关，玛丽安和伊茨便都很关心。她们两个住的地方和苔丝在同一条街上，和苔丝住的地方隔了一小段路，在苔丝动身的时候她们都来帮助她。她们都劝苔丝穿上她最漂亮的衣服，这样才会讨她公婆的欢心，但是苔丝知道老克莱尔先生是一个质朴单纯的加尔文派，对这方面好像并不在乎，所以她也就对她们的建议怀疑起来。自她不幸的婚姻开始以来，已经过去一年了，但是当时克莱尔为她置办了满满一柜新嫁娘衣服，所以现在她保存下来的衣服，还是足够用来把自己打扮成一个楚楚动人而又不追赶时髦的朴素的乡下姑娘。她穿的是一件浅灰色毛料长裙，在长裙的白色镶边的映衬下，她的脸和脖子的粉红皮肤更加艳丽了。她在长裙的外面又套了一件黑色的天鹅绒外套，头上戴了一顶黑色的天鹅绒帽子。

　　"要是你的丈夫现在看见你，一定会万分怜爱你的！你的确是一个大美人呀！"伊茨·休特打量着苔丝说，此时苔丝正站在门口，外面是青蓝色的星光，屋内是昏黄的烛光。伊茨说这话时，胸怀坦荡，全然没想到会贬低了自己。她在苔丝面前不能够——一个女人的心只要有榛子那么大就不能——同苔丝作对，苔丝对她的这些同性，用她非同一般的热情和力量深深影响了她们，把女人那些嫉妒和仇视的卑劣感情都压下去了。

　　她们在她的身上这里抻一抻，拍一拍，那儿理一理，然后才让她出门，看着她消失在黎明的晨熹里。苔丝迈开大步走了，她们能够听见她走在坚硬的路面上发出的咔咔脚步声。即使是伊茨，她也希望苔丝这次拜访能大获成功，她虽然并不看重自己的道德是否高尚，但是她想到自己一时受到克莱尔的诱惑却没有做出对不起她朋友的事，心里还是感到高兴和轻松。

　　距克莱尔同苔丝结婚到现在已整整一年了，只差了一天。也可以说只差几天，克莱尔离开她就一年了。在这个干燥晴朗的冬季早晨，呼吸着白垩质山脊上清爽稀薄的空气，她迈着轻快的步伐赶路。她要去完成一项任务，心里并没有感到气馁。毫无疑问，她在动身时的梦想就是要讨得婆婆的欢心，把自己的全部经历告诉那位夫人，争取她站到自己这边来，这样她就能把那位逃走了的人给弄回来了。

不久，她来到了那片宽大的斜坡边缘外，斜坡下面就是黑荒原谷的大片沃土，现在还隐匿在雾霭里，沉睡在黎明中。这里和高地透明无色的空气不同，在山谷里，连大气都是深蓝色的，和她在高地上劳作的田地也不一样，高地上的田地是一百亩一块，而谷里的田地要小得多，不过五六亩就是一块，这无数块土地从山上望去，就好像网罗一样。此处风景的颜色是浅褐色，再往下就和佛卢姆谷一样了，差不多成了青绿色。可是，她的悲伤就是在那个山谷里诞生的，所以她不像以前那样喜欢它了。正如许多深有感触的人一样，在她看来，美并不在美的事物本身，而是在于它的象征意义。

她沿着山谷的左边坚定地向西走去，从那些欣托克村庄的坡上经过，在从谢尔屯通向卡斯特桥的那条大路那儿向右转弯的地方穿过，又沿着道格布利山和高斯托利走。在道格布利山和高斯托利之间，有一个被称作魔厨的小山谷。她沿着那段上坡路走到手形十字柱那儿，那根石头柱子孤独、静默地耸立在那儿，表示一桩奇事，或者凶杀案，或者两者兼而有之的发生地点。她继续往前走了三英里，从一条小路上穿过那条笔直荒凉叫作长槐路的罗马古道，她一走到古道那儿，就立即从一条岔路上往下走，下了山就进了艾维斯黑德镇或者说村，到了那里，她就走了约一半的路了。她在艾维斯黑德休息了一会儿，又吃了早饭，吃得又香又甜——她不是在母猪与橡实客栈吃的饭，为了避开客栈，她特意在教堂旁边的一家农舍里吃的饭。

苔丝剩下的后半截路是取道本维尔路，从较为平缓的地区走过去。离她这次要拜访的地点越来越近了，但她拜访成功的信心却越来越小了，看起来要完成这次拜访的任务也越来越难了。她的目的如此明确，而四周的景物却是如此朦胧，她甚至有几次还差点迷路了。大约到了中午，她在一处低地边上的栅栏门旁停下了脚步，爱敏寺和牧师住宅就在下面的低地里。

她看见了教堂的四方形塔楼，她知道此时牧师和他的教民应该正聚集在塔楼的下面，因此这塔楼在她的眼里显出一种肃穆的气势。她心想，要是设法在平时来这儿就好了。像牧师这种好人，也许会对选择在礼拜天来这儿的女人有一些偏见，而不知道她的情形是何等的紧迫。事到如今，她也不能回头。她已经走了这么远的路，穿了一双笨重的靴子，于是就把脚上的靴子脱下来，换上了一双漂亮的黑漆轻便靴子，把脱下来的靴子塞到门柱旁回来时容易发现的树篱里，这才朝山下走去。直到她走近那座牧师住宅的时候，她脸上刚才被冷空气冻出的红晕才慢慢地消退了。

苔丝希望能出现一件对她吉利的事情，但是什么事情也没有发生。牧师住宅草坪上的灌木在寒风中瑟瑟发抖，她耗尽了自己的想象，而且也已经尽可能地把自己打扮漂亮了，但是无论如何也想象不出那就是他的父母双亲居住的屋子。可是无论在天性还是在感情方面，她和他们并没有什么本质上的区别呀，他们在痛苦、快乐、思想、出生、死亡和死后等方面不都是一样的吗？

她鼓起勇气走进牧师住宅的栅栏门，按响了门铃。事已至此，她不能后退。不，事情还没有做完，因为没有人出来为她开门。她得鼓起勇气再做一次。她又第二次按了门铃。她按门铃时心情激动，加上走了十五英里路后劳累不堪，因此她在等人开门的时候，不得不一手撑着腰，用胳膊肘撑着门廊的墙壁歇着。寒风刺骨，常春藤的叶子被风吹得干枯了、发黄了，在风中不停地互相拍打，把她的神经刺激得烦躁不安。一张带有血迹的纸，被风从一户买了肉不久的人家的垃圾堆里吹了起来，在门外的路上飞舞着，要落下来又有点太轻了，要飞走又显得太重了点，陪着它一起飞舞的还有几根枯草。

她第二次按门铃时按得更响，但仍然没有人出来开门。于是她就走出门廊，打开栅栏门走了出去。她心有不甘地盯着房子的前门，仿佛想回去似的，但还是把栅栏门关上了，这时她才松了一口气。有一种感觉在她的心里反复出现，他们也许已经认出她了（但是她却不知道是怎样认出来的），所以才吩咐不要为她开门。

苔丝走到拐角的地方想，能做的她都已经做了，但是她又下决心不要因为自己一时的动摇而在将来产生悔恨之情，所以就又走回到屋前，把所有的窗户都看了一遍。

啊，原来是他们一家人都去了教堂，所有的人都去了。她想起丈夫说过，他的父亲坚持让全家人，包括所有仆人在内，都要去教堂做礼拜晨祷，回家时总是得吃冷饭。因此，她必须等到晨祷结束他们回来。她不愿在屋子的前面等，免得引起别人注意，所以就绕过教堂，朝一条篱路走去。但是在她刚走到教堂院子门口处时，教堂里面的人已经开始涌出来，苔丝自己也被裹在了人群中。

她在爱敏寺的教民眼里，和在其他任何一个乡村教徒们眼里一样，只是一个外来的女人，是一个他们不认识的陌生人。她加快了步伐，走到了她刚才来的那条篱路，想在树篱中间找个地方躲藏一会儿，等牧师一家人吃完了饭，在他们方便见她的时候再出来。不久她就和那些从教堂里面出来的人隔得远远的了，只有两个年轻的男子胳膊挽着胳膊，快步从后面跟了上来。

当他们走近了的时候，她听出他们正在严肃地谈话，一个女人在这种情况下是十分敏感的，因此她听出来他们说话的声音和她丈夫说话的声音有相似的特征。这两个一起走路的人正是她丈夫的两个哥哥。苔丝忘掉了她的一切计划，心里唯恐在这种慌乱的时刻，在她还没有准备好同他们见面之前，被他们追上。虽然她觉得他们认不出她来，但是她还是本能地害怕他们注意到她。她在前面走得更急了，他们在后面好像也追得更快了。显然他们是要在回家吃午饭之前，先作一次短途的快速散步，以便他们在教堂里做礼拜时冻了半天的脚暖和过来。

在上山的路上，另有一个人在苔丝的前面走着——一位小姐模样的姑娘，虽然她多少有种故作高傲和过分拘谨的样子，但还是颇有几分惹人注意。苔丝在几乎要赶上这位小姐的时候，她的两位大伯子也差不多来到了她的背后，近得她都能听清楚他们说话的每一个字眼。但直到这时，他们说的话都没有引起她的特别注意。当他们注意到苔丝前面走着的那位小姐时，其中有一个说："那不是美倩·契尔特吗，我们去追她吧。"

苔丝知道这个名字。正是这个女人，她的父母和克莱尔的父母都想让她作克莱尔的妻子，若不是她自己从中插了进去，或许她已经和克莱尔结婚了。即使她以前不知道，她现在也会啥都明白过来的，因为那两个哥哥中有一个说道："唉！可怜的安吉尔，可怜的安吉尔！我一看见这个漂亮姑娘，我就忍不住要埋怨安吉尔太轻率，不娶这个漂亮小姐，却要去找一个挤牛奶的姑娘，或是个干其他什么活儿的人。这分明是一件怪事！也不知道现在她是否找到他了，几个月前我听说过安吉尔的消息，那时她还没有去找他。"

"我也不晓得。现在他什么也不告诉我了。他那场不幸的婚姻似乎使他完全和我们疏远了，其实自从他有了那些离奇的思想后，这种疏远就已经开始了。"

苔丝加快了脚步，向漫长的山路上走去，但是她如果硬要走在他们前面，就免不了会引起他们的注意。后来，他们赶上了她，从她的身旁走了过去。远远走在前面的那位年轻小姐听到了他们的脚步声，转过身来。然后，他们互相打了招呼，握了握手，就一起朝前走了。

他们很快就来到了小山的顶上。显然，看他们的意思小山顶便是他们散步的终点，因为他们放慢了脚步，三个人一起拐到了栅栏门旁边。就在一个小时以前，在苔丝还没有下山进镇的时候，她也曾经在那个栅栏旁休息过。在他们说话的时候，两位牧师兄弟中有一个用他的雨伞在树篱中到处搜寻着，拨拉出来一样东西。

"一双旧靴子！"他说，"我猜是某个骗子或者此类人扔掉的。"

"也许是某个想赤着脚去镇上的骗子，想以此引起我们的同情，"美倩小姐说，"不错，一定是这样的，因为这是双顶好的，靴子走路可以穿的——一点儿也没有磨破。干这种事的人可真坏呀！我们把这双靴子拿回家去送给穷人吧。"

靴子是卡斯伯特·克莱尔找到的，他用手中的伞柄勾起靴子，递给了美倩小姐，苔丝的靴子就这样被别人拿走了。

这些话全都落入苔丝的耳朵里，她戴着毛织的面纱从他们身边走了过去，又立即回头去看，只见那一行教民带着她的靴子离开了栅栏门，又走回山下去了。

因此我们这位女主角又踏上了她的行程。眼泪，迷蒙了她双眼的眼泪，顺着她的脸颊流淌下来。她也知道，完全是因她的多愁善感和毫无依据的敏感，才导致她把刚才看见的一幕当成了对自己的谴责。尽管如此，她还是无法从难过中摆脱出来。她是一个没有自卫能力的人，也违背不了所有这些对她不利的预兆。再想回到牧师住宅是不可能了。安吉尔的妻子几乎感到，她犹如一个被侮弄的东西，被那些在她看来极其高端的牧师赶到了山上。他们并无意伤害她，但她的运气也实在是有些不好，她遇到的不是父亲，而是他的儿子，父亲尽管狭隘，却不像儿子们那般严厉刻薄，他天性慈爱。她又想起了她的那双沾着泥土的靴子，这双靴子无故受了一番嘲弄，她不仅可怜起它们，而且她还进一步想到，靴子主人的命运是多么不堪啊。

"唉！"她自卑自怜地叹气道，"他们一点儿也不会想到，为了省着穿他为我买的这双漂亮靴子，我穿着那双旧靴子走过了最粗糙的那段路——不——他们哪里会知道呢！他们也不会想到，我穿的这件裙子的颜色还是他挑选的呢——不——他们怎会知道呢？即使他们知道，他们也不会放在心上的，因为他们并不怎么关心他呀，我可怜的丈夫啊！"

她接着又怜惜起她心爱的人来，其实她全部的苦恼，都是由她判断事物的传统标准引起的。她在路上失魂落魄地走着，却不知道她一生中最大的不幸，就是由于她在最后的关键时刻，用她所见的儿子的言行去判断他们的父亲，丧失了女人的勇气。其实她现在的情形，倒正好可以博得克莱尔先生和克莱尔太太的同情心。若他们遇见特别的事情，最容易引发他们的恻隐之心，而那些并没有陷入绝境的人，他们轻微的精神苦闷却很难引起他们的关切和关注。他们在拯救税吏和罪人的时候，也应该想着为文士和法利赛人的痛苦说几句话的，但他们并不这样做。他们这种狭隘的见解，在这个时候倒正好可以应用到他们的儿媳身上，完全把她当成一个落难的人，向她表示他们的爱心。

于是，她又开始沿着来路往回跋涉了，她来的时候本来就没有抱太大的希望，而只是深信在她的人生中将出现一次转机。显然，什么转机也没有，现在她只得再回到那块贫瘠土地上的农场里去谋生，去等待她再次聚集勇气面对牧师住宅，除此以外，她已经没有什么能做的了。在回程的路上，她对自己产生了足够的兴趣，就掀开了脸上的面纱，仿佛是要让世界看一看，她至少可以展现美倩·契尔特所没有的姣好容貌。但是她在掀开脸上的面纱的时候，又沮丧地摇了摇头。"这算得了什么呢？这不算什么！"她自语道，"谁还爱这副容貌呢，谁还愿看这副容貌呢。像我这样一个被遗弃的人，还有谁会在乎我的容貌啊！"

她在回去的路上，与其说是在毫无目的地前进，不如说是在漫无目的地游荡。她没有精神，没有目标，只是顺着路走罢了。她沿着漫长乏味的本维尔路走着，渐渐感到疲惫了，就靠在栅栏门上或是里程碑上歇一会儿。她又走了七八英里的路，循着一座又陡又长的小山走下去，山下有一个叫作爱维斯黑德的村庄，也可以说是小镇，这时候她才走进一户人家。就在这个小镇里，她早晨在此吃过早饭，那时心里满怀着希望。这座人家就在教堂的旁边，差不多是村子尽头的第一家，当这所屋子的主妇到食品间为苔丝拿牛奶的时候，她朝街上看了看，发现街上似乎空荡荡的。

"所有的人都做晚祷去了吗，是不是？"她说。

"不，亲爱的，"那个年老的妇人说，"这会儿做晚祷还早点，做晚祷的钟声现在还没有敲响呐。人们都到麦仓那里听人讲道去了。晨祷和晚祷之间，有一个卫理公会牧师在那里讲道——他们说他是一个优秀的、狂热的基督徒。可是，天啦，我是不去听他讲道的！在这边教堂里的定期布道对我已经够多的了。"

苔丝不久就走进了村子，村子里寂无人声，只是她的脚步声传到两边房子的墙上又反射回来，仿佛这里是一个死人的国度。靠近村子正中的地方，她的脚步的回声里掺杂了一些其他声音，她看见了路边不远处的一个麦仓，就猜想那些声音大概是讲道人的声音了。

在寂静晴朗的日子里，讲道人的声音十分清晰，虽然苔丝还在麦仓的另一边，但是不久她就能把他讲的每一句话都听清楚了。正如人们可以想象得到的那般，那篇讲演词是极端唯信仰论那一类的。这大意在圣保罗的神学理论中已经得到阐述——只要信仰基督就可以免去罪恶。那位狂热讲道人的理论单一，他用狂热的情绪讲出来，讲述时态度完全是一种慷慨激昂的态度，很明显他完全不懂得辩证的技巧。苔丝虽然没有听到开头部分，但她也能从他不断反复的念叨中听出那一篇讲道词是什么内容：无知的加太人哪，耶稣基督被钉死在十字架上的时候，已经活化在你们面前，谁又迷惑了你们，使你们不信真理呢？

苔丝站在后面听着，越来越感兴趣了，因为她发觉那个讲道人信奉的主义，和安吉尔的父亲属一派，归于形式热烈的一种。当讲道人开始细讲他皈依这些信仰的精神历程时，苔丝的兴趣更浓厚了。他说他是一个罪孽深重的人。他曾经嘲讽过宗教，结交过放荡淫逸的人。但是后来有一天他觉醒了。他之所以能够醒悟，主要是受到当初曾被他粗暴侮辱过的一个牧师的影响。那位牧师在离开他时说了几句话，那几句话刻在了他的心里，叫他永远忘不了，后来凭借上帝的仁慈，他就转变过来了，变成了人们现在所见的样子了。

还有比这种主义更让苔丝吃惊的，那就是讲道人的声音，尽管好像不可能，那声音居然和阿历克·德贝维尔的声音丝毫不差。她一阵痛苦疑惑，脸也变得凝滞起来，她转到麦仓的前门那儿，从那儿向麦仓里看去。低沉的冬日照耀着这边有着双层大门的入口处，一扇大门已经打开，外面的阳光便照进里面的打麦场，落在道人的身上，也落在听讲道的人身上，他们都暖暖和和地站在麦仓里，麦仓挡住了自北边吹来的寒风。在那儿听道的人全是村里的村民，在那些村民中，有一个是她在从前那个难忘的时刻见过的提着红油漆桶到处写格言的人。不过她注意的还是立在麦仓中间的那个讲道人，他站在几个麦袋子上，面对着听讲的人和麦仓的大门。三点钟的太阳照在他身上，把他照得清清楚楚，分毫毕现。诱奸她的人就站在她的面前，自从听清他的声音以来，她就感到奇怪，觉得震惊，现在不能不相信了，不错，确定无疑，果然就是那个人！

第四十五章

自从她离开特兰里奇之后，一直到今天，苔丝再也没有看见过或听说过德贝维尔。

苔丝是在心情沉重苦闷的时刻同德贝维尔再次相遇的，换作任何另外一个时刻，都不会让苔丝因与他的重逢而如此惊惧。他站在那儿，明明白白、清清楚楚是一个皈依了宗教的人，正在对自己过去的罪行感到痛心疾首。无理性的记忆引起的恐惧却压倒了苔丝，使她瘫痪了，一动也不能动，既前进不了，也后退不得。

想想上次她看见他时他脸上表现出来的神态，再看看现在他脸上的表情！——在那张和以前同样漂亮的脸上，令人不快的神情依然存在，只不过嘴上原来的黑色胡须不见了，现在蓄上了修剪得整整齐齐的老式连鬓胡，他身上穿着半是牧师、半是俗人的服装，改变了他的气质，掩盖了花花公子的本来面目，所以苔丝乍一看见他，竟一时没有认出他来。

《圣经》上的那些庄严词句，从他那张嘴里滔滔不绝地讲出来，苔丝刚开始听，只感到恐怖荒诞，感到不伦不类别扭至极。这种对她再熟悉不过的说话腔调，在差不多四年前她已经听过了，但是他说话的目的却截然不同，两相对照，讽刺意味强烈，令她直感到心中作呕。

这与其说是改过自新，不如说是改头换面。以前他脸上饱含情欲之气态的曲线，现在变成了柔和的线条，带上了虔诚的感情。以前他嘴唇的形状只意味着勾引和诱惑，而现在却在说着祈求劝导的话了。他脸上的红光从前可能要解释为纵情享欲的结果，今天却要被看成讲道时虔诚雄辩的激情，从前的兽性现在变成了狂热，从前的离经叛道、玩世不恭现在变成了崇高纯洁献身精神。那双滴溜溜直转的眼睛，过去看她的时候，是那样咄咄逼人，而现在却有了原始的活力，放射出一种几乎让人畏惧的神学崇拜的精光。以前在事不如愿的时候，他那张棱角分明的脸上会呈现种阴沉的神色，现在却成了一张牧师的谦卑脸，正在那儿把自己描绘成一个不可救药的自甘下流的人，描绘成一个深陷泥淖无力自拔的人。

他的这种面目似乎在抱怨。他面目上的特点已经失去了遗传角度的意义，所表现的意义连造物主好像都不赞成。说来奇怪，面目上那些进步及高尚之处全然不对劲，醒目之处似乎更是虚伪，让人有一种张冠李戴的感觉，这些神情就不该出现在他脸上。

可是真的如此吗？她不能再让自己坚持这种缺少宽容的态度了。世界上有好些弃恶从善把自己的灵魂拯救出来的人，德贝维尔并不是第一个，为什么她一定要看他不正常呢？这不过是她的成见罢了，所以才会听见新的好话从坏人嘴里说出来，觉得格格不入。一个有罪的人罪恶越深重，能变成一个圣徒就越伟大，这用不着去基督教的历史中去寻找例子加以佐证。

上面这些想法使她产生了一些模糊的感触，不过这些感触并不十分强烈。刚才她由于吃惊而感到紧张，现在一镇静下来，有力气走动了，就想从他面前赶快逃离。她的位置在向阳的一面，他显然还没有发现她。

可是她刚一走动，就立刻就被他的目光捕捉到了。看到昔日情人，他仿佛触电一般，她的出现对他产生的影响远比他的出现对她产生的影响大多了。他的火一样的激情和滔滔不绝的辩词似乎突然从他身上流失了。他嘴唇哆嗦着，颤抖着，里面堆满了词句，但是只要在她面前，他就连一个字也说不出来了。他的眼睛自从看了一眼苔丝的脸之后，就游目四顾，再也不敢看她了，过了几秒钟，他又胆战心惊地迅速瞥了她一眼。但是，这种瘫痪状态持续的时间很短，因为苔丝在他手足无措的时候恢复了力气，已经匆匆绕过麦仓，往前走了。

她镇静下来稍一思索，就吓了一大跳，他们的社会地位变化得真是太大了。他本是祸害她的人，现在却站在了神灵那一边；而她本是受害的人，现在灵魂却还在炼狱中。现在这情形倒有些像传说中的那个故事，她那仙女一样的形象突然出现在他的祭坛上，那位牧师祭坛上的圣火几乎因此接近熄灭了，刚才，他差点进行不下去他那激情四射的讲道了。

她头也不回地朝前走着。她的背，甚至衣服，似乎都对别人的目光敏感起来。她太敏感了，甚至觉得麦仓的外面都有目光盯在她身上。她一路走到这个地方，一直把悲伤深深压在心里，因而心情十分沉重，而现在，她的苦恼的成分又发生新的变化了。她原先渴望获取长期得不到的爱情，而这种渴望现在又暂时被一种更实际的感觉取代了，那就是紧紧缠绕住她的不可改变的过去。她强烈地意识到自己的错误无法消除了，因此她感到很绝望。她曾经希望把自己过去和现在的历史之间的联系割断，但这毕竟不现实。除非是自己也成为过去，否则自己的过去是不能成为过去的。

她就这样心事重重地走着，从长槐路的北部横穿过去，就看见她的面前有一条白色的路通向高地，她剩下的路程就是沿高地的边缘上行。那条干燥灰白的路严肃地向上伸展着，路上不见一个人，也不见一辆车，什么东西也没有，只有一些褐色的马粪四下散落在又干又冷的路面上。在苔丝喘着气慢慢往上走着的时候，她发觉身后出现了脚步声，于是她扭过头去，看见了那个她所熟悉的人影正在向她走来——身穿卫理公会牧师的奇异装束——那正是她这辈子最不想单独遇见的人。

但是，她已经没有时间去思考、去逃避了，因此她只好努力让自己镇定下来，看着他赶上自己。她发现他十分兴奋，与其说是因为他走路走得太急，不如说是他内心情感太过激动。

"苔丝！"他说。

她放缓了脚步，但是并没有回过身去。

"苔丝！"他又喊了一遍，"是我呀，阿历克·德贝维尔。"

她这时才转过头去，他又走近了些。

"我知道是谁！"她淡漠地回答说。

"啊——就只有这一句话吗？是的，我不值得你多说几句话了！当然喽！"轻轻地笑了一声，他接着说，"你看见我这副样子，一定觉得有些好笑。可是，我必须忍受着。我听说你走了，没有人知道你去了哪里。苔丝，你在奇怪我为什么要跟着你是吗？"

"是的，我是觉得很奇怪，并且我打心眼里不希望你跟着我。"

"不错，你可以这么说，"在他们一起往前走的时候，苔丝显出很不愿意的样子，他就声音低沉地说，"可是你不要误会我。刚才我一看见你，你就弄得我情不自禁地跟了来。你也许注意到了，你突然一出现，我就手足无措了。不过那只是一时的动摇，考虑到过去你和我的关系，这也是十分自然的事。但是意志帮助我克服了，我这样说你也许又把我当成骗子啦。后来我立即感到，我的责任和愿望就是把所有人从上帝的惩罚中拯救出来，你听了也许又要嘲笑我，在被拯救的那些人中，头一个要拯救的就是那个被我伤害的女人。我主要就是抱着这个目的到这里来的，此外没有别的。"

在她的回答里，带着一点儿淡淡的鄙夷："你把自己拯救出来了吗？人们不是都说慈善先从自己家里做起吗？"

"我自己什么也不用做！"他毫不在乎地说，"正如我对听我讲道的人说的那样，一切都是上天的作为。苔丝，想起自己过去的荒唐行为，且不说你看不起我，就连我自己都看不起自己呐！唉，真是一个奇特的故事，信不信由你，不过我想告诉你我是怎样被感化过来的，希望你至少有兴趣听一听。你听说过爱敏寺那个牧师的名字吧——你一定听说过，对吧？——就是那个上了年纪的克莱尔先生。他是他那一派里最虔诚的人了，国教里剩下的热心人已经不多了，他就是这为数不多的几个人中的一个。他热烈的程度虽然还比不上我现在信的基督教中这个极端派，但是在英国国教的牧师中也已经是很难得的了。最近出现的那些国教牧师只会诡辩，逐渐削弱了真正的教义力量，和原来相比只是徒有其名了。我和他只是在教会和国家的关系问题上存有分歧，也就是在'主说，你们务要从他们中间来，与他们告别'，这句话的解释上存有分歧，仅此而已。我坚信，他虽然一直是一个卑微的人，但是他在我们这个国家里拯救了无数灵魂，凡是你知道的，没有一个比他拯救得多。你听说过这个人吗？"

"我听说过。"她回答道。

"在两三年以前，他作为一个传教团体的代表到特兰里奇讲道。那时候我还是一个荒唐放荡的人，当时他不顾个人得失来劝导我，指引我，我却污辱了他。而他并没有记恨我，只是简单地说，总有一天我会接受圣灵初结的果实——那一天，许多前来笑骂的人，也都留下来祈祷了。他说的那些话深深地烙在我心里。后来我母亲的死使我遭到了最大的打击。慢慢地，我终于看见我人生道路上的光明了。自此以后，我一心只想把真理传给别人，这就是我今天到这里来讲道的原因。不过，在这一带讲道于我也只是近来的事。我做牧师的最初几个月，是在英格兰北部那些我不熟悉的人中间度过的，是想先在那儿练练胆子，因为对着那些熟悉你的人讲道，对着在罪恶的日子里曾是自己伙伴的那些人讲道，这是对自己诚心的最严格的考验，你需要极大的勇气才能做到。苔丝，你要是知道自己打自己嘴巴的那种快乐，我敢肯定——"

"不要再说了！"她激动地说，她说的时候就转身躲开他，走到台阶那里，靠在上面。"我才不信这种突发的事呢！你这样对我说话，我只感到愤怒，你心里知道——你心里清楚地知道你把我伤害到了什么地步！你，还有像你这样的人，你们在这个世界上尽情地享乐，都是以我这样的人受苦遭罪为代价的！等你们享乐够了，你们就又皈依了宗教，好去天堂里享乐，真是两全其美的事啊！少来这一套，我不会相信你的！我恨你！"

"苔丝，"他坚持说下去，"请别这样说！我皈依宗教，如同接受了一种催人奋进的新观念啊！你不相信我吗？你不相信我什么呢？"

"我不相信你真的立地成佛变成了好人。不相信你玩的宗教把戏。"

"为什么不信？"

她这低了声音说："因为有个比你好得多的人就不相信有这种事。"

"这真是女人见识！那个比我好的人是谁呢？"

"我不能对你说。"

"好吧，"他说，说的时候似乎有一种愤怒即刻就要发作，"上帝不容许我自己说自己是个好人——你也知道我也不会说自己是好人。我的确是一个刚刚弃恶从善的人，但是新来后到的人有时候看得最长远。"

"不错，"她苦闷地回答，"可是我不能相信你真的皈依了一种新的神灵。阿历克，像你这样一时发热，我想恐怕不会长久的！"

她原来是靠在台阶上的，她在说话的时候就转过身来，面朝着阿历克，于是他的目光就在无意中落到了苔丝的脸上和身上，打量着她，思忖着。他身上那些卑劣的部分此时已经沉静下来了，但是肯定没有被铲除，也没有完全抑制住。

"不要这样看着我！"他突然说。

苔丝此时的动作和神气都是下意识的，听了他的话立即把她那一双乌黑的大眼睛的目光收了回来，脸上一红，结结巴巴地说了句："对不起！"她从前心中常常涌动的痛苦情绪复活了，那就是上天给了她这样一副容貌，但是却老是给她惹祸。

"不，不！不要说对不起。不过你既然是戴着面纱遮挡你美丽的脸，为什么不继续戴着它呢？"

她把面纱拉了下来，急忙说："我戴面纱主要是用来挡风。"

"我这样命令你似乎过于严厉了！"他继续说，"不过我最好还是不要多看你。看你有些太危险。"

"别说啦！"苔丝说。

"唉，女人的脸早已经对我产生过太大的魅力，我简直无从抵挡，能不让我害怕吗！一个福音教徒和女人的脸本来不应该有什么关系，但是你这张美丽的脸却使我想起了我难以忘怀的往事！"

说完了这些话，他们就慢慢地朝前走去，偶尔随意说上一两句话。苔丝心里一直在想，他究竟要和她走多远，但也不愿意直白地把他赶回去。每当他们走到栅栏门和台阶时，常常会看到一些用红红绿绿的油漆写的《圣经》格言，她便问他知不知道是谁不辞劳苦地把它们写上去的。他告诉她，写格言的那人是他和他的教区同事们请来的，写那些格言，目的也就是要去感化邪恶一代的心。

后来他们走到了那个被称作手形十字柱的地方。在这一片荒凉的白土高地上，这个地方是更为荒凉的地方。它绝不是那种画家和爱好风景的人所追求的优美，而是相反的带有悲剧意味的美。这个地方名字的由来源自矗立在那儿的那个石头柱子。那是一根奇怪粗糙的用整块石头做成的柱子，在本地任何一座采石场里，都找不到这种石头。在这块石头的上面，粗糙地刻了一只人手。关于它的历史和意义，众说纷纭。有的权威人士说，此处从前曾经竖有一根完整的虔诚的十字架，而现在的剩余部分只是它的底座。也有另外的人说，这是一根完整的石头柱子，是用来标明地界和集合地点的。无论这根柱子出处如何，但是那些心情不同的人经过这里，看到竖在这儿的这根石头柱子，每每会产生或狰狞或阴森的感触，就连感觉最迟钝的人，也会产生这样的印象。

"我想我现在必须离开你了！"他们在即将接近那个地点时他开口说话了，"今天晚上六点钟我必须到阿伯特·瑟诺去讲道，我走的路从这儿往右拐。苔丝，你今天使我有些心烦意乱了——我也不知道究竟为什么。我必须走了，必须控制自己的情绪。你现在说话怎么变得这样流利了？你能说这么好的英语是谁教你的呢？"

"是苦难教会了我一些东西！"她含糊其辞地说。

"你有什么苦难呢？"

她把她人生第一次的苦难告诉了他——那是和他有关的一次苦难。

德贝维尔听后惊呆了。"一直到现在，我对这件事毫无所知！"他后来低声问，"在你陷入麻烦的时候，为什么不给我写信呢？"

她沉默不语，他打破了沉默，又接着说："好吧，你还会再见到我的。"

"不，"她回答说，"我们再也不要见面了！"

"让我想想吧。不过在我们分手之前，到这儿来吧。"他走到那根柱子跟前，"这曾经是一座神圣的十字架。在我的教义里并不相信圣物遗迹什么的，但是有时候我害怕你，和你现在害怕我比起来，我更加怕你。为了减少我心中的忧惧，请你把你的手放在这只石头雕成的手上，发誓你永远也不来诱惑我——不要用你的美貌和言行来引诱我。"

"天哪——你怎能提出这种要求呢！毫无必要呀，我一丁点儿引诱你的意图也没有啊！"

"说得不错——不过你还是发个誓吧。"

苔丝半是出于害怕，就对他的一再要求做了让步，把手放在那只石头手上发了誓。

"你不信教，我为你感到遗憾，"他继续说，"有个不信教的人控制了你，动摇了你的信念。不过现在不必多说了。至少我会在家里为你祈祷的，我会为你祈祷的。没有发生的事又有谁能够知道呢？我要走了，再见！"

他转身向一个猎人狩猎用的树篱栅栏门走去，再没有看她一眼就跳了过去，穿过草地朝阿伯特·色诺的方向走了。他向前走着，他脚步飘忽表现出他心神不宁，他走了一会儿，仿佛又想起了一件什么事，就从他口袋里掏出来一本小书，书中夹着一封叠着的信，那封信又脏又破，好像被看了好多遍似的。德贝维尔把信打开，信上的日期是几个月前，信后签的是克莱尔牧师的名字。

在信的开头，写信人对德贝维尔的转变表达了由衷的高兴，接着又感谢他的一片好意，就这个问题跟他通信交流。信中还说，他克莱尔先生真心实意地宽恕了德贝维尔过去的行为，并且对这位青年的未来的计划十分关注，克莱尔先生非常希望德贝维尔也进入他献身多年的教会，并且愿意帮助他先去神学院学习，不过既然德贝维尔认为进神学院耽误时间而不愿去，所以他也不再坚持非让他进神学院不可了。任何人都要在圣灵的激励下全力以赴，奉献自己，尽自己的本分，至于通过哪种方式，圣灵自有安排。

德贝维尔把这封信读了又读，似乎在尖刻地嘲笑自己眼下的情形。在他往前走的时候，他又把从前写的备忘录读了几段，后来脸色才重新平静下来，很明显苔丝的形象不再扰乱他的心了。

与此同时，苔丝也一直沿着山脊走着，因为这条路是回家最近的一条路。走了不到一英里，她遇见了一个牧羊人。

"我刚才经过的那根古老的石柱象征着什么呢？"她问他，"从前它是不是一个十字架？"

"十字架？不是的，它不是一个十字架！那是一件不吉利的东西，小姐。那根石头柱子是古时候一个犯了罪的人的家人竖在那里的，先是把那个人的手钉在那上面折磨他，后来才把他绞死。他的尸首就埋在那根石柱下面。有人说他把自己的灵魂卖给了魔鬼，他的鬼魂有时还显形在这一带走动呢。"

她意外地听说了这件阴森可怖的事，不禁感到毛骨悚然，就离开那个孤独的牧人，自己朝前走了。当她走近燧石山的时候，天色已是黄昏了。她走进通往村子的那条篱路，在路口处，她见到了一个姑娘和她的情人在一起，而自己没有被他们发现。他们不是在谈情说爱，那个年轻姑娘说话时声音清脆而又冷淡，有一搭没一搭地应对着那个男人热情的谈话。彼时，大地一片苍茫，天色昏暗，在这种沉寂里，没有外来的东西闯进来，只听见那个姑娘说话的声音飘荡在寒冷的空气里。有那么一会儿，这些声音使苔丝高兴起来，后来，她又推测到他们会面的原因，他们因爱而聚，吸引他们的是来自他或她的魅力，而这种同样的吸引力正是导致她今日灾难的刽子手。当她走近了的时候，那个姑娘坦然地转过头来，并认出了苔丝，那个年轻的小伙子则感到害羞，就离开了。原来那个姑娘正是伊茨·休特，她认出苔丝，就把自己的事情放在一边，立刻关心地问起苔丝此行的事来。苔丝对这次出门的结果含糊其词，伊茨聪明地扭转了话题，开始对她讲自己的一件小事，也就是刚才苔丝看到的一幕。

"他叫阿米·希德林，从前常去泰波塞斯做零活儿，"她不经意地解释说，"其实他是打听到我已经到这儿来了，才跟到这儿来找我的。他说他已经爱了我两年了，不过我还没有答应他。"

第四十六章

自苔丝上次无功而返以来，已经过去好几天了，她一如既往地每天下地干活。冬天干冷的风依旧吹着，但是用草做成的篱笆围成了一道屏障，为她挡住了寒风。在地里避风的一面，放着一架切萝卜的机器，机器上新漆了一层发亮的蓝色油漆，在周围的暗淡环境的对比下，格外醒目。在和机器正面相对的地方，有一个堆积如山的码得整整齐齐的萝卜堆，这些萝卜从初冬就保存在这里了。苔丝站在萝卜堆已经被掏开的那一头，用一把弯刀把一个个萝卜上的根须和泥土清理干净，再把萝卜扔进萝卜切片机里。有一个男工人摇动着机器的摇把，新切的萝卜片就从机器的槽口里源源不断地流出来，那些黄色萝卜片的新鲜气味，和外面呼呼的风声、切萝卜的刀片的嗖嗖声、苔丝戴着皮手套清理萝卜的声音混杂在一起，组成了一种特别的交响乐。

在萝卜被拔走后，那一大片土地上就什么也没有了，只剩下褐色的土壤，现在在上面又被拱起了一条条深褐色的带状条纹，这长带图画慢慢地变得越来越宽了。沿着拢起的长带，有一种十条腿的东西在不紧不慢地从地的这一头爬到另一头，那是两匹马、一个人和一张犁在田地里移动着，正在翻耕收获过后的土地，准备来年春季里播种。

好几个小时过去了，一切都还是那样单调乏味，那样沉闷压抑。后来，在被犁开的土地里出现了一个黑色的斑点。那个黑色的斑点是从树篱拐角处的空隙中出现的，正在向清理萝卜的人移去。随着那个黑色斑点的移动，它逐渐变成了九柱戏的柱子般大小，不久就可以看得清楚了，原来是一个身穿黑衣的人，正在从长槐路上走来。机械地摇萝卜切片机的男工眼睛无事可做，一直注意着那个走来的人，而清理萝卜的苔丝眼睛没有空闲，所以一直不知道这件事，后来干活的同伴告诉了她，她才注意到那个人已经走过来了。

走来的这个人并不是刻薄的农场主格罗比，而是一个穿着半是教服半是俗装的人，他就是从前过着放荡生活的阿历克·德贝维尔。此刻他的脸上没有讲道时的激动，也没有热烈的情绪，他站在摇机器的工人面前，似乎有些局促不安。苔丝一阵别扭，脸顿时变得苍白了，就把头上的帽子向下拉了拉，把脸遮住了。

德贝维尔走了过来，平静地说："我想跟你说几句话，苔丝。"

"我请求过你，请你不要再到我的身边来，你这是出尔反尔了！"苔丝说。

"是的，但是我有充足的理由，苔丝。"

"好吧，你说说看。"

"这也许比你想象的要严重得多。"

他扭过头去，看看摇机器的人是不是在偷听。他们和那个摇机器的人隔着一段距离，加上机器转动的响声，这足可以防止摇机器的人偷听到阿历克说的话。阿历克站在苔丝和摇机器的人之间，背对着摇机器的人，把苔丝挡住。

"事情是这样的，"他继续说，带有一种心血来潮的痛心疾首，"我们上次见面的时候，我只想到你和我的灵魂，忘了问你现在的生活状况了。那次你穿得不错，这使我没有想到问你的生活情形。但是现在我看到你的生活这样苦——比我认识你的时候还要苦——你本来不应该受这种苦的。也许你这样受苦多半是因为我给你造成的吧！"

她没有回答，低着头，继续清理萝卜。她头上戴的帽子，把她的头完全遮住了。阿历克站在旁边，带着探询的神情看着她。苔丝感到只有继续清理萝卜，才能完全把阿历克排斥在她的情绪之外。

"苔丝，"他不满地叹了一口气，又说，"我见到过许多人的情形，但你的情形是最艰难的啊！在你告诉我以前，我真没有想到会给你造成这样的结果啊。我真是一个混蛋，玷污了一个清白人的生活啊！这全怪我，我们在特兰里奇时所有的越轨行为都是我的错。你才是德贝维尔家族真正的后人，我只是一个冒牌货。你那时真是年幼无知，一点儿也不知道人世间的险恶啊！我真心实意地告诉你吧，做父母的，把女儿抚养大了，却对险恶的人为她们设下的陷阱和罗网一点不说，无论他们是出于好心还是漠不关心才这样，这都是危险的，是做父母的耻辱。"

苔丝仍然只是静静地听着，一声不吭刚把清理好的一个萝卜放下，就又拿起另外一个，像机器一样有规律。她那种专注的模样，显然只是一个在地里干活的女佣。

"不过我来这儿并不是为了说这些话！"德贝维尔继续说，"情况是这样的，你离开特兰里奇以后，我的母亲就死了，那里的产业就都成了我的产业。但是我想把产业卖了，一心一意到非洲去从事传教工作。毫无疑问，这件事我自己肯定是做不好的。但是，我要问你的事是，你能不能让我尽一份责任——让我对我从前做的荒唐事做个一次性补偿，也就是说，你能不能做我的妻子，和我一起到非洲去？——我已经把这份宝贵的文件拿到手了。这也是我母亲死时的唯一希望。"

他有些不好意思地摸索了一阵，从口袋里掏出一张羊皮纸。

"这是什么？"她问。

"这是结婚许可证。"

"啊，不行，先生——这不行的！"她吓得直往后退，急急忙忙地说。

"你不愿意吗？为什么？"

他在问这句话的时候，脸上浮现出失望的神情，不过这完全不是他想尽一份责任的愿望未能实现的失望。毫无疑问，这是他对她旧情复燃的一种表现，责任和欲望糅合在一起了。

"不错。"他又开始说话，语气变得更加暴躁了，随即又回头看了看那个摇切片机的人。

苔丝也感觉到这场谈话不能到此就算结束了。她对那个摇机器的人说，这个先生到这儿来看她，她想陪他走一走，说完就和德贝维尔穿过像斑马条纹的那块地离开了。当他们走到地里最先翻耕的地方时，他把手伸过去，想扶扶苔丝，但是苔丝在犁垄上自顾自往前走着，仿佛没有看见他似的。

"你不愿意嫁给我，苔丝，不想让我做一个拾起自尊的人，是不是？"他们刚走过犁沟，他就又重复说起这个话题。

"我不能和你结婚。"

"可是为什么呢？"

"你知道的，我对你没有感情。"

"但是，只要你真正宽恕了我，也许时间长了，你就会对我产生感情呀？"

"永远也不可能的。"

"你怎么这么肯定呢？"

"因为我爱的是另外一个人。"

这句话似乎使他大吃一惊。

"真的吗？"他喊着说，"另外一个人？可是，这么做难道你在道德上没有一点儿是非感吗？不感到心中不安吗？"

"不，不，不——你不要再说了！"

"好吧，但无论如何，你对你说的那个男人的爱也只是一时心动，你会淡漠这种感情的——"

"不——不是一时心动。"

"是的，是这样的！为什么不是呢？"

"我不能对你说。"

"你一定要对我说出实情！"

"那么好吧——我已经嫁给他了。"

"啊！"他惊叫起来，盯着苔丝，嘴巴张着却说不出话来。

"我本来不想告诉你的，我本来什么也不想说！"她解释道，"这件事在这儿是一个秘密，即便有些人知道，也只是模模糊糊地知道一点儿。因此，你不要，我请你不要再继续问我了，好不好？你一定要记住，现在我们只是陌路人了。"

"陌路人——我们只是陌路人？陌路人！"

有一瞬间，他的脸上闪现出以前惯有的讽刺神情，但他还是坚强地把它压制下去了。

"那个人就是你的丈夫吗？"他用手指着那个摇切片机器的工人，麻木地问。

"那个人？"她骄傲地说，"怎么可能？"

"那么你丈夫究竟是谁？"

"请你不要问我不想告诉你的事！"她恳求他说，她说这话时抬起头来，眼睫毛遮挡下的眼睛波光闪动。

德贝维尔心神不定了。

"可是我只是为了你才问你的啊！"他情绪激烈地反驳道，"天啊！天使啊！——上帝宽恕我这样说吧！我发誓，我是替你着想，为了你好才来这里的。苔丝，不要这样看着我，我受不了你的目光呀！我敢说，古往今来，世上从来没有你这样的一双眼睛啊！唉，我不能失去理智，我也不敢！我承认，你的目光已经唤醒了我心中深埋的对你的爱情，而我本来坚信这种感情已经和其他此类感情一起熄灭了的。我原想，我们结了婚就可以使我们两个人的感情都得到净化。我对自己说，'没有信仰的丈夫会因妻子成为圣洁之人，不信教的妻子会因丈夫而成为圣洁之人。'不过现在我的计划破灭了，我不得不忍受我的失望了！"

他情绪低沉，目光垂到了地上，思索着。

"嫁给他了。嫁给他了！——既然这样，也罢也罢。"他接着说，镇静下来，把结婚许可证慢慢地撕成了两半，塞进自己的口袋，"我虽然不能娶你，但是我愿意为你和你的丈夫做些事，并且不管你的丈夫是谁。我还有许多问题想问你，当然，我也不会违背你的意愿再问你了。不过，如果我认识他，我帮助你和他就会更加容易些。他也在这个农场里吗？"

"他不在！"苔丝小声说，"他离这儿很远。"

"很远？他不在你身边？那算什么丈夫啊？"

"啊，你不要说他的坏话！都是因为你呀！他知道了——"

"哦，原来如此！——真是不幸，苔丝！"

"的确不幸。"

"因此他就这样离开你——把你留在这里，像个奴仆一样干活！"

"他没有把我留在这儿干活！"她喊起来，情绪激烈地为不在她跟前的那个人辩护。"他并不知道我干活的事！这是我自己的决定！"

"那他给你写信吗？"

"我——我不告诉你。这是我们自己的私事。"

"当然，这就意味着他没有给你写信呗。你是一个被遗弃了的妻子啊，我漂亮的苔丝！"

他一时冲动，突然转过身来，抓住了苔丝的手。苔丝戴着褐色手套，他仅是抓住了她戴着手套的手指，根本感觉不到里面有血有肉的肉体。

"你不要这样——你不能这样！"她害怕得叫喊起来，一面把她的手从手套里挣脱出来，就像从口袋里抽出来一样，只是把手套留在了他手里。"啊，你能不能离我远点？为了我和我的丈夫，为了你的基督教，请你走开吧！"

"好吧，好吧，我走开。"他一边说，一边把手套扔到苔丝手里，转身离开。但是他又回过头说："苔丝，上帝作证，刚才我握住你的手，并不是想欺骗你啊！"

田地里响起了一阵马蹄声，有人骑着马来到了他们身后，而他们因为一门心思地想着自己的事，没有注意到。苔丝耳边响起了斥骂声："你他妈的今天这时候怎么不干活儿，却跑到了这儿？"

农场主格罗比老远就看见了他们俩的身影，就骑着马过来看个清楚，要了解他们在地里搞什么名堂。

"不要这样对她说话！"德贝维尔脸色一沉说，这种脸色不是一个基督徒该有的脸色。

"不错，先生！我想不通一个卫理会牧师会和她会有什么勾当呢？"

"这个家伙是谁？"德贝维尔转过身去问苔丝。

苔丝走到德贝维尔的身边。

"你快走吧——我求你了！"她说。

"你说什么！把你留在这个暴君手里吗？我从他脸上就可以看出来，他不是什么好东西。"

"他不会伤害我的。他和我也没有什么感情纠葛。我在圣母节就可以离开了。"

"好吧，我想我只得听你的吩咐了。只是——好吧，再见！"

她对这个想保护她的人，比对攻击她的那个人还要害怕。德贝维尔不情愿地离开，农场主还在继续责骂苔丝，苔丝极力忍受着，因为她知道这种攻击和性爱丝毫没有关系。这个男人作为主人，称得上冷酷无情，但如果他有胆量的话，他早就打她了，不过苔丝有了上次的经验，知道他也不过嘴上厉害，反而放心了。她悄悄向原先干活的那块高地走去，想着刚才和德贝维尔会面的情景，几乎没有意识到格罗比的马的鼻子都快要触到她的肩头了。

"你既然已经跟我签订了合同，要在我这里干到圣母节，我就得让你按合同办！"他咆哮着说，"该死的女人——今天这事，明天那事，我再也不能容忍这个样子了！"

苔丝清楚地知道，他没有这样骚扰他农场上的其他女人，只对她进行骚扰，完全是为了要报他挨的克莱尔那一拳之仇。有一瞬间她想，如果她接受了阿历克的求婚，做了他的妻子，那么又会是什么样的情景呢？也许她就会彻底摆脱这种屈辱的地位，不仅可以摆脱眼前这个气势汹汹地欺负她的人，而且还可以在瞧不起她的整个世界面前抬起头来。"可是不，绝不！"她喘着气说，"我现在不能嫁给他！我太讨厌他了。"

当晚，苔丝便开始给克莱尔写一封言辞恳切的信，避而不谈自己的苦难，只是向他述说自己忠贞不渝的爱情。任是谁读了这封信，都能从字里行间发现，在苔丝伟大爱情的背后，也隐藏着某种巨大的恐惧，几乎是一种绝望——某些还没有明说的秘密事件。不过这一次她又没有把信写完，他既然曾经要求伊茨和他同往巴西，也许他心里根本就不在意她了。她把这封信放进她的箱子里，心想，这封信是永远也不会到安吉尔的手上了。

自此以后，苔丝每天的劳动任务越来越繁重，时间很快到了对于种地工人意义重大的日子，即圣烛节集市的日子。就是在这个集市上，要签订到下一个圣母节的为期一年的新雇工合同，凡是那些想跳槽的种地工人，都要到举行集市的乡村小镇去。燧石山农场的工人差不多都想离开这里，所以一大早大批的工人就离开农场，朝小镇的方向涌去，从燧石山农场到小镇去，大约要来十到十二英里山路。虽然苔丝也想在结账的日子离开，但是她是为数不多的几个没有去集市的人中的一个，因为她抱有一种朦朦胧胧的希望，到时候会有凑巧的事情发生，也许她就不必再去签订一个新的户外劳动合同。

这是二月里暖和的一天，这时候天气出奇地暖和，几乎都要让人觉得冬天已经过去了。她刚吃完晚饭，德贝维尔的影子就印在她住的小屋的窗户上了，那时候，屋子里就只剩下她一个人。

苔丝急忙跳起来，可是来者已经敲响了她的房门，她全然没有理由逃跑了。德贝维尔走到门前以及敲门的神态，和苔丝上次见到的他相比有了一种难以言明的大不相同的特点。他似乎对自己的所作所为感到羞耻了。她本来不想去开门，但是好像又没有不开门的道理，她就站起来，把门栓打开，接着又急忙退了回去。德贝维尔走进来，看着她，然后一屁股坐在一把椅子上，这才开始说话。

"苔丝——我受不了啦！"他开始用绝望的口气说，一面用手擦着脸上冒出的汗，脸上泛着激动的红色。"我感到我至少要来这里看看你，问问你情况怎么样。实话告诉你吧，自从上个礼拜天见到你之前，我一直没有想起你，可是现在，我无论怎样努力，也无法把你的影子从我心里赶走了啊！一个善良的女人要伤害一个罪恶的男人原本不易，可是现在她却把他害惨了。除非你为我祈祷，苔丝！"

无论谁看到他压抑痛苦的样子，都会同情怜悯他，但是苔丝却没有同情他。

"我怎样为你祈祷呢？"苔丝说，"现在我无从相信主宰世界的万能的神会因为我的祈祷而改变它的既定计划呢！"

"你真的是这样想吗？"

"是的。我本来不这样想，但是原来的想法已经被彻底改变了。"

"彻底改变了？是谁改变了你？"

"是我的丈夫，如果你一定要我说的话。"

"啊——你丈夫——你的丈夫！听起来真是怪异！我记得有一天你说过这种话。你真的相信这些事情吗，苔丝？"他问，"你似乎不相信宗教了——这也许是因为我的缘故。"

"但是我信。只不过我不相信任何超自然的东西罢了。"

德贝维尔满脸疑虑地看着她。

"那么你认为我走的路是完全错了？"

"一大半是错了。"

"哼——可是我自己不会错的！"他有些不安地说。

"我相信登山训示的那番讲道的索高精神，我丈夫也如此——但是我不相信——"

他断然否定了苔丝这一番话。

"事实是，"德贝维尔冷冷地说，"你丈夫相信的你都信，你丈夫反对的你都反对，而你自己，没有一丁点思考，没有一丁点判断。你们女人就是这样。你在思想上成了他的奴隶了。"

"哦，那是因为他什么都知道啊！"她颇为得意地说，她只是纯粹地相信安吉尔·克莱尔，其实即使最完美的人也不配受到她那样的信任，她的丈夫则更是不配了。

"不错，可是你不应该像这样把别人的消极看法全盘照搬过来啊。他能教给你这种怀疑主义，一定是一个有意思的人。"

"他从来不把他的判断强加于人！他也从来不和我辩论！但是，我是这样认为的，当他对他的理论进行过一番深入的研究之后，他相信的可能要比我相信的更加正确，因为我根本就没有深入到理论中去。"

"说说看，他曾经说过些什么？他一定说过什么吧？"

她回忆着，她有敏锐的记忆力，安吉尔·克莱尔平时说过的很多话，即使她还不能理解那些话的内涵，她也记住了不少，她回想起她听他讲过的一段犀利无情的三段论，那是某一次他们在一起的时候，他像平时那样一面思索一面说出来的。她就把他当时说的话复述了一遍，甚至连他的音调和神态也模仿得惟妙惟肖。

"你再说一遍。"德贝维尔一直在聚精会神地听，听完了又要求苔丝重复。

于是苔丝又重复了一遍，德贝维尔也若有所思地跟着她小声念。

"没有别的什么话了吗？"他立刻又问。

"他在其他时候还说过好多这样的话！"于是她又说了另外一段，在上至《哲学辞典》下至赫胥黎的《论文集》里，都可以找出许多类似于这段话的话。

"啊——哈！你是如何记住它们的？"

"他信什么，我就要信什么呀，尽管他不希望我这样。我想方设法劝说他，让他告诉我一些他的想法。我不敢说我完全理解了他的思想，但是我知道他的思想是对的。"

"哼。想想吧，你自己什么都不理解，还能教训我吗！"

但他还是陷入了沉思。

"我就这样在精神方面和他保持着一致，"她又接着说，"我不希望自己和他有什么差异。对他有益处的，对我肯定也好。"

"他知不知道你和他一样是个大异教徒？"

"不知道，我从来没有告诉过他，即使我也算是一个异教徒的话。"

"好啦，你现在毕竟比我要好得多，苔丝！你不觉得你应该去宣传我的主义，因此你放弃了主义并且良心上不感到有什么不安。而我相信我应该去宣传我的主义，可是又像魔鬼一样，既相信，又动摇，因为我突然放弃了我本该宣传的主义，而让位于对你的感情了。"

"究竟怎么回事？"

"唉，"他焦躁烦乱地说，"我今天一路来到这儿，就是为了看你！其实我从家里动身是要去卡斯特桥集市的，今天下午两点半，我本应站在那儿的一辆大车上讲道，那里的教众此刻正在等着我呢。你看这份通知。"

他从胸前的口袋里掏出一张告示，上面印着集会的日子、具体时间和地点，通知说在这个集会上，他，也就是德贝维尔，将在那里宣讲福音。

"可是你怎样才能到那里呢？"苔丝看了看钟表说。

"我去不了啦！因为我到你这里来啦。"

"什么，你真的答应了去那儿讲道？还有——"

"我已经准备好了去那里讲道，但是我没去那里——因为我心中萌发了一种渴望，要去看一个被我轻视过的女人！——不，实话说吧，我从来就没有轻视过你，如果是我轻视过你的话，现在我就不会爱你了呀！我之所以没有轻视你，是因为你做到了出淤泥而不染。当年你遇见了我，你却能看清形势，那样迅速和坚决地从我身边离开，而没有留在我身边任我摆布。因此，如果说这个世界上还有一个我轻视不得的女人的话，那个女人就是你。不过你现在完全可以鄙视我！我原来以为我在山上顶礼膜拜，现在才发现自己依然在林中供奉！哈！哈！"

"啊，阿历克·德贝维尔！你说这话是什么意思？我又做什么啦！"

"做什么啦？"他带着卑鄙的冷笑说，"你的本意是没做什么。按照他们的说法，你可是使我堕落的原因啊——出自无心的原因。我问自己，我确实是那些'道德败坏的奴仆'中的一个吗？是那种'先是脱离世上的污秽后来又深陷其中被缠住制服，末后的境况比先前更不堪'的人中的一个吗？"他把他的手放在苔丝的肩上。"苔丝，我的姑娘，在我见到你之前，我至少是走在得救的路上的啊！"他一面说一面摇晃着苔丝，仿佛苔丝是一个小孩子。"那么你后来为什么又要来诱惑我呢？在我再次看到你这双眼睛和你这张嘴巴之前，我还像一个男人一样坚强——我敢肯定，人类自夏娃以来，从来就没有过一张嘴像你这张嘴一样叫人神魂颠倒！"他放低了说话声，目光里流露出一种耍无赖的神情。"苔丝，你这个狐狸精！你这个可爱又可恨的巴比伦巫婆！我一见到你，我就抵挡不住了。"

"是你再到这里看我的，我有什么办法呀！"苔丝一边说一边后退。

"这我知道。我再说一遍，我不怨你。不过事实却是如此。那天我看见你在农场受欺负，又想到我没有保护你的法律上的权利，想到我无法获得那种权利，我都快要疯掉了！而那个有权利保护你的人又似乎完全把你忘了。"

"不要说他的坏话——他只是因为不在这里罢了！"苔丝激动地大声说，"公正地看待他吧——他没有做过什么对不起你的事呀！啊，离开他的妻子吧，免得有什么丑闻，坏了他的好名声啊！"

"好，我离开，我离开，"他说，好像一个人刚从美梦中醒来一样迷迷糊糊地，"我已经失约了，没有去集市为那些喝得醉醺醺的傻瓜们讲道。这是我第一次真正闹了这样一场笑话。搁在一个月前，我会被这种事情吓坏的。我要离开你，我发誓，还要——呃，绝不再到你身边来。"他后来却又突然说道："拥抱一次吧，苔丝，就一次！为了我们过去的情谊，拥抱一次——"

"我是没有人保护，阿历克！但另一个人的荣誉就在我的手里，想一想吧，这是羞耻之事呀！"

"呸！好，说得对——说得对！"

他抿着嘴唇，为自己的软弱感到难堪。在他的眼睛里，既缺乏世俗的信念，也同样缺乏宗教的信仰。在他悔过自新这段时日里，他过去那些不时发作的激情变成了僵尸，蛰伏在他脸上的曲线中，但现在似乎苏醒了，复活了，又聚集到一起了。他有些迟疑地走了。

尽管德贝维尔宣称他今天的失约只是一个信徒的倒退堕落，其实苔丝说的那些从安吉尔·克莱尔嘴里学来的那些话，已经深深地影响到他，而且他离开以后还在影响着他。他默默地走着，仿佛从来没有想到自己的信仰有可能坚持不住，想到这一点，他就变得麻木了。从前他皈依宗教，只是一种心血来潮，本来就和理智没有关系，也许只能看作一个浮躁的年轻人因为母亲死了，一时受到触动，在追寻新的感情寄托时出现的怪诞举动吧。

苔丝把几滴逻辑的推理，注入了德贝维尔的热情的海洋，这就使他心中澎湃的激情冷却下来，凝滞了。他反复思考着苔丝刚才对他说的那些清清楚楚明明白白的话，自言自语地说："那个聪明的家伙一点儿也想不到，他告诉她的那些话，也许正好为我重新回到她的身边铺平了道路呢！"

第四十七章

这是燧石山农场上为最后一垛麦子脱粒了。三月天的黎明格外朦胧混沌，没有一点儿标志可以表明东方的地平线在哪里。麦垛孤零零地站在麦场上，它的梯形尖顶朦胧可见，它已经经受了一个冬季的风吹雨打了。

伊茨·休特和苔丝一走到打麦场上，便听见了一种沙沙声，这表明已经有人在她们的前面到这儿来了。天渐渐放亮了，立即就能看到麦垛顶上有两个影影绰绰的男人影子。他们正在忙着拆麦垛的顶子，也就是说，在把麦束扔下去之前，先要把麦垛的草顶子拆掉。拆麦垛草顶子的时候，伊茨和苔丝，还有一些其他女工，就已经都到麦场上来了，他们穿着浅褐色的围裙在那里等着，冷得直打哆嗦，农场主格罗比一定让他们来这样早，是想尽量在天黑之前做完工作。在靠近麦垛檐子下面的地方，隐约可以看见这些女工们前来伺候的红色暴君——一个装着皮带和轮子的木头架子——当这个脱粒机开动的时候，它就要对她们肌肉和神经的忍耐力提出最暴虐的要求了。

在离机器不远的地方，还可以看见一个模模糊糊的影子，它颜色漆黑，咝咝作响，表示里面蓄积着巨大的能量。从那里向外散发着热气，在一棵槐树的旁边矗立着高大的烟囱，并不需要多少大光亮就能够看出来，这就是为这个小天地提供主要动力的引擎。引擎的旁边站着一个黑色的人影，一动也不动，那是个高大的沾满烟灰和积满污垢的形象，带着一种恍惚的神情。黑影的旁边是一个煤堆，那个黑影就是烧引擎的工人。他的神态和颜色那样与众不同，仿佛是从托斐特里面出来的生灵，闯入了这个麦子金黄、土地灰白、空气清朗的地方，他和这个地方毫无和谐之处，使当地的乡民感到惊讶和惶恐。

正如我们所见，这个人从外表到内在都与现实世界格格不入。他虽然

344

处在这个农业文明的世界里，但是却不属于这个农业世界。他是负责管理燃料的人，而农田上的人负责管理的是农作物、天气、霜冻和光照。他带着他的机器从一个郡赶到另一个郡，从一个农场赶到另一个农场，因为到目前为止，蒸汽脱粒机在威塞克斯这一带还不普及，只能巡回作业。他说话时带着奇怪的北方口音，他心里只管琢磨自己的心事，他的眼睛只管照看自己的铁家伙，而对周围的景物几乎看也不看，毫不关心，只有在特别必要的时候，他才和当地人说几句话，仿佛他是在古老的命运的驱使下，不得不违背自己的意愿漂泊到这里，为这个阎罗王一样的主人服务。在他机器的驱动轮上，一根不停转动着的长皮带同脱粒机连接在一起，这就是他和农业之间的唯一联系。

在工人们忙着拆麦垛的时候，他就面无表情地站在那个可以移动的能量贮存器旁边，那个火热的能量贮存器使它周围的空气都颤抖起来，对于脱粒的准备工作，他是不闻不问的。他早已把煤火烧红了，把蒸汽的压力蓄足了，在几秒钟之内，他就能让那根皮带以看不见的速度运转起来。在皮带的范围以外，无论是麦料、麦秸还是混乱，这对他来说都一样。如果当地没有活干的闲人问他管自个儿叫什么，他就简单地回答说："机械工。"

天色已经大亮了，麦垛顶也拆完了，于是男工们都站到了各自的位置上，女工们也加入进来，脱粒的工作便开始了。农场主格罗比——工人们也称他为"他"，在此之前已经来这儿了，按照他的要求，苔丝被安排在机器的台面上，挨着那个喂料的男工人，她的活儿就是把伊茨递到她手里的麦束解开，伊茨站在麦垛上，就在她的另一边。这样，喂料的工人就从她手里接过解开的麦束，然后把麦束散开在不停转动的圆筒内，圆筒就立即把麦穗上的麦粒打了下来。

在准备的过程中，机器停了一阵子，那些憎恨这高效机器的人心里就高兴起来，但是不久机器就又开始全速工作了。脱粒的工作一刻不停地全速进行着，一直到吃早饭的时候才停了半个小时。早饭过后，机器又开始运转起来，农场上所有的临时工也都来搬脱粒后的麦秆，在那堆麦粒的旁边，麦秆堆也越堆越大了。到了吃午饭的时间，他们就站在那儿，连位置都没移动，就匆匆忙忙地把午饭吃了，又连续干了两个小时，才到吃晚饭的时刻。无情的轮子不停地转动着，脱粒机的嗡嗡声几乎要刺穿人的耳膜，而靠近机器干活的人，机器的嗡鸣声一直震到了他们的骨髓里。

在越堆越高的麦秆垛上，上了年纪的工人们谈起了他们过去的岁月，那时候他们一直是用连枷在仓库的地面上打麦子，那时候所有的活儿，甚至扬麦糠，靠的也都是人力。按照他们的想法，那样虽然慢点，但是打出的麦子质量要好得多。在麦秆堆上的人也都说了一会儿话，但是站在机器旁边的人，包括苔丝，都是汗流浃背，无法用谈话来减轻他们的劳累。这种工作永无尽头，苔丝累得精疲力竭，开始后悔当初不该到燧石山农场来。麦垛堆上有一个女工，那是玛丽安，偶尔她还可以停下来手里的活，从瓶子里喝一两口淡啤酒，或者喝一口凉茶。在工人们擦汗的时候，或者清理衣服上的麦秆麦糠的时候，玛丽安也还可以和他们闲扯几句。但是苔丝却不能，因为机器圆筒的转动是不会停歇的，这样喂料的男工也就歇不下来，而她是负责把解开的麦束递给他的人，所以也歇不下来，除非是玛丽安和她替换一下位置，她才能松一口气，玛丽安传递麦束速度慢一点，所以格罗比反对她替换苔丝，但是她有时候也会不顾他的反对，替换她半个小时。

大概是为了要省钱的缘故，所以女工们通常被挑选来做这种特殊的活，格罗比选了苔丝，他的理由是，苔丝是那些女工中比较有力气的一个，解麦束速度快，耐力强，说法也许不错。脱粒机嗡嗡地叫，让人不能说话，要是供应的麦束不足量，机器就会发疯一样的吼叫起来。因为苔丝和喂料的那个男工连扭头的时间都没有，所以她不知道就在吃午饭的时候，有一个人已经悄悄地来到了这块地里的栅栏门旁边。他站在第二个麦垛的下面，一直看着脱粒的场面，对苔丝尤为关注。

"那个人是谁？"伊茨·休特问玛丽安。玛丽安最初问过苔丝，但是伊茨当时没有听见。

"我想他是某人的男朋友吧！"玛丽安简单地说。

"他是来向苔丝献殷勤的，我敢打一个基尼的赌。"

"啊，不是的。近来向苔丝献殷勤的是一个卫理公会牧师，怎么会是这样一个花花公子。"

"哦，这是同一个人。"

"这人和那个讲道的人是同一个人吗？但是全然不一样呀！"

"他已经换掉了他的黑衣服和白领巾，把他的连鬓胡子都剃了。尽管他的打扮变了，但还是同一个人。"

"你真的这样认为吗？那么我要去告诉苔丝——"玛丽安说。

"不要去。不久她就会看到他的。"

"好吧，我觉得他一边给人讲道和一边去追有夫之妇是不对的，尽管她的丈夫在国外，在某种意义上说，她过着寡妇般的日子。"

"啊——他不会伤害到她的，"伊茨冷冷地说，"苔丝是一个死心眼的人，就像陷入地洞里的马车一样动摇不了了。老天呀，无论是献殷勤，还是讲道，就算是雷声轰鸣，也不会让她变心的，即使变了心对她大有好处她也不会变的。"

午餐时间到了，机器的转动停止了。苔丝从机器的台面上走下来，膝盖被机器震得直发颤，她几乎连路都不能走了。

"你应该像我这样，喝一夸脱酒才好，"玛丽安说，"这样你的脸就不至于这样苍白了。唉，天呀，你的脸苍白得就像做了噩梦一样！"

玛丽安心眼好，突然想到苔丝如此疲惫，要是再看见那个人来了，她吃饭的胃口一定会消失殆尽。玛丽安正想劝说苔丝从麦垛另一边的梯子上下去，就在此时，那个人走了过来，抬头望着上面。

苔丝轻轻地叫了一声"啊"，就在她的惊叫后不久，她又急忙说："我就在这里吃饭吧——就在这个麦垛上吃。"

他们有时候离家远了，就在麦垛上吃饭，不过那一天的风刮得实在有点儿大，玛丽安就和其他工人下了麦垛，坐在麦垛的下面吃。

新来的人虽然换了服装，改变了样子，但是他的确就是那个最近还是卫理公会教徒的阿历克·德贝维尔。只要看上他一眼，就能明显看出他满脸的欲望和渴盼，他又几乎恢复了原来那种洋洋自得、放荡不羁的样子了，苔丝第一次见到她的这个追求者和所谓的堂兄时，就是这样一副神情，只不过年纪大了三四岁罢了。苔丝既然已经决定留在麦垛上吃饭，她就在一个从地面角度上看不到的麦束上坐下来，开始吃饭。她吃着吃着，听见梯子上传来了脚步声，不一会儿阿历克就出现在麦垛上面了——麦垛的顶部现在已经变成了一个由麦束堆成的长方形的平台。他踩着麦束走过来，在苔丝对面坐下来，一句话也没说。

苔丝继续吃她的再简单不过的正餐，那是她带来的一块厚厚的煎饼。这时候，其他工人都在下面的麦秆堆上，舒舒服服地坐在松软的麦秸上。

"你已经知道，我又来这里了！"德贝维尔说。

"你为什么又来骚扰我呢？"苔丝大声说，浑身上下都在冒火。

"我骚扰你？我刚想问你呢，你为什么要骚扰我？"

"我什么时候又骚扰你了？"

"你说你没有骚扰我？可是你一直在骚扰我呀！你的影子老是盘踞在我心里，赶也赶不走。刚才你那双眼睛发出恶狠狠的凶光瞪着我，就是你的这种眼神，无论白天黑夜都在看着我。苔丝，自从你对我说了我们那个孩子的事，我的情感以前一直奔流在一股清教徒式的激流中，现在仿佛在你所在的那个方向冲开了一个豁口，激流便从这个缺口中奔涌而出。从那时起，宗教的河道干涸了，而这一切正是你造成的呀！"

她一声不吭地盯着他。

"什么——你完全放弃了讲道的事吗？"她问。

她已经受安吉尔的现代思想影响学到了足够多的怀疑精神，之前就看不起阿历克那种一时的宗教狂热，但是，作为一个女人，她听了阿历克的话还是大为吃惊。

德贝维尔摆出一副俨然的姿态继续说："完全放弃了。自从那个下午之后，所有约好了的到卡斯特桥市场上去给酒鬼们讲道的事，我一次也没有去。鬼才知道他们怎样看待我。哈——哈！那些道友们！毫无疑问他们在为我祈祷，在为我哭泣，因为他们都是一些善良的人。可是我关心的是什么呢？——当我对一件事失去了信念的时候，我怎么还能够继续那件事呢？——那样我岂不是成了最卑鄙的伪君子了！我要是混在他们当中，我就和许乃米和亚历山大没啥区别了，他们可是被交给了魔鬼，以便让他们亵渎不了神明。你真是报仇雪恨了啊！当年我见你年幼无知，就把你骗了。四年以后，你看我成了一个虔诚的基督徒，就来害我了，也许我永世不得翻身了！可是苔丝，我的堂妹，我曾经这样叫过你，这只是我对你的一种称谓，你别这么害怕。当然，其实你只是保持了你美丽的容颜，并没有做其他的事。在你看见我之前，我已经看见你在麦垛上的身影了——看见你身上穿着紧身围裙，戴着有护耳边翘的帽子——如果你们希望避免危险，你们这些在地里干活的姑娘，就永远不要戴这种帽子，它太俏皮了。"他又无言地盯着她看了一会儿，然后冷笑一声，接着说："我相信，即使是那位独身的使徒，我原来以为我就是他的代表的那个，也会受到你这副美丽容貌的诱惑，他也会和我一样，为了她而放弃他的犁铧。"

苔丝想驳斥他，可在这个关键时刻，她却一句流利的话也说不出来了，德贝维尔看也不看她，继续说："好啦，说到底，你所提供的乐园，可以和其他任何乐园媲美。可是，苔丝，严肃地说，"德贝维尔站起身来，走到苔丝面前，用胳膊肘支撑着身体斜靠在麦束上，"自从上次我见到你以来，我一直在思索你和他说的那些话。我通过思考得出结论，过去那些陈词滥调的确是违背常理，我怎么会被可怜的克莱尔牧师的善心鼓动起来呢？我怎么会疯狂地去讲道，甚至还超过了他的热情呢？我自己都不明白了！至于你上次说的话，你是借你丈夫的智慧说的，你还没有告诉我你丈夫的名字呐。你说的那些东西，你们叫作没有教条的道德体系，我认为根本无法实现。"

"唔，即使你没有——你们称作什么来着——教条，你至少也应该有博爱和纯洁的宗教啊。"

"啊，不！我不是你说的那种人！如果没有人告诉我，'做这件事，你死后它对你就是一件好事；做那件事，你死后它对你就是一件坏事，'若非这样我根本热心不起来。算了吧，如果没有人让我为自己的行为和感觉负责任的话，我不会觉得我自己要负责任，如果我是你，亲爱的，我也不会觉得要负什么责任！"

她想同他争论，告诉他，他在他糊涂的脑袋里把两件事即神学和道德混为一谈了，而在人类的初期，神学和道德是大相径庭的。但是，由于安吉尔·克莱尔平时不爱多说话，她自己又缺乏训练，加上她这个人感情抒发胜于理智分析，所以就说不下去了。

　　"好吧，这没有关系，"他又接着说，"我又回来了，宝贝儿，我又和从前一样回来了。"

　　"跟从前不一样，跟从前绝不一样！不可能相同！"她恳求他说，"再说我从来也没有对你热情过呀！啊，如果说你是因为失去了信念才对我那样说话，那你为什么不坚持你的信念呢？"

　　"因为是你把我的信念打碎了，所以，灾难就要降临到你美丽的头上！你的丈夫一点儿也没有想到他的那套理论会害了他自己！哈——哈——你使我离经叛道，我还是一样高兴！苔丝，和以往任何时候相比，我更加离不开你了。我也很同情你。尽管你不说，我也看得出来，你过得很不好——那个应该爱护你的人，现在不心疼你了。"

　　她嘴里的食物变得难以下咽了，她的嘴唇发干，都快噎住了。在这个麦垛的下面，正在吃饭喝酒的工友们的谈笑声，她听在耳里却好像来自四分之一英里以外。

　　"你这样对我说话太残忍了！"她说，"你怎能——你怎能对我这样说话呢？如果你心里真的还在意我的话。"

　　"不错，不错，"他说，"我不是因为我的堕落而到这儿来责备你的。苔丝，我到这里来，是要告诉你，我不希望你在这里这么出死力地干活，我是特意为你而来的。你说你有一个丈夫，而他不是我。好啦，你或许是有一个丈夫，但是我从来没有见过他，你也没有告诉我他的名字，其实他似乎只是一个虚幻的人物。不过，即便你真的有一个丈夫，我也认为我和你亲近，他和你疏远。无论如何，我都会努力帮助你解决困难，但是他不会这样做，愿上帝保佑那个看不见的人吧！我曾经读过严厉的先知何西阿说过的话，那些话我现在又记起来了。你知道那些话吗，苔丝？——'她必去追随所爱的，却追不上；她必去寻找他，却寻不见，便说，我要回到前夫那里，因我那时的光景比如今还好！'——苔丝，我的车正在山下等着你呐——你是我的爱人，不是他的爱人！——你知道我有些话不用说出来。"

在他说话的时候，她的脸慢慢地涨得通红，不过她没有说话。

"你可是我再次堕落的原因啊！"他继续说，同时把他的手向她的腰伸过去，"你应该和我一起堕落，就让你那个驴一样蠢的丈夫永远滚开吧。"

她在吃饼前，把她手上的一只皮手套脱了下来，放在膝盖上，此时她没有给他一点儿警告，就抢起手套向他的脸用力砸去。那只手套如同军用手套一样又厚又重，实实地打在他的嘴上。在想象力丰富的人看来，她的这个动作颇有些她的那些身穿铠甲的祖先的神威。阿历克凶狠狠地猛地从斜靠着的姿势弹跳了起来。在他的脸上，被打过的地方出现了深红的血印，不一会儿，鲜血从他的嘴里流出来，滴到了麦秸上。但是他很快就控制住了自己，镇定地从口袋里掏出手绢，擦掉从嘴角流出来的血。

她也跳了起来，但随即又坐了下去。

"好，你惩罚我吧！"她直直地看着他说，那目光就像是一只被人捉住的麻雀，既绝望又不能反抗，只好等着擒住它的人扭断它的脖子。"你抽我吧，你打死我吧！你不必担心麦垛下面的那些人！我不会喊叫的。我过去是牺牲品，也将永远是牺牲品——这就是规律！"

"啊，不会的，不会的，苔丝，"他温和地说，"对这事我完全能够谅解。不过最不公平的是你忘了一件事，那就是如果不是你剥夺了我结婚的权利，我已经和你结婚了。难道我没有直截了当地请你做我的妻子吗——是不是？回答我。"

"是的。"

"现在你不能嫁给我了。可是你要记住一件事！"他想起他真心实意地向她求婚和她现在的不顾恩义，不禁怒火中烧，说话的语气也变得生硬起来。他走过去，站在她的旁边，抓住她的肩膀，她在他的手里颤抖着。"记住，我的夫人，我曾经是你的主人！我还要做你的主人。你若是做男人的妻子，你就得做我的妻子！"

麦垛下面打麦子的人又开始干活了。

"我们不要再吵了，"他松开手说，"我现在要走了，下午我还来这里听你的回话。你还不够了解我，可是我对你却一清二楚。"

　　她没有再开口说话，站在那儿，几乎呆住了。德贝维尔又从麦束上走过去，下了梯子。这时候，麦垛下面的工人纷纷们站了起来，伸伸懒腰，消化消化刚才喝下去的啤酒。接着，脱粒机又重新运转起来，伴随着脱粒机的圆筒转动起来的嗡嗡声，苔丝又在麦秆的沙沙声中站到了她的位置上，开始去解那一个个麦束，仿佛没有止境似的。

第四十八章

下午，农场主格罗比告诉大伙，那一垛麦子要在当天晚上打完，因为那晚的月亮好，他们可以在月光下干活，而且管机器的技工按照约定明天也去另外的农场。因此，机器的砰砰声、圆筒的嗡嗡声和麦秸的沙沙声持续不断地响着，工人也比平常有更少的停下歇息的时刻了。

大约三点的时候，还不到吃茶点的时间，苔丝抬起头来，往四周环视了一下。她看见阿历克·德贝维尔已经又转回来了，站在了栅栏门旁的篱树下面，不过她并没有感到吃惊。他看见她抬起头来，向她送过来一个飞吻，有礼貌地向她挥手。这就是说，他们的争吵已经过去了。苔丝低下头去，小心翼翼地不让自己往那个方向看。

下午的时光就在工人们紧张有序的劳作中慢慢过去了。麦垛越来越低，麦秸堆越来越高，装满了麦子的袋子也被大车运走了。下午六点钟，麦垛的高度差不多只有从地面到人的肩头那么高了。由那个男工和苔丝塞进去的大量麦束，都被那个贪得无厌的机器吞食掉了，麦垛上的麦子大部分都经过这两个年轻人的手填进了机器。尽管如此，剩下来的还没脱粒的麦束似乎还是总也不见少。早上机器后方那地方还是什么也没有，现在则堆起了庞大的一堆麦秆，仿佛是那个嗡嗡叫的红色大肚汉从肚子里排出的排泄物。在西边的天上，有一道愤怒的闪光，那是在狂暴的三月特有的夕阳，它从云天里喷射出来，倾泻在筋疲力尽的打麦人淌满汗水的脸上，在他们的身上镀上了一层古铜色，同时那些流光又像暗淡的火焰，映在妇女们飘动的衣裙上。

打麦的人一个个都累得气喘吁吁、腰酸背痛了。喂料的男工已经疲惫不堪，苔丝看见他红色的后颈上沾满了灰尘和麦糠。苔丝仍然站在她的位置上，累得通红满是汗水的脸上积了一层麦灰，白色的帽子也被麦灰沾染成了黄褐色。她是唯一一个还在机器旁边干活的女人，机器不停地转动，震颤着她的躯体，麦垛变矮了，因而把她同玛丽安和伊茨隔开了，她们也不能像之前那样互相替换一阵了。机器不停地颤抖着，她身体的每一块肌肉也一起颤抖着，这使她麻木了，恍惚了，连胳膊的动作也几乎感觉不到了。她甚至连自己身在何处也不知道了，伊茨·休特在下面告诉她，说她的头发散开了，她也没听见。

　　他们中最有力气的人，也渐渐地变得面如土色，眼睛发黑了。苔丝每次抬头看见的，都是那个越堆越高的麦秆垛，以及那个站在垛顶上的只穿衬衣的男工，兀立在北方的灰色天空里。麦垛的前面有一架长长的红色卷扬机，好像雅各梦见的梯子一样，被脱掉了麦粒的麦草像流水一样顺着卷扬机源源而上，就像是一条黄色的河流，流到了山上，喷洒在麦秆垛的顶上。

　　她知道阿历克·德贝维尔一直没有走开，正在从某个地点看她，尽管她说不上来他躲藏的那个地点。他也有他留下来的借口，因为麦束最后剩下不多捆的时候，总要打一次小老鼠，而那些与打麦子无关的人，有时候就会来做这件事——他们是各式各样喜欢追逐猎物的人，有带着小猎狗和奇特烟斗的乡绅，也有拿着棍棒和石块的汉子。

　　但是还要再干一个小时的活，才能到达活老鼠躲藏的麦垛底层。而此时，黄昏前的余晖从阿波特·森奈尔附近的巨人山方向消失了，这个季节的灰白色月亮，也从另一面同米得尔顿寺和沙茨福特相对的地平线上升起来了。在最后一两个小时里，玛丽安就隐隐地为苔丝感到不安，她也无法接近苔丝，问问她情形。其他的女人喝点淡啤酒，以此来维持她们的体力，而苔丝自幼就因为酒给家里带来的那些不堪而对酒心存畏惧，因此滴酒不沾。不过苔丝还在坚持干着，要是她不能填补她的位置，格罗比威胁她说她就得走人。要是在一两个月之前，她一定会泰然处之，甚至还会感到是一种解脱，但是自从德贝维尔追随在她左右以来，离开这儿就变成她的一种恐惧了，她不敢想离开这里对她意味着什么。

　　拆麦垛的人和给机器喂料的人，已经把麦垛消耗得很低了，地上的人也可以同麦垛上的人讲话了。让苔丝感到吃惊的是，农场主格罗比上了机器，走到她的身边说，如果她想去见朋友，他同意她现在就去，他可以让别人替代她。她知道，这个"朋友"就是德贝维尔，也知道格罗比此举是对她的"朋友"也可以说是"敌人"的请求做出的让步。但是她摇了摇头，继续干活。

逮老鼠的时刻终于到了，猎鼠活动开始。随着麦垛的降低，老鼠就向下潜逃，最后都集中到了麦垛的底下。此时它们最后避难的麦束也被搬走了，老鼠就在那块空地上四下逃窜。这时喝得半醉的玛丽安发出了一声尖叫，同伴们听了，知道这是因为有一只老鼠侵犯了她——这种恐怖也使其他女工想出种种办法来保护自己，有的把裙子掖起来，有的站到了高处。那只老鼠终于被赶走了，此刻狗在叫，男人在喊，女人在嚷，有人咒骂，有人跺脚，混乱得就像魔鬼的宫殿一样。就在这一片混乱声里，苔丝把最后一捆麦束解开了，脱粒机的圆筒慢了下来，机器的叫声停止了，苔丝也从机器的台子上走到了地上。

她的情人原先只是在一旁看众人抓老鼠，现在立即来到她的身边。

"你究竟要怎样——打你耳光你也不走吗？"苔丝有气无力地问。她已经疲惫不堪了，连大声说话的力气也没有了。

"我要是因为你说难听的话、做点让我难堪的事就生气，那我就真是太傻了。"他回答道，用的是他在特兰里奇的用过的诱惑口气。"你娇嫩的手脚颤抖得多厉害呀！你现在衰弱得就像一只流血的小牛犊，我想你自己也明白。可是，自从我来到这里以后，你是不必这么干的。你怎么能这么固执呢？我已经告诉那个农场主了，让他知道他没有权利雇用女工用机器打麦子。按照法律女人做这种工作是不合适的，条件好一点的农场，都没有女人用机器干活的，这一点他知道得很清楚。让我送你回家，我们边走边谈吧。"

"哦，好吧。"她迈着精疲力竭的步伐说，"你若愿意就和我一起走吧！我心里清楚，你是不知道我的近况才来求我嫁给你的。也许——也许你比我一直认为的要好一些，善良一些。只要你的出发点是友善的，我都感激，要是你别有用心，我就会生气。我有时候也弄不清你的用意。"

"即使我们不能做到使我们过去的关系合法化，至少我也能帮助你一些呀。我这次帮助你一定会顾及你的感情，不像从前那样。我对宗教的那份狂热，无论你叫它什么，都已经成为过去了。但是我还是保留了一点儿善良的本性，我也希望如此。唉，苔丝，让我用人与人之间的友善和强烈的感情起誓，相信我吧！我的钱足够你摆脱困境，足够你、你的父母和弟妹生活所用，而且还绰绰有余。只要你信任我，我就能让他们都过得舒舒服服的。"

"你最近是不是见到了他们？"她急忙问。

"见到了。他们也不知道你在哪里。我也是碰巧在这里见到你的。"

苔丝站在她暂以为家的小屋门外，德贝维尔站在她的身旁，清冷的月光透过园内篱树的树枝斜照进来，落在苔丝疲惫不堪的脸上。

"不要提我的小弟弟和妹妹们，不要让我彻底垮了！"她说，"如果你想帮助他们，上帝也知道他们是需要帮助的，你就去帮助他们吧，用不着告诉我。但是，我不要你帮助，用不着你帮助！"她大声说，"我不会要你任何东西的，无论是为了他们还是我自己！"

他没有继续陪着她往里走，因为她和屋子里的一家人住在一起，在屋内一切活动都是公开的。苔丝一走进门，就在洗手的盆里洗了手，和那一家人吃了晚饭，接着就深思起来。后来她走到墙边那张桌子跟前，就着她自己的小油灯，用激动的心情写下一封信——

我的丈夫，请允许我这样称呼你吧，我一定要这样称呼你——即使这会使你想起我这个不配做你妻子的人而生气，我也要这样称呼你。我必须向你哭诉我的不幸——我没有别的人可以朝他哭诉了啊！我现在正受着诱惑啊，安吉尔，我不敢说他是谁，我也实在不想写信对你说这件事。可是我是多么依赖你，你想象不到我有多么依赖你呀！为什么在这可怕的事情还没发生之前，你不早点到我身边来呢？啊，我知道你来不了的，因为你离得太远了啊！要是你还不快点儿到我身边来，或者写信让我去你那里，我想我一定会死的。你按罪行惩罚我，那是我应该领受的惩罚，我完全明白，你对我生气也是应该的，公正的。可是啊，安吉尔，请你，请你不要只是为了公正，对我发发儿慈悲吧，即使我不该得到你的慈悲，你也施予我一点吧，到我身边来吧！只要你来了，我甘愿死在你的怀里！只要你宽恕了我，我死了也感到满足呀！

安吉尔，我完全是为了你才活着的呀。我太爱你了，所以即使你离开了我，我也不会责备你，我知道你必须找到一个农场。不要以为我会因此对你说一个刻薄的字，说一句恨的话。我只是请求你回到我身边。我亲爱的，没有你，我感到孤寂痛苦，啊，多么孤苦啊！我不在乎我必须去干活儿，但是只要你写一句话寄给我，说，"我很快就会来，"我就等着你，安吉尔——啊，我会高高兴兴地等着你的呀！

自我们结婚以来，我的信念就是从内到外地忠实于你，即便有个男人只是对我说了一句奉承的话，我也似乎觉得对不起你。我们在奶牛场曾经有过那么深挚的感情，难道你现在一点儿也不顾惜了吗？要是你还残留那么一点那种感情，难道你还能继续远离我吗？安吉尔，我还是你爱的那一个女人呀，不错，完全是同一个女人呀！——并不是你讨厌的而且从没见过的那个面目。当我遇见你之后，我的过去还算什么呢？我的过去已经完全死去了。我变成了另外一个女人，因为你，我开始了崭新的生命。我怎么还会是从前的那个女人呢？你为什么就看不到这一点呢？亲爱的，只要你还有一点儿自信，相信你自己，相信你有足够的力量使我发生变化，你也许就会想到该回到我身边了，回到你可怜的妻子的身边了。

当我沉浸在幸福里时，我坚信你会永远爱我，那时我多傻啊！我早就该知道，那种幸福不属于我这个可怜的人。可是我非常伤心，不是为过去而伤心，而是为现在伤心。想想吧——你想想吧，我总是见不到你，我心里该是多么痛苦啊！啊，我每天都在受着痛苦的煎熬，我整天都在遭受痛苦，要是我能够让你那颗亲爱的心每天经受一分钟我的痛苦，也许就会使你对你可怜的孤独的妻子深深同情了。

安吉尔呀，有人还在说我漂亮呀（他们使用了美貌这个词，我希望说得准确些）。也许我还像他们说的那样是漂亮的。但是我并不看重我的容貌，我之所以还愿意拥有它，只是因为这容貌属于你，我亲爱的，只是因为我也许至少还有这一样东西值得你拥有。我自己也有这种强烈的感觉，所以当我因为还算漂亮的脸而遇到麻烦的时候，我就把它包裹起来，只要别人认为它漂亮，我就包着它。啊，安吉尔，我告诉你这些不是因为虚荣——你肯定知道我并非一个虚荣的人——我只是想到你有朝一日也许要回到我身边来！

要是你真的不能到我这里来，那你也要让我去你那儿呀！我已经说过，我担心我被逼迫做我不愿意做的事。我是绝不会屈服的，但是我害怕出现什么意外让我屈服了，因为我第一次犯错就是因为我没有自卫的能力。这些我也不想多说了——说起来我就肝肠寸断。要是这次我又掉进某个可怕的陷阱，那么这一次就会比第一次更加可怕。啊，天呐，我简直不敢想啊！让我立刻到你那里去吧，或者你立刻到我身边来！

只要能和你在一起，即使我做不了你的妻子，而只是做你的奴仆，我也会感到满足，满怀喜悦。所以，我只要能在你身边，能看见你，想着你，我也就甘心了。

因为你不在我身边，所以光明也已经不再吸引我，田野里出现的白嘴鸦和椋鸟，我也不喜欢看了，这都是因为昔日和我一起欣赏它们的你不在我的身边，我感到悲伤难过，美景也失去了魅力。我只渴望一件事，亲爱的赶快到我身边来吧，把我从威胁中解救出来吧！——你的忠实的肝肠寸断的爱人。

第四十九章

苔丝这封言辞恳切的信，很快就寄到了环境清幽的牧师住宅，摆在了早餐桌上。牧师住宅地处西边的山谷中，那里空气柔和，土地肥沃，和燧石山农场相比，那儿只要稍加耕种，庄稼就可以长出来，至于那里的人，苔丝似乎也觉得不同（其实完全是一样的）。安吉尔远涉重洋，带着沉重的心情到异国他乡去开拓事业，所以时常给父亲写信，把自己不断变化的地址告诉他，他嘱咐过苔丝把写给他的信寄给他的父亲转寄，完全是为了保险起见。

"喂，"老克莱尔先生看过信封，回头对妻子说，"我相信这封信一定是他妻子寄来的，安吉尔写信说他要回家一趟，将在下个月月底动身离开里约，我想这封信也许会催他早点动身呢。"他一想起安吉尔的妻子，不禁深深地叹了口气，于是他在这封信上面重新写了地址，立即寄给了安吉尔。

"亲爱的儿子呀，希望你能平平安安地回家来！"克莱尔太太低声嘟哝说，"我这一辈子都感到亏待了他。尽管他不信教，但是你也应该把他送到剑桥去，像你对待他的两个哥哥那样，给他同样的机会。他在那儿受到环境的影响，说不定他的思想就慢慢转变了，说不定他还会当上牧师呢。无论进教会，还是不进教会都是如此，那样待他才公平一些。"

关于他们的儿子，克莱尔太太就说了这样几句伤心的话来埋怨她的丈夫。她并不经常抱怨，因为她是一个既虔诚又体贴的人，而且她也知道，关于这件事，丈夫也时常怀疑自己是不是有偏见，所以他自己心里也难过。她常常听见他在晚上睡不着觉，不停地祈祷，以此来压抑自己的叹息。这位冷酷的福音教徒把他另外两个儿子送去接受了大学教育，不过他没有把不信教的小儿子也同样送去。但是，即使到了现在，他也不认为自己有啥不对，要是安吉尔接受了大学教育，虽然不是一定，但是他也有可能用他学到的知识来批驳他一生热情宣传的主义，而他的另外两个儿子却不同，都和他一样做了牧师。他一方面为两个信教的儿子在脚下铺好了垫脚石，另一方面若还以同样的方法褒奖不信教的儿子，他认为这和他一贯的信念、他的地位、他的希望是不协调的。尽管如此，他仍然爱着安吉尔这个叫错了名字的儿子，心里头为没有把他送进大学暗自难过，就像亚伯拉罕把注定要死的儿子以撒带到山上时，心里也不能不为儿子感到痛苦一样。他在内心里产生出来的后悔，比他妻子说出口的抱怨要痛苦得多。

对于安吉尔和苔丝这场不幸的婚姻，老两口责备的也是他们自己。若安吉尔不是坚决地要做一个农场主，他就没有机会和一个乡下姑娘结缘了。他们并不十分清楚儿子和媳妇是因为什么分开的，也不知道他们是什么时候分开的。他们最初还以为是发生了什么严重的分裂使他们对对方厌弃，但是儿子后来在写给他们的信中，偶尔也提及要回家接他的妻子。从信中的话来看，他们的分离并不是像当初那样绝望，永远不能和好。儿子还告诉他们，说苔丝住在她的娘家，但老两口顾虑重重，不知道怎样改变小儿子夫妻俩的现状，所以就决定不过问这件事。

就在这个时候，苔丝所希望的能赶快读到她信的那个人，正骑在一头骡子的背上，望着一望无垠的辽阔原野，从南美大陆的内地朝海岸方向走去。他在这块陌生土地上的遭遇是悲惨的。他到达此处后不久，就大病了一场，至今还没有痊愈，因此他几乎渐渐地把在这儿经营农业的希望放弃了，但尽管他留下来的可能性已很微小，他还是没有把自己想法的改变告诉父母。

在克莱尔之后，还有大批的农民听了可以在这儿过快活独立生活的宣传，被冲昏了头脑，成群结队地来到这里，在此受苦受难，面黄肌瘦，有的甚至丢了性命。他看见有些从英国农场来的母亲，怀里抱着婴儿，一路艰难跋涉，当孩子不幸染上热病死了，做母亲的就停下来，徒手在松软的地上挖一个坑，然后再用双手把婴儿埋进坑里，滴一两滴眼泪，又不得不继续跋涉。

安吉尔原本没有打算到来巴西，而是想去英国北部或东部的农场发展的。他是在爱情幻灭的重大打击之下带着绝望的心情来此的，因为当时英国农民中出现的巴西掘金梦，恰好和他要逃避自己过去生活的意愿不谋而合了。

他在国外的这段生活，让他在思想上仿佛成熟了十二年。现在吸引他的有价值的东西，不是人生的美丽，而是人生的悲苦。之前他早就不相信旧的神秘主义思想了，现在他则开始不相信过去的道德评价标准了。他认为过去的道德评价需要重新修正。什么样的男子才是有道德的男子呢？再问得更确切些，什么样的女人才是有道德的女人呢？一个人品格的优劣，不仅要看他取得的成就，也要看他的目的和动机，他的真正的历史，不在于做过什么，而在于一心要做什么。

那么，对苔丝应该怎样评价呢？

一旦用上面的眼光看待她，他就对自己之前匆忙下的判断感到后悔了，心里开始难受起来。他要永远把她抛弃呢，还是暂时把她遗弃了呢？他再也说不出永远抛弃她的话了，既然说不出这种话，那就是说现在他在心理上接受她了。

他越来越喜欢展开对苔丝的回忆，那个时候正是苔丝住在燧石山农场的时候，但那时候，苔丝还没有觉得应该大胆把她的境况和感情告诉他，打动他。那时候他自己非常困惑，在困惑之中，他没有仔细考虑她为什么不给他写信，而她的温顺和沉默也被他错误地理解了。要是他能够设身处地替苔丝着想的话，他就会懂得，她的沉默中又有多少话要说啊！她之所以沉默，是她要严格遵守他现在已然忘记了的吩咐，虽然她天生有一副无所畏惧的性格，却没有维护自己的权利，而承认了他的宣判在各个方面的正确性，因此只好一声不吭地低头认错。

在前文提到的安吉尔骑着骡子穿越巴西腹地的旅程中，另外还有一个骑着骡子和他同行的人。安吉尔的这个同伴也是英国人，他是从英国的另一地区来的，但是目的和安吉尔一样。他们情绪低落，精神状态都不好，就一起谈一些家事。诚心换诚心。人们常常会有一种奇怪的倾向，愿意向不熟悉的人吐露自己不愿向熟悉的朋友吐露的家庭琐事，因此在他们骑着骡子走路的时候，安吉尔就把自己婚姻中令人烦恼的问题对他的同伴讲了。

安吉尔这位陌生的同伴，比他到过更多的国家，也见识过更多的人物。在他宽阔的胸怀看来，这类超越社会常规的事情，对于家庭生活貌似非同小可，其实只不过是一些高低不平的起伏，有如连绵不断的山川峡谷无赖于整个地球的浑圆。他对这件事，看法和安吉尔截然不同，认为苔丝过去的历史对于她未来的发展无足轻重。他明白地告诉安吉尔，他离开她是个错误。

第二天他们遭遇了一场雷雨，一起被雨淋得透湿。安吉尔的同伴染上了风寒，一病不起，在礼拜末的时候死去了。克莱尔等了几个小时，掩埋了他，然后又继续上路。

他对于这位胸怀坦荡的同伴，除了一个普通的名字之外一无所知，但是他随便评说的几句话，他死后反而变成了至理名言，对克莱尔的影响甚至超过了所有哲学家合乎逻辑的伦理学观点。和这位同伴一比，他不禁为自己的狭隘感到羞愧。于是他的种种自相矛盾之处就像潮水一样涌上了他的心头。他以前固执地褒扬希腊的异教文化，贬抑基督教的信仰。在希腊的异教文明里，一个人因为在受到强暴时屈服并不意味着就丧失了人格。无疑他憎恨童贞的丧失，他这种憎恨是他和神秘主义的信条一起继承来的，但是如果童贞的丧失是欺骗所致，那他认为这种憎恨心理至少也该加以修正了。他心里悔恨起来。他又想起了伊茨·休特说过的话，这些话他从来就没有真正忘记过。他问伊茨是不是爱他，伊茨回答说爱他。他又问她是不是比苔丝更爱他？她却回答说不。苔丝可以为他献出自己的生命，而她做不到。

他又想起了苔丝在结婚那一天的神情。她的眼睛对他传达出多少深情啊，她多么用心地听他说话啊，仿佛在聆听神的话！在那个可怕的夜晚，当他们坐在壁炉前，她用那淳朴的灵魂向他表白自己的过去时，她的脸在炉火的映衬下看起来多么可怜啊，因为她想不到他会翻脸无情，不再爱她、呵护她。

他就这样从一个批评责备她的人变成了一个为她辩护的人。因为苔丝的缘故，他说了许多愤世嫉俗的话，但是一个人不能总是愤世嫉俗地活在世上，所以他就不再那样了。他错误地愤世嫉俗，这是因为他被普遍原则影响了自己，而不顾特殊的情形了。

不过这种理论这些说法未免有些太迂腐了，过去，做情人的或者做丈夫的也有很多已经超越了这种理论。克莱尔对苔丝一直冷酷，这点是不容置疑的。男人们对他们所爱的和爱过的女人常常过于冷酷，女人们对男人也是如此。但是这样的冷酷同产生这些冷酷的宇宙冷酷比起来，它们还算得上温柔。所谓宇宙的冷酷包括地位对于性情，手段之于目的，今天取代昨天，未来之于现在这些更加无法改变、无力扭转的规则。

他对苔丝的家族历史又产生了热情，也就是对专横的德贝维尔家族产生了的兴趣——他以前瞧不起这类家族，认为它气数已尽——现在又让他的情绪激动了起来。这类事情具有政治价值和供人遐思迩想的价值，他以前为什么没有意识到这两种价值之间的区别呢？从引人想象的价值看，她的德贝维尔家世的历史意义重大，在经济方面，所谓世家出身一钱不值，但它对一个富于幻想的人，对于一个感叹着盛衰枯荣的人来说，却是最有用的材料。事实上，可怜的苔丝在血统和姓氏方面与众不同的那一点东西，很快就被人遗忘了，她在血统上同金斯庇尔那些大理石碑和铅制棺材之间的联系，也已湮没无闻。时光就是这样残忍地把他怀想的那些浪漫故事给粉碎了。他一次又一次地回忆起她的相貌，他恍惚从中看出一种尊严的闪光，而那种尊严也一定是她的祖先有过的。幻象使他产生出种种情思，这是他从前体会过的在血管里奔流着的激情，而现在情思再现剩下的却只是让他心痛的感觉了。

尽管苔丝的过去并非白璧无瑕，但是像她这样一个女人凭借现有的优点，也能优于她的同伴们的新鲜润泽。以法莲人拾取的残余的葡萄，不是也胜过亚比以谢新摘的葡萄吗？

这样说来克莱尔是旧情复燃了，这也为苔丝一往情深的倾诉打动他铺平了道路。就在这时候，他的父亲已经把苔丝写给他的信转寄去了，不过因为他住在遥远的巴西内地，这封信要辗转很长时间才能寄到他的手上。

与此同时，写信的人一直在忧思，安吉尔读了她的信或许就会回到她身边吧。不过她的希望时大时小。让她感到希望渺茫的原因是她人生中当初导致他们分离的那些事实并没有改变——而且永远也不会改变。当初她在他的身边都没有使他回心转意，现在天各一方，那他或许就更不会回心转意了。虽然如此，她还是充满柔情地想，他一旦回来了，她怎样做才能让他最高兴。她长吁短叹起来，后悔自己当初在他弹竖琴的时候没有多留意一下，记住他弹的是什么曲子，更后悔自己当初没有更加仔细地问问他，在那些乡下姑娘们唱的民谣里，他最喜欢哪几首。她拐弯抹角地问过伊茨从泰波塞斯来到燧石山农场的阿比·西丁，万幸他还记得，他们在奶牛场工作时，他们时不时地唱的催奶牛出奶的那些歌曲，克莱尔似乎最喜欢《丘比特的花园》《我有猎苑，我有猎犬》和《天色刚破晓》，似乎不太喜欢《裁缝的裤子》和《我长成了一个大美人》，虽然这两首歌也很好听。

苔丝现在的心愿就是把这几首民歌唱好。她一有空就悄悄地练习，尤其花心思练习《天色刚破晓》那首歌：

起床，起床，起床啦！
去为你的爱人采一束花，
花园里面种百花，
美丽的鲜花都绽放啦。
斑鸠小鸟出双入对，
在枝头忙着建筑爱巢，
五月里起得这样早，
天色才刚刚破晓。

在这种寒冷的日子里，只要其他姑娘不在她身旁，她就唱这些歌曲，就算是铁石心肠的人听了，也会被她打动。每每想到他也许最终也不会来听她唱歌，她就会泪流满面，歌曲里那些淳朴痴情的词句，余音不断，仿佛在嘲弄唱歌人的痛苦的心。

苔丝终日缅怀于幻梦中，似乎已经忘记了岁月的更替，似乎忘记了白昼已经越来越长，也忘记了圣母节一天天临近，不久将至的就是旧历圣母节，她在这儿的工期即将结束。

但是在那个结账的日子到来之前，发生了一件事情，使苔丝把心思转移到其他事情上去了。有一天傍晚，她在那所农舍里像平常一样和那一家人在楼下的房间里闲坐着，这时传来了敲门声，问苔丝是不是在这儿。苔丝从门口朝外望去，看见门外有一个人影站在落日的余晖里，她个子高高的像个成年女子，但身材却苗条得过分又像一个孩子，她在暗淡的光线里还没有认出来人是谁，那个人却开口喊了一声"苔丝"！

"哎呀——是丽莎·露吗？"苔丝吃惊地问。在她一年多一点时间前离开家的时候，她还是一个小女孩，现在猛然长成了这么高的个子，连丽莎自己也不清楚这是怎么一回事。因为长高了，从前她穿在身上嫌长的裙子，现在已经显得短了，两条腿也露在裙子的外面，她的手和胳膊也显得很不自在，这说明她还没有处世的经验。

"是我，我走了一整天，苔丝！"丽莎用不带感情的严肃语气说，"我到处找你，我都要累坏了。"

"家里出什么事了吗？"

"妈妈病得很重，医生说她恐怕不行了，爸爸的身体也很糟糕，还说他这样的高贵人家像奴隶一样地去干活太不像话。我们都不知道该怎么办才好。"

苔丝听后愣住了，过了好一会儿，才想起来让丽莎·露进屋坐下。丽莎·露坐下以后，吃了一点点心，苔丝这时也打定了主意。看来她必须得马上回家了。她的合同要到旧历圣母节也就是四月六日才到期，但也没有几天了，所以她大胆地决定立刻动身回家。

要是当晚就启程，她们可以提前十二个小时回到家中，但是她的妹妹累坏了，不等到明天根本走不了这么远的路。所以苔丝就跑到玛丽安和伊茨的住所，把发生的事情告诉了她们，并拜托她们在农场主面前好好地替她解释。她又回来给丽莎准备了晚饭，然后把她安置在自己的床上睡了，才开始收拾自己的行李，尽量地把自己的物品都装进一个柳条篮子里，嘱托丽莎明天早上再走，自己就先动身上路了。

第五十章

当钟声敲响十点钟的时候，苔丝就冒着料峭的春寒连夜上路了，她要在清冷的星光中走完整整十五英里的路程。在人烟稀少的地方，黑夜对于沉默的夜行人来说不是危险，而是一种保护。苔丝清楚地知道这一点，所以就专门拣她在白天里害怕的最近的路走，在这个时候，路上不会有拦路打劫的，加上她一心挂念着母亲的病情，所以也就不怕鬼怪了。她就这样上山下坡一英里接着一英里地走，终于在夜半时分走到了野牛坟。她站在野牛坟的高地上向下面那片昏冥的深渊望去，只见山谷里黝黑一片，在山谷的另一边，就是生她养她的故乡。她在高地上走了大约五英里的路，然后再在低地上走十或十一英里的路，她就能到家了。下山的时候，那条蜿蜒而下的山路在暗淡的星光下依稀可见。她走了不久，就踏上和山上完全不同的泥土了，那种不同可以用脚踩出来，用鼻子闻出来。这就是黑荒原谷厚实的黏质土壤，在谷内这一地带，收税的卡子路一直没有延伸过来。在这些难以耕种的荒蛮之地上，迷信之风经久不衰。这里曾经是一片森林，在这夜色朦胧的时刻，似乎遥远的和近处的融合在了一起，表现出一些古旧的特点，整个林子以及高高的树篱，也显得威严可怖。这里是追猎公鹿的地方，也是通过针刺和投水来验明女巫活力的地方，当你从这里走过的时候，还会有一些绿色的精灵嘲笑你，吓唬你。人们现在仍然相信，这儿遍地都是妖怪和精灵。

苔丝经过纳特伯利的乡村酒店时，只听得酒店的招牌在夜风中嘎吱嘎吱地响着，应和着她的脚步声，村子里，除了她没有人会听见这些。在苔丝的想象里，她仿佛看见茅屋里的人，松弛了肌腱，放松了肌肉，躺在黑暗的屋子里，盖着小紫花格子的被子，正在蓄积体力，等到第二天早晨汉姆布莱顿的山顶刚染上朝霞，他们就要起来开始新的一天的劳作。

凌晨三点钟，她终于走完了蜿蜒曲折的篱路的最后一程，那是段弯路，进入马勒特村。她经过乡村会社游行时她和安吉尔·克莱尔初见的地方，那一次他没有邀她跳舞，让苔丝至今想起还有一种失望的感觉。在她的母亲住的那座房屋的地方，她看见了一缕亮光。亮光是从卧室的窗户里透出来的，亮光的前方有一根树枝在不住地摇动，使得亮光仿佛在向她眨眼。等到她能够看清房屋轮廓时，那屋顶还是用她的钱新盖的呢，她立刻想起了往日的所有情景。这座屋子是她身体和生命的一部分——天窗上的斜坡，山墙上的石灰，烟囱顶上的破砖，都和她息息相通。在她看来，这一切东西都染上了恓惶的神情，仿佛在对她说母亲病倒了。

她轻轻地推开门，没有惊动任何人。楼下的房间是空的，陪伴她母亲的邻居这时走到楼梯口小声告诉她说，德贝菲尔德太太此时虽然睡着了，但是病情还不见好转。苔丝给自己弄了点早餐，接着就在她母亲房间里照顾起母亲。

她在早晨见到了孩子们，他们一个个都像是被人拉长了似的，虽然她离开家只有一年多一点的时间，但是他们的成长发育却是叫人吃惊的。她现在必须一心一意地照顾他们了，因此也就顾不上自己的忧愁了。

父亲的身体还是和过去一样，害着那种叫不上名字的病，像往常一样正坐在椅子里。然而苔丝回来后的这一天，他却特别有精神。他说他想出一个过日子的办法了，苔丝问他是什么办法。

"我寻思着，我们给英国这一地区所有的考古学家都寄一封信去，"他说，"让他们捐一笔钱来维持我的生活。我敢保证他们会把我的提议当成一件富有浪漫精神、艺术趣味和恰如其分的事来做。他们花了大量金钱去保护遗迹，去挖掘人的骨头之类的东西，如果他们知道了我这个活古董，他们一定会觉得更加有意思。最好是有那么一个人去挨个地告知他们，说眼下就有一个活古董生活在他们中间，他们却没有重视他！这件事原本是由特林汉姆牧师发现的，如果他还活着，我敢担保他一定会去做这件事的。"

苔丝急于解决眼下的一些紧急问题，顾不上去和她的父亲争论他的伟大计划，虽然她接济过家里好几次，但家里的状况并没有多大的改善。待她把家中的事情弄妥当了，这才开始注意外面的事。此时已经到了栽种和播种的季节，村里人的许多园子和租种的公地都已经耕种过了，可是德贝菲尔德家的地却都还荒着。她一了解情况才大吃一惊，原来他们家把用来当种子的土豆全吃光了——这真是只顾眼前不顾将来的荒唐做法。她尽快地搜集到一些她能够弄到的别的作物种子，几天后，她父亲身体也好些了。苔丝又哄又劝，父亲才出来照料园子，而她自己则去耕种她家租种的离村子不太远的一块公地。

她被束缚在病房里已经有一些时日，加之母亲的病已经有了好转，所以她也乐意出去种地。高强度的运动可以使人的精神放松。她家租种的地在高处那块干燥开阔的圈地中间，这片圈地里大约有四五十块租种地，村民们白天做完了雇工的活儿，晚上就到租种地里忙碌。人们挖地通常在六点钟开始，要一直干到天黑或者月亮上来的时候。这时节，许多租种地里开始烧毁一堆堆野草和废物，天气干燥，正适合焚烧废物给土地当肥料。

有一天，天气晴好，苔丝和丽莎·露一起在自家的租种地里干活，那天邻居们也都在这块圈地里，人们一直干到落日的最后一道余晖洒在那些把圈地分割成一块块租种地的白色界桩上。太阳落下去了，黄昏到来了，大家点燃地里的茅草和卷心菜的菜根，地里冒出来一阵阵火光，浓烟被风一吹，租种地的轮廓时明时暗。火光亮起来的时候，团团的浓烟被风吹得贴地滚动，在火光的映照下变成了半透明的发光体，把干活的人相互隔离开来。这时候，《圣经》中所言白天是墙晚上是光的"云柱"的意思，就可以让人领会了。

夜色越来越浓，有些男女就放下地里的活儿回家了，不过还是有好些人留在地里，想把手里的活儿干完，苔丝虽然让她的妹妹回去了，但是她自己还留在地里。她继续拿着钊子在正燃烧着野草的租种地里干活，那把钊子有四个发亮的齿，一碰上土里的石头和硬土块，就发出叮当的响声。有时候她整个人都笼罩在火堆冒出的烟雾中，有时候她身边却一点儿烟雾也没有，只有黄铜色的火光映照着她。今天她的穿着也有点儿怪异，是一副惹人眼目的样子，一件红裙子已经洗得发白，裙子的外面却罩一件黑色的短上装，让人感觉她既像是一个参加婚礼的人，也像是一个送葬的人。在她身后稍远一些的妇女，在昏暗中依稀可见她们身上穿的白色裙子和灰白的脸，只有当她们偶尔被火光照亮的时候，才能看见她们的全身。

在西边，棘树的光秃秃的枝条像铁丝一样，结成树篱，形成了一块块田地的边界，在低矮的灰白天际里十分显眼。木星高悬在空中，犹如一朵盛开的黄水仙，它是那样明亮，差不多能够照出事物的影子来。天上还有几颗叫不出名字来的小星星。远处有一只狗在叫，偶尔也能见到车轮在干燥的路面上嘎吱嘎吱地碾过。

因为天还不算太晚，干活的人们手中的刬子叮叮直响。这时节的空气虽然还是清冷刺骨，却已经有了春天的气息，鼓舞了种地的人。在这个地方，在这个时刻，在毕剥作响的火堆旁，在忽明忽暗的离奇的光影里，有一种美妙意味使大家和苔丝都喜欢待在地里。在酷寒的冬日里，夜色就像魔鬼，在火热的夏日里，夜色就像情人，而在这种三月的天气里，夜色却像镇静剂一样。

当时谁也顾不上去看自己周围的伙伴。大家的眼睛都盯着土地，看着刚翻开的被火光照亮的地面。因此，苔丝就一边刨着地，一边痴情地唱着短小的歌曲，不过现在她对克莱尔听她唱歌已经不抱什么希望了。过了好久，她才留意到有一个人在她的附近干活，她看见那个人穿着粗布长衫，和她一样在翻地，她以为那人是她父亲请来帮她干活的。当那个人挖得离她更近了些，她看得更清楚了。有时候烟雾会把他们隔开，但烟雾一飘走，他们又能互相看见了，不过烟雾又隔开了他们其他的人。

苔丝没有和这个与她一起干活的人说话，他也没有和她说话。她也没有多想什么，只记得白天他不在地里，知道他不是马勒特村里的人，但近几年她时常离家，有时长期在外，所以她不认识这人也不足为怪。他挖地挖得离她更近了，近到她可以清楚地看见他的刬子上的铁齿像她刬子上的铁齿一样在反光。当她把一把枯草扔到火堆上的时候，她看到他在对面也在做着同样的事。火光一闪，她看见了德贝维尔的那张脸。

她万万没有想到会在这里见到他，他的样子非常古怪，身上穿着只有最古板的农民才会穿的打褶的粗布长衫，他这种极其好笑的样子让她心里一阵阵发怵。德贝维尔压低声音发出一阵长笑。

"如果我想开个玩笑我就要说，好一派伊甸园风光！"他歪着头看着她，想入非非地说。

"你想说些什么呀？"苔丝有气无力地问。

"一个爱说笑话的人，一定会说我们两个人此刻的情景就像在伊甸乐园里一样了。你是夏娃，我就是另外那个人，装扮成一个低等动物来诱惑你。我信仰神学的时候，很熟悉弥尔顿描写的那个场景。有一段是这样说的——

> '女王，路已铺好，并不漫长，
>
> 就在一排石榴树的那边……
>
> ……要是你乐意
>
> 让我来引路，我马上就带你去。' '那么带路吧。'夏娃回答。"

"等等，我亲爱的亲爱的苔丝，我之所以对你说这些话，都是因为你以为我会说或者我想说的话，但并不是我真正想对你表达的，因为你把我想得太坏了。"

"我从来没有说过你是魔鬼撒旦，也没有想过你是撒旦。我根本就没有那样看待你。只要你不惹恼了我，我都能冷静地对待你。怎么，你到这里来挖地完全是为了我吗？"

"完全是为了你。为了来看看你，此外什么也没有。我来的路上，看见这件长衫挂在那儿出售，就买了穿上了，免得被你认出来。我到这里来，就是不想让你像这样干活了。"

"但是我自己乐意这样干活——那是在为我的父亲干活啊。"

"你在农场那边的合同期满了吗？"

"满了。"

"你以后去哪里呢？到你亲爱的丈夫那里去吗？"

她简直受不了这种令人难堪的话。

370

"啊，我不知道！"她痛苦地说，"我现在没有丈夫了！"

"说得完全正确，你的意思一点也不错。但是你还有朋友呀，我已经下定决心，不管你怎么想，我也要让你过上舒舒服服的日子。你回家的时候，你就会看见我给你们送去了些什么。"

"啊，阿历克，我希望你什么东西也不要送！我也不会要你的东西！我不愿意要你的东西——那是不对的！"

"这是对的！"他轻佻地喊着说，"假如我对一个女人怀着柔情，我是不会看着她受苦而不帮助她的。"

"可是我的日子过得很好！我的难处只是——只是——根本不是物质问题！"

她转过身去，拼命地挖起地来，眼泪流到钔子把上，又从钔子把上流到地里。

"关于孩子们——你的弟弟和妹妹，"他接着说，"我也一直在为他们打算。"

苔丝的心战栗了——他正在触及她心中的痛处，猜到了她的烦恼之源。自回家以来，她就一心扑在了孩子们的身上，为他们忧心忡忡。

"你的母亲要是不能好起来，总得有个人照顾他们吧？因为，在我看来你的父亲是没有多大用处的，是不是？"

"有我帮助他，他能撑起这个家。他一定能行的！"

"加上我的帮助。"

"我不要你的帮助，先生！"

"你他妈的这不是太糊涂吗！"德贝维尔喊起来，"唉，你父亲认为我们是一家呀，他会感到很满足的啊！"

"他不会的。我已经告诉他实话了。"

"那你更糊涂了！"

德贝维尔生气地从她的身边退到树篱边上，在那里把身上乔装打扮的长衫脱了下来，揉成一团扔进火里，转身离去了。

苔丝也无法继续挖地了，她感到心神不定，不知道他是不是去她父亲家里了。她扛着钊子，向家里走去。

当她走到离家还有几十米的地方，一个妹妹迎面向她走来。

"啊，苔丝——你看怎么办啊！丽莎·露正在哭，家里挤了一大堆人，妈妈倒是好多了，可是他们却说父亲死了呀！"

这个孩子只知道这件事重大，但是并不知道这件事悲惨。她站在那儿，眼睁睁地看着苔丝，她看见苔丝听了她的话后脸上出现说不出的惊骇神情，就说："喂，苔丝，我们是不是再也不能和父亲说话了呀？"

"可是父亲他只不过是一点儿小病啊！"苔丝惊惶地喊着说。

丽莎·露也来了。

"他刚才跌倒了，为妈妈看病的大夫说，没有办法救了，他的心都被油塞满了。"

不错，德贝菲尔德夫妇角色互换——濒死的人脱离了危险，生小病的人倒死去了。这件事的后果比听起来要严重得多。父亲活着的时候，他的价值和他个人成就的关系并不大，或者说他本身并未创造出多大价值，但是他的价值却在他的个人能力以外。他是三辈人中的最后一辈，他们租住的房屋和宅基地的典约到他这一辈就终止了。转租土地的农场主早就垂涎他们的房子，想把房子租给他的工人们住，那时他的工人们正缺少住处。而且，终身典房人几乎和小自由保产人一样在村子里很不受欢迎，所以租期一到，就绝不让他们续租了。

因此，当年的德贝维尔家，现在的德贝菲尔德家眼睁睁地看着不幸的命运降临到他们头上。毫无疑问，在他们还是郡中望族的时候，也肯定制造了许多不幸的命运，或许还更为严重，让噩运降临在那些和他们现在一样的房无半间，地无半分的人的身上。天下一切事情，此消彼长，盛衰交替，本来就是这样不断变化的啊。

第五十一章

终于到了旧历圣母节的前夕，农田上的工人们忙着搬家的纷杂场面，只有在一年中这个特殊的日子里才会出现。这一天是旧合同期满的日子，同时，在烛光节签订的下一年的劳动合同，也从这一天开始生效。那些不愿意继续在老地方干活的庄稼汉——或者叫劳工，他们自古以来都称自己为庄稼汉，劳工这个词是从外面的世界传进来的——就要搬到新的农场上去。

这种每年一次的从一个农场到另一个农场的迁移，其规模在这一带变得越来越大了。当苔丝的母亲还是一个小孩子时，马勒特村一带大多数种地的人，一辈子都在一个农场里干活，而他们的父亲和祖父也都以那个农场为家。但是近些年来，这种希望每年搬迁的愿望达到了峰值。这种搬迁不仅使年轻人高兴激动，而且也可能会从搬迁中得到益处。这些劳工们总觉得自己现在所居之地是受虐的埃及而别人居住的地方就是迦南福地。等到他们搬到那心目中的福地住下以后，才发现那个地方又变成了埃及，所以他们就这样每年都搬迁，没有安顿下来的时候。

但是，乡村生活中这些越来越明显的变迁，并不完全是因为农业界的不稳定。农村人口在持续减少，从前在乡村里，还有另外一个有趣的、见识广的阶层同种地的庄稼汉杂居在一起，他们的地位比庄稼汉高，苔丝的父亲和母亲属于这个阶层，这个阶层包括木匠、铁匠、鞋匠、小商贩，还有一些不是种地的庄稼汉的不好分类的人。他们这些人都有固定的目的和职业，有的和苔丝的父亲一样，是不动产如房产和地产的终身所有人，也有的是持有不动产副本的人，有时也有些小不动产所有人。但是他们长期租住的房屋一经到期，就很少再租给差不多的佃户，除非是农场主实在需要这些房屋给他的雇工住，不然大部分房屋都会被拆除。那些不是被直接雇来干活的住户，都不怎么受欢迎，有些人被赶走之后，留下来的人生意受到影响，也只好跟着走了。这些家庭在过去是乡村生活中的主体，保存着乡村的生活传统，现在却只好逃到更大的生活中心避难了。对于这个过程，统计学家幽默地称之为"农村人口流向城市的趋势"，这种趋势，其实同向下流的水由于机械的作用向山上倒流是一样的，完全是迫于无奈。

马勒特村的房屋经过拆除以后，不断减少，所以房主都想把没有拆除的房屋收回去，给自己的工人住。自从苔丝发生了那件事后，她的生活就笼罩在一层阴影里，既然德贝菲尔德家的后人名誉不好，大家就心照不宣地作了盘算，等到租期一满，就让德贝菲尔德家搬走，就算只从村中的道德方面考虑也要如此做。确实，德贝菲尔德这家人无论在性情、节制，还是在贞操方面，一直都不是村子里闪闪发光的典范。苔丝的父亲，甚至苔丝的母亲，经常喝得醉醺醺的，孩子们也很少上教堂，大女儿还有过一段风流艳史。村民们要想办法维持道德方面的纯洁。所以圣母节的第一天，德贝菲尔德一家就必须离开了，这座房屋的房间多，被一个有一大家子人的赶大车的租用了，寡妇琼和她的女儿苔丝、丽莎·露，儿子亚伯拉罕和更小的一些孩子，不得不搬往其他地方。

在搬家前的那个晚上，天下起了蒙蒙细雨，天色昏暗阴沉，不到天黑的时候天就黑了。因为这是他们在自己的老家和出生之地住的最后一个晚上，所以德贝菲尔德太太、丽莎·露和阿拉伯罕就一起出门去向一些朋友告别了，苔丝则留在家里看家，等着他们回来。

苔丝跪在窗前的凳子上，脸贴着窗户，看见玻璃上的水汇集到一起不住地向下流，好像玻璃外面又蒙上了一层玻璃。她目光又落在一张蜘蛛网上，那张蛛网结在一个不该结网的没有蚊蝇飞过的角落里，所以那只蜘蛛大概早已经饿死了。风从窗户缝里吹进来，把蛛网吹得轻轻地颤抖着。苔丝心里想着全家的境况，深感自己是一家人的祸根。如果她这次没有回家，她的母亲和孩子们也许会被允许住下去，做一个按周缴纳租金的住户。可是她刚回来，就被村子里几个爱挑剔和有影响力的人看见了，他们看见她来到教堂墓地，用一把小铲子把被毁坏了的婴儿坟墓修好了。因此，他们知道她又回家住了。她的母亲也遭到指责，说她"窝藏"自己的女儿，这引起琼的尖刻反驳，说自己根本不屑住在此处和即刻搬走的话来，话一说出口，别人也就抓住了把柄，因此出现了现在这种结果。

"我永远不回来多好！"苔丝伤心地对自己说。

苔丝一心想着上面说的那些事情，所以当时她虽然瞥见街上有一个穿着白色雨衣的人骑着马走来，却并没有加以注意。大概是她把脸贴在窗玻璃上的缘故，他很快就看见她了，就拍马向屋前走来，差点走进了墙下面留出来种花的那一溜土垅子。他用马鞭敲了敲窗户，苔丝才看见他。雨几乎停了，她按他手势的意思把窗户打开。

"你没有看见我吧？"德贝维尔问。

"我没有留意，"她说，"我相信我听到了你的马蹄声，但我以为是马车的声音。我好像在做梦似的。"

"唉！你也许听说过德贝维尔家的马车的故事。我想，你应该听说过那个传说吧？"

"没有。我的……有一个人曾经想把那个故事告诉我，但是后来又没有讲。"

"如果你是德贝维尔家族的真正后人，那么我也不应该告诉你。至于我，我是冒牌德贝维尔，所以无关紧要。那个故事有点儿吓人呢。据说有一辆并不存在的马车，只有真正流着德贝维尔家族血液的人才能听见它的声音，一旦听见了马车声音，那就是不祥之兆。这件事与一桩谋杀案相关，凶手是几百年前德贝维尔家庭的一个人。"

"你现在已经开了头，就把它讲完吧。"

"好的。据说有一个姓德贝维尔的人劫持了一个漂亮女人，那个女人想从捆绑她的那辆马车上逃跑，在挣扎中他就把她杀了，也许是她把他杀了，我忘了究竟是谁把谁杀了。这是这个故事的一种版本。咦，我看见你们把盆子和水桶都收拾好了。你们是要搬家了，对吗？"

"是的，明天就搬。明天是旧圣母节。"

"听说你们要搬家，我简直不敢相信，这也太突然了。为什么呢？"

"那座房屋的租期到我父亲死时为止，我的父亲这一走，我们就没有权利住下去了。若不是因为我的缘故，我这一家子也许还能一礼拜一礼拜地住下去。"

"和你有什么关系呢？"

"因为我不是一个……正经女人。"

德贝维尔的脸顿时涨红了。

"这些人真是不要脸！一帮可耻的势利小人！但愿他们的肮脏灵魂死后都被烧成灰烬！"他用讽刺憎恶的口气喊道，"你们就是因为这个才搬家的，是不是？是被人赶走的，是不是？"

"这也并不完全算是被他们赶走的。只是他们说过我们应该早点搬家一类的话，现在大家都在搬迁，所以我们也是现在搬家最好，因为现在的机会好一些。"

"你们能搬到哪里去呢？"

"金斯庇尔。我们在那儿租了房子。我母亲一心想回到我父亲的老家，所以她要搬到那里去。"

"可是你母亲一家人租间房住不适合呀，又是住在一个富窿大的小镇上。为什么不到特兰里奇我家花房里去住呢？自从我的母亲死后，家里已经没有多少鸡了，但是房子也在，花园还在，这些你都知道的。那房子一天时间就可以粉刷好，你母亲就可以舒舒服服地住在那儿了，我还要把孩子们都送到一个好学校去。我的确应该为你帮一点忙！"

"但是我们已经在金斯庇尔租好了房子呀！"苔丝说，"我们可以在那儿等——"

"等——等什么呀？等你那个好丈夫吧，肯定是这回事。你听着好了，苔丝，我知道男人是什么样的人，心里也记得你们是因为什么分开的，我敢肯定他是不会和你重修旧好的。好啦，尽管我曾经是你的敌人，但是我现在是你的朋友呀，你不相信也罢。到我的小屋住吧。我们再养些家禽，你的母亲可以照管它们，孩子们也可以去上学了。"

苔丝的呼吸越来越急促，后来她说："我怎么知道你一定能做到这些呢？你的想法也许会改变，然后，我们，我的母亲，又要无家可归了。"

"啊，不会改变的，不会的。如果你认为必要，我可以写一份保证书给你。你考虑一下吧。"

苔丝摇了摇头。但是德贝维尔依然坚持，她很少看见他态度如此坚决，她不答应，他就不肯罢休。

"请你告诉你的母亲吧！"他郑重地说，"这本来就是应该由她做主的事，由不得你。明天早上我就派人把房子打扫干净，粉刷好，生起火，到晚上的时候房子就烘干了，这样你们就可以直接搬进去。请你记住，我等着你们。"

苔丝又摇了摇头，心里涌动着各种复杂的感情。她几乎不敢抬头看德贝维尔了。

"我过去欠着你一大笔人情债，这你是知道的！"他嘟哝着说，"并且你也治好了我的宗教狂热，所以我乐意——"

"我宁愿你还保持着你的那份宗教狂热，这样你就可以继续专心地为宗教做事！"

"我很高兴能有机会弥补我的过错。我希望明天能听到你母亲从车上卸东西的声音。现在让我们为这件事握手言和吧——我亲爱的美丽的苔丝！"

他说最后一句话的时候，把声音放低了，几乎是喃喃自语了，同时把手从半开的窗户中伸了进去。苔丝的眼中立刻现出狂怒的神态，急忙把固定窗户的栓子一拉，这样一来就把德贝维尔的胳膊夹在窗户和窗框之间了。

"该死！你真狠心呀！"他把胳膊抽出来说，"不，哦，不！我知道你不是故意这样做的。好吧，我等你。至少希望你的母亲和孩子们会前去。"

"我不会去的——我有的是钱！"她大声喊。

"你的钱在哪儿？"

"在我公公那里，如果我去要，他就会给我钱。"

"如果你去要？可是你不会开口的，苔丝，我很了解你。你不会去找别人要钱的——你宁肯饿死也不会去找人要钱！"说完这些话，他就策马离去了。在那条街的拐角，他碰巧遇见了从前那个提着油漆桶到处写字的人，那个人问他是不是把道友抛弃了。

"见你的鬼去吧！"德贝维尔说。

德贝维尔走了，苔丝在那儿待了好久好久，突然，她心底里涌上一股因受尽委屈而要反叛的情绪，引发了她的悲愤，不禁泪如泉涌，泪如雨下。她的丈夫，安吉尔·克莱尔也和别人一样，待她太残酷了，他的确待她太残酷了！她过去从来没有这样想过，但是他待她的确太残酷了！在她的一生中——她可以从心坎里发誓——从来没有故意放纵自己做错事，可是残酷的惩罚却降落到她头上。无论她犯了什么罪，也不是她故意犯的罪，既然不是故意犯罪，那她为什么要遭受这种无休无止的惩罚呢？

她满腹委屈情绪，激动地顺手拿过一张纸，在上面潦潦草草地写下了这样的话：

啊，安吉尔呀，为什么你待我这样残忍无情啊！我不应该遭受这样的惩罚啊。我已经前前后后仔细地想过了，我永远永远也不会原谅你了！你知道我不是故意伤害你的，为什么你却要这样地委屈我呢？你太狠心了，的确太狠心了！我要用尽全力忘了你。我在你那里，得到的都是委屈呀！

苔丝

她坐在窗前，等到送信的路过，就跑出去把信交给他，然后又回去木然地坐在窗前。

写一封这样愤激的信和一封情词哀怨的信没有什么不同。纵使情词哀怨，他又怎能为她的哀怨动心呢？事实仍是以前的事实并没有改变，没有什么新的情况能让他回心转意的。

天越来越黑了，炉火的光在房间里闪耀着。苔丝的两个较大的弟妹和母亲一起出去了，四个更小的孩子年龄从三岁半到十一岁不等，都穿着黑裙子，围坐在壁炉前叽叽喳喳地谈着小孩子的事情。屋里没点蜡烛，苔丝后来就和孩子们一起谈起来。

"宝贝们，在我们出生的这间屋子里，我们只能在这儿住最后一晚上了，"苔丝急切地说，"我们应该把这事想一想，你们说是不是？"

孩子们变得安静了，在他们那个年纪，最容易动感情，一想到他们就要离开他们的故土了，一个个都咧开嘴哭了出来。可是就在白日里，他们一想到要搬到新地方去，还一个个感到兴奋不已呢。

"亲爱的，你们给我唱首歌好不好？"

"我们唱什么呢？"

"你们会唱什么歌曲就唱什么歌曲好啦，我都乐意听。"

孩子们静默了一会儿，第一个孩子打破了沉默，试探着轻声唱起来，随后第二个孩子也开始跟着唱，最后第三个和第四个孩子也加入了进来，一起唱起了他们在教会学堂里学会的歌曲——

我们在这里受苦受难，

我们在这里相聚离别，

等到了天堂我们就不会再分离。

他们四个孩子一起唱着，那种神情就好像是老早就已经把问题解决了并且解决得丝毫不差的人，觉得不需要再考虑什么了，所以神情冷静。他们一个个都紧绷着小脸，使劲地唱着每一个音节，同时还不住地去看壁炉中闪烁不定的火焰，最小那个孩子还唱错了节拍。

苔丝转过身去，又走到窗前。外面的天色已经完全黑了，但是她把脸贴着窗户玻璃，仿佛要看穿外面浓黑的夜，其实，她是在掩饰自己眼中的泪水。要是她真能相信孩子们唱的歌曲里面的话，要是真的能确定是那样的话，那么一切将和现在多么不同呀，那么她就可以放心地把他们交给上帝和他们未来的天国了！可是，那是根本不可能的，所以她还得想办法，当他们现实中的上帝。有一个诗人写过这样的诗句，里面有一种辛辣的嘲讽，既是对苔丝的讽刺，也是对其他千千万万的人的讽刺——

我们并非赤裸裸地来到人间，

而是驾着荣耀的祥云来世。

在苔丝和苔丝这样的人们看来，生而为人本身就是卑微的个人欲望遭受痛苦的过程，从结果来看，也好像无法解释得合乎道理，至多是减轻一些痛苦。

在苍茫的夜色里，苔丝看见她的母亲和瘦高的丽莎·露以及亚伯拉罕从潮湿的路上走了回来。不一会儿德贝菲尔德太太就穿着木鞋来到了门口，苔丝为她打开门。

"我看见窗户外面有马蹄印呐！"琼说，"有人来过吗？"

"没有人来过！"苔丝说。

坐在火边的孩子们表情严肃地看着姐姐，其中有一个低声说："怎么啦，苔丝，有一个骑马的绅士来过啊！"

"哪个绅士？"母亲问，"你的丈夫吗？"

"不是的。我的丈夫永远永远也不会再来了。"她绝望地回答说。

"那么他究竟是谁呀？"

"唉！你别问我了。你以前就见过他，我从前也见过这人。"

"啊！他说什么啦？"琼好奇地问。

"等到我们明天在金斯庇尔安顿下来了，我再详细地告诉你。"

她嘴上说那个人不是她的丈夫，可是在她的意识里，从肉体的意义上说，她在心里越来越感到只有这个人才是她真正的丈夫。

第五十二章

第二天凌晨两三点的时候，天仍然漆黑一片，住在大路旁边的人就听到了马车的辘辘声，从睡梦中被吵醒了，马车辘辘驶过的声音时断时续，一直持续到白天。每年这个月的第一个礼拜是一个特殊的时期，每年在这个时候都要听到马车的喧闹声，就好比在这个月的第三个礼拜一定会听到杜鹃啼鸣一样。这些声音就是大搬家的前奏，是那些替迁走的家庭搬运物品的空马车和搬家队经过的声音，因为被雇用的人一般都是由雇主派车来把他们接到目的地。由于搬家的事要在一天内办妥，所以半夜刚过，马车的辘辘声就响了起来，为的是要在六点的时候把马车赶到搬家人的门口，一到那儿，他们就会立即动手把要搬走的东西装上车。

但是苔丝和她母亲搬家却没有热心的农场主为她们派来马车和搬家的人。她们都是妇道人家，不是正儿八经的庄稼汉，也没有特别需要她们的地方，因此没有免费运送任何东西的资格，不得不自己花钱雇马车。

苔丝朝窗外看去，只见那天早晨天色阴沉沉的，在刮风，好在没有下雨，雇的马车也到达了，她这才放下心来。圣母节这天若下雨将是搬家的人永远也忘不了的噩梦，天一下雨，家具会被淋湿，被褥也会被淋湿，衣服更不必说，最后会弄得许多人生病。苔丝的母亲、丽莎·露和亚伯拉罕已经睡醒了，不过更小的那几个孩子却仍然在熟睡，没有人去叫醒他们。先醒来的四个人在暗淡的灯光下吃了早饭，就动手往车上搬东西。

装车的时候有一两个善良的邻居过来帮忙，气氛还有几分活沃。几件大的家具安置好以后，又用床和被褥在车上弄了一个圆形的小窝，预备在路上让琼·德贝菲尔德和几个小孩子坐。

东西装上车之后，她们又等了很久，拉车的马才备好了牵了过来，因为马车到了之后，车夫就把马从车上卸下来了。一直耽误到两点钟，人马才一起上路，做饭的锅吊在车轴上，德贝菲尔德太太和孩子们坐在马车顶上，把钟表放在腿上抱着，防止马车在剧烈颠簸时把机件震坏了，马车猛地晃一下，钟就敲一下半下的。苔丝和妹妹跟在马车侧后方走着，直到出了村子她们才上车。

她们在早上和头天晚上曾经去几户邻居家里告别，这时候他们也前来为她们送行，祝她们好运，不过他们在心底里，却暗中思忖没有好运会降临这样一个家庭吧。其实德贝菲尔德这家人除了对自己之外，对任何他人都不曾有什么损害。马车不久就上了土坡，随着地势的增高，风也随着路面和土壤的变化而变得更加寒冷凄厉了。

那天是四月六日，德贝菲尔德家雇的马车在路上遇见了许多辆其他马车，都是车上装着家具，家具上坐着一家老小，这种装载的方法近来似乎成了固定的原则，大概它的独特性对于农村的庄稼人就好比蜂巢对于蜜蜂一样。装车时基础部分是家里的碗柜，碗柜上通常都有发亮的把手、手指头印和沾在上面的厚厚油垢，它按照日常的摆法被竖在车前面最重要的位置上，正对着拉车的马的尾巴。那个碗柜就像一个圣物法柜，搬运的时候要恭恭敬敬地才行。

在这些搬家的人当中，有的快活得很，有的却非常悲伤，他们有时会停在客栈的门口。到了吃饭的时候，德贝菲尔德一家老小也让马车停在了一家旅馆的门口，给马喂料，让人吃饭。

短时休息的时候，苔丝看见有一辆马车的顶上坐着一伙妇女，她们正在从车上到车下地互相传递着一个能装三脱特酒的大酒杯喝酒。那辆马车和苔丝家雇的马车停在同一个旅馆门口，不过距离稍微远一点。苔丝的目光随着那只被传来传去的大酒杯看到了车顶上，发现一双她熟悉的手把那酒杯接了过去。于是苔丝便向那辆马车走过去。

"玛丽安！伊茨！"苔丝大声喊道，原来车上坐的正是她们两个，她们现在正和她们共住的那一家人一起搬迁。"你们今天也搬家，和大家一样是吗？"

她们说正是如此。在燧石山农场日子太苦了，她们根本没有和格罗比打招呼就走了，如果他愿意，他就去到法庭告她们好了。她们对苔丝说了她们的去处，苔丝也把自己的去处告诉了她们。

玛丽安在马车装的物品上俯下身来，低声和苔丝说话："你知道追随你的那位绅士吧？你应该猜得出我说的是谁，他又来燧石山农场找过你，打听你是不是回家了。既然我们已经知道你不想见他，就没有告诉他你去了哪里。"

"噢，可是我已经见到他了！"苔丝嘀咕着说，"他找着我了。"

"那他知道你现在去哪里吗？"

"我觉得他知道。"

"你丈夫回来了吗？"

"没有。"

这时两辆马车的车夫都从客栈出来了，于是苔丝就告别了她的朋友，回到自己的马车上，就这样两辆马车就往相反的方向走了。玛丽安和伊茨决定跟她们住的那家种地的农民一起走，因此一起乘坐了这高头大马拉着的大马车。这辆马车油漆得发亮，用三匹健壮的大马拉着，马具上的铜饰闪亮耀眼，而德贝菲尔德太太一家人坐的这辆马车却仅是一个吱嘎作响的木头架子，几乎承受不了它负载的重物，这是一辆从被制造出来就没有油漆过的马车，只有两匹马拉着。这形成了一种强烈的对比，表示出两家的明显差距，说明由兴旺发达的农场主来接和没有雇主前来接应而只得自己雇车是大不相同的。

路很远，一天要走完这些路实在是太难了，只有两匹马拉着车走完这些路极其不易。尽管他们动身非常早，但是等到他们走到一处高地的坡上，天色却已经是下午很晚的时候了。那坡是被称作青山的那块高地的组成部分。两匹马立在那儿撒尿喘气的时候，苔丝环视了一下周边情形。在这座山下，就在他们的前方，就是他们要前去的那个半死不活的小镇金斯庇尔，那里埋着她父亲的祖先的遗骨，她的父亲生前经常提到他的这些祖先，夸耀得让人不胜其烦。在全世界可能被当作德贝菲尔德家族老家的地点中，就只有金斯庇尔这个地点了，因为他们家族在那儿足足生活了五百年。

这时有一个人从郊外向他们走来，那个人看出这是搬家的马车，就加快了步伐。

"我想，你大概就是德贝菲尔德太太吧？"他对苔丝的母亲说，那时苔丝的母亲已经下了车，打算步行走完剩下的路。

她点头称是："我要是在意我的权利的话，我应该说我就是新近故去的落魄贵族约翰·德贝菲尔德爵士的遗孀，我们正在前往我丈夫祖宗的领地。"

"哦？好，我可不知道这些。不过如果你就是德贝菲尔德太太的话，我就找对人了。我来这里是要告诉你，你要的房子已经转租给别人了。我们今天早晨才收到你的信，知道你们要来，但这已经太晚了。不过你们在别处也可以找到住处的，这绝对没有问题。"

来人也注意到苔丝的脸，只见她得知这个消息，脸顿时变得一片死灰。她的母亲也露出绝望的神情。"那我们现在怎么办呢，苔丝？"她痛苦烦恼地对苔丝说，"这就是你祖先的故土对我们的欢迎方式了！我们还是到前面找一找吧。"

她们走进了小镇里，努力去找住房。苔丝的母亲和妹妹丽莎·露出去打听住处，苔丝则留在马车旁照顾小孩子们。一个小时过去，琼却一无所获，回到了马车旁，赶车的车夫说，车上的东西一定要卸下来，因为拉车的马累得不行了，而且当天晚上他还得往回走一段路。

"好吧，就卸在这儿吧！"琼不管不顾地说，"我总能找到一个栖身的地方。"

马车被拉到了教堂墓地的墙角下，停在一个别人看不见的地方，车夫把车上装的物品卸下来，堆在地上。卸完车，琼给车夫付了车钱，这样一来她差不多把她最后的一个子儿都花光了。车夫离开他们走了，再也用不着继续同他们打交道，因此车夫心里一阵高兴。这是一个干燥的夜晚，车夫猜想他们晚上冻不坏。

苔丝绝望地看着那一堆家什。春天傍晚清冷的太阳，不怀好意地照耀着这些坛坛罐罐，照耀着一<u>丛丛</u>在微风中瑟瑟发抖的枯草，照耀着碗柜的铜把手，照耀着他们所有的孩子都睡过的那个摇篮，照耀着那座被擦得发亮的钟面，太阳睥睨着所有这一切，让这一切都闪现着责备的亮光，好像在说，这些室内的物品，怎么可以被弃掷到露天里来。周围当是当年德贝菲尔德家的园林，现在变成了山丘坡地，被分割成一小块一小块的围场，那块绿草青青的地基，表明当年此地是德贝菲尔德家的府邸。从这儿向外延伸出去的爱敦荒原一片苍茫，从前它一直是德贝菲尔德家族的产业。紧靠在身边的是教堂的一条通道，也叫作德贝菲尔德走道，在一旁冷冷地看着他们这一家子。

"我们家族的墓室不是完全保有的地产吗？"母亲把教堂和教堂墓地又重新察看了一番，转回来说。"哦，当然是的，孩子们，我们就在这儿住下，一直住到在你们祖先的故土上找到房子为止！喂，苔丝，丽莎，还有亚伯拉罕，都过来帮忙。呀，我们要先给几个小的弄一个睡觉的地方，然后我们再出去看一看。"

苔丝没精打采地过去帮忙，用了一刻钟的功夫，才把那张四柱床从一大堆杂物中拖出来，然后把它摆放在教堂的南墙边。那里是德贝菲尔德走道的一部分，下面就是她们家族的巨大墓穴。在四柱床的床帐上方，是一个带许多花饰的美丽窗户，窗户上镶嵌许多块玻璃组成的，大概是十五世纪的东西。那个窗户也被称为德贝菲尔德窗户；在窗户的上半部分可以看到家徽一样的装饰，和德贝菲尔德家保存的古印和汤匙上的饰物一模一样。

琼把帷帐围在床的四周，做成了一个精巧的帐篷，把那些小孩子安顿进去。"如果实在没有办法，我们也只好在这里睡一个晚上了，"德贝菲尔德太太说，"让我们再想想办法，给孩子们买点儿吃的吧！啊，苔丝，要是我们流落到这种田地，你还一心想着嫁给了一个绅士，有什么用啊！"

她又让丽莎·露和亚伯拉罕陪着，走上了那条把教堂和小镇隔开的篱路。他们一走进街道，就发现一个骑马的人在上下打量他们。"啊，我正在找你们呐！"他骑着马向他们走过来说。"这倒真是一家人齐聚在属于你们的地方了！"

来人是阿历克·德贝维尔。"苔丝呢？"他问。

琼本人对他没有什么好感。她粗略地朝教堂的方向指了指，就径自往前走了。德贝维尔对琼说，他刚才听说他们正在到处找房子，万一要是找不到住处的话，他会再来看他们。他们走后，德贝维尔就骑着马向一个客栈奔去，不一会儿却又步行着从客栈里走了出来。

在这段时间里，苔丝陪着床上的几个孩子，和他们说了一会儿话，看见当时也没有什么可以让他们更舒服的事情做，就到教堂的四周走了走。此时夜幕正在降临，教堂墓地也开始变得苍茫。教堂的门没有锁，她就走了进去，这是她平生第一次走进这个教堂。苔丝家那张床就摆放在那个窗户的下面，而在窗户的里面，就是他们家族的墓穴，已经有好几百年的历史了。墓穴的上面有华盖，是一种祭坛式样，很朴素，上面的雕刻残损不全，青铜饰品已经从框子里脱落了，框子上留下一些凹洞，就像岩石上的沙燕窝似的。苔丝的家族已经从社会上湮灭了，但是在她见到过的残存下来的东西中，再没有比这儿更残破凄凉的景象了。

她走到一块黑色的石碑前面，看到石碑上面雕刻着花体文字：

古德贝维尔家族之墓

苔丝不像红衣主教那样能够阅读拉丁文字，但是她知道这里是她祖坟的墓门，墓里面埋葬着她的父亲举杯歌咏过无数次的那些身材高大的远祖骑士。

她默默地想着，转身走了出去，经过了一个祭坛式墓室旁边。这是最古老的一个墓室。她看见墓室上还蜷伏着一个人形。在苍茫的暮色中，苔丝刚才没有加以注意，现在她若不是诧异于那个人形竟然在动，她也不会注意到。当她走到那个人形跟前时，她立即看出来那是一个活人。原来这儿并不是她一个人，她顿时吓得两腿发软，几乎晕过去，这时才认出那个人形正是德贝维尔。

他从墓顶上跳下来，扶住苔丝。

"我看见你进来了，"他笑着说，"我爬到那上面去，是怕打搅了你的沉思默想。是不是全家人在这儿和地下的老古董聚会啦？听听。"他用他的脚后跟使劲地跺着地面，从下面发出空洞的回声。

"我敢保证，这样才会使他们受到一点儿震动！"他继续说，"曾经你也以为我是这些石像中的一个吧。可是不是的。十年河东，十年河西啊。现在我这个冒牌的德贝维尔伸出一根小手指头，也比地下这些世世代代的武士更能帮上你家的忙。现在吩咐我好了，我可以为你做些什么呢？"

"你走开！"苔丝低声说。

"我会走的——我去找你的母亲。"他温柔地说。但是他从她的身边走过的时候，小声对她说："记着，总有一天，你会对我客客气气的！"

德贝维尔走了以后，她伏在墓前哀叹："为什么躺在这个墓门里面的不是我呢？"

与此同时，玛丽安和伊茨正和那个耕地的人一道，带着他们的行李向迦南福地走去，其实这儿是另外一些家庭的埃及，他们就在这天的早晨才刚刚离去呢。但是这两个女孩子并不怎么把她们要去的地方放在心上。她们在谈关于安吉尔·克莱尔和苔丝的事，谈的是苔丝的那个紧追着她不放的情人，那个情人和她过去的纠葛她们已经猜出了一些，也听到了一些。

"看来她仿佛以前没认清他的真面目，"玛丽安说，"既然她以前就受过他的骗，那现在的情形就完全不妙了。要是他再把她弄到手，那她就万劫不复了。伊茨呀，克莱尔先生对于我们来说已经没有什么指望了，我们为什么不成全他们俩呢？为什么不去撮合撮合他们呢？要是他知道了苔丝在这儿受这样的罪，知道有人在不断追求她，也许他就会回来照顾他的妻子了。"

"可我们如何才能让他知道呢？"

她们一路思考着这件事，走到了目的地。但是因为她们刚到一个新地方，忙于地安置新家，所以这件事就被搁置了。当她们安顿好了，却已经是一个月以后的事了，虽然她们没有听到苔丝的什么消息，但是听说克莱尔快要回来了。听到这个消息，又触动了她们对他的旧情，但是她们也想光明正大地为苔丝做点事。玛丽安就打开她和伊茨共同花钱买来的墨水瓶，互相商议着写了一封信。

尊敬的先生，如果你像她爱你一样还爱着她的话，请你来保护你的妻子吧。因为她现在正受到一个伪装成朋友的敌人的诱惑。先生，有一个本应远离她的人，现在却跟她在一起了。对女人的考验不应该超过她的承受力，你该知道水滴石穿，莫说是石头，就是钻石也会被穿透呀。

两个好心人

她们把这封写给安吉尔·克莱尔的信寄到了爱敏寺他父亲的牧师住宅处，这是她们从前听说过的和他有关的地方。她们把信寄走了以后，一直在为她们的侠义行动感到高兴，同时，她们却又声嘶力竭地唱起歌来，一边唱还一边哭泣。

第五十三章

在爱敏寺牧师住宅里，黄昏时刻到来了。牧师的书房里照规矩点着了两支蜡烛，罩着绿色的灯罩，但是牧师却不在书房里待着。牧师偶尔会走进来，拨一拨壁炉里不大的一堆火，然后又走出去。春天的天气已渐渐暖和起来，那一小堆火已经足够了。有时他走到前门旁，在那儿站一会儿，有时又到客厅里去一趟，然后再回到前门旁，一副心神不定的样子。

前门朝西，虽然房间已经有些昏暗了，但是屋外仍然很明亮，可以看得清清楚楚的。克莱尔夫人一直坐在客厅里，这时也跟着丈夫来到门口张望。

"还早着呐，"牧师说，"即使火车准点，他不到六点钟也到不了粉新屯，到了粉新屯，还有十英里的村道，其中有五英里还是克里默尔克洛克篱路，走这段路我们那匹老马根本快不了的。"

"可是，亲爱的，它拉着我们俩一个小时也能跑完这段路啊。"

"那可是好几年前的事了。"

他们就这样说了几分钟的话，谁心里都明白，这番话根本就是白费口舌，唯一的办法就是耐心等待。

篱路上终于有了动静，不错，他们那辆单马拉的旧双轮轻便马车在栅栏门外出现了。他们看见有一个人下了车，心想这肯定就是他们认识的那个人了，其实这是因为他们知道有一个特殊的人物正要回来，他们在这个特殊的时刻恰好看见这个人从他们家的马车上走下来，所以理所当然地知道这就是他们等候的人。不过说真的，如果他们是在街上遇到他，一定会失之交臂的。

克莱尔太太急忙从黑暗的过道快步走到门口，她的丈夫跟在她的后面，走得稳一些、慢一些。

那个刚下车的人正要进门来，看见了他们两个人焦虑的脸，也看见了他们的眼镜反射出来的亮光，因为他们俩当时正好面对着白天的最后一道夕阳，但是他们看见的却只是他背对着阳光的身形。

"啊，孩子，我的孩子，你终于回家了！"克莱尔太太喊着说，此刻，她对她这个儿子，关心的不再是引发这番离别异端思想之缺陷，而是他衣服上的尘土。其实，世界上的女人，即使是最坚持真理的女人，又有谁会不信服自己的孩子而只信《圣经》里的允诺和恐吓呢？或者说，那些神学理论若是妨碍了孩子的幸福，难道她就不会把她的神学理论当作耳旁风吗？他们一起走进点着蜡烛的亮堂房间，克莱尔太太向儿子的脸上看去。

"啊，这不是安吉尔！不是我的儿子！不是离家前的那个安吉尔呀！"她满腹心酸地说着反话，转过身去擦眼泪。

父亲看见他也大吃一惊。克莱尔最初受到家庭变故的嘲弄打击，心生厌倦，匆匆忙忙跑到异国的风风雨雨里去，在那里遭受了烦恼和恶劣天气的折磨，和以前相比现在他已经瘦得走形了。你看见的仿佛只是他身上的一副骨架，甚至可以看见那副骨架后面的鬼魂。他简直堪比克里维利作的《死去的基督》那幅画了。他眼眶深陷，一脸病容，昔日眼睛里的光彩也消失了。他的那些老祖宗们普遍具有的瘦骨嶙峋和满脸皱纹的特点，已经提前二十年出现在他脸上了。

"你们知道，我在那边大病一场，"他说，"不过现在我已经好了。"

但是事实仿佛急于证明他在说谎似的，他的两条腿支持不住身体了，为了防止跌倒，他只好一屁股坐下来。他感到有点儿轻微的晕眩，那是由于旅途的劳顿和回到家后的兴奋引起的。

"最近有没有我的信？"他问。"你们上次转给我的信，在巴西内地辗转许久，最后完全是碰巧才收到的，否则我会回来得更早些。"

"觉得认为那封信是你的妻子写的，对吗？"

"是的。"

最近寄来的另有一封。因为父母知道他很快就会回家，所以没有把这封信给他转去。

他急忙打开父亲递给他的那封信。从苔丝在匆忙中用潦草的字迹写给他的那封信的字里行间，他读到苔丝向他表达的情意，心情十分激动。

啊，安吉尔呀，为什么你待我这样残忍无情啊！我不应该遭受这样的惩罚啊。我已经前前后后仔细地想过了，我永远永远也不会原谅你了！你知道我不是故意伤害你的，为什么你却要这样地委屈我呢？你待我太狠心了，的确太狠心了！我要用尽全力忘了你。我在你那里，得到的都是委屈呀！

苔丝

"事实如此啊！"安吉尔扔下信说，"她也许永远不会跟我重归于好了！"

"安吉尔，不要如此地为一个土里土气的乡下孩子着急！"他的母亲说。

"一个土气的乡下孩子？哼，那我们都是土气的乡下人。我希望她就是你说的那种土气的乡下孩子，但现在让我把之前没有给你们说明的事再说一说吧，就父系的血统而言，她的父亲高贵得很，是诺曼王朝世家的后人。现在有许许多多像他这样的人，都在村子里过着默默无闻的农民生活，都被人叫作'土气的乡下人'哪。"

不久，他就上床睡了。第二天早晨，他觉得非常难受，就留在自己的房间里，思量着。目前的情形是，当他还在赤道的南面以及刚收到苔丝写给他的那封情意深长的书信的时候，他觉得只要他什么时候肯原谅她，他什么时候就可以回到她的怀抱，这似乎是世界上再容易不过的事，而现在他回来了，事情却似乎不像他以前想的那么轻松了。她是一个感情热烈的人，现在他从刚读到的这封信里更分明地体会到了。由于他对她的冷漠，她对他的心意已经改变了。他悲伤地承认，这种改变也是合情合理的。他在心里问自己，不先写一封信给她，就她去父母的家里合情合理去见她，这是不是明智呢？假如在他们分离后最近这几个礼拜里，她的爱确实已经变成了对他的恨，突然见面也许只能招来一些让他难以忍受的话来。

因此克莱尔想，最好还是先写封信给住在马勒特村的苔丝和她的父母，把自己回来的事告诉他们，但愿苔丝还是像他离开英格兰时对她安排的那样，仍然和她父母住在一起。他当天就把这封打听情况的信寄了出去，快过完一个礼拜的时候，他收到了德贝菲尔德太太寄来的一封短信，但是这封信依然没有解决他的问题，因为信上没有地址，而且让他感到吃惊的是，信不是从马勒特村寄出的。

先生，我写这封短信是为了告诉你，我的女儿苔丝现在已经不在我这里了，我也不知道她什么时候能回来。只要她回来，我就会立刻写信告诉你。她现在暂住在何处，我不便告诉你。我只能说，我以及我的家人已经离开马勒特村一些时候了。

琼·德贝菲尔德

克莱尔从信中看出，苔丝显然目前还是安然无恙的，因此也就放下心来。尽管岳母态度生硬，也不愿意把苔丝的地址告诉他，但这也没有让他难过个没完。很明显，他们都在生他的气。他可以等，直到德贝菲尔德太太再给他写信，告诉他苔丝回来了。从那封信的意思看，她不久就会回来的。全是他的自作自受，因为他是这样一个人，"一有风吹草动，他也就随着动摇"。

他这次出国，出现了一些奇怪的变化，他从所谓的柯勒丽亚（出名的道德楷模）身上，看到了实质上的芳丝蒂娜（传说中的荡妇）；从肉体上的佛瑞丽身上，出名的妓女，身上看到了精神上的鲁克里娅（被奸污而自杀的节烈女子），他还想到了那个被抓来站在大庭广众之前的那个女人，那是一个本应该被石头砸死的女人，他也想到了后来做了王后的乌利亚的妻子。于是他问自己，他对苔丝做出偏激评价的时候，为什么不用理智去推论，只看她有污点的过往？为什么只看行为，不管意向？

又过去了一两天，待一直待在他父亲家里，苦苦等着德贝菲尔德太太答应给他写的第二封信，同时他也渐渐恢复了一点儿力气。他的体力有了好转的迹象，但是琼·德贝菲尔德那却没有一点动静。从前他在巴西的时候，苔丝在燧石山农场给他写过一封情真意切的信，他印象颇为深刻，于是他把他收到的这封信找出来，又读了一遍。他此刻读到这封信，和他第一次读这封信时一样深受感动。

我必须向你哭诉我的不幸——我没有别的人可以朝他哭诉了啊！……要是你还不快点儿到我身边来，或者写信让我去你那里，我想我一定会死的……请你，请你不要只是为了公正，对我发发慈悲吧！只要你来了，我甘愿死在你的怀里！只要你宽恕了我，我死了也感到满足呀！……只要你写一句话给我寄来，说："我很快就会来，"我就等着你，安吉尔……啊，我会高高兴兴地等着你的呀！……你想想吧，我总是见不到你，我心里该是多么痛苦啊！啊，我每天都在受苦啊，我整天都在遭受痛苦，要是我能够让你那颗亲爱的心每天经受一分钟我的痛苦，也许就会使你对你可怜的孤独的妻子深深同情了……只要能和你在一起，即使我做不了你的妻子，而只是做你的奴仆，我也会感到满足，满怀喜悦，所以，我只要能在你身边，能看见你，想着你，我也就甘心了……无论是在天上，还是在人间，哪怕是下地狱，我只渴望一件事……到我身边来吧，把我从威胁中解救出来吧！

看完这封信，克莱尔决心不再相信苔丝最近写的那封措辞严厉的信，并且决定即刻出门去找她。他问父亲，他不在英国期间，苔丝是否来这儿请求过经济帮助。父亲回答说没有，这时候安吉尔才第一次想到这是她的自尊阻止了她来要钱，才想到她大概因为没钱而受了苦了。他的父母这时候也从他的话里知道了他们分离的真正原因。他们的基督教是这样一种宗教——以拯救道德堕落的人为特殊的目的，苔丝的血统、淳朴，甚至她的贫穷，都没有引起他们的恻隐之心，但是她的罪恶却使他们马上激动起来。

他匆匆忙忙地收拾几件旅行用的随身物品，又瞥了一眼也是最近收到的另一封简短的信——那是玛丽安和伊茨寄来的，信是这样的——

"尊敬的先生……如果你像她爱你一样还爱着她的话，请来保护你的妻子吧。"信末的签名是"两个好心人"。

第五十四章

不到一刻钟，克莱尔就离开了牧师住宅，母亲在家里目送他，看见他瘦弱的身影在街道上慢慢地消失了。他谢绝了父亲把那匹老母马借给他的建议，因为他深知家里也需要它。他去客栈租了一辆小马车，急不可耐地等着把车套好。很快，他就坐着马车上了山，出了小镇。就在三四个月之前，苔丝也曾满怀着希望从这条路上下山来，后来又怀着破碎的心情从这条路上上山了。

不久，本维尔篱路就出现在他面前了，只见两旁的树篱和林木都已经长出了紫色的嫩芽，但是克莱尔无心观赏风景，他只是需要根据对这些景物的回忆，来保证自己不会走错路，走了不到一个半钟头，他就来到了王室新托克产业的南端，向山上手形十字柱那个寂寥的地方走去。就在那根象征罪恶的石柱旁边，阿历克·德贝维尔曾经因为要洗心革面的一种冲动，逼苔丝发了一个奇怪的誓言，让她保证永远也不去诱惑他。去年剩下的灰白色的荨麻残茬，现在还光秃秃地留在山坡上，今春新的绿色荨麻正从它们的根部萌发。

于是他就沿着能俯视另外那个新托克的高地的边缘行走，然后向后转弯，进入空气凉爽的燧石山的石灰质地区。在苔丝写给他的信中，有一封就是从这儿寄出的，因此他猜测这里就是苔丝母亲提到的苔丝现在暂住的地方。他在这儿当然找不到苔丝，更让他沮丧的是，他发现无论这儿的农户还是农场主本人，虽然都非常熟悉苔丝的教名苔丝，但是他们从来都没有听说过"克莱尔夫人"这个称谓。自从他们分离以后，苔丝显然从未使用过他的名字。苔丝是一个自尊的人，她认为他们分开了就是完全脱离了关系，所以她就放弃了夫家的姓，宁肯选择受苦受难（他是第一次听说她受了诸多苦难），也不愿去向他的父亲伸手要钱。

他们告诉他，苔丝没有正式通知雇主就离开了此地，已经回黑荒原谷她父母家去好长时间了，因此，他必须再去找德贝菲尔德太太。德贝菲尔德太太在信中告诉他，她现在已经不住在马勒特村了，但奇怪的是她对自己的真实住址却避而不谈，现在唯一能做的只有到马勒特村去打听了。那个曾经对苔丝粗暴无礼的农场主，却对克莱尔不断说着好听的话，还借给他一匹马，派人驾车送他去马勒特村。克莱尔来的时候租的马车，走了整整一天的路程，现在已经回爱敏寺去了。

克莱尔坐着农场主的车走到黑荒原谷的外围，他就下了车，打发车夫把车赶回去，自己则住进了一个客栈。第二天，他步行走进黑荒原谷，找到了他亲爱的苔丝的出生地。时节还早，花园和树叶还不见浓郁的春色，所谓的春天只不过是冬天蒙上了一层薄薄的青绿罢了。这儿正是他朝思暮想的地方。

在这座屋子里，苔丝度过了她的幼年时光，但是现在里面住进了另一家人，根本也不知道苔丝。屋子里新住的人正在花园里专心做自己的事，仿佛那家人从来就没有想过，这座屋子是同别人联系在一起的，除了他们自己而外，那些历史对他来说纯属子虚乌有。他们在花园的小路上走动，想的完全是自己最关心的事情，他们每一刻的活动，都和从前住在这里的那家人的幻影没有调和处，只有冲突。他们说着笑着，仿佛苔丝从前住在这儿的时光里，不曾发生过比现在更叫人激动的事情。就连那些啼叫着在他们头顶上空飞过的春天的鸟儿，也好似不曾觉得少了一个特别的人似的。

问过这些本来就提供宝贵资源却一无所知的人，才知道他们甚至连之前这里住户的名字都不记得。克莱尔向别人打听了一番，才知道约翰·德贝菲尔德已经离世，他的遗孀和孩子们也离开马勒特村了，说是要去金斯庇尔住，但是后来又没有去那儿，而是去了另外一个地方。他们也把那个地方的名字告诉了克莱尔。既然苔丝不在这座屋子里生活了，克莱尔就厌恶起这座屋子来，急忙离开他现在开始讨厌的这个地方，头也不回地走了。

他路经第一次看见苔丝跳舞的那块地里，他像痛恨那座房子一样痛恨那块地，甚至还要更痛恨些。他从教堂的墓地里穿过去，在新竖立的一些墓碑中，他看见一块比其他墓碑设计得更加精美的墓碑。墓碑刻着这样的碑文：

故约翰·德贝菲尔德，本姓德贝维尔乃，乃当年显赫世家，名门望族之嫡传子孙，远祖始于征服者威廉王御前骑士帕根·德贝菲尔德爵士。卒于一八一一年三月十日。

英雄千古

有一个显然是教堂执事的人看见克莱尔伫立于此，就来到他的跟前说："啊，先生，死的这个人原本不想埋骨于此，而是想葬在金斯庇尔，因为他的祖坟在那儿。"

"那他家人为什么不尊重他的意愿呢？"

"啊，他们没有钱啊。上帝保佑你，先生！唉，跟你直说吧，在别处我是不会说的，就是这块墓碑，别看它上面写得冠冕堂皇，其实刻墓碑的钱都还没有付呢。"

"是谁为他刻的墓碑？"

听他这么问，教堂执事就把村子里那个石匠的名字告诉了克莱尔，克莱尔就离开教堂墓地，打听着去了石匠的家里。他一问，教堂执事的话果然是真的，他就把钱付了。他办完了这件事，就转身朝苔丝一家新搬的地方走去。

那个地方太远，不能走路前往，但是克莱尔很想一个人走，所以一开始没有雇马车，也没有坐火车，坐火车会绕点路，但是最终也可以到达那个地方。不过他走到沙斯屯后就走不动了，觉得非雇车不可了，便雇了辆车，路上不好走，一直到晚上七点钟才到达琼住的地方。从马勒特村到这儿，他已经走了二十多英里了。

村子很小，他轻而易举地找到了德贝菲尔德太太租住的房子，只见那房子在一个三面围墙的园子中间，离大路很远。德贝菲尔德太太把她那些笨重的家具尽量都塞在房子里。很明显，她不想见他肯定事出有因，因此他觉得他这次拜访实在有些唐突。德贝菲尔德太太到门口来见他，夕阳照着她的脸庞。

这是克莱尔生平第一次见她，不过他心事重重，没有仔细察看，只见她是一个漂亮女人，穿着得体的寡妇长裙。他只得向她解释说，他是苔丝的丈夫，又说明了他来此的目的，他说这番话的时候难堪极了。"我希望能马上见到她，"他又说，"你说你会再给我写信，可是你也没有写。"

"因为她根本没有回家呀！"琼说。

"你知道她现在还好吧？"

"我不知道。这可是你应该知道的呀，先生！"她说。

"你说得很对。她现在在哪里住呢？"

谈话一开始，琼就露出为难的神情，她用一只手摩挲着自己的脸。

"我——我也不太清楚她住什么地方。"她回答道，"她之前——不过——"

"她前一段时间住在哪儿？"

"唔，她不在那儿住了。"

她说话时支支吾吾闪烁其词，又住口不说了。这时候，有几个小孩子来到门口，用手扯着母亲的裙子，其中最小的一个嘀咕着说——

"要和苔丝结婚的是不是这位绅士呀？"

"他早就和苔丝结婚了！"琼小声说，"进屋去吧。"

克莱尔看见她竭力不想告诉他，就问："你觉得苔丝想不想让我去找她？如果她不希望我去，那么——"

"我想她不希望你去找她。"

"你确定吗？"

"我确定她不希望你去找她。"

他转身正欲走开，又想起苔丝写给他的那封情深义重的信来。

"我敢肯定她希望我找她！"他激动地反驳道，"我比你了解她。"

"那也是有可能的，先生，因为我从来就没有把你们的事情弄清楚呢。"

"请你告诉我她住在哪里吧，德贝菲尔德太太，怜悯一下我这个孤苦的伤心的人吧！"

苔丝的母亲看见他如此难过的样子，又心神不安地用一只手一上一下地摸了摸自己的脸，终于小声地对他说："她住在桑德波恩。"

"啊——在桑德波恩的何处呢？他们说桑德波恩已经成了一个大地方了。"

"除了桑德波恩外，更具体的我也不知道了。因为我自己从来就没有去过那儿。"

很明显，琼的话是真的，所以他也就没有再追问她。

"你们现在缺什么吗？"他关切地问。

"不缺什么，先生，"她回答说，"我们过得还不错。"

克莱尔没有进家门就转身离去了。前面三英里的地方有一个火车站，他把坐马车的钱付清了，就步行向火车站方向走去。开向桑德波恩的火车不一会儿就开了，克莱尔就坐在火车上离去了。

第五十五章

当晚十一点，克莱尔一到桑德波恩，就立刻找了一家旅馆，安置好睡觉的地方后，发电报把自己的地址告诉了父亲，然后就出门走到街上。这时候再去拜访什么人或打听什么人实在太晚了，他只好无可奈何地把寻找苔丝的事拖到明天早晨。不过他仍然不肯回旅馆休息。

这是一个东西两头都有火车站的时尚人物常去的海滨胜地，它的凸起的大堤、成片的松林、散步的场所、带棚架的花园，在安吉尔·克莱尔眼里，就像是上帝用魔杖一挥突然创造出来的神话世界，只是地面上到处都有一层薄薄的沙土。这一地区，是广大的爱敦荒原东部向外突出的地带，爱敦荒原那么古老，然而就在黄褐色的这一部分的边缘，一个辉煌新鲜的娱乐城市却横空出世。在它郊外一英里的范围内，起伏不平的土壤保持着洪荒以来的原始风味，条条道路仍然是当年大不列颠人踩出来的，自从恺撒时代以来，那儿的土地一寸也没有被翻动过。然而种种外来的风物还是像先知的蓖麻一样，已经在这儿蓬勃生长起来了，并且还把苔丝也吸引到了这儿。

这个新世界是从旧世界中破壳而生的，克莱尔借着夜晚的街灯，在蜿蜒曲折的道路上来回走着。他能够在星光里看见掩映在树木中的高耸的屋顶、烟囱、凉亭和塔楼，这个地方是由无数新奇的建筑物组成的。它是一座由一栋大厦构成的城市，是坐落在英吉利海峡上的一处地中海休闲胜地。现在从黑夜里看，比平时显得更加雄伟壮观。

大海就在附近，但是没有不谐调的感觉。大海传来阵阵涛声，他听了以为是松林发出的涛声，而松林发出的涛声和海涛完全一样，他以为听见了海涛。

在这座富丽堂皇的城市里，他年轻的妻子苔丝、一个乡下姑娘，会在哪里？他越是思考，越是疑惑，这儿也有奶牛需要挤奶吗？这儿肯定没有需要耕种的土地呀！她最大的可能是被某个大户人家雇去干活。他继续走着，看着一个个房间的窗户，窗户里的灯光一个接一个灭了，但是他无从得知她在哪一个房间里。

猜想毫无用处，十二点刚过，他就回到旅馆，上床睡觉了。熄灯之前，他把苔丝那封感情热烈的信重读了一遍。但是，他一点睡意也没有——他离她如此近，可是又如此遥远。他不停地把百叶窗拨开，向对面那些房子的窗子打量，想知道这时候苔丝睡在哪一个窗户下。

整整一夜，他几乎都是坐着度过的。第二天早上七点钟他就起了床，不一会儿就走出旅馆，向邮政总局走去。他在邮政总局门口碰见一个利索的邮差，正拿着信从邮局走出来，去送早班信。

"你知道一个叫克莱尔夫人的地址吗？"安吉尔问。

那个邮差摇了摇头。

克莱尔随即想到她可能还在继续使用没结婚以前的姓，又问："那你知道德贝菲尔德小姐吗？"

"德贝菲尔德？"

这个邮差仍然不知道。

"先生，你知道，前来观光的人每天有来的也有离去的，"他说，"要是不知道他们的住址，你根本不可能找到他们。"

就在这时，又有一个邮差匆匆忙忙地从邮局里走出来，克莱尔又向他问了一番。

"我不知道什么姓德贝菲尔德的人，却有一个姓德贝维尔的，住在苍鹭。"第二个邮差说。

"不错！"克莱尔心想苔丝改用了她本来的姓了，心里一喜，大声喊着说，"苍鹭在什么地方？"

"苍鹭是一家时尚公寓。上帝啊，这里可到处都是豪华公寓呀。"

克莱尔向他们打听了去那家公寓的路，就急急忙忙地去找了，他找到那家公寓的时候，送牛奶的也到了那儿。苍鹭虽然是一座寻常的别墅，但是它有自己单独的院子，看样子像一处私人住宅，想找公寓的人肯定是没人会找到这儿的。他心里思量着，可怜的苔丝恐怕是在这儿当女仆，若那样的话，她就会到后门那儿去接牛奶，因此他也想去后门，不过他犹豫了一会儿，还是转身来到前门，按响了门铃。

当时时间还早，女房东自己出来开了门。克莱尔就向她打听苔瑞莎·德贝维尔或者德贝菲尔德。

"德贝维尔夫人？"

"是的。"

那么，苔丝还是表明了自己已婚的眼了，他感到很高兴，尽管她没有用他的姓。

"能不能请你转告她，就说有一个亲戚想见她？"

"现在还太早。那么我对她说你叫什么名字呢，先生？"

"安吉尔。"

"安琪儿？"

"是安吉尔，这是我的名字，她知道的。"

"我去看看她醒了没。"

克莱尔被带到了前厅，也就是餐厅，他透过弹簧窗帘的缝隙向外看，只见外面有一个小草坪，上面生长着一丛丛杜鹃和别的灌木。显然，她的处境不像他担心的那样糟糕。他心里突然想到，她一定是想办法把那些珠宝取出来卖了才过上这种日子的。他一点也没有责备她的意思。不一会儿，他敏锐的耳朵听到楼上响起了脚步声，这脚步好像踩在他的心坎上，使他的心咚咚直跳，难受得几乎站不稳了。"天哪！我现在变成了这副样子，她会怎样看我呢！"他对自己说。房门打开了。

苔丝出现在门口，完全不是他预先想象的样子，却和他想象的完全相反，这使他困惑不解了。她本来就天生丽质，穿上那一身服装，即使不说是更美了，那也是更加亮丽出众了。她穿着一件宽松的浅灰色开司米晨衣，上面绣着颜色素净的花纹，脚上的拖鞋也是浅灰色的。她的脖子四周是晨衣的那圈细绒褶边，她那一头让他刻骨铭心的深棕色头发，一半挽在头上，另有一小半披散在肩上——那显然是她匆忙下楼的缘故。

他伸出胳膊欲去拥抱她，可他随即又把胳膊放了下来，因为她仍然站在门口，没有向他走过来。他现在形销骨立，不像人样，因此他觉得他们的差别太大了，认为是他的样子吓到苔丝了。

"苔丝，"他说话的声音已经沙哑了，"我抛下你，你能原谅我吗？你能不能——走过来？你日子过得好吧？一直像这样过日子？"

"太晚了。"她说，她的冷冷的声音在房间里响着，她的眼睛也不自然地眨着，眼神飘忽。

"从前我错怪你了——我没有把你看成本来的你！"他继续恳求说，"我最亲爱的苔丝，后来我知道自己错了！"

"太迟了，太迟了！"她大声说，摆着手，就像一个强忍痛苦的人再也无法忍受了，觉得一分钟漫长得赛过一个小时。"不要到我的跟前来，安吉尔！不，你别走过来。你走开吧。"

"可是，我亲爱的妻子，就因为我病成了这个样子你就不爱我了吗？你可不是一个反复无常的人啊！我是专门来找你的呀，我的父母现在都欢迎你了！"

"是的，哦，是的，是的！不过我说过了，我说的是这一切太迟了。"

苔丝的感觉似乎是一个在梦中逃难的人，一心想逃走，却又无法逃离。

"难道你还不知道始末吗？你还不知道吗？如果你不知道，你又是怎么找到这里来的？"

"我四处打听，才知道你在这儿。"

"我等你，等了又等。"她喃喃地说，说话的时候又突然恢复了从前的凄婉伤感。"但是你一直一直不回来啊！我给你写信，你还是不回来！他也不断地对我说，你再也不会回来了，还说我是一个傻女人。他对我很好，对我母亲也好，在我的父亲死后他对我家里所有的人都好。他——"

"我不懂你在说什么。"

"他又诱使我跟了他呀。"

克莱尔猛地看了她一眼，明白了她的意思，就像得了瘟疫一样突然瘫痪

402

下来，眼神也低垂下去，落在了她的一双手上，那双手曾经因干活而红扑扑的，现在变白了，更加细嫩了。

她继续说："他现在在楼上，我恨死他了，因为他骗我说——说你不会再回来了，可是你却回来了！这身衣服也是他让我穿的，他要怎么样，我都无所谓了！可是，安吉尔，请你走吧，再也不要到这里来了，好不好？"

他们两个人呆呆地站着，无助极了，两双眼睛满含悲伤，任谁看了都会替他们难过。两个人似乎都在乞求什么，好让自己躲藏起来，逃避开这残忍现实。

"啊，都是我的过错呀！"克莱尔说。

但是他说不下去了。此时此刻，说与不说，都同样表达不出自己的情绪。不过他还是模模糊糊地意识到一件事，尽管他这种意识当时并不清晰，后来他才想明白。那就是，苔丝在精神上已经不承认站在他面前的这副躯体是她自己的了，她的身体就像河流里的一具死尸，她让它随波逐流，正在朝脱离她生命意志的方向漂去。

过了一会儿，他发现苔丝已经离去了。他又呆呆地站了一会儿，他的脸色变得越来越冷，越来越憔悴，又过了一两分钟，他走到了街上，却连自己也搞不清在向什么地方走。

第五十六章

布鲁克斯太太，这个苍鹭的房东和主妇，所有豪华家具的主人，并不是一个爱管闲事的人。这个可怜的女人，长期以来一直把自己束缚在赚钱和赔钱这些数字魔鬼身上，以至于被物质化了，除了算计怎样从她的房客口袋里掏出钱来以外，对其他的事情已经没有多少兴趣了。尽管如此，安吉尔·克莱尔对她这两个阔绰的房客德贝维尔先生和夫人（她是这样认为的）的拜访，从时间上和态度上看都极不寻常，这就引发了她作为女人的好奇心，本来她一直抑制着这种女人的好奇之心，因为她认为这种好奇除了对出租业务能发挥一点作用以外，没啥用处。

苔丝是站在门口和来客说话的，没有走到饭厅里去，布鲁克斯太太站在她自己的卧室里，房的门半开着，因此她能够零零星星地听见两个悲伤灵魂之间谈话的一言半语——也不知道这场谈话是否可以称作谈话。她听见苔丝踩着楼梯回到了楼上，也听见克莱尔起身出了门，听见他出门时把前门关上了的声音。接着，她听见楼上的房门关了，知道这是苔丝走进了自己的房间。因为这个年轻的少妇还没有完全整理好着装，因此布鲁克斯太太推测，苔丝一时半刻不会下楼。

于是她轻轻地走到楼上，站在前方那个房间的门口，前面的部分是作客厅用的，在它的后面则按通常的方法安置了折门，和另外一个用作卧室的房间连接在一起。布鲁克斯太太最好的套间就在这楼上，现在被德贝维尔按礼拜租住了。现在后屋静悄悄的，不过前屋有动静。

她最初能够分辨出的只是一个音节，像低声呻吟，不断重复着，仿佛是被绑在伊克西翁火轮上的灵魂发出的声音——

"哦——哦——哦！"

接着停了一小会儿，然后又听到一阵沉重的叹息，跟着又是——

"哦——哦——哦！"

房东透过钥匙孔中朝里看。她只能看见室内很小一块地，但是在看见的那一点地方，早餐桌的一角露了出来，只见桌子上的早餐已经摆好了，旁边放着两把椅子。苔丝正跪在椅子前面，头趴在椅子座上，她用两只手抱着头，身上穿的晨衣的下摆和睡衣的花边拖在身后的地板上，两只脚伸在地毯上，脚是光着的，拖鞋也甩掉了。那种无以言喻的绝望的哀号声就是从她的嘴里发出来的。

接着紧邻的卧室里传出来一个男人的声音："你怎么啦？"

她没有回答，继续呻吟着，与其说是解释，不如说是自言自语。但与其说是自言自语，又不如说是哀鸣。布鲁克斯太太只能听出一部分——

"现在我那亲爱的丈夫回来了，他来找我了……我却什么也不知道呐！……都是你残忍地欺骗了我……你欺骗我的话一直就没有停止过，没有！你没有停止过骗我！我的弟弟妹妹，还有我的母亲，他们需要帮助，你就靠这些来挟持我……你说我的丈夫永远也不会再回来的——永远不会的。你还嘲笑我，说我傻，老等着他！……后来我信了你的话，听了你的安排！……可是刚才他回来了！现在他又走了，再一次走了，现在我永远地失去他了……从今往后，他是一丝一毫也不会再爱我了——只会恨我了呀！唉，是啊，我又失去他了，是因为——你！"

她在椅子上痛苦地抽搐着，把头扭向了门口，布鲁克斯太太看到了她脸上的痛苦表情，她的嘴唇已经被牙咬出了血，她的眼睛紧闭着，长长的睫毛被泪水打湿了，沾在脸上。她又继续哭诉："他快要死了！他看起来快要死了！……我的罪孽没有要我的命，却要了他的命了！……啊，你把我这一生彻底毁了……我哀求过你，要你怜悯我，不要毁了我，可你还是把我毁了！……我真正的丈夫永远永远也不会——啊，上帝啊——我受不了啦——我再也受不了啦！"

卧室里的男人说了许多刺耳难听的话，接着就是一阵衣裙的窸窣声，苔丝跳了起来。布鲁克斯太太以为苔丝要冲出门来，就赶紧溜回到楼下去了。

但是苔丝没有冲出来，因为起居室的门没有打开。不过布鲁克斯太太认为再到楼梯口去偷看不保险，就回楼下自己的起居室去了。

　　虽然她在楼下留神听着，但是她什么也听不见，于是她就进厨房去把刚才没有吃完的早餐吃完了。不久她又出了厨房，来到一楼前面的房间做一些针线活，一边等着房客打铃叫她去收拾桌子，因为她很想自己去看看究竟发生了什么事。她静静地坐着，听见头顶的楼板有轻微的吱呀声，仿佛有人在上面走动。不久，楼上的动静有了解释，因为她听见了一阵衣裙擦在楼梯栏杆上的沙沙声，听见了前门打开又关上的声音，接着就看见苔丝走出了栅栏门，向街上走去。她现在已穿戴整齐了，和初来的时候一样，完全是富家小姐出门时的装扮，仅有的不同是她把帽子上黑色羽毛旁边面纱拉下来罩住了脸。

　　布鲁克斯太太没有听到她的两个房客在门口说什么告别的话，不管是暂别还是久别的话都没有说。可能他们吵架了，或者是因为德贝维尔先生还在睡觉，因为他爱睡懒觉。

　　她又回到了后面的那间屋，坐在自己房间里继续做针线活。那个女房客没有回来，那个男房客一直也没有打铃。布鲁克斯太太觉得蹊跷，猜测他迟迟没有起床的原因，也思忖想着今天一大早来这儿的那个人同楼上的那一对儿是什么关系。想着想着，她不由得向后靠在椅子上。

　　在她向后靠去的时候，她的眼睛不经意地往天花板上看了看，被白色天花板中间一个她以前没有注意到的小点吸引住了。她刚发现那个小点的时候，它还只有一块饼干大小，但是它迅速扩大了，变得有她的手掌那么大了，接着她还看出它呈现出红色。在长方形的白色天花板中间，有一个红色的小点出现在上面，看上去就像一张巨大的红桃A扑克牌。

　　布鲁克斯太太感到疑惑，心咚咚地跳起来。她站到桌子上，用她的手指头摸了摸天花板上的那片红迹。那片污渍还是湿的，她觉得像是血迹。

　　她跳下桌子，走出起居室，上了楼，想进入客厅后面那间用作卧室的房间里去看个究竟。但是，她此刻却成了一个胆怯的女人，怎么也不敢去拧门上的把手。她又听了听，房间里只有一种极有规律的滴嗒声，除此之外什么动静也没有。

滴答，滴答，滴答。

布鲁克斯太太急忙下了楼，打开前门，跑到大街上。这时有一个男人路过，这个男人在邻近的别墅里干过活，所以她认识这个人。她请求那个男人和她一起上楼进屋去看看情形。因为她担心她的房客中有一个发生了不测。那个工人就跟着她上了楼梯。

她把客厅的门打开，站到一旁，让那个工人先进去了，她才跟在他的后面走进去。客厅里空荡荡的，早餐还摆在桌子上，有咖啡、鸡蛋、冻火腿，但是早餐一动也没有动，和她刚摆上去时一模一样，只是那把切肉的餐刀不见了。于是她让那个工人从折门进入紧邻的卧室去看看。

他把折门打开，往里走了一两步，立刻就神情紧张地退了回来。"我的天啊，躺在床上的那个人已经死了！我想他是被人用餐刀杀死的——血流了一地，到处都是。"

他们立刻报了警，于是近来一直非常安静的这座别墅，里面响起了嘈杂的脚步声，在那一群人前面，是一个外科医生。他发现死者胸前的伤口虽然不大，但是刀尖已经刺穿了死者的心脏，死者仰面躺在床上，脸色苍白，身体僵硬，显然他已经死了，似乎他在被刺了一刀以后几乎就没有挣扎过。一刻钟之后，一个暂时到这个城市来玩的人被人杀死在床上的消息，就传遍了这个时髦城市的大街小巷了。

第五十七章

与此同时，安吉尔·克莱尔正沿着他来时的路往回走，进了他住的旅馆，一双眼睛茫然地瞪着，坐了一会儿去吃了早饭。他食不甘味地又吃又喝，然后突然吩咐结账。付完了账，就提起来时随身携带的唯一行李——一只装洗漱用具的小旅行袋，出了旅馆。

正当他要离开的时候，一封电报送到了他手上——那是他的母亲给他发来的，只有寥寥数语，说是他们收到了他的地址，很高兴，同时还说，他的哥哥卡斯伯特向美倩·契尔特求婚，美倩小姐已经答应了。

克莱尔把电报揉成一团，扔了，然后向火车站走去，到了之后，才知道还要等一个多小时火车才会开走。他便坐下来等候，等了一刻钟的时间，就觉得再也等不下去了。他的心已破碎，感觉麻木，再也没有什么急着要去办的事了。但是，他在这个城市里有了这样一番经历和感受，就希望赶紧离开此地，于是他转身向另一个车站走去，打算在那儿上火车。

他走的是一条宽阔的大路，前面不远，大路就跌入一个山谷，朝远处看，大路从山谷的这一端到另一端穿谷而过。他把山谷中这一侧的道路走了一大半，然后走上了西边的山坡，在他停下来喘口气的时候，无意间回头看了一眼。为什么向后看，他自己也说不清楚，不过似乎有一种力量逼着他非向后看不可。只见身后的那条大路像一根带子，越远越细，但是当他回头看的时候，在那条空旷的白色大路上出现了一个移动着的小点。

那个小点是一个奔跑的人影。克莱尔隐隐约约地觉得那个人是来追赶他的，就停下来等着。

跑下山坡的人是一个女人，不过他完全没有想到会是他的妻子苔丝跟着他追来。他现在所见的她已经完全换了装束，所以在她走得很近的时候，他也没有认出是她。直到她走到了他的面前，他才敢相信她就是苔丝。

"我看见你——离开火车站，刚好在我走到那里之前，我就一路追来了！"

她脸色惨白，跑得上气不接下气的，身上的每一块肉都在颤抖，他什么也没说，只是抓住她的一只手，把它夹在自己的腋下，带着她往前走。为了避免遇见其他行人，他就离开大路，走进枞树林中的一条小径。当他们走进了枞树林的深处，听见枞树枝叶在风中呜咽的声音时，他才停下来，带着疑惑不解的神情看着她。

"安吉尔，"她说，仿佛在等着他问她，"你知道我为什么一路追来吗？告诉你吧，我已经把他杀了！"她说这话的时候，脸上露出一点儿可怜的惨笑。

"什么？！"他看到她奇怪的神情，以为她神经错乱了，就问她。

"我真的杀了他——我不知道我是怎么将他杀掉的。"她继续说，"安吉尔，我杀他是为了你，也是为了我自己。早在我用棉手套打他的嘴的时候，我就想过，由于他在我年幼无知的时候设陷阱害了我，又通过我间接地害了你，总有一天我也许会杀了他。他又来这儿拆散了我们，毁了我们，现在他再也不能破坏我们了。安吉尔，我从来就没有像爱你一样爱过他。这你是知道的，是吧？你一直不肯回来找我，我是万般无奈才跟了他的。你为什么要抛下我呢——当时我那样爱你，你为什么要离我而去呢？我想不明白你为什么要离开我。但是我不怨你。只是，安吉尔，既然我已经把他杀了，你能不能宽恕我对不住你的罪过？我一路跑来的时候，我就想，你一定会因为我杀了他而原谅我的。杀他的想法就像一道亮光，让我感到只有那样你才能回到我身边。我再也不能忍受失去你了！我完全无法忍受你不爱我，这你何曾知道！现在你对我说你爱我吧，亲爱的亲爱的丈夫，既然我已经把他杀了，对我说你爱我吧！"

"我真的爱你，苔丝——啊，我真的很爱很爱你！全部的爱都回来了！"他热烈地把她拥到怀里说，"可是你说你把他杀了这句话是什么意思呢？"

"我的意思是说我真的把他杀死了。"她喃喃地说，恍如在梦里一样。

"什么，你真的杀了他？他死了吗？"

"不错。他听见我在那儿为你痛哭，就尖刻地嘲弄我，用难听的话骂你，后来，我就把他杀了。我心里忍受不了啦。他以前就常常因为你而挖苦我。然后我就穿好衣服出来找你了。"

克莱尔开始慢慢地相信，她至少也是动过杀机，想做她刚才说的事。他一方面对她的杀机感到恐惧，一方面又惊讶于她对他自己的爱情竟有如此大的力量，惊讶这种奇特的爱情，为了爱情，她竟然完全不顾道德。由于还没有意识到她的行为的严重后果，她似乎终于感到了满足，她伏在他的肩上，高兴地哭着。他看着她，疑惑在德贝维尔家族的血统中究竟有什么秘密特点，才会导致苔丝这种精神错乱的举动——如果那只是一种错乱举动的话。他突然在心里想到，之所以会有关于马车和凶杀的家族传说，大概就是因为知道德贝维尔家族里出过这类事情。同时他也按照他混乱的和激动的情绪推理，认为苔丝只是在她提到的过度悲伤下一时失去了心理平衡，才陷入这种罪恶的渊薮。

这件事若是真的，那就太可怕了，如果只是一种暂时的幻觉，那也太令人伤悲了。不过不管怎样，现在站在他面前的就是曾经被他抛弃了的妻子，这个感情热烈的女人正紧紧地靠着他，一点也不怀疑他就是她的保护者。他看出来，她一定觉得，在可能的范围内，她认为他一定会做她的保护者。柔情终于彻底战胜了克莱尔。他用他苍白的嘴唇不停地吻她，同时握住她的手，说："我再也不会离开你了！我最亲爱的人，不管你是杀了人还是没杀人，我都会尽我的一切力量保护你！"

于是他们仍在树林里继续往前走，苔丝不时把头转过去，看一看她亲爱的安吉尔，虽然他疲惫不堪，一脸憔悴，但是在她眼里，他却依然完美无瑕。无论是形体容貌，还是心灵道德。他仍然是他的安提诺俄斯（美男子），甚至是她的阿波罗。他那张满是病容的脸，今天在她爱情的眼光看来，还是和她初次见到他的时候一样，像朝阳一样美丽，因为在这个世界上，只有这张脸的主人曾经真挚地爱过她，也只有这个人相信她是一个纯洁的人。

凭直觉，他感到现在不能像他原先想的那样去镇外的第一个车站了，这里的枞树林绵延数英里，于是他们仍然往枞树林的深处奔去。他们互相搂着对方的腰，踩着枞树干枯的针状叶子漫步。他们意识到他们终于又在一起了，在这里没有任何人来打扰，于是他们便把那具死尸抛诸脑后，沉浸在如痴如醉、似梦似幻的氛围中。他们就这样向前走了好几英里，直到苔丝惊醒了，看看四周，胆怯地问："我们这是要去哪里呢？"

"我也不知道，最亲爱的。怎么啦？"

"我也不知道。"

"哦，我们再往前走几英里吧，等天黑，我们再找个地方住吧。也许，我们可以找到一个僻静的草屋住一晚上。你能走吗，苔丝？"

"啊，能走！只要你搂着我，我就能永远永远走下去！"

总的来说，也只能如此了。因此他们就加快了步伐，避开大路，沿着偏僻的小路一直往北走。整整一天，他们的行动都恍恍惚惚，不切实际，没有明确的目标。他们两个人似乎谁也没有去想逃跑的有效办法，比如化装或者长期躲藏。他们就像两个小孩子，所有的想法都是临时的，不加防范。

中午时分，他们靠近了一个路边的客栈，苔丝想和克莱尔一起进去吃点儿东西，但是他劝她还是留在此地，待在这块差不多还是林子的灌木丛里，等着他回来。她穿的衣服是当时时尚的样式，就是她带的那把象牙伞柄的阳伞，在他们信步抵达的这个偏僻地方，也是没有人见过的东西。这些时兴的物品，一定会引起酒店里坐在长椅上的人的注意。不久安吉尔就回来了，带回来够六个人吃的食物，还有两瓶酒，这些东西，即使有什么意外发生，也够他们支撑一两天的了。

他们在一些枯树枝上坐下来，一起享用食物。在一两点钟之间，他们把没有吃完的东西包好带着，又继续朝前走。

"我感到我有了无穷的力气，无论走多远我都走得动！"她说。

"我想我们也许应该去内地，在内地我们可以躲一些时日。除了靠近沿海的一些地方，他们很可能不会去内地追捕我们，"克莱尔说，"躲一段时间，等他们把我们忘了，我们再从某个港口出去。"

她什么也没说，只是紧紧地握住他的手，于是他们继续往内地走去。虽然那时候是英国的五月，可天气却格外晴朗，下午天更加暖和。后来他们又沿着那条小路走了许多英里，一直走进了叫作新林的树林深处。到了傍晚，他们从一条篱路的拐弯处绕过去，看见一条小溪，溪上有一座小桥，小桥后面有一大块木板，上面用白色的油漆写着几行大字："吉房出租，家具齐全。"下面写着详细说明，以及同某几个伦敦代理机构联系的地址。他们走进栅栏门，只见这座房屋是一座古老的砖建筑，式样整齐，面积很大。

"我知道这座房子，"克莱尔说，"这是布兰夏斯特庄园。你看，门关着，走道上都长满了草，应该长期无人居住了。"

"可是有几个窗户还开着哪！"苔丝说。

"我想那是让房间通风的。"

"所有的房间都空着，可是我们连一个住处都没有！"

"你一定累坏了，我的苔丝！"他说，"我们很快就能休息。"他吻了吻她那凄楚的嘴唇，又带着她往前走。

他也同样渐渐感到累了，因为他们已经走了十二英里至十五英里的路程，所以他们必须考虑休息问题了。他们远远地望着那些独立的小屋和小客栈，很想找一个客栈住下来。但是他们又不敢，只好躲开了。走到后来，实在迈不动脚步了，他们只好停下来不走了。

"我们能不能在树下睡觉呢？"她问。

克莱尔认为还没有到在外面睡觉的节气，恐怕寒气会伤身。

"我一直在想我们路过的那座空房子，"他说，"让我们再回那座房屋那里去吧。"

他们又迈开脚步往回走，走了近半个小时，才走到他们先前路过的栅栏门外。他让苔丝先在外面等着，自己进去看看有没有人。

苔丝在栅栏门内的灌木丛中坐下来，克莱尔悄悄地向屋内走去。克莱尔进去了相当长一段时间，回来的时候都把苔丝急坏了，当然她不是为自己着急，而是替他着急。他找到了一个小孩子，从他那里打听出，看管房子的是一个老太太，她住在附近一个村子里，只有在天气好的时候才会到这里来打开窗户透透气，要等太阳落山了她才来把窗户关上。"现在，我们可以从楼下的一个窗户爬进去，在里面睡上一觉了。"他说。

　　苔丝由他保护着，慢慢地向正门走去。百叶窗关上了，它们像失明的眼珠，拒绝让人偷看。他们又向前走了几步，来到门口，门旁有一个窗户是开着的，克莱尔翻身爬了进去，接着又把身后的苔丝拉了进去。

　　除了大厅，所有的房间都漆黑一团，他们就轻轻上了楼。楼上所有的百叶窗也都关得紧紧的，让空气流通的工作敷衍了事，至少那天是这样，因为只有前面大厅的一个窗户和楼上后面的一个窗户开着。克莱尔打开一间寝室的门闩，摸索着走进去，把百叶窗打开了两三寸。一束刺眼的阳光照进房间，照出了笨重的旧式家具，红色的锦缎窗帘，还有一张有四根柱子的大床。那张大床的床头雕刻着奔跑的人物，显然描绘的是阿塔兰塔赛跑的故事。

　　"终于可以休息了！"克莱尔把他的小旅行袋和食物包放下说。

　　于是他们两个人极其安静地待在房间里，等着照看房子的人前来关窗。为了小心起见，他们又把百叶窗照原样关好，让他们完全隐藏在黑暗中，以防止照看房子的那个老太太因为偶然的原因把他们房间的门打开。在六七点的时候，老太太来了，不过并没有到他们躲藏的那间房子去。他们听见她把窗子关上，拴好插销，然后就走了。接着克莱尔又悄悄把窗户打开一点，透进来一些光亮，一起把晚饭吃了。苍茫的夜色渐渐袭来，他们没有蜡烛驱散黑暗，也就只好依偎在黑暗中了。

第五十八章

那个夜晚特别阴沉，特别宁静。半夜过后，苔丝悄悄地对他讲述了他梦游的故事，说他如何在睡梦里抱着她，冒着两个人随时都会掉进河里淹死的危险，从佛卢姆河的桥上走过，把她放在寺庙废墟的一个石棺里。直到现在苔丝告诉了他，他才知道这件事。

"你为什么不第二天就告诉我呢？"他说，"也许你告诉了我，就可以避免许多的误会和痛苦了。"

"过去了的事就不要再想了吧！"她说，"除了我们的此时此刻以外，我什么都不去想。我们别去想了！又有谁知道明天会发生些什么呢？"

不过第二天却并没有悲伤痛苦。早上雾浓潮湿，克莱尔昨天已经听人说过，照看房子的人只有在天晴的时候才来开窗，所以他就让苔丝留在房间里继续睡觉，自己大胆地走出房间，把整座房子察看了一遍，屋里虽然没有食物，但是有火。于是他就利用浓雾天，走出屋子，到两三英里以外的一个小地方的店铺里，买了茶点、面包和黄油，还买了一把铁皮水壶和一个酒精灯，这样他们就有了不冒烟的火了。他回来时把苔丝惊醒了，于是他们就一起吃他买回来的东西，作为一顿早饭。

他们都不想去外面，只是待在屋里。白天倏忽而逝，夜晚来临了。接着是另一天，然后又是另一天，不知不觉地，他们就在这绝对隐蔽的地方度过了五天，没见到一个人影，也没听到一点人声，不曾有谁来打扰他们的平静。天气变化是他们唯一的大事，陪伴他们的动物也只有树林里的鸟儿们。他们彼此心照不宣，几乎一次也没有提起过婚后的任何一件事情。他们中那段悲伤的日子似乎消失在开天辟地之前的混沌中了，之前的和现在的欢乐时光又重新衔接起来，仿佛从来就不曾中断似的。每当他提议离开他们躲藏的屋子到南桑普顿或者伦敦去，她总是令人费解地表示不愿意离去。

"一切都是这样和谐甜蜜，我们为什么要结束它呢！"她恳求道，"该来的总是躲不掉的。"她透过百叶窗的缝隙看着外面说："你看，屋外都是痛苦，屋内才是美满啊。"

他也向外面看去。她说得完全正确，屋内是爱、和谐、宽容；屋外却是冷酷、无情。

"而且——而且，"她将自己的脸贴到他的脸上说，"你现在待我这样好，我担心也许不会长久。我多希望永远拥有你现在这份情。我多么不愿意失去它呵。我宁愿在你瞧不起我的那一天到来之时，我已经死了，埋掉了，那样我就永远不会知道你瞧不起我了。"

"我永远也不会看不起你的。"

"我也希望如此，可是一想到我这辈子的遭遇，我总以为别人迟早会看不起我的……我真是一个恶人，简直疯了！可是从前，我连一只苍蝇、一个小虫子都不敢伤害，看见被囚禁在笼子里的小鸟，也常常要悲伤流泪。"

他们在那座屋子里又待了一天。晚上，阴沉了多日的天放晴了，因此次日照看房子的老太太很早就在她的茅屋里睡醒了。灿烂的朝阳使她神清气爽，于是决定立即就去把那座屋子的窗户打开，利用这么好的天气让空气流通。因此在六点钟以前，她就来到了那座屋子，打开了楼下房间的窗户，接着又去楼上开卧室的窗户。她来到克莱尔和苔丝藏身的那个房间门口，就用手去转动门上的把手。就在这时，她仿佛听见房间里有人呼吸的声音。她脚上穿着便鞋，年纪又大，所以走到房间门口也没有弄出一点儿动静。她听见声音，就下意识地退了回去。后来，她又想也许是自己听错了，就又转身走到门口，轻轻地拧门上的把手。门锁已经坏了，但是有一件家具被挪过来，从里面把房门挡住了。老太太无法完全打开房门，只打开了一道缝。早上的阳光穿过百叶窗的缝隙，照在一对正在酣睡着的人的脸上，苔丝的嘴半张半阖，就像是开在克莱尔的脸旁的一朵鲜花。照看房子的老太太看见他俩睡在那儿，看起来那样纯真，她看见苔丝挂在椅子上的长裙，看见长裙旁边的丝质长袜和漂亮的小阳伞，发现苔丝没有别的衣物，她被他们的华丽高雅深深

415

打动了。最初她以为他们是妓女流氓，心里十分气愤，现在看来他们却好像是上流社会一对私奔的情侣，于是心中的愤怒便化作了一阵怜悯之情。她又把门关上，像来的时候那样轻轻地离开，找她的邻居商量她的奇特发现去了。

老太太离去后不到一分钟，苔丝就醒了，接着克莱尔也醒来了。他们两个人都觉得发生过惊扰他们的事，但是他们又说不清楚是什么事，因此他们心中的不安情绪也就越来越强烈了。克莱尔穿好衣服，立即从百叶窗上两三寸宽的窄缝中向外察看情形。

"我想我们必须立即离开此地，"他说，"今天是个大晴天。我总觉得房子里有什么人来过。无论如何，那个老太太今天肯定会来的。"

苔丝只得同意，于是他们收拾好房间，带上属于他们的几件物品，悄然地离开了那座屋子。在他们即将进入新林的时候，苔丝回过头去，最后望了一眼这座房子。

"啊，幸福的屋子啊——再见吧！"她说，"我也只能活几个礼拜了。我们为什么不待在那里呢？"

"不要说这种话，苔丝！不久我们就会彻底离开这里了。我们还是按照我们当初的路线走，一直向北走。谁也不会想到去那儿缉拿我们的。他们即使缉拿我们，也一定会在威塞克斯各个港口搜寻。等到了北边，我们就可以从一个港口离开。"

苔丝被说服以后，他们就按计划行事，径直北行。他们在那座房子里休息了这么久，现在走路也有了力气，到了中午，他们走到了恰好挡住他们去路的尖塔城梅尔彻斯特附近。克莱尔决定下午让苔丝待在一个树丛里休息，到了晚上在黑夜的掩护下再赶路。克莱尔在黄昏时分又像往常一样去采购了些食物，开始在夜晚往前走。到了八点左右，他们就越过了上威塞克斯和中威塞克斯之间的边界。

苔丝早就习惯了在乡野里走路而不管道路如何糟糕，因此她走起路来显得轻松自如。他们必须穿过阻挡着他们的那座古老的城市梅尔彻斯特，这样他们才可以利用城里那座桥通过挡住他们去路的大河。到了午夜，大街上空无一人，他们借着几盏闪烁不定的街灯发出的微弱光芒走着，避开人行道，免得走路的脚步声引起回响。朦朦胧胧中左前方出现了一座雄伟堂皇的大教堂，不久又从他们的眼前消失了。他们出了城，沿着收税栅路走，又往前走了几英里，就进入了他们要穿过的广阔平原。

先前虽然天上密布着乌云，但是月亮仍然透过云层洒下一些光芒，对他们走路多少有一些帮助。现在月亮已经落下去了，乌云似乎就笼罩在他们的头顶，天色漆黑，伸手不见五指。但是他们摸索着往前走，尽量踩着草地，免得脚步发出声响。这很容易做到，因为在她们周围，既没有树篱，也没有任何形式的围墙。他们四周都是空旷的寂静和黑夜的孤独，还有猛烈的风不停息地吹着。

他们就这样摸索着又往前走了两三英里，克莱尔突然觉察到，他的面前有一座巨大的建筑物，兀立在草地上。他们差点撞到了它上面。

"这是一个什么古怪地方呢？"安吉尔很纳闷。

"还在嗡嗡作响呢，"她说，"你听听！"

他仔细听了听。风在那座座巨大的建筑物中间穿行，发出一种嗡嗡的音调，犹如一张巨大的单弦竖琴发出的声音。除了风声，他们还听出其他一些声音。克莱尔伸出双手，试探着向前走了一两步，触到了那座建筑物垂直的表面。它似乎是整块的石头，没有接缝，也没有花边。他继续用手去摸，发现摸到的是一根巨大的方形石柱，他又伸长左手向其他地方去摸，摸到附近还有一根同样的石柱。在他的头顶上，高高的空中似乎还有一件物体，使黑暗的天空变得更加黑暗了，它好像是把两根石柱按水平方向衔接起来的横梁。他们小心翼翼地从两根柱子中间横梁底下走了进去，他们踩着的地面有点硬，迈步时发出沙沙的声音，这声音传到石柱上发出沉闷的回声，但他们似乎仍然在门外。这座建筑好像没有屋顶。苔丝感到害怕，呼吸变得急促起来，安吉尔也感到莫名其妙，就说——

"这里到底是什么地方呢？"

他们向旁边摸去，又摸到一根石术，和第一根石柱同样高大坚硬，然后又摸到一根，再摸到一根。原来这儿全是门框和石柱，有的石柱上面还架着石梁。

"这是一座风神庙！"克莱尔恍然大悟似地说。

下面一根石柱孤零零地矗立着，另外那些都是两根竖着的石柱上面搭一根石柱，还有一些石柱躺在地上，它们在两边中间就形成了一条通道，宽度足可以通过马车。不久他们就弄明白了，原来在这块平原的草地上竖起的这些石柱，形成了一片石林。他们两个人继续往前走，一直走进黑夜中这个由石柱组成的亭台中间部分。

"原来是一座史前神庙。"克莱尔说。

"你是说这是一座异教徒的神庙？"

"是的。比纪元还要古老，也比德贝维尔家族还要古老！啊，现在我们怎么办哪，亲爱的？再往前走也许我们就可以找到一个栖身之处了。"

但是苔丝这一次是真的累了，察觉到附近有一块长方形石板，石板的一头有石柱挡风，于是她就在石板上躺下来。由于白天太阳的照射，这块储存了热量的石板既干燥又暖和，和周围粗粝的野草相比舒服多了，那时候她的裙子和鞋都已被野草上的露水弄湿了。

"我再也不想往前走了，安吉尔，"她把手伸给克莱尔说，"我们在这儿过一夜行吗？"

"恐怕不行。这个地方现在虽然别人看不见，但若是在白天，好几英里以外都能够看见。"

"现在我想起来了，我母亲娘家有一个人是附近的一个牧羊人。在泰波塞斯你曾经说我是一个异教徒，所以我现在也算是回到老家啦。"

克莱尔跪在苔丝躺着的身体旁，用自己的嘴唇吻着她的嘴唇。

"亲爱的，想睡了吗？我想你正躺在一个祭坛上。"

"我非常乐意躺在这儿，"她嘟哝着说，"这里是这样庄严，这样宁静，头上只有一片苍天。我已经享受过巨大的幸福了。我觉得，世界上除了我们两个以外，仿佛再没有其他人了，我真希望没有其他人，不过丽莎·露除外。"

克莱尔心想，她不妨就躺在这儿休息，等到天快亮的时候再走；于是他把自己外套脱下来盖在她的身上，在她的身旁坐下。

"安吉尔，要是我有什么不测，你能不能看在我的面子上照顾丽莎·露？"风声在石柱中间响着，他们听了好久，苔丝开口说话。

"我会照顾她的。"

"她是那样善良，那样天真，那样纯洁。啊，安吉尔——要是我不在了，你失去了我，我希望你能娶了她。啊，如果你能够娶她的话！"

"要是我失去了你，什么都对我失去意义！她是我的姨妹啊。"

"那没有关系，亲爱的。在马勒特村一带常有和小姨子结婚的，丽莎·露是那样温柔、甜美，而且也越长越漂亮了。啊，当我们都变成了鬼魂，我也乐意和她一起拥有你啊！安吉尔，你只要好好训练她，教导她，你就可以把她也培养得和你自己一样优秀了！……我身上的优点她都有，我的坏处她却一点儿也没有。如果她将来做了你的妻子，我就算是死了，我们也将亲密无间，无法分开……唉，该说的我都说过了。我不想再提了。"

她住了口，克莱尔听了也陷入了深思。在远处东北方向的天幕上，他看见石柱中间出现了一道水平的亮光。满天的乌云像一个大锅盖，正在整个地向上掀起，将姗姗来迟的黎明从大地的边上投放进来，因此矗立在那儿的孤独石柱和两根石柱加一根横梁的牌坊，也显露出了黑色的轮廓。

"那些异教徒就是在这儿向天神献祭吗？"她问。

"不是向天神献祭！"他说。

"那么向谁呢？"

"我认为是向太阳献祭的。那根高高的石柱不就是朝着太阳升起的方向安放的吗？一会儿太阳就会从它的后面升起来了。"

"亲爱的，这让我想起一件事来，"她说，"在我们结婚之前，你说过你永远不会干涉我的信仰，你还记得吗？其实我一直明白你的思想，像你一样地去思考——而不是依据我自己的判断去思考，你怎样想，我就怎样想。现在告诉我吧，安吉尔，你认为我们死后还能相遇吗？我想知道这件事。"

他用吻来作答，免得在这种时候去回答这个问题。

"啊，安吉尔！大概你的意思是恐怕不能见面了！"她极力忍住哽咽说，"我多想能够再和你见面啊，我是如此渴望，强烈渴望啊！怎么，安吉尔，即使像你我这样相爱，都不能再见面吗？"

安吉尔也像那些比他自己更伟大的人物一样，在这样一个关键时刻对于这样一个关键问题沉默不语，于是他们两个人又都陷入静默中。过了一两分钟，苔丝的呼吸更加均匀了，她握着安吉尔的那只手也放松了，她睡着了。东方的地平线上出现了一道银灰色的光带，大平原上远处的部分在那道光带的映衬下，变得更加幽暗了，也变得离他更近了。那一片苍茫的景色，显露出黎明到来之前的常有的特征，冷漠、内敛、迟疑。东边的石柱和石柱上方的横梁，对着太阳升起的方向矗立着，显得黑沉沉的。在石柱的外围可以看见火焰形状的太阳石，也可以看见位于石柱和太阳石之间的牺牲石。夜风很快就平息了，石头上那些杯形石窝里的小水潭也不再颤抖了。就在这时候，东边低地的边缘上似乎有什么事物在移动——是一个黑色的小点。那是一个人的头，正在从太阳石后面的洼地向他们走来。克莱尔后悔没有继续赶路，但是现在只好决定端而坐着不动。那个人影径直向他们待的那一圈石柱走来。

他听见他的后面也传来声音，那是人的脚步声。他转过身去，发现躺在地上的柱子后面也出现了一个人影，他还看见在他右侧附近也有一个，在他左边的横梁下也有一个。曙光完全照亮了从西边走来的那人的脸，克莱尔在曙光里看见他个子高大，走路像军人的步伐。他们这些人显然是有意包抄过来的。苔丝的话应验了！克莱尔跳起来，往四周看去，想寻找一块武器，寻找一件松动的石头，或者寻找一种逃跑的方法什么的，就在这时，那个离他最近的人来到了他的身边。

"你这是徒劳的，先生，"他说，"在这个平原上我们共有十六个人，这儿整个地区都已经行动起来了。"

"让她睡醒这一觉吧！"在他们聚拢来的时候，他小声地恳求他们。

直到此时，他们才看见她睡觉的地方，因此也没有表示反对，而是站在一旁守着，一动也不动，像周围的柱子一样。他来到她睡觉的那块石头前，握住她那只可怜的小手，那时候她的呼吸快速而又细弱，和一个比女人还要弱小的小动物的呼吸一样。天色越来越亮了，所有的人都站在那儿等着，他们的脸和手仿佛都镀上了一层银灰色，而他们身体的其他部分则仍是黑色的，石头柱子闪耀着灰绿色的光，平原仍然一片昏暗。不久天大亮了，太阳的光线照射在苔丝几乎没有知觉的身上，透过眼睑射进她的眼里，把苔丝唤醒了。

"怎么啦，安吉尔？"她醒过来说，"他们已经来抓我了吗？"

"是的，我亲爱的，"他说，"他们已经来啦。"

"他们是该来啦，"她嘀咕着说，"安吉尔，我一直感到很高兴——是的，一直感到高兴！这种幸福是不能长久的，因为它太过分了。我已经尽享了这种幸福，现在我不能活着等到你轻视我那一天了！"

她站起来，抖了抖身子，就往前走，而其他人却一个也没有动。

"现在可以走了。"她平静地说。

第五十九章

温顿塞斯特是一座古老而又美丽的小城，是威塞克斯的首府。在七月的早晨，威塞克斯起伏不平的丘陵充溢着光明和温暖，温顿塞斯特城就位于这片丘陵的中部。那些带有用砖砌的山墙和顶部盖着屋瓦的石头房子，外面的那层苔藓已经因为干燥的季节差不多晒干脱落了，草场上沟渠里的水变得清浅了，在那条斜坡大街上，从西大门到中古十字路，从中古十字路到大桥，有人正在不慌不忙地清扫大街，通常这都是为了迎接历史悠久的集市日子。

从前面提到的西大门开始，所有的温顿塞斯特人都熟悉的那条大道，向上延伸至一个长达一英里的斜坡，渐渐地把那些房屋抛在后面。就在这条道路上，有两个人正在急速从城区里走出来，仿佛并没有意识到走上坡路格外费力似的。他们没有意识到费力不是因为他们心情愉悦，而是因为他们心事重重。在下面那块小小的开阔地上，建有一堵高墙，高墙中间有一道栅栏便门，他们就是从那儿出来走上这条大路的。他们似乎急于避开挡住他们视线的那些房屋和诸如此类的建筑，而顺着这条大路走似乎为他们提供了一条捷径。虽然他们都很年轻，但是他们走路的时候都低着头，太阳微笑着把光芒洒在他们悲怆的步伐上，一点儿也不怜惜他们。

那两个人中有一个是安吉尔·克莱尔，另外一个是他的小姨子丽莎·露，她身材颀长，像一朵正欲开放的蓓蕾，一半是少女，一半是成熟女子，完全是苔丝的化身；她比苔丝瘦一些，但是长着同样美丽的大眼睛。他们灰白的面孔瘦了，似乎瘦得只有原来的一半大小了，他们手牵着手向前走着，一句话也不说，只是垂着头走路，就像吉奥托在《两圣徒》中画的人物一样。

当他们快要走到西山顶上的时候，城里的时钟敲响了八下。听到钟声，他们两个人都吃了一惊，但还是继续往前走了几步，走到了第一块里程碑那里。那块白色的里程碑竖立在绿色草地的边上，背后是草原，跟大路连接在一起。他们走进草地，好像受到某种控制了他们意志的力量逼迫似的，突然在里程碑旁边站住了，他们转过身去，好像瘫痪了似的在里程碑旁等候着。

从这个山顶上望去，周围的景色一览无余。下面的谷地里就是他们刚才离开的那座城市。城中最突出的建筑好像一张等角图形那样显眼，在那些建筑物中，有高大的大教堂的塔楼，有教堂的罗曼式窗户和冗长的走道，有圣托玛斯的尖塔，还有学院的带有尖塔的塔楼，再往右边，是古老医院的塔楼和山墙，直到今天，来这里朝圣的人都能获赠一份面包和麦酒。在城市的后面，是又圆又高耸的圣凯瑟琳山，再往远处，便是越来越茫远的景物，一直延伸到地平线在天上太阳的照耀下消失的地方。

在连绵不断的乡村原野的衬托下，在那些高楼大厦的正面，有一栋用红砖盖的大楼房，楼房顶上是水平的灰色屋顶，窗户上有一排排短铁栏杆，这表明此处是囚禁犯人的地方。整栋楼房的样式既呆板又教条，和哥特式建筑错落有致的奇特风格形成了鲜明的对比。从路上经过这栋楼房，紫杉和四季常青的橡树多少把它遮挡住了，但是从山顶上看上去却一览无余。刚才那两个人经过的那道便门，就在那栋建筑的高墙下。在楼房的正中，有一个丑陋难看的八角形平顶塔楼矗立在东方的天际里，从山顶上看，只能看到它背对太阳的阴暗一面，让人觉得塔楼似乎是这座城市美景中的一个败笔。可是那两个人所关心的却正是这处败笔，而不是城市的美景。

塔楼的上楣处竖着一根长旗杆。他们的眼睛紧紧盯着它。钟声响后又过了几分钟，有一样东西缓缓地从旗杆上升起来，微风一吹，那件东西展开了，原来是一面黑旗。

"死刑"执行了，用埃斯库罗斯的话说，那个众神之王对苔丝的戏弄终结了。德贝维尔家的骑士和夫人们在坟墓里躺着，对这件事一无所知。那两个一言不发的观看的人，把身体伏到了地上，仿佛正在祈祷，他们就那样趴着，过了好久好久，一动也不动。黑旗继续不声不响地在风中飘拂。等他们有了力气，就站起来，又手拉着手往前走了。